Erst fraß das Große das Kleine.

Dann das Schnelle das Langsame.

Jetzt frisst das Falsche das Wahre.

IMPRESSUM

Medieninhaber: AHVV Verlags GmbH (FN 43858y), Heiligenstädter Lände 29/
Top 6, 1190 Wien; Hersteller: Print Alliance HAV Produktions GmbH (FN 426711t),
Druckhausstraße 1, 2540 Bad Vöslau; Verlagsort: Wien; Herstellungsort: Bad Vöslau
Fotos, Illustrationen: iStock; Grafik: Yellow Design;
Die Handlung dieses Romans ist frei erfunden. Ähnlichkeiten mit lebenden Personen
sind Zufall. Das Werk, einschließlich seiner Teile, ist urheberrechtlich geschützt.
Jede Verwertung außerhalb der engen Grenzen des Urheberrechtsgesetzes ist ohne
Zustimmung des Verlages und des Autors unzulässig. Dies gilt insbesondere für die
elektronische oder sonstige Vervielfältigung, Übersetzung, Verbreitung und öffentliche
Zugänglichmachung.

Dr. Christian Nusser
Heiligenstädter Lände 29/Top 6 | 1190 Wien

INHALT

///

Wie sich Lüge und Wahrheit ineinander verliebten

D ieser Roman wurde in 72 Stunden geschrieben, von der ersten bis zur letzten Zeile, in einem Zug durch, wusch! Unvorstellbar, oder? Aber es war so eine unzähmbare Wut in mir, gleichzeitig so viel stürmische Leidenschaft, ausreichend viel, um mehrere Folgen einer Telenovela in einem Meer aus Tränen versinken zu lassen. Die Buchstaben haben sich regelrecht darum geprügelt, als Erste ins Freie gelassen zu werden. Das Z hat dem H dabei den Querbalken weggehackt, das L dem O so heftig in den Magen geboxt, dass eine tiefe Delle zurückblieb, das I ist dem R so wild ins Kreuz gesprungen, dass es auf die Nase fiel und weinend liegen blieb. Die übrigen Buchstaben brüllten aufgeregt durcheinander, so laut, dass kaum ein Wort zu verstehen war. „Ich lasse mir sicher kein X für ein U vormachen", rief das B. „I-Tüpfelreiter", spottete das C. „Wer A sagt, muss auch B sagen", mahnte das H, das sei das A und O, um von A nach B zu kommen, das wisse es aus dem FF. Ich musste große Mühen aufwenden, um das Alphabet in eine Stirnreihe aufgestellt zu bekommen, selbst als die Buchstaben dann dastanden wie die Kinder früher beim Schulturnen wurde noch getreten, und die Ellenbogen wurden ausgefahren, aber zum Glück fiel keiner auf seine vier Buchstaben.

„Blitzroman" werden die Boulevardmedien das Buch wohl nennen, das erinnert ein bisschen an den Krieg, was nie ein Schaden ist, wenn man die Zielgruppe im Auge behält, „Wiener schreibt schnellstes Buch aller Zeiten" fiele mir dazu als passende Überschrift ein. Schlagworte wie „unfassbar" oder „unglaublich", natürlich mit einem Rufzeichen hintendran, könnten unterstreichen, dass hier Außergewöhnliches geschaffen wurde! Nicht jeder wird das sofort mit der nötigen Reife sehen. Vielmehr werden sich einige für ihre Rezensionen willkürlich ein paar Beispiele aus den Seiten pflücken wie Hobbygärtner matschige Ringlotten von einem Baum, zwischen den Zitaten wird ein Kritiker, der noch kein Buch geschafft hat, schon gar keines in 72 Stunden, keinen Krimi, nicht einmal einen Bildband über das nördliche Waldviertel im Herbstnebel, versuchen, literarisch Ernte einzufahren. Mindestens eine dieser Passagen wird mit Sex zu tun haben, deshalb musste ich darauf achten, dass in meinem Buch tatsächlich mindestens eine Passage mit Sex vorkommt, keine Sorge, Sex kommt ausreichend vor. Große Altersunterschiede sind hier sehr nachgefragt, inzwischen ist es besser, der Mann ist erheblich jünger als die Frau, den umgekehrten Fall gibt es ja doch inflationär oft. Auch mit mir als Mensch wird man sich beschäftigen. Tragisches aus der Vergangenheit wäre gut zu schildern, vielleicht ein überwundener Krebs, Kinderlähmung oder eine exotisch klingende Krankheit, es könnte aber auch die Mutter früh gestorben oder der Vater über Nacht verschwunden sein, oder die Familie könnte durch einen Schicksalsschlag, ein Feuer vielleicht, alles verloren haben. Höllisch weh sollte die Schilderung jedenfalls tun, denn der Mensch denkt mit dem Herzen, bei einigen ist das ja die einzige Möglichkeit. „Der Mann, der schreibt wie ein Maschinengewehr" oder „Helene Fischer der Gegenwartsliteratur" werden sie mich nennen und mich atemlos fotografieren in fahlem Licht vor einem abgegriffenen Notebook mit mindestens einer kaputten Taste, dem E eventuell. Meine Tränensäcke werden gut gefüllt sein, und meinem Blick wird man einen deutlichen Mangel an Kaffee unterstellen können. Oder ich werde mit dem Buch in der Hand abgelichtet vor dem Haus, in dem sich das Tragische ereignet hatte, wenn es das falsche Gebäude ist, macht das nichts, es geht ja um die Sache.

Die Qualitätsmedien werden sich von der anderen Seite her nähern, nicht so gedrungen und geduckt, sondern den Rücken oberlehrerhaft durchgestreckt, als wären bereits alle Wirbel operativ versteift worden. Der Blick wird erhaben sein, aber nicht viel weiter reichen als bis zur eigenen Nasenspitze. „So", werden sie vieldeutig sagen und zu fokussieren versuchen, was sich vor ihnen am staubigen Boden windet, „was haben wir denn da?" Sie werden sich dünne Einweghandschuhe überstreifen, das Buch auf einen Tisch legen und mit Bedacht aufblättern. Mit einem Skalpell werden sie einzelne Seiten aus dem Roman trennen, sie dann mit der Pinzette anfassen und aufheben und drehen und wenden und gegen das Licht halten und das Bild einzuordnen versuchen wie Kriminalkommissare im Fernsehen Beweismittel. Sie werden sich umständlich eine Lesebrille aufsetzen, das Buch in die Hand nehmen und es halten wie ein Baby, von dem man nicht sicher ist, ob es das eigene ist oder nässt. Eine Zeit lang werden sie nichts sagen, sich höchstens zuweilen bedeutungsvoll räuspern, sie werden vor- und zurückblättern, hin und wieder mit zwei Handschuhfingern zwischen die Seiten fahren und die Blätter aufspreizen wie ein Augenarzt Lider. Sie werden sich hinsetzen, die Beine überschlagen, nach einiger Zeit den Roman laut hörbar zuschlagen, die Lesebrille abnehmen und nichts sagen, sondern die Wirkung der Stille aufsteigen und sich ausbreiten lassen wie den Duft eines Raumsprays.

Ihre Rezensionen, die einzelnen Sätze, werden natürlich länger sein als jene in den Boulevardmedien, vor allem aber werden es Versuche – selbstredend gelungene – Versuche sein, die Literaturkritik mit Spektakulärem und noch nie Dagewesenem zu bereichern. So groß und mächtig werden die Schilderungen dastehen, dass sich der Roman dagegen ausnehmen wird wie ein Zwerg, wenn man ihn überhaupt noch zu sehen bekommt. Die Frauengeschichten und der Sex und die durchlittenen Schmerzen werden nicht so im Vordergrund stehen, aber dadurch umso mehr. Seziert wird mit abgespreiztem kleinem Finger, der Eleganz wegen, aber Schnitt bleibt Schnitt.

Gut, nein, das ist leicht übertrieben, eine Woche hat es schon gedauert, vielleicht waren es auch zwei. Dostojewski hat „Der Spieler" in 26 Tagen geschrieben, das ist allerdings gut 200 Jahre her, und Ablenkungen wie das Internet fehlten damals völlig. In der Zeit habe ich nur zehn Stunden geschlafen, insgesamt, wohlgemerkt. Oder waren es 20 Stunden? Jedenfalls, daran erinnere ich mich genau, bin ich immer wieder munter geworden in den Nächten, so als hätten mir Träume auf die Schulter geklopft, mich aufgeweckt und unter Druck gesetzt, schnell aufzuschreiben, was ihnen, nicht mir, alles eingefallen war, so wirr und verrückt es auch erschienen sein mag. Als ich dann aber vor dem MacBook saß, fiel mir nicht mehr ein, was mich die Träume hatten träumen lassen. Vielleicht hatte ich auch gar nichts geträumt.

Oder war es doch anders? Ich habe zwei Jahre lang an diesem Buch geschrieben, ja, genau so ist es gewesen, zwei Jahre lang. Ich bin an meinem Schreibtisch gesessen, wochenlang wollte mir nichts in den Sinn kommen, keine einzige Zeile. Mein Gehirn war zugenagelt wie ein Strandhaus in Florida, wenn ein Hurrikan herantost. Tom Wolf soll acht Monate lang vor einem leeren weißen Blatt Papier gesessen sein, mit Pausen natürlich, ehe ihm sein erster Roman, „Fegefeuer der Eitelkeiten", einfallen wollte, so kann man es zumindest nachlesen, ob es stimmt, weiß ich nicht. Dieses Fegefeuer, wenn auch ohne die Eitelkeiten, loderte auch in mir.

Dann, plötzlich, konnte ich wieder fünf, zehn, zwanzig Seiten am Stück verfassen, ich schlug auf die Tastatur ein, als hätte sie etwas Übles angestellt. Ich habe viel Alkohol getrunken dabei, Rotwein meist, das hat meine Finger locker gemacht, meinen Kopf angetrieben, und geraucht habe ich jede Menge, Aschenbecher sind ja seltsamerweise immer voll, nicht nur in Filmen. Es war sehr viel Humphrey Bogart in und an mir, auch von der Verletzlichkeit der Seele her, erst war alles eingesperrt, dann konnte es endlich raus. Moment, das kann nicht sein, ich bin ja Nichtraucher, und aus Rotwein mache ich mir nicht viel. Ich habe Menschen immer bewundert, die einen feinen Gaumen haben und blumig beschreiben können, was sie gerade getrunken haben, ich erkenne nur, ob ein Wein weiß oder rot ist und am nächsten Tag am Kopfweh, ob er was getaugt hat.

Ah, jetzt weiß ich es, ich habe den Roman auf einem Smartphone geschrieben, genau. Immer auf dem Weg zur Arbeit und zurück habe ich meine Gedanken in eine Notiz-App getippt. Cool, oder? Das klingt glaubwürdig, schließlich hat auch Walt Disney 1928 auf einer Zugfahrt von New York nach Los Angeles seine Mickey Mouse erfunden. Der erste Smartphone Roman, das muss einem erst einmal einfallen. Das lässt sich grandios vermarkten. Eine volle U-Bahn, man kann die Ausdünstungen der Menschen buchstäblich riechen zwischen den Seiten, vor allem wenn es regnet, dann stinken die Leute ja wie nasse Hunde, und dazwischen steht ein einsamer Mann, Mitte 40, der gedankenversunken Worte in sein Handy tippt und gleichzeitig versucht, nicht das Gleichgewicht zu verlieren. Ich glaube, der Film dazu müsste in Schwarz-Weiß sein, von der Dramaturgie her, früher hätte man ihn mit Alain Delon besetzt, jetzt kenne ich die jungen Schauspieler nicht mehr.

Nein, stopp, alles Lug und Trug. Ich bin nicht Mitte 40, sondern längst über 50, seit Jahrzehnten brenne ich für meinen Beruf, das Burn-out empfing mich folglich mit offenen Armen, gemeinsam nahmen wir uns ein Jahr Auszeit. Ich habe eine dieser Tiroler Almhütten gemietet, die aussehen, als wären Heidi und der Ziegenpeter erst vor Kurzem ausgezogen mit allem Sack und Pack, vielleicht leben sie jetzt in der Stadt, fahren einen SUV und haben ein Netflix-Abo. Ich habe mich komplett zurückgezogen von allem und jedem und habe geschrieben, geschrieben, geschrieben. Das Glockengeläute der Almkühe war mein Radiowecker, in der Früh bin ich nach dem Aufstehen sofort raus vor die Tür, mit bloßen Füßen in die Tau-befeuchtete Wiese zu treten belebte mich mehr als der Caffè Latte, den ich in der Stadt gerne trank. Im Winter stand der Schnee hoch bis zum Fenster, im Sommer glotzten die deutschen Touristen durch die Scheiben, weil sie dachten, innen drinnen würde ein Senner gerade Käse rühren. Die putzigen Fotos davon wollten sie auf Instagram stellen. Aber sie sahen einen Mann, adrett gekleidet, der vor seinem Notebook saß und schrieb, Tausende Seiten, viele warf ich wieder weg. Einmal am Tag kam ein Angestellter des Hotels vorbei, zu dem die Hütte gehörte, und brachte mir etwas zu essen und ein paar Dosen Red Bull. Ich musste keine Not leiden.

Klingen nicht alle vier Versionen plausibel? Aber welche davon stimmt nun? Habe ich geschrieben wie der Teufel oder doch eher den lieben Gott zuweilen einen guten Mann sein lassen? Habe ich den Roman am Smartphone verfasst, auf einer Schreibmaschine oder am Notebook in einer einsamen Waldhütte? Vier unterschiedliche Erzählungen, vier verschiedene Filme, alle passend zurechtgeschnitten für Ihr Kopfkino. Aber welcher Film zeigt, was wirklich war? Einer davon? Alle? Gar keiner?

Was ist das überhaupt – Wahrheit? Das Gegenteil von Lüge? Bedingt das eine das andere, und gehen die zwei vielleicht Hand in Hand durchs Leben? Gibt es also keine Wahrheit ohne Lüge, und kann die Lüge eventuell nur existieren, wenn es auch die Wahrheit gibt? Wenn das eine stirbt, stirbt das andere mit?

Was stimmt: Jede der vier Geschichten erzählt etwas Wahres, aber natürlich haftet jeder dieser Schilderungen auch viel Lüge an. Nein, der komplette Roman wurde natürlich nicht auf einem Smartphone geschrieben, aber Stückwerk davon schon. Wenig auf dem Weg zur Arbeit, etwas mehr aber etwa in einem Flugzeug und in der Bahn. Teile davon entstanden auch tatsächlich in einer Almhütte, eigentlich war es mehr ein Alpenhotel, und eigentlich war ich nicht Monate da, sondern Tage. Touristen haben dabei zu keiner Zeit bei meinem Fenster hereingeschaut, das hätte ich mir verbeten, und es hätte mich auch sehr gewundert, denn mein Zimmer lag im zweiten Stock. Manche Kapitel habe ich sehr schnell geschrieben, aber natürlich war das ganze Buch nicht in zwei Wochen und schon gar nicht in 72 Stunden fertig. Reicht es also, wenn ein paar Krümel stimmen, damit eine ganze Geschichte als wahr in den Backofen geschoben werden kann, oder genügen einige Brösel Lüge, um alles unwahr zu machen? Gibt es dafür eine Maßeinheit, ein „Lug" oder ein „Trug" oder ein „Wahrhaft" etwa, oder einen Prozentsatz, sagen wir einmal, wenn mindestens 50 Prozent einer Erzählung stimmen, dann darf man sie als wahr bezeichnen? Oder müssen es 70 Prozent, 90 Prozent, gar 100 Prozent sein? Gibt es das überhaupt, dass etwas vollkommen wahr ist?

Steht irgendwo eine Waage, so eine, wie sie Oma in ihrer Küche hatte, mit je einer Kupferschale links und rechts, und wenn das Gewicht einer Geschichte eine der Schalen ganz nach oben drückt und die andere Schale dann ganz nach unten geht, ist dann diese Geschichte vollkommen und über jeden Zweifel erhaben wahr?

Wenn es eine reine Wahrheit gibt, existiert dann auch eine schmutzige, und die kann man in die Waschmaschine stecken, bei 90 Grad durchlaufen lassen, schleudern, aufhängen und dann sauber und gebügelt in den Schrank hängen?

Wenn eine nackte Wahrheit existiert, gibt es die Wahrheit auch angezogen? Und wenn ja, wie ist sie bekleidet? Kokett? Schlicht? Immer wieder anders, je nach Tag, Wunsch oder Wirklichkeit? Ist diese Wahrheit deshalb so schwer zu finden, weil sie immer, wenn man glaubt, sie entdeckt zu haben, einen neuen Rock trägt?

Wenn es eine absolute Wahrheit gibt, wie verlässlich ist dann die relative?

Wenn es eine ganze Wahrheit gibt, wie schaut dann ein Stück davon aus?

Wenn es eine bittere Wahrheit gibt, wie schmeckt die süße?

Wenn es eine unbequeme Wahrheit gibt, wie fühlt sich die bequeme an?

Wenn jemand behauptet, nichts als die Wahrheit zu sagen, erzählt er dann nichts als Lügen?

Ist die Wahrheit eine Tochter der Zeit, oder hat die Zeit vielleicht gar keine Nachkommen?

Wenn es Religionen gibt und jede für sich die Wahrheit verkündet, warum gibt es dann mehr davon und nicht nur eine? Heißt das vielleicht, dass man Wahrheiten glauben muss?

Wenn aber die Wahrheit nicht unumstößlich wahrhaftig ist, sondern gebunden an einen Glauben, ist es dann einerlei, welchen Himmel ich anbete? Gibt es Allah und Gott und Buddha, kennen sich die vielleicht? Trinken die einmal in der Woche miteinander Kaffee oder einen Bourbon und schütteln dabei die Köpfe, wenn sie hinabblicken auf die Welt?

Tut Kindermund tatsächlich Wahrheit kund, oder ist es nicht eher so, dass wir von klein auf belogen werden und vom ersten Tag an, an dem wir sprechen können, selber lügen, weil es so einfacher und vorteilhafter ist, nicht nur für uns, sondern für alle? Würde ein Zuviel an Wahrheit nicht auch unser Leben zerstören? Wenn wir Kinder nicht mehr anschwindeln, dass bald das Christkind kommt oder der Osterhase, und wir ihnen sagen müssen, dass Bambi gar kein Reh ist, sondern ein Weißwedelhirschkalb, weil es in Amerika gar keine Rehe gibt, ist dann der Zauber weg, ein für allemal, und wir werden zu seelenlosen Robotern?

Lügen wir, wenn wir bewusst nicht die Wahrheit sagen, oder gibt es vielleicht gar mehrere Wahrheiten, Wahrheitstürme vielleicht, die nebeneinander in den Himmel ragen, ohne sich zu berühren, wie die Hochhäuser in Manhatten? „Wahrheit ist nicht Wahrheit", sagt Rudy Giuliani, es gäbe unterschiedliche Versionen davon. Ach so! Der frühere Bürgermeister von New York City ist heute Anwalt von Donald Trump. Der US-Präsident sagt laut „Washington Post" bis zu 77-mal am Tag die Unwahrheit. Sind diese Unwahrheiten aber vielleicht gar keine Lügen, sondern eventuell nur seine Versionen der Wahrheit? Empfinden Trumps Versionen der Wahrheit nur all jene als Lüge, die in Gegnerschaft zu ihm stehen, und seine Anhänger glauben ihm, weil sie im Gegenzug die Versionen der Wahrheit, die Gegner von Trump verbreiten, als Lüge sehen?

Ist Wahrheit also das, was wahr ist, oder eher das, was wir für wahr halten? Ist wahr, was auf Facebook steht oder was wir googeln können? Was uns Freunde, auch solche aus dem Internet, erzählen? Das „Massachusetts Institute of Technology" (MIT) stellte fest, dass ein Drittel der Tweets nach den Bombenanschlägen auf den Boston-Marathon 2013 frei erfunden war. Sachlich falsche Tweets würden hundertmal mehr Menschen als inhaltlich Richtiges erreichen. Fake News würden auf Twitter mit einer um 70 Prozent höheren Wahrscheinlichkeit weitergeschickt. Die Unwahrheit verbreitet sich also viel besser als die Wahrheit, und sie ist auch nachhaltiger. Der wesentliche Unterschied zwischen einer Katze und einer Lüge bestehe darin, dass eine Katze nur neun Leben hat, behauptete schon Mark Twain.

Das liegt auch an dem Umstand, dass wir die Lüge nicht sanktionieren, sondern ihren Gebrauch sogar belohnen. Mit Aufmerksamkeit. Mit Weiterverbreitung. Mit Klicks. Indem wir Lügen zum Thema von Zeitungsartikeln und Fernsehdebatten machen. Wir holen die Lüge in die Salons, setzen sie auf die besten Plätze und geben ihr dadurch Bedeutung. Aus Verachtung wird Beachtung. Wir schenken Lügen Zeit und Energie und unser Geld. Durch unsere Klicks wird die Werbung auf Lügenseiten erst rentabel. Wir finanzieren also die Produktion neuer Lügen, es ist ein Kreislauf. Sieben der zehn meistgelesenen Artikel auf Facebook über Deutschlands Kanzlerin Angela Merkel 2015 und 2016 waren laut BuzzFeed Falschmeldungen. Die erfolgreichste, „Angela Merkel: Deutsche müssen Gewalt der Ausländer akzeptieren", bekam 273.000 Interaktionen auf Facebook. Wer lügt, gewinnt.

Ist Wahrheit dann vielleicht also nur eine Momentaufnahme? Aber wer bestimmt, welche Momentaufnahmen wir sehen? Welche nicht? Wer wählt den Blickwinkel? Was ist Image, was Klischee, was Realität? Wem kann man vertrauen, welchen Bildern, welchen Geschichten? Während Barack Obama Präsident der Vereinigten Staaten war, schoss sein Fotograf Pete Souza mit seiner superleisen Canon EOS 5D 1,9 Millionen Fotos. Souza hat zwei Millionen Follower auf Instagram, viele seiner Bilder bekamen Hunderttausende Likes. Wiedergabe des Echten? Manipulation? Zeitgeschichte? Erzählen Bilder die Wahrheit, oder lügen sie, oder tun sie beides?

Wenn schon echte Bilder lügen können, was ist dann mit bearbeiteten? Wie stark darf man retuschieren, Farben korrigieren, Inhalte spiegeln, Fotos beschneiden, aufhellen, abdunkeln, schärfen, unscharf stellen, aus dem Hintergrund freistellen? Welche Bilder sollen Kameramänner einfangen? Wie stark dürfen Filmaufnahmen bearbeitet, geschnitten, gezoomt, lichtkorrigiert, mit Geräuschen und Texten und wenn, dann mit welchen, unterlegt werden, und ab wann gilt das als Manipulation? Sind wir eher bereit, diese Änderungen zu akzeptieren oder gar für sinnvoll und richtig zu finden, wenn dies unseren Anliegen und Ansichten dient und nicht denen der anderen? Ging bei Obama, was bei Trump nicht geht?

Ist unser Leben also eine Aneinanderreihung von Willkürlichkeiten, eine Timeline aus Banalitäten und tatsächlich Bedeutsamem, zufällig zusammengemischt und ausgespielt? Oder führt da jemand Regie, und alles ist gesteuert? Von Putin vielleicht oder von Trump? Von den Sternen oder Himmelsmächten? Von geheimen Algorithmen und Cookies, die Daten über uns sammeln?

Vor einiger Zeit verunglückte ein Lastwagen auf einer Autobahn in Oberösterreich, er hatte Hühner geladen. Als das Fahrzeug gegen einen Brückenpfeiler fuhr, wurde es seitlich aufgerissen und die Transportboxen mit den Hendln auf die Straße geschleudert, auf einer Länge von 160 Metern lag alles verstreut. 7500 Vögel, das gab starke Bilder. 2500 Tiere starben bei dem Unfall, die übrigen irrten mehrere Stunden lang auf der Autobahn umher. 120 Feuerwehrleute versuchten die Vögel einzufangen, und das gelang schließlich auch. Für die Tiere war es keine Rettung, gefangen zu werden, jedenfalls nicht langfristig, denn sie wurden anschließend zu Suppe verarbeitet. Tote Hühner, Chaos, Stau, blinkende Signalleuchten von Polizei und Feuerwehr, Hunderte Autofahrer, die zuparkten, wo eigentlich Rettungskräfte durchfahren sollten. Viele Medien mögen solche apokalyptischen Inszenierungen der Realität. Es gab auf den Internetseiten und den Smartphones schnell Live-Ticker, Fotoshows, auch Videos, am Abend waren die Fernsehsender voll von den Hühnern auf der Autobahn, am nächsten Tag auch die Zeitungen.

Dann nahm ein Mesner eines der Hendln auf. Wie es genau zu ihm gekommen war, blieb in der Erklärung etwas flatterhaft, aber das kümmerte keinen. Es gab nun schöne, fröhliche und positive Bilder, und sie zeigten einen Mann mit Brille, der gütig lächelte und „Lisl" so im Arm hielt, als wäre er im fortgeschrittenen Alter noch einmal Vater geworden. Und so wurde innerhalb von 24 Stunden aus einem tragischen Unglück eine rührende Alltagsgeschichte. 7499 Hendln sofort tot oder in einem Schredder, der sie zu Suppenbasis machte, aber immerhin eines gerettet. 7499 tote Tiere, die nun keinen mehr kümmerten, denn nun schauten alle in die Augen von Georg und seiner „Lisl". Keine Debatte, warum Hühner in einen Lastwagen gepfercht worden waren, in enge Käfige, vielleicht ohne Wasser, stundenlang auf einer Reise ins Nirgendwo. Endstation Hühnerbrühe. Alles weggewischt, das Gute verdunkelt das Böse. Ein reiner Zufall? Kann sein, muss nicht.

Laut Studien lügen wir zwischen zwei- bis 200-mal am Tag, oder sind diese Studien auch Lügen? „Dein Essen schmeckt grandios!", „Fabelhaft, wie du heute wieder aussiehst!", „Natürlich erledige ich diese Arbeit gerne für dich!", „Es macht mir überhaupt nichts aus, mich am Wochenende mit deinen Eltern zu treffen!" Unser Alltagsweg ist gepflastert von Notlügen, vielleicht ist ein Zusammenleben überhaupt nur möglich, weil wir schwindeln.

Als ich so vor mich hinschrieb und philosophierte, passierte die „Spiegel-Affäre". Es stellte sich heraus, dass ein Reporter wohl an die 55 Geschichten zumindest zum Teil erfunden hatte. Er log sich Gesprächspartner, Vorgänge und Situationen zusammen, er beschrieb Orte, in denen er nie war, mit großer Detailgenauigkeit, wenn nicht stimmte, was dastand, machte das nichts, Hauptsache es passte ins Bild. Leser vergossen Tränen bei der Lektüre seiner Reportagen, die allesamt so einfühlsam und passgenau waren, dass man vielleicht frühzeitig hätte bemerken können, dass jeder Anzug zu gut saß. Aber man wollte nicht. Lügen macht das Leben schöner.

Dann platzte die Blase, die schon so groß und prall gefüllt war, dass jeder diese Blase als zu groß und zu prall gefüllt beschreiben konnte, aber eben erst im Nachhinein.

Als alle die Medien dafür bewunderten, dass ihnen so viel einfiel, um die Leute zu fesseln, wollte die Politik nicht zurückstehen. Sie setzte zwei Laienschauspieler in eine Villa auf Ibiza, schaltete ein paar Kameras frei und ließ sie reden. Es entstanden sieben Stunden Film. Die beiden Laiendarsteller entpuppten sich als wahrer Goldgriff. Sie philosophierten darüber, wie man sich Österreich kaufen kann, über Korruption von Medien, Politik, Wirtschaft, über Parteispenden aus dunklen Kanälen, wie man sich die größte Zeitung des Landes unter den Nagel reißt, das Trinkwasser an Oligarchen verscherbelt. Aber als alles fertig war, wollte keiner die erste Staffel von „House of Farts" kaufen. Absurd sei das Drehbuch, winkten alle ab, vollkommen unglaubwürdig. Zwei Jahre blieben die Videoaufnahmen liegen, die beiden Laiendarsteller machten inzwischen Karriere. Dann erbarmten sich zwei deutsche Medien und stellten den ersten Trailer von „House of Farts" gratis online. Es wurde ein großer Erfolg.

An diesem Tag schickte die Lüge der Wahrheit vermutlich eine WhatsApp. „Schau ins Internet, du wirst Augen machen." Was nämlich wenige wissen: Die Lüge und die Wahrheit kennen sich, tatsächlich waren sie eine Zeit lang sogar ein Paar. Dabei konnten sie sich anfangs nicht ausstehen. Sie gingen sich aus dem Weg, wo es nur ging, und wenn sie eine Gelegenheit fanden, über den anderen schlecht zu reden, dann nutzten sie diese, und sie schimpften nicht nur ein bisschen, sondern benutzten dafür die garstigsten Worte. Eines Tages aber begegneten sich die Wahrheit und die Lüge zufällig auf der Straße. Keiner wollte dem anderen ausweichen. Sie funkelten sich an und drohten. Dann aber mussten beide lachen. Sie gaben sich die Hand und stellten sich einander vor, obwohl jeder natürlich vom anderen wusste, wer er war. Sie gingen in ein Kaffeehaus und redeten den ganzen Nachmittag lang. Sie schütteten einander das Herz aus. Die Lüge beklagte sich bitterlich, dass sie von so vielen gemieden und schief angeschaut werde, dabei bemühe sie sich immer, die Wahrheit zu sagen, aber es gelinge ihr eben nicht. Die Gene. Die Wahrheit wiederum bejammerte, dass ihr niemand mehr glaube, weil heute alles, was sie sage, für eine Lüge gehalten werde. Die Lüge und die Wahrheit verstanden sich immer besser, und aus der Bekanntschaft wurde Freundschaft und aus der Freundschaft Liebe. Nach einiger Zeit zogen die Wahrheit und die Lüge in eine gemeinsame Wohnung mit Zentralheizung und Balkon. Sie hatten auch Sex miteinander. Nach ein paar Monaten kündigte sich ein Kind an, die Lüge und die Wahrheit hatten deswegen einen kurzen Streit miteinander. Die Wahrheit warf der Lüge vor, sie bei der Verhütung belogen zu haben, was die Lüge wiederum vehement abstritt. Die Wahrheit wusste nicht, ob die Lüge bei der Verhütung gelogen hatte oder nun, als sie jede Verantwortung von sich wies, und das verwirrte sie. Die Lüge warf der Wahrheit wiederum vor, immer so naiv zu tun, in Wahrheit habe es die Wahrheit aber faustdick hinter den Ohren. Das wollte die Wahrheit nicht auf sich sitzen lassen, und sie behauptete, eine blütenreine Weste zu haben. Die Lüge wusste nun nicht, ob die Wahrheit bei der Verhütung die Wahrheit gesagt habe oder nun, als sie behauptete, eine blütenweiße Weste zu haben, und das verwirrte sie.

Nach einiger Zeit aber legten die beiden den Streit bei. Sie bekamen einen Buben, und weil es beim ersten Mal so gut geklappt hatte, folgte ein Mädchen, und dann kamen noch ein paar Kinder. Die Lüge und die Wahrheit zogen ihre Kinder sorgsam auf, brachten ihnen ihre Werte bei, beide nämlich, und als die Buben und Mädchen erwachsen waren, zogen sie hinaus in die weite Welt und machten ihre eigenen Erfahrungen und die weite Welt Erfahrungen mit ihnen. Es fiel der Welt ganz schwer zu unterscheiden, was Lüge und was Wahrheit war. Den Nachkommen der Lüge und der Wahrheit lagen ja die Lüge und die Wahrheit in den Genen, auch in der Erziehung war ihnen beides vermittelt worden. Man wusste also, wenn man mit ihnen zu tun hatte, nicht, ob sie die Wahrheit sagten oder logen und ob das eine wie das andere nun genetisch bedingt sei oder anerzogen oder der Situation geschuldet.

Die Nachkommen der Lüge und der Wahrheit bekamen ebenfalls Kinder, und diese bekamen ebenfalls Kinder und diese ebenfalls Kinder und so fort, und irgendwann war die Welt überschwemmt von Menschen, die logen oder die Wahrheit sagten, wann sie das eine wie das andere taten, wusste man nicht, ebenso wenig, ob es dafür genetische Gründe gab, die Erziehung dafür verantwortlich war oder der jeweiligen Situation geschuldet. Schließlich trugen alle Menschen auf der Welt Gene der Lüge und Gene der Wahrheit in sich, und viele waren verzweifelt darüber, weil sie selbst in einem fort logen oder die Wahrheit sagten und belogen wurden oder ihnen die Wahrheit erzählt wurde. Also berieten sie, was am besten zu tun sei, und sie kamen zu einem Entschluss. Sie wollten in Zukunft nicht mehr unterscheiden, was wahr und was falsch sein sollte, beides sollte gleich viel gelten. Weder der Wahrheit noch der Lüge könne man ganz auf den Grund gehen, sagten sie, denn es passiere häufig, dass sich die Wahrheit als Lüge und die Lüge als Wahrheit herausstellte, allein wenn man genauer hinschaute. Was also sollte es für einen Unterschied machen, und was für einen Nutzen sollte eine Unterscheidung haben? Von diesem Tag an war es einerlei, ob jemand log oder die Wahrheit sagte, die

Menschen glaubten etwas oder nicht, aber sie forschten nicht weiter nach, sie nahmen hin, wie es war, jeder glaubte, was er mochte, und alles wurde gut.

Vielleicht werden Sie jetzt einwenden, dass heute alles transparent sei, heute würden uns Medien nicht mehr so ohne Weiteres alles vorsetzen können, und wir glaubten das. Heute gäbe es ja das Internet, das Smartphone, Twitter und Facebook, man könne alles nachgoogeln. Heute könne jeder schreiben, was und wann er wolle, jede Meinung bekomme sofort ihren Spiegel vorgesetzt, den realen wohlgemerkt, nicht das Magazin. Machen Sie das Fenster auf, und rufen Sie laut auf die Straße hinaus: „Heute sind wir frei. Heute entscheiden wir. Heute wissen wir."

Glauben Sie das ruhig. Mehr Wahrheit als in Ihrem Glauben an die Wahrheit werden Sie nirgendwo finden.

Und so saß ich drei Tage lang da und schrieb dieses Buch. Oder zwei Jahre. Am Handy. Oder in einer Almhütte. Sie entscheiden. In der Not frisst der Teufel Lügen.

Der wahre Kern

M anchmal glaubt man, es tut sich nichts, und doch ist der Teufel los.

„Chrkl, chrkl, chrkl, chrkl."

Man hörte dem Fahrrad deutlich an, dass es eine bewegte Jugend hinter sich hatte. Wer zudem hinsah, konnte am Stahlrahmen und am S-Type-Lenker kleine Aknenarben entdecken, der Brooksattel in Leder wirkte verschlissen wie der Kommunionsanzug vom großen Bruder, den man aus Gründen der Sparsamkeit aufzutragen hat. Die Schwalbe Kojak Reifen Kevlar reflex hatten sich an den Straßen Wiens schon so abgearbeitet wie der Radiergummi am Schönschreibheft eines Erstklässlers. Der Radler wusste wohl auch, dass die Stoßdämpfer Interesse an allerlei hatten, das geringste allerdings an ihrer eigentlichen Aufgabe, nämlich den Stoß zu dämpfen, und deshalb versuchte er dem Fleckerlteppich und den Wölbungen des Straßenbelags so geschickt auszuweichen wie Buben früher den Ohrfeigen ihres Vaters. Mit Entschlossenheit drückte er den Trigger der Gangschaltung.

„Chrkl, chrkl, chrkl, chrkl."

Der Umwerfer des Sechsganggetriebes mit den zwei Zahnkränzen schubste die Fahrradkette vorne auf das nächsthöhere Kettenblatt, nach und nach fuhren die Metallteile hinten in die Ritzel ein und gaben dabei ein knirschendes, metallisches Geräusch von sich.

„Chrkl, chrkl, chrkl, chrkl."

Der Widerstand beim Treten nahm zu. Der Radler spürte ein Ziehen in den Oberschenkeln, stieg aus dem Sattel seines schwarzen Brompton Black Edition mit Turkish-Green-Rahmenteilen hoch, trat ein paar Mal kräftig in die Pedale. Vorne an der Ampel blinkte das Grünlicht schon, einmal, zweimal, aber das konnte er noch rechtzeitig schaffen. Sein Brommi schoss bei Gelb von der Schwarzspanierstraße über die Währingerstraße in die Berggasse, hob kurz ab wie ein Skispringer auf einer Kinderschanze, landete aber noch rechtzeitig auf der Fahrbahn, ehe es steil bergab ging. Er rauschte an den schräg geparkten Autos vorbei, viel zu schnell jetzt, er musste den Hebel der Fibrax-Bremsen energisch drücken. Ein alter himmelblauer Mercedes fiel ihm auf – was für eine Farbe! – am Innenspiegel baumelte ein orangefarbener Wunderbaum, Duftnote „Mai Tai". Auf dem Gehsteig vor der Kühlerhaube stand eine junge Frau mit auffallend glänzenden zitronenfalterfarbenen Haaren. Sie hielt die Arme fast ganz ausgestreckt, fuhr mit dem Smartphone in ihrer rechten Hand hin und her und auf und ab wie Sicherheitsleute auf dem Flughafen, wenn sie Passagiere mit einem Handdetektor nach Waffen oder anderen gefährlichen Gegenständen untersuchen.

Der Radler passierte die Wasagasse, hatte Glück und erwischte an der Kreuzung mit der Liechtensteinstraße ebenfalls Grün. Ein paar Bodenwellen sorgten dafür, dass der Sattel seines Brommis mehrfach so schmerzhaft gegen seinen Po geschlagen wurde, als würde ihm jemand für seine Fahrweise den Hintern versohlen wollen, und das wohl zu Recht.

Dann ging alles ziemlich schnell.

Der Radler war jetzt fast auf Höhe des „Sigmund Freud Museums", Hausnummer 19. Er blickte hin zu dem großen roten Schild vor dem Eingang. Der Moment Unaufmerksamkeit genügte, um fast zu übersehen, dass jemand vom rechten Gehsteig aus mit dem Rücken voran auf die Straße trat. Vollbremsung, das Brompton bäumte sich auf, verlor mit dem Hinterrad kurz den Kontakt zum

Asphaltfleckerlteppich. Der Radler verriss den Lenker nach links, sah, dass die Frau mit nachtpfauenaugenbraunen Haaren, ebenfalls so um die Anfang 20, ein iPhone in der Hand hielt, aus dem jetzt Tausende Blitze schossen. Er schaffte es gerade noch, dem „Nachtpfauenauge" auszuweichen, und rollte nun weiter Richtung Porzellangasse. Als er sich umdrehte, um nachzusehen, ob etwas passiert sei, fing sein Blick das Gesicht des „Nachtpfauenauges" ein. Er glaubte, ein Lächeln erkennen zu können.

Der Radler riss den Gang nach oben, trat kräftiger in die Pedale, merkte den geringeren Widerstand, schaltete mit dem Trigger zwei Gänge höher – „Chrkl, chrkl, chrkl, chrkl", ächzte die Schaltung – er glitt nun dahin, die Porzellangasse hinauf Richtung Franz-Josefs-Bahnhof.

Eine gute Viertelstunde später war er im Studentenheim angekommen. Er wischte sich den Schweiß von der Stirn, sein T-Shirt klebte am Oberkörper. Er faltete sein Brommi, sperrte es in seinen Spind, schulterte seinen Rucksack und ließ die bewegte Jugend dort zurück, wo sie hingehörte, um mit dem Aufzug in den 8. Stock zu fahren.

Es war irgendwie ziemlich wenig passiert, aber irgendwie auch ziemlich viel.

Die wahre Nacktheit

G ott war heiß. Er saß seit ungefähr genau sechseinhalb Minuten in der Sauna, als die Holztür mit einem langgezogenen Raunzen aufging. Das Thermometer zeigte 90 Grad an. Hin und wieder versuchte ein Wassertropfen den Ofen zu necken und ließ sich auf einen der heißen Steine plumpsen, der dann empört aufzischte. In der Sanduhr, die Gott umgedreht hatte, um sich hernach auf das hellbeige Hotelhandtuch mit dunkelbeigem Logoaufdruck niederzulassen, rieselten die weißbläulichen Körnchen langsam nach unten. Das Licht war gedämpft, zwei gelbliche Leuchten spendeten aber doch ausreichend genug Helligkeit, um erkennen zu können, dass die Frau, die in die Sauna kam, von auffallender Schönheit war. Das zitronenfalterfarbene, glatte, vorne in der Mitte gescheitelte Haar reichte hinten ein gutes Stück über die Schultern, das Gesicht war mädchenhaft geschnitten. Gott, dem nicht völlig aus der Luft gegriffen eine Fixierung auf Busen und Po nachgesagt wurde, stellte mit Genugtuung fest, dass beide zueinander in guter Balance standen und nirgendwo mit Silikon korrigierend eingegriffen worden zu sein schien. Die so gut wie makellose Figur, verteilt auf geschätzt 1,75 Meter, hätte jeden Bikini gut zur Geltung gebracht, nun aber trug die unbekannte Schönheit keinen – was Gott ebenfalls mit Wohlgefallen bemerkte – sondern war vollkommen nackt, bis auf das Handtuch, das sie um ihre Hüften geschwungen hatte. Sie schenkte Gott, der links von der Tür saß, ein kurzes Lächeln, ließ die Tür in den Schließer fallen und schritt so elegant Richtung Pritsche, dass er schlussfolgerte, die unbekannte Schönheit müsse Erfahrung im Modelgeschäft gesammelt haben, eventuell sogar bei einer einschlägigen Show im Fernsehen.

Die Sauna war bis auf Gott und die unbekannte Schönheit, die er auf höchstens 20 Jahre alt schätzte, leer. Sie hätte folglich alle erdenklichen Möglichkeiten gehabt, sich hinzusetzen. Die Kabine war etwa zwölf Quadratmeter groß, in der Mitte stand der Saunaofen. Links, rechts, hinten und gleich neben der Tür, ebenda wo Gott saß, gab es auf zwei Ebenen Gelegenheiten zum Sitzen und Liegen, unten fühlte sich die Hitze wie immer etwas weniger fordernd an. Gott, der sich wie die meisten Männer seines Ranges, in der Sauna wie im Berufsleben, zum Heldentum auserkoren sah, thronte natürlich oben, lehnte seinen Rücken an ein mäßig bequemes Holzbrett, das nach und nach Maserungen in seine Haut pauste, und schwitzte jetzt etwas mehr als noch gerade eben. Ob das daran lag, dass sich seine Poren langsam zu öffnen begannen, weil die Temperatur angestiegen war und Schweiß nun auf der Haut verdampfte, oder daran, dass er nunmehr nicht mehr allein in der Sauna saß, wusste er nicht, es war für ihn aber momentan von erheblicher Unerheblichkeit.

Jedenfalls fiel ihm zu diesem Zeitpunkt auf, dass sich die unbekannte Schönheit aus für ihn nicht hinreichend nachvollziehbaren Gründen für die Pritsche links von ihm entschieden hatte, obwohl sie sich doch auf allen anderen Plätzen seinen Blicken viel leichter hätte entziehen können. Er bemerkte, dass sie um eine Spur länger brauchte, als er es als nötig erachtete, um ihr Handtuch zu entfalten und auszubreiten, dass sie ein, zwei, drei Versuche dafür in Anspruch nahm, obwohl im Ergebnis kein Unterschied zu erkennen war. Bei jedem Anlauf beugte sie den Oberkörper etwas weiter nach vorne, als es geboten erschien, was allen anatomischen Gesetzen gemäß zur Folge hatte, dass sich ihre Kehrseite in die genau entgegengesetzte Richtung bewegte, in jene von Gott nämlich, dem damit ausreichend Zeit für ein diskretes wie umfassendes Studium ebendieser Kehrseite eingeräumt wurde. Das Angebot, vermeintlich oder nicht, nahm er dankend an und ließ es für sich mit der Bestätigung enden, dass er tatsächlich das Paradies vor sich hatte, von welcher Seite aus auch immer betrachtet.

Als sich die unbekannte Schönheit endlich niedergelassen hatte, wandte Gott den Blick ab, wie es sich für einen Gentleman geziemt – und als solcher sah er sich selbstredend – und starrte auf den Saunaofen, als würde er ein gesteigertes Interesse daran haben, Wissen über dessen Funktionsweise zu erlangen. Aus dem Augenwinkel heraus bemerkte er, dass sich die unbekannte Schönheit nun mit den Füßen voran auf dem Handtuch ausgestreckt hatte, und als er etwas später und nur für einen kurzen Moment zur ihr hinsah, stellte er zu seinem Erstaunen fest, dass sie nicht etwa die Beine, wie er es erwartet hatte, geschlossen hielt, sondern sie weit gespreizt hatte. Mehrere Blitze fuhren gleichzeitig in Gott ein, sie durchzuckten ihn besonders heftig, denn sie kamen aus einem heiteren Himmel heraus, ohne jede Vorwarnung also. Er wurde durchgeschüttelt und durchgerüttelt und wartete angstvoll auf den Lärm des Donners. Aber der kam nicht. Gott wurde von großer Machtlosigkeit erfasst, die Blitze hatten ihn aufgeladen, nun wusste er nicht wohin mit der überschießenden Energie. Er wollte flüchten und dableiben zugleich, sich aufbäumen und ganz klein machen, schreien und ganz still sein. Für einen Moment schloss er die Augen. Plötzlich sah er sich als Siebenjähriger, seine Mutter saß neben seinem Kinderbett und las ihm aus „Räuber Hotzenplotz" vor, jene Passage, in der Seppl an den Zauberer Petrosilius Zwackelmann verkauft wird. Aufgewühlt hatte er die ganze Nacht nicht schlafen können. Er wollte hinein in das Buch, das neben seinem Bett lag, mit der Faust ein Loch in den Pappendeckeltitel boxen und hineinspringen, sich durchkämpfen bis zu den Seiten mit Seppl und Zwackelmann, dem Zauberer mutig die Stirn bieten und ihn in die

Flucht schlagen. Aber er wusste nicht, wie er das anstellen sollte, und so blieb er liegen, wie er war, die Augen offen, das Herz raste wie verrückt. Machtlosigkeit. Jetzt auch.

Dem Körper von Gott fiel auf die offensichtliche Bedrohung nicht viel mehr ein, als sein Gesicht heftig erröten zu lassen. Jetzt war er froh, dass das Licht in der Kabine nur geringfügig Licht spendete. Er versuchte seine Atmung in den Griff zu bekommen, starrte nun erneut in Richtung Saunaofen, neuerlich ohne einen Zuwachs an Erkenntnis zu erlangen. Die Lücke in der Bildung war freilich jene, die ihn im Moment am wenigsten in Unruhe versetzte.

Gott war Anfang 40, wenn er nach seiner Größe gefragt wurde, dann flunkerte er „knapp über 1,80 Meter". Er fühlte sich für sein Alter angemessen schlank und stattlich gebaut, das graumelierte Haar spielte seine Stärken ganz offensichtlich am hinteren Teil des Oberkopfes aus, ein Dreitagesbart unternahm tapfere Versuche, ihm etwas Rebellenhaftes zu verleihen. Er schaute auf sich, ohne in die Tiefe zu blicken. Er hatte stets Turnschuhe im Auto, ohne jemals joggen gewesen zu sein. Er besaß eine Jahreskarte fürs Fitnessstudio, ohne es regelmäßig, oder auch nur unregelmäßig, zu besuchen. Er rasierte sich Brust und Beine, wie es ihm die Fernsehwerbung vorschlug. Er war sich seiner Wirkung auf Frauen so sicher, wie die Frauen eben genau darüber unsicher waren, deshalb passierte ihm selten bis nie, dass er die Kontrolle über Erregungen einschlägiger Art verlor. Das hier entglitt ihm, und er begann es panisch zu bemerken.

Gott versuchte nun so gut es ging nicht zur unbekannten Schönheit hinzusehen, aber es ging nicht gut. Zum Glück hielt sie die Augen geschlossen, deshalb packte Gott die Gelegenheit beim Schamhaarschopf und betrachtete die unbekannte Schönheit genauer. Er sah, dass sie ein Nabelpiercing in der Form eines Schmuckstückes mit einem Edelstein auf der Spitze trug, in dessen Umgebung sich schon ein kleiner Schweißsee gebildet hatte. Er musste nicht zweimal hinsehen, um festzustellen, dass die unbekannte Schönheit bis auf einen schmalen Streifen am Schambein rasiert war, und nur ein paar Augenblicke, um sich zu erinnern, dass dieser Haarschnitt „Brazilian Cut" genannt wurde. So etwas zu wissen, war für Gott, der es in seinem Beruf bis ganz nach oben gebracht hatte, eine Selbstverständlichkeit. Über mehrere Artikel in Frauenzeitschriften hatte er sich erlesen, dass es modisch geworden war, sich auch im Intimbereich zu stylen.

Als Gott in Gedanken versunken war, passierte etwas vollkommen Unerwartetes: Die unbekannte Schönheit schlug die Augen auf.

An dieser Stelle wäre Gott am liebsten im Saunaboden versunken, so wie er es sich als Siebenjähriger gewünscht hätte, in den Buchdeckel von „Räuber Hotzenplotz" abtauchen zu können, aber damals wie heute ging das nicht. Machtlosigkeit, schon wieder. Schweiß trat aus ihm aus, nicht mehr nur ein bisschen, sondern sturzbachartig, so als wäre innendrin in ihm eine Kraftwerksmauer geborsten, und das Wasser beginne jetzt, seine Haut zu überschwemmen. Er legte die Hände instinktiv auf seinen Schambereich und wusste, dass wegschauen jetzt wenig hilfreich wäre, denn man könnte das als Schuldeingeständnis werten, wie auch immer die Anklage lauten sollte.

Und die unbekannte Schönheit? Sie lächelte.

Gott war keine unschuldige, jungfräuliche Seele, nirgendwo. Sein Beruf brachte es mit sich, dass er öfters in Situationen geriet, die andere als hochnotpeinlich empfunden hätten. Gott nicht. Gott nie. Gott erweckte stets den Eindruck, als genieße er, was andere beschämend fanden. Er konnte sich aus allem herausreden, Menschen für sich einnehmen, ihre Gedanken lenken, ihre Ansichten ins Gegenteil verkehren. Er war ein Menschenfänger, wer einmal in sein Netz geraten war, machte das Geschehen durch Zucken und Strampeln nur noch schlimmer. Aber hier, hier fiel ihm nichts ein. Nackt in der Sauna, mit einer unbekannten Schönheit, der er einen tiefen Blick zugeworfen hatte, der sehr tief blicken ließ, jetzt würde er sich am liebsten überall lieber blicken lassen als hier. Mit Menschen konnte sich Gott jederzeit schamlos offen unterhalten, aber wie redet man mit zwei Schamlippen?

Da ihm nichts einfiel, sagte er das naheliegend Dümmste: „Heiß hier!" Aus Angst vor der Antwort legte er seine beiden Hände unbewusst noch schützender vor sein Gemächt und wartete, was da kommen möge.

Doch nichts passierte, zumindest zunächst. Die Schamlippen klappten nicht zu. Die schöne Unbekannte blieb einfach liegen, als wäre nichts gewesen oder gesagt worden, und antwortete nach einer kurzen Weile lächelnd: „Mich macht Hitze immer geil."

In Gott barst die zweite Staumauer.

„Und was tun Sie dagegen?", fragte er und hätte den Satz in der Sekunde gerne zurückgezogen und gelöscht, so töricht und unangemessen kam er ihm vor. Aber die unbekannte Schönheit lächelte weiter, bewegte nun auch noch die Oberschenkel hin und her. Der Anblick ließ Gott an eine fleischfressende Pflanze denken, die ihre Blätter langsam um eine Beute schließt. Das junge Gewächs ihm gegenüber hielt ihn längst gefangen, und er wusste das.

„Nun, ich frage den ersten Mann, der mir gefällt, ob er mich ficken will", sagte die fleischfressende Pflanze.

Wäre noch eine Staumauer in Gott intakt gewesen, spätestens jetzt wäre auch sie zerbröselt. Schweiß brach über ihn herein, als hätte ihn eine Tsunamiwelle erfasst, er hatte das Gefühl, nur mehr aus Wasser zu bestehen. Aber seltsamerweise, in dieser hochnotpeinlichen Situation, in der er die Kontrolle über sich und alles rundherum verloren hatte und sich nicht nur nackt fühlte, weil er nichts anhatte, bemerkte Gott, dass etwas mit ihm – oder besser an ihm – passierte: Er wurde geil. Und wie das häufig so ist bei Männern, fand nur ein kurzer Kampf statt zwischen dem Wollen und dem Sollen und dem Können und dem Dürfen, und schnell riss die Triebhaftigkeit die Arme in die Höhe und erklärte sich zum Sieger dieses höchst einseitigen Kampfes, und mit einem Schlag hatte

Gott sein Selbstvertrauen zurück.

„Wenn Sie jetzt geil sind und ficken möchten", fragte er die unbekannte Schönheit. „Wer käme Ihnen jetzt in den Sinn?"

Die Antwort kam schnell wie ein Pfeil: „Du."

„Das heißt, ich gefalle Ihnen?"

„Nun ja, zumindest schwitze ich an Stellen, an denen man meines Wissens nach gar keine Schweißdrüsen hat."

Die unbekannte Schönheit hatte den Satz kaum zu Ende gesprochen, als sie aufsprang und Richtung Saunatür stürzte. Ihre Schritte passten nun eher zu einer 100-Meter-Sprinterin, als dass sie an eine mutmaßliche Vergangenheit als Modelkandidatin einer Fernsehshow erinnerten. Gott wuchtete seinen Körper erstaunlich schnell hoch und folgte ihr so rasch, als wäre in der Sauna nicht allein im Ofen Feuer ausgebrochen. Keiner der beiden machte sich die Mühe, die Liegetücher mitzunehmen. Die unbekannte Schönheit zog Gott aus der Kabine, jedenfalls empfand er es so, denn ihre Hand stieß mehrmals an seinen Körper an, einmal tat es weh. An der Tür fiel ihm auf, dass außen jemand ein Schild auf die Schnalle gehängt hatte: „Außer Betrieb". Aber Gott war so lusttrunken, dass er sich weniger dabei dachte, als er es hätte tun sollen. Er ließ sich einfach weiterziehen, hinein in eine kleine Kammer, in der Putzmittel nicht nur gelagert waren, sondern in der es auch deutlich nach ihnen roch, aber in der es auch eine kleine Pritsche mit einer Matratze gab, zum Ausruhen wohl für die Angestellten oder als Ersatz, wenn irgendwo eine Liege kaputtging.

Gott gewann schnell den Eindruck, dass es die unbekannte Schönheit nicht zum ersten Mal in ihrem Leben mit einem richtigen Mann, mit einem wie ihm, zu tun hatte. Sie packte recht beherzt zu, ihre Hände waren überall, nicht jeden Griff fand er erregend, einige sogar schmerzvoll, aber er schrieb es ihrer Triebhaftigkeit zu. Er versuchte, sie Richtung Pritsche zu drängen, aber sie hielt dagegen, ihr lag wohl mehr an Sex im Stehen. Sie keuchte und seufzte, stöhnte, und manchmal hatte er auch den Eindruck, als versuchte sie zu

31

schreien, aber es kam kein Ton aus ihrem Mund. Der Grad ihrer Erregung schien zu steigen und zu steigen, er nahm es mit Wohlgefallen zur Kenntnis, obwohl er es nicht anders erwartet hatte. Beide Körper waren jetzt schweißnass, seine und ihre Hände glitten auf Armen und Schenkeln dahin wie auf einer Eisbahn, rutschten aus, fielen hin und standen wieder auf, keiner bekam den anderen zu fassen, es machte ihm nichts aus, im Gegenteil, es spornte ihn noch mehr an. Er fuhr ihr mit der rechten Hand über den Bauch, dort wo ihr Nabelpiercing saß, sie packte seinen Arm am Gelenk und schob die Hand woanders hin, dorthin wo es ihr offenbar besser gefiel, so passierte das mehrmals. Er versuchte sie zu küssen, aber just in diesem Moment drehte sie sich weg, wohl aus einem Zufall heraus. Er drängte und zwängte sich an sie heran, sein Penis suchte nach einem Weg, in sie einzudringen, aber die unbekannte Schönheit bog sich weg, sie hatte ihn wohl nicht kommen sehen. Er stand, Penetration hin oder her, nahe vor der Explosion, las auch Leidenschaft in ihren Augen. In ihrer Wollust wollte die unbekannte Schönheit mit ihren Händen wohl über sein Gesicht streichen, ihn liebkosen, aber sie stieß unglücklich mit dem Handrücken mit großer Wucht gegen seine Nase. Gott bekam einen Schwindelanfall und ließ von ihr ab. Er schloss die Augen, taumelte, schmeckte Blut, in seinem Kopf tauchten grellgelbe Sterne auf, wurden groß und hell, um dann zu verblassen, immer neue kamen nach. Die unbekannte Schönheit wollte ihm offenbar helfen, trat näher an ihn heran. Dabei unterlief ihr allerdings ein weiteres Missgeschick. Sie kam mit ihrem linken Oberschenkel zwischen seine Beine, er sah es nicht kommen. Gott durchfuhr von ebendort, wo seine Erregung eben noch am augenfälligsten gewesen war, ein Schmerz, der tiefer ging als alles, was er bisher diesbezüglich erlebt hatte. Die Lust ging so schnell, wie sie gekommen war. „Ich lieb dich", hörte er die unbekannte Schönheit erregt rufen. Sie drehte sich um, stieß die Tür auf und rannte weg. „Sie wird schnell Hilfe holen wollen", dachte sich Gott und legte seinen Körper behutsam auf der Pritsche ab. Er fühlte sich benommen, aber, als der Schmerz langsam nachzulassen begann, gleichzeitig so lebendig wie schon lange nicht. Kurz loderten ein paar Flammen Schuldbewusstsein in ihm auf, aber er löschte Bedenken so schnell wie auch sonst immer in seinem Leben. Im Zimmer des Fünfsternhotels, nur drei Gehminuten entfernt, lag seine Ehefrau im Bett. Weil sie sich mutmaßlich, wie angekündigt, die Haare gewaschen hatte, trug sie mutmaßlich, einen Turban aus Handtüchern auf dem Kopf und las ein esoterisches Buch, um die Zeit totzuschlagen, bis Gott ins Zimmer zurückgekehrt war und geduscht hatte, um mit ihr zum Abendessen zu gehen.

Musste er ein schlechtes Gewissen haben? „Nein", sagte er bestimmt zu sich. Schließlich war die Initiative nicht von ihm ausgegangen. Er wollte nur in die Sauna gehen und entschlacken, die Giftstoffe aus seinem Körper herausschwemmen. Er war verführt worden, eindeutig, so musste man das sehen. Natürlich hätte er „Nein" sagen können, ja vielleicht „Nein" sagen müssen, aber er war ein Mann, der Chancen zu nutzen wusste, und das hier war eindeutig eine gewesen. Gibt es nicht schon genug Menschen draußen in der weiten Welt, die verpasste Gelegenheiten tantenhaft bejammern und denen sich die Verzweiflung darüber so sehr in die Seele frisst, dass sie Krebs bekommen und elendiglich zugrunde gehen? So einer will und wollte er nie sein. Auch der unbekannten Schön-heit hatte es Vergnügen bereitet, davon war er fest überzeugt.

So lag er da, der Schweiß trocknete langsam auf seiner Haut, die Sterne kehrten aus seinem Kopf ins All zurück. Vor wenigen Minuten hatte er geschwitzt wie ein Rennpferd auf der Zielgeraden, jetzt wurde ihm erst kühl, dann kalt. Er griff sich ein Handtuch vom Stapel, deckte sich zu und döste ein. Als er wenige Minuten später munter wurde, fiel ihm auf, dass die unbekannte Schönheit noch immer nicht zurückgekehrt war. Vielleicht schämte sie sich, und es tat ihr leid, was passiert war, vielleicht genierte sie sich auch, weil sie ihm wehgetan hatte, er war ihr nicht böse. Nach weiteren zehn Minuten war er sich sicher, dass sie nicht mehr kommen würde.

Gott stand auf und schaute durch das kleine Fenster des Putz-kammerls in den Vorraum. Keiner da. Er öffnete die Tür, schnappte sich seinen Hotelbademantel, der vor der Sauna an einem Haken hing, und ging auf sein Zimmer zu seiner Frau mit dem Turban auf dem Kopf. Er sollte von der unbekannten Schönheit eine Zeit lang nicht mehr hören. Dann freilich bekam er mehr von ihr zu sehen, als ihm lieb war.

Die nackte Wahrheit

A ls Emma die Sauna betrat, ahnte sie nicht, dass sie dort auf Gott treffen würde. Sie hatte einen kurzen, flüchtigen Blick durch das kleine Fenster der Tür ins Innere geworfen, den Saunaofen gesehen, aber keine Menschenseele auf den Pritschen entdecken können. An der Türschnalle fiel ihr ein etwa kuvertgroßes Schild auf, das an einer Kette aus kleinen Metallkügelchen baumelte, aber Emma konnte die Aufschrift nicht lesen, weil sie einigermaßen kurzsichtig war. Nicht fehlsichtig genug, um sich eingestehen zu müssen, dauerhaft Brille zu tragen wäre eine vernünftige Idee, aber doch ausreichend, um vieles, was weiter entfernt war als eine Armlänge, nur mehr verschwommen wahrnehmen zu können. Wie die meisten, die es der Eitelkeit wegen so halten, riet sie sich mehr durch den Alltag, als ihn lesend zu erfahren. Beim Türschild an der Sauna mutmaßte sie, dass es als Versuch da hing, sie vor irgendetwas zu warnen, wusste aber nicht, wovor, fühlte sich nicht bedroht und nahm es deshalb nicht weiter ernst. Sie bemerkte noch, dass sich das Schild offenbar umkehrte, als sie von innen die Tür in den Schließer fallen ließ, maß dem aber ebenso wenig Bedeutung bei.

Emma erschrak leicht, als sie erkannte, dass sie nicht allein war, und den Mann in der Sauna sah, der links von der Tür saß und sie unangenehm intensiv musterte. Sie lächelte verlegen. Als Erstes fiel ihr sein auffallend großer, kreisrunder Schädel auf, der auf einem klobigen Hals aufsaß, der wiederum von einem feingliedrigen, goldenen Kettchen eingerahmt und solcherart sogar noch betont wurde. Die Haare auf dem Kopf hatten sich vollständig aus dem Areal zwischen Stirnbein und Kranznaht zurückgezogen und lagen nun schütter, ergraut und ermattet auf der Haupthinterseite wie eine geschlagene Armee. Die Augenbrauen standen in scharfem Kontrast dazu, denn sie steckten mit einer Akkuratesse in der Stirn, als wären sie mit einer Heftzange angetackert worden. Der Brustkörper des unbekannten Gottes machte sich nicht weiter die Mühe, Muskeln anzuzeigen, und ging ziemlich abrupt in einen Bauch über, der sich als ansehnliche Kugel darbot, an deren Füllung nicht Monate, sondern sicher Jahre gearbeitet worden sein musste. Die gesamte Last aus Kopf, Oberkörper und Bauch drückte das Hinterteil des Mannes fest in Richtung Pritschenholz und schob kleine Fettwülste links und rechts nach außen, wo sie auf dem Hotelhandtuch zu liegen kamen. Im Gegenzug zum raumfüllenden Oberkörper wirkten die Beine auffallend dünn. Emma schätzte den unbekannten Gott auf Mitte, Ende 40 und deutlich unter 1,80 Meter groß. Obwohl nichts zu sehen war, was das auch nur annähernd gerechtfertigt hätte, strahlte der unbekannte Gott ein erstaunlich hohes Maß an Selbstbewusstsein und Selbstsicherheit aus. Sie nickte ihm aus lauter Verlegenheit kurz zu und sah dann, dass sich am Boden der Sauna kleine Wasserlachen gebildet hatten. Sie bemerkte auch, dass die Pritsche rechts einen kleinen Schaden am Holz aufwies, also Gefahr bestand, sich einen Span einzuziehen. Die Liegefläche an der Hinterseite musste wohl eben benutzt worden sein, weil sich am Holz Schweißflecken abzeichneten. Vorsichtig und teils auf Zehenspitzen steuerte sie also die Pritsche links an. Ihr Gang muss seltsam ausgesehen haben, denn die Augenpaare des unbekannten Gottes folgten ihr auf jedem Zentimeter, dafür musste Emma nicht einmal hinsehen.

Sich nun hinzulegen bedeutete für Emma, eine Entscheidung treffen zu müssen, die schwerer war, als es auf den ersten Moment vielleicht den Anschein erweckte. Sich mit dem Kopf in Richtung des unbekannten Gottes zu platzieren bedeutete, unangenehm nahe an seinen Mittelkörper zu kommen und obendrein nicht mehr sehen zu können, was er tat, auch seine Blicke nicht mehr abwehren zu können, sich also in eine Art Hilfslosigkeit zu begeben. Sich mit den Beinen in Richtung des unbekannten Gottes auszubreiten hatte den Nachteil, dass sie sich ihm ungewollt zu Schau stellte und dalag tatsächlich wie ein offenes Buch, sich also in eine Art Schutzlosigkeit zu begeben. Sie hätte sich natürlich einfach hinsetzen können, aber sie sah nicht ein, warum sie sich nach einem Mann richten sollte, der noch dazu keinerlei Anstalten machte, die Misslichkeit ihrer Lage zu bemerken, und schon gar nicht darauf aus war, diese lösen zu wollen. Emma war eine starke Person, nicht nur in der Sauna. Sie ließ sich nichts gefallen, auch und schon gar nicht von Menschen, denen recht schnell anzumerken war, dass man ihr Wohlgefallen fand.

Um Zeit fürs Überlegen zu gewinnen, entfaltete Emma das Handtuch absichtlich langsam, legte es sorgsam zusammen, warf es auf die Pritsche, nahm es weg, probierte es wieder, zog es erneut fort, unternahm einen neuen Anlauf. Dem unbekannten Gott dabei den Rücken zuzukehren war ihr in hohem Maße unangenehm, aber der Situation geschuldet. Sie beugte die Hüfte so wenig, wie sie konnte, weil sie wusste, dass sie ihren Po dabei präsentierte, als würde sie etwas anbieten wollen, nichts aber lag ihr ferner. Schließlich entschied sie sich und legte sich mit den Beinen voran in Richtung des unbekannten Gottes auf die Pritsche.

Emma war 17, ein Mädchen vom Land, aber nicht naiv und schon gar nicht auf den Mund gefallen. Sie hatte einen Ferienjob in dem noblen Hotel angenommen, weil sie im Sommer raus wollte aus der engen Freiheit ihrer Heimat in Oberösterreich, nun lag sie in der freien Enge dieser Sauna, und das nur aus einem reinen Zufall heraus. Tagsüber arbeitete sie in der Küche als Hilfe, sie schnitt Karotten, Hunderte, Tausende, schälte Erdäpfel, holte Bohnen aus der Dose, rund um sie herum dampfte und zischte es, es wurde hin- und hergelaufen, laut gerufen, gestritten, ganz spät am Abend, wenn die Gäste bei einem Himbeergeist oder einem Aperol Spritz an der Bar saßen oder in den Hotelbetten wegdämmerten, war das alles vergeben und vergessen. Der nächste Tag konnte kommen, das gleiche Spiel, alles wieder von vorne.

Den Job als Küchenhilfe hatte Emma im Internet entdeckt, als sie spät, aber doch nachsah, ob es etwas für sie zu arbeiten gäbe, was keine Ausbildung erforderte. Die Tätigkeit war nicht besonders gut bezahlt, aber es gab Essen, Unterkunft und die Tiroler Luft gratis dazu, und man durfte die Annehmlichkeiten des Hauses auch für sich in Anspruch nehmen, deshalb schwitzte Emma an ihrem freien Tag in der Sauna.

Sie ging noch zur Schule, im kommenden Frühling sollte Matura sein. Emma fürchtete sich nicht davor, denn sie hatte in keinem Gegenstand Probleme. Sie war ein fröhliches Mädchen, beliebt bei allen, zumindest bildete sie sich das ein, und wenn es nicht so war, machte es ihr auch nichts aus, denn am liebsten war sie doch für sich allein. Sie war 1,70 Meter groß, hatte zitronenfalterfarbene Haare und Sommersprossen auf der Stupsnase. Sie fand ihre Figur in Ordnung, wie viele Mädchen hätte sie gerne dies und das anders gehabt, wenn sie vor die Wahl gestellt worden wäre, den Po vielleicht etwas kleiner, die Beine etwas dünner und den Busen etwas größer, aber sie war einigermaßen zufrieden so, wie es war. Model zu werden hatte sie nie angestrebt, dass sie aber attraktiv auf Männer wirkte, war ihr nicht erst beim Job in der Küche bewusst geworden. Als sie an einem der ersten Arbeitstage einen Topf Paradeiser zur Arbeitsplatte schleppte, vernahm sie einen Pfiff, der ohne Zweifel ihrer Figur galt. Wer dachte, Emma hätte das einfach so hingenommen oder überhört, kannte sie schlecht. Ihre Wangen nahmen keine Rotfärbung an, jedenfalls keine, die jener der Tomaten, die sie für ein Sugo zu schälen hatte, auch nur nahe kam, schon gar nicht schluckte sie die Herablassung hinunter. „Pfeifst du gerade deinem Schwanz, damit er dir endlich einmal gehorcht", fuhr sie den schlaksigen Lehrling neben sich an. In der Sekunde wich alle Farbe aus seinem Gesicht, er erstarrte und hätte am liebsten seine Mama angerufen, damit sie ihn abholt, daheim ein Bad einlässt und ihn dann mit einer Schale heißer Schokolade mit viel Schlagobers drauf verwöhnt, damit er das Böse dieser Welt schnell wieder vergisst. So aber stand er da, wusste weder mit seinen Händen noch mit sich selbst etwas anzufangen, sah die Köche und die Lehrlinge grinsen, den Küchenchef am meisten, rund um ihn drehte sich alles, kleine Erdkugeln, lauter Paradeiser. Er begann Emma leid zu tun, aber auch nicht stark genug, als dass sie ihn mit ein paar freundlichen Worten aus der Schockstarre befreit hätte. Von diesem Tag an genoss Emma Respekt in der Küche, von den Köchen, dem Küchenchef, den Lehrlingen und von einem ganz besonders.

An dieses Erlebnis musste sie denken, als sie in der Sauna lag und die Beine fest aneinanderpresste, eher aus Gewohnheit, denn den unbekannten Gott, der ihr gegenübersaß, hatte sie fast schon vergessen. Die wohlige Wärme machte sie schläfrig, und sie dämmerte leicht weg, für wie lange wusste sie danach nicht, aber als sie aufwachte, sah sie mit Entsetzen, dass sie mit weit gespreizten Beinen dalag und der unbekannte Gott sie mit dem geilsten Blick beobachtete, den Emma für herstellbar hielt. Er sah ihr nicht ins Gesicht.

Emma hatte kaum Schamhaare, nur einen dünnen Steg am Schambein, eine Fügung der Natur, aber deshalb dachten viele, die sie in der Schule etwa nach dem Sportunterricht in der Dusche sahen, sie würde sich im Intimbereich rasieren. Das tat sie mitnichten, aber den unbekannten Gott schien das nicht zu irritieren, im Gegenteil. Er schaute ihr weiter ungeniert zwischen die Beine, Emma wusste nicht, was tun. So selbstsicher sie in vielen Situationen war, so neu war das hier für sie. Sie begann ihre Beine hin und her zu bewegen, lächelte verlegen, was der unbekannte Gott offenbar als

Aufforderung missdeutete, ihr wäre an einem Gespräch gelegen.

„Heiß hier", sagte er, und Emma empfand es in dieser Situation als das naheliegend Dümmste.

„Ich hoffe, wir bleiben bei der Hitze heil", antwortete sie höflich. Was Besseres fiel ihr nicht ein.

Seltsamerweise reagierte der unbekannte Gott auf den lapidaren Satz mit einem Schweißausbruch. Emma hielt die Beine nun fest geschlossen, ihr Körper war angespannt. Sie war vorbereitet auf alles, was kommen könnte, ohne zu wissen oder auch nur zu ahnen, was das sein sollte.

„Und was tun Sie dagegen?", fragte der unbekannte Gott. Obwohl das für Emma keinen Sinn ergab, antwortete sie: „Nun, ich frage den Ersten, auf den mein Blick fällt, ob wir noch richtig ticken."

Nun wurde es endgültig absurd. Der schwitzende Leib gegenüber auf der Pritsche, der eben noch auf Emma seltsam teigig und unsicher gewirkt hatte, erhielt plötzlich neue Spannkraft zurück. Als hätte der Körper in ein anderes Programm umgeschaltet, justierte sich im Nu alles neu. Der Oberkörper des unbekannten Gottes lehnte sich nach vorne, die Hände verschwanden aus der Körpermitte und gaben den Blick auf einen Penis frei, der erstaunlich winzig war, nun aber offenkundig dabei war, sich recht forsch aus seinem Nest aus Schamhaaren ans Licht zu kämpfen. Was an Größe unten fehlte, besaß das Lächeln im Gesicht in Übermaß. Es machte sich so breit, dass sich Nase und Wangen ernsthaft Platzsorgen machten mussten.

„Wenn Sie jetzt geil sind und ficken möchten, wer käme Ihnen in den Sinn?", fragte der unbekannte Gott plötzlich.

„Wie?"

„Das heißt, ich gefalle ihnen?"

„Ich verschwinde jetzt auf der Stelle, ich habe keine Lust auf solchen Scheiß."

Emma sprang auf, ihr Handtuch ließ sie liegen. Sie stürmte aus der Sauna, der unbekannte Gott hinterher, sie spürte seine Hände und seinen Atem. Er griff nach ihr, sie stieß ihn weg, einmal dürfte sie seine Hoden getroffen haben, denn er zuckte zusammen, es stoppte ihn nicht. Im Vorraum war keine Menschenseele zu sehen, Emma blickte sich um, sah eine kleine Kammer, lief hin, riss die Tür auf, wollte sie zuwerfen, aber da war der unbekannte Gott schon hinter ihr, drängte sie in den Raum, die Tür fiel ins Schloss.

Das Kammerl war winzig, vielleicht fünf Quadratmeter groß, und vollgeräumt mit Regalen, auf denen Putzmittel lagerten, dazu stapelweise Handtücher. Im Eck stand eine Pritsche, durch ein kleines Fenster fiel etwas Licht in den Raum.

Dem unbekannten Gott entwuchsen plötzlich überall Hände, er fasste hin und langte zu, ziellos, aber mit einer Geschwindigkeit, der Emma kaum folgen konnte. Wenn sie beide Hände an einer Stelle weggestoßen hatte, tauchten vier Hände an einer anderen Stelle auf. Er betatschte Emma, wo er sie zu greifen bekam, seine Finger waren an allen Orten gleichzeitig, hier und da und schon wieder weg. Sie wehrte sich, drückte, stieß, schlug, ein paar Mal traf sie auch, es erregte ihn nur noch mehr. Er wollte sie auf die Pritsche drängen, aber sie stemmte sich dagegen. Aus Angst atmete sie schwer, sie wollte um Hilfe schreien, aber sie brachte keinen Ton heraus. Sie ekelte sich vor seinem schweißnassen Körper, sah seine Goldkette heiter auf und ab hüpfen. Je mehr sie sich ihm entgegenstellte, desto heftiger bedrängte er sie, und umso fröhlicher und unbeschwerter nahm seine Goldkette an dem Treiben teil. Als er ihr über den Bauch strich, zuckte sie, aber sie bekam seine Hand an der Wurzel zu fassen, warf sie wütend weg, aber es war nicht nachhaltig, im Gegenteil, er fühlte sich dadurch noch mehr angespornt. Gott versuchte sie zu küssen, schaffte es mit seinem Mund ganz nah an ihr Gesicht heran. Sie sah seine Augen, sie standen ganz weit offen, wie bei einem Wolf, der Beute gemacht hat und zum Todesbiss ansetzt, sie kam ihm aus. Er drängte sich an Emma heran, schweißnass, sie spürte seinen Penis, er versuchte ihn sie einzudringen, sie entwand sich.

Schließlich nahm Emma ihre letzte Kraft zusammen. Sie bekam eine Hand frei, schlug sie dem unbekannten Gott ins Gesicht. Sie zielte nicht, sie hatte gar keine Zeit dazu, aber ihr Handrücken traf die Nase, sie merkte, dass Wirkung eintrat. Seine Umklammerung wurde kurz schwächer, er taumelte zurück, sie sah, dass etwas Blut aus der Nase kam. Es war lächerlich wenig. Emma nutzte den Moment, brachte ihren linken Oberschenkel zwischen seine Beine, stieß zu und traf ihn genau an den Hoden. Ein Schmerz durchzuckte ihn, sein Körper klappte ein, er jammerte auf. „Fick dich", schrie sie und stürzte bei der Tür hinaus. Diesmal folgte er ihr nicht.

Sie lief aus dem Saunabereich in Richtung der Swimming Pools, durch mehrere Holztüren durch, die meisten waren offen, niemand begegnete ihr. Als sich Emma einigermaßen in Sicherheit fühlte, verlangsamte sie ihren Schritt, band sich ein Handtuch um, das sie in einem Weidenkorb fand. Dann kamen ihr Badegäste entgegen, ein Paar, dann noch eines. Sie blickte zu Boden, wollte nur mehr weg. Im Zimmer stellte sie sich unter die Dusche, als das heiße Wasser lief, kamen ihr die Tränen.

Am nächsten Tag reiste sie ab. Ihr Ferialjob war noch nicht zu Ende, aber sie erzählte, dass ihre Mutter überraschend krank geworden sei und sie deshalb heimfahren müsse. Niemand glaubte ihr, denn alle dachten, der Streit mit dem Lehrling, der ihr nachgepfiffen hatte, habe sie doch mehr mitgenommen, als sie zugeben mochte.

Wäre es nur das gewesen.

Gott
bewahre

F rida konnte von sich behaupten, worauf selbst die
Bibel keine eindeutige Antwort zu geben vermag: Sie
war tatsächlich mit Gott verheiratet und das zum Zeitpunkt, von dem hier die Rede sein soll, seit 9 Jahren,
87 Tagen und 7 Stunden. Nicht jeden Moment dieser 80.976 Stunden Ehe hatte sie genossen, vielleicht war sogar die Mehrheit davon
eher trist, was natürlich zum größeren Teil an Gott lag und seinem
Charakter, der so angelegt war, dass einige, denen sich dieser Charakter eröffnet hatte, bestritten, dass er überhaupt in Besitz eines
solchen war. Andererseits lag das aber auch ein bisschen an Frida
selbst, die nur solche als Genießerin sehen konnten, denen im Leben selbst nicht viele Freuden widerfahren waren.

Daran änderte auch nichts, dass sie an diesem Julitag schein-
bar entspannt im Zimmer lag und einen Turban auf dem Kopf trug,
weil sie sie sich tatsächlich die Haare gewaschen hatte. Das verlän-
gerte Wochenende in dem noblen Hotel in Tirol war natürlich eine
Idee von Gott gewesen, selbstverständlich war die Entscheidung
kurzfristig gefallen und klarerweise von beiden gemeinsam getroffen worden, also von Gott allein. Er hatte das Zimmer ausgesucht,
genau genommen, hatte ihn der Hoteldirektor wie üblich automatisch auf das beste upgegradet. Er hatte gebucht, präzise gesagt,
hatte das seine Sekretärin erledigt. Immerhin war er selbst mit dem
Auto gefahren, viel zu schnell wie immer. Bald nach der Ankunft

hatten sie Sex, was für beide eine Erleichterung war. Für Gott sowieso, für Frida, weil sie wusste, sie würde nun eine Zeit lang Ruhe vor ihm haben. Während sie sich also der Körperpflege widmete, dampfte Gott in den Wellnessbereich ab. Er kam früher zurück, als sie es erwartet hatte, wirkte müder als zuvor, Frida schrieb es den Anforderungen zu, die eine Sauna an seinen inzwischen auch schon der Jugendlichkeit entrissenen Körper stellte.

Gott hieß natürlich nicht Gott, sondern Gottfried Fischnaller, in der Schule wurde er „Goofy" gerufen. Als seinem Lebensbaum immer mehr Äste entwuchsen, auf denen Knospen des Reichtums und der Macht sprießten, fand er den Spitznamen nicht mehr passend, und er versuchte ihn von sich abfallen zu lassen wie Laub, dies durchaus mit Bestemm. Er gab Bekannten, Mitarbeitern, Weggefährten und auch Freunden, was immer er unter diesem Begriff auch sammelte, dezente Hinweise darauf, dass er die Bezeichnung für sich nicht mehr wünsche. Er sagte etwa: „Wenn du mich noch einmal Goofy nennst, du Arschloch, dann haue ich dir eins in die Goschn." Anderen gegenüber wurde er auch ausfallend oder drohte ihnen.

Dass mit den Freunden muss man vielleicht etwas näher erläutern. Natürlich hatte Goofy, also der spätere Gott, Freunde, ihre Zahl wuchs zunächst langsam, wucherte dann wie Efeu. Aber Freund, das ist ein Flugzeug vor dem Absturz, zwei Personen an Bord, aber nur ein Fallschirm vorrätig. Ein Freund sagt: „Nimm ihn du!" oder „Lass es uns gemeinsam versuchen!" Bei Gott Goofy wussten alle, in einer solchen Situation würde er sich den Fallschirm schnappen und wortlos abspringen, aber am Begräbnis (zu dem er natürlich zu spät kommen würde) dann die dicksten Tränen weinen.

Mit Gott Goofy gut zu sein hieß also eher, Teilhaber seiner Freundschafts-GmbH zu werden, einer Gesellschaft mit beschränkter Haftung, manchmal auch beschränkter Hoffnung, denn echte Nähe war nicht erreichbar, viele meinten auch nicht erstrebenswert. Für Gott war Freundschaft eine Art Zugewinngemeinschaft.

Ein Ertrag für beide Seiten schien möglich, zwingend erforderlich war er allerdings nur für Gott selber, das war Grundbedingung. Denn stellte sich ein solcher Profit in einem überschaubaren Zeitraum nicht ein, dann machte der nutzlos gewordene Teilhaber recht schnell den Abflug aus dieser Freundschafts-GmbH – erneut ohne Fallschirm.

Nicht wenigen in diesem Land, bettelarm an tugendreichen Charakteren, genügte diese Form der Partnerschaft vollauf, und so drängten sich viele an Gott heran, suchten seine Umgebung und damit einhergehend die Nähe von Blitzlichtern und Kamerascheinwerfern. So sah man in Gesellschaften, dass Gott von Dutzenden Damen und Herren umarmt, geherzt und abgebusselt wurde, auch von Menschen, die eher Grund hätten haben können, ihm hinten ein Messer in den Rücken zu rammen, während sie sich vorne an seiner Wange rieben. Wer das erste Mal an solchen Veranstaltungen teilnahm, konnte den Eindruck gewinnen, hier würde ein Gönner hofiert. Wohltaten allerdings wertschätzte Gott allein, wenn sie seinem eigenen Fortkommen wohltaten.

Frida hatte Gott bei einer Abendveranstaltung kennengelernt. Sie arbeitete damals für eine PR-Agentur, die sich auf Umweltthemen spezialisiert hatte. Warum Gott, dem damals noch Sedimente von „Goofy" anhafteten, bei der Veranstaltung auftauchte, blieb rätselhaft. Er erzählte ihr später, er habe einen Tipp bekommen, dass eine sehr aparte Person die Veranstaltung leiten würde, aber sie nahm ihm das so wenig ab wie vieles andere in der Folge. Er flirtete, das verstand sie schnell, häufiger mit der Lüge als mit der Wahrheit.

Aber sie fand ihn charmant, ja, das konnte er sein, und er hatte Ausstrahlung. Er machte ihr Komplimente, einige davon gerieten sehr unbeholfen, aber dieses tolpatschig Spitzbübische stand ihm. Er hatte damals noch deutlich mehr Haare und noch viel deutlicher weniger Gewicht. Er trug einen teuren Anzug, der insbesondere deswegen aus seinem Umfeld herausstach, weil sich in dem Lokal in der Wiener City viele Menschen tummelten, denen es wichtig war zu zeigen, dass ihnen Kleidung unwichtig war. Diese schlammige Masse in Ocker, Olivgrün und verschiedenen Brauntönen, in Gesundheitsschuhen, Fairtrade-Pullovern und nachhaltig produzierten Hosen und Röcken aus zertifizierten Betrieben brandete an Gott an, der eindeutig der Leuchtturm des Abends war, und damit auch an Frida, denn Gott wich nicht von ihrer Seite. Er interessierte sich nicht die Bohne für das Thema des Abends, präsentiert wurde ein Start-up, das Kaffee nachhaltig, ökologisch und sozial verträglich ins Land holen wollte. Gott war Umweltschutz recht gleichgültig, er sah ihn insgeheim sogar als Bedrohung an, vor allem jener, der darauf aus war, sein Leben zu beschneiden oder komplizierter zu machen. Da er ein Mann der offenen Worte war, sagte er Frida das auch bald, nicht an diesem Abend, aber an einem der folgenden.

Als Gott nämlich ging, steckte er Frida mit einem breiten Lächeln eine Visitenkarte zu, auf der er auf der Rückseite – schöne, wenn auch winzige Schrift, etwas mädchenhaft – nicht nur seine Handynummer notiert, sondern gleich einseitig auch einen Termin für ein Wiedersehen festgelegt hatte: Donnerstag, 23. Mai, 19.30 Uhr, Trattoria San Antonio. Freue mich. Gott!

Als Frida die Visitenkarte umdrehte, war sie zunächst sprachlos, was ihr höchst selten passierte. Sie wusste in diesem Moment nicht, ob sie diese Dreistigkeit empörend, erfrischend unkonventionell oder, ja, sogar erotisch finden sollte, und das änderte sich auch die folgenden Tage nicht. Der Termin für die Zusammenkunft lag nämlich erst in der übernächsten Woche. Frida schwankte. Sollte sie Gott kontaktieren und höflich, aber bestimmt absagen? Sollte sie gar nichts unternehmen und ihn an besagtem Tag allein beim „Italiener" sitzen lassen? Die dritte Option obsiegte.

Um zu erkennen, wie schwer Frida diese Entscheidung tatsächlich fiel, muss man ein bisschen etwas über sie wissen, eigentlich mehr noch über ihre Mutter. Paula Ritschert war eine frühe Anhängerin der Ökobewegung, die irgendwann in den Achzigerjahren des letzten Jahrhunderts wie eine Wolke von Deutschland aus nach Österreich zog und dort mitabregnete, was an Protestpartikeln schon in der Luft schwebte. Paula Ritschert erwischte der Guss heftig, aber nicht aus einem blauen Himmel heraus. Sie hatte schon 1978 gegen den Bau des Atomkraftwerks Zwentendorf protestiert, 1984 campierte sie dann bis knapp vor Weihnachten in der Hainburger Au, um erneut die Errichtung eines Kraftwerks zu verhindern, diesmal allerdings eines im Wasser. Frida war da sechs Jahre alt, sie begleitete ihre Mutter in die Wildnis östlich von Wien, ohne natürlich an der Wurzel zu erfassen, was hier vor sich ging. Ein paar Fotos von ihr finden sich heute noch in Zeitungsarchiven, und in Abendrunden kokettierte sie später manchmal mit diesen unschuldigen Tagen. Sie war ein süßes Mädchen, hatte lange braune Haare, ein sonniges Gemüt und trug ganztags ein schelmisches Grinsen im Gesicht vor sich her, während man ihrer Mutter auch damals schon ansah, dass sie versuchte, der Welt möglichst viele Lasten abzunehmen. Ein Kind, das in der Wiese Heuschrecken nachjagt, in Lacken springt und lieber im Zelt schläft als in Boxspringbetten, so jemanden zeigen manche Medien gerne, die belegen wollen, dass diese Art von Protest nicht von lauter Menschenfressern getragen wird. Andere wiederum wollen genau das gegenteilige Bild vermitteln, dass eben tatsächlich Menschenfresser dieses Gelände erobert hätten, und wenn man nicht auf der Hut sei, würden die einem alles wegfressen, woran man glaube, das kleine Stück Glück, das man sich geschaffen hatte, das erste ordentliche Auto oder gar den 10-Prozent-Gutschein von Ruefa auf den Sommerurlaub in Jugoslawien. Aus diesen Zeitungen lachte Frida dann natürlich nicht heraus.

Als also die Grünbewegung ins Land kam, stand Paula Ritschert schon bereit wie eine pazifistische Soldatin. Doch ehe sie sich auf einen neuen Feind, ein Kraftwerk eventuell, konzentrieren konnte, verlor sie den Überblick, wer eigentlich Freund und wer Gegner war. Die neue Bewegung befand sich in so rasantem Wachstum, dass die

Beweger offenbar selber Angst bekamen vor diesem Kraken und sie gleich einmal in zwei Teile zerschlugen, in einen eher bürgerlichen Tentakel, der sich „Vereinigte Grüne Österreichs" (VGÖ) nannte, und in einen eher politisch linken Fangarm, der sich als „Alternative Liste Österreich" (ALÖ) bezeichnete. Noch ehe richtig damit begonnen wurde, die ganze Kraft zu entfalten, halbierte man die Energie, um ein Viertel so leistungsstark zu sein.

Paula Ritschert war zu dieser Zeit Mittelschullehrerin für Deutsch und Handarbeiten. In ihrer Arbeit wirkte sie resolut und souverän, in Wahrheit war sie infiziert von Sorgen, Zwangsstörungen schüttelten sie durch wie Fieberschübe. Sie lebte mit ihrem Mann, einem lieben, gutmütigen Kerl mit enggesteckten Interessensgebieten, die um die Themen Fußball und Nahrungsaufnahme kreisten, südlich von Wien, in einer Stadt gerade so weit entfernt, dass die Menschen, wenn sie über jemanden sprachen, zunächst den Familiennamen und dann erst den Vornamen nannten, häufig stellten sie zusätzlich einen bestimmtem Artikel voran. Als Paula Ritschert also aus der Stadt aufs Land zog, wurde aus ihr „die Ritschert Paula". Unter Nutzung eines Bausparvertrages und Ausschöpfung aller Ersparnisse finanzierten sich die Ritschert Paula und ihr lieber, gutmütiger Kerl ein kleines Häuschen mit Wandverbau in Eichen-Optik und Regina-Einbauküche Weiß glänzend. Die Raten für den Kredit stotterten sie hemmungslos korrekt ab, Paula führte ein Haushaltsbuch, man möge nicht vergessen, sie war Lehrerin. Mit dem Geld ging sich einmal im Jahr ein zweiwöchiger Urlaub in Caorle aus. Die Aufbaujahre der Kreisky-Ära aber ließen viele mutig werden, und so stand bald ein Farbfernseher im Wohnzimmer. Es gab also Klementine und den „Guten-Abend-Persil-Mann" nicht mehr nur in Schwarz-Weiß, der Kleinwagen vor der Tür wurde gegen Mittelklasse getauscht. Weil das alle im Ort so machten, geriet nichts aus den Fugen.

Anfang der Achzigerjahre aber setzte bei Paula eine Veränderung ein. Sie war nun Mutter, und zu ihren Sorgen und Neurosen stießen Zukunftsängste, weniger für sich selbst als für ihre Tochter und die Welt, in der sie einmal leben muss. Sie begann sich für Umweltschutz zu engagieren, trennte den Müll, recycelte, was möglich war, brachte Glasflaschen zum Container oder bevorzugte Lebensmittelläden, die Milch offen ausschenkten und keine Plastiksackerln führten. Sie ließ sich ein Hochbeet im Garten bauen, pflanzte Karotten und Buschbohnen an, erntete eigene Erdbeeren und freute sich zumindest ein bisschen, wenn die Schnecken ihr den Salat nicht komplett wegfraßen. Sie ließ die Simmel- und Konsalikromane im Bücherschrank stehen und blätterte lieber mit heißen Wangen im Bericht des „Club of Rome" über das Ende des wirtschaftlichen Wachstums auf der Erde. Sie hatte eine Schnitzermühle in Buche Vollholz in der Küche stehen und schrotete nun ihr Müsli, später buk sie auch ihr eigenes Brot. Sie machte sich im Laufe der Zeit Sorgen über das Ozonloch und den sauren Regen, der den Wald vernichtet, über die Industrialisierung, die Überbevölkerung, dampfende Fabrikschlote, die Aufrüstung, Kriege, Konflikte, Klimaerwärmung. Sie fürchtete die Verführungskraft von Sekten, die Ansteckungsgefahr von Vogelgrippe und AIDS, dass bei ihr daheim eingebrochen wird, vor Terror, zu viel Fremden, schon allein berufsbedingt von der möglicherweise ausbrechenden Verblödung durch die Rechtschreibreform. Kurzum, jedes Problem fand früher oder später den Weg in die Arme von Paula.

Und dann passierte Tschernobyl.

Es war, als hätte Gott, der echte wohlgemerkt, an den Paula im Zweifel immer noch glaubte, für sich entschieden: Genug der Worte, jetzt lasse ich Taten sprechen. Für Menschen wie die Ritschert Paula nährte das eine apokalyptische Erkenntnis: Alles, wovor wir uns gefürchtet haben, ist real und tritt in diesem Moment ein. Aber niemand wusste, auf welche Weise. Weil man die Gefahr nicht sehen konnte, fürchtete man sich doppelt vor ihr. Was darf ich noch essen? Kann ich gefahrlos ins Freie gehen? Was passiert, wenn mich dann ein Regentropfen trifft? Ist Wasser noch genießbar, eignet es sich zum Trinken, zum Duschen, zum Baden? Brauche ich einen Geigerzähler daheim, und wenn ja, wie interpretiere ich Werte, die in Mikrosievert und Becquerel angegeben werden und nicht in Gramm wie im Rezept zum Backen des Gugelhupfs zu Ostern?

In diese Welt wurde Frida hineingeboren. Sie sollte eigentlich Freda heißen, nachgetauft der Ikone der bürgerlichen Grünbewegung in Österreich, Freda Meissner-Blau, aber Paulas Mann schien das dann doch etwas zu viel der Empathie. Frida als Kompromiss akzeptierte er so achselzuckend wie vieles. Anna wäre ihm lieber gewesen.

Bald nach der Geburt begann Fridas Mutter auch körperlich auf die neuen Zeiten zu reagieren. Bisher hatte sich ihr Blick nach außen gerichtet, auf die Kümmernisse dieser Welt, nun schaute sie mehr und mehr nach innen, hinein in sich selbst, und was sie dort entdeckte, gefiel ihr offenbar ganz und gar nicht, es erschreckte sie vielmehr. Sie begann Allergien zu entwickeln, oder, präziser gesagt, die Allergien entwickelten sich mit ihr mit, wurden größer, besser gebildet, machten erst Matura, dann schlossen sie ein Studium ab, sodass sich die Ritschert Paula, Lehrerin von Beruf und lebend in einer Kleinstadt südlich von Wien, immer kleiner ihnen gegenüber fühlte, ausgeliefert, machtlos. Sie bekam rätselhafte Hautausschläge, vertrug einzelne Bestandteile der Nahrung schlechter oder gar nicht mehr, jede Blähung empfand sie als Rebellion ihres Körpers, sie wurde auch zusehends kurzatmig, Asthma bronchiale wurde diagnostiziert. Sie geriet in das Kriegsgebiet zwischen Schulmedizin und Naturheilmethodik, vertraute manchmal dem einen, dann wieder dem anderen mehr. Sie fuhr in Heilstollen, ließ sich quaddeln, massieren, akupunktieren, sensibilisieren, infiltrieren, psychologisch beraten, schluckte, trank oder rieb sich Essenzen ein, setzte auf Beres-Tropfen, dann auf Topfenauflagen, Kohlblätter, Heilwasser, das mühsam herbeigeschafft werden musste. Scharlatane wie Ärzte machten gute Geschäfte mir ihr, sie kaufte sich Hoffnung, nichts davon ließ sich in Erfolg ummünzen.

Ihr Heim baute die Ritschert Paula nach und nach zu einem Bio-Musterhaus mit striktem Begehungsverbot für Familienfremde aus, denn vor Besuch fürchtete sie sich auch. Sie ließ alle Teppichböden herausreißen und Parkett verlegen, das wegen der Schadstoffe genagelt werden musste und nicht geklebt werden durfte. Erst später erfuhr sie von der Problematik von Metall. Sie entfernte alle Tapeten, die Räume wurden mit Bio-Malerfarbe gestrichen, die zwar dieselben Bestandteile enthielt wie herkömmliche Dispersion, aber die Kübel mit der grünen Schrift darauf schauten einfach gesünder aus. Paula tauschte die Bettwäsche aus, kaufte Allergikermatratzen, weil sie Panik vor Hausstaubmilben hatte, die man ja nicht sehen konnte, aber die da waren, millionenfach, in der Apotheke gab es sogar Teststreifen zu kaufen, mit denen man den Bestand nachzuweisen schaffte. Sie ließ Wünschelrutengeher kommen und Energetiker, denn auch Strom war nicht sichtbar, also empfand sie ihn ebenfalls als potenziell gefährlich. Sie probierte nahezu alle Räume des Hauses als Schlafzimmer aus, weil Wasseradern ihr die Nachtruhe raubten. Abends zog sie alle Vorhänge zu, sobald es dunkel wurde, und lugte immer wieder vorsichtig zwischen den Gardinen hindurch auf die Straße, warum, blieb lange Zeit rätselhaft. Frida sprach sie einmal darauf an, und ihre Mama antwortete, dass sie Angst davor habe, dass ein Mann vor der Gartentür stehe, mit einem Gewehr in der Hand und auf das Fenster ziele, vor dem sie stand. Frida hielt das für einen Scherz, und sie lachte ihre Mutter an. Die aber lachte nicht zurück.

Die Ritschert Paula fand schnell Gleichgesinnte im Ort, Menschen, die sich ebenfalls vor allem Möglichen fürchteten, Allergien hatten, Nahrungsmittelunverträglichkeiten oder schlicht Zukunftsangst. Die Runde traf sich hin und wieder, immer im Freien, denn damals durfte man in Lokalen noch rauchen, wenigstens eine Bedrohung, die real zu sein schien, weil man sie sah. In der Runde, fast ausschließlich aus Frauen, vor, mitten in oder knapp nach dem Klimakterium, die meisten mit Familie, Eigenheim, keinen groben

Problemen außer sich selbst, gab es reichlich Gesprächsstoff, wenn auch nur zu einem Thema: Überleben im Dschungel, den andere Leben nannten, der aber voller Gefahren war, die meisten davon nicht zu sehen. Man tauschte sich aus über linksdrehendes Joghurt, laktosefreie Milch, Wachstumshormone in Fleisch, Vorteile von Vollkornprodukten, unbehandeltem Zucker und mit Calcium angereichertem Mineralwasser, Kleidung ohne Formaldehyd, Organozinn und Silberionen, Schuhe ohne Chrom, Schmuck ohne Nickel. Man beratschlagte, wie man Amalgamplomben am schnellsten loswerden könnte, die den Körper vergiften, und wie man Wäsche sauber bekommt, da doch die Waschmittel das pure Gift seien, gar nicht zu reden von den Farbstoffen, mit denen die Industrie Kleider bunt macht, 4000 verschiedene soll es geben, keiner musste auf den Packungen angegeben werden.

Weil sich schnell herausstellte, dass dunkle Kleidung stärker gefärbt ist, stellten alle in der Runde nach und nach auf helle Stoffe um, die Treffen sahen mehr und mehr aus, als würden sich hier religiös Spätberufene zum Firmunterricht versammeln. Wenn die Ritschert Paula einkaufen ging, was früher für sie ein großes Vergnügen gewesen war, dann achtete sie nun weniger darauf, wie ein Kleidungsstück geschnitten war, ob sie es als modern empfand oder gar ob es ihr überhaupt gefiel, sondern sie vertiefte sich ins Studium der Etiketten. „Separat waschen" interpretierte sie als Gefahrenhinweis, denn etwas, das nicht mit einem anderen Stück in die Trommel der Waschmaschine darf, muss eine Bedrohung sein. „Man sperrt ja einen Tiger auch nicht zu einer Antilope in den Käfig", sagte sie. Kleider mit Etiketten, auf denen etwa „knitterarm", „pflegeleicht" oder „bügelfrei" stand, legte sie sofort weg, denn hier musste eindeutig mit Chemie nachgeholfen worden sein. Weil sie gelesen hatte, dass bestimmte Kleidungsstücke für Beschwerden verantwortlich sein könnten, unterzog die Ritschert Paula ihren Schrank einer genauen Prüfung, probierte sämtliche Stücke an und fühlte sich in allen unwohl.

Paulas Liebe zur Ökobewegung wuchs im selben Ausmaß, wie ihre Zuneigung zum eigenen Ehemann abnahm, der sich deswegen mehr und mehr in seinen beiden Interessengebieten vergrub und seine Frau gewähren ließ. Weil sie Lehrerin war und aus ihrer Haut nicht herauskonnte, blieben Werte wie Sittlichkeit, Religiosität, Ordnung, Benimm, Respekt für die Ritschert Paula bedeutsam. Sie betrachtete junge Menschen mit langen Haaren und schrillem Auftreten äußerlich kontrolliert ungerührt, innerlich aber mit Argwohn, vielleicht weil ihr in ihrer Jugend weniger Freiheiten zugestanden worden waren. Das Wildeste, was sie im Alltag an Rebellion ertrug, waren die Beatles, die Stones empfand sie als zu vulgär. Die Ritschert Paula hielt sich für modern und aufgeschlossen, sie fühlte, dass es in ihrem Leben mehr geben musste als das Gebotene, gleichzeitig fürchtete sie sich vor nichts mehr als vor der Freiheit, vor allem für sich selbst. Also schloss sie sich den Grünen an, den bürgerlichen selbstredend.

In den Folgejahren engagierte sie sich politisch, freilich nur lokal. Eine Karriere im Bundesland oder gar bundesweit blieb ihr auch wegen ihrer diversen Krankheiten und den daraus entstandenen Unpässlichkeiten und Abwesenheiten verwehrt. Sie strebte auch nichts an, weil sie zunehmend merkte, dass all jene, die das Gute suchen, durch diese Suche nicht zwingend zu besseren Menschen wurden. Weil es um nichts ging, ging es in der Ortsgruppe um alles. Wie in der großen Welt wurde gelogen und betrogen, gestritten und gekämpft, hintergangen und gemobbt, gestichelt und ausgebootet, schlecht über andere geredet, es wurden Wunden geschlagen, manche heilten, manche blieben, aber am schlimmsten war, dass dies alles mit einem Lächeln passierte, mit vermeintlicher Wertschätzung, KonkurrentInnen wurden aus dem Weg gegrinst. Oft kam Paula von Sitzungen der Ortsgruppe heim und wirkte ausgelaugt und verstört. „Ach Frida", sagte sie dann in einem Tonfall der Resignation, „warum müssen die Menschen alle so sein, wie sie sind?"

Frida liebte ihre Mutter, ihre Marotten fast noch mehr als den Menschen, der sie mit sich herumschleppte, aber sie begann nun, die ersten Ziegelscharen ihres eigenen Lebensgebäudes aufzulegen, und es begannen mehr und mehr Wände zu entstehen, die Mutter und Tochter trennten. Frida fand Umweltschutz wichtig, sie war gegen die Klimaerwärmung, versuchte sich gesund zu ernähren, fand grausam, was wir Tieren, und rücksichtslos, was wir Meeren antun, verstand nicht, warum sie Menschen, die in Not waren, egal, ob Österreicher oder aus der Fremde, nicht helfen sollte, aber sie tat das aus einem Akt der Selbstverständlichkeit heraus, nicht als Folge eines speziellen Lebensentwurfes. Wenn sie hin und wieder zu McDonald's ging, beichtete sie das danach weder ihrer Mutter noch in der Kirche, denn sie war sich keiner Schuld bewusst.

Nach der Matura hielt es Frida keine Sekunde auf dem Land. Sie packte ihre Sachen, zog in Wien in ein Studentenheim und begann auf der Wirtschaftsuniversität Betriebswirtschaft zu studieren. Aus der Ritschert Frida wurde über Nacht Frida Ritschert. Ihrer Mutter, der es zunehmend schlechter ging, wäre Biologie oder Umweltschutz lieber gewesen, aber sie war schon zu schwach, um gegen die Entscheidung ihrer Tochter zu protestieren.

Wenig später ließen sich ihre Eltern scheiden. Es war das Einzige, das ihr Vater in seinem Leben jemals für sich allein entschied.

Frida blieb emsig, sie studierte in Mindeststudiendauer, bekam danach einen Job bei einer kleinen PR-Agentur, arbeitete sich schnell nach oben. Sie war gewissenhaft, schaute nie auf die Uhr, ihr Wesen war einnehmend, bald bekam sie Veranstaltungen allein überantwortet.

Dann trat Gott in ihr Leben.

Sie heirateten schnell, bekamen Kinder, eine kleine Armee aus Nannys sorgte dafür, dass Frida immer frisch aussah („Wie machst du das bloß?"), eine Kohorte aus Ärztinnen und Kosmetikerinnen, Friseurinnen und Nagelpflegerinnen half ihr dabei, ihre Jugend zu bewahren („Wie schaffst du das bloß?"), ein Regiment aus dienstbaren Geister verschaffte ihr so viel Zeit, wie sie brauchte, um Beruf und Familie synchronisieren zu können („Wie managst du das bloß?"). Frida und Gott lebten ihre Karrieren nebeneinander her, sie waren nicht immer gut miteinander, aber immer gut füreinander. Wer sie bei gemeinsamen Auftritten erlebte, war beeindruckt.

Der Ritschert Paula war dieser Blick nicht mehr vergönnt. Sie starb schon 2004, Gott lernte sie nie kennen. Zumindest den auf Erden nicht.

Eine wahre Gottheit

J ennifer „Jenny" Navratil-Hartinger führte zwei Leben zur selben Zeit. Ihr erstes hatte sie – zumindest empfand sie es so – recht gut im Griff. Ihr zweites wiederum hatte sie in der Hand, und das durchaus im tatsächlichen Wortsinn. Einerseits nämlich führte sie ihr Smartphone immer mit sich, sie hatte es also wirklich physisch in der Hand. Andererseits hatte das Gerät wiederum Jennifer genau dadurch in der Hand, also fest im Griff. Es beherrschte sie. Ob sie das wusste, und wenn ja, ob es ihr etwas ausmachte, muss offenbleiben, denn Beziehung zu hinterfragen ist immer eine heikle Angelegenheit, und Jennifer und ihr Smartphone waren zumindest Lebensabschnittspartner, so viel stand fest. Wenn Freunde sich also mit ihr verabredeten, dann wussten sie, Jennifer würde nicht allein kommen, obwohl sie die meiste Zeit ihres Lebens – und das aus freien Stücken – Single war. Das Handy würde den ganzen Abend mit am Tisch sitzen und mitreden wie ein vorlauter Halbwüchsiger, über welche Themen auch immer gesprochen wurde oder auch nicht.

Dieser Umstand ließ Jennifers Freundeskreis nach und nach in zwei Neigungsgruppen aufgehen. In einer (immer kleiner werdenden) Gruppe befanden sich all jene, die das störte und die sich mit Jennifer deshalb immer seltener trafen. In der zweiten Gruppe steckten all jene, die derselben Leidenschaft und Sucht erlegen waren. Wenn sich also die Geneigten dieser Gruppe mit Jennifer trafen, dann hockten sie zusammen wie Pfadfinder um ein Lagerfeuer, aber sie hielten keine Würstel auf Stecken über die Flammen oder zählten voller jugendlicher Melancholie die Sterne über ihren Köpfen, sondern sie saßen stumm da, hielten das Handy vor die Brust, die Kabel ihrer Smartphones führten allesamt zu einer Powerbank, die in der Mitte des Tisches lag. Hin und wieder gluckste jemand und deutete auf sein Gerät, auf dem ein lustiges Video lief, eine originelle WhatsApp aufgepoppt war oder ein Snapchatfilter ein Foto in etwas Ulkiges verwandelt hatte.

Wenn Jennifer in der Früh aufstand, dann nahm sie, noch ehe sie in ihre Ugg-Hausschuhe geschlüpft war, ihr iPhone zur Hand und verschaffte sich einen groben Überblick, wovon auch immer. Mit dem Daumen fuhr sie auf und ab und nach links und rechts, überblickte die Nachrichten der von ihr favorisierten Nachrichtenseiten, deren Nachrichten meist nicht viel gemein hatten mit jenen Nachrichten mit Nachrichtenwert von Nachrichtenseiten, die nicht wenige vor kurzer Zeit für nachrichtenrelevant gehalten hatten, aber Jennifer schätzte das wie viele heute anders ein. Sie hielt das iPhone in der Hand, wenn sie in die Küche ging, die Milch in die Mikrowelle stellte, am Gerät, ohne hinzublicken, 600 Watt und eine Minute einstellte, das Müsli in die Schale dazuschüttete, nachdem es „blink" gemacht hatte, den Löffel aus der Bestecklade nahm, sich gleich in der Küche auf einen Hocker setzte und anfing, den Brei in sich hineinzuschaufeln. Dabei legte sie das Smartphone auf der schwarzen Granitplatte ab und begann zu swipen und scrollen und klicken und liken und sharen und posten und ranken und tappen und draggen und pinchen und flingen und zoomen und pannen. Zwischendurch nahm sie hin und wieder ihr iPhone für einen kurzen Moment in die Hand, fotografierte ihr Müsli, manchmal zwängte sie den Kopf zwischen Handy und Breischale und machte ein Selfie von sich und dem Frühstück, etwa wenn die Erdbeeren darin besonders rot leuchteten, schob das Foto dann – mit oder ohne sich – auf Instagram und schrieb ein paar Worte dazu, einiges davon dürfte als Code selbst für Geheimdienste eine Herausforderung in der Entzifferung dargestellt haben. Während die Herzen vieler ihrer 32.197 Follower eintrudelten, war Jennifer längst auf Twitter, überblickte die aktuelle Empörungslage, mischte sich ein oder nicht, retweetete, was ihr gefiel, was provozierte oder welche Stimmung ihrer Ansicht nach Befeuerung nötig hatte, egal, ob das Getwitterte ihrer Meinung entsprach oder nicht. Während das iPhone vor sich hin fiepste, weil manche gut oder schlecht oder erwähnenswert fanden, was sie geschrieben oder gelikt hatte, räumte sie den Geschirrspüler ein, im Hinausgehen warf sie einen Blick auf das Display, öffnete im Schlafzimmer und im Wohnzimmer die Fenster zum Lüften, ging in die Küche zurück, schnappte sich ihr iPhone und stellte es im Bad so auf, dass sie beim Zähneputzen auf den Bildschirm blicken konnte. Dann startete sie spotify. Als ihre Lieblingsmusik in Random-Reihenfolge loslegte, schlüpfte sie unter die Dusche und hörte zwischen dem Wasserstrahl hindurch Ed Sheeran bei der Arbeit zu. Während sie sich abtrocknete, schminkte, den Lippenstift auftrug und die Wimpern nachzog, mühten sich Luis Fonsi und Robin Schulz redlich, ihre Gefühle über Noten auszudrücken, was manchmal besser, manchmal weniger gut gelang, was auch daran gelegen sein könnte, dass ihre Anstrengungen durch immer mehr Pinggeräusche von Notifications unterbrochen wurden. Ein klares Signal: Jennys Hood war drauf und dran, munter zu werden.

Wer Jennifer „Jenny" Navratil-Hartinger auch nur oberflächlich kannte, wusste, dass sie großen Wert auf ihre Kleidung legte, sie sah sich da eins mit Karl Lagerfeld, der gesagt hatte, dass Mode, auch wenn sie aus der Mode komme, schon wieder Mode sei. Sie war 21 Jahre alt, stammte aus einem gut situierten Elternhaus. Mama und Papa hatten sich zwar scheiden lassen, als sie noch ziemlich klein war, aber finanziell hatte sich das für sie nie als Nachteil erwiesen, eher im Gegenteil. Weil sowohl Mama – Anwältin – als auch Papa – Arzt – zum Zeitpunkt des Beziehungsendes jeweils schon andere Partnerschafts-GmbHs, also Partnerschaften mit beschränktem Zeithorizont, eingegangen waren, gestaltete sich die Trennung einigermaßen reibungslos, abgesehen davon, dass es beim endgültigen Auszug zum Austausch einiger gegenseitiger Unfreundlichkeiten kam, deren eigentlichen Wortsinn Jennifer erst lange Zeit später erfasste, jedenfalls aber noch früh genug, um die Beleidigungen gut selber gebrauchen zu können, wenn es darum ging, dem Ende der einen oder anderen Beziehung eine dramatischere Note zu verleihen.

Jetzt stand Jennifer vor dem Kleiderschrank, der in der 70 Quadratmeter großen Single-Wohnung im Obergeschoß durchaus verschwenderisch viel Platz einnahm und den sie hauptsächlich nach den Empfehlungen von Modebloggerinnen bestückt hatte, und gustierte. Das iPhone hielt sie selbstverständlich in der Hand, schließlich musste sie feststellen, welche Wetterlage aktuell herrschte und was diesbezüglich heute noch zu erwarten war. Sie hätte natürlich einfach auch aus dem Fenster schauen können, aber was die Präzision betrifft, kann die Realität mit der Algorithmität immer seltener mithalten. Da das Smartphone Sonne und eine Höchsttemperatur von 28 Grad prognostizierte, wollte sie zunächst zu Radlerhosen greifen, die in diesem Sommer besonders angesagt waren, dann erschien ihr das aber als zu gewagt. Also entschied sie sich für ein schulterfreies Oberteil in Vichy-Karo Marine/Weiß mit gerüschten Kanten, das sie Half Tack in die blauen Slouchy-Jeans steckte, obwohl die Schlaghosen, an denen ja modisch 2019 ebenso wenig vorbeiführte wie grundsätzlich am Comeback der 70er-Jahre, vielleicht bequemer gewesen wären. Sie schlüpfte in ihre Funkel Sneaker Electric Blue, schnappte sich ihre Bucket Bag von Mansur Gavriel, steckte sich ihre Prada-Sonnenbrillen mit runden Gläsern im Janis-Joplin-Style in die nachtpfauenfalterbraunen Haare und fühlte sich nun sexy genug, um Männerblicke auf sich zu ziehen, was Jennifer allein aus Gründen der Selbstbestätigung wichtig war, privat wie auf der Uni. Sie studierte Publizistik und Kommunikationswissenschaft im sechsten Semester, wohnte in Wien-Alser-grund, und das Institut lag nur einen Katzensprung weit entfernt.

Noch ehe sie auf die Straße getreten war, wusste sie, dass sie kleidungsmäßig die goldrichtige Entscheidung getroffen hatte. Schon im Flur ihres Gründerzeit-Wohnhauses am Anfang der Berggasse, in dem ihr Papa eine Wohnung gekauft und Mama die Einrichtung beigesteuert hatte, strömte ihr durch die offenstehende Eingangstür warme Luft wie ein Hauch Parfum entgegen. Jennifer atmete tief durch, sie war ein Sonnenkind, liebte den Sommer, vor allem die gezähmte Natur der Wiener Parks, in denen sie sich oft in die Wiese legte, um unter der ungehörten Musikbegleitung von Vogelgezwitscher weiter auf ihr iPhone blicken zu können, die AirPods immer im Ohr. Sie war eine auffällige Erscheinung, schlank und mit einem freundlichen Wesen ausgestattet, dessen Züge hin und wieder in bürgerliche Borniertheit umschlagen konnten. Sie mochte das Leben, und das Leben mochte sie. Sie hatte keine finanziellen Sorgen, Mama und Papa gaben reichlich. Jennifer besaß ein kleines Auto und konnte über mehr als genug Geld für Kleidung und Clubs verfügen. Das Publizistikstudium hatte sie ergriffen, weil sie Medien immer schon irgendwie, wenn auch recht diffus, interessiert hatten, jedenfalls mehr als Technik, Gesetze oder Wirtschaft. Wenn sie Blut sah, wurde ihr schlecht, was sie als keine gute Voraussetzung ansah, um Medizin zu studieren, also fiel auch das flach, obwohl sie den Arztberuf als schick empfand und ihr der Vater einmal die Ordination samt Kundenstock hätte vermachen können. Da sie alle Ärzteserien, die sie auf ihr Handy gestreamt bekam, mit reiner Seele liebte, hatte ihr Papa noch nicht alle Hoffnung fahren lassen. Väter sind, was ihre Töchter anlangt, ja häufig naiv wie junge Hunde.

Also Publizistik. Und Kommunikationswissenschaft.

Als Jennifer das erste Mal im Hörsaal um sich blickte, bemerkte sie, dass sie sich nicht allein fühlen musste. Da saßen fast lauter höhere Buben und Mädchen, in all ihrer Lässigkeit doch sehr ansprechend gekleidet und mit adretten Haarschnitten, bereit, drei, vier

Jahre später täglich um Punkt 9 Uhr ihren Dienst in einer PR-Agentur anzutreten und bei Journalisten Reklame für Schokolade oder anderen Firlefanz zu machen. Jennifer wusste weniger, was einmal aus ihr werden sollte, aber das belastete sie nicht weiter, denn die Quelle, aus der sie mit Geld gespeist wurde, wies keine Tendenz auf, irgendwann in den nächsten Jahrhunderten versiegen zu wollen. Immerhin aber hatte sie die Chance zur Selbstfindung ergriffen und stand kurz davor, beim „Alltag" ein einmonatiges Volontariat zu absolvieren. Eine Bewerbung dafür konnte unterbleiben, ihr Vater kannte den Chefredakteur.

Der „Alltag" war eine Zeitung, die mehr oder weniger seit Menschengedenken sieben Tage in der Woche im Großformat erschien und die sich selbst dem Qualitätssegment zurechnete, auch wenn manche daran zunehmend Zweifel hegten. Jennifer gehörte nicht dazu. Genau genommen, konnten bei ihr gar keine Zweifel aufkommen, denn ehe sie die Arbeit aufnahm, kannte sie den „Alltag" kaum, jedenfalls nicht die gedruckte Version davon. Ihr Vater hatte zwar ein Abo, aber Jennifer ließ die Tageszeitung, wenn sie bei ihm zu Besuch war, ebenso wenig an sich heran wie das analoge Leben auch sonst. Der „Alltag" hatte natürlich auch eine Digitalausgabe, erschien als E-Paper, war auf Facebook aktiv, betrieb einen Podcast, versuchte sich an Video und TV, stellte Fotos auf Instagram und Redakteure ihre Meinungen auf Twitter, die Jungen in der Redaktion experimentierten mit Snapchat. Jennifer hatte das bis jetzt so wenig interessiert wie Mode aus dem Vorjahr. Für sie war der „Alltag", egal, auf welcher Plattform er sich auch abmühte, ein Medium, das für ihre Eltern gemacht wurde, was ihn automatisch für ihr Leben disqualifizierte. Für sie war der „Alltag" der Alltag von gestern.

Als Jennifer am 1. Juni das erste Mal in die Redaktion der Zeitung kam, wunderte sie sich über die vielen älteren Leute, die da gemeinsam in vielen kleinen Räumen saßen. Ihre Schreibtische wirkten geschlichtet wie Waren in einem Amazon-Lager. Die meisten der vielen älteren Leute hockten mit finsteren Gesichtern vor ihren angejahrten Computermonitoren, deren Luftschlitze mit fettigem Staub verklebt waren. Hie und da sah und hörte man, wie einige der vielen älteren Leute mit erstaunlicher Heftigkeit auf Tastaturen einhämmerten. Dazwischen schauten die vielen älteren Leute auf Zettel, die sie neben sich liegen hatten, dann auf den Bildschirm, auf die Tastatur, wieder auf Zettel, Bildschirm, Tastatur, Bildschirm, Tastatur. Die vielen älteren Leute hatten Bifokalbrillen auf der Nase sitzen, um in die Nähe und in die Ferne scharf sehen zu können. Die Bifokalbrillen baumelten an Schnüren, die um den Hals führten. Um auf die Zettel, den Bildschirm, die Tastatur und wieder die Zettel, den Bildschirm, die Tastatur blicken zu können, mussten die vielen älteren Leute die Köpfe auf und ab bewegen, und sie sahen dabei aus wie Wackeldackel auf der Hutablage eines Autos. Was Jenny aber am meisten beeindruckte: Viele waren gekleidet, als hätten die letzten 20 Jahre nicht stattgefunden. Im „Alltag" war also nicht nur der Alltag von gestern, er war offenbar als Gesamtes als historische Ausgrabungsstätte konzipiert.

Jennifer wurde nacheinander jedem Einzelnen vorgestellt, sagte artig „Hallo", den Knicks ließ sie weg. Sie wurde knapp gemustert, die meisten der vielen älteren Leute begnügten sich mit einem höflichen Lächeln als Antwort, von einigen erhielt sie einen geringschätzigen Blick kostenfrei als Zuschlag. Ein paar der vielen älteren Leute schauten auch einfach durch sie durch, als wäre sie eine Glaspuppe. Schließlich wurde Jennifer ein Platz im Chronikressort zugewiesen, der aussah wie alle anderen Plätze in diesem Amazon-Lager. Die Tastatur, die auf einer grünlichen Resopal-Tischplatte lag, starrte Jennifer mit schreckgeweiteten Buchstaben an, so als würde sie flehendlich darum bitten, ihr nicht arg viel wehzutun. Jennifer schaltete ihren Computer ein, gab die Passwörter ein, die ihr gegeben worden waren, „Volontär" also und dann noch einmal „Volontär" und tippte hernach, als der PC hochgefahren war, „Chronik" in die Suchleiste von Google Chrome ein. Sie wusste nicht, was das Wort zu bedeuten hatte, und die vielen älteren Leute wollte sie nicht fragen. Die „Chroniken von Narnia" kannte sie natürlich, das aber war hier keine große Hilfe.

Schon am ersten Tag durfte Jennifer in die Redaktionskonferenz mit, ohne eine genaue Vorstellung davon zu haben, was das ist und was man dort tut. Knapp vor 11 Uhr setzte sich eine Abordnung der vielen älteren Leute wie auf ein geheimes Kommando hin in Bewegung und schlurfte einen Stock höher und dann den Gang entlang in den Konferenzraum. Einige gingen allein, stumm und in sich gekehrt wie Bibliothekare, die darüber nachdachten, ob ein neues Standardwerk über das 14. Jahrhundert ein rechter Schund oder ein großer Wurf sei, andere in Gruppen, in denen über zynische Witze übertrieben laut gelacht wurde. Im Konferenzzimmer wurde Jennifer der Abordnung der vielen älteren Leute noch einmal vorgestellt, diesmal offenbar vom Vorgesetzten der Abordnung der vielen älteren Leute, der am Kopf eines langgestreckten weißen viereckigen Resopaltisches saß, später erfuhr sie, es handelte sich um den Chefredakteur. Chefredakteur, das wusste sie, was das ist. „Ich darf Jennifer ‚Jenny' Navratil-Hartinger" – leises Kichern am Tisch – „bei uns begrüßen, die uns als Volontärin einen Monat lang über die Schulter schauen wird", sagte der Vorgesetzte der Abordnung der vielen, älteren Leute am Kopf des langgestreckten weißen viereckigen Resopaltisches. „Willkommen, Jenny." Er lächelte so gequält, als würden ihn Hämorrhoiden plagen, was möglicherweise daran lag, dass ihn tatsächlich Hämorrhoiden plagten. Alle drehten die Köpfe, die wenigen Frauen versuchten es mit einem Lächeln, die vielen Männer nickten leicht, ihr Blick blieb dann am schulterfreien Oberteil in Vichy-Karo Marine/Weiß mit gerüschten Kanten kleben, mehr an der nackten Schulter wohlgemerkt.

Der Raum, in dem die Redaktionskonferenz stattfand, war perfekt dafür geeignet, schlechte Laune zu erzeugen, wenn diese nicht schon mitgebracht worden war, dazu musste man gar nicht viel über Feng Shui wissen. Der linoleumartige Plastikboden war grellgrün, abgetreten und rundete das Stimmungsbild, das die alten billigen abgeschlagenen Möbel in Weiß und Beige vermittelten, in formvollendeter Art und Weise ab. Jedenfalls vermutete Jennifer, dass die Tische und Regale einmal weiß und beige gewesen sein mussten, nun deckte eine Patina aus Schmutz, Staub und Schmiere die Farbe zu. Das Zimmer wirkte auf Jenny, als wäre die Redaktion einem Amokläufer davongelaufen und hätte es in letzter Not in diesen Raum geschafft, in dem der Amokläufer unter Garantie nicht nachsehen würde, denn wer käme schon auf die Idee, in so eine fürchterliche Umgebung zu flüchten? Dazu passend spendeten die Neonlampen ein grelles Licht, heimelig wie in einem Verhörraum des FBI.

Jenny saß auf einer Art Besuchersessel an der Mauer hinter dem langgestreckten weißen viereckigen Resopaltisch und bemerkte, wie sich die Abordnung der vielen älteren Leute bemühte, möglichst wenig Notiz von ihr zu nehmen, was vor allem den Männern nicht gut gelang.

Die Abordnung der vielen älteren Leute auf den abgewetzten Sesseln begann nun reihum, von rechts vorne beginnend, Themenvorschläge zu machen, genau genommen, wurden mit auffallend wenig Empathie Texthappen von Zetteln abgelesen. Hin und wieder unterbrach der Vorgesetzte der Abordnung der vielen älteren Leute und stellte Nachfragen, aber Jennifer hatte den Eindruck, er tat dies eher aus dem Bemühen heraus, Interesse zeigen zu wollen, als dass es dazu gedacht war, zu einem Erkenntnisgewinn zu führen. Immer öfter senkte Jenny den Blick auf ihr Smartphone und tauchte ab in ein Leben, das sie für realer hielt als das, was ihr hier vor ihren Augen live geboten wurde.

Als sie einmal aufblickte, bemerkte sie einen Mann, der links neben dem Chefredakteur saß, bisher stumm geblieben war und eine Reihe von Zetteln so vor sich ausgebreitet hatte wie ein Biker, der eine Motorradtour ans Nordkap plant, seine Landkarten. Auf manchen erkannte Jennifer lange Listen, andere wiederum waren voll mit bunten Kästchen. An dem Mann war, wie Jennifer mit einem

Grinsen bemerkte, alles mittel. Er war, soweit man das im Sitzen ermessen konnte, mittelgroß, mittelalt, hatte mittelviele Haare, trug eine mittelstarke Brille und wurde von den anderen mittelmäßig intensiv beachtet, was erstaunlich war, denn es hatte den Anschein, als führte er durch die Konferenz. Wie Jennifer später erfuhr, handelte es sich tatsächlich um den Chef vom Dienst, also um so eine Art Verwalter der Zeitung. Die langen Listen auf seinen Zetteln waren Dienstpläne und Abgabezeiten, zu denen bestimmte Seiten in die Druckerei geschickt werden mussten. Die bunten Kästchen stellten den sogenannten Blattspiegel dar, in dem festgelegt wurde, wie viel Platz welches Ressort bekommen sollte. Die Inseratenflächen waren gelb markiert, die redaktionellen Plätze blieben weiß. In roter Schrift war in die Seiten geschrieben, was sonst noch in der Tagesarbeit zu beachten war. Es war nicht viel gelb angestrichen auf dem Seitenspiegel an diesem Tag, das bemerkte Jennifer schnell. Man konnte diesen Umstand der grundsätzlich geringeren Zahl der Inseratenbuchungen gegen Sommer hin zuschreiben, aber wie ihr später berichtet werden sollte, blieb es so, als der September und der Oktober ins Land zogen, die Blätter vor der Tür färbten sich gelber, die Blätter der Blattspiegel nicht. Der Alltag des „Alltag" blieb im Herbst sommerlich.

Der Mann um die 50, der rechts vom Chef vom Dienst saß und auf dessen Kopf sich die vollkommen ergrauten Haare so wild gebärdeten, als wären sie in der Früh nicht durch einen Kamm, sondern durch einen Stromstoß in die vorliegende Form gebracht worden, wenn man von so etwas wie einer Form überhaupt sprechen konnte, erzählte nun etwas über Syrien, von Putin und Trump und Merkel, erwähnte Korrespondenten, beklagte den seiner Ansicht nach zu geringen Platz, der („wieder einmal") Berichterstattung und Analyse („vor allem Analyse") zugestanden worden war. Die anderen blickten ihn interessiert-gelangweilt an, keiner ging auf seine Vorhalte ein, an Jennifer glitt das Gesagte so langsam und monoton vorbei wie ein Seineboot an Touristen am Quai François Mitterand. Irgendwann war er fertig mit seinem Geplätscher, zog sich wieder in sich und seinen grauen Anzug zurück, klappte die Ohren ein, ließ einen Rollbalken über den Mund fahren und verstummte für den Rest der Sitzung, der Herr rechts von ihm übernahm.

Der Leiter der Innenpolitik war etwas jünger, wirkte etwas sportlicher, drahtiger, er war einer der Wortführer des Pulks aus Zynikern gewesen, die sich den Stock höher ins Konferenzzimmer gelacht hatten. Auch er aber war mitnichten ein Leuchtfeuer der Inspiration, sein Vortrag in ebenso geringem Ausmaß von Optimismus und Lebensbejahung durchdrungen. Der Weltchef hatte das Fischernetz der Verzweiflung weit in die See hinausgeworfen, der Leiter der Innenpolitik zog es nun mit langsamen Armbewegungen aufs Schiff zurück, sein Schiff, wenig hatte sich verfangen, ein trauriger Anblick. „Politikjournalismus ist wie Societyberichterstattung, nur bei Tageslicht und ohne Champagner, sagte ein alter Hase, der von den anderen alten Hasen im Politikressort so bezeichnet wurde, später beim Mittagessen zu Jennifer, lächelte, und auch sein Blick blieb am schulterfreien Oberteil in Vichy-Karo Marine/Weiß mit gerüschten Kanten kleben, ebenfalls mehr an der nackten Schulter wohlgemerkt. „Schau, Mädel", sagte er, und in einem anderen Leben wäre Jennifer wohl aufgesprungen, hätte ihm für dieses „Mädel" eine Ohrfeige verpasst und wäre davongestoben. Aber in diesem Leben blieb sie sitzen und fand nichts dabei, dass er sie so nannte. „Schau, Mädel", sagte er also. „Politiker und Journalisten, das ist wie auf einem Schiff auf hoher See, man ist auf Gedeih und Verderb einander ausgeliefert. Man sieht sich, man kennt sich, man schätzt sich, man hasst sich, aber keiner kann von Bord. Man steht mit dem Kapitän, dem Kapitänsstellvertreter, dem Steuermann, den Deckoffizieren und den Technischen Offizieren auf der Brücke, eine kleine Gruppe, immer dieselben Leute. Die Reporter fühlen sich als Teil der Führungscrew, sie werden auch so behandelt, allen ebenbürtig, den meisten fühlen sie sich sogar überlegen, auch dem Kapitän. Gemeinsam blickt man in die Ferne, hinaus aufs offene

Meer, sieht die gleichen Sachen, visiert die gleichen Ziele an, erahnt die gleichen Gefahren. Man tauscht sich auf Augenhöhe aus, spürt bis tief hinein in sich die gemeinsame Verantwortung für das Schiff, das Meer, die Welt. Niemand außerhalb der Brücke kennt dieses Gefühl, kann die Schwere dieser Last auf den Schultern ermessen, schon gar nicht die Menschen auf den Decks darunter, denen der Einblick fehlt, das Wissen der Insider, wohl auch der Intellekt, Informationen so miteinander zu verknüpfen, dass alles einen tieferen Sinn ergibt. Natürlich kann man versuchen, den einfachen Leute im Detail zu erklären, was alle hier tun, wie das Schiff gesteuert wird, warum diese oder jene Route gewählt wird, was die Ziele sind und wer die Menschen, die sie erreichen sollen – in gemeinsamer Kraftanstrengung mit den Journalisten selbstredend – ja, das kann man versuchen, aber in der Regel scheitert man. Die Wahrheit ist den Menschen manchmal nicht nur nicht zumutbar, sondern zuweilen ist sie eine richtige Zumutung."

„Und auf dem Festland?", versuchte Jenny im Wortbild zu bleiben.

„Auch nicht besser", antwortete der Redakteur, „auch nicht am Konferenztisch. Lauter Ahnungslose, keiner in der Lage, die Arbeit der Mannschaft am Schiff, also der Regierung, und den Beitrag der Innenpolitik dazu richtig zu bewerten."

Und so saß der Kapitän ebenjener Innenpolitik an diesem Vormittag mitten unter nautisch Unkundigen und machte das, was er immer tat. Er verteilte an die Politikercrews in Bund, Land und Gemeinden, in Parteien, Parlament, an Beamte, Gewerkschafter, Sozialpartner, Interessensvertreter, Kammern, Regierung und Opposition (wenig) Lob und (viele) Rügen, die keinen überraschten, weil es dieselbe Menge an (wenig) Lob und (vielen) Rügen war, die er schon am Tag zuvor verteilt hatte und auch am Tag vor dem Tag davor. Jennifer war am wenigsten verblüfft, denn sie hörte gar nicht zu. „Schreibst du einen Kommentar?", fragte der Chefredakteur zwischendurch. „Ja", sagte der Politikchef mit Inbrunst, „man muss endlich einmal die Wahrheit sagen", worüber und wozu, führte er nicht näher aus. Jenny, die kurz aufsah, bemerkte, dass auch die anderen noch darüber nachdachten, was er gemeint haben könnte, als der Ressortleiter Wirtschaft schon mit seinem Vortrag begonnen hatte. Das machte nichts, denn in keiner Zeitung der Welt hört auch nur irgendjemand dem Wirtschaftschef zu. Seine Vorschläge werden allesamt angenommen, immer, keinen kümmert das. Zugeben wird das natürlich nie jemand.

Das Team taute erst auf, als die Chronik am Wort war, Jennifers neue Wirkungsstätte. Der Ressortchef war ein grobschlächtiger Mann mit einem rübezahlüppigen schwarzen Bart, durch den sich graue Strähnen zogen, als wären sie mit einer Häkelnadel eingewoben worden. Seine Stimme klang tief genug, dass er auch jederzeit den Hagen im „Ring der Nibelungen" hätte geben können, was noch eine zusätzliche heitere Note dadurch bekam, dass er zwar nicht Hagen, aber immerhin Hartmuth hieß, nicht Xanten oder gar Tronje mit Nachnamen, das wäre wohl etwas zu viel gewesen, sondern Welzig. Jennifer wusste nicht, was in Hartmuth Welzigs Leben Bedeutung hatte, Mode war es jedenfalls nicht, und davon verstand sie beileibe einiges. Ihr neuer Chef trug speckige Jeans, die munter Blasen warfen, wo der Stoff dünner wurde und vom Sitzen ausgebeult, und die unter einem medizinballgroßen Bauch endeten, wo sie von einem braunen Gürtel abgebunden wurden wie ein Sack Kohle. Die Füße steckten in giftgrünen Socken, diese wiederum in braunen Schuhen, die keine sichtbare Taillierung hatten, sondern von vorne bis hinten gleich breit waren und bei deren Kauf wohl zwei Kriterien maßgeblicher gewesen sein mussten als Geschmack: Bequemlichkeit und Strapazfähigkeit. Hartmuth Welzig trug ein blaues Hemd, das ebenfalls bequem und strapazfähig aussah und dessen Ärmel er bis knapp unter die Ellenbogen aufgekrempelt hatte. Die Vorder- und die Rückseite verschwanden unter etwas, das Jennifer nur aus den alten Quelle-Katalogen vom Dachboden ihrer Großmutter kannte: einem Pullunder in Weinrot, ebenfalls sicher bequem und strapazfähig.

Jennifer war von dieser Erscheinung so beeindruckt, dass sie überhörte, was der Ressortleiter sprach, jedenfalls den Anfang, es muss aber grausam gewesen sein, denn ein Teil der Anwesenden schauderte, der Rest versuchte möglichlichst teilnahmslos und lässig dreinzuschauen, um Stärke zu zeigen. Die restlichen zwei Minuten seiner Ausführungen brachten den Spannungsbogen nicht zum Reißen, denn es ging weiter um Mord, Totschlag, Messerstechereien, Prügeleien, um Einbrüche, Überfälle, Autounfälle und Brände. Als alle sich schon fühlten, als würden sie knöcheltief in Blut, Scherben und einem Tränenmeer waten, schaltete sich der Chefredakteur ein.

„Hast du auch etwas Gesellschaftspolitisches, etwas, bei dem man Soziologen fragen kann und Psychologen? Schule? Gesundheit? Lifestyle?" Hartmuth Welzig blickte seinen Chef an, als hätte ihn dieser aufgefordert, sich auf der Stelle nackt auszuziehen, was ihn mutmaßlich besonders schmerzte, da er doch so bequeme und strapazfähige Sachen trug.

„Du meinst, so veganes Zeug, so blutleere Geschichten, bei denen man nicht weiß, ob das noch die Chronik ist oder schon das Feuilleton ", sagte er mit deutlich vernehmbarem Spott.

„Bin ich schon dran", mischte sich die Kulturchefin ein, die Feuilleton vernommen hatte, aber der Chefredakteur schnitt ihr das Wort ab.

„Nein, ich glaube nur, unsere Chronik sollte nicht allein aus Mord und Totschlag bestehen, denn das reale Leben bietet ja auch mehr als nur Grauslichkeiten."

„Das wollen die Leute aber lesen", wandte der Chronikchef ein. „Oder hast du schon einmal einen „Tatort" im Fernsehen gesehen, in dem ein Psychologe das Gesundheitssystem erklärt oder ein Soziologe den Bildungsbereich? Es gibt immer Leichen, Blut, Mörder, Verbrecher, Banden, Kriminalität, Schock, Sex, Horror, und am Ende klärt sich alles auf. Das ist das richtige Leben."

Dem Chefredakteur war die Debatte sichtbar unangenehm geworden. Er fuhr einen schwarzen Audi A8 als Dienstlimo, besaß eine Villa in Döbling, ging im Winter am Arlberg Ski fahren und reiste im Sommer nach Sardinien oder in die Karibik. Er kannte Kriminalität nur vom Hörensagen, die Chronikseiten seiner Zeitung überblätterte er meist (was er nie zugab), weil ihn nicht betraf, was da stand. Nun rutschte er nervös auf dem Sesselboden hin und her und überlegte, wie er die Diskussion zu einem Ende bringen könnte, und da geriet Jennifer in sein Blickfeld. „Vielleicht kann ja unsere neue Kollegin dazu etwas beisteuern", sagte er mit dem Lächeln eines Mannes, dessen Seitensprung aufgeflogen war und dem nun im letzten Moment eine Ausrede zuflatterte.

Jennifer, die auf ihr Handy geschaut hatte, verstand zunächst nicht, dass sie gemeint war. Als sie aufblickte und merkte, dass alle in ihre Richtung starrten, wurde sie rot, aber nicht sehr, eher auf eine kokette Art und Weise. Instagram ist eine gute Schule.

„Nun", sagte sie nach einer kurzen Nachdenkpause, „ich finde das total okay, dass ihr über diese ganzen bösen Sachen schreibt. Die alten Leute interessiert das sicher."

Schweigen!

Stille!

Noch mehr Stille!

Schließlich war es so ohrenbetäubend still, dass der Lärm allen in den Ohren schmerzte.

Der Rest der Sitzung verlief, als hätte die Redaktion einen Schnellzug bestiegen und den Lokführer unter Androhung roher Gewalt dazu gezwungen, das Bestmögliche aus seiner Maschine herauszuholen. Die Lokalchefin blieb kurz angebunden, der Sportchef versuchte der Stimmung noch einmal Dampf zu geben, witzelte über Skifahrer und Fußballer und Tennisspieler, erntete ein paar dankbare Lacher, die Kulturchefin machte seine Arbeit aber schnell zunichte, die Society und das Internetressort konnten da nichts mehr ausrichten. Nach einer halben Stunde wurden die Sessel zurückgeschoben, die Abordnung der vielen älteren Leute verließ den Raum mit dem grünen Plastikboden und der Patina über den ehemals weißen und beigen Möbeln, der Wort gehalten hatte: Es waren jetzt wirklich alle schlecht gelaunt. Jennifer „Jenny" Navratil-Hartinger hatte ein gutes Stück dazu beigetragen, aber es war ihr weder bewusst, noch hätte es sie sonderlich gekümmert, wenn sie es bemerkt hätte, denn für sie Bedeutsameres war passiert: Wegen dieser seltsamen Sitzung mit den vielen älteren Leuten hatte sie eine Stunde lang so gut wie nichts auf Instagram posten, kaum twittern, wenig auf Facebook schreiben, kein Snapchatvideo teilen können. Für ihre Community war sie so gut wie tot.

Die folgenden Wochen ihres Volontariates verliefen für Jennifer weitgehend ereignisarm. Pünktlich um 9 Uhr traf sie jeden Tag an ihrem Arbeitsplatz im Chronikressort ein, um ihn pünktlich um 17 Uhr zu verlassen, den Schreibtisch, auf den sie eine Vase mit immerfrischen Blumen gestellt hatte, stets picobello aufgeräumt. Zu Mittag machte sie eine halbe Stunde Pause, aß einen Snack in der Kantine, manchmal allein, manchmal begleitete sie eine Abordnung der vielen älteren Leute, die sie behandelten als etwas, das man sich eingefangen hat, aber von dem man die Hoffnung hegt, es möglichst bald wieder loszuwerden, eine Sommergrippe etwa. Jennifer schrieb belanglose Geschichten, übers Wetter zunächst, dann über Autounfälle oder Brände, sie stellte sich weder sehr geschickt noch sehr tölpelhaft an. Was ihr an Wissen oder Können fehlte, kompensierte sie, indem sie sich naiv stellte oder naiv war, so genau konnte das keiner unterscheiden. Ihre neckische Art bezauberte viele Männer, ohne dass sich diese das eingestanden. Nicht viel von dem, was sie verfasste, fand sich in der Zeitung wieder, jedenfalls nicht in der ursprünglichen Form, oft blieb nicht einmal ein Satzgerippe davon übrig. Nur der Name, den sich Jennifer gegeben hatte, stand immer dabei, unveränderlich wie der Jahreslauf: Jenny Hart.

Schnell machten die ersten spitzen Bemerkungen in der Redaktion die Runde. Zunächst hieß sie „Jenny to go", weil sie in der Früh immer mit einem Kaffeebecher in der linken Hand (die rechte war vom Smartphone belegt) auftauchte, dann „Jenny Smoothinger", weil sie sich häufig Flaschen Raw Smoothie, Cold pressed und meistens gemixt aus Avocado, Banane, Spinat, Zitrone und Petersilie in die Redaktion liefern ließ. Anfangs geschah das unter gröberen Schwierigkeiten, weil der Empfang nicht wusste, wer Jennifer „Jenny" Navratil-Hartinger eigentlich sein sollte, und von Säften, die man im Abo beziehen kann, hatte man überhaupt noch nie etwas gehört.

Ab der dritten Woche wusste jeder im Haus über Jenny Bescheid, dazu hätte sie sich gar keine Antioxidantien zustellen lassen müssen. Denn ihr Aussehen hatte für ausreichend viel Aufsehen gesorgt, sie war stets gekleidet, als würde sie mit Stylisten der „Vogue" und der „Elle" zusammen in einer WG wohnen. An einem Tag tauchte sie im Oversized T-Shirt mit riesigem Logoaufdruck auf, am nächsten Tag trug sie eine „One-Shoulder"-Bluse zu Bootcut-Jeans. Sie nahm den Trend zum „Athleisure-Look" ebenso wahr wie jenen zur Culotte mit Patches-Aufdruck und zum Neoprenrock. Als Farben wählte sie „Meadowlark", also Sonnengelb, „Cherry Tomato" bzw. „Chili Oils", also Rottöne, „Little Boy blue", also Hellblau, natürlich „Spring Crocus", also Lila, und selbstverständlich Weiß, also, genau genommen, „Coconut Milk". Als Schuhwerk trug sie Open-Toe-Booties, wie sie die Kardashians populär gemacht hatten, durchsichtige Pumps im Plastik-Design, einmal sogar Cowboystiefel. Ihre Sonnenbrille nahm sie nie vom Kopf, sie ruhte zwischen ihren nachtpfauenaugenbraunen Haaren, egal, was passierte und worüber sie schrieb.

Vom einmonatigen Volontariat waren schließlich nur mehr fünf Tage übrig, als Jennifer an diesem Spätjunimontag in Richtung ihres Smart ging. Sie ließ sich die Berggasse hinuntertreiben, die so steil war, dass sie inzwischen sogar bei der Auswahl ihrer Schuhmodelle darauf Rücksicht nahm. Sie ließ die Wasagasse hinter sich und hätte nun mehrere Lokale und kleine Läden bemerken können, manche davon aus der Zeit gefallen, wenn sie nicht dauerhaft auf ihr iPhone gestarrt hätte. Aus dem Augenwinkel nahm sie wahr, dass die Ampel auf Grün sprang, und überquerte die Liechtensteinstraße. Alle Autos, an denen sie vorbeikam, waren schräg geparkt, nur eines fiel ihr auf, obwohl sich Jennifer für kaum etwas weniger interessierte als für Motoren: ein alter Mercedes in Hellblau mit einem orangefarbenen Wunderbaum, Duftnote „MaiTai", am Innenspiegel. Sie fotografierte ihn, eine Junge Frau mit zitronenfalterfarbenen Haaren blieb stehen und wollte es ihr offenbar gleichtun.

Jenny ging weiter. Vor dem Sigmund-Freud-Museum in der Berggasse 19 drängten Menschen ins Innere wie Bienen in ihren Stock, obwohl das Museum erst um 10 Uhr öffnete. Jennifer wechselte die Straßenseite. Die Sonne spendierte ein gleißendes Licht, was sie als Einladung ansah, ein Selfie zu knipsen, das Museum im Hintergrund. Sie stellte sich mit dem Rücken zur Straße, probierte verschiedene Posen, nichts passte richtig. Jenny drehte das Handy, ihren Kopf, ihren Körper, war aber mit keinem Ergebnis zufrieden. Die Perspektive passte nicht. Also machte sie einen kleinen Schritt vom Gehsteig rückwärts auf die Fahrbahn. In diesem Moment bemerkte sie einen Radfahrer, der die Berggasse heruntergeschossen kam, bremste, sein Rad verriss und so im letzten Moment verhinderte, das Jennifer unter die Räder kam. Sie erschrak, geriet ins Taumeln, ihr Finger blieb am Auslöser kleben, das iPhone schoss Serienbilder, später sollte sie feststellen, es waren 23, furchtbare Fotos. Ihr Kopf überdimensional groß, die Nase dadurch riesig, die Gesichtszüge entgleist, das Make-up eine einzige Katastrophe und, am schlimmsten, auf der Haut zeichneten sich auch noch Pickel ab. Jenny wollte die Bilder in der Sekunde löschen, aber dann bemerkte sie den Radfahrer im Hintergrund, der bestürzt zu ihr blickte. Er sah ziemlich gut aus, befand sie. Sie lächelte und beließ die Fotos auf dem Smartphone, wo sie waren. Das sollte recht schnell eine Rolle spielen.

Ein wahrer Genuss

An guten Tagen gehörten Adolf Waller häufig die Aufmacher der Sportseiten der österreichischen Tageszeitungen. „Baller Waller", nannten ihn die Reporter dann, oder sie schrieben „Waller war wieder der Knaller". Wenn er gleich dreimal in einem Spiel ins Tor getroffen hatte, dann lachte er am nächsten Tag breit als „Triplepack-Waller" heraus aus den Blättern.

Aber es gab auch die anderen Zeiten, düster, einsam, vor allem torlos. „Adi geht badi", las er dann über sich, wenn diese Phasen länger dauerten, auch „Selbstfaller Waller" oder „Adi Waller, deine Torausbeute war auch schon praller". Auf Reime verstehen sich die österreichischen Sportreporter, das muss man ihnen lassen. Das machen sie gerne, und man kann sie sich gut vorstellen, wie sie in den Newsrooms sitzen, sich auf die Schenkel klopfen und wetteifern, wer am lautesten lacht über die Gags, Gags, Gags. Meist Männer, meist Mitte 50, meist in khakifarbenen Stoffhosen, abgenutzt und tief ausgebeult an den Knien und am Hintern, im Winter darf es auch Cord sein. Zu Mittag sitzen sie in der Kantine und bestellen das Fetteste von der Speisekarte, und dann erzählen sie sich von früher, als alles noch besser war, die Sportler sowieso, aber auch die Arbeit in der Zeitung.

Wenn sie dann, das Fetteste von der Speisekarte im Magen, wieder an ihren von Papierstapeln überladenen Schreibtischen sitzen, vor den Wänden, an die sie sich Fotos von Treffen mit den wichtigsten Sportlern ihres Reporterlebens gepinnt haben, ziehen sie gerne in den Krieg. Fußballspiele werden dann zu Schlachten, Duellen, Gefechten, beinharten Kämpfen, man kreuzt die Klingen, Gegner werden vernichtet, abgeschossen, bombardiert, weggeputzt, erledigt, abgeknallt, gekillt, eliminiert, oder man bricht ihnen das Genick. Angriffe sind Vorstöße, Stürmer Bomber, Kapitäne Feldherren, Spieler Kampfmaschinen, die Aufopferungsbereitschaft oder Überlebenswillen zeigen, fremde Stadien Hölle oder Hexenkessel.

Krieg oder Frieden, Adolf Adi Waller nahm beides mit der Zeit mit immer mehr Gleichmut hin, wichtig war ihm, dass seine Fotos in den Zeitungen nicht zu klein wurden und er darauf gut aussah. Über viele Jahre hinweg war er erfolgreicher Mittelstürmer von „Haudrauf Wien", stürmte in der obersten Liga, ein stämmiger Typ, mit Oberschenkeln dick wie Tischbeine in Tiroler Almhütten. Waller trug das dunkle Haar meist etwas länger, als es Mütter früher bei ihren pubertierenden Söhnen gerne sahen. Er hatte einen Torriecher, wie man in der Branche sagt, konnte Spiele entscheiden und Fans herausreißen aus ihrem bescheidenen Leben und mit ihnen auf eine Wolke entschweben, einen kurzen Zeitraum lang, bis sich diese Wolke langsam aufzulösen begann und die Menschen dorthin abgeregnet wurden, wo sie herkamen, in die handtuchgroßen Gärten ihrer Reihenhäuser oder die schmalen Grünstreifen vor grauen Wohnblöcken in Simmering, Favoriten oder Meidling, hier wie da voll von Hundescheiße. An den guten Tagen standen die Anhänger auch beim Training hinter dem Maschenzaun, warteten geduldig, bis die Kicker ausreichend viele Bälle ins Tor oder in den Wiener Nachthimmel geschossen hatten, und hielten Waller dann Zettel oder Karten mit seinem Porträtfoto hin, auf denen er unterschreiben sollte, manchmal war es auch ein Unterarm, einmal sogar ein blanker Busen. Waller nahm die Filzstifte gerne in die Hand, obwohl er es mit dem Schreiben sonst nicht so hatte. Auch mit dem Lesen übrigens nicht.

Die Jahre gingen dahin, und Waller fand immer mehr Gefallen am prallen Leben außerhalb der Sportanlagen. Zu guter Letzt hatte er eine große Zukunft hinter sich, er hätte bei Bayern, Real oder Liverpool landen können, das wusste er, aber das Scheitern an Höherem zog ihn nicht in die Tiefe. Er verdiente gut, nicht so viel natürlich wie die internationalen Stars heute, aber es reichte für einen Alltag, in dem man nicht aufs Geld schauen musste, denn es war immer genug da. Der Verein stellte ihm ein Auto zur Verfügung, einen schicken Sportwagen, Cabrio natürlich, die PS waren gut zu hören, wenn er die Favoritenstraße stadteinwärts fuhr. Auch das war ihm wichtig, und er stand dazu. Bescheidenheit war kein Laster, dem Waller verfallen war.

Die größte Lust, die ihn antrieb, war freilich um nichts weniger profan und stand in körpernatürlichem Gegensatz zu seiner eigentlichen beruflichen Tätigkeit: Er aß gerne. Und viel. Und oft. Als Waller eines Tages in ein Restaurant ging, verfolgte ihn ein Fotograf von „Immer Alles". Er bemerkte es nicht. Wenn er Hunger hatte, war er blind und taub, dann hatte er einen Pizzeriaeingangstorriecher. Ob der Wirt die Redaktion verständigt hatte, um so billig zu Reklame in der Zeitung zu kommen, ließ sich später nicht mehr klären, aber es ließen sich einige Anhaltspunkte dafür finden. Jedenfalls wurde Waller im Lokal abgelichtet, als er eine Quattro Stazione, groß wie das Rad eines römischen Streitwagens, mehr in sich hineinschob als aß. Am nächsten Tag erschienen die Bilder in der Zeitung, es waren natürlich die unvorteilhaftesten ausgewählt worden. Adis Gesicht wirkte, als würde ihn die Pizza auffressen und nicht er sie. Das Stück, das er in der Hand hielt, reichte von einem Ohr zum anderen, in der Mitte quollen Artischocken, Paprika, Schinken, Pilze in einem Paradeisergatsch auf, Wallers Blick trug Züge eines Massenmörders beim Vollzug. Der Autor der spöttischen Zeilen, die darunter standen, zog es vor, anonym zu bleiben, Feigheit ist mitunter das Mutigste, das man sich zutraut.

Zusätzlich zu den Bildern war eine Grafik in der Zeitung zu sehen, die augenfällig die Gewichtszunahme von Waller in den letzten Monaten dokumentierte. „Waller wieder dick im Geschäft", befand der namenlose Reporter als Titel originell, und vermutlich sahen das auch die Leser von „Immer Alles" so. Die Vereinschefs fanden das weniger lustig, hielten Waller das Blatt unter die Nase und verwendeten Worte wie „provokant", „vereinsschädigend" und „unsportliche Einstellung". Waller überkam beim Anblick der Fotos nur eines: Hunger.

Zu diesem Zeitpunkt war längst klar, dass seine Karriere den Zenit schon überschritten hatte, wenn es jemals überhaupt einen solchen gegeben hatte. Waller war zufrieden, so wie es war, so wie er auch zufrieden gewesen war, so wie es früher gewesen war und auch davor. Allzugroßer Ehrgeiz wird in diesem Land häufig kritisch beäugt, und nicht zuletzt in diesem Punkt war Waller ein waschechter Österreicher.

Wenige Tage nach dem „Pizzagate", wie „Immer Alles" den Vorfall bezeichnet hatte, verlor „Haudrauf Wien" daheim 0:2 gegen „Aufgeht's Salzburg". Die Fans waren außer sich, brüllten schon gegen Ende des Matches üble Sachen von der Tribüne hinter dem Tor, und als sich die Mannschaft nach dem Spiel den Fans mit gesenkten Köpfen näherte, fielen noch bösere Worte. Waller hielt den Kopf am tiefsten unten, in solchen Sachen war er ein Profi von internationalem Zuschnitt. Er hatte, wie das Ergebnis erahnen lässt, wieder kein Tor erzielt und wusste, der Ärger der Anhänger würde ihn am meisten treffen. Also musste er versuchen, sich möglichst unsichtbar zu machen. Das gelang überraschenderweise besser als alles, was er im Match davor mit dem Ball versucht hatte, nach gut einer Viertelstunde hatten die Fans die Lust am Zorn verloren und zogen ab.

Waller trabte Richtung Kabinengang, als er einen Sportreporter von „Immer Alles" entdeckte, zu spät, um ihm noch ausweichen zu können. „Herr Waller", rief der Journalist aufgeregt und fuchtelte mit den Armen, „ein kurzes Interviewerl, bitte schön."

Also fügte sich Waller seinem Schicksal. Er stellte sich artig wie ein Knabe beim Schulabschlusskonzert vors Mikro des Reporters, der Schweiß rann ihm von der Stirn, immerhin war er ja von der Fankurve bis in die Katakomben des Stadions gegangen, und das für seine Maßstäbe recht flott. Als ihm die erste Frage gestellt wurde, öffnete er die von der PR-Abteilung des Klubs für solche Anlässe prall gefüllte Schatulle voller Banalitäten und Trivialitäten, die jedem Fußballer zur freien Entnahme zur Verfügung stand. Er reihte Floskel an Floskel, Perle an Perle, nicht alles ergab Sinn, aber ist das nicht oft so im Leben und nicht nur in dem von Fußballern?

Man habe den Gegner anfangs eigentlich dominiert (uneigentlich eigentlich nicht), sei dann unglücklich in Rückstand geraten (Schicksal, was soll man tun?), man habe gekämpft, ja alles gegeben (viel zum Geben war leider nicht da), als man gerade dabei war, das Spiel zu drehen, habe man quasi im Gegenzug das 0:2 kassiert (Risiko wird leider im Leben nicht belohnt), nun aber gelte es nach vorne zu schauen (wo immer das auch ist), im nächsten Spiel gebe es nur mehr Vollgas und nichts als Vollgas, Einsatz bis zum Letzten, und mit Sicherheit werde dann ein Sieg herausschauen (sonst kann man diesen Satz schlimmstenfalls wiederholen).

„Glauben Sie nicht", fragte der Reporter schließlich, „dass auch Ihr Gewicht eine Rolle spielt, dass Sie nicht treffen, weil Sie einfach nicht mehr so wendig sind wie früher?"

Waller merkte, wie das Blut in seinen Kopf schoss, gleichzeitig füllte sich sein Mund mit Schimpfworten auf wie ein Wasserreservoir. Er war kurz davor, zu explodieren und den Reporter in einer Springflut aus Beleidigungen ertrinken zu lassen. „Was für eine, was für eine, was für eine beschissene Frage soll das sein? Was glauben Sie Arsch mit Ohren eigentlich, wer Sie sind? Ein Kopf, dick und fett und schwer wie ein Sauschädel, die schütteren Haare quer über die Glatze frisiert, schwitzend und transpirierend und schnaufend wie früher die 97er-Zahnradbahnloks der ÖBB, wenn sie sich den Semmering hinaufgeschleppt haben. Ein Bauch, als hätten Sie einen

Sack mit Trainingsbällen verschluckt, dazu diese schleißige beige Hose, die versuchte einen Arsch zu bändigen, breit wie ein Postkasten. Vermutlich fahren Sie nicht einmal einen Sportwagen." Das hätte Waller gerne gesagt, aber er tat es nicht. Er wäre dem Reporter auch gerne an die Gurgel gegangen, hätte ihm den Kopf abgerissen und ihn dann hinauf bis in die Fankurve gekickt, so viel Schusskraft traute er sich schon noch zu. Aber dann erinnerte er sich an das stundenlange Sprachcoaching der PR-Abteilung, das Spieler trainieren sollte, sich gegenüber Journalisten manierlich zu verhalten. Er atmete dreimal tief durch. „Mein Gewicht", sagte er schließlich mit einem kaum vernehmbaren Schnauben, „das interessiert mich so, wie wenn in China ein Sack Reis umfällt." Dann trabte er davon, die Stoppeln der Fußballschuhe machten auf dem Fliesenboden laut „klick, klack".

Am nächsten Tag füllte Waller wieder der Aufmacher der Sportseiten von „Immer Alles". Thema des exklusiven Interviews, das unter der exklusiven Geschichte im exklusiven Sportteil stand, waren nicht seine Tore oder besser gesagt seine Nicht-Tore, sondern sein Ausspruch, „das interessiert mich so, wie wenn in China ein Sack Reis umfällt". Der Arsch mit Ohren hatte eine Glosse geschrieben, haxlbeißerisch, liebevoll bösartig, wienerisch halt. Er wollte Waller bloßstellen, aber alles kam ganz anders.

Denn dann ging es los. China, ein Sack Reis, wunderbar. Die Reporter und ihre Ressortleiter und deren Chefs vom Dienst und deren Chefredakteure und deren Herausgeber taten so, als hätte Waller eigenhändig die Seidenstraße neu asphaltiert. Auf Twitter und auf Facebook wurde der Ausspruch kommentiert, gelikt, getweetet und regetweetet, geshared, von der Zahl der Postings gar nicht zu reden. Das Video vom Interview wurde auf YouTube tausendfach geteilt, in Webseiten eingebettet und so noch weiter gestreut, es tauchte in den Sportsendungen im Fernsehen auf. In den Zeitungen gab es Berichte und Kommentare, am besten aber gingen die Memes, lustige, nur Sekunden dauernde, in Dauerschleife laufende

Witzclips. Es fielen viele Wallers um in diesen Tagen und viele Reissäcke mit ihm.

Nach den Sportreportern bemächtigten sich die Journalisten aus anderen Ressorts, aus Politik, Wirtschaft oder Kultur des Satzes, der so nicht neu war, aber wenn kümmerte das? Pläne der Regierung oder der Opposition, Innovationen, Investitionen, Bilanzen, die Aussagen von Managern oder ihrer Unternehmenssprecher, frische Inszenierungen in Theater und Oper interessierten jetzt so, „wie wenn in China ein Sack Reis umfällt". Das geflügelte Wort flatterte weiter, raus aus den Redaktionen ins Parlament („das Thema bewegt die Leute so, wie ..."), in die Supermärkte („ob sie gestern noch schöne Paradeiser hatten, interessiert mich so, wie ..."), die Alltagsgespräche („was die xy über mich sagt, interessiert mich so, wie ..."), die Gerichtssäle („ob sie das absichtlich gemacht haben oder nicht, interessiert mich so, wie ..."), auf Markplätze, in Verkehrsmittel, sogar in die Schulen und in die Ehebetten. „Wie war ich heute? Das interessiert mich so, wie ..." Wortwitze mit Reis wurden populär wie Sommerhits. Der Reis ist heiß, Reisausschreiben, die Reisleine ziehen, Reisaus nehmen, am Reisbrett analysieren, dafür reis ich mir keinen Haxn aus, reist du schon, was wir heute zu Abend essen/im Kino anschauen/unternehmen möchten? Du hast schon viel in deinem Leben erreist. Es war wie beim Märchen vom süßen Brei, überallheraus wuchs es und quoll, süßer Reisbrei halt diesmal.

Adi bekam das anfangs gar nicht so richtig mit. Als er beim nächsten Spiel erneut nicht traf, flachsten die Reporter: „Na, ist wieder ein Reissack umgefallen?" Ab da spielte Waller mit. Er begann den Reissack-Spruch wie selbstverständlich in seine Interviews einzubauen. Die Reporter waren ihm dankbar. Fußball war auf dem Weg dazu, ein hochtechnisierter, planbarer, langweiliger Sport zu werden. Da war jemand, der reis, wie man Massen bewegt, ein Hauptreis.

Adi wurde in Talkshows eingeladen, von wildfremden Menschen auf der Straße angesprochen, auch von solchen, die gar nicht wussten, dass er Fußballer war. Seine Karriere wurde in Magazinen, Print und TV, beleuchtet und ausgebreitet. Er war wieder wer, und Waller genoss das ein letztes Mal.

So ging das ein paar Monate lang. Adi gab nun Interviews auch zu Alltagsthemen, Politik, Atomkraft, Klimaerwärmung, dem bedrohten Weltfrieden. Dass er sich in einigen Themen, vielleicht sogar in nahezu allen, nicht oder nicht gut auskannte, machte nichts, wenn es brenzlig wurde, wusste er ja, wo der Notausgang lag, dann sagte er einfach „das interessiert mich, wie wenn in China ein Sack Reis umfällt". Reporter kamen zu ihm heim, fotografierten ihn allein, mit Frau, Kindern, vor seinen Pokalen und natürlich mit einem Topf Reis in der Hand. Weil sich Adi, was den Geschmack bei der Einrichtung betraf, mit der Mehrheit der Österreicher eines Sinnes sah, gab es bei ihm daheim eine winzige, billige Küche vom Möbelmarkt ums Eck, die er fürs Foto zum ersten Mal betrat, im Wohnzimmer einen Verbau in Buchendekor, darin auf zwei Meter Länge die wichtigsten Werke der Weltliteratur, in Bausch und Bogen gekauft, nie angerührt, eine beige Polstermöbelwohnlandschaft mit aufklappbaren Nackenstützen (wie in seinem Sportwagen) vor einem 156-cm-Flatscreen und zwei kippbare Fernsehsessel, und so wurde Adi noch schneller noch mehr einer von ihnen, einer aus dem Volk, einer, der redet, wie ihm der Schnabel gewachsen ist. Einer, der sich nicht darum kümmert, wenn in China ein Sack Reis umfällt.

Irgendwann war Schluss. Mit China, dem Reis und der Karriere. Adi war nicht böse darüber. Es war ihm zunehmend schwergefallen, auf sein Gewicht zu achten. Er hatte immer noch Lust, Tore zu schießen, aber sie kamen ihm immer kleiner vor und weiter weg.

„Haudrauf Wien" veranstaltete ein Abschiedsspiel für ihn, am Ende bekam er alles Mögliche überreicht und um den Hals gehängt, bedankte sich artig, dann wurde ihm ein Mikrofon in die Hand gedrückt. Im Stadion wurde es fast klösterlich still, nur ein paar Störenfriede brüllten bierumnebelt und dem Ereignis gänzlich unangemessen von ganz hinten oder ganz oben oder ganz hinten oben „Adi, Adi". „Ich möchte mich bei allen, die das möglich gemacht haben, bedanken", sagte der Held im Mittelkreis. Geblendet auch durch das Flutlicht, nahm er nur schemenhaft wahr, was um ihn herum passierte. „Ich möchte mich bei allen bedanken, die das möglich gemacht haben", wiederholte er, weil er nicht mehr wusste, ob er es schon einmal gesagt oder sich nur eingebildet hatte, es schon einmal gesagt zu haben. „Ihr Fans seid immer alles für mich gewesen, für euch habe ich mir den Arsch aufgerissen, ihr werdet mir echt fehlen. Die anderen Vereine", sagte Adi und hob die Stimme an, „die anderen Vereine sind mir so wurscht", und dann tönte es wie aus einem Mund, „wie wenn in China ein Sack Reis umfällt". Gejohle, Jubel, Umarmungen, Adi verbeugte sich, verließ ein letztes Mal den Mittelkreis (genau genommen, war er bei den meisten Spielen dieser Saison auch nicht mehr nennenswert weit herausgekommen), ging langsam Richtung Spielerkabine. Aus, vorbei, Reisleine gezogen.

Schon am Tag danach sollte sein neues Leben beginnen. Adi bekam ein Abschiedsgeschenk, einen gebrauchten Mercedes 190 in Himmelblau, ja tatsächlich in Himmelblau, ein Ladenhüter, den jahrelang keiner gewollt hatte und den der Verein deshalb von einem Autohaus, einem Sponsor des Klubs, mit einem großzügigen Rabatt erhalten hatte. Adi wusste davon nichts, aber selbst wenn er es erfahren hätte, wäre es ihm vermutlich so egal gewesen, wie wenn in China ein Sack Reis umfällt. Als er das erste Mal in seinem 190er saß, rückte er den Spiegel zurecht, fuhr mit dem Sitz ein bisschen nach vorn, schob ihn dann wieder etwas nach hinten, schaute in den Spiegel, um sich seine Frisur zu richten, justierte dann die Außenspiegel, stellte die Radiosender ein, blickte ins Handschuhfach, beschloss, auf das Durchlesen der Gebrauchsanweisung zu verzichten, da sie bedrohlich dick aussah, und hängte dann den mitgebrachten, orangefarbenen Wunderbaum, Duftnote „Mai Tai", am Innenspiegel auf.

Kurz zuvor hatte er einen Anruf von Gott erhalten, ausgerechnet von Gott. Er bot ihm einen Job bei „Immer Alles" an, ausgerechnet bei „Immer Alles". In dem Telefonat lobte ihn Gott in den höchsten Tönen, Waller sei der beste Fußballer gewesen, den Österreich je gehabt hatte, sein Jugendidol, er würde sich anbrunzen vor lauter Freude, wenn er nun mit ihm gemeinsam etwas auf die Beine stellen könnte. Die Geschichte mit der Pizza sei keine Gemeinheit gewesen, wie einige das behauptet hätten, sondern im Gegenteil ein „genialer PR-Coup", er habe Waller „irre genützt". „Immer Alles" habe aus Adi einen Superstar gemacht, nun sollte er für die Zeitung eine Kolumne schreiben, die „Am Reisbrett" oder so ähnlich heißen sollte, also schreiben wäre vielleicht etwas zu viel gesagt, er sollte seinen Namen zur Verfügung stellen, und irgendein Arsch mit Ohren sollte formulieren, was Waller dachte, oder auch nicht. Er hatte sich Bedenkzeit erbeten, aber Gott und er wussten, dass es nichts gab, worüber es nachzudenken galt, denn Waller hatte für sein weiteres berufliches Leben die Auswahl aus einer einzigen Option und die hieß, Kolumnist bei „Immer Alles" zu werden. Er traf sich tags darauf mit Gott, einigte sich mit ihm per Handschlag auf ein fürstliches Honorar (das er nach einiger Zeit immer verspätet oder gar nicht erhalten sollte), stieg in seinen himmelblauen Mercedes 190, in dem der Wunderbaum süßlich duftete, und fuhr ins Himmelblaue.

Einige Zeit später parkte er seinen neuen Wagen in der Berggasse schräg zum Randstein. Auch das sollte später noch wichtig werden.

Ein Zeichen wahrer Freundschaft

„L ieber Herr Minister", sagte Gott mit einer Stimme, die Engel in religiöse Zweifel stürzen könnte, „das kann doch nicht dein Ernst sein? Du hast zehn Milliarden Euro Budget, und da debattierst du mit mir länger als eine Minute über läppische 500.000 Euro?"

„Ich kann mich nur wiederholen", antwortete der Minister mit bemüht freundlicher, aber noch wesentlich bemühterer, fester Stimme. „Ich habe schon alles verplant, bis auf den letzten Cent, ehrlich. Ich habe kein Geld mehr zu vergeben. Das musst du doch verstehen."

„Natürlich verstehe ich das, ich habe das immer verstanden, sogar wenn du den anderen mehr Geld gegeben hast als mir, obwohl ich ja in der für dich wichtigen Zielgruppe viel mehr Leser habe als die. Ich habe nie was gesagt, das weißt du doch. Aber mir liegt dieses Land halt am Herzen und dein Fortkommen auch, und deshalb glaube ich, wir müssen da jetzt rein, jetzt ist der richtige Zeitpunkt."

„Ich weiß, es ist ja auch nicht so, dass ich nicht will. Aber vor dir sitzt ein Mann mit leeren Hosentaschen."

„Nijo" saß Gott natürlich nicht gegenüber, sondern an seinem Schreibtisch, und selbstverständlich waren seine Hosentaschen auch nicht leer, zumindest ein Schnäuztuch hätte gefunden, wer Lust am Suchen gehabt hätte, weiß, mit Monogramm drauf, kaum mehr als ein-, zweimal gebraucht.

„Schade, ich hätte mir eine Kampagne mit dir im Mittelpunkt so gut vorstellen können. Elektromobilität ist doch dein Schwerpunkt. Wir könnten dich als jungen, dynamischen Politiker zeigen, der Österreich nach vorne peitschen will. Bald sind doch Wahlen, das solltest du nicht vergessen. Du willst ja dein Amt auch in der nächsten Regierung behalten, und ich unterstütze das total, aber um Erfolg zu haben, sind Freundschaften wichtig. Also meine Freundschaft ist dir sicher, die ist bedingungslos, die hängt auch nicht davon ab, ob du falsche oder richtige Entscheidungen triffst und ob du mir Geld gibst oder nicht, aber ich weiß ja nicht, wie sich die anderen verhalten. Mir schwebt jedenfalls eine Serie vor: Dieser Minister bringt Österreich in die Zukunft, mit Fotos natürlich. Doppelseiten. Ich schreibe einen Kommentar dazu, wie wichtig Innovationen für Österreich, ach was sage ich, für die ganze Welt sind. Dieser Minister schenkt Ihren Kindern eine Zukunft, so muss das heißen vom Wording her, verstehst?"

„Aber ich habe es dir doch schon gesagt ..."

Der Minister verstand, natürlich verstand er alles, leider. Er wusste, wie das funktionierte mit dem Geben und Nehmen, den Freundschaftsdiensten und den Feindschaftsleistungen, den Zahnrädern, die ineinandergreifen oder eben auch nicht, dem Zusammenspiel, oder dem Aneinanderreiben von Politik und Medien, und klarerweise ahnte er, was jetzt passieren würde.

Hätte es für dieses Gespräch Ohren- und Augenzeugen gegeben, sie hätten spätestens jetzt bemerkt, dass etwas ins Rutschen geraten war, und „Nijos" Stimme war das erste Opfer der Geröllmassen, die zu Tal rasten und alles mitrissen, was sich ihnen in den Weg stellte. „Selbst wenn ich wollte, könnte ich kein Geld mehr auftreiben", sagte er, aber es klang nicht mehr dieselbe Überzeugung und Selbstsicherheit durch wie noch eben zuvor, obwohl „Nijo" beides sonst in Übermaß besaß.

„Weißt du eigentlich, wie sehr ich mich für dich verwendet habe?"

Gott sprach nun nicht mehr in brüderlichem Ton, sondern seine Stimme hatte den Klang eines Internatserziehers, der zum Schlafgang mahnt. Wären „Nijo" und Gott nun zusammen in einem Raum gesessen, der Minister am Schreibtisch, der Verleger davor oder umgekehrt, je nach Sichtweise, der Minister hätte spätestens jetzt Haltung angenommen, den Rücken durchgestreckt und die Füße artig parallel auf dem Boden abgestellt.

„Ich habe im Newsroom ein paar Journalisten sitzen, die würden dich liebend gerne an die Wand nageln", donnerte Gott vom Schreibtisch her, vor oder hinter dem er saß. „Die finden, es ist ein Wahnsinn, wie viel PR-Geld du für Elektromobilität ausgibst. Ich habe mich bis jetzt immer schützend vor dich gestellt. Aber ich bin ja nicht immer da."

„Ich bin dir sehr dankbar dafür, aber hast du nicht gerade eben ..."

„Ja, es vergeht keine Redaktionskonferenz, in der nicht einer dieser jungen talentierten wilden Reporter sagt: Bei dem müssten wir einmal hinschnuppern und genauer schauen. Da ist was zu holen. Da schlummert ein Skandal. Fast flehentlich betteln sie mich an, sie von der Leine zu lassen. Bluthunde sind das, schwer zu führen, ganz schwer."

„Ich achte in meinem Ministerium penibel darauf, dass mit Steuergeld sehr sorgsam umgegangen wird. Ich habe mir nichts zuschulden kommen lassen." Jetzt hatte der Minister tatsächlich Haltung angenommen, und Gott wusste das, obwohl er mit „Nijo" lediglich telefonierte.

„Ich erinnere mich noch, wie diese Bluthunde deinen Ministerkollegen zerfleischt haben, du weißt schon, den, den, jetzt fällt mir sein Name nicht ein, na egal, aber du erinnerst dich sicher ... grausam war das, nicht aufgehört haben sie, obwohl ich mich oft dazwischengeworfen habe. Die sind halt noch sehr jung. Und talentiert. Und wild."

„Was ich sagen wollte ..."

„Wobei, ich habe mir das auch schon gedacht. In Österreich gibt es so viele Arbeitslose, die Pflege ist kaum mehr zu finanzieren, unsere Schulen werden immer schlechter, die Leute haben nicht mehr genug Geld zum Leben und für die Miete. Wenn sie auf dem Grab ihrer Liebsten einen Strauß Chrysanthemen oder Narzissen ablegen wollen, dann müssen sie wochenlang dafür sparen, wochenlang, und ein Minister lässt sich dauernd vor irgendwelchen teuren E-Autos fotografieren und lächelt provokant, ja provokant würde ich das nennen, in die Kameras."

„Hast du nicht eben gesagt, dass du mit mir eine Kampagne ..."

„Also die Wahrheit ist ja, ich hätte dir abgeraten, so offensiv in die Medien zu gehen mit der Elektromobilität, aber mich hast du ja nicht gefragt. Solltest du das nächste Mal tun. Interessiert ja keinen, diese Elektromobilität, seien wir ehrlich. Wichtig ist, dass man einen Job hat, eine gesunde Familie, Geld zum Leben. Und ein paar Chrysanthemen oder Narzissen fürs Grab der Liebsten. Es ist ja vollkommen wurscht, ob man jetzt Benzin oder Diesel fährt oder Elektro. Die hört man ja gar nicht, diese Elektrowagen, was sollen das für Autos sein, die man gar nicht hört?"

„Ich finde, die Umwelt sollte uns schon etwas wert sein."

„Genau meine Meinung. Deshalb habe ich dir ja den Vorschlag mit der Kampagne gemacht, genau deshalb. Wir zeigen, dass du dich wirklich und aus vollem Herzen für die nächste Generation einsetzt, dass du Österreich sauber machen willst, zum Umwelt-Europameister, nein, zum Umwelt-Weltmeister. Für eine Million Euro machen wir gemeinsam eine tolle Serie, du wirst schon sehen."

„Eine Million? Die Rede war von 500.000 Euro. Da ..."

„Super, dass wir das beide komplett gleich sehen. Umweltschutz ist enorm wichtig. Da passt wie immer kein Löschblatt zwischen unsere Meinungen. Wann darf ich dir denn den Fotografen vorbeischicken? Wir sollten schnell anfangen. Du willst das Thema ja nicht deinem Regierungspartner überlassen, oder? Der hat bei mir nämlich schon angefragt, ob wir nicht etwas gemeinsam auf die Beine stellen können bei der Elektromobilität. Ich telefoniere anschließend mit denen, gleich anschließend an dieses Telefonat hier, die warten schon in der Leitung."

„Nein, ich ..."

„Siehst du. Schön, dass wir uns einig sind. Ich fakturiere die Kampagne auf das Ministerium, oder möchtest du das anders abwickeln, über eine Agentur vielleicht oder einen Verein?"

„Mit Bildern von mir, hast du gesagt?"

„Ja, zehn, zwölf, am besten hältst du immer ein Schild in der Hand, auf dem die wesentlichsten Botschaften stehen. Das merken sich die Leute besser. Wir machen am besten auch gleich ein Video davon. Bilder sind das neue Silber, Bewegtbilder das neue Gold."

„Ich werde sehen, was ich machen kann", sagte der Minister, aber er wusste natürlich, dass er längst sah, was er machen konnte, und dass er gleich im Anschluss an das Telefonat zum Hörer greifen und einen Auftrag über 300.000 Euro zugunsten von „Immer Alles" erteilen würde. 500.000 Euro hatte Gott ursprünglich gefordert, auf 1 Million erhöht, als die Elektromobilität unter Strom kam, mit 100.000 Euro hatte er gerechnet, 300.000 Euro würde er bekommen. „Nijo" wiederum hatte gefürchtet, eine halbe Million zahlen zu müssen, 300.000 Euro erschienen ihm folglich sparsam. Es war ein Geschäft, das beide Seiten glücklich machte. Es war ein zutiefst österreichischer Handelspakt.

„Fein", antwortete Gott, der selbstverständlich wusste, dass er gewonnen hatte. „Aber besser, du beeilst dich. Ich bemühe mich in der Zwischenzeit, die Bluthunde zurückzuhalten, so lange es halt geht. Nicht einfach, das wird nicht einfach. Die sind so jung. Und so talentiert. Und so wild."

„Nijo" erwiderte nichts mehr, er wollte schon auflegen. „Coole Uhr übrigens, die du da hast", sagte Gott aus dem Nichts heraus. „Mein Fotograf hat mir gerade ein paar Fotos gezeigt. Kostet sicher eine Lawine, 30.000 Euro schätze ich. Aber, wie gesagt, schaut cool aus. Und ist ja deine Sache, was du mit 30.000 Euro machst."

„Ich habe ..."

„Also baba."

Nachdem Gott aufgelegt hatte, nahm er lächelnd die cognacfarbenen handgenähten Schuhe vom Schreibtisch. Budapester, feine Maßarbeit, er hatte sieben davon daheim im Schrank stehen, dazu noch gut zehn Stück in Schwarz, als Monkstrap, also mit Schnalle, oder als Oxford, Derby, Blücher oder Budapester zum Schnüren, einzelne Exemplare zudem in Dunkelbraun, Haselnuss und Burgund, die Loafer und Mokassins durften auch etwas mehr Farbe haben. Gott interessierte sich nicht mehr für Mode, als es für seine Arbeit nützlich und notwendig war, er kaufte Kleidung, Schuhe, Accessoires ein wie andere Leute Spargel oder Lauch, immer etwas zu viel, als man benötigte also, und das dann auch noch eruptiv, nicht verteilt aufs Jahr, sondern er fiel in Geschäfte ein wie die Hunnen im 4. Jahrhundert ins Gebiet der Wolga.

Zehn Minuten lang hatte er auf den Minister eingeredet und gleichzeitig versucht, mit dem Drücker eines Parker-Kugelschreibers Ohrenschmalz aus dem rechten Ohr zu bekommen, was erfolgreicher verlaufen war als das Gespräch, zumindest anfangs. Es passierte selten, dass sich jemand Gott widersetzte, in seinem eigenen Haus schon gar nicht, auch außerhalb war das mehr Ausnahme als Regel, in diesem Fall aber besonders ärgerlich, denn Gott brauchte Geld, recht flott sogar. Das Ende des Monats flog so schnell heran wie die Kometen, vor deren Aufprall „Immer Alles" recht häufig warnte, und momentan sah es nicht so aus, als könnte er alle Gehälter seiner Mitarbeiter pünktlich zahlen. Der Komet kam Gott und seinen Geschäften gefährlich nahe. Nach Lage der Dinge musste er einige Mitarbeiter entlassen, was niemand mitbekommen würde, außer natürlich die Betroffenen selbst. Gott würde diesen alltäglichen Petitessen einfach wie immer etwas ganz Großes gegenüberstellen, etwas, auf das alles Licht fallen sollte und das den Schatten in den Schatten stellen würde. Er würde also etwa ein neues Produkt starten, etwas, was noch nie da war, etwas, das die Zukunft vorwegnehmen würde, etwas, das nur ihm hätte einfallen können, ein mediales Schiff, man sollte schnell an Bord gehen, denn wenn es einmal in See gestochen war, konnte man nur noch am Ufer stehen, der vergangenen Chance nachwinken und weinen. Es war nicht das erste Mal, dass Gott ins Stolpern kam und alle den Eindruck hatten, den Eindruck vermittelt bekamen, es passiere im Moment das genaue Gegenteil, nämlich dass es kein Stolpern wäre, sondern das dieses Stolpern die Innovation an sich sei und alle, die jetzt nicht ins Stolpern geraten, seien von gestern, jedenfalls spätestens morgen. Was Kommunikation betraf, war Gott eben wirklich ein Gott.

Mit Schwung fuhr er aus dem Sessel hoch. Für seine 45 Jahre fühlte er sich immer noch in passabler Form, etwas zu dick vielleicht oder, besser gesagt, zu klein für sein Gewicht, aber Maßschneider und ihre Erzeugnisse können Wunder wirken, auch und im Besonderen bei schon etwas angejahrten Herren, deren Bauchumfang ja recht häufig in direkter Korrelation steht zu der Anzahl der Banknoten auf den verschiedenen Konten, nicht alle im Inland.

„Konferenz läuft seit fünf Minuten", rief die Sekretärin aus dem Vorzimmer, es war nicht die erste Erinnerung. Schon als Gott noch telefoniert hatte, war sie ins Büro gekommen und hatte mit Handzeichen auf den Termin aufmerksam gemacht. Gott interessierte das nicht. Termine hatten sich nach ihm zu richten, wie der Rest der Welt auch.

Also schnappte er sich jetzt in aller Seelenruhe einen Packen Papier, A3-Zettel, in der Mitte gefaltet, und seinen Kugelschreiber, an dem noch etwas Ohrenschmalz klebte, und machte sich auf den Weg, einen Stock tiefer. Dort saß die Redaktion um einen runden Holztisch, angestrahlt von Deckenflutern wie eine Fußballmannschaft vor dem Anpfiff im Stadion, und tat so, als würde sie über die Themen des Tages entscheiden. Tatsächlich gab es im Haus allein Entscheidungen, die Gott traf, alle anderen konnten bestenfalls als vorläufig angesehen werden. Auch was in die Zeitung kam oder rausflog, legte Gott allein fest, zuweilen zog er führende Mitarbeiter des Blattes hinzu, hörte sich ihre Meinung an, schnitt ihnen aber bald das Wort ab und entschied, ohne auf Einwände Rücksicht zu nehmen, so wie er es schon zuvor geplant hatte. Ein Gott darf keine flachen Hierarchien zulassen, sonst wird er schneller zum Teufel gejagt, als im Himmel gern gesehen wird.

„Immer Alles", abgekürzt „IA", hatte, um der Wahrheit zur Abwechslung einmal die Ehre zu geben, schon bessere Zeiten gesehen. Früher, als es noch genügte, laut und bunt zu sein, war das Boulevardblatt noch von Hunderttausenden Österreichern gelesen worden. Als aber alle laut und bunt wurden, die anderen Zeitungen, das Fernsehen, das Radio, das Internet und die sozialen Medien, da entschieden Gott und seine Jünger, noch lauter brüllen zu müssen. Als das Getöse schließlich aber ohrenbetäubend war, hielten sich immer mehr Menschen die Ohren zu. Gott holte sich Rat. Experten kamen und gingen, sie wurden nicht besser behandelt als die Journalisten aus der Redaktion. Gott wusste alles besser, Konzepte, die länger waren als eine Seite, weigerte er sich zu lesen. Konzepte, die eine Seite oder kürzer waren, nahm er nicht ernst. Bei Powerpoint-Präsentationen schlief er ein, bei Vorträgen ohne Powerpoint, fragte er, wann die Powerpoint-Präsentation endlich käme. Experten wurden nach dem ersten Satz zur Eile gemahnt („Geht's flotter?"), beschränkten sie sich auf das Wesentliche, fragte Gott, ob ihnen nicht mehr eingefallen wäre. Einige Berater versuchten, sich volkstümlich auszudrücken, und wurden von Gott volkstümlicher abgeurteilt („das ist ein Schas"), andere bemühten die Wissenschaft, nannten etwa das „Gesetz der Bedürfnisbefriedigung" nach Hermann Heinrich Gossen als mögliche Ursache des Auflagenverlusts. „Die Größe ein und desselben Genusses nimmt, wenn wir mit Bereitung des Genusses ununterbrochen fortfahren, fortwährend ab, bis zuletzt Sättigung eintritt." Gott, der während dieses Vortrages ein Nusskipferl gegessen und sich fortwährend Blätterteigstücke auf den Bauch gepatzt hatte, wartete nicht ab, bis alles runtergeschluckt war, sondern sagte mit vollem Mund und voller

Überzeugung: „Der Scheißdreck passt besser auf die Uni als zu uns."
Die Erörterung, ob „Immer Alles" jemals Genuss bereitet hatte, es
also – nach Hermann Heinrich Gossen – überhaupt mit etwas „ununterbrochen fortfahren" konnte, was es vielleicht gar nicht ausgelöst hatte, unterblieb. Was gesagt werden konnte, war, dass „Immer
Alles" früher zumindest den Hunger nach Sensationen hatte tilgen
können. Jetzt hatten immer weniger Appetit auf das Blatt.

Gott war beileibe nicht untätig geblieben. Er wehrte sich und
schlug um sich, er schrie am lautesten vernehmbar von allen, um
die anderen zu verschrecken oder zu beeindrucken oder beides.
Er setzte zunächst aufs Internet („Das beste Web aller Zeiten"),
dann aufs Handy („Die schnellsten Nachrichten immer und überall"), schließlich aufs Fernsehen („24 Stunden am Tag als Erster
informiert"). Er legte seiner Zeitung Magazine bei (natürlich die
schönsten, aktuellsten und buntesten). Er machte Preisausschrei-
ben (selbstredend mit den luxuriösesten Gewinnen). Er schaltete
Werbung im Fernsehen, auf Plakaten und im Internet. Er startete
Onlineshops („keiner ist günstiger"), verschickte Newsletter (früher
als alle anderen), sponserte Veranstaltungen und verloste Eintritts-
karten dafür (nicht ohne vorher den Eindruck zu erwecken, alle
Tickets wären schon ausverkauft). Manches trieb den Medien des
Hauses ein paar Leser zu, die aber nicht lange blieben, denn man
brauchte einen guten Magen, um „Immer Alles" verdauen zu können.

Dem Anzeigengeschäft war die Flaute lange Zeit nicht in die Segel gefahren. Auch da saß Gott höchstselbst am Steuerrad. Er besaß
großes Geschick darin, Menschen davon zu überzeugen, mit ihm
gemeinsam zu neuen Ufern aufzubrechen wäre das größte Glück
der Erde, selbst wenn dieses Glück nur seine Erfüllung darin fand,
Gott und seinem Medienunternehmen Glück bereitet zu haben. Er
ließ Werbematerial produzieren, in dem alles glänzte und blinkte
und in dem alle Kurven, die „Immer Alles" betrafen, steil nach oben
gingen und die der Konkurrenten geradewegs nach unten. In guten

Zeiten brachte er das Geld sackweise ins Haus wie der Nikolaus Geschenke. Er hätte es auch geschafft, Beduinen Fertigteilhäuser zu verkaufen, witzelte die Branche, ohne das komisch zu finden.

Gott hatte gute Kontakte ganz nach oben, in Unternehmen, Parteien, Ministerien, Kammern, Verbände, Bundesländer. Er war kein Mann, der sich in Vorzimmern aufhielt, er ging direkt hinein in die Chefbüros, wenn es sein musste, auch durch die geschlossene Tür. Die meisten der Macher kannte er fast sein ganzes Leben lang, sie hatten ihn durch Höhen (er) und Tiefen (die anderen) begleitet. Nicht wenigen hatte er unterstützend unter die Arme gegriffen, wenn das für die Betroffenen nötig und für ihn – auch langfristig betrachtet – von Vorteil war. Er hatte für sie Widersacher aus dem Weg geräumt oder sie in dieser Tätigkeit unterstützt. Er hatte dafür gesorgt, dass Karrieren in den Aufzug einstiegen, ganz nach oben fuhren und dort so lange blieben, bis Gott entschied, dass es wieder ein paar Stockwerke nach unten gehen sollte, eventuell sogar ins Parterre oder gleich in den Keller. Viele waren ihm was schuldig, er blieb keinem etwas schuldig. Höchstens Geld.

Als Gott den Konferenzraum betrat, war es schon so andächtig still wie im Petersdom vor der Papstpredigt, denn die Budapester des Eigentümers, Herausgebers und Chefredakteurs (dazu Weltchefs, Politikchefs, Wirtschaftschefs, Chronikchefs, Lokalchefs, Societychefs und nicht zuletzt Sportchefs) von „Immer Alles" waren vorab auf dem Betonboden mit den dünnen Teppichfliesen schon gut zu hören gewesen, da lag die Türschnalle noch gar nicht in Griffweite. Als er eintrat, grüßte er wie immer deutlich nicht. Der Gesprächslärm versiegte so schlagartig, als hätte jemand auf einem Mischpult alle Regler gleichzeitig gemutet. Am Tisch wurden, ohne erkennbaren Grund, Zettel hin- und hergeschoben, einige Redakteurinnen richteten sich ihre Frisuren oder die Röcke, die Reporter plusterten sich auf und nahmen Haltung an, was schon allein deshalb lächerlich anzusehen war, weil jeder wusste, dass Gott in den nächsten Minuten vielen von ihnen das Rückgrat brechen würde.

Gott hielt, was von ihm erwartet wurde. Innerhalb von nicht einmal einer Viertelstunde schlug er die Ausgabe des Tages blutig. Er legte den Finger in jede brennende Wunde, nicht aber um zu heilen, sondern er fuhrwerkte darin herum, mit der ganzen, bloßen Hand, allein das Zuschauen und Zuhören tat weh. Mit der Witterung eines Bluthundes spürte er alles auf, was versäumt, was schlampig geschrieben, was falsch, unvollständig war, vor allem, was nicht seiner Meinung entsprach oder sich gegen einen guten Inserenten richtete, und benannte alles mit Begrifflichkeiten, die in Mark und Bein gingen. Er geizte dabei wie üblich nicht mit Schimpfworten, viele davon waren derb. Wer „Arschloch" genannt wurde, hatte noch einen guten Tag erwischt. Am Ende hätte ein Caterer für Taschentücher im Raum gute Geschäfte gemacht, wie im Kindergarten weinten die Buben häufiger als die Mädchen.

Als alle am Boden lagen wie eine Armee nach einer verlorenen Schlacht, begann Gott, seine Männer und Frauen aufzurichten. Er verteilte neue Kampfaufträge, er lobte, wenn schnell verstanden wurde, was er meinte, er verwendete erneut Superlative, aber diesmal dienten sie nicht der Zerstörung, sondern der Erbauung, und wie hörige Soldaten hoben alle in der Sitzung nach und nach ihre Köpfe und wendeten sich der Sonne zu, die so plötzlich am Himmel erschien, wie sie sich kurz zuvor verdunkelt hatte. Am Ende saßen die Journalistinnen und Journalisten so voller Stolz da, als hätte es keinen Kampf, keine Opfer, keine Wunden, nicht einmal eine Niederlage gegeben. Sie lobpreisten ihren Gott, denn er hatte sie zum Licht geführt, aus dem Schatten heraus, den er selbst erzeugt hatte, aber wen kümmerte das jetzt noch? Gott hätte jetzt jeden Einzelnen fragen können, ob er bereit sei, mit ihm den nächsten Feldzug zu starten, es hätte eine Rangelei gegeben, wer in der vordersten Reihe stehen und wer als Erster das Schwert gegen den Feind erheben dürfte. So ist das Leben in einer Armee, und die Leute von „Immer Alles" waren ohne Zweifel eine.

Als die Ressortleiter ihre Themen angesagt hatten und die Aufgaben verteilt worden waren, machte sich im Raum der Geruch von
Aufbruchsstimmung breit. Die Schlacht war geschlagen, die Ver-
wundeten waren versorgt, jetzt konnte man rausziehen aufs Feld,
geschützt durch Panzerhaut, verwundbar nur an einer Stelle, und
von der wusste nur Gott. Mit stolzgeschwellter Brust machte sich
die Armee auf, den Tag zu erobern, auch Gott schickte sich an zu
gehen. Er konnte seiner Truppe jetzt gefahrlos den Rücken zuwenden, denn er wusste, keiner würde ihn angreifen, nein, ihr Leben
würden sie für ihn geben.

Auch wahrhaft göttlich

„Servus, Herr Minister", sagte Hartmuth Borno, der sehr stolz auf seine Stimme war, die ihn mehr als andere an Plácido Domingo erinnerte und die sich seiner Ansicht nach im Radio gut gemacht hätte, wenn man dort das Potenzial endlich erkannt hätte, vom Fernsehen einmal gar nicht zu reden. Der Chefredakteur, der sich der Einfachheit halber Unbekannten immer mit „Borno wie der Sex, nur mit weichem B" vorstellte, saß in seinem Chefredakteursbüro auf einer Chefredakteurscouch, er hatte die Beine chefredakteursmäßig überschlagen, eine Chefredakteurs-Nickellesebrille auf, die er immer chefredakteursnachdenklich auf- und absetzte, vor sich auf dem Chefredakteursglastisch hatte er sämtliche Bundesländerausgaben seiner Zeitung hübsch aufgefächert, weil ungelesen, liegen. „Der Alltag" war eine über alle Selbstzweifel erhabene Zeitung, bürgerlich, selbstgerecht, mit einer Historie fast zurück bis zur Erfindung des Buchdruckes, viele Literaten hatten hier begonnen oder am Ende ihres Schaffens als Kolumnisten ihr Gnadenbrot erhalten. Die Tageszeitung, die nach wie vor sieben Tage in der Woche und, bis auf Ostermontag und Stefanitag, an jedem Tag im Jahr, also 363-mal, in Schaltjahren sogar 364-mal, erschien, war ausgewogen auf klassisch österreichische Art, versuchte also, sich politisch in der Mitte zu positionieren, um allen ein bisschen, aber niemandem ernsthaft wehzutun.

Die Zeitung tat dies auch aus einer gewissen Trotzhaltung heraus, jedenfalls ohne zur Kenntnis zu nehmen, dass es diese politische Mitte eigentlich gar nicht mehr gab, und wenn doch, dann wusste man nicht, wo sie sich versteckt hielt. Hin und wieder kam irgendjemand des Weges entlang, er wurde vom „Alltag" freudig begrüßt wie der erste Gast des Tages in einem Wirtshaus, einige wurden sogar umarmt, man erinnerte sich der alten Zeiten, in denen alles irgendwie besser, zumindest aber übersichtlicher war und es noch Menschen gab, die große Gedanken hatten, große Reden schwingen konnten und auf die man, bevor man sie in kleine Stücke riss, große Stücke halten konnte. Dieser Irgendjemand setzte sich dann, weil er sich angekommen fühlte, auf eine Bank und wartete darauf, dass nun viele nachkämen, da doch die Mitte der einzig mögliche Platz der politischen Verortung wäre. Aber es tauchte niemand auf. Nicht heute, nicht morgen, nicht irgendwann. Der Irgendjemand schaute nach links, und da sah er viele Menschen, die miteinander debattierten, auch durchaus hitzig, und er hörte einige schreien, man müsse mehr in die Mitte rücken. Aber keiner rückte. Also schaute der Irgendjemand nach rechts, und da sah er viele Menschen, die ebenfalls miteinander diskutierten, auch hitzig, und er hörte einige rufen, man müsse mehr in die Mitte rücken. Aber auch hier rückte keiner.

Also stand der Irgendjemand eines Tages auf und ging selbst, und der „Alltag" blieb allein zurück, nun noch überzeugter, das Richtige zu tun, denn auch das ist ein Wesenszug der Wahrheit: Sie gönnt sich nicht jedem.

Was den „Alltag", der sich auch sonst in vielen Dingen in einer Sonderstellung sah, mit anderen Medien und Tageszeitungen im Besonderen verband, war etwas, über das nur hinter vorgehaltener Hand geredet wurde: der akute Bedarf an Geld. Da immer weniger Menschen das Blatt kauften oder abonnierten, was Hartmuth Borno („wie der Sex, nur mit weichem B") auch dem Verlust der Mitte zuschrieb, waren Anzeigen umso wichtiger, und der Chefredakteur fand sich immer häufiger in der Anbahnung wieder, obwohl er sich doch eigentlich nur für das journalistische große Ganze zuständig fühlte. „Immer Alles" aber übte gehörig Druck auf Politiker und politiknahe Manager aus, Geld für Insertionen auszugeben, zumindest empfand Borno dies so, und er fühlte sich berufen, dagegenzuhalten. Man dürfe Gott den Himmel nicht allein überlassen, sagte er zu sich, und deshalb telefonierte er an diesem schwülen Junitag mit „Nijo", mit dem er seit Menschengedenken per du war, was Borno nicht als Kumpanei interpretiert haben wollte, sondern als Möglichkeit, dem Politiker im Nahen fern zu sein oder im Fernen nah, das war eine Frage der Ansicht, und die wechselte.

„Nijo" war seit rund zwei Jahren im Amt und ein Mann mit Ambitionen. Er war Minister für „Nachhaltigkeit, Elektromobilität, Robotik und digitale Zukunft", eine Marketingfirma hatte die Benennung im Auftrag der Regierung für alle Ministerien neu erfunden und dafür 800.000 Euro kassiert. Wenn man die 800.000 Euro durch 12 teilte, die Zahl der Ministerien also, dann sah das nicht wild nach viel Geld aus, gute Arbeit kostet halt. Der Name „Ministerium für Nachhaltigkeit, Elektromobilität, Robotik und digitale Zukunft" war gewählt worden, weil man ihn schick mit „Nerd" abkürzen konnte. Die doch mit einigem Aufwand verbundene geistige Arbeit wurde in der Bevölkerung aber nicht ausreichend wertgeschätzt, denn im Volksmund war häufiger die Bezeichnung „Minister für dies und das" zu hören. „Nijo" akzeptierte das nach einiger Zeit mit Achselzucken, für ihn bedeutete das Amt auf der Karrieren-Bergfahrt höchstens Mittelstation, das war allen bewusst, „Nijo" am bewusstesten.

Auf den Ruf von oben zu warten belastet viele, sie verkrampfen, weil sie Angst haben, etwas falsch zu machen und sich damit den Aufstieg zu verbauen. Bei „Nijo" war davon keine Spur zu sehen. Er arbeitete hart daran, locker zu wirken, seinen Ehrgeiz verbarg er hinter einem Paravent aus Lässigkeit. Er interpretierte sich als Politiker neuen Stils, im Reden, im Kleiden und im Tun. Mit 38 war er jünger als die meisten seiner Amtskollegen, als der Kanzler und sein Vize sowieso, und diesen Trumpf spielte er aus, sooft er konnte. Er nutzte seine Stärken und seine Schwächen gleichermaßen. Er war verheiratet, die Ehe noch kinderlos, aber er hatte einen Sohn aus einer früheren, flüchtigen Beziehung, Julius, mittlerweile 20 Jahre alt.

„Nijo" hatte nach der Matura mit einem Medizinstudium begonnen, weil er seinen Eltern einen Gefallen tun wollte. Ehe er sich richtig in die anatomische Theorie einlassen konnte, fand er Vertiefung in der Praxis, neun Monate später war er Vater. Da das Gegenstück seines One-Afternoon-Stands eine Tochter aus gutbürgerlichem Haus war, blieb die Debatte über eine etwaige Abtreibung überschaubar kurz, wenn sie überhaupt je stattfand, aber um die Versorgung des Kindes musste er sich keine Sorgen machen, denn eine Heerschar aus Omas, Opas, Onkeln und Tanten, Neffen und Nichten, echten und in diese Position beförderten, übernahm das mit Freuden. „Nijo" liebte seinen Sohn, soweit ihm das möglich war, damit hier keine Missverständnisse aufkommen, aber für Julius, das wurde schnell klar, war nicht mehr drin als eine gute Nummer 2, denn im Leben von „Nijo" stand „Nijo" unumstößlich auf Platz 1. Er schmiss das Medizinstudium hin, begann sich politisch zu betätigen. Mit der Kindsmutter pflegte er einen hochprofessionell liebevollen Umgang, so hielt er es später auch mit seinen Wählern.

Als er Papa wurde, hieß „Nijo" noch Niederjobstreibitzer, aber es muss wohl keine Agentur um 800.000 Euro beauftragt werden, um festzustellen, warum dies für einen Politiker eine unglückliche Fügung ist. Welche Zeitung bringt einen solchen Namen in einer Titelzeile unter? Steht man nicht im Titel, steht man nirgendwo. Steht man nirgendwo, wird man nicht bekannt. Ist man nicht bekannt, ist man ein Niemand. Wer wählt einen Niemand? Niemand! Also war „Nijo" froh, als die ersten Zeitungen begannen, seinen Namen abzukürzen, der guten Ordnung halber muss man anfügen, dass er diesen Umstand selber herbeiführte, denn er war es, der die Journalisten dazu ermunterte, ihn, „Nijo", einfach „Nijo" zu nennen. Korrekter wäre ja „Ninijo" gewesen, denn er hieß mit Vornamen Nikolaus, also Niki, aber „Nijo" fand er dynamischer. Und kürzer. Und besser für Titelzeilen.

Nachdem er das Medizinstudium aufgegeben hatte, ließ sich „Nijo" mitnichten fallen, es war eher so, als hätte ihn dieser Schritt befreit und beflügelt. Er widmete sich nun ganzheitlich dem Aufbau seiner politischen Karriere, googelte Persönlichkeiten der jüngeren Zeitgeschichte, von Churchill bis Tito, von Thatcher bis Kohl, von Kennedy bis Kreisky, um sich möglichst viel von ihnen abzuschauen, blätterte durch Modejournale, um seinen Stil zu finden, besuchte ein Rhetorikseminar, wurde aber recht bald mit Nachdruck gebeten, nicht mehr zu kommen. Als der Kursleiter eines Abends nämlich versuchte, den Schülern beizubringen, wie man einen Gesprächspartner geschickt in eine Notsituation und wieder heraus manövriert, holte er unvorsichtigerweise „Nijo", der da noch Niederjobststreibitzer hieß, nach vorne. „Ich zeige euch jetzt an einem Beispiel, welche Folgen ungeschickte Antworten haben können, und danach demonstriere ich, wie ihr euch aus dieser heiklen Kommunikationssituation befreien könnt", sagt er und setzte sich breitbeinig gegenüber von „Nijo", also Nikolaus Niederobststreibitzer, der aussah wie die Unschuld vom Land, auf einen Sessel.

„Stellt euch vor: Interview, TV-Sender, ein Kanzler, demnächst Neuwahlen. Ich bin der Reporter."

„Herr Nikolaus Niederjobststreibitzer, Sie haben eben gesagt, dass Sie für Schulen in Zukunft 100 Millionen Euro mehr im Jahr ausgeben wollen. Hier habe ich einen Ausschnitt aus einem Interview vor einem Monat, in dem Sie gesagt haben, die Schulen müssen Geld einsparen. Haben Sie damals gelogen, oder lügen Sie heute?"

Es war eine provokante Frage, bewusst gestellt, um das Gegenüber aus der Fassung zu bringen. Der Kursleiter erwartete sich nun Gestotter wie üblich, ein paar wirre Sätze, aus denen heraus er dann seine eigentliche Attacke hätte starten können. Aber nichts dergleichen geschah. Nikolaus „Nijo" Niederjobststreibitzer saß da, als hätte ihn seine Mama gefragt, ob Spaghetti Bolognese am Abend für ihn in Ordnung wären. Er wartete kurz, antwortete dann in aller Ruhe.

„Ich danke Ihnen von ganzem Herzen, dass ich das klarstellen darf. Es wird ja immer wieder versucht, mir oder der ganzen Regierung, die ohne jeden Zweifel frischen Wind in dieses Land gebracht hat, etwas zu unterstellen, und ich schätze es wirklich, dass Sie mir Zeit geben, die Situation richtig darzustellen, damit endlich die Wahrheit auf den Tisch kommt. Ich darf Ihnen sagen: Als ich ein kleiner Bub war, hatten meine Eltern wenig Geld. Sie mussten sich jeden Bleistift für mich buchstäblich vom Mund absparen. Ich ..."

„Herr Kanzler, ich darf Ihnen meine Frage noch einmal stellen. Bekommen die Schulen nun mehr oder weniger Geld?"

„Geld ist immer zu wenig da. Ich erinnere mich so genau, als wäre es heute. Ich konnte einmal sogar fast nicht auf den Schulskikurs mitfahren, weil meinen Eltern das Geld dafür fehlte. Ich ..."

„Bei allem Respekt für Ihre damalige Situation, die Menschen wollen wissen, ob für die Schulen in Zukunft mehr Geld da ist oder weniger. Was ist Ihre Antwort?"

„Ich bin dann eine Woche lang jeden Nachmittag nach der Schule in meinem Heimatort von Haus zu Haus gegangen und habe den Leuten vorgesungen, ganz allein, ohne Instrument. Es ..."

„Mehr oder weniger ...?"

„Es war hart. Winter, damals gab es ja noch richtige Winter. Deshalb plane ich, in freundlicher Abstimmung mit meinem Koalitionspartner natürlich, dafür zu sorgen, dass es wieder echte Winter gibt. Ich ..."

„Herr Niederjobststreibitzer, wir reden über Geld für Schulen, nicht darüber, ob es im Winter schneit. Wie ..."

„Ich bin damals knöcheltief im Schnee gestanden und habe fürchterlich gefroren, ich hatte ja nur Sandalen an, weil sich meine

Eltern keine Winterschuhe für mich leisten konnten. Ich ..."

„Bitteeee!"

„Ich habe übrigens ‚In die Berg bin i gern' gesungen. Kennen Sie, oder? Schönes Lied. Dabei haben wir auf dem Land gewohnt, sehr einfach, kein Fernseher, wenn es finster wurde, ist man schlafen gegangen. Ich habe im Bett unter Kerzenlicht gelesen, Nietsche etwa, ‚Also sprach Zarathustra', beeindruckendes Buch. Jedenfalls, ich habe ‚In die Berg bin i gern' gesungen, obwohl es bei uns auf dem Land gar keine Berge gegeben hat, lustig, oder? Aber ..."

„Mehr Geld oder ..."

„Aber die Leute waren so nett. Das ist es, was mich so voller Mut macht, auch für die Zukunft dieses Landes. Nach drei Tagen hatte ich das ganze Geld für den Skikurs eingesammelt."

„Gehen Sie jetzt auch von Haus zu Haus und sammeln das Geld ein, das Ihnen für die Schulen fehlt?"

Die Frage des Kursleiters war ein Fehler, er wusste das schnell, und die anderen sollten es ebenfalls rasch erfahren, denn Nikolaus Niederjobststreibitzer konterte: „Ich glaube nicht, dass es richtig ist, wenn Sie sich jetzt in dieser Art und Weise über Armut lustig machen, aber das müssen die Zuschauer beantworten, jeder für sich. Ist es richtig, sich über Armut lustig zu machen? Ja oder nein? Hat der Kanzler aus einfachen Verhältnissen recht, der Armut ernst nimmt und etwas dagegen unternehmen will? Oder der Moderator in seinem Designeranzug, seiner Designerkrawatte, vermutlich sogar in Designerunterhosen, der sich über Armut lustig macht? Was ich weiß, ist, dass ich trotz alledem eine schöne Kindheit hatte. Obwohl wir wenig hatten. So wie Tausende Österreicher damals. So wie Tausende Österreicher heute. Ich hatte in der Schule immer die ältesten und zerschlissensten Kleider an. Meine Mutter ..."

„Warum beantworten Sie meine Fragen nicht? Wie viel Geld ..."

„Meine Mutter hat ja noch vieles selber genäht. Ich hatte nie Markensachen. Sie vermutlich schon. Sie können vermutlich gar nicht nachvollziehen, wie es ist, als Kind arm zu sein, aber ich habe

Verständnis dafür, jedes Verständnis. Sie ..."

„Ich? Ich war auch arm, also nicht so arm wie Sie, aber ..."

„Sehen Sie. Nur wenn man das einmal am eigenen Leib erlebt hat, dann weiß man, wie das ist. Es sitzen jetzt sicher Tausende Menschen vor dem Fernseher, die genau wissen, was ich meine. Die nicht mit dem Silberlöffel im Mund auf die Welt gekommen sind, die aber trotzdem immer anständig waren und die viel gearbeitet haben, damit es ihre Kinder einmal besser haben."

„Ich hatte keinen Silberlöffel im Mund." Der Trainer war nun erregt. Das hier wurde persönlich. „Ich hatte eine schöne Kindheit, ja", hörte er sich sagen, aber er wusste nicht, warum er sich überhaupt rechtfertigte. Das ging doch niemanden etwas an und passte nicht zum Thema. „Also, ja, wir hatten keine finanziellen Sorgen", fügte er an und ärgerte sich sofort darüber. Jetzt gab er diesem Wicht auch noch recht. „Also meine Eltern hatten einen Kredit, natürlich und Angst wie alle, dass sie ihn nicht zurückzahlen können." Wen ging das etwas an, verdammt, das entglitt.

„Das muss Ihnen überhaupt nicht peinlich sein."

„Peinlich?"

„Ja, Ihre Eltern haben sich sicher sehr bemüht."

„Sie waren toll, meine Eltern waren toll." Warum verteidigte er sich nun?

„Davon bin ich überzeugt. Nicht bei jedem kann es mit der großen Karriere klappen. Aber wir müssen bei der Bildung unbedingt darauf achtgeben, dass möglichst alle Schülerinnen und Schüler in unserem wunderbaren Land die gleichen Chancen haben."

„Mit mehr oder weniger Geld?"

„Beim Skikurs habe ich mir dann übrigens ein Bein gebrochen." Pause.

Dann brüllte der Trainer los, rot im Gesicht. „Was glauben Sie, wo Sie hier sind? Ich versuche, allen etwas beizubringen, und Sie sabotieren meine Arbeit mit Ihrem sinnbefreiten Gewäsch."

Nikolaus „Nijo" Niederjobststreibitzer blickte ihn eine kurze

Weile ungerührt an, er sah noch immer aus, als würde er sich ehrlich dankbar auf die Spaghetti Bolognese seiner Mama freuen, sagte dann: „Ich glaube, wir werden für Ihr Problem eine gute Lösung finden."

„Raus!"

Nikolaus „Nijo" Niederjobststreibitzer packte seine Sachen betont langsam zusammen, stand auf, gab dem verdutzten Lehrer freundlich die Hand, bedankte sich bei ihm für das nette Gespräch, verbeugte sich vor der Klasse und verließ den Raum. Die anderen Studenten klopften anerkennend mit Fingerknöcheln auf ihre Pulte. Der Trainer hielt nie mehr ein Seminar. Die Frage, ob „Nijo" dies veranlasst hatte, muss unbeantwortet bleiben, aber es stellte sie auch niemand.

Was mit Bestimmtheit gesagt werden kann, war, dass „Nijo" zu dieser Zeit begann, sein reales Leben mit echtem Leben auszukleiden, weil er festgestellt und als Mangel identifiziert hatte, dass er so etwas wie ein echtes Leben gar nicht besaß. Natürlich waren seine Eltern nicht arm gewesen. Nikolaus Niederjobststreibitzer wuchs in aller Durchschnittlichkeit auf wie die meisten Kinder in Wien damals. Er kam irgendwann auf die Welt, war irgendwann reif für Kindergarten, Schule, Gymnasium. Er prügelte sich irgendwann mit anderen Schülern, schlug sich irgendwann beim Fußballspielen das Knie auf, verlor irgendwann die Milchzähne, mit 16 seine Unschuld. Seine Eltern mussten tatsächlich sparen, aber nicht, um einen Skikurs für den einzigen Sohn zu finanzieren, denn das konnten sie sich problemlos leisten, sondern für ein neues Mittelklasseauto, eine größere Wohnung, einen Urlaub weiter weg. Nikolaus „Nijo" Niederjobststreibitzer hatte alles, was er zum Leben nötig hatte, nicht mehr, aber auch nicht weniger.

So weit, so langweilig.

Zu wenig jedenfalls mit Sicherheit für eine herzeigbare Biografie, arm an möglichen Zitaten für Zeitungen und Magazine, bettelarm an Anekdoten, armselig an Fotos. „Was ich bisher an Erzählenswertem erlebt habe", gestand sich „Nijo" ein, „schaffte Kennedy in einer Woche. Das Attentat noch gar nicht mitgerechnet."

Also musste der Wahrheit auf die Sprünge geholfen werden. Nikolaus „Nijo" Niederjobststreibitzer erledigte auch dies mit Geschick. Er erzählte nicht, er ließ erzählen, was er zuvor gestreut hatte. Schicksalsschläge, die ihm angeblich von klein auf widerfahren waren. Wurde er darauf angesprochen, schlug er die Augen nieder, um zu signalisieren, dass er zu bewegt sei, um darüber reden zu können. Lehren, die ihm als Jugendlicher angeblich erteilt worden waren, etwa als er einmal gezwungen war, einen Umweg zu gehen und dann auf der Straße eine 2-Euro-Münze fand. „Manchmal", sagte er später und wiederholte es immer wieder, weil er merkte, dass es bei den Leuten so gut ankam, „muss man im Leben einen weiten Weg auf sich nehmen, und man merkt erst später, wie wertvoll das ist."

Nikolaus „Nijo" Niederjobststreibitzer kletterte die Hierarchie seiner Partei rasch nach oben. Er war angepasst unangepasst, er lehnte sich aus dem Fenster, weil das junge Menschen halt so tun, aber nicht weit genug, um Gefahr zu laufen hinauszufallen. Er war ordentlich schlampig angezogen, meist Anzug und weißes Hemd, aber keine Krawatte, er verkörperte jenes Maß an Rebellion, das den Österreichern gerade noch recht ist, weil sie sich vor den Folgen nicht fürchten. Was er aber am besten konnte, war – reden. Er kannte keine Erschöpfung darin. Er redete und redete und redete. Er fand nichts dabei, das immer Gleiche immer gleich zu sagen. Er war wie ein Akku, der sich durch Sprechen auflädt. Die Menschen hörten ihm gerne zu. Er hatte eine angenehme Stimme, in der etwas Priesterliches lag, wurde nie laut, aber auch nicht zu leise, legte keinen Wert auf Zwischentöne, weil ohnehin keiner genau genug zuhörte, um sie zu vernehmen, er konnte sich Situationen wunderbar anpassen, dem Pferd etwas mehr Zügel geben, dann wieder in langsamen Trab verfallen, auch an diesem heißen Junitag, als Hartmuth Borno „Servus, Herr Minister" zu ihm sagte.

105

„Du wirfst dem Boulevard das Geld in den Rachen, obwohl sie dich dort behandeln wie den letzten Deppen, aber mit mir debattierst du länger als eine Minute über läppische 500.000 Euro?", fuhr ihn der Chefredakteur vom „Alltag" an.

„Also ich darf dich daran erinnern, dass ihr mich auch behandelt wie den letzten Deppen", antwortete „Nijo" mit fester Stimme. „Außerdem habe ich schon alles verplant, bis auf den letzten Cent, ehrlich, ich habe kein Geld mehr zu vergeben. Das musst du doch verstehen."

„Natürlich hast du kein Geld mehr zu vergeben. Du hast ja alles dem Boulevard nachgeschmissen, obwohl du ja dort immer nur die Deppen erreichst und nicht die Zielgruppe, die dir wichtig sein müsste, die Gescheiten, die Gebildeten, die das Geld haben und die Macht, also meine Leserinnen und Leser. Aber das war bis jetzt ja immer so, ich habe nur nichts gesagt. Mit liegt dieses Land halt am Herzen, und deshalb bin ich der festen Überzeugung, dass du jetzt investieren solltest."

„Ich will ja, aber ich habe leere Hosentaschen."

„Du hast leere Hosentaschen, aber wenn du mit der Hand hineinfährst, dann findest zu seltsamerweise trotzdem immer noch viele Tausender drinnen, die du den Boulevard-Hetzern hinterherwirfst. Ich verstehe das nicht. Wir haben wunderbare Beilagen zu Spezialthemen, Elektromobilität zum Beispiel, darauf setzt du doch. Bald sind Wahlen, da wird es auch aufs Image ankommen, wer sich jung und dynamisch präsentiert, der wird auch in Zukunft dabei sein, auch bei uns. Wir kennen uns schon lange, ich nutze Freundschaften nie aus, niemals, aber ich kann ja nicht für die Bevölkerung sprechen. Wir sind die ideale Plattform, um dich, also deine Arbeit und deine Leistungen, perfekt in Szene setzen zu können. Wir könnten ein Interview mit dir machen, auf einer Doppelseite, große Fotos, Zitate. Wir könnten deine Projekte vorstellen, du hast doch Projekte, oder? Auch mit Bildern von dir, in E-Autos, vor Windrädern, meinetwegen auch auf der Spitze ganz oben, mit

Weitblick, das bekommst du bei den Boulevard-Hetzern nicht. Ich lasse einen Kommentar dazuschreiben, wie wichtig Elektromobilität für die Zukunft des Landes ist, also nicht, damit wir auch etwas Geld bekommen, sondern weil das natürlich meine tiefste Überzeugung ist."

„Aber ich habe dir doch schon gesagt, dass ich kein Geld mehr habe."

„In Ordnung, dann muss ich das halt akzeptieren."

„Du, weil wir gerade darüber reden, das mit dem Interview war aber keine so schlechte Idee. Ich würde darin gerne ansagen, dass ..."

„Herzlich gerne, es gibt ja wirklich viele Themen, über die wir mit dir sprechen könnten. Ich habe zum Beispiel gerade diesen Rechnungshofbericht vor mir liegen. Wir haben das bisher auf kleiner Flamme gehalten ..."

„Das ist aber wirklich ein Unsinn, was da drinnen steht."

„Das kann man so oder so sehen. Du gibst halt schon sehr viel PR-Geld für diese Elektromobilität aus, finde ich, und da bin ich nicht der Einzige in der Redaktion. Erst gestern hat mich in der Konferenz ein Reporter darauf angesprochen. Er wollte eine große Geschichte aus dem Rechnungshofbericht machen. Ich habe ihm versprochen, mir das anzusehen, obwohl ich ohnehin wusste, was drinnen steht, aber in Anbetracht des guten Verhältnisses, das wir beide miteinander haben, bisher hatten ..."

„Aber ich muss ja Werbung dafür machen, dass die Menschen endlich auf umweltfreundlichere Technologien umsteigen."

„Dein Vorgänger hat das übrigens auch probiert. Er hat den Boulevard-Hetzern auch Millionen gegeben, weil er geglaubt hat, dass er sich damit Zuneigung kaufen kann. Bei der ersten Gelegenheit haben sie ihn fallen lassen, diese Boulevard-Hetzer."

„Na ja, eigentlich habt ja ihr ..."

„Ich kann die Berichterstattung der Medien ja nicht lenken, Gott sei Dank kann das niemand. Aber was ich sagen kann, ist, dass es kein gutes Bild macht, wenn sich ein Minister lachend vor E-Autos oder auf der Spitze von Windrädern fotografieren lässt, aber die Menschen immer weniger zum Leben haben. Erst gestern hat mich eine Frau auf der Straße angesprochen. Vor einer Woche habe sie ihren Mann zu Grabe tragen müssen, hat sie gesagt, den billigsten Sarg habe sie nehmen müssen. Das ist doch die Realität."

„Aber hast du nicht eben gesagt, dass Elektromobilität ..."

„Die ist wichtig, ohne Zweifel. Ich habe ja selber Kinder, und ich mache mir auch Gedanken darüber, wie wir der nächsten Generation die Umwelt in einem besseren Zustand hinterlassen können."

„Davon rede ich ja."

„Aber wenn es keiner erfährt, was du machst, wenn es keiner in der Zeitung, in meinem ‚Alltag', liest, wie sollen die Leute dann wissen, was du tust? Deshalb habe ich dir ja den Vorschlag mit dem Sonderthema gemacht. Für eine Million Euro könnten wir den Menschen erklären, was Elektromobilität bedeutet, welche fantastischen Chancen das für sie bietet, Arbeitsplätze, mehr Lebensqualität, bessere Umwelt."

„Eine Million, ich dachte ..."

„Du, ich habe da eine junge, frische Reporterin, die Jenny Hart, die Tochter von dem Dr. Hartinger, kennst du sicher, Internist, keine Kassen. Die ist ein großes Talent, weil sie multimedial denkt wie alle diese jungen Leute heute. Wir sollten ja nicht nur ein Sonderthema mit dir machen, sondern gleich ein Videointerview, wir bauen ja da jetzt gerade einen Fernsehsender auf. Wann kann ich dir die Jenny vorbeischicken?"

„Also 300.000 könnte ich vielleicht auftreiben, wenn ich umschichte, aber eine Million schaffe ich nicht, tut mir leid. Das Videointerview zeigt ihr dann mehrfach, oder?"

„Dauerschleife."

„Ich melde mich, sobald ich das Geld beisammen habe."

„In Ordnung, aber lass dir nicht zu lange Zeit. Ich kann meinen Reportern nicht ewig sagen, dass ich mir den Rechnungshofbericht anschaue."

„Nijo" wollte gerade das Gespräch beenden, aber der Chefredakteur des „Alltag" kam ihm zuvor. „Ist das eigentlich eine Patek Philippe, die du da am Handgelenk trägst?" Ohne auf eine Antwort zu warten, fuhr er fort. „Ich habe da heute bei mir in der Zeitung ein kleines Bild von dir gesehen, wir wollten die Uhr schon vergrößern, aber dann haben wir das doch nicht gemacht. Ist ja schließlich die Entscheidung jedes Einzelnen, was er mit 30.000 Euro macht."

„Ich habe ..."

„Also, schönen Tag noch. Wir hören uns."

Nachdem Hartmuth Borno („wie der Sex, nur mit weichem B") aufgelegt hatte, rief er eine seiner drei Assistentinnen zu sich. „Holen Sie mir bitte die Jenny Hart her", sagte er. Es war 17.02 Uhr. Nur mehr ihr Parfumduft war im Haus. „Fucking Fabulous" von Tom Ford.

Ein Kaiser bewahrt immer Haltung

Es
passierte das fünfte Mal an diesem Tag, dass Franz
Kaiser an Sex dachte, nicht mehr als sonst, aber auch
nicht weniger. Er saß am Steuer seines Tesla Model S
P100D in Red Multi-Coat, selbstverständlich hatte er
das Glasdach ein gutes Stück offen, schließlich hatte es an diesem
wunderschönen 25. Juni auch um 22 Uhr noch gut 24 Grad in Wien.
Seine dunklen, leicht grau-melierten Haare, die, fast zu keck für
einen Mann in den Fünfzigern, ein kleines Stück über den Kragen
ragten, flatterten im Fahrtwind einmal dahin, einmal dorthin wie
verliebte junge Schwalben, als er die Nußdorfer Straße stadtauswärts heim nach Döbling fuhr.

Wie immer war Franz Kaiser rundum perfekt gekleidet. Aus seinem anthrazitfarbenen 5000-Euro-Brioni-Anzug Modell „Brunico"
aus Schurwolle und mit Cupro-Innenfutter lugten die Umschlag-
manschetten des weißen Gino-Venturini-Maßhemdes mit dem ge-
stickten Monogramm „RR" – links in Taillenhöhe – vorschriftsmä-
ßig zwei Zentimeter aus den Ärmeln, gerade so weit heraus, dass
man die versilberten Manschettenknöpfe – Verschluss und Kopf
natürlich in der gleichen Form – gut sehen konnte. Der dynamische
Haifischkragen stand einen Zentimeter über und wurde von einer
schmalen blau-weißen Krawatte im Paisleymuster eingefasst, die
im doppelten Oxfordknoten gebunden war und exakt an der Silber-
schnalle des drei Zentimeter dünnen, ebenfalls anthrazitfarbenen

Gürtels endete. Franz Kaiser trug das Sakko – einreihig natürlich, weil er selbstverständlich wusste, dass dies den Körper schlanker wirken lässt – mit weißem Einstecktuch in Baumwolle offen, weil es sich für einen Gentleman eben so geziemt. Seine Beine umschmeichelten anthrazitfarbene Kniestrümpfe, die in schwarzen rahmengenähten Oxfordschuhen aus Boxkalbleder steckten. Als Uhr hatte er eine Rotonde de Cartier gewählt, Platingehäuse, die perlierte Krone war mit einem Saphircabochon besetzt, nur 30 Stück von dieser Serie wurden weltweit aufgelegt. Was Franz Kaiser aber mehr faszinierte als die künstlich erzeugte Verknappung, war das Doppeltourbillon, eine Vorrichtung, die den Chronometer in allen Lebenslagen ganggenau macht. Eine passende Analogie zu seinem beruflichen Leben, wie er fand.

Vielleicht muss man hier erwähnen, dass Franz Kaiser mit vollem Namen Franz Joseph Kaiser hieß. Er stellte sich in der Regel aber mit Kaiser Franz Joseph vor, was beim Erstkontakt meist mindestens so viel Aufmerksamkeit auf sich zog wie seine 216.000 Euro teure Uhr.

Nun hätte manch einem, dem Kaiser Franz Joseph an diesem lauen Abend vor die Augen geriet, Verschiedenes an ihm auffallen können. Sein 150.000 Euro teures Automobil natürlich. Seine Kleidung, ohne Uhr, an die 10.000 Euro wert. Oder aber sein selbstzufriedenes Lächeln, für das es keinen Preis der Welt festzusetzen gab, denn es war der Gesichtsausdruck eines Mannes, der sich seiner Bedeutung so ganzheitlich bewusst war wie Frank Underwood seines beträchtlichen Einflusses in Washington. Kaiser Franz Joseph war Berater. Er beriet alles, was in diesem Land Beratung nötig hatte oder das zumindest von sich glaubte. Unternehmen, Institutionen, Banken, Versicherungen, Kammern, Behörden, Kulturstätten, Parteien, Ministerien, Manager, Politiker, Sportler, Prominente. Er half ihnen bei der Kommunikation, wenn Krisen auftauchten, bei „Change"-Prozessen, bei Ligitationen, wenn es innerhalb der Belegschaft krachte oder zwischen Führung und Geführten. Er schaltete sich ein, wenn schlechte Berichterstattung drohte, wenn eine Firma der anderen ein Auge aushacken wollte, wenn die Politik jemandem etwas wegnehmen wollte, jedenfalls den falschen. Er lobbyierte, intrigierte, agierte, optimierte, appellierte, artikulierte, polierte, autorisierte, reparierte, bagatellisierte, kompensierte, camouflierte, deponierte, exekutierte, desavouierte, torpedierte, diktierte, neutralisierte, paralysierte, düpierte, fixierte, forcierte, glorifizierte, infizierte, interpretierte, kaschierte, lancierte, disziplinierte, mobilisierte, protegierte, sekkierte, sanktionierte, instrumentalisierte, rehabilitierte und schließlich kassierte.

Um es direkter zu sagen: Wenn seine Klienten Scheiße vor der Tür hatten, dann räumte er den Haufen weg, ohne sich die Hände schmutzig zu machen natürlich, und dafür bekam er Geld, einen Scheißhaufen Geld. Selber würde er das Ergebnis seines Wirkens nie so beschreiben, dafür war er viel zu barock.

Kaiser Franz Joseph verhielt sich in vielen Lebenslagen bewusst unauffällig, trotz seines vielleicht von manchen als dekadent gesehenen Stils. In Gesellschaften konnte sein Körper fast mit der Wandtapete verschwimmen, kaum zu sehen, wäre da nicht sein Kopf gewesen, der ständig hin- und herging wie eine Videokamera, die einen Vorgarten zu überwachen hat. Kaiser Franz Joseph scannte die Umgebung, eine geheimnisvolle Software in ihm analysierte, ob er jemandem die Hand schütteln musste, ob er vielleicht zusätzlich noch die linke Hand auf den rechten Unterarm legen sollte, weil sein Gegenüber Hilfe, Halt oder Unterstützung notwendig hatte. Wenn er jemanden in die Schranken weisen wollte, dann klopfte er ihm vermeintlich freundschaftlich auf die Schulter, um ihm zu signalisieren: „Ich bin der Chef hier." Das schaffte er auch am Telefon, immer mit einem Lächeln, nie hatte es eine tiefere Bedeutung als Berechnung.

Wenn ein Journalist bei einer Pressestelle eines Unternehmens anrief, konnte das sehr rasch einen Rückruf von Kaiser Franz Joseph auslösen, der die Firma – wie Dutzende andere im Land – in allen Formen der Kommunikation beriet, sie also so perfekt zu schützen versuchte wie die stachelige Haut eine Rosskastanie. Er konnte dann ganz behutsam vorgehen, langsam herausschälen, was ihm wichtig war, oder er packte einfach zu, derb, grob, ohne Rücksicht darauf, wen oder was das verletzen konnte, und sei es ihn selbst, theoretisch natürlich nur, denn in der Praxis passierte das nie. Häufiger trat er, wenn er nicht herankam an das, was er wollte, mit dem Absatz seines Schuhs mit voller Wucht zu, sodass alle Teile der Frucht in verschiedene Richtungen davonstoben, als wären sie ziellos und panisch auf der Flucht.

Kaiser Franz Joseph war charmant und intrigant, manchmal zeitgleich, auch Freund und Feind in einer Person, Teufel und Engel. Er erwies Gefälligkeiten und sammelte den Dank dafür ein, heftete ihn ab und archivierte ihn wie ein Blatt Papier in einem Aktenordner. Für jedes Schriftstück kam einmal die Zeit, auch wenn es Jahre dauerte und viele darauf vergessen hatten. Kaiser Franz Joseph vergaß nie. Er hatte keine Zeit für Eile. Seine Ordner waren prall gefüllt, er war wenigen etwas schuldig, aber viele ihm vieles.

„Gehen wir noch auf einen Absacker ins Metrovelli?", meldete sich Claudia vom Beifahrersitz, und es war eher als Feststellung gedacht denn als Frage. Kaiser Franz Joseph begriff schnell, dass er nun eine Entscheidung zu treffen hatte, die den Fortgang dieses Abends wesentlich beeinflussen würde. Antwortete er mit „Ja", dann gab es eventuell, wenn auch verspätet, Sex. Antwortete er mit „Nein", dann hatte er bestenfalls noch Sex mit sich selbst.

„Sicher, Liebling", antwortete er also, strich Claudia mit dem Handrücken über die Wange und begann zu hoffen.

Das Metrovelli war ein klassisches In-Lokal in der Vorstadt, übertrieben teuer eingerichtet, übertrieben gut besucht, trotz übertrieben hoher Preise. Es war nicht so ganz klar, wem das Metrovelli tatsächlich gehörte, viele Versionen kursierten, wenige verfügten über Substanz. Einmal hieß es, reiche Eltern hätten das Lokal ihren Söhnen geschenkt, dann wiederum hörte man, es diene der steuerschonenden Anlage des Vermögens von Rechtsanwälten und Zahnärzten. Ein schwules Paar, ein US-Hedgefonds, Erbschaft, Hinterlassenschaft von Auswanderern, die Gerüchtewelt flirrte und glitzerte, man brauchte schließlich etwas zum Reden zwischen Amaro, Craft Soda und Lindenblüten-Stachelbeerwasser.

Im Innenraum des Metrovelli dominierten Vierertische, auf denen versetzt mehrere Lagen von Tischtüchern in Weiß und Beige lagen, darauf akkurat weiße Stoffservietten und schlichtes Besteck ohne Ornamente. Die hellbraunen Fauteuilles wirkten bequem, stellten beim Essen aber wegen der hohen Armlehnen und der tiefen Sitzposition keine geringe Herausforderung dar. Serviert wurde vom Caesar Salad (wahlweise mit Pute oder Shrimps, immer aber mit Croutons), über ein Kalbsrahmgulasch bis zu Topfenknödeln vielerlei ohne ersichtlichen kulinarischen Spannungsbogen.

Weil es auch in der Vorstadt noch sommerlich warm war, saßen die meisten Gäste an diesem Abend im Schanigarten auf angesagten braunen Flechtsesseln. Die meisten Männer hatten ein Craftbier, natürlich aus einer kleinen lokalen Brauerei (hinter der sich natürlich eine große überregionale Brauerei verbarg, selbstredend ebenfalls ein Kaiser-Kunde), vor sich auf dem Tisch stehen und schwitzten ihre Ralph-Lauren-Polos – Kragen hochgestellt – voll, die Frauen nippten am Aperol Spritz und versuchten ihre schwarzen Minikleider so zurechtzuzupfen, dass man die Farbe ihrer Unterwäsche bestenfalls erraten, aber nicht erspähen konnte. Nicht allen gelang das, jedenfalls nicht immer.

Als Kaiser Franz Joseph seinen Tesla Model S P100D in Red Multi-Coat vor dem Lokal einparkte, wurde das selbstverständlich zur Kenntnis genommen, auch wenn vom Elektromotor so gar nichts zu hören war. Die Gäste im Schanigarten taten so, als würden sie dieses Nichtgeräusch lebendig totschweigen, gespieltes Desinteresse war in der Vorstadt immer schon die höchste Stufe, gleichsam von Wahrnehmung und Anerkennung.

Kaiser Franz Joseph ließ das Glasdach einfahren, stieg aus und schubste die Tür des Tesla Model S P100D in Red Multi-Coat ins Schloss. Er nahm die Hornbrille ab, die er zwar nicht nötig hatte, die ihm aber einen intellektuellen Anstrich zu verpassen versuchte, klappte die Bügel ein und steckte die Brille in die Brusttasche seines Sakkos. Das Lächeln behielt er auf. Die paar Momente genügten, um Claudia ausreichend Zeit zu geben, vom Beifahrersitz zu rutschen, auf den Stilettos zu landen und sich den schwarzen Minirock glatt zu streichen. Sie war ein Kind der Vorstadt und wusste um die Gepflogenheiten.

Gianni hieß nicht wirklich Gianni, aber weil das Metrovelli sich gab, als läge es eigentlich am Gardasee und nur versehentlich in Wien, trugen alle Kellner italienische Vornamen, die sie zuweilen auch wahllos untereinander hin- und herwarfen wie Volleyballer ihr Spielgerät. „Ciao, Gianni", rief Kaiser Franz Joseph schon vom Eingang aus, zwei Kellner drehten sich um, weil sie sich betroffen fühlten, einer kam schließlich lächelnd auf Kaiser Franz Joseph zu. „Guten Abend, Signore", sagte Gianni, der eigentlich Milo hieß, aus der Slowakei stammte und nur etwas im Leben mehr verabscheute als Menschen mit Geld – Menschen mit viel Geld. Menschen wie Kaiser Franz Joseph. Wer reich ist, gibt immer das wenigste Trinkgeld, das wusste er aus leidvoller Erfahrung, vielleicht sind Reiche ja auch deshalb reich, weil ihr Geld nicht ausreicht, um es auch anderen zugute kommen zu lassen.

Das Böseste an Wien sind die Kellner, die Bitterbösesten unter ihnen die freundlichen. „Ich habe einen wunderbaren Platz für sie, Signore", säuselte Gianni in seinem besten slowakischen Italienisch und führte Kaiser Franz Joseph, der Claudia hinter sich herzog wie ein Kind ein Holzpferd, zum denkmöglich schlechtesten Platz, ein paar Meter weiter an einen Zweiertisch vor der Hecke aus Ziersträuchern, die das Metrovelli vom Gehsteig abtrennte. Kaiser Franz Joseph merkte schon am Beginn der nicht stattfindenden Konversation mit Claudia den Haken an der Platzierung, dass nämlich ein Zweig der Hecke ständig an seinen Nacken, sein Ohr oder seine Schulter schnalzte. Erst bog er das Grünzeug erfolglos zurück, dann versuchte er es in der Hecke zu fixieren – ebenso ohne Nachhaltigkeit. Schließlich knickte er den Zweig. Gianni sah es, verbuchte es aber trotzdem zumindest als Teilerfolg.

Auf Claudia war Verlass. Egal, in welches Lokal man kam, ihre Handlungen folgten stets einem genau einstudierten Ablauf. Zunächst musste sie aufs Klo. Es spielte keine Rolle, dass Kaiser Franz Joseph zuvor mit ihr auf einer Vernissage gewesen war und sie vor der Abfahrt darauf bestanden hatte, noch auf die Toilette gehen zu können, und die Entfernung zum Metrovelli nur acht Kilometer, die Fahrzeit vielleicht 15 Minuten betragen hatte – sie stand auf und ging. Es kann nicht ohne Folgen bleiben, dass die Harnröhre von Männern fünf- bis sechsmal länger ist als die von Frauen.

Als Claudia in ihren Stilettos den Gang entlangstöckelte und René Kaiser Franz Joseph ihr hinterhersah, dachte er zum sechsten Mal an diesem Tag an Sex. Es sollte dabei bleiben, aber das wusste er zu diesem Zeitpunkt noch nicht.

Gianni servierte Bitter Lemon für Kaiser Franz Joseph und einen Aperol Spritz für Claudia, die wenig später zurückkehrte, ihr iPhone zückte und wortlos darin versank. Kaiser Franz Joseph sah sich um, bemerkte, dass er nicht der Einzige war, dem es so ging, lächelte und fügte sich seinem Schicksal.

Da fipste sein eigenes Smartphone, das er im Lautlos-Modus auf den Tisch gelegt hatte. Er schaute auf das Display, las „Nijo" und hob ab.

Ein paar Sekunden später wusste er: Die Nacht wird kurz, aber Sex wird nicht der Grund dafür sein.

Der Schein muss gewahrt werden

B ei einigen Menschen sind Vornamen, die ihnen gegeben werden, das Produkt eines Zufalles, ein plötzlicher Ausbund an Kreativität, eine spontane Eingebung oder eine Verbeugung vor der Familientradition. Zuweilen verbirgt sich dahinter aber auch die Erinnerung an einen Lebenstraum, der sich für einen selber nicht einstellen wollte, oder eine Begebenheit, an die man durch den Nachwuchs erinnert werden wollte, etwa der erste Sex im Autokino. Buben heißen deshalb Kevin oder Jeremy oder Nicolas, manchmal auch Marlon, Sean oder Tommy Lee, Mädchen Angelina, Charlène, Jennifer, Meryl oder etwa Tilda.

Ob Emmas Eltern an Emma Thompson, Emma Watson, Emma Stone oder eine andere Hollywood-Emma dachten, als sie Emma Emma tauften, war für Emma später nicht mehr feststellbar. Ihre Mutter wich solchen Fragen immer aus, vielleicht weil ihr die mögliche Antwort peinlich war, ihr Vater konnte oder wollte sich nicht mehr an Details von Emmas Kindheit erinnern, er vergaß überhaupt viel, schon immer. Die Vergesslichkeit und er lieferten sich sein ganzes Leben lang eine Verfolgungsjagd, im Alter holte ihn dann tatsächlich der Alzheimer ein, oder er ihn. Worauf sich aber jeder mit allen schnell einigen konnte, innerhalb und außerhalb der Familie, war, dass der Name gut passte. Emma hieß nicht nur Emma, sie war eine Emma. Vom ersten Schrei an resolut und selbstbewusst, gleichzeitig auch einnehmend und charmant. Schon in der Sandkiste wusste sie den anderen Kindern die Bagger und Schaufeln so raffiniert abzuluchsen, dass vor allem die Buben glaubten, sie würden sich selbst einen Gefallen tun, ihr zu geben, was sie verlangte. Keiner weinte, keiner beklagte sich oder trotzte. Auch daheim begriff Emma schnell, wie sie alles bekommen konnte, was sie wollte, die Mutterbrust, Zuneigung, später Materielles, auch wenn ihr Interesse allein dem Erlangen galt, nicht dem Besitz. Sie lachte viel und herzlich und über das ganze Gesicht, nicht nur mit Mund und den Wangen, sondern auch mit den runden blauen Augen, die so gut passten zu den zitronenfalterfarbenen Haaren, die sie seit Kindestagen an als Pagenschnitt trug, zuweilen in Kombination mit einem seitlichen Pony. Sie hatte ein paar Sommersprossen, die man hätte hinmalen müssen, wären sie nicht schon von Natur aus da gewesen, so gut passten sie. Emma konnte alles früh, vieles ging ihr zu langsam, manchmal hatte es den Anschein, als wollte sie flinker sein, als es ihr eigenes Leben für sie vorausgeplant hatte, mit fünf schon zehn Jahre als sein, mit fünfzehn abgeklärt wie eine Erwachsene, mit zwanzig Jahren altklug. Sie konnte schon mit neun Monaten gehen, mit einem Jahr Worte artikulieren, mit zwei drängte die Langeweile sie dauerhaft aus dem Buggy heraus, mit vier begann sie im Kindergarten zu lesen, während die anderen Buben und Mädchen sich um eine Schaukel stritten.

Emma stammte aus Oberösterreich, aus einer Gegend, in der die Mädchen rote Backen haben und die Burschen Samstagabend immer einen Rausch. Dort, wo die Welt zu Ende ist und man dann noch fünf Kilometer weiter gehen muss, um anzukommen. Wo man vor Weihnachten immer Kekse bäckt, am Karfreitag kein Fleisch isst und wo jeder weiß, dass der Pfarrer schwul ist, aber, Gott sei es gedankt, keiner darüber redet. Als Kind war sie ein verträumtes Mädchen, liebte es, allein zu sein, in einer Wiese zu liegen und dem Himmel dabei zuzusehen, wie er aus den Wolken Nilpferde oder Schlüsselblumen formte. Weil sie kaum Freunde fand, vor allem deshalb natürlich, weil sie keine suchte, verliebte sie sich in die Natur und verteidigte sie mit ihren Mitteln. Als sie 15 Jahre alt war, löste sie im Stall des größten Bauern im Ort die Anbindevorrichtungen aller seiner 24 Kühe. Im Radio hatte sie einen Bericht über Tierhaltung gehört. Mit wachsender Empörung erfuhr sie, dass die Rinder in vielen Stallungen viel zu eng gehalten, ihnen als Kälber schon brutal die Hörner abgeschnitten würden, ohne Schmerzmittel, und dass die Tiere immer mehr zu Hochleistungsmaschinen gezüchtet und getrimmt würden. Statt wie früher acht Liter am Tag müssten sie nun 50 Liter Milch abgeben.

Emma wusste nicht, ob der Bauer im Ort seine Kühe ordentlich hielt oder so einer war, wie es im Radio beschrieben worden war, aber wie auch immer duldete ihre Wut keinen Aufschub, und sie schritt umgehend zur Tat. Sie schlich sich in aller Herrgottsfrüh aus dem Haus und hastete zum Stall des Bauern. Sie schob den Holzbalken weg, zog die Stalltür weit auf, schlüpfte durch und schloss die schwere Tür hinter sich. Mit wenigen Handgriffen löste sie die Halterungen der Kühe.

Die Befreiungsaktion zeigte zunächst keine Wirkung, denn die Tiere blieben einfach stehen, wo sie ohnehin schon waren, schauten nach links und nach rechts, dann wieder nach links und nach rechts, beugten dazwischen den Kopf und fraßen etwas Heu, schauten dann erneut nach links und nach rechts, kauten, einige Grashalme standen seitlich beim Maul heraus, wer versucht hätte, ihre Gedanken aufzuzeichnen, wäre lange mit einem leeren Blatt dagestanden. Die Viecher würden wohl immer noch auf dem Spaltboden darauf warten, dass etwas passierte, hätte Emma nicht mit einem paar lauten Ausrufen und Klatschern auf den Hintern eines der Tiere, die sie für die Leitkuh hielt, dafür gesorgt, dass die Stallbewohner ihre Situation noch einmal überdachten. „Elsa" machte schließlich einen Satz nach vorne, was eine Kettenreaktion auslöste, die angesichts der Tatsache, dass die Rinder um die 400 Kilo wogen, durchaus als bemerkenswert bezeichnet werden konnte.

Ohne sichtbare Ordnung begannen sich nun alle Kühe zu bewegen, drängten in den Gang des Stalles, stießen aneinander, bäumten sich auf, suchten, die Augen weit aufgerissen, nach einer Gelegenheit zur Flucht, und wieder schauten sie nach links und nach rechts und wieder nach links und nach rechts, aber diesmal hatten sie keine Grashalme mehr im Maul. Als Emma dann die Stalltür aufstieß, sahen die Viecher die aufgehende Sonne und liefen so leichten Herzens und unbeschwert auf sie zu, als folgten sie dem Guru einer Sekte, der sie zum Licht führen will, leider aber alle gleichzeitig. Es war absehbar, dass die Stalltür nicht breit genug sein konnte, um 24 Kühe in einem, noch dazu nebeneinander, durchzulassen, also entstand etwas, was man spätestens jetzt als Chaos bezeichnen konnte. Wer dem Schauspiel von außen zugesehen hätte (was natürlich niemand tat, da Emma auf eigene Faust arbeitete), hätte Seltsames beobachtet. Eine wilde Horde nämlich, die an der Engstelle Tür abrupt abgebremst und an Leib und Seele aneinandergepresst wurde. Die Kühe gerieten in Panik, drängten sich immer dichter aneinander, schoben und drückten, die Energie stieg, und schließlich wurden die Tiere einzeln, jedes für sich, aus dem Stall rausgeschleudert, fast so, als würden sie aus einem Kanonenrohr abgefeuert werden. Nach der Landung liefen die Kühe, so schnell es der massive Körper eben hergab, ziellos in alle möglichen Richtungen davon. Weil der Stall des Bauern in Ortsnähe lag, war der Kern von St. Nepomuk an der Gülsen bald ein Kuhzentrum und kein Kurzentrum, wie es sich der Bürgermeister wohl eher gewünscht hätte.

Die meisten Tiere hasteten in ihrer Angst die Hauptstraße hinauf und bogen in alle Nebengassen ab, die ihnen als Fluchtweg tauglich erschienen. Da es zeitig am Morgen war, befanden sich kaum Menschen auf den Straßen, aber denen, die da waren, wurde einiges geboten. Ein paar gerieten in Panik, versteckten sich hinter Hecken oder Zäunen, einer kletterte sogar auf einen Baum. Emma aber lief nicht weg. Sie stand da, ihr zitronenfalterfarbenes Haar leuchtete in der Morgensonne, die Sommersprossen standen noch stolzer in ihrem Gesicht als sonst. Sie holte ihre rote Sony Digicam hervor und schoss einige Fotos, die sie danach an ein paar Zeitungen schickte, dafür bekam sie als Leserreporterin sogar ein Honorar.

Wer die Kühe befreit hatte, wurde nie offiziell geklärt. Es gab ein paar Verdächtige, die meisten Ausländer, was hieß, sie kamen aus dem Nachbarort, Emma war nicht darunter. Als sich aber ähnliche Vorfälle häuften, setzte die Polizei eine Sonderkommission ein, im Fernsehen kam sogar ein Bericht darüber. Er hatte einen spöttischen Unterton, aber der wurde im Ort nicht wahrgenommen oder absichtlich überhört. Hauptsache, St. Nepomuk an der Gülsen war in den Medien, vielleicht wurde es ja doch noch etwas mit dem Kurzentrum.

Hühner verschwanden, zunächst fiel der Verdacht auf einen Fuchs, aber als die 20 Hendln und ihr Gockel wenig später friedlich pickend auf einer Wiese gefunden wurden, kam man davon wieder ab. Dann stand auf einem Hof mit Schlachtvieh die Stalltür offen, einem anderen Bauern entliefen die Mastschweine, sogar in einem Futtersilo kam es zu merkwürdigen Ereignissen.

Die Serie hörte erst auf, als Emma nach Wien ging, aber diesen Zusammenhang sah keiner. Die Sonderkommission wurde irgendwann aufgelöst, das Vieh wieder geschlachtet wie vorher, die Schweine zusammengepfercht wie früher, und die Stalltüren blieben zu wie immer. Emma aber inskribierte an der Universität Wien Publizistik und Kommunikationswissenschaft. Sie hatte nicht viel Ahnung davon, was sie erwartete, aber sie dachte sich, wenn sie schon mit ein paar Fotos von Kühen Geld verdienen konnte, dann müsste sie ja ein Rindvieh sein, wenn sie es in diesem Beruf nicht zu mehr bringen würde.

Als Emma nach Wien ging, war sie längt nicht mehr das fröhliche Mädchen mit der Stupsnase und den Sommersprossen. Sie war oft sehr in sich gekehrt, lächelte häufiger, als dass sie lachte, Menschen ließ sie noch weniger gern an sich heran als schon zuvor. Ihren Eltern fiel das natürlich auf, und sie sprachen sie darauf an, aber Emma beantwortete die Frage, was los sei mit ihr, immer lapidar mit: „Nichts, was soll sein?" Also schrieben die Eltern ihr neues Wesen dem Sprung in die Erwachsenenwelt zu, in der es weniger lustig sein soll als vor und in der Pubertät, zumindest glauben die Älteren das. Emma war nicht depressiv, kalt oder abweisend, sie hatte ihre fröhlichen Stunden, aber es gab einen Raum in ihr, in den sie sich immer wieder zurückzog und das oft, ohne dass man dies vorab kommen sehen konnte, so als ob ihr gerade ein bestimmter Gedanke oder eine Begebenheit eingeschossen war. Und weil niemand außer Emma einen Schlüssel zu diesem Raum besaß, nutzte es nichts, wenn man anklopfte, denn Emma machte nicht auf. Für niemanden.

Die Veränderung war von der Familie erstmals bemerkt worden, als Emma aus Tirol zurückkam, wo sie als 17-Jährige einen Ferialjob in einem teuren Hotel angenommen hatte. Als sie ihr Vater vom Bahnhof abholte, fiel ihm auf, dass seine Tochter sich ihr Lachen abmühte, und als er sich ihre Koffer schnappte und sie sich unbeobachtet fühlte, da sah er aus dem Augenwinkel in ein tieftrauriges Gesicht. Daheim umarmte sie ihre Mutter länger und fester als sonst. Als sie gefragt wurde, warum sie schon früher zurückgekommen sei, flüchtete sie sich in Ausreden, auf Nachfragen reagierte sie gereizt.

Emma blieb jetzt noch mehr draußen als früher schon, sie war noch lieber allein, zum Fortgehen mit Freunden musste sie überredet werden. Sie legte keinen besonderen Wert auf Kleidung, das hatte sie noch nie getan, aber sie achtete nun viel penibler als zuvor auf Sauberkeit, duschte oft dreimal am Tag und ertrug es nicht, wenn sie schwitzte.

Emmas Eltern waren römisch-katholisch wie alle in St. Nepomuk an der Gülsen. Sie lebten ihren Glauben eher pragmatisch aus, aber über ihre Kirche ließen sie nichts kommen, auch wenn sie nur alle paar Wochen zur Messe gingen. Emma fühlte sich von Kirchen schon von klein auf angezogen, weil es im Sommer dort kühl war und im Winter gut geheizt, weil die Orgel so bombastisch klang und die Leute so bombastisch falsch dazu sangen, den Noten immer ein Stück hinterher hasteten, bis sie sich endgültig in den Tonleitern verheddert hatten, stolperten, sich aufrafften und einige Takte lang Anschluss suchten. Am Ende aber wurden dann doch alle wie durch ein Wunder gleichzeitig fertig, zumindest fast. Sie mochte die Ordnung, in der Messen abliefen, sehr bald wusste sie, wann man aufstehen musste, wann knien, nach der Erstkommunion durfte sie auch nach vorne und sich die Oblatenstücke abholen, die sie sich auf den Gaumen klebte, wo sie sich nach und nach auflösten. 40 Minuten dauerte eine Messe, ein paar Minuten auf und ab, und zwischen Aufstehen, Knien und Kommunionholen hatte Emma genug Zeit, um zu den Glasfenstern raufzuschauen, die mit Schmelzfarbe bemalt waren und gebrannt und in denen man das „Vaterunser" lesen konnte. Acht Fenster, in jedem stand ein Teil des Gebets, von „Vater unser im Himmel, geheiligt werde dein Name" bis „Und führe uns nicht in Versuchung, sondern erlöse uns von dem Bösen". Schon nach kurzer Zeit musste Emma nicht mehr nach oben schauen, wenn laut gebetet wurde, denn sie konnte die ganze Strophe auswendig. Aber sie verstand nicht, warum der Pfarrer am Ende immer „Und erlöse uns von den bösen Armen" sagte. Was sollte an den Armen böse sein? Sie war knapp davor, die Kirchentür aufzumachen und alle Gläubigen rauszutreiben ins Freie, wie sie es später bei den Kühen tat. Aber dann erfuhr sie, dass es „Und erlöse uns von dem Bösen, Amen" hieß, und ihr heiliger Zorn legte sich.

Vor allem aber, das muss der Ehrlichkeit halber gesagt werden, ging Emma gern in die Kirche, weil sie danach immer ein Eis bekam.

Dann, mit 17, zurück aus Tirol, veränderte sich alles. Sie wollte nicht mehr in die Messe mit, zu keiner Zeit, auch nicht zu Weihnachten, was im Ort besonders auffiel, denn bei der Mette galt nur als entschuldigt, wer nachweislich tot war. Beim Wort Gott bekam Emma Schweißausbrüche, wenn Eltern erzählten, dass ihr der

Pfarrer früher immer so nett über die blonden Haare gestrichen hatte, vermeinten sie, Tränen in ihren Augen zu sehen. So ging das ein Jahr lang, nach und nach traute sich Emma wieder mehr unter Menschen, ohne es aber genießen zu können. Sie machte Matura mit lauter Einsern im Zeugnis, auf die Maturareise aber fuhr sie nicht mit, weil sie sich die Hand gebrochen hatte, was seltsamerweise auf den Röntgenbildern nicht zu sehen war.

Dann kam Wien. Es war auch eine Flucht.

Das Studium der Publizistik entwickelte sich aber nicht so, wie Emma es sich erdacht und erträumt hatte. Sie musste sich mit Statistik auseinandersetzen, Gesetze auswendig lernen. Sie war ein Mädchen der Praxis, und hier was alles Theorie. Die Lehrsäle waren brechend voll, oft musste sie bei einer Vorlesung eineinhalb Stunden lang stehen, gelehnt an eine Mauer, was ihr körperlich wenig ausmachte, weil sie fit war, aber schmerzte, weil Emma sah, dass die Stadtkinder es aus ihren Stadtwohnungen früher hierher geschafft hatten, alle Sitzplätze besetzten und jetzt mit einem triumphierenden Grinsen dasaßen in ihren Hilfiger-Jeans und Abercrombie-&-Fitch-Polos und so taten, als wären die anderen, die stehen mussten, Luft, Landluft eben, und die roch nach Kuhscheiße und Pferdemist. Nicht jeder mag das.

„Wer Journalist werden will, soll gleich einmal aufstehen und gehen", sagte der Professor zu Beginn der ersten Vorlesung, „wir unterrichten hier Kommunikationswissenschaft und keine Kommunikationspraxis, das machen die Fachhochschulen." Natürlich stand keiner auf, es ging auch keiner von denen, die gar nicht saßen. Die einen nicht, weil sie soundso nicht zugehört hatten, sondern auf ihren Smartphones herumdrückten. Die anderen nicht, weil sie es von ihren Eltern gewohnt waren, dass Erwachsene just von jenen Dingen im Leben abrieten, die sich dann als am spannendsten herausstellten. Einige auch nicht, weil sie aufgrund einschlägiger Einträge in Foren der Überzeugung waren, dass Journalismus und Lüge ohnehin zwei Worte für ein und dasselbe waren und der Professor da vorne nichts anders wäre als eine Art Journalist und damit automatisch ein Lügner. Sie fanden das grundsätzlich nicht verachtenswert, im Gegenteil, sie wollten lernen, wie das geht, richtig gut zu lügen. Diese Gruppe also studierte Publizistik, Kommunikationswissenschaft und Lügenkunde.

Auch Emma ging nicht, aber sie hatte einen anderen Grund dafür, und der war trivial. Weil so viele Leute im Saal standen, blieb ihr der Weg zur Tür versperrt. Sie kam nicht raus, so einfach war das. Ihre Karriere begann also damit, dass sie vor ihr nicht davonlaufen konnte.

Emma wohnte zu dieser Zeit in einem Studentenheim, einem grauen, grobschlächtigen Klotz in Heiligenstadt, 17 Stockwerke hoch, der nach oben hin zackenförmig immer schmäler wurde. Wie ein riesiger Hühnerstall kamen ihr die Zimmer manchmal vor, und wenn sie mit dem Lift in den 14. Stock fuhr, wo sie wohnte, dachte sie manchmal daran, die Türen der einzelnen Boxen zu öffnen, wie damals daheim die Käfige der Hendln. Schon wieder! Die Räumlichkeiten waren winzig, jede Kuh im Stall daheim in Oberösterreich hatte mehr Platz. Es gab einen bräunlichen Teppichboden, der kratzte, wenn man bloßfüßig darauf ging, ein Bett, einen Schreibtisch, aber immerhin sogar ein eigenes Bad. Es war ein Einzelzimmer, anders hätte es Emma auch nicht ausgehalten. Der Blick auf den Donaukanal und den Kahlenberg war atemberaubend. Emma konnte es sich nicht erklären, warum immer wieder Studenten aus einem der oberen Stockwerke in den Tod sprangen, weil sie das Leben und die Einsamkeit in der Stadt und im Heim nicht aushielten. Emma dagegen war gern allein.

Schon als sie noch daheim lebte, hatte sie wenig Wert auf Alter, Schnitt und Label ihrer Kleidung gelegt. Der Schrank im Studentenheim war schmal und eng, aber trotzdem füllte ihn Emma mit ihrer Wäsche nicht einmal zur Hälfte. Sie trug gerne Farben, die sie wild miteinander kombinierte, genau genommen, nahm sie das aus dem Regal, was sie in der Früh als Erstes erwischte. Ihr passte praktisch alles, wichtig war ihr Bio, Fairtrade, Nachhaltigkeit. Emma hatte von Natur aus einen bräunlichen Hautton, kombiniert mit ihrem zitronenfalterfarbenen Haaren und der fröhlichen Art, die sie mehr vor sich hertrug, als sie in ihr wohnte, wirkte sie wie eines der Kinder aus Büllerbü. Wäre sie durch Stockholms Altstadt-insel Gamla Stan geschlendert, hätten sie vermutlich Touristen nach dem Weg gefragt, so schwedisch sah sie aus.

Nur ein Kleidungsstück im Schrank zog sie nie an, sie konnte es sich selber gar nicht gut erklären, warum sie es überhaupt mit in die Stadt genommen hatte – ein rotes T-Shirt. Das hatte sie an jenem Tag an, an dem sie vor Gott aus Tirol geflüchtet war.

Als Emma ein paar Wochen in Wien lebte, kam sie in Kontakt mit einer Gruppe, die sich „Greenfuck" nannte, genau genommen, mit „Greenfuck Austria", dem österreichischen Zweig des Netzwerkes. Wo die Äste waren, wer der Stamm, erfuhr Emma zunächst nicht. Sie fragte ein paar Mal, aber bekam keine Antwort, oder diese fiel so aus, dass sie am Ende weniger wusste als davor. Ob die „Green-fuck"-Mitglieder viel über die Organisation und ihre Vernetzung wussten oder auch nur darüber nachdachten, blieb zweifelhaft, aber keiner stieß sich daran, denn „Greenfuck" war für die meisten ihr Leben, nicht mehr, aber auch nicht weniger.

Mitglied war eigentlich eine unscharfe Zuschreibung, denn bei „Greenfuck" konnte man nicht Mitglied sein, es handelte sich ja, korrekt gesagt, auch nicht um eine Organisation, um keine Ver-bindung, nicht einmal um eine Bewegung. „Greenfuck" war da, es existierte, warum, blieb nur rätselhaft für Menschen, die Rät-sel lieben, und die „Greenfucker" gehörten nicht zu dieser Sorte. „Greenfuck" zu begreifen war ein Ding der Unmöglichkeit, leich-ter hätte man alle Sterne der Galaxie zählen können. Am ehesten hätte man die Gruppe (natürlich handelte es sich auch um keine Gruppe) mit einer Qualle vergleichen können, die sich einmal da-, einmal dorthin bewegte, einmal länglich war, dann kurz, dick oder dünn, immer aber durchsichtig. Wer in ihr Inneres eindringen wollte, spürte nichts mehr als vielleicht ein leichtes Brennen. Vom Aufbau und vom Zugang zu Themen her hätte man „Greenfuck" natürlich als Bewegung sehen können so wie jene gegen Atommeiler, Aufrüstung, Bau von Flusskraftwerken, Windkraftwerken, Solarkraftwerken, Stromleitungen, Atommüllendlagern, Waldsterben, Globalisierung, Tötung von Walen, Plastikmüll im Meer, Freihandelsabkommen oder neuen Landepisten für Flughäfen, aber das war natürlich alles Unsinn. Der Unterschied war, dass „Greenfuck" grundsätzlich für nichts stand, also nicht für nichts, sondern immer für etwas anderes. Egal, worum es ging, „Greenfuck" war immer komplett dafür. Oder komplett dagegen. Oder für beides. Oder für gar nichts. „Greenfuck" hatte keine prinzipielle Ausrichtung, keine prinzipielle politische Haltung, keine prinzipielle Mission. „Greenfuck" war alles und nichts. Wer sich als Teil davon sah, konnte eine Meinung zu etwas haben, das genaue Gegenteil davon meinen, keine Meinung haben, er konnte die Meinung wechseln, sooft er wollte, stundenweise, tageweise, wöchentlich, monatlich, jährlich oder nie. Jeder war willkommen oder keiner, die Türen standen allen offen, egal, welche Hautfarbe, Herkunft, Ausbildung, Vorlieben, welches Geschlecht man hatte. Die meisten „Greenfucker" aber waren weiß, kamen vom Land und studierten – wie Emma.

„Greenfuck" hatte keine Treffen, schon gar keine Versammlungen, man war einfach da oder nicht. Es gab keine Regeln, keine Sitzungen, keinen Vorstand, Schriftführer oder Kassier. Es wurde nichts aufgeschrieben, es war auch kein Mitgliedsbeitrag fällig, denn Mitglied war man ja nicht, und wozu hätte man etwas beitragen können?

Es war ein sonniger Frühlingstag, als Emma das erste Mal zu „Greenfuck" ging. Die Natur hatte die launische Pubertät des Mai abgelegt, sie rebellierte nicht mehr, indem sie alles unbändig wachsen und wuchern ließ, sondern gab sich ruhig und abgeklärt. Der Juni war schon bisher ungewöhnlich warm, vor allem unnatürlich trocken gewesen, wenn der Wind jetzt durch die Äste fuhr, dann lösten sich Blätter ab wie im Herbst und segelten zu Boden, manche schneller, andere langsam. Gerne saß Emma jetzt auf der Bank eines Parks in der Nähe des Studentenheims und sah der Natur beim Ausbrüten neuer Gedanken zu, stundenlang, wie damals daheim auf der Wiese den Wolken. Ihr Studium lief gut, das erste Jahr war fast geschafft, sie hatte auf alle Prüfungen die Note „Sehr gut" bekommen, aber das rührte sie so wenig wie schon zu Schulzeiten. Sie hatte sich an die überfüllten Hörsäle gewöhnt, an die Langeweile der Vorträge der Professoren, die über Journalismus sprachen, als sei es etwas, das man kauft und sich zu Hause an die Wand hängt. Von „Gatekeepern" erfuhr sie, Türstehern also, die Nachrichten Richtung Publikum durchließen oder nicht, in jedem zweiten Satz war von Kommunikation die Rede. Grafiken wurden hergezeigt, wie Nachrichten vom Ort eines Geschehens an die Leser, Hörer oder Seher kommen würden. Emma verstand nicht, warum und für wen es nötig oder nützlich sein könnte, Simples so kompliziert darzustellen, aber immer wenn sie einen Lektor oder einen Studienkollegen nach den Gründen fragte, warum das nicht geändert werde, bekam sie nicht Besseres als Antwort serviert als den Satz: „Das war schon immer so." Sie schlussfolgerte daraus, dass Menschen Fortschritt eben gern als Erhalt der momentanen Situation definieren.

Abseits des Studiums war Emma in der Seele herbstlich zumute. Wien blieb auch nach einem Jahr fremd für sie. Sie kam sich eingesperrt vor. Daheim in Oberösterreich, da war alles vertraut. Wenn es ihr nicht gut ging, dann lief sie hinaus aus dem Haus, und nach ein paar hundert Metern war über ihr nur noch der Himmel und unter ihr die grüne Wiese, vor allem aber war sie allein. Aber hier in Wien, in diesem Monster von Studentenheim, eingekerkert, die vielen Menschen in den lärmigen Verkehrsmitteln, die nicht nach Heu, Wiese oder Kuhmist rochen, sondern auf deren Körperoberflächen Schweiß, Deos und Parfums einen Kampf miteinander ausfochten? In der Stadt, in der jedes zweite Gebäude aussah wie ein Museum, weil es mutmaßlich auch ein Museum war, aber kein Haus dazu

einlud, reinzugehen, sich an den Ofen zu setzen und sich wohlzu-
fühlen? Wo die Menschen auf die Straße spuckten, als wollten sie
ihre Verachtung für was auch immer kundtun, alles wegschmissen,
wo immer es ihnen in den Sinn oder in den Unsinn kam, wo es in
der Nacht dreimal so heiß war, alles dreimal so viel kostete und
niemand so sein wollte, wie er wirklich war, sondern etwas dreimal
Besseres, Größeres, Bedeutenderes, und Unterhaltungen oft nicht
bloß Unterhaltungen waren, sondern ein Schaulaufen auf der Suche nach dem größtmöglichen persönlichen Profit?

Alle drei Wochen fuhr Emma heim. Sie hatte einen guten, di-
rekten und liebevollen Kontakt zu ihren Eltern und ihrem Bruder,
der vier Jahre jünger war als sie, ein Kind also noch fast, obwohl
er auch schon in die Oberstufe des Gymnasiums ging und jeden
Tag zwischen Wels und St. Nepomuk an der Gülsen pendelte. Die
Gespräche, die sie mit ihrer Familie führte, aber auch mit den
wenigen Leuten im Ort, mit denen sie Umgang hatte, wurden zunehmend eintönig und vorhersehbar. „Wie geht es dir?", „Alles in
Ordnung mit dem Studium?", Hast du schon einen Freund?", Bist
du gut untergebracht im Studentenheim?", „Wie ist es denn in Wien
so?", „Hast du schon ein paar Prominente gesehen?", „Brauchst du
was?", „Wann kommst du das nächste Mal nach Hause?" Mit der
Zeit machte es sich Emma zur Angewohnheit, auf der Heimfahrt
im Zug auf einem Zettel Kästchen aufzuzeichnen, in die sie mit Kuli
die möglichen Fragen eintrug, die ihr am kommenden Wochenende gestellt werden würden. Mit Erstaunen stellte sie fest, dass sie
rasch die meisten vorhersehen konnte, schließlich schaffte sie alle.
Sie spielte Bullshitbingo mit St. Nepomuk an der Gülsen und gewann immer.

Einmal nahm Emma einen Studienkollegen mit heim, eher aus
einer Laune heraus, vielleicht auch aus Trotz den Leuten im Ort gegenüber, die schon darüber spekulierten, ob sie nicht zum Single-
dasein auserkoren war, etwas „überstandig", so nannten sie das, sei
sie mit ihren 21 Jahren ja jetzt schon. Emma hatte Axel erst ein paar

Wochen zuvor kennengelernt, sie verstanden sich gut, redeten viel, Sex war kein Thema. Emma wollte nicht, und sie zeigte das auch, Axel drängte sie nicht, viel später stellte sie fest, dass er schwul war. Er verbrachte mit ihr ein Wochenende in St. Nepomuk an der Gülsen und war der perfekte Schwiegersohn, höflich, zuvorkommend, aufmerksam. Er schenkte Emmas Mutter Blumen, die unter der Zugfahrt erstaunlich wenig gelitten hatten und schnell neugierig um sich zu blicken begannen, als sie Wasser bekamen, ihrem Vater brachte er die Aussicht auf interessante politische Gespräche mit. Axel war dünn, hochaufgeschossen, er aß alles, was ihm vorgesetzt wurde, mit Putz und Stingl auf, ohne darauf zu vergessen, die hohe Qualität der Speisen lobzupreisen. Er saß mit Emmas Vater, höherer Angestellter eine Möbelfirma, am letzten Abend stundenlang zusammen. Die beiden redeten über die Regierung, Bildung, Trump, den Brexit, Klimaschutz, Emma hörte die meiste Zeit über zu und staunte. Ihr Vater sprach viel wie lange nicht, seine Meinung zu bestimmten Themen hörte sie das erste Mal. Axel stimmte ihm häufig zu, aber nicht immer, als Student der Politikwissenschaft hatte er ein breites theoretisches Wissen, Emmas Vater war ein Mann der Praxis. Als gegen Mitternacht das Gespräch auf Ausländer kam, gab es die ersten gröberen Meinungsverschiedenheiten, es ließ sich nichts mehr synchronisieren, ehe beide um zwei Uhr entschieden, dass es Zeit wäre, schlafen zu gehen, jeder mit seiner eigenen Meinung unter dem Kopfpolster. Emmas Mutter, Kindergärtnerin von Beruf, war da schon lange im Bett.

Am Montag nach dem Besuch daheim rief Emma bei ihrer Mama an und bedankte sich – „auch im Namen von Axel" – für die Gastfreundschaft. Sie plauderten über Unverfängliches, dann lenkte sie das Gespräch beiläufig auf ihren Begleiter. „Und, wie findest du Axel?"

Ihre Mutter zögerte kurz. „Eine interessante Zwischenlösung", antwortete sie dann spitz.

Emma blieb der Mund offen. „Interessante Zwischenlösung?"

Was hatte denn das zu bedeuten? „Zwischenlösung?" Sie war nicht auf der Suche nach einer Lösung, nicht einmal nach einer Zwischenlösung, denn Alleinsein hatte sie noch nie als Problem empfunden. Im Laufe ihres Lebens hatte sie zu allem Möglichen eine Beziehung entwickelt, zur Natur, zu ihrer Oma, zu den Kühen, die sie aus dem Stall getrieben hatte, vielleicht auch, aber zu keiner Zeit zu einem Mann. Wo dazwischen sollte Axel also wofür eine Lösung sein? Und „interessant", wie war das gemeint? Warum nicht „gut" oder „nett" oder „hübsch" oder „freundlich?" „Interessant" kann die Aussicht auf eine Reise auf die Galapagosinseln sein, eine Ausstellung womöglich, ein Jobangebot, aber doch kein Freund.

Emma beendete das Gespräch recht rasch, die nächsten Wochen fuhr sie nicht heim. Sie habe viel zu tun, flunkerte sie. Aus der nicht weiter angestrebten Beziehung zu Axel wurde nichts, er wurde nicht einmal zu einer „interessanten Zwischenlösung". Eine Zeit lang blieben sie noch in Kontakt, dann zog er nach Deutschland zu einem Freund. Anfangs schrieb man sich noch WhatsApp, dann wechselte er die Nummer und vergaß, Emma die neue mitzuteilen. Die potenzielle „interessante Zwischenlösung" wurde recht uninteressant aufgelöst.

In der Gemeinschaftsküche im Studentenheim erzählte ihr zu dieser Zeit eine Studentin, die im selben Stock wohnte und vor Spaghetti mit Fertigsoße saß, die rot glühte wie ein Blutmond und aussah, als wäre der Weg durch die Darmpassage für sie keine Jungfernfahrt, von „Greenfuck". Sie selbst sei noch nicht dort gewesen, sie interessiere sich ja mehr für Volleyball, und ihr Informatikstudium fülle sie komplett aus, aber was sie von „Greenfuck" gehört habe, klinge so verrückt, dass es sich schon wieder gescheit anhöre. Emma, die gerade in der Mikrowelle Rindsrouladen aufwärmte, die ihr die Mama vor geraumer Zeit in einem milchigen Tupperwarebehälter mitgegeben hatte, hörte interessiert zu. Ihr lag nichts an Esoterischem, alles, was nach Gemeinschaft, Klub, Neigungsgruppe roch, war ihr vielmehr grob zuwider. Anderseits war sie von klein auf immer an Neuem interessiert. Also bat sie den Blutmond um die Adresse von „Greenfuck". Adresse habe sie keine, sagte ihr der Blutmond ein paar Tage später, weil „Greenfuck" keine ständige Adresse habe, aber sie wisse, wann und wo das nächste Treffen stattfinden sollte, und überreichte ihr einen zusammengeknüllten karierten Zettel, auf den sie etwas mit Kuli gekritzelt hatte. Man sollte sich von Informatikern niemals ein Übermaß an Ästhetik erwarten.

Die Adresse führte Emma am Tag danach in ein Lokal in den neunten Wiener Gemeindebezirk. Weil sie fast keine saubere Wäsche mehr hatte, zog sie einen Jeansrock an, den sie in Wien noch nie getragen hatte und der auch etwas kürzer war, als sie es sich für die Uni gestattete. Dazu kombinierte sie eine ivoryfarbene Bluse mit V-Ausschnitt, die sie nicht in den Rock stopfte, sondern frei über den Bund fliegen ließ und die bei schnellen Bewegungen den Blick auf ihren flachen, sonnengebräunten Bauch freigab, dazu trug sie weiße Turnschuhe. Emma sah eher aus, als würde sie mit Freundinnen ins Kino und danach auf ein Eis gehen, aber da sie keine genauen Vorstellungen hatte, was sie erwartete, bereitete ihr ihr Aussehen noch weniger Kopfzerbrechen als sonst schon.

Das Lokal, in dem sich „Greenfuck" traf, rein zufällig natürlich, war weder kulinarisch noch sonst auf irgendeine Weise eindeutig zuordenbar. Sicher war es vor eintausend oder mehr Jahren ein klassisches Wiener Beisl gewesen, denn die Möbel waren alt, klobig, dunkel-düster, die Beine der Tische überzog eine unsichtbare Patina, mutmaßlich aus gestocktem Schnitzelfett und Resten von heruntergetropfter Leberknödelsuppe, die noch mutmaßlicher in Blechschalen serviert und erst am Tisch in Teller gegossen worden war. Aber jetzt? Chinesisch? Indisch? Ungarisch? Ehe Emma den Eingang fand, ging sie dreimal daran vorbei, was ihr nicht zum Vorwurf gemacht werden konnte, denn ein Schild an der Fassade oder auch nur ein säuregeätzter Schriftzug am Glaseinsatz der Tür fehlte. Schnell nach dem Betreten des Lokals ahnte Emma, dass sich der momentane Betreiber mit dem Beisl keine goldene Nase verdienen dürfte, denn nur ein Tisch im linken hinteren Eck, dorthin, wo es zumindest ein paar Sonnenstrahlen schaffen, war besetzt. Hier also saß „Greenfuck".

Emma schnappte sich einen klobigen Sessel, versuchte zu ignorieren, dass sie beim Anfassen fast an der speckigen Lehne kleben blieb, und nahm Platz. Keiner schaute auf, keiner begrüßte sie, keiner nahm Notiz von ihr, nicht einmal von ihrem gewagten Jeansrock und ihrer ivoryfarbenen Bluse mit tiefem V-Ausschnitt. Das Gespräch lief einfach weiter, so als wäre nichts geschehen, genau genommen, war ja auch nichts Besonderes passiert. Nein, die Anwesenden schauten nicht finster drein, sie nahmen Emma auch nicht als einen Eindringling wahr, sie nahmen sie überhaupt nicht wahr. Emma war eine Blase, die sich zu ein paar anderen Blasen gesellt hatte, wie Schaum in der Badewanne.

Sehr schnell bekam Emma mit, dass lediglich über ein Thema geredet wurde, an dem „Greenfuck" ganz offenkundig als einzigem etwas lag, nämlich „Greenfuck" selbst. Einer aus der Gruppe von acht Leuten um den runden Wirtshaustisch musste der Besitzer des Gasthauses sein, es hieß „Lokal ohne Namen". Zumindest das war stimmig. Es gab keine Speisekarte, keine Getränkekarte, Tischtücher, so erfuhr Emma später, waren verpönt, denn Farbe, Form und Größe wären eine zu eindeutige Richtungsentscheidung gewesen, jedenfalls etwas, worüber vorab eine lange Debatte hätte stattfinden müssen. Man bestellte, es kam, worauf der Koch Lust zur Zubereitung hatte. Manchmal stimmten Wunsch und Wirklichkeit überein, viel häufiger nicht, aber keiner verlor ein Wort darüber.

„Wir könnten Räumlichkeiten brauchen, oder nicht", sagte ein Mädchen, das etwa so alt wie Emma sein musste. Ihre Frisur sah aus, als wäre der Besitzerin eines Reihenhauses beim Kürzen des Vorgartenrasens das Benzin des Mähers ausgegangen. Das Haar war auf der linken Seite fast bis hinauf zur Kranznaht raspelkurz, wucherte dafür am Rest des Schädels und wogte bei jeder Kopfbewegung hin und her. Von der Robustheit des Dialekts her ordnete

Emma das Mädchen dem nördlichen Niederösterreich zu. Sie hieß Chantal, in einer anderen Runde hätte das für Gezischel gesorgt, aber nicht bei „Greenfuck". „Sich immer im LON zu treffen, ist so entschieden." Niemand protestierte, überraschenderweise auch nicht der Wirt, für den es in der Debatte mutmaßlich immerhin um seine einzige Einnahmequelle ging. LON, kombinierte Emma, musste für „Lokal Ohne Namen" stehen.

„Hast du keinen Vorschlag, über den wir dann nicht diskutieren können", sagte Hans. Er war ein gutes Stück älter als Emma, vielleicht Ende 20, so auffallend dünn, dass ihm jede sorgsame Mutter sofort eine Leberknödelsuppe gekocht hätte, im besten Fall eine, deren Reste sich dann nicht über die Tischbeine ergossen hätten. Hans war hochaufgeschossen, was ihm in der Breite fehlte, besaß er an Länge im Übermaß. Mit seinem hübschen, leicht sonnengebräunten, fast prinzenhaften Gesicht passte er irgendwie nicht hierher und sein Gewand auch irgendwie nicht richtig zu ihm. Er trug rundliche Sportbrillen aus Metall, wie sie in den Siebzigerjahren durch John Lennon populär geworden waren, aber Emma hatte den Eindruck, dass er gar nicht fehlsichtig war. Er hatte ein Holzhackerhemd an, aus dem die Farbe Rot hervorstach, dazu trug er Jeans. Alles in allem war er so gar nicht der Typ von Emma, die nicht auf Männer stand, die in der Stadt so taten, als kämen sie vom Land, und auf dem Land so, als kämen sie aus der Stadt. Für sie war er nicht einmal eine „interessante Zwischenlösung". Aber Hans hatte eine schöne tiefe Stimme, das fiel ihr sofort auf, er klang fast wie Barry White, und auch das passte so gar nicht zu dem Schlacks, der Emma gegenübersaß. Aus seinem Mund hätte man eher die Bee Gees erwartet.

„In der Liechtensteinstraße ist was frei, habe ich am Smartphone nicht gelesen", setzte Chantal fort, „ein Keller, zwei Zimmer. Der Besitzer braucht die Räume nicht, wir können sie sofort haben oder auch nicht."

„Ich finde das so total arg", mengte sich das Mädchen ein, das unmittelbar neben Emma saß. Sie hieß Emma wie Emma, wie Emma später erfuhr, aber wollte nur E. genannt werden. Sie sah aus, als wäre sie aus bestem Döblinger Haus, doch als sie das erste Mal die Stimme erhob, entpuppte sich das als grobe Täuschung, denn ihr Dialekt war ganz eindeutig Meidling zuordenbar, vor allem weil sie ihre Sätze mit Worten spickte, die ein oder mehrere „L" enthielten. „Ist euch schon einmal nicht aufgefallen, dass es nur HäusER gibt und in allen HäusERn alle StockwERke männliche Bezeichnungen haben? KellER, ErstER Stock, zweitER Stock, drittER Stock ... Frauen kommen da überhaupt nicht vor."

Die Runde schwieg kurz, vermutlich dachte jeder darüber nach, ob ihm das schon aufgefallen war und wie man dazu keine Meinung haben könnte. Ohne dass jemand dieses vermeintliche oder echte Problem einer Entscheidung zugeführt hatte, fiel individuell von allen gemeinsam die Entscheidung, sich nicht weiter damit zu befassen, sondern den Keller als „Greenfuck"-Sammelstelle ins Auge zu fassen. Eine Entscheidung im eigentlichen Sinn war das natürlich nicht, so etwas konnte es auch gar nicht geben, denn Entscheidungen gab es bei „Greenfuck" nicht. Aber jeder und jede wusste, dass ab nun die Liechtensteinstraße Nr. 33 der Treffpunkt war. Und zwar der KellER.

Die Versammlung von „Greenfuck", die offiziell keine Versammlung war, wurde nicht beendet, sie löste sich einfach auf. Nach und nach verschwand einer nach dem anderen, zunächst dachte Emma, um auf die Toilette zu gehen. Als keiner wiederkam, wusste sie, dass sie falsch lag. Am Ende musste sie selbst aufs Klo, als sie zurückkehrte, war keiner mehr da, nicht einmal der Besitzer des LON war mehr zu sehen.

Als Emma auf die Straße trat, bemerkte sie rasch, dass Frühlingswind und Jeansmini eine durchaus fordernde Kombination darstellen können, jedenfalls wenn man bestenfalls zwei Hände zur Verfügung hat, um den Rock niederzuhalten Als sie die Berggasse bergab Richtung Alserstraße ging, fühlte sie sich wie Marilyn Monroe, ihr Mini drohte bei jedem Windstoß hochgehweht zu werden. Sie kam an einem alten himmelblauen Mercedes vorbei, an dessen Innenspiegel ein orangefarbener Wunderbaum, Duftnote „MaiTai", hing und der sie an daheim erinnerte, wo die Bauern ihr Geld aus der Erdäpfelernte gern in ebensolche Autos mit ebensolchen Wunderbäumen investierten. Emma zog ihr Smartphone aus der Tasche und suchte nach der idealen Position, um den Mercedes ablichten zu können. Obwohl sie Selfies eigentlich verabscheute, stellte sie sich zwischen Smartphone und Mercedes, denn sie wollte die Bilder nachher per WhatsApp ihrer Mutter schicken, vielleicht mit einem neckischen Zusatz: „Auto von Axel, aber nur eine interessante Zwischenlösung." Sie ging inzwischen mit dem Vorfall humorvoll um.

Emma fuhr mit dem Handy auf und ab und nach links und nach rechts. Eine junge Frau, wohl Studentin, mit nachtpfauenaugenfarbenen Haaren, ging an ihr vorbei und lächelte. Zwei Minuten später hatte Emma endlich ein Foto von sich und dem himmelblauen Mercedes mit dem orangefarbenen Wunderbaum, Duftnote „MaiTai", geschafft, auf dem sie sich nicht übertrieben blöd getroffen fühlte. Da bemerkte sie den Radfahrer, der hinter dem Auto vorbeizischte. Er warf ihr, präziser gesagt, ihrem hochwehenden Rock, einen Blick zu. „Von irgendwoher kenne ich den", sagte Emma zu sich, „von irgendwoher", dann fiel es ihr ein. „Das ist doch der Sohn von dem Minister." Da war der Radler auch schon die Berggasse weiter hinabgebraust, musste abrupt der jungen Frau mit dem nachtpfauenaugenbraunen Haaren ausweichen, die mit dem Rücken voraus auf die Straße getreten war, und entschwand in der Alserstraße. Emma strich ihren Rock nach unten und entschied für sich: Auch der Mini wird es in ihrem Leben nicht zu mehr bringen, als eine „interessante Zwischenlösung" gewesen zu sein.

Die ganze halbe Wahrheit

A ls Emma das nächste Mal bei „Greenfuck" vorbeischaute, verstand sie recht schnell, warum die Räumlichkeiten in der Liechtensteinstraße frei verfügbar gewesen waren. Ein paar nackte Betonstufen führten von der Straße hinunter in ein muffiges Kellerlokal, in dem es nach Feuchtigkeit, abgestandenem Rauch und Kohlsuppe roch. Da Licht nur durch kleine Fensterluken eingelassen wurde, mussten sich die Augen von Emma erst an die Dunkelheit gewöhnen. Sie blinzelte ein paar Mal, aber zum Unterschied von Märchen oder Fernsehserien, in denen sich oft Wunder ereignen, wenn man die Augen kurz schließt und dann wieder öffnet, änderte sich am Anblick hier nichts. Die Wände waren in einer gelblichen Farbe gestrichen und wiesen Reste von eingetrockneten Wasserspuren auf, auf dem fleckigen Plastikboden hatten ein paar wahllos hingeworfene Teppiche den Kampf gegen die Tristesse des Raumes aufgenommen, scheiterten aber schon allein am Umstand, dass bei ihrer Auswahl eher auf den Preis als auf Geschmack Augenmerk gelegt worden war. Im Keller existierte so gut wie keine Einrichtung. Ein paar weiße Plastiksessel und kleine Tische standen so wahllos herum, dass die Unordnung fast schon wieder wie absichtlich herbeigeführt aussah. Es gab ein großes Zimmer, einen winzigen Nebenraum und eine Toilette mit einem Waschbecken im Vorraum, die Tür stand offen, was dem Keller olfaktorisch eine zusätzliche Prägung verlieh.

Hier unten hätten sich wunderbar Fahrräder reparieren oder Kohlesäcke lagern lassen, als Ort der spirituellen Erleuchtung oder der Suche nach einer solchen schienen die Räumlichkeiten denkbar ungeeignet.

Erstaunlicherweise stand in einer Ecke ein riesiger Flachbildfernseher, der offenbar nagelneu war und auf dem ein Fußballspiel lief. Um welches es sich handelte, wusste Emma nicht, denn für Sport hatte sie sich noch nie sonderlich interessiert, für Mannschaftssportarten schon gar nicht. Es musste sich aber um ein wichtiges Match handeln, denn die Lautsprecher waren voll aufgedreht, und man hörte den sehr erregten Reporter bis auf die Straße hinaus brüllen. Es befanden sich etwa zehn Leute in dem Kellerlokal, überschlug Emma, nachdem sie sich einen ersten Überblick verschafft hatte. Auf der abgewetzten Dreierbank aus grünem samtigem Stoff lag Hans hingefläzt, als hätten Möbelpacker ihn gemeinsam mit der Couch so angeliefert. Er starrte Richtung Fernseher, das konnte Emma sogar von hinten sehen. Von der Truppe aus dem Lokal ohne Namen erkannte Emma sonst nur Chantal wieder, aber das konnte auch daran liegen, dass bei dem diffusen Licht eine Unterscheidung zwischen Menschen und Möbelstücken nicht immer einfach war. Es machte die Sache nicht leichter, dass beide, Möbel wie Menschen, schwiegen.

Bei „Greenfuck" wurde nicht wirklich gegrüßt, wenn man sich begegnete, das wusste Emma vom ersten Zusammentreffen, es gab bestenfalls ein Kopfnicken, aber auch jede andere Körperbewegung, die diesbezüglich zuordenbar war, wurde akzeptiert, die meisten taten gar nichts, was auch als in Ordnung angesehen wurde. Emma hob und senkte also ein paar Mal ziellos den Kopf, es sah eher so aus wie beim Papst, der bei einer Audienz seine gütige Seite zeigen will. Sie erntete keinerlei Reaktion, auch das stellte für sie keine Überraschung dar. Sie sah, dass ein paar Frauen, etwa in ihrem Alter, häkelten, andere starrten in Bücher, was verwunderte, da man doch bei diesen Lichtverhältnissen unmöglich auch nur einen Buchstaben erkennen konnte. Hans saß als Einziger vor dem Fernseher. Emma verliebte sich ein klein wenig mehr in ihn, warum, wusste sie immer weniger. Sie ließ sich neben ihn auf die Dreierbank fallen, merkte im selben Moment aber, dass deren Federung besser war, als sie es erwartet hatte. Sie wurde nach oben geschleudert und der Bewegung, die eigentlich lässig hätte aussehen sollen, haftete schnell etwas Peinliches an. Emma wurde noch ein paar Mal auf und ab gehüpft, ehe die Bank ein Einsehen hatte und sie zur Ruhe kommen ließ. Hans nahm weder von ihr noch von ihrem Auftritt Notiz, zumindest ließ er es sich nicht anmerken. Emma sah ihn von der Seite her an. Sie versuchte, sein Gesicht zu lesen, die Sportbrillen fehlten diesmal, aber auch darunter entdeckte sie nichts, was sie schlauer machte. Von vorne brüllte der Sportreporter Emma an, obwohl die sich am Zustandekommen des momentanen Ergebnisses, das sie nicht kannte, unschuldig fühlte, das Grün des Rasens aus dem Fernseher flimmerte in ihren Augen, und sie suchte nach den passenden Worten, um Hans anzusprechen, der so bewegungslos dalag, als würde er gerade einem Aktmaler Modell sitzen.

„Ich kenne mich nicht recht aus mit ‚Greenfuck‘", versuchte sie es schließlich. Jetzt drehte Hans den Kopf doch in ihre Richtung, er schien kurz nachzudenken. „Das genau ist der Geist von ‚Greenfuck‘. Gratulation, dass du das so schnell erkannt hast." Emma wusste nicht, ob er sie auf den Arm nehmen wollte.

„Sich nicht auszukennen ist der Sinn der Organisation?", bohrte sie vorsichtig nach.

„Vorerst einmal, wir sind keine Organisation", antwortete Hans. Er drehte den Ton des Fernsehers leiser, freilich nicht, weil er Emma einen Gefallen damit tun wollte, sondern weil beim Fußballmatch die Pause begonnen hatte. Im Hintergrund konnte man nun die Häkelnadeln deutlicher hören, „klick, klack, klick, klack", hin und wieder wurde eine Buchseite umgeblättert, „raschel, raschel", dann hörte man wieder „klick, klack, klick, klack". Noch immer sprach niemand ein Wort. „Eine Organisation hat Regeln", sagte Hans. „Unsere einzige Regel ist, dass wir keine Regeln haben. Was ist, ist."

„Dann seid ihr so eine Art Montessori-Gruppe für Erwachsene. Jeder soll sich frei entfalten und das tun, was er am besten kann, ohne Druck, ohne Strafen."

„Nein, gar nicht. Das Grundprinzip der Montessori-Pädagogik, die ich übrigens für Nonsens halte, ist: ‚Hilf mir, es selbst zu tun.‘ Wir helfen niemandem. Uns ist egal, ob jemand was tut oder nicht. Wir haben auch keine Ziele. Die Montessori-Leute wollen Kindern etwas beibringen, wir nicht, wir wollen einfach nur da sein, ganz einfach nur da sein."

„Aber wenn ihr keine Ziele habt, wozu gibt es euch dann? Nichts zu tun, dann kann jeder ja auch für sich allein."

„Schau", sagte Hans, und da war wieder diese Barry-White-Stimme, die Emma so sehr erregte, dass sie aufstand, sich einen der weißen Plastiksessel schnappte und sich Lehne voran gegenüber von Hans hinsetzte. Sie wollte etwas Distanz zwischen sich und ihn bringen, denn ihr Körper begann auf Hans zu reagieren, ohne dass sie die Kontrolle darüber behielt, und das machte ihr Angst. Sie fürchtete, sie würde sich in der nächsten Sekunde vor all den Leuten – „klick, klack, raschel, raschel" – auf Hans stürzen, ihn aus seinem diesmal gelbstichigen Holzhackerhemd und aus den Jeans schälen und hoffen, dass er, während sie über ihn herfällt, nicht aufhört, wie Barry White zu reden.

„Wir leben das Prinzip der Unentschiedenheit", fuhr Hans fort, „auch wenn wir, streng genommen, keine Prinzipien haben. Entscheidungen engen uns ein. Eine Gruppe, die als Gruppe Entscheidungen fällt, kann auf Dauer nicht existieren. Jeder Mensch hat die unterschiedlichsten Meinungen zu den unterschiedlichsten Dingen. Selbst zwei Menschen können unmöglich immer einer Meinung sein, genau genommen, ist oft nicht einmal ein einzelner Mensch mit sich einig. Das führt unweigerlich zu Streit. Streit führt zu Konflikt, Konflikt führt zu Krieg. Krieg löscht die Welt aus. Wir sind dagegen, dass die Welt ausgelöscht wird, andererseits kann uns das auch egal sein, aber wir wollen als Gruppe, die wir nicht sind, nicht der Auslöser dafür sein."

Je mehr sie erfuhr, desto weniger verstand Emma. „Dann seid ihr eine Sekte?", rief sie. „Ihr gebt vor, dass jeder frei ist, das zu machen, was er will, aber gleichzeitig sitzt ihr hier in einem Raum, ihr trefft euch, redet, plant, tut. Das ist doch alles eine große Lüge."

„Zunächst einmal: Wir oder ihr oder uns oder euch, das alles existiert nicht. Jeder kann hierherkommen. Jeder und jede kann zu jedem Thema der Welt eine eigene Meinung haben. Vielleicht denkt nur er oder sie allein so. Vielleicht ein Zweiter, eine Zweite, vielleicht denken viele so. Wenn sie sich entschließen, etwas zu unternehmen, dann ist es gut, wenn nicht, dann ist es auch gut. Sie bilden ein Team, als Einzelpersonen natürlich, und engagieren sich für dies oder das. Dieselben Personen können zu einem anderen Thema eine komplett gegensätzliche Meinung haben, sich in gegensätzlichen Teams engagieren oder gar nicht, dann ist es auch gut so. ‚Greenfuck' ist weder eine Sekte noch eine NGO noch ein Tennisklub. Jeder tut, was er mag, allein oder als Gruppe, jetzt oder nie."

„Aber Sekten ..."

„Sekten sind Diktaturen. Sekten geben die Freiheit als ihr Leitprinzip aus, in Wahrheit aber leben sie den Zwang, denn man muss sich ihnen, ihren Regeln und ihrem Guru unterwerfen. Sekten sind lächerlich, sie spielen mit ihren Anhängern, sie gaukeln ihnen Erfüllung, spirituelle Reinigung, ein besseres Leben vor. Sie erwecken den Anschein, die Wahrheit zu besitzen, die ihnen von Gott oder einer Gottheit exklusiv überlassen wurde. Wer die Wahrheit besitzt, hat die Macht. Wer die Macht hat, besitzt die Menschen. Wer die Macht und die Menschen besitzt, regiert das Universum. Wir glauben, dass genau das Gegenteil richtig ist. Wir wollen keine Macht, wir wollen keine Menschen besitzen, wir wollen niemanden zur Freiheit zwingen. Jeder entscheidet, was er für richtig hält, und wenn er nichts entscheiden will, ist das auch in Ordnung."

„Aber das ist doch ziellos. Wie könnt ihr für etwas kämpfen, wenn ihr nicht einmal wisst, wofür?"

„Wir wissen sehr wohl, wofür wir kämpfen, aber die Ziele ändern sich halt ständig", erwiderte Hans. Ärzte ohne Grenzen, Caritas, Greenpeace, Rotes Kreuz, WWF, Welthungerhilfe, Lions Club, Amnesty, Brot für die Welt, Peta, egal, welche NGO, jede hat ihr Spezialgebiet, jede ihre Stärken. Bei ‚Greenfuck' liegt die Stärke aber genau im Gegenteil. Wir sind nicht stark auf einem Gebiet, sondern auf allen oder keinem. Wir engagieren uns, oder wir engagieren uns nicht. Wir sind zu Tausenden da, allein, oder keiner kommt. Wir besetzen jedes Thema oder gar keines. Mit uns muss man immer rechnen, aber wir sind nie berechenbar. Nicht einmal für uns selbst."

Emma rutschte auf ihrem Sessel hin und her. „Ich versuche, das zu verstehen, ehrlich. Ein Beispiel, nehmen wir das Thema Migration. Dann kann es sein, dass ihr euch gar nicht engagiert? Oder dass es bei ‚Greenfuck' zwei Gruppen gibt, die eine ist für mehr Migration, die andere für weniger? Oder dass es mehr als zwei Gruppen gibt, etwa auch eine, die für gar keine Migration ist? Kann es sein, dass diese Gruppen ganz unterschiedlich stark sind? Dass manche nur aus einer Person bestehen?"

„Natürlich, genau so ist es. Wir glauben daran, dass sich am Ende das Richtige durchsetzt, die Wahrheit, auch wenn wir sie nicht so nennen. Die Kraft liegt in der Masse, nicht im Einzelnen. Schau dich um, alle hier machen etwas anderes, und möglicherweise sind die meisten hier im Raum über viele Themen anderer Meinung als ich oder du. Aber wir hier, die Tausenden Menschen in Wien, die Milliarden Menschen auf der ganzen Welt zusammengenommen, treffen als Ganzes am Ende die richtigen Entscheidungen, daran glauben wir. Der Einzelne dagegen liegt oft falsch."

„Wenn also jemand für mehr Migration ist, dann versucht er, die anderen von seiner Meinung zu überzeugen?"

„Nein."

„Was dann?"

„Es versucht keiner und keine, jemanden von irgendetwas zu überzeugen. Das ist nicht verboten, weil es bei uns ja keine Verbote gibt, aber keiner tut es."

„Also doch Sekte ..."

„Nein, jemand hat eine Meinung, spricht sie aus, das ist es. Ein anderer hat eine andere Meinung, spricht sie ebenfalls aus, das ist es auch. Niemand muss von irgendetwas überzeugt werden, er überzeugt sich selbst, er bildet sich seine Meinung und artikuliert sie, Ende. Und so geht es weiter, ein Schneeball wird größer, der andere kleiner, am Ende ist nur mehr ein Schneeball da, groß und mächtig. Er überrollt alle und alles, dann ist er wieder weg, löst sich auf ins Nichts, schmilzt, und andere Schneebälle bilden sich."

„Ist es auf Dauer nicht anstrengend, sich ständig neu zu entscheiden?", fragte Emma und nahm einen Schluck aus einem Glas mit Saft, das am Tisch stand und das jemand schon zur Hälfte ausgetrunken hatte. So viel hatte sie von „Greenfuck" schon verstanden. Auch Besitz gab es hier nicht. Keinen individuellen Besitz. Alles gehörte allen, bis auf den Fernseher vielleicht.

„Nein, es ist nicht anstrengend", lächelte Hans. „Du wirst sehen, wenn du dich darauf einmal eingelassen hast. Du wird dich so frei fühlen wie noch nie in deinem Leben. Keine endgültigen Entscheidungen treffen zu müssen ist das Befreiendste, das es gibt. Überlege einmal, wie es früher war, bei deinen Eltern, in deinem Heimatort, in deinem Bundesland. Irgendwann hat man sich für eine Religion entschieden und den entsprechenden Gott dann bis in alle Ewigkeit angebetet. Man hat beschlossen, sich einer Partei zugehörig zu fühlen, und die hat man dann gewählt bis zum letzten Tag. Man hat geheiratet und ist beim Partner geblieben, bis der Tod die beiden schied. Man hatte seinen Lieblingsfußballklub, seine Lieblingsfreundin, sein Lieblingskleidungstück, seinen Lieblingsurlaubsort, seine Lieblingsautomarke, sein Lieblingsparfum und behielt alles, bis man abberufen wurde. Auch mit den NGOs war es so. Man schloss sich ihnen an, und ab da überwies man sein ganzes Leben lang zu Weihnachten 20 Euro auf deren Konto. Aber heute? Wer ist immer einer Meinung mit einer Partei? Wer liebt ein Leben lang ein und dieselbe Person? Wechseln wir nicht ständig Urlaubsort, Auto und Parfum? Wer denkt immer so wie eine einzige NGO? Keiner! Wir greifen nach Meinungen wie im Supermarkt nach dem Joghurt, was uns gerade schmeckt, das nehmen wir. So denkt ‚Greenfuck.' Du findest ein Thema wichtig? Dann tu mit. Du denkst anders? Dann handle anders! Dich interessiert dieses Thema gar nicht? Dann lass es aus!"

„Wozu brauche ich dafür aber ‚Greenfuck.' Das kann ich selbst ja auch tun."

„Vielleicht ja, vielleicht nein. Du musst nicht bei ‚Greenfuck' sein, wir akzeptieren alle, auch alle, die nicht da sind. Ich glaube aber, dass es Freiheit nur in der Gruppe geben kann. Alles andere ist Philantropismus, Eremitendasein, Scheinindiviualität. ‚Greenfuck' ist ein Dach. Jeder kann sich darunterstellen, keiner muss. Das nimmt jeden Druck. Wann stehen wir auf? Was ziehen wir an? Welche Zahnpasta verwenden wir? Was frühstücken wir? Fahren wir mit dem Auto, dem Fahrrad, mit der U-Bahn, gehen wir zu Fuß? Von der Früh bis in die Nacht Entscheidungen, Entscheidungen, Entscheidungen. Welcher Ballast fällt von dir ab, wenn du einfach tust, was kommt. Du entscheidest, oder du entscheidest nicht, du lässt passieren. Kommt es so? Gut! Kommt es anders? Auch okay! Es ist die totale Freiheit."

Jetzt hatte Emma die roten Backen wie die Mädchen daheim auf dem Land, in St. Nepomuk an der Gülsen. Hans, dieser baumlange blasse Kerl, mit den Pianistenhänden, die bisher wohl nie mehr hatten tragen müssen als eine Packung Fischstäbchen. Über den zu Hause alle lachen würden, wenn sie ihn einmal mitbrächte, weil er aussah wie diese Stadtmenschen, die keinen Giftpilz von einem Parasol unterscheiden können, sich im Wald zu Tode erschrecken, wenn es dunkel wird und ein Ast auf einem Baum knackst, die sich fürchten, wenn sie beim Wandern eine Weide überqueren müssen, weil die Kühe so böse in ihre Richtung schauen, und die nach der Bergrettung rufen, wenn sie sich eine Blase gelaufen haben. Eine „interessante Zwischenlösung" sei er, würde Emmas Mutter wohl sagen. Bestenfalls.

Hans merkte ihr die Unsicherheit an, griff in die Hemdtasche, und er legte ihr einen A4 großen Zettel hin, der etwa zur Hälfte vollgeschrieben war. „Das sind keine Regeln", sagte er, „das ist, was uns eingefallen ist, wie wir ‚Greenfuck' sehen."

„Wer wir?", fragte Emma.

„Na die, die an diesem Tag da waren."

„An welchem Tag?"

„An dem das geschrieben wurde."

„Wann war das?"

„Daten sind entschieden zu entschieden", sagte Hans, „lies einfach!"

Emma strich den Zettel flach und legte ihn sich dann auf den Schoß. Es gab auf dem Papier keine Überschrift, nur eine Art Punktation, die handschriftlich verfasst worden war, von wem, blieb unklar. Emma vermutete, von Hans, denn die Schönheit der Schrift passte gut zu seinen Fischstäbchenhänden. Links und rechts und manchmal auch mittendrin in der Auflistung gab es Anmerkungen, wie „Reihenfolge ist willkürlich", „kann mich mit einzelnen Punkten identifizieren, mit anderen nicht", „warum stehen überhaupt Ziffern da?", zuweilen entdeckte sie auch Kürzel oder Ausrufezeichen oder Fragezeichen oder Emoticons, die meisten schienen willkürlich verteilt.

1. „Greenfuck" ist eine Wertegemeinschaft ohne gemeinsame Werte.

2. Gemeinsame Werte können von jedem Einzelnen individuell festgelegt werden und gelten dann für alle, für Einzelne, für einen Einzigen oder eine Einzige oder für gar niemanden.

3. Werte müssen weder mit den anderen abgestimmt noch kommuniziert werden, sie können sich auch widersprechen.
4. „Greenfuck" ist keine Gemeinschaft im gemeinschaftlichen Sinn, sondern eine Gruppe aus stets unterschiedlichen Menschen, die sich ständig neu bildet und sich niemals als Gruppe empfindet oder definiert.
5. Bei „Greenfuck" gibt es keine Mitgliedschaft, niemand ist ein Teil von „Greenfuck", sondern „Greenfuck" ist ein Teil von allen und allem.
6. Alle sind miteinander per du, außer die, die miteinander per Sie sind.
7. Es gibt keine Hierarchien, alle sind gleich wichtig und unwichtig.
8. Nichts hat langfristig Bedeutung, auch kurzfristig nicht.
9. „Greenfuck" verfolgt keine Ziele, hat keine politische Mission und keine Ambitionen, Menschen zu belehren, zu unterrichten, aufzuklären, sie klüger zu machen, sie von etwas zu überzeugen oder dergleichen.
10. Jeder tut, was er für richtig hält. Es ist immer im Sinne von „Greenfuck" und unterstützt die Ziele, die es nicht gibt.

Emma las sich den Zettel mehrfach durch. In ihrer Welt, in die sie hineingeboren worden war, hatte alles irgendwie eine Ordnung. Da war die Stadt, dort der Wald. Da kamen Kinder auf die Welt, dort starben Alte. Zu bestimmten Zeiten wurde gearbeitet, zu anderen geruht. Es gab zwei Restaurants im Ort, nicht eines und nicht drei, dazu eine Apotheke, nicht mehr und nicht weniger, einen Supermarkt, eine Bäckerei, eine Trafik, eine Drogerie, ein Schuhgeschäft, einen Uhrmacher. Alles war im Lot, und wenn es einmal nicht so war, stand es in der Lokalzeitung, und die Leute redeten darüber, bis ein neues Thema kam und das alte fortzog. Es gab jahrzehntelang das gleiche Maß Streit wie Liebe, Pech wie Glück, Zorn wie Gleichmut. Es wurde gebaut und abgerissen, Straßen bekamen

Schlaglöcher, und die wurden ausgegossen, im Fasching gab es einen Umzug, zu Ostern läuteten die Glocken, und das Fleisch wurde geweiht, im Sommer fuhren alle auf Urlaub oder gingen ins Freibad, und zu Silvester wurden Raketen abgeschossen, und jeder wusste: Jetzt beginnt wieder alles neu von vorne.

Aber hier? Was sollte das alles? Was war mit den Sätzen gemeint, die auf diesem Zettel standen? In Emmas Hirn schossen die Gedanken hin und her wie Flipperkugeln, sie versuchte, was sie kannte und was sie hier präsentiert bekam, in Einklang zu bringen, aber sie schaffte es nicht. Es war, als hätte sie sich ein neues Sonnensystem erspielt, das bisher unerkannt parallel neben ihrem existiert hatte.

„Was mir unklar ist", sagte sie schließlich und legte den Zettel weg. „Wie schafft man es, ein Leben im Nichts zu führen, ohne Ankerpunkt, ohne sich an etwas anhalten zu können, ohne Ziel vor Augen?"

„Ich verstehe, was du empfindest", sagte Hans. War seine Stimme nun noch tiefer geworden? Egal! „Denk an die Bienen", sagte er. „Ich glaube nicht, dass sie sich jeden Morgen hinsetzen, sich einen Flugplan machen, welche Blumen sie ansteuern wollen, wann sie wegfliegen und wann sie heimkommen möchten. Sie überlegen sich nicht, wie Honig aus dem wird, was sie gesammelt haben, auf welchem Markt er angeboten wird und was der Preis dafür sein könnte. Sie haben keinen Einfluss darauf, welche Spritzmittel in der Landwirtschaft verwendet werden, ob es regnet oder ob die Sonne scheint, ob der Bauer die Felder komplett abmäht oder am Rand ein paar Blumen stehen lässt. Sie verlassen sich rein auf ihren Instinkt. Was kommt, ist da, was nicht kommt, ist nicht da. Bienen verlassen sich auf ihre Gemeinschaft. Sie tun individuell das, wofür sie die Natur vorgesehen hat, aber sie funktionieren nur als Gesamtheit. Eine Biene allein bekommt kein Honigfass voll."

„Aber wir Menschen sind doch anders", entgegnete Emma. „Wir haben eine Herkunft, Erfahrungen, Gefühle. Wir können eigenständig denken. Etwas treibt uns an. Wir sind doch keine Insekten."

„Wir Menschen sind, was wir aus uns machen", sagte Hans und trank nun vom selben Glas wie zuvor Emma. „Die meisten engen sich aus freien Stücken ein. Sie entscheiden, dass sie etwas entscheiden müssen, aber niemand zwingt sie dazu."

„Also kämpft ihr dafür, dass es weniger Zwänge gibt?"

„WIR kämpfen für überhaupt nichts. WIR gibt es nicht, zumindest nicht dauerhaft, und wenn doch, finden WIR es total okay, dass es Zwänge gibt, aber auch, wenn es keine gibt oder sich keiner daran hält."

„Wenn ich an einer roten Ampel stehe, dann ist es doch nicht meine Entscheidung, ob ich jetzt über die Straße gehen darf, das wird mir vorgeschrieben, dafür gibt es Gesetze", sagte Emma.

„Doch", erwiderte Hans „du hast stets eine Fülle von Entscheidungen, aus denen du alternativ auswählen kannst, auch in diesem Augenblick, das muss dir nur bewusst werden. Du kannst gehen und in Kauf nehmen, dass du einen Strafzettel bekommst oder überfahren wirst. Du kannst stehen bleiben und warten, bis es Grün wird. Du kannst nach links gehen, an einer anderen Stelle die Straße überqueren oder auf deiner Seite bleiben. Du kannst nach rechts gehen. Du hast unendlich viele Möglichkeiten, dein Leben zu gestalten. Du musst sie nur nützen."

„Was rätst du mir also", fragte Emma.

„Ich rate dir gar nichts", antwortete Hans.

„Schade."

„Gar nicht schade. Wenn ich dir etwas rate, dann entscheide ich etwas mit. Das will ich nicht. Ich kann dir nur den Tipp geben: Probiere einmal aus, keine Entscheidungen zu treffen und alles auf dich zukommen zu lassen. Eine Stunde lang, einen Tag, eine Woche, vielleicht hörst du nie mehr damit auf. Da wirst sehen, dass dir Entscheidungen zufliegen. Die Entscheidungen suchen nämlich den Menschen, nicht der Mensch sollte die Entscheidungen suchen. Wenn du plötzlich eine große Auswahl an Entscheidungen hast, dann greife dir die raus, für die du brennst. Denke nicht daran, wer vielleicht an deiner Seite kämpft. Überlege nicht, welches Ziel du erreichen möchtest. Blende aus, ob zu etwas führt, wofür du dich entschieden hast, und ob es gut für dich, für mehrere, für viele, für alle ist. Lasse dich einfach und allein von deinem Gefühl leiten. Es wird dich zu den richtigen Entscheidungen führen. Manchmal sofort, manchmal erst zu einem späteren Zeitpunkt, und vielleicht wirst du Zweifel hegen. Aber das Gute siegt am Ende immer."

Hans griff zur Fernbedienung des Fernsehers, offenbar war die Pause im Fußballspiel vorbei, denn er schaltete den Ton lauter. Der Reporter brüllte jetzt wieder wie zuvor. Emma wurde klar: Zumindest für diesen Moment und zumindest für sich hatte Hans eine Entscheidung getroffen – für das Match, gegen eine weitere Debatte mit Emma. Andererseits: Im Sinne von „Greenfuck" war es ihre Entscheidung, ob sie mit ihm fernsieht, ihn allein sitzen lässt, auf ihn einredet, auf die Gefahr hin, keine Antwort mehr zu bekommen. Sie lernte dazu.

Emma stand auf, ging links an der Dreierbank vorbei, auf der Hans nun wieder so schlampig dalag wie ein gedankenverloren hingeworfener Wintermantel, und strich ihm im Vorbeigehen leicht über die Schulter. Zum ersten Mal an diesem Nachmittag glaubte sie, eine Reaktion zu bemerken. Vielleicht hatte aber auch nur irgendjemand im Fernseher ein Tor geschossen.

Die Wahrheit kann brutal sein

Gott saß in seinem Himmelreich und blickte auf die Welt vor sich. Auf der grauen Platte seines grauen Schreibtisches surrten zwei Computermonitore, die Wand dahinter war mit einem Regal mit neun Fernsehern vollgestellt, auf denen unterschiedliche Programme liefen, tonlos, pausenlos, und allesamt erzählten sie Geschichten. Die Schönheit und die Not der Erde auf sechs Quadratmetern vereint. Krieg und Frieden, Magersucht und Fresslust, Explosionen und Detonationen, Liebe und Triebe, Klimaerwärmung und menschliche Kälte, Erfindungen und Zerstörung, Katastrophen, Philosophen, Arbeit am Hochofen, ein Lied aus den Charts mit vier Strophen. Auf einem der Monitore war ein Reporter mit einem bunten Mikrofon in der Hand zu sehen, dessen quietschgelbe Gummistiefel bis über die Knöchel im Schlamm versanken, er drehte sich immer wieder um, deutete, gestikulierte und redete mit Mund, Händen, Beinen, seinem ganzen Körper gleichzeitig über eine Katastrophe, die einen Ort getroffen hatte, den übermorgen niemand mehr kennen wird.

Gott schaute auf die Bildschirme, dann auf seinen Computermonitor, wieder auf die Fernseher, nah und fern, einzoomen, auszoomen, einatmen, ausatmen. Als hätte er die Kontrolle über seine Hand verloren, führte er gleichzeitig seine Maus wild über die Tischplatte, hielt kurz inne, klickte hier und da, dann fror sich seine Bewegung ein, und er fuhr sich mit der Zunge über die Lippen. Er hatte Blut geleckt und stand kurz vor dem Zuschnappen. Mit der Beute in der Hand würde er wenig später in die Redaktion gehen, zwei Stock tiefer gelegen, das Futtertier triumphierend zum Fraß für alle vor sich auf den Boden werfen. Die Reporter in dem Newsroom mit noch mehr Computermonitoren, noch mehr Fernsehern, noch mehr Glanz und Elend, würden sich darauf stürzen wie hungrige Schakale.

„Jacky", rief Gott ausreichend laut, dass es in seinem Vorzimmer gut zu hören sein musste, selbst wenn man mit den Gedanken wo auch immer war. Im Vorraum von Gott saß Jaqueline „Jacky" Nrbrezda, seine Assistentin, ehemalige Miss irgendwas, aus dieser Zeit waren ihr die langen Beine und die Lust auf Experimente mit grellem Make-up geblieben, auch die offenkundige Schmerzbefreitheit im Umgang mit alten weißen Männern, die Charme und Charakter von Frauen ausladend zu loben wissen, wenn sie eigentlich Titten und Arsch meinen.

Jacky stand von ihrem Schreibtisch auf und schritt Richtung Büro von Gott, so anmutig, als ginge es um die letzte Chance, von Heidi Klum ein Foto überreicht zu bekommen. Sie hielt einen A4-Zettel und einen Parker-Kuli aus der Sammlung ihres Chefs in der Hand, um aufzuschreiben, was sie sich in der Regel nicht bis zur Rückkehr an ihren Schreibtisch merken wollte. Sie war nicht dumm, nein, nein, ganz im Gegenteil, sie war sogar recht klug, bauernschlau trifft es wohl am besten, aber sie war von einem ausgeprägten Desinteresse erfüllt, was ihre aktuelle Arbeit betraf, deshalb vermochte ihr Gedächtnis wenig mehr zu speichern als ein schwarzes Loch. Assistentin von Gott zu sein klang eindeutig besser, als es der Job im richtigen Leben hergab. Marketing interessierte sie mehr. Gott wusste das und ignorierte es beharrlich.

„Hol mir den Walter", sagte Gott und opferte das „bitte", ohne auch nur einen Anflug von Schuldbewusstsein zu entwickeln. Er hob den Blick so abrupt, dass seine randlosen Lesebrillen gefährlich weit nach vorne rutschten bis auf die Nasenspitze und dort verharrten wie ein Klippenspringer vor dem Satz. Gott hatte mit Wohlwollen zur Kenntnis genommen, dass Jacky einen Rock trug, der noch kürzer war als schwarz und dass der Pullover so eng am Busen anlag, dass er aussah, als hätte sie ihn in der Früh nicht angezogen, sondern als wäre er ihr angegossen worden.

Jacky verzichtete diesmal ausnahmsweise darauf, etwas aufzuschreiben, weil nichts mehr nachkam als eben diese einzige Anweisung. Sie machte am Absatz kehrt, trippelte dorthin zurück, wo sie hergekommen war, und griff zum Telefonhörer. Zwei Jahre arbeitete sie nun schon für das Hirn und Herz von „Immer Alles", falls es so etwas wie Hirn und Herz bei der Tageszeitung überhaupt gab, angesichts der Launenhaftigkeit von Gott kein simpler Job, auch wenn sie sein Zorn so gut wie nie traf. Dafür war sie zu ansehnlich, zu nett, ihr Lächeln konnte alles ausbügeln bis auf die sich ankündigenden Falten im Gesicht. Im Verlag gehörte sie zur Gruppe der Wohlgelittenen. Sie hatte es weit gebracht.

Hartmuth Borno („wie der Sex, nur mit weichem B") hatte sich an diesem Morgen schon durch „Zeit", „Süddeutsche" und die „New York Times" geblättert, nun arbeitete er sich durch die „Neue Zürcher Zeitung", die er am Genick hielt wie Hundezüchter einen Welpen. Die Hornbrille gegen die Alterssichtigkeit verlieh ihm optisch einen intellektuellen Anstrich, hin und wieder blickte er von der Lektüre auf in Richtung Fernseher, wo ein junger Reporter in quietschgelben Gummistiefeln wild gestikulierend die Folgen einer Wetterkatastrophe in einem kleinen Ort erklärte. Fernsehen, das wäre es, sein Lebenstraum, seine versteckte Leidenschaft, sein Talent. Borno hatte mehrere Versuche hinter und mutmaßlich noch ein paar vor sich, um die Politiker des Landes davon zu überzeugen, dass er der Richtige für diesen Job wäre. Quietschgelbe Gummistiefel, sagte er zu sich selbst, kämen dann, unter ihm als Generalintendanten, auf die rote Liste, so viel war sicher.

Vor ihm auf dem Glastisch stand eine Melange, daneben lag

die Mappe mit den Angelegenheiten des Tages. Unterschriften, die geleistet werden mussten, Listen, auf denen die Werbeerlöse und die Auflagenentwicklung des Monats leider deutlich genau abgebildet waren und die er studieren musste, ohne auch nur einen Anflug einer Idee zu haben, wie er das Blatt – durchaus im wortwörtlichen Sinne – zum Besseren wenden könnte. In einer eigenen Mappe lagen die Einladungen für Abendveranstaltungen, denen er zugesagt hatte. Hartmuth Borno („wie der Sex, nur mit weichem B") war ein gern gesehener Gast in den bürgerlichen Salons von Wien. Er war eine adrette Erscheinung, trug meist dunklen Anzug, weißes Hemd und Krawatte, war groß gewachsen, schlank, durch geschicktes Kämmen konnte er seine braunen Haare leidlich gut dazu motivieren, nicht zu viel Kopfhaut durchschimmern zu lassen. Politisch stand er weder erkennbar weit links noch weit rechts, vielmehr fühlte er sich der Mitte zugehörig und verpflichtet, ohne zur Kenntnis nehmen zu wollen, dass sich diese Mitte einmal mehr in die eine Richtung, dann in die andere Richtung verschob. Borno verschob sich einfach mit, ohne groß darüber zu reden.

Er war versiert im Smalltalk, jedenfalls mehr als in der Betrachtung des großen Ganzen, an das er sich in Kommentaren trotzdem immer wieder heranwagte, um immer wieder neu zu scheitern. Aber das fiel niemandem auf, weil es vielen so erging wie ihm. Borno und Wien bedingten sich, er war ein Abbild der Stadt, die er liebte und verachtete gleichzeitig und die ihm eine Karriere ermöglicht hatte, die nirgendwo anders denkbar gewesen wäre. Er dankte es ihr nicht und sie es nicht ihm.

Fachlich konnten ihm viele das Wasser reichen, auch im eigenen Haus, Borno wusste es, aber er sorgte mit strengem Blick dafür, dass seine lichten Stellen nicht zu offensichtlich ausaperten. Er war durch Zufall in den Beruf gerutscht, der ihn von Anfang an gleichermaßen fasziniert und geängstigt hatte. Seine Eltern hätten ihn gern als Staatsanwalt gesehen oder als Richter, besser noch als Minister, und vermutlich wäre er in all diesen Jobs gut gewesen, besser jedenfalls als in dem, den er aktuell ausübte, nämlich Chefredakteur des „Alltag" zu sein. Vielleicht hätte Borno es tatsächlich einmal in ein politisches Hochamt geschafft, aber es fehlte ihm an der Geduld. Er wollte ganz nach oben und das schnell. Nach dem Jus-Studium probierte er manches, geriet dann eher durch glückliche Umstände an einen Mentor, der ihn ins Zeitungsgeschäft einführte. Zu seinem Nachteil, vor allem aber zu jenem der Leserschaft, stieg er nicht unten ein, um zu lernen, sondern im unteren Drittel der oberen Hälfte. Weil er ein gutes Auftreten hatte, kletterte er auf der Leiter rasch nach oben, ließ dabei aber ein paar Sprossen aus, die wichtig gewesen wären, um innezuhalten und Erfahrung zu sammeln. So stand er in noch relativ jungen Jahren schließlich ganz an der Spitze und hatte niemanden mehr neben sich, den er gefahrlos fragen konnte, wie es weiterging, wenn er es selbst nicht mehr wusste, und der ihn warnte, wenn er an seine Grenzen stieß oder darüber hinaus ging, und das passierte häufig.

Das Unternehmen ließ ihn gewähren. Für die Eigentümer war er ein Garant dafür, dass in dem Blatt und mit dem Blatt politisch kein allzu grober Unfug passierte und wenn, dass dieser dann mit einem Anruf aus der Welt zu schaffen war. Die führenden Mitarbeiter des Hauses arrangierten sich mit seinen Blößen. Sie sahen Borno als jemanden an, der gute Kontakte hatte, die Zeitung ordentlich nach außen repräsentierte und ihr Renommee verlieh, aber den man davor bewahren musste, allzu viel Schaden in der täglichen Arbeit anzurichten. Meistens gelang das. Die wenigen Male, in denen er ein Unheil stiftete, schluckten alle runter wie Kinder Lebertran.

Borno arrangierte sich mit dem Leben, das für ihn vorgesehen war. In der Zeitung blieb für ihn wenig mehr zu tun übrig, als die tägliche Konferenz abzuhalten, mit seiner Unterschrift Gelder freizugeben, neues Personal, das schon von anderen vorsortiert worden war, einer letzten Prüfung zu unterziehen und Kommentare zu schreiben. Für seine Meinung nahm er sich Zeit, viel Zeit und das nahezu täglich. Es entstanden aufwendige Kompositionen, fein gearbeitet, mit Liebe zum Detail, die Leserinnen und Leser hätten es wohl lieber etwas volkstümlicher gehabt. Aber Borno sah sich auch in der Rolle des politischen Erziehers gut aufgehoben, er bediente Triangel und Pauke gleichermaßen leidenschaftlich, bei beiden traf er nicht immer den richtigen Ton, aber er glaubte aus tiefstem Herzen, draußen bei den Menschen immer noch gut hörbar zu sein, laut und deutlich. In Wahrheit musizierte er längst vor leeren Rängen. Die Wahrheit stirbt in einem selbst zuletzt.

„Bärbel", sagte er in die Gegensprechanlage, nachdem er sich an seinen Schreibtisch gesetzt hatte, „können Sie einen Sprung zu mir reinschauen, bitte?" Barbara Moser-Niedertrattner war eine seiner drei Assistentinnen, eine hätte gereicht und die vielleicht halbtags, aber ein Mann von Welt in einer Zeitung von Weltgeltung darf um alles in der Welt nicht knausrig sein in der Ausgestaltung seines Vorzimmers. „Können Sie mir bitte einen Termin um 11 Uhr mit Herbert Gstöttner arrangieren?"

„Selbstverständlich, gerne, Herr Doktor."

Im Newsroom von „Immer Alles" herrschte um 9 Uhr eine Stimmung wie in einer Bar, in der die Gäste bis weit hinein in die Nacht gefeiert hatten. Staubsauger waren zu hören, die Bürosessel standen kreuz und quer, auf den Fernsehern, die auf Schränken standen oder in imposanten, raumschiffartigen Spezialkonstruktionen von der Decke hingen, liefen „Die Simpsons" und „Big Bang Theory", auf einem das Wetterpanorama, jedenfalls nicht CNN oder NTV wie später am Tag. Ein paar Redakteure waren schon da, die meisten arbeiteten online, milchige Gesichter, ausdruckslos, in Jeans und braunen, grauen oder beigen T-Shirts mit witzig gemeinten Sprüchen als Aufdruck. Sie sprachen wenig bis gar nichts, sondern saßen vor ihren Computern, hin und wieder brüllte jemand dem Mittdreißiger, der ganz vorne saß, zu, dass diese oder jene Geschichte nun fertig sei. Der brüllte etwas zurück, was man als Dank interpretieren konnte, aber nicht musste, dann widmeten sich wieder alle schweigend ihren Monitoren, die meisten hatten zwei vor sich stehen.

Weil Jacky Walter nicht hatte finden können, war Gott selbst in den Newsroom gegangen und hatte sich auf den Herausgeberplatz gesetzt. Von hier aus hatte er den Überblick über alles, über sein Raumschiff.

Der Newsroom war sternförmig angeordnet, in der Mitte stand der Newsdesk, ein kleines Cap Canaveral, von da aus führten kleine Milchstraßen in alle Ressorts, von Sport bis Politik, von Lokalem bis zur Fotoredaktion. Am Newsdesk befanden sich zehn Arbeitsplätze, hier hatte das Raumschiff seinen Ankerplatz. Chefredakteure, Chefs vom Dienst, Fotoleitung saßen in zwei Halbkreisen aufgefädelt wie auf der Kommandobrücke der „Enterprise", sorgsam und stets beäugt von den Mitarbeiterinnen und Mitarbeitern draußen in der Sternenstadt. Meist blickten sie auf Gott, ob er da war und wenn ja, ob es eine Explosion zu erwarten gab oder nicht und in welche Richtung die größten Trümmerteile wohl stürzen würden.

Ohne dass es jemals ausgesprochen oder niedergeschrieben worden war, wusste jeder über seinen Platz im Newsroom Bescheid. Es gab eine klare Hierarchie, die nicht infrage gestellt wurde und wenn doch, dann hätte das auch nichts genutzt, denn offiziell existierte sie ja gar nicht. Gott hatte seine Jünger in sechs Gruppen eingeteilt, ein Wechsel von einer Gruppe in die nächste war jederzeit möglich, auch ein Überspringen mehrerer passierte dann und wann.

Eigentlich existierten ja sieben Gruppen, denn da gab es auch noch die „Unberührbaren", deren Mitglieder aus allen der sechs anderen Gruppen stammen konnten. Wer gekündigt, sich mit Gott oder dessen unmittelbarem Umfeld überworfen hatte oder Schande über „Immer Alles" gebracht hatte, wurde hierhin aussortiert. Für wie lange, war nicht klar festgelegt, das konnte Stunden dauern, Tage oder immerwährend sein. Alle im Newsroom machten während dieser Zeit einen weiten Bogen um die „Unberührbaren".

Wer mit ihnen in Kontakt trat, konnte selber sehr rasch zu dieser Gruppe gehören. Nur einer konnte den Bann aufheben, Gott selbst nämlich und zwar durch eine simple Geste – er sprach den „Unberührbaren" wieder an.

Die unterste Stufe der Hierarchie bildeten die „Nicht-Wahrgenommenen". Man durfte sie nicht mit den „Unberührbaren" verwechseln, denn die „Nicht-Wahrgenommenen" waren nicht strafweise in dieser Position. Es gab sie einfach nicht. Natürlich gab es sie, aber sie wurden nicht registriert, ihre Haut war durchsichtig wie Glas, ihre Körper Staub. Gott nahm ihre Anwesenheit schlicht nicht zur Kenntnis. Für einen „Nicht-Wahrgenommenen" war es riskant, Gott am Flur oder im Newsroom zu begegnen, denn er ging einfach weiter, durch sie durch. Er wusste ja nicht, dass sie da waren, jedenfalls tat er so. Nicht nur einmal mussten „Nicht-Wahrgenommene" zur Seite springen, weil sie Gott sonst umgerannt hätte. In Sitzungen fragte Gott hin und wieder nach „Nicht-Wahrgenommenen", obwohl sie im selben Raum saßen. Er rief im Newsroom nach ihnen, wiewohl sie neben ihm standen. Wenn Gott auf eine Gruppe traf, in der sich einer oder mehrere „Nicht-Wahrgenommene" befanden, dann ignorierte er die ganze Gruppe.

Eine Stufe über den „Nicht-Wahrgenommenen" existierte die Gruppe der „Wahrgenommenen". Gott erkannte an, dass es den oder die gab, ohne die Person genau zuordnen zu können oder zu wollen. Wenn ein Mitglied dieses Rudels Gott begegnete, gab sich dieser den Anschein – oder war es tatsächlich so? –, er wüsste nicht, ob man Redakteur, Fotograf oder zufälliger Besucher sei, aber er vermittelte den Eindruck, dass ihm das Gesicht schon einmal untergekommen sei, ohne freilich dass dies nachhaltige Wirkung entfaltet hätte. Die „Wahrgenommenen" blieben anonym, sie waren ein „es", geschlechtslos. Sie hatten für das Unternehmen nichts Außergewöhnliches geleistet, aber auch nichts besonders Verwerfliches getan. Manche schrieben Kinoprogramme, kümmerten sich um Events oder die Fernsehvorschau, recherchierten für andere

Redakteure, manche warteten einfach nur auf den Moment, sich für eine nächsthöhere Kategorie qualifizieren zu können.

Die nächsthöhere Gruppe, das waren die „Zur-Kenntnis-Genommenen". Von ihnen wusste Gott in Ansätzen, welche Tätigkeit sie für „Immer Alles" verrichteten, ohne dies genau einordnen zu können. Zu den „Zur-Kenntnis-Genommenen" zu gehören war eine riskante Angelegenheit. Entweder man war dorthin gelangt, weil man etwas besonders Verwerfliches getan hatte (und deshalb zur Kenntnis genommen wurde). Dann war das weitere Abrutschen, sogar bis hinunter in die Gruppe der „Unberührbaren" nur eine Frage der Zeit, manchmal sogar eine Gnade. Oder man kam hierhin, weil man mit etwas aufgefallen war, das Gott mit Wohlwollen zur Kenntnis genommen hatte. Dann aber war es notwendig, schnell weiter nach oben zu klettern. Sonst wusste Gott nach kurzer Zeit nicht mehr, ob er den oder die „Zur-Kenntnis-Genommenen" deshalb zur Kenntnis genommen hatte, weil er etwas besonders Gutes oder etwas besonders Schlechtes getan hatte.

Sicherer für die „Zur-Kenntnis-Genommenen" war es, wenn sie es zu den „Anerkannten" schafften. Dorthin gelangte nur, wer Ruhm über das Unternehmen oder Gott, was ja in Wahrheit ein- und dasselbe war, gebracht hatte. Die Namen der „Anerkannten" waren Gott einigermaßen geläufig, zumindest kannte er Teile davon, meist den Nachnamen, zuweilen auch nur in Bruchstücken oder falsch ausgesprochen. Häufig redete er die „Anerkannten" aber mit Synonymen an, „Superstar" etwa oder „Hero" oder „Genie", meist verbunden mit einer freundschaftlichen verbalen Ergänzung, also etwa „Hallo, mein Superstar". Das „mein" war nicht aus reiner Zufälligkeit und Spontanität heraus gewählt, sondern sollte zeigen, dass sowohl Gott als auch das jeweilige Mitglied der Gruppe der „Anerkannten" sofort wussten, wer in wessen Besitz war und wem er seinen, zuweilen auch nur kurzfristigen, Erfolg zu verdanken hatte. Das „Superstar" war mehr ein Signal an die anderen Gruppen, sich ein Beispiel zu nehmen an dieser Leistung. Lauter

„Superstars", das wollte Gott, und alle sollten sie ihm gehören.

Vor allem eine Gruppe im Newsroom nahm das Wirken der „Anerkannten" besonders aufmerksam zu Kenntnis, und das waren die „Wohlgelittenen". Mitarbeiter, die Gott schon lange kannte, häufig hatten sie schon in anderen Unternehmungen mit ihm gewirkt, was nicht bedeutete, dass er sie besser behandelte als den Rest. Sie wurden mit Vornamen angesprochen, nicht immer, aber häufig, weil Gott nicht zu allen Zeiten zu unterscheiden wusste, was denn nun Vor-, was Nachname war. Vielleicht war es ihm auch egal. Die „Wohlgelittenen" mussten immer fürchten, in die Gruppe der „Zur-Kenntnis-Genommenen" abzurutschen, nicht in die Gruppe der „Anerkannten", wenn sie fielen, dann weit, denn dann hatten sie sich etwas zuschulden kommen lassen, wenn auch nur aus Sicht von Gott. Deshalb schauten sie darauf, dass die „Superstars" nicht öfter abhoben als einmal, ihr Erfolg nicht nachhaltig wurde, oder sie holten die „Anerkannten" lieber in ihre Gruppe, die der „Wohlgelittenen", damit sie keine Gefahr mehr für sie darstellten.

Im Rudel der „Wohlgelittenen" gab es als eine eigene Untergruppe auffallend viele, auffallend hübsche Frauen, meist recht jung, häufig über Misswahlen an das Arbeitsleben herangeführt. Sie umschwirrten Gott, und er vermittelte ihnen nicht nur den Eindruck, dass er dies sehr schätzte. Die „Untergruppe Miss" umsorgte ihn wie Mütter mit Nahrung und Getränken, die Mitglieder durften kecker sein als andere. Die „Wohlgelittenen" ließen die „Untergruppe Miss" gewähren, weil diese in der Lage war, Gott zumindest zuweilen milde zu stimmen, was keine Leistung darstellte, die kleingeredet werden darf. Gott selbst wusste natürlich, dass die Zuneigung nicht seiner Person, sondern seiner Stellung galt, aber da es für ihn keinen Unterschied machte, war es ihm einerlei.

Der engste Kreis um Gott waren die „Geschätzten". Sie hießen nicht so, weil Gott sie tatsächlich wertschätzte, sondern weil er es wertschätzte, dass sie für ihn und nicht für andere Unternehmen tätig waren, wo sie ohnehin nicht glücklich geworden wären, wie Gott häufig betonte. Er ließ außer Acht, dass die „Geschätzten" auch bei „Immer Alles" ihr Lebensglück niemals und zu keiner Zeit fanden, beileibe nicht, meist war das genaue Gegenteil der Fall. Mit den „Geschätzten" beriet er sich, ohne ihre Einwände oder Vorhaltungen besonders zu berücksichtigen. Ihre Meinung wollte er hören, ohne sie mehr als zur Kenntnis zu nehmen. Von ihnen suchte er Bestätigung. Wer ihm diese nachhaltig verweigerte, drohte schnell aus dem Kreis zu fallen. Für die „Geschätzten" war es also nötig, die Meinung von Gott zu erahnen, um sie dann als ihre vorzubringen und Gott das Gefühl zu geben, er läge mit allem und immer richtig. Die „Geschätzten" waren eine kleine Gruppe, die meisten saßen am Newsdesk, ein paar auch in den Ressorts. Viele hatten gute Beziehungen zur Außenwelt, erhielten exklusive Informationen, wussten etwas vorab oder bekamen Zusammenhänge rascher erklärt. Gott war klar, dass dies wichtig war für „Immer Alles", und deshalb ließ er die „Geschätzten" mitreden, zum Schein natürlich nur. In Wahrheit hatten sie nichts zu sagen. Sie waren seine Klangschale, sie gaben wider, was die Meinung von Gott war. Es war trotzdem ein Privileg, zum Kreis der „Geschätzten" zu gehören, auch wenn Gott keine Rücksicht darauf nahm und die „Geschätzten" oft rüder behandelte als die anderen, sie beschimpfte, ihnen Unfähigkeit, Faulheit, Dummheit, Ignoranz, Schwäche, Naivität und vieles mehr an den Kopf warf. Er verwendete für diese von ihm festgestellten Mängel selbstredend deutlichere Worte, nannte „Geschätzte" dann „Arschlöcher" oder gar „verfickte Arschlöcher", „Scheißhaufen", „Kinderficker", „Pisser", ihre Zeitungsbeiträge, auch solche, die sie nur redigiert hatten, waren „Scheiße" oder „Oasch". Die „Geschätzten" schluckten alles runter und standen da wie Kettenhunde, die glaubten, mehr als zehn Meter von der Hundehütte entfernt nicht eine Stunde allein überleben zu können. Was sollten sie auch machen? Weggehen, aber wohin? Dagegenhalten, aber zu welchem Preis? Dagegen argumentieren, aber wie, gegen Gott, den Allmächtigen?

Herbert Gstöttner war Chef vom Dienst im „Alltag" und das schon seit einer ziemlich langen Weile. Er war eine durch und durch unscheinbare Erscheinung, sprach leise bis lautlos, hatte bräunliche Haare, allerdings nur mehr mittelmäßig viele davon. Die kahlen Stellen versuchte er zu überdecken, indem er mit vier Fingern seiner rechten Hand immer wieder einzelne Haarbüschel über den Schädel strich, was am Zwischenergebnis recht viel, am Endergebnis recht wenig änderte. Herbert Gstöttner hatte mit 52 immer noch jugendliche Züge, was vor allem daran lag, dass er kaum Falten hatte. Das verlegen wirkende schelmische Lächeln, das seinen Mund häufig umspielte, verstärkte diesen Eindruck. Er ging leicht gebückt, als laste das Gewicht, das sich der „Alltag" selbst zumaß, allein auf seinen Schultern, was zum Teil sogar seine Richtigkeit hatte, denn von Siegried Borno („wie der Sex, nur mit weichem B") war, was die Alltagsarbeit betraf, wenig Hilfe zu erwarten, was wiederum auch ein Glück war, wie nicht nur Gstöttner fand. Er war in der Zeitung trotz seiner Unscheinbarkeit eine anerkannte Größe, auch oder gerade weil er über einige liebevolle Marotten verfügte, über die sich trefflich in der Kantine witzeln ließ. Etwa dass er sich in einer Tupperwaredose immer Wurstbrote von daheim mitnahm, sorgsam in der Mitte auseinandergeschnitten, oder dass er sich im Büro in der Früh sofort die Schuhe auszog und in bequeme Schlapfen wechselte, in denen er dann das Haus und die Ressorts abstreifte. Als Chef vom Dienst aber war Herbert Gstöttner – verheiratet seit Menschengedenken, keine Kinder – der Herr der Blattspiegel, er teilte also den Ressorts den Platz für die nächste Ausgabe des „Alltag" zu. Er war auch das Sprachrohr von Hartmuth Borno in die Redaktion, erst wenn Anweisungen, oft als Ideen oder Vorschläge verpackt, aus seinem Mund an die Reporterinnen und Reporter herangetragen wurden, dann wurden sie auch ernst genommen, schon allein deshalb, weil das Ignorieren zur Folge haben konnte, das man am nächsten Tag am Blattspiegel eine halbe Seite oder auch weniger für sein Ressort vorfand. Der nette Herr Gstöttner konnte nicht nur Wurstbrote ganz gut in der Mitte auseinanderschneiden.

An diesem Tag war viel Platz im „Alltag". Borno („wie der Sex, nur mit weichem B") wusste nicht, wie zustande kam, was im Haus Blattspiegel genannt wurde, und er hatte auch keine Ahnung, warum der Blattspiegel überhaupt Blattspiegel hieß, wo sich doch nichts darin spiegelte, nicht einmal ein Blatt. Wie so vieles in seinem Beruf war auch das für ihn ein Zauberberg, lauter Felsen da, die den Eingang von Höhlen verlegten, in denen Wissen lagerte, das für ihn unerreichbar schien – auch weil er zu stolz war, um zu fragen, ob jemand nicht ein paar Steinbrocken wegrollen könnte, damit er hätte sehen können, welche Schätze da im Dunkeln aufbewahrt werden. So aber saß er da, blickte auf ein A4-großes Blatt Papier, querformatig, lauter Rechtecke drauf, am Kopf jedes Rechtecks stand der Name eines Ressorts, und darunter breitete sich gähnende Leere aus. Fast kein Inserat wie zuletzt immer häufiger im „Alltag", genug wenig da, um viel Angst zu bekommen vor der Zukunft. Keiner der beiden, weder Borno noch Gstöttner, ließ sich etwas anmerken.

„Hat sich das ‚Ministerium für dies und das' schon gemeldet?", fragte Borno möglichst beiläufig seinen Chef vom Dienst.

„Nein, nichts zu hören", antwortete Gstöttner.

„Okay, könnten Sie dann bitte zwei Sachen für mich erledigen? Richten Sie der Politik aus, dass ich nunmehr den Rechnungshofbericht über die Elektromobilität genau studiert habe und empört darüber bin, wie unser Steuergeld verschwendet wird. Und sagen Sie gleichzeitig der Jenny Hart, dass sie sich mit der Pressesprecherin von ‚Nijo' wegen der Serie über Elektromobilität melden soll. Zuckerbrot und Peitsche, schauen wir einmal, was jetzt passiert. Und, ach ja, vielleicht könnten wir auf alle Fälle einmal klären, welche Uhr dieser Minister ‚Nijo' neulich getragen hat. Wir hatten ein Foto in der Zeitung, auf dem sie deutlich zu sehen war."

Gstöttner fragte wie immer nicht nach, er wusste auch so Bescheid. Keine Viertelstunde später hatte er der Politik die Botschaft überbracht, ein paar Minuten danach stand er im Zimmer von Jenny Hart. Viele andere beim „Alltag" hätten sich vermutlich erschrocken, wenn plötzlich der Chef vom Dienst neben ihrem Schreibtisch aufgetaucht wäre, vor allem wenn sie noch Volontär oder Volontärin gewesen wären, aber Jennifer Navratil-Hartinger blieb die Ruhe selbst. Später gestand sie ein, sie hätte gar nicht gewusst, wer der Pykniker gewesen sei, der sie bat, im Büro von Nikolaus Niederjobststreibitzer anzurufen.

„Kein Problem", hätte sie geantwortet und lächelnd hinzugefügt: „Ich habe ohnehin ein Hühnchen mit ihm zu rupfen. Sein Sohn hat mich ja fast mit dem Radl überfahren, als ich ..."

Sie kam nicht zum Weiterzählen, obwohl sie durchaus in Stimmung dazu gewesen wäre. Der Pykniker entwickelte nämlich aus dem Nichts heraus Energien wie eine dieser Comicfiguren im Fernsehen, unter deren Füßen plötzlich eine Staubwolke auftaucht, weil sie losrennen, als würden sie vom Teufel verfolgt werden. Gstöttner stürzte bei der Tür hinaus, den Gang entlang, vier kleine Treppen hinauf, die er in einem nahm, noch ein Gang, rein ins Büro der Politik, wieder raus, ein Stockwerk höher, hinein ins Vorzimmer von Borno, den Einwand von mindestens zwei Assistentinnen beiseite geschoben, dass der Chef nicht gestört werden wolle, mitten hinein in das Chefredakteursbüro, wo der Chefredakteur wie meist auf der Chefredakteurscouch saß und einen angemessenen Chefredakteursblick aufgesetzt hatte, und herausgeplatzt mit der Nachricht, formuliert in einer Art und Weise und in Worten, die sonst nicht aus seinem Mund kamen. „Der ‚Nijo' ist am Arsch."

Es war einer jener Vormittage, an denen man dem Unwetter beim Zusammenbrauen zuschauen konnte. Gott saß da, und über seinem Kopf tauchten immer mehr Wolken auf. Sein Gesicht verfinsterte sich, sein Körper verkrampfte, er zog den Kopf ein, als wollte er dem drohenden Regen mit Kampf entgegentreten. Immer mehr Ärger prasselte auf ihn nieder, zumindest empfand er es so. Der Lärm der Staubsauer, der Kaffeefleck auf dem Teppichboden, den er um teures Geld – natürlich Gegengeschäft, aber was soll's – angeschafft hatte, ein Mitarbeiter, der Sekunden zu spät das Telefon abhob, alles reizte ihn bis aufs Blut. Der fast leere Newsroom – „wozu bezahle ich Leute, wenn nie einer da ist" – empörte ihn. Zwei „Nicht-Wahrgenommene", die er jetzt umso deutlicher wahrnahm, unterhielten sich – „für mein Geld" – schamlos lange in einer Ecke. Die Geschichten aus der Onlineredaktion – „ohnehin zu viele Leute und zu teuer" – brachten zu wenige Klicks. Die Nachrichtenlage, Mails von Lesern, Anrufe von Politikern, der Überblick über die Inserate der morgigen Ausgabe, eine schlecht gestaltete Marketingseite, unangemessen fröhliche Mitarbeiter, die in den Newsroom geschlendert kamen – die Katastrophe war angerichtet. Wie vor einem Tsunami war es anfangs vollkommen still. Das Meer zog sich in sich zurück, um Kraft und Energie zu sammeln und dann mit einer Riesenwelle über alles und jeden hereinzubrechen, bereit zu verschlingen, was sich in den Weg stellte. Gott schnellte hoch, sein Sessel zog den Kopf ein und stob in Panik Richtung Newsdeskmitte davon, noch im Aufrichten brüllte Gott los, schlug auf den Tisch, die flache Hand landete nur Zentimeter neben der Tastatur, die hochsprang, unsanft landete, aber trotzdem unhörbar aufatmete. Jetzt war dem Meer egal, was es als Erstes mit sich nahm, aber es war klar, dass es Opfer geben musste. Gott fixierte den Onlinechef, der dasaß wie ein deutscher Tourist auf der Hotelterrasse, den Morgenkaffee in der Hand, in vollkommener Unwissenheit über den Weltuntergang, der längst auf den Weg zu ihm war. „Was soll diese Geschichte, du Oaschloch", schrie Gott in den Raum und fixierte den Onlinechef, der gleichzeitig blass und rot wurde und zu schwitzen und zu frösteln begann. Sein Oberkörper versuchte sich im weinroten Pullover – ein Weihnachtsgeschenk von Oma und Opa – zu verstecken, seine Knie gingen in die Knie, so weit es auch nur ging, alles in allem versuchte sich der Onlinechef so klein wie möglich zu machen, „vielleicht sieht er mich ja nicht". Es war eine vergebliche Hoffnung. Der Onlinechef blickte Gott angstvoll an, in dessen Gesicht sich Falten wie zu einer Gewitterwolke aufgetürmt hatten und aus dem nun Tausende Blitze schossen, und wusste nicht, was sagen. Er hatte keine Ahnung, was Gott meinte, in seinem Kopf scannte er die Geschichten ab, die er zuletzt online gestellt hatte, fand nichts daran auszusetzen, aber dem Tsunami ist es ja auch egal, ob er auf eine schöne Landschaft trifft oder eine hässliche. „Da, du Oaschloch", deutete Gott mit dem Finger auf seinen Monitor, und der Onlinechef hatte den Eindruck, in der Wiederholung klänge dieses „Oaschloch" gar nicht mehr so schlimm wie beim ersten Mal. Die Entscheidung, wie er nun reagieren sollte, wurde ihm von göttlicher Seite abgenommen. „Vielleicht hättest du die Gnade, du Oaschloch, deinen Oasch hierher zu bewegen." Der Onlinechef begann sich an seinen neuen Spitznamen zu gewöhnen. Er stand auf, schnell, aber offenbar doch zu langsam („heute noch, du Oaschloch?") und eilte hin Richtung Cap Canaveral, dort wo Gott explodiert war. „Was soll das für eine verfickte Brunzgeschichte sein?", schrie Gott. Er stand nun zwei Meter von seinem Computer entfernt und deutete auf den Monitor wie ein entsetzter Augenzeuge in einem Fernsehkrimi auf eine Leiche. Der Onlinechef sah, dass Gott die Webseite von „Immer Alles" geöffnet hatte, die war wie die Zeitung, alles ein gutes Stück zu grell, zu laut, zu groß geraten, vor allem die Fotos. Er sah ein riesiges Bild von Nikolaus Niederjobststreibitzer, dem „Minister für dies und das", der neben einer Frau und einem etwa 20 Jahre alten Burschen stand. „‚Nijo' privat wie nie. Der Minister der Herzen spricht", las er als Titel und mühte sich herauszufinden, was schlimm daran sei. Gott nahm ihm die Arbeit ab. „Der Scheißkerl fickt uns gerade mit Inseraten, und du Oaschloch steigst ihm beim Oasch hinein." Der Onlinechef suchte nach einem Weg hinaus, aber der Tsunami ließ keinen Platz für Flucht. In dieser Situation tat er das Schlechtestmögliche. „Das wusste ich nicht", sagte er. „Es tut mir leid, wir können das sofort ändern." Gott verabscheute Schwäche, das Gegenteil natürlich auch, aber es begegnete ihm seltener. „Natürlich wirst du das sofort ändern, du Oaschloch", brüllte Gott, und der Spitzname klang für den Onlinechef nun fast schon vertraut. Er zögerte einen Augenblick zu lange. „Verfickst du dich jetzt endlich an deinen Platz, du Oaschloch?", rief Gott, da war der Onlinechef schon am halben Weg und rief einem seiner Redakteure zu, dass man die „Nijo"-Geschichte „modifizieren" müsse. Er hätte sich das sparen können, denn bis auf die Straße hinunter wussten jetzt alle, was zu geschehen habe. Die Mitarbeiter der Online-Abteilung hatten den Tsunami mitbekommen, aber sie taten, als würde er nur die Nachbarinsel verschlucken. Nun warteten sie ab, was passierte, aber zu ihrem Glück hatte sich Gott entladen. Jaqueline „Jacky" Nrbrezda, die eben in den Newsroom gekommen war, schob ihm den Schreibtischsessel zurecht, stellte ihm einen Almdudler und ein Wurstbrot hin, und Gott setzte sich. Er wollte eben die Geschichte vom „Minister der Herzen" wegklicken, als eine Putzfrau sich daran machte, mit einem Staubsauger in der Hand Cap Canaveral zu erobern. „Jetzt nicht", sagte Gott barsch. Die Putzfrau blickte ihn an, schaute dann auf seinen Monitor, wieder auf Gott, deutete auf den Monitor. „Ministersohn", sagt sie dann in gebrochenem Deutsch. „Fährt wie Teufel."

Pause, dann fragte Gott in die Stille hinein: „Kaffee?"

Beige ist das wahre Rot

Am Tag vor dem Tag, an dem Sabrinas Geburtstag war, zog ein Wüstensturm über Österreich auf. Er näherte sich zügig vom Süden her und brachte Sand mit, viel Sand, und den ließ er, nachdem er zunächst eine Zeit lang eher unschlüssig herumgetobt hatte, schließlich als eine Art Gnadenakt abregnen. Erst färbte sich der Himmel rötlich, dann nahmen die Partikel einem fast komplett die Sicht, am Ende legte sich der Sand wie eine Patina über das Land, auf Straßen und Hügel, auf Autos und Gebäude, auf Felder und Menschen. Österreich präsentierte sich von einem Tag auf den anderen so, wie es einige schon lange sahen und erlebten – es wurde beige.

Als Sabrina den ersten Schrei tat und ihr Gesicht wie ihr Leben – für lange Zeit zum letzten Mal – Farbe annahmen, war aus dem Gesicht ihrer Heimat also so gut wie jede Farbe entwichen. Es werden gerne allerlei Begebenheiten miteinander verknüpft und daraus Schlüsse gezogen, manche sind zutreffend, andere mehr Fehlschüsse als Schlüsse. Jedenfalls ob das Auftreten des Wüstensturms und das Eintreten von Sabrina in die Welt etwas miteinander zu tun hatten oder ob diese Gleichzeitigkeit reiner Zufall war, darüber ließe sich stundenlang ergebnislos debattieren, denn Meinungen können flügge sein wie Sand oder festgefahren wie Straßenbeton.

Sabrina geriet keineswegs hässlich, mitnichten war das so. An ihr gab es nichts zu bemäkeln, weitgehend war alles, wo es sein

167

sollte, nichts zu groß oder zu klein, zu rund oder zu eckig, zu dick oder zu dünn, nichts fehlte oder war im Übermaß da. Die größte Auffälligkeit an Sabrina war ihre Unauffälligkeit. Alles an ihr passte irgendwie und irgendwie auch wieder nicht. Als Baby war sie so still, dass ihre Mutter manchmal in die Wiege blickte allein aus dem Umstand heraus, dass sie nicht mehr sicher war, ob sie überhaupt ein Kind auf die Welt gebracht hatte oder ob alles nur Einbildung gewesen war. Bei der Taufe vergaß der Pfarrer ihren Namen und murmelte etwas vor sich hin, das alles hätte heißen können, als er das Taufwasser über den Babykopf leerte. Ihr Vater hatte sich da längst aus dem Staub gemacht, vielleicht hatte ihn einfach der Saharawind mit sich genommen. In der Schule saß Sabrina immer in der ersten Reihe, kam nie dran, im Zeugnis standen stets lauter Einser. Die Lehrer mussten lange überlegen, welche Betragensnote sie Sabrina geben sollten, weil sie sich nicht erinnern konnten, dass sie sich überhaupt in irgendeiner Form betragen hatte. Sie vergaß nichts und wenn doch, fiel es keinem auf. Nur der Religionslehrer nahm sie zur Kenntnis, weil sie die Einzige im Klassenzimmer war, die ihn zur Kenntnis nahm. Wenn Sabrina im Schwimmbad ein Kopfsprung vom 5-Meter-Turm glückte, wurde der dickliche Bub bejubelt, der sich vom Beckenrand ins Wasser plumpsen ließ. Im Supermarkt wurden alle vor ihr bedient, weil niemand bemerkte, dass sie sich angestellt hatte und wenn doch, dann nicht, wie lange sie schon in der Reihe stand. Sie wandelte durchs Leben wie ein Geist. Wer sie einmal traf, konnte sich später nicht mehr an ihr Aussehen erinnern, und wenn er ihr danach einmal auf der Straße begegnete, ging er vermutlich ohne sie zu beachten vorüber, weil er nicht mehr wusste, wer sie war. Selbst Menschen, die Sabrina einigermaßen gut kannten, schafften es nicht, sie gegenüber Fremden zu beschreiben, denn ihnen fiel nichts ein, was es zu beschreiben hätte geben können. Sabrina war da oder nicht, sie hinterließ keinen Eindruck, auf niemanden, zu keiner Zeit. Alles an ihr war irgendwie und immer beige.

Heute nicht, heute wurde ihr Leben plötzlich grellbunt.

Heute, an diesem Dienstagmorgen blickte sie auf ihren Cappuccino, dessen Schaum der Barrista, warum auch immer, kunstvoll zu einer Palme geformt hatte, und rührte mit einem Silberlöffel gedankenverloren die Zweige weg. Dann betrachtete sie das Ergebnis, so als könnte sie aus dem Schaum ihr Schicksal herauslesen wie beim Bleigießen zu Silvester. Vor ihr auf dem Tisch lagen die Tageszeitungen, die sie wie immer geholt hatte, um sie ins Ministerium zu bringen. Meistens warf sie nur einen kurzen Blick auf die Titelseiten und beachtete den Rest nicht weiter, weil sie kaum interessierte, was offenbar viele andere beschäftigte.

Heute nicht.

Heute schaute sie hin, begriff erst nicht, was diese großen Buchstaben, die sie von den Titelseiten aus anbrüllten, zu bedeuten hatten, dann schon und das mit einer Wucht, dass sie, als sie noch auf der Straße unterwegs war, stehen bleiben musste, weil ihr schwindlig geworden war. Sie rettete sich in ein nahegelegenes Café, bestellte sich ebenjenen Cappuccino mit der Palme obendrauf, obwohl sie sonst kaum Kaffee trank, aber ein Whiskey, den sie dringender gebraucht hätte, schien ihr zu dieser Morgenstunde nicht angemessen.

„Sohn von Minister fährt Frau halb tot", las sie auf der Titelseite von „Immer Alles", „Radler-Affäre bringt Minister ins Schleudern" am Cover vom „Alltag". Sie hastete durch die paar Zeilen, die am Titel standen, blätterte dann zittrig nach innen, überflog die Artikel in der Zeitung, beide waren groß aufgemacht, beide hatten eine Skizze der Berggasse im Blatt, die sie als „Tatort" bezeichneten, mit Pfeilen drauf und Linien mit Erklärungstexten, beide Hefte zeigten viele bunte Fotos von „Nijo" allein, von „Nijo" gemeinsam mit seinem Sohn, von „Nijo" mit seiner früheren Frau, von „Nijo" und dem Kanzler. „Immer Alles" widmete dem Fall eine komplette Doppelseite, alles war knallig und bunt und aufgeregt. Im „Alltag" war alles ein bisschen kleiner, weniger schrill, weniger erregt und aufgeplustert, aber es kam aufs Gleiche raus.

Sabrina las von Skandal und Wirbel, es zischte und dampfte an allen Ecken und Enden der Zeitungen. Beide widmeten sich im Hauptartikel und dann noch einmal in kleinen Erklärungskästen (im Text wurde mit „siehe unten" darauf hingewiesen) dem Rechnungshofbericht über die Elektromobilität. Beide schrieben, dass der Minister schon gehörig unter Druck stehe, weil er so viel Geld für die alternativen Antriebe ausgegeben habe. Keine der beiden erwähnte, dass ein nicht geringer Teil des Geldes in Anzeigen in Medien geflossen war, auch in den „Alltag" und in „Immer Alles". Es wurde darüber spekuliert, dass „Nijo" gefeuert werden könnte und darüber, dass der Kanzler schon ziemlich wütend sei über seinen „Minister für dies und das". Von Geschrei war die Rede und wilden Telefonaten, Insider wurden zitiert, aber nicht beim Namen genannt, es wurde angedeutet, dass dies alles nur die Spitze eines Eisberges sei. Man fischte im Trüben und stellte die Aussicht auf einen großen Fang so dar, als würde man den tollen Hecht schon in Händen halten.

Dann wurde ausführlich über den „Vorfall" berichtet, der sich in der Berggasse zugetragen haben soll. Viel war nicht bekannt, aber die Zeitungen ließen sich dadurch nicht bremsen, im Gegenteil, sie übersprangen dieses vermeintliche Hindernis mit einer erstaunlichen Leichtfüßigkeit und liefen hinaus auf das weite Feld der Spekulation, hopsten und wälzten sich im Gras und gerieten in Ekstase wie ein Haufen nackter Hippies im Regen. Hier fühlten sie sich wohl, hier waren sie glücklich.

Der Sohn von „Nijo", schrieben sie, sei die Berggasse „hinabgerast", „hinuntergedonnert", „rücksichtslos", „ohne Skrupel", er hätte mehrere rote Ampeln überfahren („Immer Alles" verwendete hierfür das Wort „Amok"), mehrere Passanten hätten ihm ausweichen müssen (der „Alltag" schrieb von „zur Seite springen", „Immer Alles" von „in letzter Sekunde" und „gerade noch mit dem Leben davongekommen"). Das Fahrrad wurde mehrfach als „Geschoß", „Waffe", „Kampfgerät" bezeichnet, es sei „wie ein Torpedo losgeschossen" oder „herangeschossen."

Schließlich wurde der angebliche Höhepunkt des Ereignisses geschildert. Vor dem Freud-Museum hätte der „Amokradler" (eine gute Dramaturgie lebt von Wiederholungen im rechten Moment) fast eine Fußgängerin „totgefahren." Dass sie zuvor vom Gehsteig auf die Straße getreten war, wie Sabrina später erfuhr, hielt man für nicht weiter erwähnenswert. Das „Opfer" – dem, genau genommen, nichts passiert war – hatte sein Leben – schon wieder – „nur mit einem Sprung zur Seite" retten können. Der „Alltag" merkte stolz an, dass der Zeitung der Name der Betroffenen bekannt sei, aber dass man aus Gründen des Opferschutzes auf Nennung und weitere Details bewusst verzichtet habe. Auf diese Passage hatte Hartmuth Borno („wie der Sex, nur mit weichem B") bestanden. Er war sehr darauf bedacht, dass der „Alltag" als Qualitätszeitung wahrgenommen wurde, betonte das bei jeder sich bietenden Gelegenheit, und das hier war eindeutig eine gute Möglichkeit, auf jene Unterschiede hinzuweisen, die Qualitätszeitungen von Gossenprodukten abhob.

Am Ende schrieben die Zeitungen, dass der „Amokradler" (nun nannte ihn auch der „Alltag" so, man muss es mit der Qualität manchmal auch einfach gut sein lassen) geflüchtet sei, sein Opfer einfach habe liegen lassen, sich nicht um die Verletzte gekümmert habe. Dass er einfach weitergefahren war, weil niemand zu Sturz gekommen und schon gar keiner verletzt worden war – Details, die man natürlich erwähnt hätte, aber Platz ist in Zeitungen stets ein knappes Gut, und so war es auch hier.

In einem weiteren Zusatzkasten beschäftigten sich die Zeitungen mit „Nijos" Sohn. Über Julius Niederjobststreibitzer, „Juni" also, war so gut wie nichts bekannt. „Nijo" sprach selten über ihn und wenn doch, dann nur um sich selber in einem fürsorglichen Licht zu präsentieren. Er beschrieb sich also etwa als Vater, der sich aufopferungsvoll (Männer immer), in einer nicht einfachen Zeit (vor allem für die Mutter) um seinen Sohn (notgedrungen) gekümmert habe, den er natürlich mit viel Liebe empfangen habe (obwohl ihm eine Abtreibung besser gepasst hätte). Der abwechselnd bei ihm (einmal im Monat Kino) und bei seiner „Jugendliebe" (alle übrigen Tage) lebe, mit beiden verstehe er sich prächtig (weil er sie selten zu Gesicht bekam). Er sagte seinem Sohn eine große Zukunft voraus (wenn er schon ohne Gegenwart war), jedenfalls habe er keine Hilfe seines Vaters nötig (und wehe, er würde danach fragen).

Mit Details der Beziehung eines jungen Mannes zu seinem Vater beschäftigten sich die beiden Zeitungen an diesem Tag aber nicht. Sie beließen es bei Andeutungen, sie tauchten das Leben von „Juni" in ein diffuses Licht, eines, in dem er der Komplize war und sein Vater der Haupttäter. Das passte besser zu dieser vermeintlichen Kriminalstory, die so alles bot, was sich gut in Schlagzeilen verpacken ließ: Politik, Intrige, ein Minister, ein Promisohn, Unglück, Glück, Opfer, Zeugen, ein geschichtsträchtiger Unfallort und vieles, das noch im Dunklen lag. Lesestoff für viele Tage.

Sabrina hastete einige Seiten weiter und betete, dass die bösen Geschichten und die üblen Bilder nicht mitliefen mit ihr weiter in die Zeitungen hinein, sondern blieben, wo sie waren. Sie wollte diesen Morast schnell hinter sich lassen. Aber als sie sich in vermeintlicher Sicherheit wog, als die prahlerischen Societyseiten winkten und das Fernsehprogramm mit der Aussicht auf einen ruhigen Abend auf der bequemen Wohnzimmercouch lockte, da holte sie das Schicksal ein.

Sie sah ihren „Minister für dies und das" erneut in den Zeitungen auftauchen, dieses Mal in einer Gesellschaftskolumne, und als sie die ersten Zeilen las, war sie verstört über den Sarkasmus und Zynismus, der ihr entgegenschlug. Da stand etwas von einer Uhr am Handgelenk ihres „Ministers für dies und das", 30.000 Euro soll sie gekostet haben. Die Zeitungen posaunten hinaus, dass sie „Nijo" auf diesen „Luxus" – der selbstverständlich „Privatsache" sei, es bliebe ja jedem unbenommen, was er anfange mit seinem Geld, in diesem Fall sei es halt Steuergeld – angesprochen hätten, er ihnen aber nur flapsig geantwortet hätte. Sabrina blickte sich ängstlich um und prüfte, ob jemand hersah, aber niemand nahm Notiz von ihr, es war wie immer in ihrem Leben.

Schließlich legte sie die Zeitungen weg, drehte sie um, damit sie nicht mehr auf die Titelseiten blicken musste. Sie litt still, nicht für sich, sondern stellvertretend für ihren Chef, zu dem sie aufsah wie zu einem Vater, den sie bemutterte wie ein Kind und den sie beschützte wie ein Drache, „Nijo", „Minister für dies und das", ihr „Minister für dies und das". Sabrina Beitler war seine Chefsekretärin. Sein Beige.

Das Melange in der City war ein traditionelles Wiener Kaffeehaus mit einem Gastgarten vor der Tür, die Metallsessel in Gelb, Blau und Rot waren meist gut gefüllt. Es war ein Treffpunkt des eher linken Wien, das Cappuccino gleich gegenüber zog eher die „Bürgerlichen" an. Sabrina Beitler saß an diesem Morgen im Melange, nicht aus einer politischen Einstellung heraus, denn auch die war beige, sondern weil es das erstbeste Lokal war, das sie im Schwindel vor die blasse Nase bekommen hatte.

Ein herrlicher Tag kündigte sich an, schon in der Früh hatte es über 20 Grad, aber es war nicht schwül, ein leichter Wind sorgte dafür, dass man es auch in der Sonne gut aushielt. Sabrina Beitler sowieso, denn sie schwitzte nie, obwohl sie meist etwas mehr anhatte, als es aufgrund des Wetters geboten schien. Auch das wurde von anderen bemerkt und sofort wieder vergessen.

Sabrina war alleinstehend, 38, hatte keine Kinder, Familie spielte in ihrem Leben keine Rolle, seit sie ihre Mutter verloren hatte, die ihre einzige Familie gewesen war und zu der sie eine ebenso starke Bindung gehabt hatte wie später zu „Nijo". Die paar Male, bei denen sie mit dem „Minister für dies und das" über private Dinge geredet hatte, bei Betriebsausflügen oder Weihnachtsfeiern etwa, war ihm aufgefallen, dass sie ihre Mama immer noch „Mutti" nannte, so wie es kleine Kinder häufig machen. Er fand das witzig, Sabrina normal. Als er darüber zu scherzen begann, war ihr das sichtbar unangenehm, er merkte es und ließ es bleiben, ohne „Mutti" deswegen weniger spaßig zu finden. Einmal Kind, immer Kind, dachte er sich.

Wie Sabrina es gewohnt war, ging der Kellner auch hier im Melange mehrmals achtlos an ihr vorbei, weil er sie einfach nicht bemerkte. Erst als sie mit einem Handzeichen auf sich aufmerksam machte, kam er an ihren Tisch, entschuldigte sich aber nicht, weil er dachte, sie hätte sich eben erst hingesetzt.

Sie trug ein beiges Sommerkleid mit beigen Blumen darauf, dessen Farbe so nahtlos in ihre blassen Beine überging, dass man nicht exakt wusste, wo das eine begann und das andere endete. Ihre aschblonden Haare hatte sie adrett zurechtgekämmt, ein beiger Haarreifen bändigte, was nie wild gewesen war. Sie trug einen farblosen Lippenstift und nur einen Hauch von Rouge auf den Wangen, was eine wohldurchdachte Entscheidung war, denn das Rot wäre die einzige Stelle an ihrem Körper mit richtiger Farbe gewesen. Sabrina war nicht sehr groß, knapp über 1,60 Meter, aber wie immer hielt sie sich so kerzengerade im Sessel und hatte die Beine so akkurat abgewinkelt, als bemühe sie sich beim Direktor einer Ballettschule darum, ihre Tochter als Elevin akzeptiert zu bekommen. Sabrina Beitler war eine Frau mit Haltung, das habe sie von ihrer Mutter gelernt, erwähnte sie einmal. Genau genommen, sagte sie „von Mutti".

Als Mutti noch lebte, gingen die beiden Sonntag immer gemeinsam in die Kirche, jetzt kniete sich Sabrina Beitler allein auf die klobige Holzbank. Sie war gläubig, las lieber in der Bibel als in Zeitungen, deren Grobheiten, Unverblümtheiten und Schamlosigkeiten sie verstörten. Was sie für den Beruf wissen musste, holte sie sich aus einem Clippingdienst, den das Ministerium bezog und der vom Internet bis zu den Printausgaben der Zeitungen alles scannte und rapportierte, was relevant sein könnte.

Trotz all ihrer tiefen und ehrlichen Gläubigkeit trug Sabrina Beitler nicht nur ein kleines Goldkreuz um den Hals, sondern auch ein Armkettchen, auf dem ihr Talisman, ein kleines Schweinchen, baumelte. Sie gab auch Horoskopen eine Chance, wusste ganz gut über die Bedeutung von Aszendenten Bescheid. Gott, Glücksbringer und die Sterne – Sabrina Beitler fühlte sich, was ihr Schicksal betraf, dreifach einfach besser abgesichert.

Man darf beige Menschen nicht mit grauen Mäusen verwechseln, denn das war Sabrina mitnichten. Sie konnte sehr resolut sein und fordernd, und sie war sich ihrer Stellung im Ministerium auch durchaus bewusst. Sie hatte einen kleinen Stab von Mitarbeitern, die sie gleichermaßen respektierten wie fürchteten, denn Sabrina duldete vieles nicht: Ungenauigkeit, Unpünktlichkeit, Faulheit, Oberflächlichkeit, Unwissenheit, Vertratschtheit, Kumpanei. Sie war die Richtschnur für sich und für andere, 24 Stunden am Tag im Dienst, loyal bis zum Tod. Erwartbar begraben in einem beigen Sarg.

Im Ministerium hatten sich die meisten an die zuweilen recht schroffe Art der Chefsekretärin gewöhnt. Sie war zwar häufig Gegenstand von Spott oder übler Nachrede und „Sabrinator" nur einer ihrer vielen Spitznamen, aber so gut es eben ging, kam jeder mit ihr zurecht, auch weil sie alle gleich schroff behandelte, bis auf einen natürlich, „Nijo".

Ihrem Minister stellte sie jeden Tag Punkt 9 Uhr einen Wasserkrug (Henkel immer nach rechts) hin und ein Glas, dessen Sauberkeit sie extra noch einmal prüfte. Sie nahm alle Anrufe entgegen, siebte und sortierte, versprach Rückrufe, wo nötig, überließ einiges ihrem Mitarbeiterstab, nicht ohne den Vollzug penibel zu kontrollieren. Nie vergaß sie selbst einen Anrufer, nie war sie zu einem zu freundlich und zu einem anderen zu garstig. Sie ordnete die Unterlagen von „Nijo" in eine blaue Mappe, seine Termine für heute, morgen und die nächsten Tage in eine rote Mappe, seine Post in eine grüne Mappe, seine Projekte in eine gelbe Mappe und legte alle vier Mappen links auf den Schreibtisch des Ministers, von oben nach unten in der Reihenfolge rot, grün, blau, gelb, nie anders. Der sauber gestapelte und geordnete Papierberg sollte Besuchern auf den ersten Blick klarmachen, dass hier außerordentlich viel gearbeitet wurde. Ein Montblanc-Füllhalter, der auf einem Notizblock mit dem Briefkopf von „Nijo" rechts auf dem Schreibtisch, vor dem Wasserkrug (Henkel nach rechts) lag, unterstrich, dass dies mit Stil und Genauigkeit passierte. IPhone, iPad und ein Ultrabook sollten Zeuge dafür sein, dass „Nijo" ein Mann von heute und von morgen war. Familienfotos zeigten, dass ihm Familie wichtig war. Wofür auch immer.

In Wahrheit machte sich „Nijo" nichts aus Familienerinnerungen, möglicherweise weil er sich aus Familie grundsätzlich nichts machte, außer in jenen Augenblicken, in denen Umgang mit der Familie seinem Fortkommen dienlich war. Familienerinnerungen auf dem Schreibtisch fielen, nach Einschätzung von „Nijo", nicht in diese Kategorie, aber Sabrina hatte darauf bestanden, das mache sich auf Besucher besser und verleihe ihm menschlichere Züge, sagte sie, wohl wissend, dass Verleihung bedeutet, dass man etwas bekommt, was man vorher nicht hatte. Als „Nijo" auch nach einigen Wochen von selbst keine Bilder beigebracht hatte, besorgte sie sich auf eigene Faust welche, telefonierte Familie und Bekannte ihres Chefs durch, ließ sich Fotos schicken, sie rahmen, eines Tages standen sie einfach da. „Danke", sagte „Nijo", mehr nicht. Sabrina strahlte trotzdem heller als der Kronluster im Ministerbüro über ihrem Kopf.

„Nijo" liebte sein Büro in einem alten Palais in der Wiener City, vor allem dessen Herrschaftlichkeit. 150 Quadratmeter groß, 20 Quadratmeter mehr, als er die Jahre zuvor in seiner damaligen Funktion als „Staatssekretär für dies und das" zur Verfügung gehabt hatte. Dazu lag es im Ministerium eine Etage höher, im dritten Stock, und erlaubte einen Blick auf den Stephansdom. Die Wände strahlten schönbrunngelb, vor allem wenn die Sonne nachmittags schräg durch die Kassettenfenster ins Zimmer fiel. Er hatte extra die Maler kommen lassen, bevor er übersiedelt war. „Nijo" erinnerte sich noch gut an den Moment, als er das erste Mal sein Büro betrat, umschwirrt von einer Horde Menschen, sah er aus wie der Fremdenführer, der Kreuzfahrtschiff-Passagiere auf Landgang zu betreuen hat. Die Tätigkeit vieler, die ihn umgaben, erschloss sich niemandem außerhalb des Ministeriums, vielen auch nicht innerhalb, aber „Nijo" störte das nicht. Er zeigte hierhin und dorthin, gab Anweisungen. Schreibtisch hierher, Bilder dorthin, Wände soundso streichen. Sabrina machte es später genau anders, er bemerkte es nicht oder sagte nichts, sie auch nicht.

Die Wände ließ „Nijo" mit moderner Kunst behängen, deren Schöpfer und Inhalte ihm nichts sagten, ihm aber bei Besuchern ein junges, dynamisches, gebildetes Image verliehen. Benjamin Eichhorn, Sissa Michelli, Markus Schinwald, Offspacearbeiten, manche aus Museen, alles Leihgaben. Zentral hing ein Anselm Kiefer, eine düstere Arbeit mit einem echten, festgeklebten Bettgestell als optischem Ankerpunkt. Keinen roten Heller habe sein Ministerium lockermachen müssen, erwähnte „Nijo" bei jeder sich bietenden Gelegenheit, und die bot sich vor allem deshalb, weil sie sich „Nijo" selber einräumte. Die Künstler und ihre Manager, Galerien und vor allem die Museen hatten sich fast geprügelt darum, in seinem Büro und den Vorzimmern ausstellen zu dürfen. Bei einigen stand die Verlängerung ihrer Verträge an, bei anderen die jährliche Subvention auf wackeligen Beinen. Man beißt die Hand nicht, die einen füttert. Fürs Beißen ist üblicherweise später noch genug Zeit da, wenn die politische Karriere eines Vielgelobten einen Knick bekommt, vor allem wenn sich dieser Knick, langfristig gesehen, nicht als Knick entpuppt, weil die Linie nie mehr nach oben geht.

„Zahlen", rief Sabrina. Nachdem der Kellner einige Male an ihr vorbeigegangen war, ohne sie zu beachten, legte sie das Geld ausgezählt auf den Tisch und verließ das Café Melange mit einem Lächeln. Die Niedergeschlagenheit, die Unsicherheit darüber, was kommt, die Verwirrtheit, was war – alles wie weggeblasen. Irgendjemand da draußen hatte zum Angriff auf „Nijo" geblasen, ihren „Minister für dies und das". Aber er hatte nicht mit Sabrina Beitler gerechnet. Beige sah Blutrot.

Kein Wort wahr

M artyna hatte mehrere Putzstellen, eine allein hätte ihre kleine Familie nicht ernährt, auch so kam sie gerade über die Runden. Montag bis Freitag stand sie um 4 Uhr Früh auf – Samstag und Sonntag durfte sie bis 6 Uhr ausschlafen – ging ein Stück zu Fuß, nahm dann den Bus, der sie zur Straßenbahn brachte, die Bim schließlich zur U-Bahn. Nach einer Stunde Reise quer durch Wien war sie an ihrer ersten Putzstelle angelangt, ein winziges Büro einer winzigen Firma, die winzige Büroklammern aus China importierte, wofür auch immer diese benötigt wurden. Das Lager der winzigen Firma stand natürlich woanders, und wenn Martyna mit dem Wischmob gedankenversunken hin- und herfuhr, stellte sie sich manchmal vor, wie es dort aussehen musste. Grüne, rote, blaue, schwarze, weiße, gelbe, violette Büroklammern, Millionen davon, und alle hatten sie von der Welt mehr gesehen als sie, die nur Polen kannte, ihre alte Heimat, und Wien, ihre neue Heimat, beides war ihr gleich vertraut wie fremd.

Vor zehn Jahren war sie nach Österreich gekommen, da war sie schon mit Franciszek verheiratet. Er schuftete am Bau, offiziell acht Stunden am Tag, meistens wurden es aber zwölf oder vierzehn, manchmal mehr, seltsamerweise ging es sich auf der Monatsabrechnung – wenn es denn eine gab – aber dann immer so aus, dass er genau acht Stunden am Tag gearbeitet hatte. Die Firma nahm es weder mit den Zahlen noch mit dem Zahlen ganz genau, oft kam am Monatsende überhaupt kein Geld und am nächsten auch nicht. „Schwierige Wirtschaftslage", sagte sein Chef dann achselzuckend zu Franciszek. Zum Glück für den Chef war die Wirtschaftslage aber dann doch nicht so schlecht, dass er sich nicht jedes Jahr einen neuen Mercedes leisten konnte, er wurde manchmal auch in Monaten zugestellt, an deren Ende Franciszek vergeblich auf seinen Lohn wartete.

Am Wochenende ging Franciszek pfuschen, da verdiente er das richtige Geld, das er und seine Frau sparten für ein Leben später in der alten Heimat Polen, obwohl sie immer weniger wussten, ob sie überhaupt einmal dorthin zurückkehren wollten. Unter der Woche arbeitete er für Sozialversicherung und Krankenkasse, um abgesichert zu sein, Samstag und Sonntag für die Familienkasse. Fünf Tage die Woche war er Österreich, zwei Tage Polen. Er kam spät heim, Martyna ging früh weg. Das eigentliche Wunder ihres Lebens war, dass sie zwei Kinder bekamen, ein Mädchen und einen Buben, obwohl sie sich doch so gut wie nie sahen.

Die erste Putzstelle am Tag lag in der Berggasse, gleich beim Freud-Museum. Martyna arbeitete hier die meiste Zeit allein, weil die drei Angestellten erst um 9 Uhr kamen. Sie fegte und wischte vier Stunden am Tag, eigentlich zu viel für dieses Winzigheftklammernbüro, aber sie rechnete nach Zeit ab, worüber sollte sie sich also aufregen, vor allem, da sie doch das Geld schwarz ausbezahlt bekam. Der Chef der Firma kam einmal im Monat früher, meistens schon knapp nach acht Uhr, und zählte Martyna die Banknoten in Zehnern bar auf die Hand ab. Sie fand, dass er selbst auch ein bisschen aussah wie eine Büroklammer. Man kennt das ja von Hunden, die mit der Zeit ihren Herrln immer ähnlicher werden und umgekehrt.

Die wenigen Freunde, die Martyna und Franciszek hatten oder besser, für die sie Zeit hatten, kamen allesamt aus Polen. Die beiden lernten Deutsch also eher, als würden sie in einem Bummelzug sitzen und nicht in einem Express, Martyna besser als ihr „Franzi", wie sie ihn nannte, denn er wurde auf den Baustellen immer mit einer seltsamen Verknappung von Worten angeredet. „Du schaufeln gehen." Oder: „Du Kübel rauftragen." Mit der Zeit redete Franciszek selbst in dieser Art und Martyna mit ihm, weil sie beide dachten, das gehörte sich vielleicht so. Und weil die beiden so redeten, wie sie redeten, redeten die anderen Leute auch so mit ihnen, der Bummelzug blieb also irgendwann auf halber Strecke einfach stehen.

Es war 9.05 Uhr, als Martyna an diesem Junitag aus dem Haus in der Berggasse trat. Während sie auf ihrer ersten Putzstelle gewesen war, hatte sich die Sonne aus der Dunkelheit einen heiteren Tag zusammengebastelt, es war warm, Martyna mochte das. Sie hatte eine halbe Stunde Zeit, um zu ihrem nächsten Arbeitsplatz zu gelangen, die Privatwohnung eines Rechtsanwaltes, sie besaß einen Schlüssel. Martyna blieb einen Augenblick im Hauseingang stehen, gewöhnte ihre müden Augen an das Sonnenlicht und betrachtete die Szenerie vor sich. Vor dem Haus parkte ein alter Mercedes in einer ungewöhnlichen blauen Farbe und einem Wunderbaum, Duftnote „Maj Taj", am Rückspiegel, der wohl roch wie die meisten Putzmittel, die sie in Verwendung hatte, mutmaßte Martyna. Sie sah eine junge Frau mit zitronenfaltergelben Haaren, die mit einem Smartphone in der Hand seltsame Verrenkungen vollführte, um sich und dieses seltsame Automobil gemeinsam auf ein Foto zu bekommen. Ein Stück weiter unten stand wenig später auf der anderen Straßenseite eine weitere Frau, das Haar nachtpfauenaugenbraun, die versuchte, mit einem Smartphone ein Selfie von sich zu machen. Martyna bemerkte, wie sie langsam einen Schritt nach hinten auf die Straße machte, und sie erfasste auch den Radfahrer, der von oben die steile Berggasse herunterfuhr, erst schnell, dann merklich langsamer. „Ein hübscher Bub", dachte sich Martyna und stellte sich vor, wie sie später einmal, wenn ihr Sohn älter ist, vom Sparbuch für Polen etwas Geld abhebt und ihm ein Fahrrad kauft, so eines, wie der Radler hier verwendete, das ja eher gebraucht aussah, ziemlich sogar. Martyna war eine gute Beobachterin, sie konnte sich Gesichter einprägen, oft erkannte sie Menschen, bei denen sie geputzt hatte, schwarz natürlich, nach Jahren auf der Straße wieder. Nicht alle freute das. Nun sah sie einen jungen Mann mit wuscheligem Haar, wuscheligem Bart und wuscheliger Figur, er hätte sich auch gut in einem Seeräuberfilm gemacht. Der Pirat saß auf einem schwarzen Fahrrad, dessen Steuerrad er herumreißen musste, um nicht ins Nachtpfauenauge zu krachen wie gegen einen Eisberg. „Forsch unterwegs, der Ministersohn", hörte sie den Zitronenfalter sagen, der eben an ihr vorbeiflatterte. Martyna dachte sich nichts weiter dabei und marschierte los Richtung Anwalt.

Der Newsroom vom „Alltag" glich an den meisten Tagen der Woche, wenn man genau sein wollte eigentlich immer, einem Bienenstock, aus dem alle Bienen ausgeflogen waren. Selten summten Redakteure hierher, sie blieben lieber in ihren Büros, sahen verträumt beim Fenster hinaus und fühlten sich wie Hemingway im Arbeitszimmer seines Gartenhauses, Whitehead Street 907, Key West. Als der Newsroom seinerzeit geplant worden war, dachte man, hier würde einmal das Herz der Zeitung pochen. Hier würden Geschichten besprochen, geschrieben und redigiert. Hier würden Absprachen passieren, was in die Zeitung käme, was online sofort publiziert werden sollte, wann welche Fotografen wohin fahren müssten, was kommentiert werden, welche Auslandseinsätze es geben könnte. Hier würde telefoniert, mit Korrespondenten kommuniziert, Titelseiten konzipiert werden, auf den riesigen Monitoren hätte man die Weltlage jederzeit im Blick, könnte sofort reagieren, in der Sekunde, Push-Meldung raus, schnell, schnell, vor allen anderen. Was nach Monaten herauskam, war am Leben recht weit vorbei gebaut, was daran liegen könnte, dass sich Hartmuth Borno („wie der Sex, nur mit weichem B") stark in die Planungen eingebracht hatte. Nun saß nicht einmal er mehr im Bienenhaus ohne Bienen.

Am Bienenhaus selber lag es nicht, dass keiner kam. Alles war poliert und blank, unbenutzt fast wie am ersten Tag. Die Sessel waren ergonomisch (und teuer), die Schreibtische edel (und schweineteuer), die Computer nagelneu (und sauteuer). Herbert Gstöttner hatte mehrere Versuche unternommen, den Newsdesk, das Kernstück des Newsrooms, mit Gebrumm zu erfüllen. Er hatte sich an mehreren Tagen nach der Konferenz demonstrativ hingesetzt und bienenfleißig begonnen, seine Arbeit zu verrichten, aber niemand war ihm gefolgt. Menschen kamen, grüßten höflich und gingen weiter. Als er am Nachmittag noch allein da war, verschwand auch Gstöttner wieder in seinem Büro und wurde zu Hemingway wie alle anderen.

Heute aber lief nichts wie sonst. Der Newsroom war so voll, als hätte die Bienenkönigin ihre Fühler in den Mund gesteckt und einen schrillen Pfiff ausgestoßen. Die Reporterinnen und Reporter flogen nun herbei aus allen Stockwerken, so schnell, als gelte es die Wiesenblume mit dem süßlichsten Duft als Erster zu erreichen. Wer zu spät kam und hinten stehen musste, stellte sich auf die Zehenspitzen und versuchte zu erkennen, was vorne passierte. Da stand der Führungskreis der Zeitung, also alle, die es tatsächlich waren, aber natürlich auch jene, die sich selber dazuzählten, aufgestellt wie ein Knabenchor, was insofern auch ein stimmiges Bild abgab, als die Gruppe fast ausschließlich aus Männern bestand, das war halt beim „Alltag" so. Hartmuth Borno hatte sich in die Mitte gezwängt und lehnte sich nun beängstigend weit nach vorne, um ja nicht zu verpassen, wie hier vor seinen Augen Historisches passiert. Nur zwei Personen saßen: Herbert Gstöttner, Chef vom Dienst, und – vor dem größten Monitor im Raum, der mit dem mächtigsten Speicherplatz, den neuesten Programmen drauf und jener, der in der Früh immer am penibelsten abgestaubt wurde, also jener des Chefredakteurs eigentlich – Jennifer „Jenny" Navratil-Hartinger, die Königsbiene an diesem Tag, vielleicht nicht nur da. Sie trug ein schlichtes Kleid in Leopardenprint – nichts war in diesem Sommer angesagter –, das ein gutes Stück über dem Knie endete, die Bügel ihrer Sonnenbrille steckten wie immer im nachtpfauenaugenbraunen Haar fest wie Lanzen, die in den Boden gerammt worden waren. Der Chor blickte immer wieder auf den Bildschirm, dann auf die gut gebräunten Beine der Volontärin, hin und her und hin und her, und die Knaben wussten nicht, was sie mehr erregte – beim Entstehen einer großen Geschichte zuzusehen oder beim Entstehen einer großen fleischlichen Lust. Nur Jenny Hart war die Ruhe selbst. Als würde sie mutterseelenallein im Raum sitzen, tippte sie gelassen, was ihr gerade in den Sinn kam, die Fingernägel – ebenfalls Leopardenprint – machten auf der Tastatur „klack, klack". Hin und wieder gab ihr der Chef vom Dienst Tipps, wie man das eine oder andere vielleicht besser formulieren könnte, sie nahm die Vorschläge auf oder ignorierte sie, niemand fragte sie nach den Gründen für das eine und auch nicht für das andere. Auch Hartmuth Borno brachte Ideen ein, die von Herbert Gstöttner mit Euphorie begrüßt wurden, Jenny überhörte sie allesamt, kein einziger Vorschlag fand Eingang in den Text. „Dann werde ich einmal den Kommentar schreiben gehen", sagte Hartmuth Borno schließlich mehr zu sich selbst als zu den Umstehenden. Die überlegten, was schlimmer sei, sich die Ideen des Chefredakteurs weiter anhören oder morgen seine Gedanken lesen zu müssen. Als sie noch lange nicht in die Nähe einer Entscheidung gekommen waren, hatte ihr Chefredakteur den Newsroom fast schon zur Hälfte durchschritten. Die Lücke, die er hinterließ, schloss sich in der Sekunde. So ist es oft im Leben, auch wenn das viele nicht wahrhaben wollen.

Es gefiel Martyna, sich mit Gott über den Teufel zu unterhalten, auch wenn sie nicht genau wusste, mit wem sie hier sprach. Wenn ihr das an den anderen Putzstellen passierte, sie also kurz für einen Plausch innehielt, kam recht rasch der Chef und forderte sie barsch auf, endlich weiterzutun, denn er zahle sie ja schließlich nicht für den Austausch von Gedankengut. Aber hier, in Cap Canaveral, fuhr sie seltsamerweise keiner an, im Gegenteil.

„Ich bin der Herausgeber dieser Zeitung", sagte der freundliche Mann zur ihr, nachdem er ihr einen Kaffee hatte bringen lassen. Aber sie verstand nicht.

„Der Chefredakteur."

Immer noch Dunkelheit.

„Der Chef."

Es wurde heller.

„Mir gehört der ganze Schas da."

Erleuchtung.

In dieser Situation half es Martyna ungemein, dass „ihr Franzi" recht häufig Flüche und Kraftausdrücke von seinen Baustellen mit heimbrachte.

Martyna fand vor allem den Schreibtischsessel aufregend. Sie saß im Mittelkreis des Newsrooms von „Immer Alles" und drehte den Stuhl ein kleines Stück nach links, dann nach rechts und wieder nach links, zog und drückte an Hebeln unter der Sitzfläche, worauf sich der Sessel krümmte oder ausstreckte. Mit einem Mal schmerzte ihr Rücken nicht mehr, denn sie versank gemeinsam mit ihm in der weinroten Polsterung und tauchte nur mehr auf, um am Cappuccino zu nippen, mit Milchschaum und Kakaopulver obendrauf, alles so wohlschmeckend und um Lichtjahre besser als das Automatengesöff, das sie kannte. Ein Mädchen, offenbar die Sekretärin des Schas-Herausgebers und auffallend hübsch, wie Martyna befand, fragte sie alle paar Minuten, ob sie etwas brauche. „Mineralwasser vielleicht, sehr prickelnd, normal prickelnd, still oder ganz still? Etwas zu essen, ein Wurstbrot, eine Käseplatte, ein Wiener Schnitzel oder doch etwas Süßes vielleicht? Oder bist du Vegetarierin, Veganerin, Frutarierin? Ich kann alles organisieren."

Das war Martyna auch aufgefallen. Alle hier redeten sie per du an, aber nicht so verächtlich wie sonst die Chefs auf ihren Putzstellen, auf den Ämtern oder an der Supermarktkasse, wenn sie etwas nicht sofort verstand, sondern freundschaftlich, so als sei sie ein Teil einer Gruppe geworden, die eine große Verschwörung plante.

Das gefiel ihr, wie ihr überhaupt alles hier gefiel. Ihr Staubsauger war weggetragen worden („brauchst du heute nicht mehr"), ihre Kolleginnen von der Putzkolonne schauten aus allen Winkeln des Newsrooms zu ihr her und verstanden ebenso wenig, was vor sich ging, wie Martyna selbst, die bemuttert wurde, als hätte sie in naher Zukunft eine ansehnliche Erbschaft zu vergeben.

Vor ihr auf dem Computermonitor flimmerte noch immer das Bild des Ministersohnes, der dieses Wunder offenbar ausgelöst hatte.

„Der fährt also wie der Teufel", flötete der Chef, dem der ganze Schas da gehörte, wie er selbst behauptet hatte. „Woher weißt du denn das?"

„Hab gesehen."

„Wo?"

„Berggasse."

„Wann?"

„Heite frih."

„Und was?"

„Was und?"

„Was passiert?" Gott begann zu reden wie Martyna, bemerkte es und besserte sich aus. „Was ist denn heute Früh passiert, meine Liebe?"

„Na, der fehrt wie Teufel mit Radl runter die Berggasse und fast Mädl um."

„Der junge Mann, der hier auf dem Bild zu sehen ist, hat also fast ein Mädchen zu Tode gefahren?"

„Zu Tode? Weiß nicht."

Gott beharrte nicht auf seiner Formulierung, er beschloss, später noch einmal darauf zurückzukommen.

„Woher du wissen, dass das Ministersohn ist?"

„Zitronenfalter hat gesagt."

„Wie Zitronenfalter?"

„Na, der Zitronenfalter dort."

„Mein Gott", dachte sich Gott, und seine Schultern falteten sich zusammen tatsächlich fast wie die Flügel eines Schmetterlings. „Was passiert hier?" Eben noch dachte er, die Geschichte des Jahres erschnuppert zu haben, nun roch alles nach Blamage. Ein Zitronenfalter? Im Ernst? Ein Zitronenfalter hatte ihr erzählt, dass dies der Ministersohn sei? Was stimmte denn dann überhaupt an der wilden Radlfahrt, von der sie erzählte? Ein Stück, okay, das könnte für „Immer Alles" reichen. Aber vielleicht war fast gar nichts wahr? Gut, das wäre jetzt auch nicht so schlimm, aber was, wenn die Geschichte vollkommen der Fantasie einer Putzfrau entsprungen war, die mutmaßlich schon häufig den Dämpfen von Reinigungsmitteln ausgesetzt worden war?

„Aha, ein Zitronenfalter hat dir also gesagt, dass das der Ministersohn ist. Und ein anderer Schmetterling hat dir dann erzählt, dass er die Berggasse runtergerast ist, oder was?" spottete er.

„Nicht erzählt."

„Was dann?"

„Anderer Schmetterling war Opfer."

„Anderer Schmetterling?"

„Ja, so brauner."

Wenn sich Gott jetzt an den Computer gesetzt hätte, dann hätte er eine wunderliche Geschichte schreiben müssen. Sie hätte von einem geheimnisvollen Zitronenfalter gehandelt, und einem Nachtpfauenauge, von einem Ministersohn und seinem Fahrrad, von einer Putzfrau und ihren Erlebnissen in Wien. Kurzum: Es war keine Geschichte für „Immer Alles". Kein Blut, kein Promi, kein gar nichts.

Aber Gott war nicht bekannt dafür, schnell aufzugeben. „Also", sagte er. „Am besten, du erzählst mir alles von vorne."

Und Martyna legte los. Sie schilderte den Radler und wie er die Berggasse bergab gefahren war. Wie er um ein Haar in das Mädchen mit den nachpfauenaugenbraunen Haaren hineingefahren war. Wie sie vom Mädchen mit den zitronenfalterfarbenen Haaren erfahren hatte, dass dies der Ministersohn sei. Sogar den Mercedes mit der seltsamen blauen Farbe und dem Wunderbaum ließ sie nicht aus. Die Schultern von Gott entfalteten sich. Er schlug mit den Flügeln, dann hob er ab, flog durch den Newsroom, winkte allen zu und strahlte über das ganze Gesicht.

Jenny Hart war leicht ums Herz. Sie machte „klack, klack" und wieder „klack, klack", und bald war die Hälfte der Geschichte fertiggeschrieben. Sie sollte schildern, was sie erlebt hatte, haarklein, so war es mit Herbert Gstöttner vereinbart. Sie hatte zugesagt, aber zur Bedingung gemacht, dass sie selbst in der Geschichte nicht vorkommen wollte, warum, mochte sie nicht erklären. Der Chef vom Dienst akzeptierte das schließlich achselzuckend, nun saß er neben ihr wie ein Schüler zum Seitenumblättern neben einer Organistin.

Der Tag hatte begonnen wie viele im „Alltag". Nichts passierte zunächst, und das Wenige wurde von der Redaktion nicht bemerkt, nicht für wichtig gehalten oder in Geschichten verwandelt, die schon heute niemand lesen mochte, von morgen gar nicht zu reden. In die betuliche Stille hinein krachte es dann ohrenbetäubend. Es war ein Zischen und Fauchen und Explodieren. Durch ihre offenen Bürotüren hinaus sahen die Hemingways, wie Herbert Gstöttner, ihr Chef vom Dienst, wie ein Kugelblitz durch die Gänge fuhr, bei Türen hinein und wieder hinaus, Stockwerk rauf und runter und erneut den Flur entlang, es war, als würde es nie aufhören. Im „Alltag" wurde Geschwindigkeit von vielen als Untugend gesehen und große Geschwindigkeit als große Untugend, aber das hier war weder schnell noch langsam, sondern eine neue Form der Zeitrechnung, das wollte man genau sehen, und deshalb lösten sich alle Hemingways von ihren Schreibtischen und ließen ihre Berichte, halbfertig, aber selbstredend schon qualitativ hochstehend, zurück. Wem die Stunde schlägt, dem schlägt eben die Stunde.

Aus dem dünnen Gemisch an Erzählungen ließ sich für die meisten alsbald ein fester Kern destillieren, der für sie wie die Wahrheit aussah. Der Sohn des „Ministers für dies und das" habe mit seinem Fahrrad fast eine Fußgängerin zu Tode gefahren und war dann geflüchtet. Der „Alltag" habe die Geschichte aus erster Hand, und das war in diesem Fall wortwörtlich zu nehmen, denn das Opfer dieser „Schweinerei", wie einer der Reporter bemerkte, arbeitete für die Zeitung, wenn auch nur vorübergehend, aber darüber wird wohl noch zu reden sein. Nach und nach fanden sich alle im Newsroom ein, viele zum ersten Mal in ihrem Leben, und schauten auf den Rückenteil eines Leopardenprint-Kleides, die Männer ohne Umschweife auf die Beine von Jennifer „Jenny" Navratil-Hartinger, früher bekannt als „Jenny to go" oder „Jenny Smoothinger".

Der „Alltag" hatte eine Doppelseite freigeschlagen, um über die „Schweinerei" zu berichten. Es gab natürlich eine Hauptgeschichte, die von Jenny Hart stammte, ohne dass sie darin mit Namen vorkam, also eigentlich von Herbert Gstöttner, dazu ein Porträt von „Nijo", seinem Sohn und dem Rest der Familie. Die Politik sollte später eine Abrechnung über die maßlose Verschwendung bei der Bewerbung der Elektromobilität beisteuern, der Rechnungshof hatte hier ja den Finger in die Wunde gelegt. Als Illustrationen gab es eine Karte vom „Tatort", Bilder aus der Berggasse, natürlich Fotos von „Nijo", mit und ohne Familie und mit dem Kanzler. Im Mittelpunkt aber standen selbstverständlich die Serienaufnahmen, die Jenny Hart mit ihrem Smartphone geschossen hatte, 23 lagen vor, alle waren einander sehr ähnlich, trotzdem fanden sich sieben davon am Tag darauf in der Zeitung. Die Person im Vordergrund, Jenny Hart also, sah erschrocken drein, so viel war auf den Bildern noch auszunehmen, obwohl ihre Augen mit einem schwarzen Balken und der Großteil ihres Gesichts durch Verpixelung unkenntlich gemacht worden war. Im Bericht hieß sie Josefine H. (Name von der Redaktion geändert).

Die Skandalstory über die Elektromobilität wurde rechts außen platziert – „das bemerken die Leserinnen und Leser als Erstes", sagte Herbert Gstöttner – und üppig illustriert, „Nijo" sah auf den meisten Bildern ziemlich unvorteilhaft aus, die Fotoauswahl war aber sicher beiläufig erfolgt und nicht aus Heimtücke heraus. Das Herzstück des Textes steuerte Jenny Hart bei, und sie kleidete ihre Reportage so eindrucksvoll aus, wie sie sich sonst anzog. Sie schlüpfte in die Rolle des „Opfers" (das sie natürlich selbst war) und beschrieb in der Ich-Form, was passiert war, oder eben auch nicht. Dass Josefine H. (Name von der Redaktion geändert) vor dem Freud-Museum gestanden sei, das sie regelmäßig besuche (also alle zehn Jahre einmal), weil sie sich für Kunst (eher Körperkunst) und Geschichte (ihre eigene) besonders interessiere. Sie habe ein Foto machen wollen, um es ihrer Mutter zu schicken (via Instagram), und deshalb sollte das Bild besonders schön sein (um Follower anzulocken). Weil der Platz (vier Spalten, 10.000 Zeichen) doch eher knapp bemessen war, erwähnte sie nur kurz, dass sie auf die Straße getreten sei, dafür schilderte sie „die Schweinerei" des Radfahrers mit besonders großer Genauigkeit. Er sei die Berggasse hinabgerast (von der Formulierung „wie ein Irrer" riet ihr Gstöttner ab), das Fahrrad sei keinesfalls in verkehrstüchtigem Zustand gewesen, der Lenker habe es nicht im Griff gehabt, er sei bei Rot über mehrere Ampeln gebraust, direkt auf sie, Josefine H. (Name von der Redaktion geändert), zu.

Dann der dramatische Höhepunkt, Jenny war längst in einen Rausch verfallen. Sie, also Josefine H. (Name von der Redaktion geändert), habe den Radfahrer erst „im letzten Moment" bemerkt. „Eine Sekunde zu spät", und sie wäre jetzt vielleicht sicher tot. So aber habe sie noch einen „Sprung zur Seite" machen können, ihr Glück, also das von Josefine H. (Name von der Redaktion geändert), dass sie immer sehr sportlich gewesen sei. Der Radfahrer hätte überhaupt nicht reagiert, er wäre „voll in sie hineingekracht", wenn sie nichts getan hätte, er hätte „keine Chance gehabt", den Aufprall zu vermeiden. Die Folgen? Jenny schilderte sie als verheerend, blieb aber vage, weil sie die Wahrheit ja kannte. Damit niemand die Unschärfen bemerken konnte, fügte sie Füllwörter ein. Sie sei „wohl" zu Sturz gekommen, dürfte „offensichtlich" mit dem

Kopf am Randstein aufgeschlagen sein, habe „vermutlich" dabei das Bewusstsein verloren, jedenfalls könne sie sich an nichts mehr „genau" erinnern. Der Radfahrer, so sei es ihr geschildert worden, sei einfach weitergefahren, ohne sich um sie, die „mutmaßlich" Schwerverletzte, zu kümmern. Erst später habe sie, Josefine H. (Name von der Redaktion geändert), erfahren, dass es sich um Julius Niederjobststreibitzer, den Sohn des „Ministers für dies und das", gehandelt habe. Mit einem letzten „klack" tippte Jenny Hart einen Punkt, nahm die Hände von der Tastatur und lehnte sich zurück wie ein Komponist, der zufrieden sein Werk vollendet hatte.

Dann passierte Neues. Herbert Gstöttner applaudierte, erst er allein, dann setzte ein Zweiter ein, es folgten mehrere, schließlich applaudierte das ganze Bienenhaus, mit den Beinen, den Flügeln und den Fühlern. Jenny Hart fuhr mit dem Sessel zurück, stand auf, lächelte kurz in Richtung Arbeitsbienen, verneigte sich fast unmerklich und verließ den Bienenstock. Um den Rest sollte sich das Volk kümmern.

Gott schrieb jetzt wie der Teufel. Er wusste, dass ihm im Newsroom keiner das Weihwasser reichen konnte, wenn es darum ging, einer Geschichte die Kraft des Allmächtigen zu verleihen. Wenn es um Wahrheit oder Lüge ging, dann sahen seine Jünger – zum Unterschied von ihm – hinter jedem Baum Sünden lauern, die sich ihnen schnell in den Weg stellten. Recherche, Fakten, Genauigkeit, Checks und Gegenchecks, Zitierungen, Abwägungen, Abschätzung der Folgen – der Wald, den sie durchschritten, wuchs immer mehr zu, bis es ganz dunkel wurde, auch für die Leserinnen und Leser von „Immer Alles". Gott war die Schneise, die Lichtung, der Kahlschlag. Er kümmerte sich nicht um das, was ihn aufhalten könnte, weil ihn nichts aufhalten konnte. Er holzte ohne Zaudern ab, was im Weg stand, und hackte die Stämme klein und häckselte sie, bis kaum mehr etwas übrig war, fast kein Span Wahrheit, aber er machte das so geschickt und so spannend, dass dies keinen wirklich störte.

Natürlich hatte Gott auch Kritiker, viele sogar, die ihn beschimpften, seinen Stil, seinen Umgang mit der Wahrheit geißelten, die ihn aber heimlich bewunderten für seine Kraft, die lautesten Widersacher beteten ihn am meisten an. Gott wusste, dass die Wahrheit längst zu einer Handelsware verkommen war, keiner trieb bessere Geschäfte mit ihr. Wenn seine Zeitung wieder einmal etwas geschrieben hatte, das von der Wahrheit so weit entfernt war, wie es eben nur ging, um noch keine Lüge zu sein, dann behauptete er, seine Gegner würden schwindeln, Fake News verbreiten und vertuschen oder ihm einfach nur schaden wollen, ihm, der „als Einziger" die Wahrheit ans Tageslicht bringe, und er wurde nicht einmal rot dabei. Das sorgte für neue Empörung, und viele deckten auf, was alles falsch sei an den Geschichten in „Immer Alles", tatsächlich war ja nicht wenig frei erfunden, aber der Kreis, der in diese Aufregung einstimmte, wurde immer kleiner, ob aus Erschöpfung oder weil das Tun keine Folgen zeitigte, blieb unklar.

Die Lüge braucht nur einen kleinen realen Kern, um als Wahrheit durchgehen zu können. Ein größerer realer Kern ist ihr eher hinderlich, denn klein und schlank verbreitet sich alles besser und schneller. Und so passierte es jedes Mal, dass sich die Unwahrheiten von „Immer Alles" nach ein paar Tagen der Empörung als vermeintliche Fakten in anderen Medien wiederfanden. Die Lüge wurde als Wahrheit adoptiert, weil man es zunächst nicht besser wusste, und wenn man es besser wusste, dann war es zu spät, denn dann hätte man eingestehen müssen, dass man selbst Lügen verbreitet hatte, und das wollte keiner. So konnte Gott gefahrlos behaupten, was er wollte, ihm und seiner Zeitung passierte nichts, außer dass er dauerhaft im Gespräch stand, was in Zeiten medialer Erregtheit auch kein Schaden war. Gott erfand geheime Gesprächsprotokolle, die so geheim waren, dass sich nicht einmal die Beteiligten daran erinnern konnten, dass es überhaupt ein Gespräch gegeben hatte. Er deckte Pläne der Regierung auf, die von diesen Plänen gar nichts wusste, schob Politikern Worte unter, die sie so niemals gesagt hatten. Das störte keinen, denn aus den Lügen wurden häufig große Geschichten, auch in anderen Medien, Politiker stürzten sich auf etwas, das eigentlich gar nicht existierte, und machten es damit noch größer und damit vermeintlich wahrer. Trotzdem legte sich mit „Immer Alles" keiner an, denn Gott konnte einen für Tage in die Hölle schicken. Bei der Verteidigung seiner Lügen war er noch weniger ein Engel als sonst im Leben.

Gott gruselte Berichte über Verbrechen mit Details auf, die seiner Fantasie entsprungen waren, er unterstellte Prominenten neue Lieben, Trennungen oder Schwangerschaften. Wenn die Prominenten dementierten, wurde aus einer neuen Liebe, die es nie gegeben hatte, flugs ein „Blitz-Aus für Beziehung", aus einer Trennung, die nicht stattgefunden hatte, ein „Liebes-Comeback", aus einer Schwangerschaft, deren Zeugungsakt noch bevorstand, ein „Babyplan". Als die Prominenten merkten, dass ihre Entgegnungen sie der Wahrheit kein Stück näherbrachten, fügten sie sich. Sie gaben „Immer Alles" lange Interviews und kamen so zweimal oder sogar öfter in die Zeitung. Das brachte sie zwar der Wahrheit auch kein Stück näher, aber es richtete keinen Schaden an. Also zog ein Tross aus mehr oder weniger Prominenten durchs Land, die sich mehr oder weniger dauerhaft neu verliebten, sich trennten oder Babypläne schmiedeten. Das brachte das Land zwar ebenfalls der Wahrheit kein Stück näher, aber es fühlte sich unterhalten. Die Wahrheit ist ja, so ehrlich müssen wir sein, recht oft ein ziemlicher Spielverderber.

Die Zeitung von Gott war auch sonst oft mehr Dichtung als Wahrheit, und damit das nicht auffiel, legte er alle Artikel in einen Schaumteppich aus Superlativen. Es reichte nicht, dass eine (womöglich erfundene) Geschichte für Gesprächsstoff sorgte, nein, „alle" mussten darüber reden, „ganz" Wien, „ganz" Österreich, „die ganze" Welt. Alles war mega, giga, riesengroß. Alle und alles hatte(n) Fieber, alles war ein „Skandal" oder eine „Affäre", keiner ging nur lapidar irgendwohin, sondern alles wurde „gestürmt" und das „ganz". Wenn man nicht genau sagen konnte, was und ob überhaupt etwas geschehen war oder noch passieren wird, dann gab es „Wirbel" oder „Aufregung" oder „Drama" oder „Alarm", Menschen fanden nicht etwas gut oder schlecht, sondern wurden schnell zu „Wutbürgern", „Wutomas", „Wutwirten", „Wutlehrern", und das Ende des Zorns war noch lange nicht erreicht. Jede Gegenmeinung war eine „Attacke" oder eine „Watsche", jeder Fehler eine „Blamage", oft unterstrichen mit Ausrufen wie „Wahnsinn" oder „irre" oder gleich „Irrsinn". Wer vor einer Herausforderung stand, „zitterte". Regen, von Hagel oder Sturm gar nicht zu reden, war grundsätzlich da, um Landschaften zu „verwüsten", in der Regel „ganz", so stand also „ganz Wien" oder „ganz Österreich" unter Wasser und das mehrmals im Jahr.

Und so saß Gott an diesem Abend da, Martyna neben sich, und er schrieb wie entfesselt, ohne vorher gefesselt gewesen zu sein. Die Putzkraft nippte an ihrem dritten Cappuccino und wusste, dass sie in der darauffolgenden Nacht nicht zum Schlafen kommen würde, aber sie hätte wohl auch ohne Kaffee kein Auge zugemacht. Gott, dem dieser Schas hier gehörte, hatte ihr ein Angebot gemacht. Er würde ihr 1500 Euro zahlen, bar auf die Hand, so wie der Chef der Winzigklammerfirma, nur eben fünfmal so viel und nicht im Monat, sondern für die läppischen paar Stunden, die sie hier in diesem wunderbaren Schreibtischsessel verbringen durfte. Sie musste ihm lediglich die ganze Geschichte über den Sohn des „Ministers für dies und das" erzählen und durfte mit keinem anderen darüber reden.

„Das ist alles?", fragte sie erstaunt.

„Ja, alles", antwortete Gott und schob ihr das Kuvert mit den 1500 Euro zu. Martyna hätte es auch gratis gemacht, nur damit sie länger mit ihrem Rücken in diesen Schreibtischsessel hätte versinken dürfen, aber so wie es gekommen war, also auch noch bezahlt dafür, war es ihr natürlich lieber.

Ein Mann mit zwei Fotoapparaten um den Hals kam vorbei, und sie sollte mit ihm gehen, bedeutete ihr Gott. Sie musste den Arbeitskittel ausziehen und bekam ein schwarzes Jackett übergestreift, dazu sollte sie eine schwarze Arbeitstasche in die Hand nehmen, warum, wusste sie nicht. Der Fotograf machte erst ein paar Bilder von Martyna in Cap Canaveral, dann im Newsroom, schließlich fuhren sie mit seinem schwarzen Sportwagen in die Berggasse. Martyna musste aus dem Hausflur der Winzigheftklammernfirma herausgehen wie am Morgen zuvor, der Fotograf machte „klick, klick", dann fotografierte er sie vor dem Auto mit der seltsamen blauen Farbe, „klick, klick", vor dem Freud-Museum, „klick, klick", sie musste erst auf den „Tatort" zeigen, „klick, klick", dann auf die Berggasse, wo der Radler heruntergerast war, „klick, klick", schließlich auf die Stelle, an der ihr der Zitronenfalter begegnet war, „klick, klick". Martynas Zeigefinger hatte viel Arbeit an diesem späten Nachmittag. „Eigentlich ist ja nichts passiert", sagte sie auf der Rückfahrt zu „Immer Alles" zum Fotografen, aber der antwortete nicht oder tat so, als ob er nichts gehört hätte. Vielleicht musste er sich aber auch nur auf den Verkehr konzentrieren.

Die 1500 Euro waren leicht verdientes Geld. Gott schrieb, Martyna schwieg weiter, als sie wieder an seiner Seite saß oder besser lag, denn sie hatte den Schreibtischsessel nun mit einem der Hebel unter der Sitzfläche ganz nach hinten gekippt. Hin und wieder fragte er etwas, die meiste Zeit aber tippte er stumm in den Computer, was, wusste Martyna nicht. Sie fragte sich, wie jemand aus der Erinnerung eine Geschichte schreiben kann, die eigentlich sie erlebt und ihm noch gar nicht erzählt hatte, aber sie hatte davon gehört, dass außergewöhnliche Gehirne von außergewöhnlichen Menschen Wunderdinge vollbringen können. Dann blickte sie hinunter auf das Kuvert vor sich und fragte sich nichts mehr. Hätte sie lesen können, was Gott in den PC tippte, dann hätte sie sich gewundert. „Über diese Geschichte", begann er, „redet heute ganz Österreich." „Der Bonzen-Sohn eines umstrittenen Politikers (Monatsgehalt 18.733,05 Euro) rast eine junge hübsche Studentin fast zu Tode und flüchtet, ohne sich um sie zu kümmern. ‚Immer Alles' hat alle Details des Skandals."

Der erste Absatz gehörte der Wut von Gott. Der „vollkommen überschätzte Minister für dies und das" werfe das Steuergeld beim Fenster hinaus, um Reklame für eine „vollkommen verrückte Technologie" zu machen, schrieb er. Ein „Skandal" sei das, „ein Desaster", der Kanzler „empört". Der „Minister für dies und das" stehe kurz davor, „gefeuert zu werden".

Das Publikum war aufgewärmt.

Absatz!

„Und jetzt der nächste Skandal", schrieb Gott.

Absatz!

Auftakt für die Erzählung von Martyna ohne Beteiligung von Martyna. „Wann bist du aus dem Hausflur getreten?", fragte sie Gott einmal zwischendurch. „9.05 Uhr", antwortete sie. Gott hörte es, vielleicht aber auch nicht, jedenfalls sagte oder fragte er für eine lange Weile nichts mehr. Er hatte sich auf eigene Faust auf den Weg gemacht und schilderte nun haarklein, was passiert war, ob die Details stimmten oder nicht, kümmerte ihn nicht. Aus der Putzfrau machte er eine Managerin im Business-Kostüm und mit schwarzer Aktentasche in der Hand, der auf dem Weg ins Büro „der Schrecken ihres Lebens" widerfahren war. Die Geschwindigkeit des „skrupellosen Radlers" schätzte er auf 60 km/h, er ließ das Opfer auf die Gehsteigkante knallen, eine Minute lange bewusstlos sein und eine blutende Kopfverletzung erleiden. Im Schock habe sie es abgelehnt, mit der Rettung ins Spital gebracht zu werden. Gott deutete an, dass die „junge Studentin aufgrund der schweren Schädelverletzung" jetzt irgendwo tot in einer Wohnung in Wien liegen könnte. Er erfand ein Paar dazu, das nach dem Sex (Sex muss in jeder guten Geschichte vorkommen) aus dem Fenster auf die Berggasse geschaut und alles habe mitansehen müssen. Die Frau liege jetzt mit einem Schock im Spital (wegen des Unfalls, nicht wegen des Aktes). Er ließ ein paar weitere Augenzeugen in direkter Rede vorkommen. Was sie schilderten, klang nach einer Apokalypse aus Blut und Tränen, nach Schock und nach Empörung über den „Amokradler", diese

Bezeichnung zog sich durch den Text wie die Melodien der Titelhelden durch „Peter und der Wolf." Wer die Geschichte las, wurde in sie regelrecht hineingezogen wie in einen Fernsehkrimi. Mit der Realität hatte das Gebotene ebenso wenig zu tun.

„Fertig", sagte Gott dann und drückte auf „sichern". „Du kannst dir jetzt durchlesen, ob alles passt", wandte er sich an Martyna. „Super, oder?", sagte Gott und klickte den Text in diesem Moment weg. Martyna schaute in einen leeren Bildschirm und antwortete mit „Ja".

Dann tauchte ein junger Mann auf, den Gott herbeigewinkt hatte. „Jetzt machen wir noch ein Interview mit dir", sagte er zu Martyna. Sie ging mit dem jungen Reporter bis ganz ans Ende einer der Milchstraßen des Newsrooms, setzte sich ihm gegenüber auf einen der freien Schreibtischsessel, ringsum standen die Staubsauger der Putzkolonne wie Autos eingeparkt vor einem Shoppingcenter. Martynas Kollegenschaft – allesamt Frauen, Männer sind nur gut im Putzen von Autositzen – war heute zu allem gekommen, nur nicht zum Säubern. Der Reporter fragte, Martyna antwortete. Sie schilderte, was wirklich passiert war, und das geriet doch um einiges langweiliger, als es der Text für die Zeitung hergab, aber auch dafür gab es eine gute Lösung. Während Martyna und der Reporter nämlich in einem der Flügel miteinander sprachen, bediente Gott längst wieder seinen Computer als Klavier, auf dem er improvisierte wie ein wahrer Meister. Er tippte das Interview mit der „einzigen Augenzeugin des Verbrechens", das eigentlich gleichzeitig erst geführt wurde, aus dem Gedächtnis ab, ohne dass es vorher dorthin abgespeichert worden war, und auch aus diesem Grund hatte es „Immer Alles" exklusiv. Es war frei erfunden, aber nichtsdestotrotz, oder gerade deswegen, ein Hammer.

Die Stunde der Wahrheit

K önnen müde Witze munter machen? Die Frage lässt sich nicht mit leichter Hand beantworten, aber was mit Sicherheit gesagt werden kann: Hier halfen sie nicht. „Nijo" saß in seinem Sessel wie ein angeschlagener Boxer im Ringeck, die Arme hingen müde herab, der Körper wirkte übersät von Cuts und Hautrötungen, in seinem Kopf kreisten die Gedanken, als stünde er in der Pause zwischen Runde acht und neun vor der Frage, ob er sich auch noch den Kiefer brechen lassen will oder lieber seinen Trainer bittet, das Handtuch zu werfen.

„Ich verstehe es nicht", sagte er nach einer kurzen Weile mehr zu sich selbst als zu Kaiser Franz Joseph, der ihm gegenübersaß und über einen beachtlich langen Zeitraum erfolglos versucht hatte, ihn aufzuheitern.

„Was verstehst du nicht?"

„Wie aus nichts alles werden kann, das will mir nicht einleuchten. Es ist nichts passiert, gar nichts, null, niente, nada. Aber ich habe den Eindruck, als hätte jemand die Weltkugel angehalten, zeige nun mit dem Finger auf mich und befehle allen 8,5 Milliarden Menschen auf der Erde: ‚Dorthin, genau dorthin müsst ihr jetzt schauen, zu diesem Mann, der nichts getan hat.'"

Kaiser Franz Joseph amüsierte das. Er war blendender Laune, weil er für solche Situationen lebte, genau genommen, nicht nur für sie, sondern von ihnen und das beileibe nicht schlecht. „Schau", sagte er mit gütiger Stimme, „es ist halt, wie es ist." Erwartungsgemäß beruhigte diese Antwort „Nijo" nur in begrenztem Maße.

„Lass uns realistisch sein: Was ist denn wirklich passiert?" Kaiser Franz Joseph hatte die Frage mit Bedacht in die Runde gesät, aber er erntete nun nur ratlose Blicke.

„Eben nichts", antwortete „Nijo" nach einigen Augenblicken Stille.

„Ich frage noch einmal: „Was ist passiert?"

„Na gar nichts. Nichts!"

„Ich frage noch einmal. Was ist passiert?"

„Niiiichts."

„Okay, dann probiere es ich jetzt selber einmal", sagte Kaiser Franz Joseph. „Der Bonzen-Sohn eines Bonzen-Politikers, der Millionen Euro Steuergeld verprasst, der dem Kanzler zum Hals heraushängt und der ihn deshalb feuern will, rast mit einem lebensgefährlich desolaten Fahrrad eine junge hübsche Studentin um und lässt sie dann in ihrem Todeskampf einfach liegen."

Keiner am Tisch sagte auch nur ein Wort.

„Aber, aber, aber das ist doch kompletter Blödsinn", erregte sich „Nijo" nach einer Schrecksekunde, die beklemmend lange dauerte. „Ich bin kein Bonze. Mein Sohn ist kein Bonze. Ich verprasse kein Geld. Der Kanzler liebt mich. Niemand will mich feuern. Kein Mensch wurde umgerast, deshalb konnte auch niemand liegen gelassen werden, schon gar nicht in einem Kampf auf Leben und Tod. Und: Es war auch keine Studentin in den Vorfall verwickelt."

„Okay."

„Was okay?"

„Okay, wenn das so ist, dann ist es eben so."

„Was soll das heißen?"

„Wenn hier alle am Tisch der Meinung sind, es ist nichts passiert, dann ist eben nichts passiert. Basta. Blöd nur, dass ich in den Zeitungen heute meine Version der Geschichte gelesen habe, und jetzt steht sie auch im Internet, ist am Handy, auf Twitter, auf Facebook zu lesen, sie wird im Radio verbreitet und bald über die Fernsehsender, und wenn alle damit fertig sind, dann beginnt ein neuer Tag, und die Geschichte dreht sich weiter und weiter und weiter. Alle werden sie glauben. Die politischen Gegner werden sie ausweiden, der Druck wird größer werden, die Polizei wird an der Tür klopfen, bei deinem Sohn, dem Täter, und bei dir, dem Verantwortlichen für alles, und weil sie Ergebnisse liefern müssen, werden sie ein Delikt nennen, das ihr euch habt zuschulden kommen lassen, und jeder wird denken, die sind schon so gut wie verurteilt und warten nur mehr darauf, ihre Haftstrafe antreten zu müssen. Im Parlament wird über dich gestritten und ein U-Ausschuss eingesetzt werden, und immer wieder werden die Zeitungen berichten über den Bonzen-Politiker mit dem Bonzen-Sohn, das Etikett klebt jetzt an deiner Stirn wie ein Preispickerl auf dem besten Stück Lungenbraten im Supermarkt. Ausspucken werden die Leute vor dir auf der Straße."

Kaiser Franz Joseph merkte, wie er mit jedem seiner Worte Wirkungstreffer setzte. „Nijo" rutschte in seinem Sessel immer tiefer, ein paar Minuten noch, und er wäre unter der Tischkante abgetaucht. Dort wollte er ein U-Boot besteigen und weit hinausfahren auf das offene Meer, wo er nicht erreichbar wäre, von nichts und niemandem.

Die kleine Runde saß in „Nijos" Büro. Es war 9 Uhr morgens, ein prächtiger Tag, aber „Nijo", sonst eine sonnige Seele, fand heute keine lobenden Worte für die Leistungen des Wetters. Als er in der Früh aufgestanden war, hatte er sich über die vielen Nachrichten auf seinem Smartphone gewundert, aber zunächst nicht genau hingesehen, weil er sich nicht die Laune verderben lassen wollte von all den Nörglern und Besserwissern, die keinen Schlaf finden, weil sie so sind, wie sie sind, und die deshalb im Schutz der Nacht die sozialen Netzwerke fluten mit ihren kruden Gedanken. Am Abend davor war ihm untergekommen, was er zunächst als kleines Problem eingestuft hatte, jedenfalls nicht als eines, das Kaiser Franz Joseph nicht in Windeseile aus der Welt schaffen könnte. Deshalb hatte er ihn noch spät angerufen und um einen Termin für den darauffolgenden Morgen gebeten. Er war nicht sonderlich besorgt.

Er hatte sich verschätzt und das grob.

Denn als „Nijo" schließlich „Immer Alles" und den „Alltag" zur Hand nahm, die er sich, gemeinsam mit ein paar weiteren ausgesuchten Zeitungen zu Hause vor die Tür legen ließ, als er das Radio andrehte, die Morgensendungen im öffentlich-rechtlichen und dann im privaten Fernsehen sah, als er sich Facebook anschaute und danach Twitter, als er seine Anrufliste durchging, da wusste er: Es ist etwas passiert. Er verstand nur nicht, was, zumindest nicht sofort.

„Immer Alles" und der „Alltag" schrieben in ihren Titeln etwas von „Brisante Enthüllung", „Krimi um ..." oder „Thriller", gar von „Amok" und „Irrsinn". Aus dem Radio schnappte er Wortfetzen auf. „Vorfall", „bringt in Bedrängnis", „hat sich noch nicht geäußert", „unklare Situation". Die Fernsehsender zeigten Reporter im Morgengrauen in der Berggasse, die dicht an dicht nebeneinanderstehen mussten, so ähnlich sah der Hintergrund aus, vor dem sie gezeigt wurden. Die Moderatoren in den Studios stellten allesamt dieselben Fragen, die Journalisten vor Ort gaben allesamt dieselben Antworten. Wäre es nicht um ihn gegangen, hätte „Nijo" die Szenerie mindestens als so skurril empfunden, wie er sie jetzt tatsächlich als skurril empfand, junge Reporterseelen angelockt vom Duftstoff eines epochalen Ereignisses, zumindest in ihrer Wahrnehmung, und sie erzählten aufgeregt und aufgedreht über das Nichts, zumindest sah es „Nijo" so. Sie sagten, es habe einen „Zwischenfall" gegeben, „Nijos" Sohn sei wohl darin verwickelt, er habe auf einem Fahrrad eine Passantin mutmaßlich in Lebensgefahr gebracht, die möglicherweise gestürzt sei und sich schwer verletzt habe, man wisse noch nichts Genaues. Weil man noch nichts Genaues wusste, besprach man das Ungenaue umso ausführlicher. Es gab mehrere Einstiege, vielleicht waren es auch Wiederholungen. „Nijo", der sich mit seinem Cappuccino aus der Espressomaschine vor den Fernseher gesetzt hatte, begann zu schwitzen. Sein Smartphone gab stakkatoartig Pieps- und Fieps- und Klingellaute von sich, je nachdem, ob ein SMS, eine WhatsApp, ein E-Mail oder ein Anruf einlangte. Er wurde von allem reichlich bedacht an diesem Morgen.

Schließlich überwand er sich und nahm sein iPhone 8 in die Hand. Er öffnete die Twltter-App und las „787 Benachrichtigungen", 16 „direct messages". Er tippte auf das Logo mit dem putzigen Vögelchen, und in der Sekunde wurde ihm so heiß, als hätte er aus lauter Tapsigkeit heraus das Tor zur Hölle aufgestoßen. Er wurde angerempelt, beschimpft und bespuckt, die übelsten Tweets bekamen den größten Zuspruch und wurden mit Herzen überhäuft, er scrollte und scrollte, immer weiter nach unten und dann wieder hinauf, aber es wurde nicht besser, im Gegenteil. Es schien, als wäre ein Wettbewerb gestartet worden, wer die übelste Kommentierung schafft, aber es dürfte noch keine Entscheidung gefallen sein, denn die Angriffe gewannen immer noch weiter an Heftigkeit. Dic Artikel auf Facebook waren nicht besser, nur länger.

Schließlich fand „Nijo" Kraft, sich vom Handy loszureißen. Er ging ins Bad, rasierte sich, duschte, zog sich an, band sich eine Krawatte um, aber wenn ihn jemand, als er fertig war, gefragt hätte, was er in der letzten halben Stunde getan hatte, er hätte keine Antwort darauf geben können. Sein Geist war aus seinem Körper ausgezogen wie ein junger Erwachsener von daheim, jeder der beiden, „Nijo", sein Körper und sein Geist, lebten jetzt für sich in eigenen Wohnungen, jeder für sich lebte sein eigenes Leben.

Jetzt, mit Kaiser Franz Joseph an einem Tisch, kam es ihm vor, als würde jemand durch eine geschlossene Eingangstür zu ihm reden, nicht jedes Wort fand den passenden Schlüssel, nicht jedes bat „Nijo" ins Haus.

„Ich erkläre euch einmal, wie Journalismus heutzutage funktioniert", sagte Kaiser Franz Joseph und lehnte sich in seinem Fauteuil zurück. Er sah in die kleine Runde, die aus „Nijo" bestand, seiner

Assistentin, seinem Pressesprecher und zwei Leuten, auf die der „Minister für dies und das" hörte, aber deren Namen sich Kaiser Franz Joseph nie merken konnte oder wollte, „Bürobestand" oder „Inventar" nannte er diese Sorte von Wichtigtuern. „Stell dir einfach einen Wald vor, mit Tannen und Fichten und Eschen und Lerchen, die manchmal so dicht nebeneinanderstehen, dass es die Sonnenstrahlen kaum bis auf den moosigen Boden schaffen. Dazwischen gibt es immer wieder Lichtungen, als bräuchte der Wald Platz zum Luftholen und Atmen. Wege durchziehen diesen Wald, viele zerfurcht von tiefen Spuren der SUVs der Förster und Waldarbeiter. Es gibt natürlich Tiere in diesem Wald, große und kleine, wenn der Wind aufbraust, dann hört man diesen typischen, mystischen Pfeifton." Kaiser Franz Joseph bemühte sich, diesen „typischen, mystischen Pfeifton" nachzuahmen. Er schob die Lippen zurück, formte ein „O" und blies die Luft abwechselnd fester, dann sanfter aus. Er war nahe am Original, wie er fand, aber offenkundig nicht nahe genug, um „Nijo" beeindrucken zu können.

„Und?", fragte der Minister ungeduldig mitten hinein ins Pfeifen.

„Und jetzt stell dir vor, irgendwo in diesem Wald schießt ein Pilz aus dem Boden, im Dickicht, auf einer Lichtung, an einem Wegesrand, egal. Vielleicht beachtet ihn tagelang keiner, vielleicht auch mehrere Wochen lang, möglicherweise fällt er jemandem sofort auf, es spielt keine Rolle. Jedenfalls brüllt irgendwann irgendjemand auf Twitter los: „DA IST EIN PILZ."

„Nijo" sah ihn an, als wäre auch bei Kaiser Franz Joseph der Geist ausgezogen aus dem Körper wie junge Erwachsene von daheim, aber der Lobbyist war jetzt weder zu irritieren noch zu bremsen.

„Es ist nichts passiert. In einem einsamen Wald steht ein einsamer Pilz. Man weiß nicht, ob er giftig ist oder genießbar, rot, braun oder gelb, knackig oder wurmstichig, ob er duftet oder stinkt. Man weiß schlicht gar nichts, nicht einmal, ob es den Pilz wirklich gibt oder ob er das Produkt einer Fantasie ist. Egal! Macht nichts! Wen kümmert das? Es bricht los, so als wäre ein Bus mit Schwammerlsuchern in ein Waldgebiet gekarrt worden, die überzeugt davon sind, dass irgendwo zwischen den Bäumen ein Pilz zu finden ist, der aus Gold ist und unfassbar teuer. Alle rennen los, in alle Richtungen, die Körbe und Plastisackerln in der Hand, erregt wie läufige Hunde. Es wird gebellt, gejault und gewinselt. Einige fletschen die Zähne, knurren, schnappen zu, verbeißen sich ineinander, obwohl es vielleicht gar nichts gibt, worum es sich zu kämpfen lohnen würde. Manche wollen auch nur herumtollen, spielen, Spaß haben, andere mengen sich in die Streitigkeiten aus purer Lust ein, hetzen auf oder besänftigen. Es gibt die Dummen und die Klugen, die Wilden und die Rohen, die Nachdenklichen und die Strategen, die Trolle und die Hass-Animateure, die im Hintergrund die Wut managen und lenken. Ein Gekeife entsteht, unübersichtlich im Gesamten, aber irgendwie doch klar im Einzelnen."

Kaiser Franz Joseph ließ den Blick wandern und merkte mit Genugtuung, dass er nun die volle Aufmerksamkeit der gesamten Runde genoss. Sabrina Beitler, „Nijos" Assistentin, schien am meisten gefangen. Sie machte sich eifrig Notizen, feinsäuberlich, in Kurzschrift, mit gespitztem Bleistift. Er war beige. Kaiser Franz Joseph beschloss, sie nachher um eine Abschrift seiner historischen Rede zu bitten. Vielleicht ließe sich das zweitverwerten, zumindest in seiner noch ungeschriebenen Biografie.

„Und dann?", fragte „Nijo".

Kaiser Franz Joseph sah dem Minister direkt in die Augen. „Schwammerlgulasch."

„????"

Kaiser machte eine kurze Pause. Dramaturgie lag ihm, Regieführen auch, Inszenierung sowieso. Das hier war seine Bühne, sein Stück, sein Meisterwerk, sein Soloauftritt.

„Nun", sagte er, „diese Gruppe Schwammersucher im Wald, die es gibt oder vielleicht auch nicht, die einem goldenen Pilz nachjagt oder möglicherweise auch nicht, der existiert, eventuell aber auch nicht, erregt Aufmerksamkeit. Es beginnt, jeder will dabei sein, mitreden, wenn Geschichte geschrieben wird.

,Was ist da im Wald los?'

,Ich kann nur so viel sagen. Heute, 16 Uhr, das wird groß.'

,Kann das echt wahr sein?'

,Nicht euer Ernst, oder?'

Jetzt sind alle neugierig. Im Wald, da geschieht es heute. Alle recken die Köpfe, schauen hin, keiner will etwas versäumen. Dann sieht der Erste den Pilz, oder er glaubt das zumindest. Ganz aus der Ferne, jemand hält ihn wohl in der Hand. Das Bild ist noch sehr verschwommen, aber man weiß genug, um sagen zu können, dass der Pilz groß ist, riesengroß und mächtig und bedrohlich, und das muss hinausgeschrien werden in die Welt.

,Wahnsinn, ein Pilz.'

,Bist du deppert.'

,Ein Pilz? Das jetzt auch noch!'

,So einen Pilz habe ich noch nie gesehen.'

Jetzt haben alle Appetit auf die Sensation. Sie sehen nichts, weil die anderen ihnen den Blick verstellen, aber sie hören, wie der goldene Pilz in die Küche gebracht, gewaschen und geputzt wird, oder es wird ihnen zumindest davon erzählt. Öl kommt in die Pfanne, und die kleingehackten Zwiebeln werden dazugegeben. Es zischt und dampft nun, Rauch steigt auf, es ist laut und heiß und wild und ungezähmt. Um all den Lärm zu übertönen, schreien jetzt alle, keiner ist da, der zur Ruhe mahnt, der darauf hinweist, dass man noch gar nicht weiß, ob man etwas weiß, aber selbst wenn das jemand tun würde, man würde ihn nicht hören, denn die kleingehackten Zwiebeln brüllen so laut vor Schmerzen, und der Rauch nimmt allen die Sicht. Und weil keiner was hört und was sieht, werden alle wütend, und sie schreien ihren Zorn laut hinaus.

,Pilze im Wald? Ich kann für diese Regierung nur Abscheu empfinden.'

,Die Regierung hat die Kontrolle über den Wald verloren.'

‚Auf die kleinen Pilze geht man los, die großen bleiben ungeschoren.‘

‚Ein einzelner Pilz im Wald? Der nächste Rückfall in den Nationalismus.‘

‚Ich kann gar nicht so viel essen, wie ich kotzen möchte.‘

‚Erst die Pilze, dann die EU. Europa schafft sich ab.‘

Der goldene Pilz kommt in die Pfanne, ein kurzes, letztes Zischen, er verliert sein Wasser, das Leben in der Pfanne beruhigt sich, aber nur zum Schein, Wasserdampf steigt auf.

‚Der Pilz wurde noch unter der alten Koalition gepflanzt.‘

‚Als die Linken Pilze hatten, war das okay, aber jetzt ...‘

Dann kommt der Paprika dazu.

‚Dieser Pilz ist nicht von hier.‘

‚Es gibt zu viele Pilze im Wald.‘

‚Am wichtigsten ist, dass nicht noch mehr Pilze nachkommen.‘

Nur nicht zu lange mitrösten, sonst wird der Paprika bitter.

‚Das ist gar kein Pilz.‘

‚In diesem Wald wachsen diese Pilze gar nicht.‘

‚Pilze gibt es gar nicht, die sind eine Erfindung der Freimaurer.‘

Dann kommt die Rindsuppe dazu.

‚Menschen leben an der Armutsgrenze, und ihr hier redet über Pilze.‘

‚Über Pilze ist schon alles gesagt.‘

‚Typisch, ein Pilz wird erwähnt, die anderen nicht.‘

Kümmel!

‚Gutpilz.‘

‚Waldnazi.‘

‚Schwuler.‘

‚Du bist nur zu blöd, dich umzubringen.‘

‚Fick dich.‘

Lösch dich.

Deckel drauf, weichdünsten!

‚Früher haben die Pilze nach mehr geschmeckt.‘

‚Pilze enthalten Unmengen Schadstoffe.'

‚Ich esse seit Jahren keine Pilze mehr.'

‚Alle reden über Pilze, keiner mit ihnen.'

‚Die Menschen in anderen Ländern wären froh, wenn sie Pilze hätten.'

‚Kann man den Pilz nicht in Ruhe lassen?'

Etwas Petersilie dazu.

‚Pilze wurden schon bei Adorno erwähnt.'

‚Horaz hat Champions als die besten Pilze bezeichnet.'

‚Euripides soll seine Frau, seine Töchter und zwei Söhne an einem Tag durch Giftpilze verloren haben.'

Salzen, pfeffern.

‚Wasch mir den Pilz, aber mach mich nicht nass.'

‚Spinnen hier alle, oder pilz ich mir das ein?'

‚Was hat man, wenn man auf einen Pilz steigt? Fußpilz.'

Fertig!

Vielleicht kommen noch ein paar Memes dazu, wie Mehlstaub, Humor ist sowieso die schärfste Waffe, und irgendwann schießt irgendwo anders irgendein neuer Pilz aus dem Boden, und die Debatte wandert ein paar Meter weiter, und das Geschnipsle und das Gekoche und das Gedampfe und das Gewürze beginnt von vorne. Aber damit ist es noch nicht vorbei. Nun beginnt alles erst richtig.

Könnte man Gedanken sichtbar machen, dann wären nun über dem Kopf von „Nijo" und dem Rest der Runde große Fragezeichen erschienen. „Ich verstehe nicht, worauf du hinaus willst", sagte der „Minister für dies und das" aus der Stille heraus.

„Das wirst du sehr schnell wissen", antwortete Kaiser Franz Joseph und fuhr fort.

„Die Schreierei auf Twitter haben natürlich viele bemerkt, und die denken sich: Wenn so viele dazu etwas zu sagen haben, dann muss das ein wichtiges Thema sein, und sie schreiben darüber auf Facebook."

„Dann lesen andere Leute, was auf Twitter und Facebook geschrieben wurde, und denken sich, das muss ein wichtiges Thema sein, und stellen passende Bilder dazu auf Instagram und starten vielleicht eine Challenge, also etwa, wer am längsten im Wald so ruhig dastehen kann wie ein Pilz, oder einen ähnlichen Unsinn."

„Das sehen die Digitalreporter, und sie haben gelesen, was auf Twitter und Facebook geschrieben wurde, und sie sehen die Bilder auf Instagram, und sie denken sich, das muss ein wichtiges Thema sein, und sie schreiben auf ihren Nachrichtenseiten im Internet darüber."

„Das sehen dann die Zeitungsreporter, und die denken sich, wenn das auf Twitter und Facebook und auf Instagram und auf den Webseiten so viele Leute beschäftigt, dann muss das ein wichtiges Thema sein, und sie schreiben in ihren Zeitungen darüber."

„Die Radioreporter sehen, dass die Zeitungen darüber geschrieben haben, und sie denken sich, wenn das in der Zeitung steht und auf Twitter und auf Facebook und auf Instagram und auf den Webseiten so viele Leute beschäftigt hat, dann muss das ein wichtiges Thema sein und sie berichten in den Nachrichten darüber."

„Das hören die Fernsehreporter, und sie denken sich, wenn das im Radio so ein großes Thema ist und die Zeitungen darüber schreiben und sich viele Leute damit auf Twitter und Facebook und auf Instagram und auf den Webseiten beschäftigen, dann muss das ein wichtiges Thema sein, und sie berichten in den Hauptabendnachrichten darüber."

„Das sehen die Zeitungsreporter, und sie denken sich, wenn sogar die Hauptabendnachrichten darüber berichten, dann muss das ein besonders wichtiges Thema sein, und sie schreiben in der Zeitung am nächsten Tag, dass sie darüber als Erste berichtet haben und dass dies ein wichtiges Thema sei."

„Das empört die Leute, die auf Twitter und auf Facebook früher erkannt hatten, dass dies ein wichtiges Thema sei, und sie schreiben darüber auf Twitter und auf Facebook."

„Das lesen die Zeitungsreporter, und sie schreiben nun, dass dies gar kein so wichtiges Thema sei und dass Twitter und Facebook wie immer maßlos übertreiben würden."

„Das hören die Radioreporter, und sie machen Spezialsendungen und beleuchten das eine wie das andere."

„Das hören die Fernsehreporter, und sie laden zu runden Tischen und Debatten und lassen darüber streiten, ob das ein wichtiges Thema sei oder doch nicht."

„Die Digitalreporter tickern die Debatten."

„Twitter und Facebook debattieren die Debatten."

„Die Zeitungsjournalisten schreiben über die Debatte und die Debatte der Debatte."

„Und so fährt eine Geschichte rauf und runter wie ein Aufzug. Vielleicht steht auch der goldene Pilz mittendrin unter all den Leuten, und vielleicht hat er inzwischen einen Anzug an oder ein Businesskostüm und einen Hut auf, und wenn man nicht genau hinschaut, dann könnte man ihn für einen Bankbeamten halten oder einen Vertreter im Außendienst auf Innendienst. Der Aufzug bleibt hin und wieder in einem Stockwerk stehen, fährt weiter, hinauf, dann hinunter, dann wieder hinauf und wieder hinunter, Menschen steigen ein und aus, es könnten aber auch Pilze sein. Vielleicht weiß zu diesem Zeitpunkt gar keiner mehr, warum er überhaupt in diesem Aufzug steht, aber weil immer wieder Menschen – oder Pilze – kommen und gehen, irritiert das keinen, Hauptsache, man fährt mit, man ist dabei."

„Wie bringe ich den Aufzug zum Stehen?", fragte „Nijo", aber er wusste selber nicht so genau, welchen tiefen Sinn seine Frage haben könnte.

„Gar nicht, lass ihn einfach fahren."

„Ich bin also vollkommen machtlos, ich muss dem Treiben zusehen?"

„Keineswegs."

„Aber wenn ich den Aufzug nicht stoppen kann, dann fährt er immer weiter und weiter und weiter."

„Das macht nichts. Schau, die Menschen im Aufzug denken, sie tun das Bedeutsamste der Welt. Dieses Gefühl müssen sie haben, denn es blickt ja jeder her zu ihnen, zu dem Aufzug mit den Menschen und den Pilzen drin. Er fährt auf und ab, angestrahlt von Scheinwerfern, belagert von Reportern, die in die Kabine drängen. Aber von einem Augenblick auf den nächsten kann es aus sein mit den Scheinwerfern. Zisch."

„Was muss dafür passieren?"

„Ein anderer Aufzug mit Pilzen muss auftauchen und irgendwer den Reportern zurufen: ‚Schaut, da fährt ein neuer Aufzug und da noch einer und noch ein weiterer‘, und sie werden ihre Notizblöcke, ihre Kameras, ihre Handys mit den Diktafon-Apps und die Scheinwerfer packen und hinlaufen zu den neuen Pilzen."

„Wie stelle ich das an?"

„Sei kein Schwammerl!"

Kaiser Franz Joseph nahm die paar unbeschriebenen Blätter, die er vor sich auf dem Tisch liegen hatte, in die Hand, klopfte den Packen an der Unterseite gerade und stand auf. „Ich muss jetzt ein paar Vorbereitungen treffen", sagte er. „Um 16 Uhr sehen wir uns hier wieder. Trommel dein Team zusammen."

„Um was zu tun?", fragte „Nijo" und stand ebenfalls auf.

„Wir lassen Gras über die Pilze wachsen", lächelte Kaiser Franz Joseph. Keiner lächelte mit ihm mit. Er hatte damit gerechnet. Manche sehen eben den Wald vor lauter Pilzen nicht.

Zu schön, um wahr zu sein

N ichts im Leben ist reiner Zufall, oft passieren nicht einmal Zufälle zufällig. Als Emma das zweite Mal in der Wohnung von Hans war, kam sie ganz zufällig vor seinem Schrank zu stehen, ihre Hand schob aus einem reinen Zufall heraus die Schiebetür beiseite, per Zufall schaute sie ins Innere und war, wie es der Zufall so wollte, total erstaunt darüber, was sie sah. Der Schrank zog sich fast über die komplette Länge einer Schlafzimmerwand, war innen wie außen weiß (wie die Mauern in der gesamten Wohnung übrigens auch) und massiv gebaut, wohl Maßanfertigung, jedenfalls nicht so ein Imbus-Zusammengeschraubse wie von Ikea. Es gab Regalstangen, um Hemden und Anzüge aufzuhängen, Regalbretter, um T-Shirts zu stapeln, und ein paar Laden für Unterwäsche und Socken, die gaaanz laaangsam automatisch einfuhren, wenn man sie zuschob.

Je näher Emma Hans in den letzten Wochen gekommen war, desto weiter entfernt geriet ihre Einschätzung von jenem Mann, der beim ersten Treffen gewirkt hatte wie ein unbehandelter Holzklotz. Aber das hier überraschte sie trotzdem mehr als alles andere bisher. Natürlich gab es in dem Schrank gleich zwei Regalbretter, auf denen sich Holzhackerhemden türmten und das in allem möglichen Farben und Farbkombinationen. Selbstverständlich entdeckte sie auch Jeans. Der Rest des Innenlebens hätte aber auch gut zu einem Banker oder Oberstufen-Gymnasiallehrer passen können. Es gab ein paar Anzüge in Dunkelgrau und Dunkelblau, Hemden mit und ohne Manschettenknöpfe, die meisten in Weiß und Blau, T-Shirts bekannter Marken wie Ralph Lauren oder Hilfiger. Dazu Krawatten, mehrere Fliegen, sogar einen teuer aussehenden Smoking von Hugo Boss, wie sie am Etikett ablesen konnte.

Emma wusste nicht, was sie erwartet hatte, als sie die Schranktür – zufällig – beiseiteschob, am ehesten vielleicht einfach weniger von allem, jedenfalls keinen Smoking. Ein paar Jeans, die aussahen, als hätten sie schon mehrere Open Airs erfolgreich hinter sich gebracht vielleicht? T-Shirts mit Autogrammen angesagter Non-Mainstream-Bands oder mit Porträts von politischen Ikonen drauf? Ein paar Geschmacklosigkeiten, die gegen die Perfektion dieser Versicherungsvertreterwelt ankämpften? Was sie hier sah, war nicht die Grundausstattung eines Mannes, der Konventionen verachtete, das hier war der Schrank eines Spießbürgers, der sich seine Klamotten von einem Onlineberater zusammenstellen und liefern ließ. Oder Mutti hatte ihm alles bestellt und eingeräumt.

Schnell schloss sie den Schrank, denn aus dem Badezimmer hörte sie, dass Hans, der Schlacks von „Greenfuck", die Dusche verlassen hatte und nun, offenbar vor dem Spiegel stehend, „Mamma mia" pfiff. Er hatte die Tür zugemacht, als wollte er für einen Moment etwas Abstand bringen zwischen sich und Emma, die in einem überlangen, blauen Hemd aus dem Fundus von Hans dastand. Hin und wieder lugte ihr weißer Slip unter dem Hemdsaum hervor, so als wollte auch er die Wohnung in Augenschein nehmen und Emma helfen, die nicht klug wurde aus all dem bisher Gesehenen und die versuchte, die Einzelteile aus Erlebnissen und Beobachtungen zusammenzufügen, aber das alles ergab kein Bild. Es war eher so, als würde man versuchen, Einzelstücke verschiedener Straßenansichten aus London, Amsterdam und Rom ineinander zu puzzeln.

Sie erinnerte sich an ihr erstes Treffen mit Hans im Lokal ohne Namen, als diese seltsame Gruppe um den Wirtshaustisch saß und sich einzig darüber einig zu sein schien, dass man sich über nichts einig sein dürfe. Dann das Wiedersehen im Kellerraum von „Greenfuck", Hans vor dem riesigen Flatscreen, auf dem ein Fußballmatch übertragen wurde. Ein solches Monstrum von Fernseher stand auch in seinem Wohnzimmer, auf dem Glastisch davor sah sie mehrere Fernbedienungen, die so penibel nebeneinander gelegt worden waren wie Gabel und Löffel auf dem Tisch eines Dreihaubenlokals. Das ergab alles keinen Sinn. Da der Rebell, der alles hinterfragte, auch sich selbst. Der nicht festsaß in einer ideologischen Straßenbahn wie so viele in diesem Land, die Fenster vernagelt, um ja nichts anderes zu sehen als das, was man ohnehin schon kennt, das Ticket auf Lebenszeit gebucht. Nein, er nicht. Er stand jeden Tag wieder neu am Bahnsteig, bereit, in den ersten Waggon einzusteigen, der dahergerollt kam. Ziel unbekannt. Mit dem Emma ein Gespräch führte, so verwirrend und erfrischend zugleich. Der ihr eine neue Sicht auf die Welt vermittelte und der in ihr Gefühle weckte, die erloschen schienen seit dem Vorfall in Tirol.

Aber das hier? Die blitzsaubere Wohnung, die aussah, als traue sich kein Staubkorn bei der Tür herein, weil es Angst haben musste, erst gefoltert und dann grausam getötet zu werden. Das Bad, in dem es duftete wie in einem Pfirsichhain, mit Regenwalddusche und Fußbodenheizung und Parfums und Deos in der Schublade und das in einer Menge, als wäre hier die Beute aus einem Raubüberfall auf eine Drogerie zwischengelagert worden. Nirgendwo, in keinem Mistkübel der Wohnung, lag auch nur ein Wattestäbchen. Die Küche, schwarz, Marmor, sah aus, als wäre sie erst letzte Woche geliefert worden. Kein Kratzer auf der Herdplatte, keine Kante ausgeschlagen an den Möbeln, alle Geräte da, die per Knopfdruck Lebensgefühl vermitteln können, von der Sodamaschine bis zum Espressoautomaten, auch der mit Stil, italienisches Fabrikat, er könnte auch in einem Kaffeehaus am Graben stehen.

Die Wohnung lag im ersten Bezirk, beste Lage, Dachgeschoß, all das hätte Emma stutzig machen können, aber Liebe, auch solche, die sich erst im Aufbau befindet, sucht sich als erstes Opfer den Verstand aus. Also störte sie nicht, dass Hans, nachdem sie gemeinsam mit dem Lift in den letzten Stock gefahren waren, er die Tür aufgesperrt und sie eingelassen hatte, sie allein mit seinen Augen dazu brachte, dass sie sich in der Sekunde die Schuhe von den Füßen riss, er aber ihr in derselben Sekunde das genau Gegenteil einräumte („aber bitte, lass die Schuhe doch an"), obwohl doch jeder sah, dass bisher keiner, keine, weiter als einen Meter in die Wohnung gekommen war, der nicht bloßfüßig war oder in Strümpfen.

Die Wohnung gefiel Emma sofort, obwohl keine Spur von Land darin zu erkennen war und es auch keine Haustiere gab, die man hätte freilassen können, aber sie machte sie gleichzeitig auch klein. Sie fühlte sich wie eine Kundin, die in die Bank kommt und um einen Kredit bittet, der doppelt so hoch sein sollte, als sie es sich leisten kann.

Schon beim ersten Mal zog Emma in der Wohnung nicht nur die Schuhe aus. Hans, diesmal im Holzhackerhemd mit Grünstich, trat noch im Vorzimmer auf sie zu – nachdem er ihre Schuhe neben seine in die Ablage gestellt hatte – und küsste sie leidenschaftlich auf den Mund. Dabei hielt er ihren Kopf so präzise schief, als hätte er diese Position mit dem Winkelmesser vorab ausgemessen. Auf dem Weg ins Schlafzimmer, vorbei am Glastisch mit den Fernbedienungen, riss er ihr und sie ihm die Kleider vom Leib, was vor allem beim Holzhackerhemd, dessen Knöpfe so schwer durch die Löcher gingen, als wäre es das letzte Aufgebot, das sich dem Sex entgegenzustemmen versucht, keine leichte Aufgabe war. Neben der schwarzen Wohnzimmercouch – Ralf Benz – blieb Hans kurz stehen. Er küsste Emma noch immer, diesmal auf den Hals, gleichzeitig versuchte er, sein Hemd auf dem Fauteuil so sorgsam abzulegen, dass es möglichst wenig Falten warf. Als sie schließlich im Schlafzimmer gelandet waren, noch nicht im Boxspringbett, das wie ein Ungetüm in der Mitte des Raumes dastand, aber etwa auf halbem Weg dorthin, waren beide obenrum nackt, Emma hatte überhaupt nur mehr ihren weißen Slip an. Der Rest ihrer Bekleidung lag verteilt von der Wohnungstür bis ins Schlafzimmer und zwar fast so, als hätte sie Jeans, Pullover, Bluse, BH, Strümpfe ausgestreut wie Gretel auf dem Weg zum Knusperhäuschen. In einer raschen Bewegung ließ Hans nun von ihr ab, trat hinter sie, aber als sie dachte, er würde sie nun in den Nacken küssen oder mit den Händen sanft von hinten nach ihrem Busen greifen, um sie dann langsam nach unten wandern zu lassen, spürte sie ihn plötzlich überhaupt nicht mehr. Sie drehte sich um und sah, wie er seine Hose, sorgsam Falte auf Falte, auf einem Kleiderboy ablegte. Das Zweite, das stirbt, wenn man verliebt ist, ist die Fähigkeit, Situationen angemessen einzuschätzen und daraus die richtigen Schlussfolgerungen zu ziehen.

So lagen Emma und Hans wenige Augenblicke später im Boxspringbett. Der erste Sex dauerte nur wenige Minuten, er war arm an Stellungen, aber reich an Lust, beide erreichten den Höhepunkt fast gleichzeitig. Hans kam in ein Kondom, das er sich irgendwann so geschickt übergestreift hatte, dass Emma nichts davon mitbekam. Sie fand alles wunderbar, nicht den Orgasmus allein, der Männern oft ja wichtiger zu sein scheint als Frauen, sondern den Weg dorthin. Er löschte nicht alle Erinnerungen an Tirol aus, aber es machte das Bild diffuser. Lust nahm Last.

Hans verschwand im Bad, als er zurückkam, roch Emma, dass er geduscht hatte. Das Kondom sah sie nachher nie mehr wieder. Es lag in keinem Mistkübel, sie hatte nicht gehört, dass er es im Klo runtergespült hatte. Emma und Hans hatten noch einmal Sex in dieser Nacht. Diesmal stand er nicht auf und ging duschen, sondern schlief fast unmittelbar danach ein. Emma merkte es erst nicht, aber als sie ihn etwas fragte, bekam sie als Antwort nur einen sanften Schnarchton zu hören. Sie fand das süß. Liebe macht auch taub.

Sie lag noch eine Zeit lang mit offenen Augen im Bett, das weich und hart gleichzeitig war und den Körper auffing und hielt. Sie erinnerte sich, wie sie Hans nach dem Gespräch im Kellerlokal von „Greenfuck" wiedergesehen hatte. Auch wieder so ein Zufall. Emma war zufällig die Alserstraße entlanggegangen und per Zufall bei „Greenfuck" vorbeigekommen. Sie hatte nichts in der Gegend zu tun, aber auch nichts Weiteres vor, also kehrte sie, nachdem sie etwa 50 Meter am Kellerlokal vorbei war, um wie jemand, der etwas daheim vergessen hatte, marschierte zurück, zufällig erneut an den „Greenfuck"-Räumlichkeiten vorbei und ging dann zufällig noch ein paar Mal auf und ab, und schon nach einer Stunde war Hans da, und sie lief zufällig in ihn hinein. Er trug Jeans und Holzhackerhemd wie üblich, beim Parfum hätte ihr auffallen können, dass es teuer roch, aber auch diesen Sinn hatte ihr die Liebe genommen. Das erste Mal seit Tirol war sie willens, einen Mann näher an sich heranzulassen, genau genommen ganz nahe.

„Entschuldige", sagte sie kokett.

„Du wärst ein guter offensiver Mittefeldspieler", antwortete er mit einem Lächeln, „du hast einen Kopfstoß wie Zidane."

Emma verstand nicht, was und wen er meinte, obwohl sie inzwischen ein paar Zeitungsseiten Sport konsumiert hatte, zum ersten Mal in ihrem Leben. Zwischen all den Kriegsberichten und den bunten Bildern und den unzähligen Kolumnen von Veteranen des Sports hatte sie gefunden, was sie suchte – eine Liste mit all jenen Fußballspielen, die an diesem Tag im Fernsehen übertragen wurden. Da es ein Dienstag war, blieb das Angebot überschaubar. Emma fand ein Match, das auf einer der Seiten davor beschrieben worden war, also wichtig sein musste, und notierte sich die Übertragungszeit, 18 Uhr. Und wie es der Zufall so wollte, ging sie eben ab 17 Uhr vor dem Kellerlokal von „Greenfuck" auf und ab, weil sie vermutete, Hans würde kommen, da er sich das Spiel anschauen wollte, und sie behielt recht.

In ihrem Kopf, der sich offenkundig nicht nur für Kopfstöße eignete, lag der Satz natürlich längst abrufbereit parat, der jetzt kommen sollte, aber sie hatte nicht weit genug gedacht. „Hast du Lust, dich mit mir zu treffen", fragte sie und hätte sich im nächsten Moment gern auf die Zunge gebissen, denn natürlich hätte sie wissen müssen, dass man sich mit einem „Greenfucker" keine Treffen ausmachen kann. So etwas gab es ja nicht.

Zu ihrer Überraschung sagte Hans „gerne", zog ein nagelneues iPhone aus der Jeanstasche und öffnete eine Terminapp. „Passt es dir Donnerstag um 10 Uhr im Stadtmann?"

Emma dachte zunächst, er würde sie auf den Arm nehmen, aber er lachte nicht, sondern schaute sie freundlich und erwartungsvoll an. „Gut", brachte sie heraus. „Gut", antwortete er und nahm die erste Stufe ins Kellerlokal von „Greenfuck". Kurz danach, als sie nach wie vor dastand, als warte sie auf den Bus, hörte Emma erneut den Fernseher bis auf die Straße hinaus. Warum diese Fußballreporter immer so brüllen müssen; wenn man sie nicht versteht, kann man den Ton doch lauter drehen? Später erfuhr sie, dass ein Abschiedsspiel einer lokalen Fußballlegende übertragen worden war, dessen Name Emma so wenig sagte wie jener von Zidane. Adolf „Adi" Waller hieß er, ein Spieler von „Haudrauf Wien". Wenn das ein Fußballer ist, dachte sich Emma, als sie sich am nächsten Tag die Bilder vom Match im Internet ansah, dann sollte sie jetzt vielleicht daheim im Wirtshaus anrufen und den Burschen, die dort vor einem Bier saßen – nicht ihrem ersten mutmaßlich – mitteilen, dass sie unbedingt nach Wien kommen müssten, denn mit ihrer Figur könnten sie dort Karriere machen. Mit Bauch geht's auch.

Hans schnarchte nun etwas lauter, Emma gefiel das immer noch. Trotzdem stand sie wenig später leise auf, pickte ihre Kleidungsstücke auf tatsächlich wie eine Gretel, die nach dem Heimweg sucht, zog sich an, auch die Schuhe, die sie verärgert ansahen, weil sie es nicht weiter als einen Meter hineingeschafft hatten in diesen Traum an Wohnung. Sie machte kein Licht, blickte noch einmal zurück, ganz weit nach hinten in die Wohnung, sah die Silhouette von Hans, der nackt am Bauch lag und nun lauthals schnarchte. „Den hätte ich damals daheim gut brauchen können, um die Kühe aus dem Stall zu treiben", dachte sie und lächelte. Sie hätte natürlich die Nacht über bleiben können, aber sie fühlte sich nicht als Teil dieser Wohnung, auch nicht – vielleicht noch nicht – als Teil des Lebens von Hans, über den sie immer weniger wusste, je mehr sie über ihn erfuhr.

Sie zog die Tür zu und ging. Diesmal war es kein Abschied für lange.

Die Fassung bewahren

Am nächsten Tag rief Hans nicht an, nicht in der Früh, nicht zu Mittag, nicht am Abend. Emma hatte nicht erwartet, dass er sich melden würde, aber trotzdem umso leidenschaftlicher darauf gehofft. Sie saß in ihrem kleinen Zimmer im Studentenheim, der Boden kitzelte ihre Füße. Sie fühlte sich leicht, schwerelos, wie von einer Last befreit, von deren Existenz sie nicht gewusst hatte. Sie hatte den Sex mit Hans mit Leidenschaft genossen, auch weil er Leiden aus der Welt schaffte. Ihr Plan war aufgegangen, ihn wiederzutreffen, für alles, was danach passiert war, hatte sie vorab keine Überlegungen angestellt gehabt, zumindest redete sie sich das ein, denn vielleicht lag darin ja das Geheimnis ihres Hochgefühls. Sie flog in Gedanken noch einmal die Wohnung ab, so als säße sie an Bord einer Drohne. Sie sah Hans, die Backen seines nackten Hinterns hoben sich vom Bett ab wie die Karnischen Alpen vom Gailtal.

Dann schoss es Emma ein. Hans? Aber wie weiter? Hans soundso? Hans irgendwie? Sie hatte in der vergangenen Nacht Sex mit einem Mann gehabt, dessen Nachnamen sie nicht einmal kannte. War so etwas eigentlich strafbar? Wenn die Polizei geklingelt hätte, als sie noch bei Hans Soundso in der Wohnung war, etwa weil sich ein Nachbar wegen des Lärms beschwert hatte, dann hätte sie den Beamten gar nicht sagen können, mit wem sie diesen Lärm erzeugt hatte. Natürlich hätte sie die Polizisten zum Schlafzimmer führen,

auf die Karnischen Alpen zeigen und sagen können: „Mit dem da!"
Oder pfiffiger: „Mit dieser Gebirgslandschaft da." Aber wäre das
nicht reichlich seltsam gewesen, und hätten sie die Polizisten dann
nicht umgehend mit auf die Wache nehmen, sie einer genauen Per-
sonenkontrolle unterziehen und das Blut auf Alkohol und Drogen
testen müssen, weil ja nicht sein konnte, was gewesen war.

Emma wurde klar, dass sie über Hans so gut wie nichts wusste,
und das machte sie nun seltsam unruhig. Schlagartig waren die Erlebnisse in Tirol wieder da. Was, wenn sie in die Hände eines Ver-
gewaltigers geraten war? Eines Unholds? Eines Serienkillers? Sieht
so die Wohnung eines Massenmörders aus? Sind die im Fernsehen nicht auch immer so schrecklich aufgeräumt, und Putzfrauen
könnten mehr schmutzig machen als säubern?

Also setzte sie sich vor ihr Notebook und begann zu googeln,
zunächst suchte sie Informationen über „Greenfuck". Sie fand erstaunlich wenig über die Bewegung (die natürlich keine Bewegung
war), also nicht nichts, aber eine viel geringere Anzahl an Eintra-
gungen, als sie es vermutet hatte. In Titelzeilen tauchte „Greenfuck"
so gut wie nie auf, manchmal in den Beschreibungen darunter, und
wenn sie die Geschichten anklickte, dann stand die Bewegung (die
immer noch keine Bewegung war) erst im dritten, vierten Absatz,
eher so wie eine Randnotiz. Es gab eine Reportage über das Verbot
von Plastiksackerln, in der erwähnt wurde, dass eine „Bewegung"
(schon wieder), genannt „Greenfuck", die Initiatoren unterstützt
hätte. In einem zweiten Bericht wurden Papiersackerln als umwelt-
schädigend gegeißelt und Plastiksackerln als „viel besser als ihr
Ruf" bezeichnet, und es wurde auf eine wissenschaftliche Studie
verwiesen, die das bewiesen habe, die Mittel dafür hätte eine „Bewegung" namens „Greenfuck" bereitgestellt. Es gab Kampagnen für
oder gegen Atomenergie, Fotovoltaikanlagen, Wasserkraftwerke,
Gaskraftwerke, Windturbinen, Kohlekraftwerke, Dampfkraftwerke,
Geothermiekraftwerke, und jede dieser Energieerzeugungsarten
wurde jeweils als die schonendste und schädlichste für unseren

Planeten bezeichnet, das hätten Untersuchungen erbracht, mehrere davon waren unter Mitarbeit von „Greenfuck" entstanden. Einmal war „Greenfuck" für Autos mit Diesel oder Benzin, dann für E-Mobilität, für Wasserstoff, aber auch für ein komplettes Verbot des motorisierten Individualverkehrs. „Greenfuck" sah Zuwanderung als „Bereicherung", als „nötig, weil uns Fachkräfte ausgehen", oder als „größte Bedrohung des 21. Jahrhunderts". „Greenfuck" war für und gegen Olympische Spiele im eigenen Land oder anderswo, egal, ob im Sommer oder Winter. „Greenfuck" lobte oder kritisierte die Regierung, wenn sie Geld für etwas ausgab oder eben nicht.

Alles war, wie Hans es beschrieben hatte. „Greenfuck" war nicht schwarz oder weiß, sondern schwarz und weiß. Keine Aktionsgruppe, die sich auf ein Thema konzentriert hatte, keine Bürger- oder Protestbewegung, „Greenfuck" war einfach da, wofür, wusste sie nicht – noch nicht.

Emma wollte ihr Notebook schon zuklappen, als sie auf der dritten Ergebnisseite von „Google" einen Titel las, der sie gleichzeitig interessierte wie irritierte: „Fick dich, Greenfuck" stand da, dazu, „wie eine neue Bewegung unsere Gesellschaft zersetzt". Es wurde ein Reporter erwähnt, dessen Name Emma nichts sagte, der aber von sich behauptete, „ins Innere des Machtapparates eingedrungen" zu sein und nun die Wahrheit über die „Bewegung" (immerhin in Anführungszeichen gesetzt) berichten könne. Emma klickte den Link an.

Zunächst erfuhr sie Historisches über „Greenfuck", vieles blieb vage, obwohl man ja nichts Geringeres als die Verkündung der „Wahrheit" versprochen hatte. Die „Bewegung" (wieder in Anführungszeichen) sei um 2010/2011 in Skandinavien gegründet worden, mutmaßlich in Schweden oder Dänemark, offenbar von einem Brüderpaar, möglicherweise Zwillinge. Die Zentrale liege heute in Stockholm, wo, wisse man, wolle es aber nicht verraten, und eigentlich gäbe es keine Zentrale, denn „Greenfuck" verteile sich über die ganze Welt, das habe nicht nur, aber auch steuerliche Gründe. Das Geld der „Bewegung" würde munter hin- und hergeschoben zwischen Steueroasen wie Guernsey, Panama oder den Marshall Inseln oder Ländern mit günstigen Steuerregeln wie Irland oder Luxemburg.

„Nanu", dachte sich Emma. „Welches Geld? Die Holzhackerhemdgruppe aus dem Kellerlokal verfügt über Geld, Budget, internationale Kontakte?"

Als sie weiterlas, kam sie aus dem Staunen nicht mehr heraus. „Greenfuck" war nämlich nicht die Gründung eines versponnenen Brüderpaars auf Sinnsuche, sondern die beiden waren vorab Investmentbanker gewesen, ziemlich erfolgreiche offenbar, denn sie hatten genug Geld, um ihren frühen Lebensabend sinn- oder unsinnstiftend, in jedem Fall aber formidabel gestalten zu können. Sie stiegen aus dem Finanzgeschäft aus, als sie Mitte 30 waren, und ließen ein internationales Beratungsunternehmen eine Studie erstellen, welche Lücken es im Bereich des Aktionismus gäbe. Ein paar Wochen später, so der Bericht, sei ihnen ein 30-Seiten-Papier auf den Tisch gelegt worden, das sowohl eine klare Marktanalyse beinhaltete, als auch detaillierte Handlungsanweisungen. Der Strategieplan kostete zwei Millionen Dollar, gut angelegtes Geld offenbar, die Brüder bezahlten die Rechnung innerhalb von 24 Stunden.

Das Beratungsunternehmen „Yougetwhatyouwant" hatte bei der Marktanalyse ganze Arbeit geleistet. Es gäbe einen dicht besetzten Markt an Organisationen, weltweit und regional, die sich als „Bewegungen" identifizieren ließen, stand da. Hin und wieder fiel auch der Ausdruck NGO, also Nichtregierungsorganisation. Es werde ein Großteil der potenziellen Märkte abgedeckt und Geld für Umweltschutz, Katastrophenschutz, für die Dritte Welt, gegen Hunger und Durst und die Klimaerwärmung, für Waisen, Flüchtlinge, Obdachlose, Gewaltopfer, Behinderte, Kinder, dem Kampf gegen AIDS, der Erforschung seltener Krankheiten, dem Erhalt von Kulturpflanzen, für Wikipedia, Clowns im Spital, der Rettung seltener Kunstwerke gesammelt, um nur ein paar Aufgabengebiete zu nennen. Obendrein gebe es noch eine Reihe von Initiativen mit politischer Agenda, gegen rechte Politik oder für Feminismus etwa, die meist ebenfalls auf private Zuwendungen angewiesen wären, vom Staat allein könnte keiner leben, der sei ein zu unzuverlässiger Zeitgenosse. Es würde eine Reihe von Gütesiegeln existieren, die den Organisationen mehr oder weniger glaubwürdig Seriosität verliehen. Um es kurz zu machen: Der Markt sei weitgehend gesättigt, schrieb „Yougetwhatyouwant", für viele Probleme der Welt gebe es keine Lösung, aber recht viel Hilfe, um die Zeit, bis jemandem eventuell eine Lösung eingefallen sein könnte, zu überbrücken.

Dann kam das Konzept auf den zentralen Punkt zu sprechen. Nur weil es für fast alle Arten der Not eine Notlösung gab, hieß noch nicht, dass der Markt vollkommen verloren sei. Als Apple iTunes auf den Markt brachte, hätte bereits eine Vielzahl von Anbietern im Netz existiert, die Musik digital feilboten und das obendrein gratis. Apple verlangte Geld. Als das Unternehmen 2007 das iPhone launchte, verkaufte Nokia fast eine halbe Milliarde Handys jährlich und hatte weltweit einen Marktanteil von über 50 Prozent. Elf Jahre später überstieg der Börsenwert von Apple erstmals die Billionengrenze, Nokia war da nur mehr ein Nischenanbieter.

Und dann in Großbuchstaben, fett: „Die Chance lebt."

Entscheidend sei das Image, egal, ob man Smartphones, Wäscheklammern oder Teilnahme verkaufe. Auch eine Organisation, die sich für etwas engagiere, müsse cool sein, es müsse Sozialprestige bringen mitzumachen, wer nicht dabei sei, oute sich automatisch als gestrig, borniert, nicht hip.

„Yougetwhatyouwant" empfahl dem Brüderpaar den Aufbau einer Organisationsplattform, die vordergründig im Hintergrund agieren sollte. Die Schwäche der meisten Initiativen sei, dass sie „auf ein Problem fokussiert sind." Gäbe es ein öffentliches Interesse an diesem Problem, dann sprudle das Spendengeld, trete das Problem gesellschaftlich in den Hintergrund, werde aus dem Fluss ein Rinnsal, es drohe die komplette Austrocknung. „Jede Initiative, egal, wofür sie sich engagiert, ob sie dem Guten dient oder dem Bösen, der Lüge oder der Wahrheit, ist am Ende des Tages auch ein Wirtschaftsunternehmen", das werde gern und häufig vergessen. „Fließt kein Geld, müssen Mitarbeiter entlassen werden. Gibt es weniger Mitarbeiter, kann weniger geworben und kampagnisiert werden. Wird weniger geworben und kampagnisiert, fließt kein Geld. Fließt kein Geld, müssen weitere Mitarbeiter entlassen werden." Ein Kreislauf, aus dem nur Krisen heraushelfen können. Aber wie häufig kämen die schon und wie verlässlich? Und ohne den Teufel an die Wand malen zu wollen: „Was, wenn ein Problem endgültig gelöst wird? Wenn es etwa keinen Hunger mehr gibt auf der Welt? Das HI-Virus ausgerottet ist? Alle Menschen ein Dach über dem Kopf haben?" Dann stehen Organisationen da wie ein Unternehmen ohne ein Produkt. „Tausende verlieren ihre Jobs."

Das sei die Marktchance, schrieb „Yougetwhatyouwant". Das Brüderpaar, das namentlich in dem Bericht nicht genannt wurde, sollte Organisationen, Bewegungen aller Art, NGOs, Initiativen, Nachbarschaftsgruppen eine komplette Infrastruktur zur Verfügung stellen, so wie es McDonald's oder Starbucks machen. Die Bewegungen würden für einige Zeit oder für immer zu Franchisenehmern, in ihrem Fall nicht, um Burger oder Cappuccino herzustellen, sondern um etwas zu erreichen; was das jeweils sei, könne von Fall zu Fall immer neu definiert werden. Als Dienstleistung stelle man Personal, Medienarbeit, das Bespielen von digitalen Kanälen, Lobbying, das Bereitstellen von Studien plus Wissenschaftern, die Begründungen für oder gegen etwas liefern können, Buchhaltung, sämtliche Büroarbeit, Mailings, Kampagnen auf allen Kanälen zur Verfügung. Die jeweilige Organisation werde auf das bestehende System „oben draufgesetzt" wie ein Tupf Schlagobers auf einen Eisbecher. Dafür kassiere man 20 Prozent der Spendeneinnahmen plus einen Erfolgsbonus bei Erreichen vorher klar definierter Ziele. So werde es selbst für eine Einzelperson ohne finanzielles Risiko möglich, eine Kampagne zu starten, nach eigenem Ermessen Sinnvolles zu tun und nebenbei auch reich zu werden, wenn das nun die Absicht sei.

Als Name empfahl „Yougetwhatyouwant" die auf den ersten Blick verstörende Bezeichung „Greenfuck". Die Erstellung eines Logos war in den zwei Millionen Dollar inkludiert. Es zeigte einen Kreis, in dessen Mitte sich ein grünes Rufzeichen befand, und auf den ersten Blick nobel, reduziert und schick aussah. Mit einigem guten Willen aber konnte man den Kreis auch als Vagina interpretieren, eine Vagina mit einem Rufzeichen mittendrin. Der Name „Greenfuck" gewann dadurch eine doppelte Bedeutung, wie „Yougetwhatyouwant" im Konzept ausführte: Man könne es als „Grün fickt die Gesellschaft" lesen oder „Fickt euch, Grüne". Das Logo symbolisiere also perfekt, was „Greenfuck" sein wollte. Eine lose Plattform, von nichts und niemandem dauerhaft vereinnahmbar und instrumentalisierbar, die ihre Dienste jedermann und jederfrau anbiete, egal, aus welcher gesellschaftlichen, politischen, wirtschaftlichen Ecke der- oder diejenige auch kommen möge.

„Greenfuck" müsse dafür sorgen, dass die Laienhaftigkeit vieler Initiativen durch Professionalität abgelöst werde. Wörtlich: „Greenfuck wird die erste professionelle und kommerzielle Interessens-Plattform der Welt."

Zum Abschluss gab „Yougetwhatyouwant" einige Empfehlungen für den Außenauftritt des Unternehmens ab. Kernpunkt: „Aggressiv vorgehen, defensiv auftreten." Wer für „Greenfuck" in den Kampf ziehe, müsse wissen, dass es eine Schlacht sei. Vor allem die digitalen Kanäle müssten „offensiv" bespielt werden, auch unter Verwendung von Halbwahrheiten, Denunziationen, Erfundenem, die Schreiber versprachen eine genaue Ausführung demnächst.

Für „Greenfuck" sollte man internationale und nationale Lizenzen erwerben können, die Leitlinien müssten zu 100 Prozent eingehalten werden. Jede Landesorganisation dürfe im Kern nicht mehr als drei Mitglieder im Führungskader haben, die nicht gewählt, sondern von „Greenfuck international" bestimmt werden. Repräsentation sei verboten. „Greenfuck" trete auf wie eine Gruppierung (ohne eine zu sein), die kein Geld in teure Büros, Infrastruktur, Mitarbeiter stecke, die Landesleiter DACH, also für die Region Deutschland, Österreich und Schweiz, hätten als Dienstkleidung Holzhackerhemden zu tragen, das sorge für Markenbindung, erwähnt wurde als Vorbild „Abercrombie & Fitch".

In den nächsten beiden Absätzen widmete sich der Autor des Onlineberichtes der Einschätzung, was hier passiere. Er prangerte an, dass die Gutgläubigkeit der Menschen ausgenutzt werde. Dass ihnen, im Glauben, sich für eine gute Sache zu engagieren, das Geld aus der Tasche gezogen werde. Dass nicht transparent sei, was mit den Spenden passiere. Dass „Greenfuck" sich obszön viel Geld selbst behalte und dass letztlich eines der letzten Biotope zivilgesellschaftlichen Handelns durch einen globalisierten Konzern kommerzialisiert werde.

Emma fand die Kritik nachvollziehbar, wenn auch etwas dick aufgetragen, aber etwas anderes erregte ihre Aufmerksamkeit. Der Artikel endete mit dem Satz: „Als Leiter der Region DACH wurde Hans Globautschnig eingesetzt." Emma scrollte nach oben und nach unten, suchte im Text und an der Seite nach weiterführenden Links, um mehr über diesen Hans Globautschnig erfahren zu können, fand aber nicht mehr als einen Hinweis auf ein Foto, klickte es an und hatte – das erste Mal an diesem Tag – die Karnischen Alpen im Blick, wenn auch diesmal nicht die Gipfel.

So wahr
ich hier stehe

W eil Hans nicht anrief, meldete sich Emma bei ihm, beiläufig, zumindest versuchte sie es so erscheinen zu lassen. Den ganzen Vormittag über hatte sie überlegt, welchen Grund sie für das Telefonat vorschieben könnte, aber erst gegen Mittag fiel ihr eine Lösung des Problems ein.

„Hallo", sagte sie, nachdem Hans abgehoben hatte.

„Hallo, schön, dass du dich meldest. Du fehlst mir."

Im selben Augenblick vergaß Emma, welcher beiläufige Grund ihr für das beiläufige Telefonat eingefallen war, sie brachte lediglich einen Satz heraus: „Du mir auch." Liebe greift nicht nur nach den Sinnen, sondern manipuliert den ganzen Menschen, im Guten wie im Bösen.

„Können wir uns sehen?", fragte Emma.

„Gerne! Bei mir?"

„Mir ist mehr nach Reden."

„Okay", antwortete Hans, und Emma konnte in seiner Stimme keinen Anflug von Scham erkennen, weil er sofort – und als Einziger – an Sex gedacht hatte, aber das überraschte sie nicht. Sie sah Hans nun vor sich, wie er sein Handy auf Lautsprecher stellt, den Terminplaner öffnet und nach einem freien Platz für Emma sucht, aber auch das bedrückte oder gar verärgerte sie nicht. Liebe kann groß machen, aber auch klein.

„Gut, ich habe heute ein paar Termine", sagte er. „Natürlich ist nicht genau festgelegt, wann diese Termine sind und worüber geredet wird, oder nicht, aber ich sehe hier, dass um 17 Uhr alles fertig sein müsste, wenn man das so präzise vorhersagen kann."

Emma fand es putzig, wie Hans das Image von „Greenfuck" hochhielt, wo sie nun doch wusste, was hinter der Bewegung, die keine sein wollte, tatsächlich steckte. „Also um 17 Uhr oder nicht, im so genannten Lokal von ‚Greenfuck', oder nicht?", fragte sie und freute sich darüber, dass sie den spöttischen Unterton so gut hinbekam.

„Okay", antwortete Hans und legte verwirrt auf.

Als Emma knapp nach 17 Uhr ins Kellerlokal von „Greenfuck" kam, hörte sie erneut Hans früher, als sie ihn sah, besser gesagt, sie vernahm wiederum das Gebrüll seines Fernsehers. Zumindest der letzte Termin seines Tages, schlussfolgerte sie, musste mit Fußball zu tun gehabt haben. Sie fühlte sich bestätigt, als sie die Stufen hinunterging und vom Treppenansatz aus sehen konnte, wie Hans, diesmal in einem blauen Holzhackerhemd, kerzengerade vor dem TV-Gerät saß wie ein Firmling in der Kirchenbank. „Ist gleich aus", sagte er, ohne sich umzudrehen, „es gab Verlängerung." Was verlängert worden war und warum vorher etwas zu kurz gewesen war, verstand Emma nicht, aber es interessierte sie auch nicht sonderlich. Das Feuer in ihr für Fußball hatte nur kurz gelodert.

Sie antwortete nicht, sondern setzte sich zu Hans auf die Bank, vorsichtig diesmal, um nicht erneut in die Luft geschleudert zu werden, und legte ihren Kopf wie selbstverständlich auf seine rechte Schulter. So saßen sie da wie ein altes Ehepaar, das sich im Fernsehen die „Onedin Linie" oder „Das Haus am Eaton Place" anschaut. Wie lang, wusste Emma nachher nicht, denn sie nickte ein. Als sie aufwachte, hörte sie, dass sie nichts mehr hörte, denn das, was vorher zu kurz geraten war, um dann verlängert zu werden, war aus. Hinter der Scheibe des nun dunklen Fernsehers erholten sich die Spieler offenbar von den Strapazen des Matches, Hans saß weiter stocksteif da, nur die Firmungskerze fehlte zum perfekten Bild.

„Wie lange habe ich geschlafen?", fragte sie und nahm den Kopf von seiner Schulter.

„Eine Weile", antwortete er, und Emma ahnte, dass sie es nicht präziser erklärt bekommen wird.

„Du warst seltsam am Telefon heute", sagte er.

„Warum seltsam?"

„Seltsam spöttisch."

„Die letzten Tage hat es dich recht wenig interessiert, wie ich war."

„Ah, deshalb."

Emma war es peinlich, dass sie nun klang wie ein altes, zänkisches Eheweib. Sie hatte keinerlei Anrecht, über die Zeit von Hans zu verfügen, außerdem hätte ja auch sie selbst früher zum Telefon greifen können. Sie blickte Hans heimlich von der Seite her an, aber er sah weder zornig noch verstört aus.

„Ich habe ‚Greenfuck' gegoogelt", sagte sie.

„Das habe ich erwartet", antwortete er ruhig. „Es steht aber viel Unsinn im Netz, vor allem von dem deutschen Reporter, der vorgibt, sich bei uns eingeschleust zu haben."

„Warum klagen die Brüder Karamasow den Reporter dann nicht, wenn er offenbar Lügen erzählt?"

„Die heißen gar nicht ... netter Versuch."

Emma hatte es mit einer Finte probiert. Als sie im Internet über „Greenfuck" nachgelesen hatte, war sie auf die Gründer gestoßen, Zwillinge, früher Investmentbanker, die hinter der „Bewegung" stehen sollen. Ihr Name aber wurde nirgendwo erwähnt. Sie Karamasow zu nennen und Hans damit aufs Glatteis zu führen, war Emma zufällig eingeschossen, vermutlich weil sie den Roman von Dostojewski über „Die Brüder Karamasow" so gern mochte.

Hans war nicht verärgert, dass sie versucht hatte, ihn auszutricksen. Im Gegenteil, er fühlte sich gefordert, und das mochte er offenbar. Wenn er bisher gedacht hätte, Emma sei bloß ein blondes

Dummchen vom Land, was er natürlich nicht tat, dann war er spätestens jetzt der gegenteiligen Überzeugung, nämlich dass die Frau da neben ihm auf der Polstergarnitur mindestens so klug war wie attraktiv, und beides fand er gleichermaßen anziehend, er wusste nur noch nicht, was stärker war.

„Was stimmt, ist, dass wir eine Plattform sind, die Bewegungen aller Art unterstützt", sagte Hans.

„Das weiß ich", antwortete Emma, „aber mir war die Dimension nicht klar. Ich dachte, ‚Greenfuck' sei ein kleiner, bunt zusammengewürfelter Haufen, ein paar Studenten, die sich engagieren wollen. Jetzt lese ich im Internet, dass ihr organisiert seid wie Coca-Cola, Regeln habt wie die katholische Kirche und Umsätze maximiert wie Amazon."

„Du übertreibst. Ja, es gibt uns nicht nur in Österreich. Ja, wir existieren in mehreren Ländern der Welt und ja, die einzelnen Gruppen reden miteinander. Ja, es gibt ein Grundgerüst aus Regeln, aber die habe ich dir ja schon bei unserem ersten Treffen auf den Tisch gelegt."

„Das schon, aber so als wäre die Liste das launige Ergebnis eines bierseligen Abends in einem Wirtshaus, und nicht als handle es sich um die zehn Gebote."

„Ich verstehe die Aufregung ja, aber man muss realistisch bleiben. Wir leben in keiner Welt mehr, in der du erfolgreich mit Zeltstädten den Bau eines Kraftwerks stoppst, mit Lichterketten die Zerstörung des Amazonas verhinderst und glaubst, du bringst der Welt Frieden, wenn du dich an den Händen hältst. Die Unternehmen haben weitergedacht, die prügeln nicht mehr auf Demonstranten ein, hetzen ihre Anwälte auf dich oder ziehen dich in aller Öffentlichkeit in den Dreck. Nein, die sind nett. Die laden dich zu Gesprächen ein und sagen, sie verstünden dich, schließlich hätten sie selber Kinder, vielleicht zeigen sie dir sogar Fotos von ihnen. Die nehmen dich in ihr Beratungsgremium auf. Die erläutern dir ganz transparent, was sie planen. Sie fragen, ob du Unterlagen brauchst, und wenn du Nein sagst, dann schicken sie dir die Papiere trotzdem zu. Sie loben deine Arbeit, sponsern deinen Fußballklub, wertschätzen dein Engagement. Wenn du nicht aufpasst, liebst du diese Unternehmen bald mehr als deine Mutter."

„Das ist nicht dein Ernst, oder?"

„Doch, das sind Profis. Die haben riesige Beraterstäbe hinter sich, die ihnen alles vorsagen, was sie tun müssen. Lobbyisten, die im Hintergrund arbeiten, blitzsauber getrennt von den Unternehmen, auf die kein Schmutzfleck kommen soll. Marketingabteilungen, ohne deren Segen nicht einmal eine einzige Rolle Klopapier aufgehängt werden darf. Presseteams intern und extern, die jeden Satz durchkauen, ehe er offiziell ausgespuckt werden darf. Die Manager stehen blütenweiß da, treten im Fernsehen auf, spenden Millionen für die Kinderhilfe, UNICEF oder Greenpeace, und im Keller sitzen die Maschinisten und erledigen die ganze Drecksarbeit für sie."

„Und ,Greenfuck' macht jetzt dasselbe. Das ist die Lösung?"

„Nein, wir machen nicht dasselbe, aber wir arbeiten mit derselben Professionalität. Wer in dieser Branche naiv ist, verliert. Wenn jemand allein kämpfen will, gerne. Wir drängen uns nicht auf, wir haben den höchsten Respekt vor Einzelkämpfern, vor Menschen, die sich engagieren, die ihr Leben einem einzigen Gedanken unterordnen, aber wir glauben, dass man den Feind mit seinen eigenen Waffen am besten schlägt."

„Aber die Holzhackerhemden, diese Show mit dem grindigen Kellerlokal, dieses Gewäsch mit ,Jeder kann frei entscheiden, nichts ist fix, jeder, wie er mag', das ist doch nichts anderes als eine große, fette Lüge?"

„Nein, das ist Professionalität."

„Ihr seid also professionelle Lügner."

Hans lachte kurz auf. Er führte solche Debatten nicht zum ersten Mal, das merkte Emma nun, und plötzlich fügten sich die Puzzlestücke seiner beiden Leben wie von selbst zusammen. Die

Versicherungsvertreterwohnung und das Holzhackerhemd, keine Gegensätze mehr, sondern Teil eines stimmigen Gesamtbildes. Hans lebte nicht zwei Leben, seine Wohnung und seine Bekleidung waren zwei Teile ein und desselben Lebens. Das Holzhackerhemd war Arbeitskleidung wie beim Bergarbeiter Leinenkittel und Arschleder, das Boxspringbett, die weißen Wände und die penibel angeordneten Fernbedienungen auf dem Wohnzimmertisch waren das Gewand fürs Private, Offenbarung und Täuschung das eine wie das andere.

„Nein, wir sind keine Lügner, jedenfalls keine größeren als unsere Gegenüber", sagte er. „Wir arbeiten mit denselben Mitteln, es herrscht Waffengleichheit, vor und abseits der Kameras."

„Aber Engagement hat doch mit Enthusiasmus zu tun, mit Begeisterung, mit innerem Feuer. Ich gehe in einer Sache auf, ich würde mein Leben für sie geben, weil ich etwas für richtig oder falsch halte. Euch ist vollkommen egal, ob es gut oder schlecht ist, wofür ihr euch engagiert. Hauptsache, das Geld kommt bei der Hintertür herein."

„Du bist blauäugig."

„Was?"

„Du glaubst an das Gute, und das ist schön, aber eben blauäugig. Du stellst dich einem Kampf, und wenn der vorbei ist, dem nächsten, und dann dem übernächsten. Aber in dieser Welt finden andauernd Kämpfe statt, parallel, keiner wartet darauf, dass der erste fertig ist, damit der zweite beginnen kann. Wir können helfen. Allen. Gleichzeitig."

„Vor allem euch selbst."

„Wenn du ein Häuschen im Grünen hast und fünf Meter entfernt von deinem Zaun soll ein Wolkenkratzer gebaut werden, 23 Stockwerke, der Nachbar vom ersten Stock schaut dir beim Ausziehen im Schlafzimmer zu, was machst du dann? Rufst du den Bürgermeister an, damit er dir hilft? Er hat aber das Projekt genehmigt. Den Landeshauptmann? Der sitzt aber im Aufsichtsrat der Firma, die das Hochhaus baut. Den Bundeskanzler? Der wägt ab, Wohnraum für 100 Familien oder eine einzelne, lästige Aktivistin. Wofür, glaubst du, entscheidet er sich? Die Medien? Heute interessiert an dir, wenn du Glück hast, aber morgen? Bürgerinitiativen? Viel Spaß beim Zusammentrommeln, und nimm dir das nächste Jahr nichts weiter vor! Jeder Teilnehmer eine eigene Ich-AG. Der erste will, dass man ihm nicht in die Wohnung schaut, also muss das Haus weiter weg. Der zweite möchte nicht, dass ihm Sonnenlicht gestohlen wird, also muss das Haus kleiner werden. Der dritte hat Angst um seinen Parkplatz, also muss eine Tiefgarage her. Der vierte aber will diese Tiefgarage wieder nicht, weil er fürchtet, dass er in seiner Wohnung dann Mauerrisse bekommt. Der fünfte ist grundsätzlich gegen jede Verbauung. Der sechste will seine Wohnung gerade verkaufen, und der Neubau drückt den Preis. Und so weiter. Du kannst jetzt natürlich in den Hungerstreik treten, ein Democamp auf dem Bauplatz errichten oder auf die Baggerfahrer schießen, wenn sie anrücken. Aber es gibt eine andere Möglichkeit: Du rufst uns."

„Und dann?"

„Dann rollen wir an, unsere gesamte Infrastruktur steht dir zur Verfügung, rund um die Uhr. Wir beraten dich (‚vielleicht wohnt auf dem Bauplatz ja plötzlich eine gefährdete Tierart'), wir organisieren den Protest (‚wir haben die Erfahrung'), die Medien, die Aufmerksamkeit, die Spendenkampagne, wir machen Druck bei Politikern und Behörden, wir sind einfach lästig. Wenn die wissen, wir sind an Bord, ziehen die meisten den Schwanz ein. Am Ende zahlen die Menschen die 20 Prozent Honorar plus Erfolgsprämie gerne."

„Das macht ihr für jeden?"

„Ja, theoretisch für jeden."

„Was heißt theoretisch?"

„Nun, um von ‚Greenfuck' unterstützt zu werden, musst du zunächst Unterstützer bei ‚Greenfuck' selbst finden. Wir laden die Leute zu uns ein, sie erzählen uns, wofür und wogegen sie kämpfen wollen. Ein paar Leute bei uns finden das cool oder vielleicht auch nur einer oder eine, die werden dann Mentoren und betreuen das Projekt, oder eben nicht. Interessiert es keinen, interessiert es keinen."

„Zum Beispiel?"

„Du kannst auch als Supernazi zu uns kommen oder uns fragen, ob wir auch glauben, dass die Erde nicht rund, sondern flach ist, und den Kampf für diese Idee unterstützen. Werden wir nicht tun."

„Pfff."

„Ich möchte übrigens, dass du ‚Greenfuck'-Managerin wirst", sagte Hans aus dem Nichts heraus. Emma hatte sich inzwischen auf einen der weißen Plastiksessel ihm gegenüber gesetzt. Sie waren nun allein im Kellerlokal, ihre Debatte hatte keinen interessiert, von Anfang an nicht, nun waren alle verschwunden, wie es dem Hausgebrauch entsprach, grußlos.

Hans saß immer noch da wie die Ruhe selbst. Er hatte das rechte Bein abgewinkelt auf den linken Oberschenkel gelegt, nippte hin und wieder an einem Glas Mineralwasser, das er vor sich auf dem Tisch stehen hatte, und machte häufig Pausen beim Reden, so als müsste er länger nachdenken, worüber, konnte sie aus seinem Gesicht nicht ablesen.

„Was hast du gesagt?", fragte sie.

„Ich habe dich gebeten, Managerin bei ‚Greenfuck' zu werden. Wie du aus dem Internet ja weißt, halten wir den Führungskader in den Ländern sehr klein, über die Gründe könnte ich jetzt viel erzählen, aber das kann ich ja später tun. Ich hätte gerne, dass du meine Stellvertreterin für den Raum Deutschland, Österreich und die Schweiz wirst. Na, Lust?"

„Muss ich dann auch Holzhackerhemden tragen?" Emma war nicht nach Witzen zumute, aber sie wollte Zeit gewinnen, um zu überlegen. Hans hatte sie mit seinem Angebot überrumpelt.

Zu ihrer Überraschung erkannte er den Sarkasmus in ihrem Satz nicht, sondern seine Stimme war sachlich wie die eines Bankbeamten, den man um Konditionen für Kreditkarten gefragt hat, wenn auch die Antwort von der inhaltlichen Substanz zu wünschen übrig ließ. „Das weiß ich nicht, um ehrlich zu sein", antwortete er, „du wärst die erste Frau in dieser hohen Position."

Emma hätte jetzt Tausende Fragen gehabt. Etwa, warum sie jetzt plötzlich Managerin von etwas werden konnte, was es als Klub, Organisation oder Bewegung gar nicht gab? Was sie zu managen hat? Was sie als Stellvertreterin tun muss? Wie die Arbeitszeit aussieht? Ob es bessere Büros gibt als dieses hässliche Kellerlokal? Wer die anderen Mitarbeiter sind? Wer die Chefs? Wie die Zusammenarbeit mit Deutschland und der Schweiz funktioniert? Nicht zuletzt, ob es Geld für den Job gibt? Und ob sie sich mit ihrem Gehalt dann auch eine Dachgeschoßwohnung mit Schiebeschrank und Boxspringbett würde leisten können?

Hans erriet ihre Gedanken. „Ja, ist bezahlt", sagte er. „Wenn du zusagst, verrate ich dir, wie viel es dafür gibt."

„Und die Zentrale wird mich akzeptieren?"

„Habe ich schon geklärt. Die freuen sich."

Emma geriet ins Schwanken. Zeit ihres Lebens war sie eine Einzelkämpferin gewesen, nie musste sie mit jemand anderem etwas absprechen oder klären, sie allein war ihr Ziel und Maßstab. Aber das hier, was war das? Eine Gruppe, oder doch nicht? Lauter Einzelkämpfer, lose miteinander verbunden?"

„Wir haben übrigens eine konkrete Anfrage. Dein erster Auftrag quasi."

„Das geht mir alles zu schnell", antwortete Emma. „Ich glaube eher nicht, dass ich das will, aber danke für den Vorschlag, ich finde das nobel und ehrenvoll."

„Kennst du Kaiser Franz Joseph?" Hans tat, als hätte er Emma nicht gehört.

„Den Habsburger? Der hat sich an euch gewandt? Reichlich spät, über 100 Jahre nach seinem Tod. Sollt ihr für ihn die Monarchie retten?"

Hans lächelte. „Nein, den Lobbyisten Franz Kaiser, er nennt sich

Kaiser Franz Joseph. Er hat in Österreich in so gut wie allen großen Unternehmen und Parteien seine Finger drin."

„Und warum braucht er jetzt uns?" Es fiel Emma gar nicht auf – oder sie wollte es nicht wahrhaben – dass sie bereits von „uns" sprach.

„Heikle Sache", sagte Hans. ‚Der ‚Minister für dies und das' ist darin verwickelt, sein Sohn, die Regierung, die Medien, die halbe Republik also." Er schob ihr eine Ausgabe von „Immer Alles" zu, die bisher unbeachtet auf dem Tisch gelegen war. Emma studierte Kommunikationswissenschaft, aber sie interessierte sich nicht besonders für gedruckte Zeitungen, die ihr vorkamen wie Relikte aus einer anderen Zeit, wie Knochen von Dinosauriern, die täglich neu ausgebuddelt würden und die darauf hofften, alle würden sich darüber freuen. Boulevardzeitungen nahm sie schon gar nicht zur Hand, „Immer Alles" nicht einmal wahr. Nun lag das Blatt aufgeschlagen vor ihr, und Emma kam aus dem Staunen gar nicht mehr heraus, denn in der fremden Zeitung kam ihr plötzlich alles so vertraut vor. Die Bilder, der Ort des Geschehens, es war, als würde sie als Erwachsene durch ein Fotoalbum ihrer Kindheit blättern, jedes Bild eine Erinnerung. Sie las den Text der Hauptgeschichte, vom „Amokradler", dem blauen Mercedes mit dem Wunderbaum, dem Zitronenfalter, dem Nachtpfauenauge, und die Kinnlade klappte ihr runter.

„Der Zitronenfalter, der bin ich", rief sie schließlich.

Hans sah sie erstaunt an. „Wie bitte?"

„Der Zitronenfalter." Sie deutete auf eine bestimmte Stelle im Text, an der berichtet wurde, dass eine Frau mit zitronenfalterfarbenen Haaren in der Nähe der Unfallstelle gesehen worden war. „Ich bin das. Ich war dort." Sie nahm ein paar Strähnen ihrer blonden Haare in die Hand, zog daran. „Das ist das Zitronenfaltergelb, von dem hier steht. Der Rest der Story ist kompletter Blödsinn. Nichts ist so passiert, aber schon gar nichts, wie es da geschildert wird."

„Aber jeder glaubt es."

„Warum?"

„Weil Gott es so gesagt hat."

„Wer?"

„Gott."

Emma sah Hans verständnislos an. „Dieser Gott, der da." Er zeigte mit dem Finger auf ein Bild über einem Kommentar, platziert links auf der Doppelseite. „Dieser Mann hat in seiner Zeitung darüber geschrieben."

Emma blickte hin, erstarrte, schaute Hans an, wieder zurück auf die Doppelseite, nahm „Immer Alles" in die Hand, hielt das Blatt näher, dann wieder etwas entfernter von sich, so als hätte sie Probleme, das Foto scharf zu sehen. „Mein Gott", stotterte sie, „das ist der Mann, der mich in Tirol fast vergewaltigt hat."

Dann sprang sie auf, lief an Hans vorbei, stürzte die Treppen hinauf, auf halber Höhe rief sie Hans zu: „Ich mach das, ich mach den Job." Und hinaus war sie bei der Tür.

Hans schaltete den Fernseher ein. Er schaffte es gerade noch zum Beginn des nächsten Fußballmatches, aber diesmal war er ganz und gar nicht bei der Sache. „Was hatte Emma gemeint mit der Vergewaltigung, oder hatte er sie falsch verstanden? Warum war sie plötzlich so aufgeregt aufgesprungen und weggelaufen?" Nach fünf Minuten machte er das TV-Gerät aus, blieb eine Zeitlang in der Dunkelheit sitzen, dann griff er zum Handy. Der Anruf dauerte nicht einmal eine Minute, aber er war wichtig.

Ein wahrhaft gutes Geschäft

D rei Tage", sagte Kaiser Franz Joseph. „Wir brauchen drei Tage."

„Nijo" schaute ihn verdutzt an.

„Wir brauchen drei Tage", wiederholte Kaiser Franz Joseph, „72 Stunden. 4320 Minuten, 259.200 Sekunden." Er unterstrich den Satz, indem er sich leicht nach vorne beugte, den Ellenbogen des rechten Arms auf dem Tisch absetzte und Daumen, Zeige- und Mittelfinger ausstreckte. „Drei." Jeder mittelbegabte Mittelschüler hätte die Geste richtig deuten können, aber hier, rund um den runden Tisch, saßen keine mittelbegabten Mittelschüler.

Die Gruppe aus 15 Personen hatte sich um einen der zahllosen Konferenztische in einem der zahllosen Prunkräume des „Ministeriums für dies und das" versammelt. Das Gebäude mit gut und gerne 3000 Fenstern war, wie viele an der Wiener Ringstraße, in der zweiten Hälfte des 19. Jahrhunderts errichtet worden, ein verspielter Klotz, unter dem Putz der Außenfassade zog sich ein kilometerlanges Spinnennetz aus Siliziumbronzedrähten, ursprünglich dafür gedacht, eine Radiotelegrafieanlage betreiben zu können. Das Spinnennetz stammte aus der Zeit vor dem Ersten Weltkrieg, Österreich war da noch so etwas wie eine Weltmacht, und von diesem Gebäude aus wurde etwa die Kriegsmarine befehligt. Die meisten Räume waren kostbar mit Stuckmarmor, einer Mischung aus Gips, Leimwasser und Pigmenten, verziert, überall standen historische

Büsten, Scheinkamine, von den Wänden herab bemühten sich Potentaten verschiedener Dienstgrade um einen hochherrschaftlichen Blick.

Alles hier roch nach Geschichte, an diesem Tag aber erschnupperte Kaiser Franz Joseph nur den Angstschweiß der Pressesprecherinnen, Referentinnen, Beraterinnen und Assistentinnen in ihren weißen Blusen und dunkelgrauen oder dunkelblauen Businesskostümen und der Pressesprecher, Referenten, Berater und Assistenten in dunkelgrauen oder dunkelblauen Anzügen mit weißen Hemden (ohne Krawatte, das war jetzt schick so). Sie waren gewohnt, in Sitzungen über Skills, Dotted lines, Innovation lags und Disruptionen zu languagen, aber das hier war Neuland für sie, nicht nur sprachlich. Kaiser Franz Joseph kannte auch diesmal nicht alle, und erneut sah er keine Veranlassung dazu, an diesem Zustand etwas zu ändern. Etwas allerdings war anders als beim ersten Termin an diesem Morgen im Ministerium, einmal abgesehen von der Anzahl der Personen im Raum. Der Lobbyist hatte sich jetzt ans Kopfende des Tisches gesetzt, dort, wo wenige Stunden zuvor noch „Nijo" fast unter der Tischplatte verschwunden war, um sich mit einem U-Boot davonzustehlen, denn eines war ihm und wenig später auch allen anderen im Raum klar: Der Kaiser führte hier das Kommando. Der Minister saß rechts von ihm und schaute noch immer erstaunt. „Drei Tage, was meinst du damit?"

„Ganz einfach", antwortete Kaiser Franz Joseph. „In drei Tagen bist du entweder wieder ein Held oder im Arsch."

Kaiser war eigentlich kein Mann, der es derb mochte. Er liebte eher den gedeckten Stil und kleidete sich gern danach. Beruflich trug er immer Anzug mit Stecktuch und Krawatte, privat niemals kurze Hose oder Kurzarmhemd, auch nicht im Urlaub im Süden, niemals braune Schuhe nach 17 Uhr. Aber besondere Zeiten erfordern besondere Regeln, notfalls auch Gossensprache. Sein Satz jedenfalls verfehlte seine geplante Wirkung nicht, wie ein Seitenblick auf „Nijo" deutlich machte. Der Minister schaute nun so erschrocken drein, als drohten mehrere seiner nicht zu unterschätzenden Zahl an Affären gleichzeitig öffentlich gemacht zu werden.

Eine gute Gelegenheit, reinen Tisch zu machen und das durchaus in vollem Wortsinne, entschied Kaiser für sich. „Wir haben es mit einer ernsten Situation zu tun", sagte er mit fester Stimme, „mit einer bitterernsten. Und deshalb verlassen jetzt alle Menschen den Raum, die hier nichts verloren haben. Also alle außer dem Minister und mir: Raus!"

Erst passierte gar nichts, wenn man Schweigen nicht zu diesem Nichts dazurechnen mochte. Einige taten, als hätten sie nichts gehört, anderen gelang nicht einmal das gut. Schließlich blickten alle in der Runde zunächst Kaiser Franz Joseph an, dann drehten sie ihre Köpfe Richtung „Nijo", dann wieder hin und noch einmal her. Als der „Minister für dies und das" kurz nickte, wurden Notizblöcke gepackt, Sessel geräuschvoll nach hinten geschoben und die Pressesprecherinnen, Referentinnen, Beraterinnen und Assistentinnen in ihren weißen Blusen und dunkelgrauen oder dunkelblauen Businesskostümen und die Pressesprecher, Referenten, Berater und Assistenten in ihren dunkelgrauen oder dunkelblauen Anzügen mit weißen Hemden (ohne Krawatte) standen auf und trugen ihren Angstschweiß nach draußen. Schweigend. Mit an Sicherheit grenzender Wahrscheinlichkeit – diese Phrase wurde im Ministerium häufig verwendet – konnte man davon ausgehen, dass die meisten im Raucherzimmer oder in der Kantine schnell ihre Sprache wiederfinden würden und dass Kaiser Franz Joseph in den hitzigen Gesprächen ein großes Thema sein würde.

Als Sabrina Beitler an Kaiser Franz Joseph vorbeiging, griff der Lobbyist sanft nach ihrem Unterarm. „Können Sie bitte hierbleiben?" Die Geste wirkte spontaner, als sie es war. Im Job war Kaiser ein Perfektionist, er plante alles bis ins Detail, vor allem auch deshalb galt er zwar nicht als der Beliebteste, aber als der Beste seiner Zunft. Sabrina Beitler versicherte sich durch einen kurzen Kontrollblick, dass ihr Chef, also der auf dem Papier, nichts dagegen hatte. Der Minister schaute sie nur starr an, nickte nicht, verzog keine Miene. Er hatte längst eingesehen, dass dies hier nicht seine Show war. Sabrina Beitler legte die Nichtablehnung als Zustimmung aus und nahm wieder Platz. In diesem Moment war sich Kaiser Franz Joseph sicher, dass er eine treue Verbündete fürs Leben gefunden hatte, eine, der es nicht egal war, wenn in China ein Sack Reis umfällt. Es war eine dieser kleinen Dienstbarkeiten, die Kaiser in seinem Gefälligkeitsordner unter „Schuld" abheftete und die er bei passender Gelegenheit aus dem Ordner holte. Die Möglichkeit dazu sollte sich schon recht bald bieten.

„Ich verstehe es immer noch nicht", sagte „Nijo", „was meinst du mit drei Tagen?"

Kaiser Franz Joseph rutschte auf seinem Stuhl energisch nach vorne, auch diese Bewegung sah spontaner aus, als sie es in Wirklichkeit war. Sein Gesäß, eingefasst in einen diesmal dunkelgrauen Marzotto-Anzug, kam gefährlich nahe an der Sesselkante zum Stillstand. Sein Körper spannte sich, sein Rücken streckte sich durch, er plusterte sich auf, breitete seine Arme aus wie ein Wanderprediger und legte sie dann auf der Tischplatte ab. „Dahinter bist du", sagte er, und deutete mit der rechten Hand auf die Innenseite der linken Hand. „Und da dahinter", zeigte er mit der linken Hand auf die Innenseite der rechten Hand, „stehen deine Feinde. Und dazwischen, genau in der Mitte", Kaiser, der nun beide Unterarme so auf der Tischplatte abgelegt hatte, dass die Innenseiten der Hände im Abstand von etwa zehn Zentimetern zueinander standen, machte eine bedeutungsvolle Pause, „da bin ich."

„Wie die Berliner Mauer", probierte es „Nijo" mit Humor.

„Ja, aber ohne 1989", antwortete Kaiser trocken. „Ich falle nicht um, ich brösle nicht, egal, wer auf mich einhämmert. Schau, es ist ganz einfach: In diesen drei Tagen müssen wir die Geschichte um dich und deinen Bonzensohn, der eine junge Studentin fast totgefahren hat, aus den Schlagzeilen bringen, dann interessiert dein Problem keine Sau mehr." Bonzensohn? Halb totgefahren? „Nijo" protestierte nicht. Kaiser hatte den Satz auch absichtlich wieder etwas grober formuliert, denn er wollte sichergehen, dass der „Minister für dies und das" seinen Plan für dies und das genau verstand. „Wir müssen also für die Medien Texte, Fotos, Videos, Tweets, Postings erzeugen, die stärker sind als deine Geschichte. Die bessere Geschichte ist der Feind der guten."

„Was schwebt dir vor?", fragte „Nijo", und Kaiser Franz Joseph glaubte, einen sarkastischen Unterton zu vernehmen. „Soll ich mich mit ein paar Labrador-Welpen am Arm fotografieren lassen? Oder soll ich mit einem Waisenknaben aus einem Kinderdorf Tennis spielen? Oder noch besser: Soll ich eine Knieverletzung vortäuschen, mir vielleicht einen Stock zulegen und durch die Stadt humpeln, damit die Leute Mitleid haben mit einem Bonzenminister, dessen Bonzensohn eine Studentin fast totgefahren hat?" Die Untertöne hatten zu den Obertönen gefunden, sich vereint, und wer nun nicht deutlich vernahm, was hier gespielt wurde, war gehörlos oder auf dem besten Weg dazu.

„Keine guten Ideen, alle drei nicht." Kaiser Franz Joseph blieb geduldig. Er kannte diese Reaktion, er war es gewohnt, Managern, Politikern, Sportlern, Stars die Welt der Medien zu erklären. Er fand es zwar immer seltsam, wie wenig Menschen, die beruflich mit der Arbeit von Journalisten zu tun haben, über deren Tätigkeit Bescheid wissen, vor allem über die Mechanismen dahinter, aber schließlich verdiente er ja recht gut an der Behebung dieser Defizite, und insofern war es ihm recht, so wie es eben war. „Was werden die Zeitungen denn deiner Meinung nach für Titelzeilen über die Bilder schreiben, etwa wenn du einen Welpen am Arm trägst: ‚Nijo' geht vor die Hunde? Den Letzten beißen die Hunde? ‚Nijo' weckt schlafende Hunde? Und zum Tennisspielen: ‚Nijo' im Out? Gibt ‚Nijo' bald w.o.? Game over? Glaubst du wirklich, dass du mit Krücken Mitleid auslösen wirst? Natürlich, die Zeitungen würden dein Bild groß bringen, ein paar würden sogar den Stock mit einem Kreis markieren oder einen Pfeil auf ihn zeigen lassen, damit auch der Dümmste kapiert, was hier vor sich geht. Wir könnten selbstverständlich auch eine rührende Geschichte dazu erzählen", nun war Kaiser sarkastisch, „verletzt bei einer Lebensrettung etwa oder bei etwas Spektakulärem, einem Bungeesprung vielleicht ..."

„Aber?", fragte „Nijo".

„Stell dir die Überschrift dazu vor: ‚Nijo' geht am Stock. Merk dir eins, und das für alle Ewigkeit: Erzeuge nie Bilder zu Schlagzeilen, die du nicht über dich lesen willst, nicht jetzt und nicht in der Zukunft!"

„Ich soll mir überlegen, wie ich fotografiert werden will, weil das in der Zukunft ein Problem werden könnte?"

„Natürlich, oder was glaubst du, was in Redaktionen passiert, wenn sie ausgefallene Bilder von dir in die Hände bekommen? Ab damit in die Zeitung am nächsten Tag. Es gibt keine passende Geschichte dazu? Macht nichts, ein Bildtext tut es aus. Du erklärst in zehn Absätzen deine Politik, deine Pläne, deine Visionen, daneben steht dein Foto, auf dem du aussiehst wie der Schiefe Turm von Pisa, dazu fünf Zeilen Text – was glaubst du, was sich in den Köpfen der Menschen abspeichert? Das Foto ist nicht in der Zeitung am nächsten Tag? Aufatmen? Entspannen? Mitnichten! Die Gruselfotos werden zur Seite gelegt, in einem eigenen Ordner abgespeichert, ein kleiner Giftschrank am Server, der jederzeit geöffnet werden kann. Für alles im Leben gibt es den richtigen Moment. Du spielst Fußball? Dann bereite dich darauf vor, was bei passender Gelegenheit bei deinem Bild steht: Rausgekickt! Bekommt die Rote Karte! Dribbelt sich ins Aus! Verballert sich! Schießt sich ein Eigentor! Steht im Abseits!"

„Du liebe Güte!"

„Sport ist grundsätzlich keine gute Idee. Mit solchen Bildern lässt sich viel Unfug anstellen. Ist abgetaucht! Seilt sich ab! Geht k.o.! Ist nicht sattelfest! Fädelt ein! Knickt ein! Ach, ich könnte Stunden so weitermachen."

„Nijo" rutschte, wie schon in der Früh, in seinem Sessel immer weiter nach unten, was insofern ulkig aussah, als er seinem Sakko und seinem Hemd offenkundig nicht Bescheid gegeben hatte und deshalb beide verharrten, wo sie waren. Der Kopf des Ministers verschwand folglich immer tiefer im Kragen, der zunächst den Hals verschlang, dann auch nach dem Kinn schnappte. Da aber nur zwei Personen außer „Nijo" im Raum anwesend waren, blieb dieses zeithistorische Dokument der Öffentlichkeit verborgen, ohne Chance, einmal spöttisch übertitelt werden zu können.

„Könnte ich nicht einfach die Wahrheit sagen", warf „Nijo" ein, „einfach sagen, dass nichts war?"

„Witzbold." Kaiser Franz Joseph lehnte sich zurück und lächelte. „Wie soll das funktionieren? Du stellst dich hin und sagst: Bitte weitergehen, hier gibt es nichts zu sehen. Wer soll dir das glauben? Jetzt, da in der Zeitung gestanden ist, dass dein Bonzensohn eine junge, hübsche Studentin fast zu Tode gefahren hat und dann einfach geflüchtet ist, ohne sich um die Schwerverletzte zu kümmern?"

„Aber das ist ja eine Lüge. Die Wahrhcit ist doch ..."

„Die Wahrheit interessiert keinen, weil es so etwas wie Wahrheit gar nicht gibt. Wahrheit ist eine Erfindung, ein Mysterium, eine Fiktion."

„Jetzt verrennst du dich aber. Man kann doch klar unterscheiden, ob etwas tatsächlich passiert ist oder nicht."

„Und wer legt fest, was wahr ist, was passiert ist? Du, als Minister? In Form einer Gesetzesnovelle? Als Regierungsbeschluss? Lässt du im Nationalrat darüber abstimmen? Machst du eine Volksbefragung? Eine Volksabstimmung? Startest du eine Bürgerinitiative, oder verkündest du die Wahrheit vielleicht in einer Fernsehansprache?"

„Aber ..."

„Wahrheit ist eine Behauptung. Das Entscheidende ist nicht, ob diese Behauptung stimmt, oder nicht, sondern ob sie geglaubt wird. Natürlich hat dein Sohn niemanden überfahren, natürlich gab es keine Schwerverletzte, natürlich hat er nicht Fahrerflucht begangen, natürlich ist das alles nicht die Wahrheit. Und? Wen interessiert das? Wer weiß das außer uns hier am Tisch und noch einer Handvoll anderer? Die Wahrheit, mein Lieber, hat man nicht, die fliegt einem nicht zu, die Wahrheit besitzt man. Und im Moment besitzen sie andere. Basta. Denen wird nämlich geglaubt. Die haben die Bevölkerung überzeugt, dass dein Sohn etwas Schwerwiegendes angestellt hat, und du kannst jetzt den Kopf in den Sand stecken, wütend sein, die Ungerechtigkeit der Welt beklagen. Oder du holst dir die Wahrheit zurück, notfalls musst du sie eben zurückstehlen."

„Aber wäre es nicht klüger, ich rufe die Verleger der großen Medien an und bitte sie, mit den Geschichten über mich aufzuhören?"

„Kannst du machen, ein paar werden sich vielleicht daran halten, jedenfalls so lange, bis einer den Pakt bricht, dann fallen alle wieder über dich her und beißen dich tot, weil sie sich getäuscht und überrumpelt fühlen. Und vergiss nicht: Du bittest deine Feinde um einen Gefallen, du begibst dich in ihre Hand. Bei der nächstbesten, oder besser nächstschlechtesten Gelegenheit, werden sie etwas von dir wollen, und du wirst es ihnen nicht abschlagen können, weil du ihnen ja etwas schuldig bist. Eine Hand wäscht die andere. Banal, aber so ist es."

„Aber die Medien sind doch nicht meine Feinde", wandte „Nijo" ein. „Ich werde sonst gut behandelt, es gibt viele schöne Bilder von mir auf den Politikseiten und in den Societykolumnen."

„Was sonst, aber glaubst du im Ernst, die lieben und verehren dich deswegen? Die leben davon, dass es dir super oder dreckig geht, alles dazwischen ist schlecht fürs Geschäft. Du bist oben oder unten. Genie oder Wahnsinniger. Das neue heiße Eisen im Feuer oder altes Blech. Lichtblick oder Fürst der Finsternis. Dein Schicksal sind ihre Schlagzeilen. Dein Niedergang und dein Aufstieg sind ihre Auflage. Deine Skandale sind ihre Leserzahl und ihre Einschaltquoten. Und das ohne Unterschied, egal, ob Boulevard oder Qualitätsmedium. Nur weil jemand mit abgespreiztem Finger schreibt, lange Texte fabriziert und seine Meinung in Salons gerne von Hofratswitwen abnicken lässt, heißt das noch lange nicht, dass er es besser mit dir meint. Medien sind Lebensabschnittspartner. Wenn die Liebe geht, endet es meist grausam."

„Und wie soll ich wieder das Kommando zurückbekommen? Im Moment kommen die Feinde von allen Seiten auf mich zu, ich kann mich bestenfalls wehren, von einem Gegenangriff kann keine Rede sein."

„Deshalb brauchen wir einen klugen Plan, und deshalb sitze ich hier."

„Also ..."

„Also Folgendes. Im Moment hat ganz Österreich die Scheinwerfer auf dich gerichtet. Das ist gut in guten Zeiten, aber schlecht in schlechten Zeiten, und die schlechten Zeiten, die haben wir jetzt." Kaiser unternahm gar keinen Versuch, seinen Plan als etwas sehr Komplexes darzustellen. Er wollte, dass „Nijo" klar im Bilde ist, was er vorhat, und deshalb tat er so, als hätte er nicht den „Minister für dies und das" vor sich sitzen, sondern den Anführer einer Pfadfindertruppe aus lauter 13-Jährigen, die sich auf eine Nachtwanderung vorbereiten.

„Wir müssen also als Erstes schauen, dass die Scheinwerfer woanders hinleuchten. Dafür habe ich ein paar Ideen, du musst gar nicht alle kennen. Wir müssen also dafür sorgen, dass die Medien über etwas anderes berichten als deinen Bonzensohn und die tote Studentin, und wenn die Medien über etwas anderes berichten als über deinen Bonzensohn und die tote Studentin, werden die Menschen über etwas anderes reden als deinen Bonzensohn und seinen Vater. Den Bonzenminister. Dich. Und wenn wir das geschafft haben, wenn sich also alle nur noch ganz dunkel erinnern können, dass es da irgendwas gegeben hat mit dem Minister und seinem Sohn und einem Fahrrad, dann beginnen wir die Geschichte aus unserer Sicht zu erzählen. Dann machen wir aus einem Skandal eine Heldentat."

„Wie soll das denn gehen?"

„Was will jeder?", fragte Kaiser.

„Nijo" schaute ihn erstaunt an.

„Na, wenn du Fußball spielst, bei einer Wahl antrittst, um eine Frau kämpfst, was willst du dann?"

„Gewinnen?", sagte „Nijo" zaghaft.

„Genau, gewinnen", jauchzte Kaiser Franz Joseph. „Du willst gewinnen. Jeder will gewinnen. Es ist das Einzige, was zählt, das Einzige, was wichtig ist, gewinnen. Also machen wir was?"

„?"

„Wir sorgen dafür, dass am Ende jeder ein Gewinner ist. Jeder. Verliert auch nur einer Geld, Ansehen, sein Gesicht, dann ist der Deal nicht perfekt, und ich liefere bekanntermaßen ausschließlich Perfektion."

„Nijo" tauchte langsam aus dem Hemdkragen auf und begann sein Sakko wieder mit seinem Körper auszufüllen. Er war sich nicht sicher, ob er alles richtig verstanden hatte, aber er hatte das Gefühl, dass eben eine Tür aufgegangen war. Wohin sie führte, wusste er nicht, aber es tat gut, nun nicht allein in den nächsten Raum gehen zu müssen. Er würde sich einfach von Kaiser Franz Joseph an der Hand nehmen lassen und ihn führen lassen. Alles wird gut.

„Haben wir einen Deal?", fragte der Lobbyist. „Machen wir es genau so, wie ich es geplant habe, und keinen Deut anders?"

„Ja", mehr brachte der „Minister für dies und das" nicht heraus.

„Okay", sagte Kaiser und wandte sich an Sabrina Beitler. „Dann organisieren Sie mir bitte bis morgen Früh 50 Frauen, ein großes Zelt und einen Veranstaltungsraum in einem schmucken Palais in der Innenstadt, in den 25 Personen passen, damit wir 40 einladen können. Alles Weitere folgt."

„Gerne", antwortete Sabrina Beitler, und ein Anflug von Lächeln huschte über ihr Gesicht. Sie verstand nicht, was hier vor sich ging, aber es spielte keine Rolle. Ihr Beige begann Farbe anzunehmen, und sie bedachte den Vorgang mit einem Wort, das sie noch nie verwendet hatte: „Geil!"

Der Wahrheit wird auf die Sprünge geholfen

An manchen Tagen liebte sich Kaiser Franz Joseph noch mehr als sonst, und das war leichter gesagt als getan, denn auch an den übrigen Tagen liebte er sich sehr. Der Termin im „Ministerium für dies und das" war fabelhaft gelaufen, nun stieg er in seinen Tesla Model S P100D in Red Multi-Coat, den er direkt vor dem Einfahrtstor des Ministeriums hatte parken dürfen, und wartete geduldig die paar Sekunden, bis sich das Glasdach geöffnet hatte. In der Zwischenzeit warf er einen Blick auf den hochauflösenden 17-Zoll-Touchscreen, der seinen Terminplaner abbildete, natürlich synchronisiert mit seinem Smartphone, setzte sich seine schwarze Ray-Ban Wayfarer auf, wechselte ein paar Blicke mit dem Innenspiegel, fand sich gut getroffen, startete den Dual-Motorantrieb und begann zurück ins Büro nach Hietzing zu gleiten. Er genoss die Blicke der anderen Lenker mehr, als er sich eingestand, dass sie zwar eher dem Auto als dem Fahrer galten, nahm er in Kauf, wen kümmern schon Kleinigkeiten in Augenblicken, in denen Großes geschieht.

Als Kaiser Franz Joseph in der Linken Wienzeile stadtauswärts fuhr, spielte das Smartphone ein paar Takte der Peer-Gynt-Suite an, vom Display der Freisprechanlage las er „Hans Globautschnig" ab. Er drückte auf den grünen Knopf, um den Anruf anzunehmen, der Head of „Greenfuck" DACH für Deutschland, Österreich und die Schweiz meldete sich. „Hallo Franz Joseph, gute Nachrichten. Grünes Licht von meiner Seite für einen Deal."

„Fein, was immer ich darunter auch verstehen soll." Kaiser Franz Joseph wollte nicht zu euphorisch klingen, aber am liebsten hätte er so laut aufgejubelt, dass es die Fahrer links und rechts in ihren doch recht schlichten Toyotas und Golfs selbst durch die geschlossenen Autoscheiben hindurch gehört hätten. So aber blieb er zurückhaltend und ließ Hans die Vorfahrt.

„Wir starten Operation Emma", begann Hans und machte eine bedeutungsvolle Pause.

„Operation Emma?"

„Ja", antwortete Hans, „genialer Name, oder?" Ohne auf eine Antwort zu warten, die eventuell eine andere Bewertung als „genial" hätte beinhalten können, begann er über Emma zu erzählen, wer sie war, woher sie kam, wie er sie kennengelernt hatte. Dass er sie zu seiner Stellvertreterin machen wolle, weil sie ein großes Talent sei, eine Kämpferin und obendrein ausnehmend hübsch, wie er anfügte, woraus Kaiser schloss, dass Emma nicht nur ein großes Talent und eine Kämpferin sein dürfte, sondern dass Hans sie bumste. Im Denken war Kaiser immer schon weniger britisch als im Tun. Die Kampagne sollte nicht nur Emmas Namen tragen, sagte Hans, sondern Emma sollte auch ihr Gesicht sein. „Und das Beste", schloss er. „Sie war dabei."

„Wo dabei?"

„Na in der Berggasse, als es passiert ist. Als der Bonzensohn deines Bonzen-Ministers die Studentin totgefahren hat."

Kaiser Franz Joseph ließ das so richtig stehen, wie es falsch war.

„Das gibt es ja nicht", rief er aus.

„Doch, gibt es. Wenn du die Artikel über den Vorfall liest, dann wird dir eine junge Frau mit zitronenfalterfarbenen Haaren unterkommen. Das ist Emma. Sie war in der Berggasse unterwegs, ein Zufall. Sie hat ‚Nijos' Sohn gesehen und die Studentin, und natürlich auch, dass nichts passiert ist, also gar nichts, aber das spielt jetzt keine Rolle."

Kaiser Franz Joseph war perplex. Was Besseres hätte ihm gar nicht passieren können. Die Wahrheit, das war ihm so klar wie Hans, interessierte niemanden, aber Authentizität, Echtheit, individuelle Wahrheit also, war ein Schatz, über den nun plötzlich nicht mehr die Medien exklusiv verfügten, sondern auch die Hintermänner der „Operation Emma", „Greenfuck"-Hans und er also.

„Warum macht deine Emma denn bei uns mit?", fragte Kaiser Franz Joseph.

„Persönliche Gründe, erzähle ich dir beizeiten. Oder besser, sie erzählt sie dir selbst. Ihr solltet euch dringend treffen. Ich arrangiere das."

Über das Honorar für „Greenfuck" war man sich schnell einig: 20 Prozent der Inseratenbuchungen des „Ministeriums für dies und das" über einen Zeitraum von zwei Monaten, verbucht als Agenturprovision. Hans wusste natürlich, dass sowohl „Immer Alles" als auch der „Alltag" dabei waren, Inseratendeals mit dem Ministerium abzuschließen, er kannte auch die Summen, um die es ging, und selbstverständlich wusste Kaiser Franz Joseph, dass Hans das alles wusste.

Noch aus dem Tesla Model S P100D in Red Multi-Coat heraus rief Kaiser Franz Joseph die wichtigsten Herausgeber und Chefredakteure der österreichischen Zeitungen an. Er versuchte so beiläufig wie möglich zu klingen, sprach keinen direkt auf „Nijo" und seine Kalamitäten an, sondern fragte, was es Neues gäbe, wie das werte Wohlbefinden sei, auch von Gemahlin und Kindern, falls vorhanden, das eine wie das andere, und wie die Geschäfte liefen. Nur ganz nebenbei erwähnte Kaiser Franz Joseph, dass er sich nun um

„Nijo" kümmere, den „Minister für dies und das", er ging aber nicht weiter in die Tiefe, sondern sprang behände zum nächsten Thema weiter. Bei schweren Gängen war Leichtfüßigkeit gefragt. Auch die Chefs und Chefinnen der wichtigsten Zeitungshäuser fragten nicht weiter nach, aber für sie war die bloße Nachricht, dass der wichtigste Lobbyist des Landes nun für einen Minister arbeitete, von großem Belang. Die Brisanz lag darin, dass Kaiser Franz Joseph viele der größten Unternehmen des Landes beriet, für sie Unvorteilhaftes oder Unliebsames aus dem Weg räumte und häufig den CEOs persönlich zur Seite stand. Er saß also auch mit am Tisch, wenn über Werbeetats in Millionenhöhe entschieden wurde, zumindest wurde auf seinen Ratschlag Wert gelegt. Kaiser Franz Joseph als Freund oder zumindest als Verbündeten zu haben, war also weniger eine Frage der persönlichen Vorlieben, sondern schlicht eine der finanziellen Vernunft, besonders im vorliegenden Fall, und wer das in den Medien nicht sofort begriff, sollte diese Lektion schnell lernen.

Im Büro angekommen, erfuhr Kaiser Franz Joseph von einer seiner zwei Assistentinnen, dass bereits ein gutes halbes Dutzend Reporter, Chefreporter, Ressortleiter, Sendungsleiter und sogar der Generaldirektor des ÖRMÖVOIU angerufen hatte. Die „Öffentlich-Rechtliche Medienanstalt Österreichs für die Verbreitung Objektiver Information und Unterhaltung" betrieb mehrere Fernsehsender, Radioprogramme und verfügte über ein breit gefächertes Digitalangebot. Aus nachvollziehbaren Gründen stand seit einiger Zeit eine Verkürzung des Unternehmensnamens zur Disposition, sie wurde sogar noch heftiger diskutiert als eine ebenfalls ins Auge gefasste inhaltliche Neuausrichtung der Anstalt, um etwa die neue politische Landschaft Österreichs besser abzubilden. „ÖRMÖ" lag diesbezüglich als Vorschlag auf dem Tisch. Aber die Debatte darüber verfing sich in dem Umstand, dass einzelne Parteien auf die Erhaltung von bestimmten Buchstaben im Senderkürzel beharrten, unter anderem weil sie durch die Entfernung derselben einen Verlust an österreichischer Identität fürchteten. Es fehlte also die für die Umsetzung dieser für das Land wesentlichen Reform notwendige Zweidrittelmehrheit im Parlament, weshalb der ÖRMÖVOIU weiter ÖRMÖVOIU hieß, ein Ende war nicht absehbar.

Natürlich hatten sich die Journalisten zunächst ordnungsgemäß ans Büro des „Ministers für dies und das", also an Sabrina Beitler, gewandt, um ihm Auftritte in diversen Magazinen, Talkshows und Nachrichtensendungen schmackhaft zu machen, damit er endlich „seine Sicht", „seine Meinung", „seine Wahrheit" darlegen könnte. Wie vereinbart, hatte das Büro des „Ministers für dies und das", also Sabrina Beitler, alle Anfragen an Kaiser Franz Joseph weitergeleitet. Auch die Privatsender hatten sich schon gemeldet. Also fand der Lobbyist nun eine lange Liste mit Namen und Telefonnummern für Rückrufe vor, als er sich an seinen Schreibtisch setzte, aber selbstverständlich führte er in der nächsten halben Stunde keinen einzigen davon aus. Kaiser Franz Joseph ging nie bei der Vordertür herein, schon gar nicht bei der Hintertür, sondern er schwebte von oben ein, so als würde er einen Helikopter pilotieren, sich die Landschaft ansehen und dann landen, wo es am vernünftigsten war und es ihm am besten gefiel. Also nahm er als Erstes mit dem Generaldirektor des ÖRMÖVOIU Kontakt auf und verfuhr mit ihm so wie mit den Chefs und Chefinnen der Zeitungen, er ließ also nebenbei fallen, dass er sich nun um „Nijo" kümmere. Der Lobbyist wusste, dass der öffentlich-rechtliche Sender dastand wie eine uneinnehmbare Festung, aber auch, dass da und dort schon der Verputz abging und an einigen Stellen das Mauerwerk so brüchig war, dass eine politische Erstürmung keine geringe Chance auf Erfolg haben könnte. Die Bestellung des Generaldirektors und indirekt damit auch der wichtigsten Positionen im Unternehmen war vom politischen Wind abhängig, der gerade wehte, und momentan blies kein laues Lüfterl, sondern ein Orkan war im Anzug, denn im kommenden Jahr mussten alle Spitzenjobs neu ausgeschrieben werden. Einen Minister an der Seite zu wissen, auch wenn dieser vermeintlich nur für dies und das zuständig war, machte sturmfester. Zudem war auch der ÖRMÖVOIU weit mehr von öffentlichem Werbegeld abhängig, als sie sich das eingestehen wollte. Natürlich sprach Kaiser das nicht direkt an, sondern erinnerte den Generaldirektor an seinen öffentlichen Auftrag und dass viele Unternehmen, die er, Kaiser Franz Joseph, ja vertrete, ein großes Interesse an einem „sauberen", hochwertigen, der Wahrheit verpflichteten Rundfunk hätten, in dem man Produkte in angemessenem Umfeld bewerben könne. Die Botschaft kam an, jedenfalls versprach der Generaldirektor mit seinen leitenden Mitarbeitern über den heiklen Fall reden zu wollen. Natürlich, so betonte er eilig, wolle er weder verhindern noch erschweren, dass die Redaktionen des Hauses den von allen so hochgeschätzten, wahrhaftigen und objektiven Journalismus betreiben könnten, das käme ihm gar nicht in den Sinn. Aber er werde jeden einzelnen Mitarbeiter daran erinnern, dass das höchste Gut des Hauses ja die Wahrheit sei, der man sich verpflichtet zu fühlen habe. Kaiser Franz Joseph war hochzufrieden, natürlich objektiv und wahrhaftig.

Dann rief er nacheinander die Chefredakteure und die Verantwortlichen der Nachrichtensendungen, Talkshows und Magazine der ÖRMÖVOIU an, erzählte jedem in aller Ausführlichkeit von dem „konstruktiven und ausgezeichneten Gespräch", das er eben mit dem Generaldirektor geführt habe. Der Generaldirektor habe ihm dabei mitgeteilt, dass die Journalisten seines Hauses selbstverständlich immer vollkommen frei von jedwedem Einfluss arbeiten dürften, natürlich auch in dieser heiklen Angelegenheit, er habe ihm aber auch versichert, dass die wichtigsten Richtschnüre des ÖRMÖVOIU Objektivität und Wahrheit seien, natürlich auch in dieser heiklen Angelegenheit. Der Lobbyist vergaß nicht zu erwähnen, dass sich der Generaldirektor „geradezu euphorisch" über die Arbeit eben desjenigen oder derjenigen geäußert hatte, mit dem oder mit der Kaiser gerade am Handy oder am Festnetz verbunden war, was manchmal mehr, manchmal weniger, zuweilen auch gar nicht stimmte. Dann versprach er jedem Einzelnen das erste

Interview mit „Nijo". Exklusivität vermittelt zu bekommen, ist eine Auszeichnung, die sich Journalisten an die Brust heften wie einen unsichtbaren Orden, ohne dass oft klar erscheint, was die der Auszeichnung zugrunde liegende Leistung eigentlich sein sollte. Nicht selten passierte es zudem, dass dieser Orden das Einzige ist, was einem am Ende von einem solchen Versprechen übrigbleibt. In diesem Fall war dies nicht nur die Möglichkeit, sondern allein durch die schiere Menge der Versprechungen unausweichlich, aber das tangierte Kaiser Franz Joseph momentan nur peripher.

Zum Schluss telefonierte er noch mit den Eigentümern der Privatsender, die wie meist etwas leichter zu befriedigen waren. Der Lobbyist versprach ihnen Sensationen für die nächsten Tage, die er ihnen vorab verraten würde, exklusiv natürlich. Er musste gar nicht lange um den heißen Brei herumreden. Allein dass Kaiser Franz Joseph anrief, ließ bei den Sendern alle Warnlampen angehen. Hier ging es um viel Werbegeld und um Förderungen, also um nichts weniger als die nackte Existenz. Die Eigentümer versicherten ihm natürlich, dass ihnen die Unabhängigkeit ihrer Redaktionen besonders wichtig sei und sie den Verantwortlichen gegenüber, mit denen sie nun sprechen würden, eine Garantie geben würden, dass sie „jederzeit und immer" vollkommen frei arbeiten könnten, selbstredend auch in dieser heiklen Angelegenheit. Gleichzeitig aber würden sie darauf hinweisen, dass Objektivität und Wahrhaftigkeit in der Berichterstattung zu den Grundprinzipien der Unternehmenskultur gehören würden. Kaiser vernahm auch diese Botschaft mit Wohlgefallen, selbstredend ebenfalls objektiv und wahrhaftig.

Als er das letzte Gespräch auf seinem schwarzen iPhone X beendet hatte, krempelte Kaiser Franz Joseph die Ärmel seines Turnbull-und-Asser-Hemdes nach unten, schnappte sich sein Sakko und marschierte in ein nahegelegenes, kleines italienisches Lokal, von dem er wusste, dass er dort erkannt, aber in Ruhe gelassen wurde. Beides war ihm wichtig. Wie meistens nahm er einen Insalata aus Blattsalaten, sonnengereiften Paradeisern, Pinienkernen,

Avocados und gegrilltem Gemüse zu sich, danach einen kleinen Branzino, den der Kellner auf dem Tisch tranchierte. Zwischen Fisch und Nachtisch informierte ihn ein SMS aus dem Büro, dass er am nächsten Morgen eine Verabredung mit einer gewissen Emma habe.

Als Kaiser Franz Joseph mit dem Tiramisu – gottlob nicht zu süß – fast fertig war, klingelte das iPhone. Der Lobbyist las „Sabrina Beitler" vom Display ab, winkte dem Kellner, damit er den Teller vom Tisch entfernte, und nahm ab. „Nijos" Assistentin war exakt in der Gemütslage, in der Kaiser Franz Joseph sie erwartet hatte. Sie bedankte sich zunächst überschwänglich für das Vertrauen, das er ihr entgegengebracht hatte, und bestätigte ihm dann, dass „alles erledigt ist, wie Sie es sich gewünscht hatten". Die beiden besprachen noch ein paar Details des nächsten Tages, dann legte Kaiser Franz Joseph auf und verlangte nach dem Ober: „Zahlen bitte."

Zurück im Büro, rief Kaiser die Social-Media-Abteilung zu sich. „Was war Lobbying vor ein paar Jahren doch für ein einfacher Job", dachte er bei sich, als er in die Runde blickte. Blasse Gesichter, die meisten zwischen 20 und 30 Jahre alt, fast noch Mädchen und Buben, viele dünn wie Spargel, alle gesteckt in modisch unbedarfte Jeans und bemüht pfiffige T-Shirts, die ein mittelmäßig begabter Algorithmus aus dem Kleiderschrank ausgewählt zu haben schien. Jeder hatte ein Smartphone vor sich auf dem Tisch liegen. Die Handys gaben immer wieder Alarmtöne von sich, surrten oder piepsten, erhellten sich kurz, um dann wieder in Dunkelheit wegzudämmern. Früher hatten ein Telefon, ein gut geführtes Register, ein paar wichtige Kontakte genügt, um den Kommunikationsfluss kontrollieren zu können. Wenn eine Story einem Kunden von Kaiser Franz Joseph zuwidergelaufen war, dann hatte der Lobbyist zum Hörer gegriffen, ein paar Anrufe getätigt, hier gedroht, dort um einen Gefallen gebeten, vielleicht einen Vorteil abgetauscht. Aber jetzt? Aus einem Fluss waren mehrere geworden mit Tausenden Seitenarmen, manche entstanden an Orten, an denen keiner damit rechnete. Die Flussläufe schwollen immer häufiger an, tosten in rasender Geschwindigkeit zu Tal, wann und wo konnte man bestenfalls erahnen. Das machte die Arbeit von Kaiser Franz Joseph als Schleusenwärter zukunftssicher, aber gleichzeitig auch mühselig.

„So, Leute", legte Kaiser Franz Joseph ein paar Unterlagen bewusst geräuschvoll vor sich auf den Tisch und eröffnete das Gespräch. „Folgende Situation." Dann erzählte er ihnen vom „Vorfall" in der Berggasse, vom Unfall, der eigentlich keiner war, vom Zitronenfalter und vom Nachtpfauenauge, von den Zeitungen, die über das Ereignis, das sich nicht ereignet hatte, berichteten, und vom Radio, vom Fernsehen, von den elektronischen Medien. Einige am Tisch hatten am Rande etwas von Vorgängen mitbekommen, weil auch in den sozialen Medien darüber berichtet worden war, aber da es um Politik ging, war keiner weiter in die Tiefe gegangen. Politik war uncool. Immer dieselben alten Leute, immer dieselben Themen, immer dieselben Kämpfe, nichts für sie dabei.

Kaiser Franz Joseph erzählte seinem Team, dass an den Vorwürfen gegen „Nijo" nichts dran sei, aber seltsamerweise interessierte das am Tisch keine dieser jungen Seelen. Ob etwas vorgefallen war, oder nicht, ob sich jemand verletzt hatte, oder nicht, ob jemand Fahrerflucht begangen hatte, oder nicht – alles war allen egal, aber nicht aus tiefer Teilnahmslosigkeit heraus, denn die Quälerei einer x-beliebigen Katze auf den Philippinen konnte jedem hier im Raum erstaunlich schnell die Zornesröte ins blasse Gesicht treiben. Nein, es war lediglich allen klar, dass es hier nicht darum ging, was wahr war, sondern was als wahr empfunden wurde. Und was als wahr empfunden wurde, war beileibe nicht das, was wahr war, sondern von dem geglaubt wurde, dass es wahr sei, die subjektive Wahrheit also war objektiv gesehen entscheidend. Offenbar glaubte dem Minister und dem Sohn im Moment keiner ein Sterbenswörtchen, aber ihr Chef, so weit kannten sie ihn, wollte, dass die Menschen an eine andere Wahrheit glaubten, und deshalb saßen sie hier, nämlich um alle zum wahren Glauben zu führen. Deswegen sagte keiner „eigentlich arg" oder „Wahnsinn" oder „das gibt es ja nicht", als Kaiser Franz Joseph ihnen „die Wahrheit", wie er es nannte, erzählte. Alle nahmen die Geschichte als Gegebenheit zur Kenntnis, als etwas, das da war, existierte und kreuchte und fleuchte, unabhängig davon, was und wie viel davon dem echten Leben entsprach.

„Um es kurz zu machen", endete Kaiser, „Wolfgang Niederjobststreibitzer wird angegriffen."

„Wer ist nun das wieder?", fragte einer aus der Runde.

„Na der Minister."

„Welcher Minister?"

„'Nijo', der Minister für dies und das."

Kaiser Franz Joseph griff nach seinem Tablet, suchte unter Google Bilder ein Foto von „Nijo", fand eines und hielt es seinem Team vor die Nase wie ein Schiedsrichter einem Fußballer die Rote Karte. „Das ist er. Um den geht es, von dem habe ich die ganze Zeit geredet."

Einige beugten sich nach vorne, um das Bild genauer betrachten zu können, kniffen die Augen zusammen, ein paar murmelten „ah, der", ohne Kaiser Franz Joseph davon überzeugen zu können, dass auch nur irgendeiner im Raum – außer ihm natürlich – wusste, wer „Nijo" war, geschweige denn wozu sein „Ministerium für dies und das" nützlich sein sollte.

„Okay, egal", sagte Kaiser Franz Joseph, „jedenfalls das ist unser Klient. Ich will, dass in drei Tagen keiner mehr im Land vom depperten Radlunfall seines depperten Sohnes redet, sondern darüber, wie super der Minister für dies und das ist. Alles klar."

Nicken.

„Wie gehen wir vor?", fragte Sven, dem der Algorithmus ein farblich besonders gewagtes grünes – oder war es braun? – T-Shirt zu den Jeans kombiniert hatte.

„Zunächst gilt es, den Flusslauf trockenzulegen", antwortete Kaiser Franz Joseph. „Im Moment rauscht das Wasser sturzbacharttig zu Tal, unkontrolliert, es überschwemmt Gebiete, reißt alles mit, was sich ihm in den Weg stellt. Muren gehen ab, Nebenläufe treten über die Ufer, es herrscht das reinste Chaos. Einige Menschen feuern das Wasser an, weil es für sie zerstört, was sie hassen, andere finden einfach geil, was da abgeht. Sie zeigen mit dem Finger auf ,Nijo', und sie beschimpfen ihn, weil er schuldig sei, das angerichtet oder zumindest nicht gestoppt zu haben, und immer mehr Wasser kommt, und die Schäden werden immer größer. Wir müssen dafür sorgen, dass kein Wasser mehr fließt. Ist das Wasser weg, schlüpfen die Nebenflüsse in die Ufer zurück, die Böden trocknen aus, der wilde Fluss wird zum Rinnsal, keiner hört den Brüllern und Schreiern mehr zu, weil nicht mehr zu sehen ist, was sie so erregt. Wenn den Brüllern und Schreiern keiner mehr zuhört, ziehen sie weiter, zum nächsten Fluss, der anschwillt und erschreckt."

„Was sollen wir also tun, diesen ,Nijo', oder wie der heißt, digital auszulöschen?", fragte Sven.

„Nein", sagte Kaiser, „man kann keinen Minister auslöschen."

„Nicht?"

„Nein, genauso wenig wie man einen Fluss zum Verschwinden bringen kann. Aber man kann ein neues, eigenes Bachbett graben und das Wasser dahin lenken, wo man es haben will. Am Ende wird der Fluss, über den sich alle so aufgeregt haben, noch da sein, wo er immer war, aber jetzt werden sich alle Blicke auf ihn richten, weil er so schön begrünt ist und so natürlich aussieht, so gesund und so rein wie die Wahrheit."

„Jedenfalls muss er weg", sagt Hanne, rote Haare, tätowiert und gepierct, im Team hieß sie „die Deutsche", weil sie aus Hannover kam und nach dem Studium in Wien hängen geblieben war. Sie und Sven waren ein Paar.

„Wer muss weg?", fragte Kaiser Franz Joseph.

„Der Typ von dem Typen."

„Welcher Typ?"

„Na der, der das arme Mädchen totgefahren hat."

„Ah, du meinst den Sohn vom Minister." Kaiser Franz Joseph

ersparte es sich, darauf einzugehen, dass hier keiner niemanden totgefahren hatte, sondern sagte einfach: „Natürlich muss er weg. Irgendwelche Ideen? Vergesst nicht, dass wir hier neue Wahrheiten schaffen müssen, unsere Wahrheiten. Wir sollten also einen Platz finden, der sich diesbezüglich gut vermarkten lässt."

„Afrika", rief Barbara, klein, zierlich, üblicherweise die Ruhigste in der Runde, „irgendein Entwicklungsprojekt."

„Zu weit weg", erwiderte Kaiser Franz Joseph. „Wir müssen ihn morgen weghaben, spätestens übermorgen muss was Positives über ihn in den Medien stehen."

„Dann fallen wohl auch alle NGOs aus", warf Markus ein, „kein Rettungsschiff für Flüchtlinge, nichts mit Greenpeace und Walfang, auch nichts mit Ärzte ohne Grenzen in Syrien. Wie wäre es mit Flüchtlingshilfe bei der Caritas."

„Zu durchsichtig", sagte Kaiser, „jeder wird mutmaßen, dass ihn der Minister schnell dort hingesteckt hat, um abzulenken. Nein, es muss aussehen, als wäre das keine Hauruck-Aktion, sondern etwas ganz Natürliches, etwas, das nicht spontan entstanden ist, sondern von langer Hand geplant war. Die Menschen müssen Bilder sehen und sich denken, ,der kann ja gar nicht in einen Unfall verwickelt gewesen sein, der war ja gar nicht da'."

„Erntehelfer in den Tiroler Alpen", platzte es aus Sven heraus. „Eine Bergbauernfamilie, Vater, Mutter, zwei Kinder, Bub, rote Wangen, Mädchen, blonde Zöpfe, beide in der Volksschule. Nichts unter 2000 Metern. Die Ackerflächen so steil, dass sie kaum zu begehen sind, das Heu muss mit dem Rechen eingebracht werden."

„Ja, super, mehr davon", jubelte Kaiser Franz Joseph.

„Ein kleines Holzhaus, abgewohnt, keiner hat Zeit, das Holz zu streichen, es gibt kein fließendes Wasser im Haus, aber einen riesigen Ofen, auf dem dauernd irgendwas Nahrhaftes gekocht wird, mit viel Gemüse, das auf den Feldern selber gezogen wird. Unbedingt muss es einen Hergottswinkel geben, und die Eltern und die Kinder müssen sich vor dem Essen an den Händen halten und irgendein

Dankbarkeitsgebet murmeln. Kein Fernseher! Kein Radio! Nicht einmal Strom! Die Kinder gehen mindestens eine Dreiviertelstunde in der Früh zur Schule, im Winter steht ihnen der Schnee bis zur Nasenspitze, im Herbst haben sie zwei Wochen frei für die Ernte. Der Altbauer muss noch auf dem Hof wohnen und Pfeife rauchen und den ganzen Tag schweigend auf einer Bank vor dem Haus sitzen", ergänzte Sven. Er hatte sich jetzt richtig in Fahrt geredet. „Wie finden wir so etwas auf die Schnelle?"

„Ich rufe einen Freund aus der Gegend um Kitzbühel an", antwortete Kaiser Franz Joseph. „Und du organisierst bitte einen Fotografen für morgen Nachmittag, der auf die Alm geht und wie zufällig den ,Juni' fotografiert. Bitte keine perfekten Aufnahmen, mehr Handy als Tele. Das Foto schicken wir dann als Leserreporter an ein paar Zeitungen."

„Wie sollen wir einen Monat fotografieren?", fragte Hanne.

„Monat?"

„Na diesen ,Juni'?"

„Das ist kein Monat."

„Sondern?"

„Das ist der Typ vom Typen."

„Ah der, okay."

„Das wird aber nicht reichen", rief Markus.

„Natürlich nicht", sagte Kaiser, „aber es nimmt Druck." Und dann erzählte er ihnen von „Greenfuck" und über „Operation Emma", von der Strategie, die er mit Hans besprochen hatte und von den SWAT-Teams, die sie gebildet hatten, Social Media, „also ihr hier alle am Tisch, seid eines davon".

„Ich kümmere mich um ,Storyclash' und ,Xnews'. Wir müssen den Strom der Digitalnachrichten überwachen und im Notfall eingreifen können", sagte Clemens, fast eine Kopie von „Greenfuck"-Hans, nur mit Bart. Kaiser Franz Joseph hatte von „Storyclash" gehört. Die Software zeigt in Echtzeit an, welche Geschichten im Moment am intensivsten geliked, geshared und kommentiert werden. Fürs Internet war es so etwas wie ein Tsunamiwarnsystem. Man sah die Welle kommen, ehe andere noch die Gefahr ahnten. Auf unzähligen Charts und Grafiken wurde dargestellt, was die Digitalwelt am meisten bewegte. Wer die Zahlen am besten interpretieren konnte, war in der Lage, gegenzusteuern oder sich so gut es eben ging auf den Einschlag der Welle vorzubereiten. „Xnews" war eine Sammelseite für Nachrichtenbeiträge. Hier bekam man schnell mit, was Medien interessierte.

„In Ordnung", antwortete Kaiser Franz Joseph, „und nimm Twitter, Facebook und Snapchat noch mit."

„Ich checke ein paar Typen, die positive Storys über ‚Nijo' oder ‚Juni' posten", sagte Hanne. „Wir müssen die Leute damit zuscheißen."

„Ich rufe die Assistentin von ‚Nijo' an, „vielleicht kann sie uns ein paar Infos dazu liefern", sagte Kaiser Franz Joseph. „Gut, sehr gut", klatschte er schließlich in die Hände. Wir müssen sofort anfangen. Haltet mich auf dem Laufenden, sagt mir sofort Bescheid, wenn etwas passiert, womit wir nicht rechnen. Auf geht's, viel Glück."

Alle schauten ihn entgeistert an. Glück? „Das wird harte Arbeit, Mann", sagte Sven. „Glück ist etwas für Leute, die Wahrheit für Zufall halten."

Darf das
wahr sein?

N ach Katastrophen ist der zweite Tag oft schlimmer als der erste, auch hier war es so. Als Kaiser Franz Joseph in der Früh die Zeitungen zur Hand nahm, überkam ihn der Eindruck, alle hätten so ungeniert voneinander abgeschrieben wie er früher in der Schule bei Mathematiktests, so ähnlich waren sich die Titelseiten und die Artikel. Zum Unterschied vom ersten Tag, als nur „Der Alltag" und „Immer Alles" über den vermeintlichen Vorfall in der Berggasse berichtet hatten, kümmerten sich nun alle sehr unbekümmert um das Nichts. Sowohl die Boulevardblätter als auch die Zeitungen, die sich lieber dem Qualitätssegment zugeordnet sahen, versuchten aufzuholen, was sie am ersten Tag versäumt hatten, auch wenn es gar nichts zu versäumen gegeben hatte. Es wurden Anwohner in der Berggasse befragt, die allesamt nichts mitbekommen hatten, weil es ja strenggenommen auch nichts mitzubekommen gab, aber wenn die Presse schon einmal an der Tür klopfte, dann wollte man nicht unhöflich sein und wiederholte eben, was man im Supermarkt oder beim Bäcker gehört hatte, der Einfachheit halber gab man es als eigene Beobachtung aus. So entstand nach und nach mehr eine Kritzelei aus Tausenden wirren Strichen als ein Gesamtbild, aber wer alle Berichte in allen Zeitungen genossen hatte, musste den Eindruck haben, hier hätte ein Attentat stattgefunden, allein der Bekenneranruf einer einschlägig bekannten Terrororganisation fehle noch. Wer nicht in Wien wohnte, konnte überdies vom Eindruck übermannt werden, die Berggasse gleiche der Fifth Avenue, so viele Menschen lebten hier und könnten Zeugnis ablegen, und so viele Geschäfte gäbe es, das reinste Gewurl musste das sein. Weil nur zwei Medien am ersten Tag über „das rätselhafte Verbrechen" berichtet hatten, rutschten die Berichte der anderen Zeitungen in einen leicht beleidigten Tonfall ab, so als hätte ihnen der „Minister für dies und das" vorsätzlich nichts von dem „wichtigen Ereignis" erzählt, sondern nur den zwei Blättern, und sie gingen mit „Nijo" hart ins Gericht. Der Rechnungshofbericht über die Bewerbung der Elektromobilität wurde in aller Ausführlichkeit besprochen, und erneut ließen die Medien alle jene Summen, die ihnen selber zugeflossen waren, außer Betracht, sie wollten mutmaßlich ihre Leserinnen und Leser nicht mit allzu vielen Informationen überfrachten. „Nijos" bisherige Leistungen als Politiker wurden nicht infrage gestellt, sondern gleich das Vorhandensein von solchen überhaupt und grundsätzlich abgestritten. Eine Zeitung zeigte sich besonders kreativ. Unter dem Titel „Was ‚Nijo' bisher zustande brachte" war eine leere, weiße Fläche zu sehen.

„Immer Alles" und „Der Alltag" taten sich besonders schwer, das Neue zu finden, wenn es doch schon das Alte nicht gegeben hatte. Beide hatten ja schon am ersten Tag über alles berichtet, über das es eigentlich nichts zu berichten gegeben hätte. Immerhin trieb „Immer Alles" das Sexpaar auf, das vom Fenster aus den Vorfall aus nächster Nähe gesehen haben wollte. Unter dem Titel „nach dem Sex hat es bei uns richtig geknallt" war ein Interview mit den „Augenzeugen" zu finden, und jeder Leser und jede Leserin hatte ab 5 Uhr Früh in den öffentlichen Verkehrsmitteln – die, wie es der Zufall will, auch noch so heißen, wie sie heißen – das Bild vor Augen, wie die beiden, erregt, verschwitzt und aufgewühlt, kleiderlos vor dem Fenster stehen und sich vor ihren Augen und dem Rest der nackten Körper das Grauen seinen Weg bahnt. Sogar ein Bild des Paares zeigte „Immer Alles" her, wenn auch die Gesichter unkenntlich gemacht worden waren und die beiden sittsam bekleidet dastanden. Wer genauer hingesehen hätte, dem wäre aufgefallen, dass zwei Mitarbeiter der Zeitung den Abgebildeten erstaunlich ähnlich sahen, aber was spielt es schon für eine Rolle, wenn man sich zu einem ausgedachten Interview gleich auch die Protagonisten dazu erfindet.

Auch die Morgensendungen im Radio widmeten sich dem Nebel da draußen. Außenreporter meldeten sich vom so genannten Tatort, ein Psychologe analysierte im Studio die möglichen traumatischen Folgen, wenn man als Fußgänger von einem Auto oder Fahrrad „fast zu Tode gebracht wird". Wie in den Zeitungen kam derselbe Rechtsanwalt zu Wort, der auch sonst immer zu Wort kommt, und er legte dar, welche juristischen Konsequenzen die Flucht für den Fahrradfahrer haben könnte. Ein Politikexperte spekulierte, was nun aus „Nijo", vor allem aus seiner Karriere werden könnte, eine Uni-Professorin leitete aus dem Nichtvorhandensein von Fakten eine Familienaufstellung ab. Es tauchten Energetiker auf, dazu „Freunde" der Familie, Menschen, denen Ähnliches – und das tatsächlich – passiert war, zudem ehemalige Politiker, Promis, die „Nijo" und seinen Clan mehr vom Wegsehen als vom Hinschauen kannten, Wichtigtuer (soferne sie nicht schon in eine der genannten Kategorien fielen), sogar frühere Schulkollegen. Jeder durfte etwas sagen, so unsinnig konnte es gar nicht sein.

Die Morgensendungen der TV-Sender zeigten auch an Tag zwei blutjunge Menschen in der Berggasse, die versuchten, weiße Stöpsel im Ohr zu fixieren, über die sie mit den Moderatorenpaaren in den Studios verbunden waren, die mit überkreuzten Beinen und mitleidsvollen Mienen dasaßen, einen Korb Obst und einen Berg Topfengolatschen vor sich auf dem Tisch, und hinausfragten in die Welt, die auch jetzt noch so wenige Antworten für sie bereithielt. Twitter und Facebook waren wie immer eine Galaxie für sich. „Nijo" war nun gleichermaßen ein Thread wie ein Hashtag, natürlich auch Berggasse und Amokfahrer und ein gutes Dutzend weiterer Begriffe. Einige der wichtigsten Twitterer des Landes, vor allem solche, die Parteien nahestanden, denen „Nijo" keineswegs nahestand, hatten die Jagd auf den „Minister für dies und das" freigegeben, und keiner ließ sich zweimal bitten, wo es doch schon beim ersten Mal so schön gewesen war. Wer die Fährte der Postings und Tweets aufgenommen hatte, der hatte bald die Nase so voll, dass er „Nijo" auf der Stelle zum Tod durch den Strang verurteilen wollte, ein Prozess schien gar nicht mehr nötig, sondern eher Zeitverschwendung. „Juni" kam besser weg, er wurde eher als Opfer seines skrupellosen Vaters gesehen, der ihm nicht einmal ein verkehrstüchtiges Fahrrad zur Verfügung gestellt hatte, und das bei seinem stattlichen Einkommen. Auf „Nijo" aber stürmten die Politiker aller Parteien los, bis auf die von „Nijo" klarerweise, sie drängten nach vorne, vor allem die Hinterbänkler, und verschafften sich über Zeitungen, Radio, Fernsehen, über die sozialen Medien und über Nachrichtenagenturen Luft, ohne dass diese vorher ein knappes Gut gewesen wäre. Sie forderten „genaue Aufklärung, was passiert ist", warnten vor „Vertuschung", bezeichneten „Nijo" als „Skandalpolitiker", „Bonzenminister mit Bonzensohn", sahen in ihm „eine Gefahr für Österreich", forderten ihn zum Rücktritt auf, appellierten an den Kanzler, „den peinlichen Minister zu feuern", natürlich wurde den „skandalös hohen Werbegeldern für die Elektromobilität" breiter Raum gegeben. Immerhin legte „Nijo" keiner den Freitod nahe, es war aber erst Tag zwei, muss man anmerken.

Für Kaiser Franz Joseph war es keine Überraschung, was passierte, er hatte es genau so erwartet und alle darauf vorbereitet. Erst heute sollte „Operation Emma" zu greifen beginnen, und deshalb war er um neun Uhr Früh im Carinthia in der Wiener City mit Emma verabredet. Hier, unweit der Wiener Staatsoper, schien die Zeit wie angehalten, passenderweise bewegten sich die Zeiger der Standuhr im Lokal tatsächlich um keinen Millimeter, und das schon seit Jahren. Die roten Polstermöbel des Kaffeehauses waren verschlissen und abgewetzt, das Holz an den Fenstern hätte dringend einen Anstrich nötig gehabt, damit man überdeckt, wenn schon nicht austauscht, was abblättert und morscht. Das Personal grantelte wie Wienerinnen und Wiener gern von Kindesbeinen an, hier aber mit der offenkundigen Zielsetzung, Besuchern den Eindruck zu vermitteln, man sei hier nicht willkommen, das aber herzlich. Unter anderem aus genau diesen Gründen war das Carinthia ein beliebtes Kaffeehaus und meist recht voll. Wer in Wien den Gründen nachgeht, warum etwas Erfolg hat oder auch nicht, landet häufig in einer Sackgasse.

Kaiser Franz Joseph war etwas früher zu dem Morgentermin gekommen, denn er musste noch ein wichtiges Telefonat erledigen. Er hätte das natürlich auch aus seinem Tesla Model S P100D in Red Multi-Coat heraus tun können, aber er hörte über das Custom-Audiosystem mit 11 Lautsprechern das Klavierkonzert Nr. 1 in d-Moll und wollte Brahms nicht unterbrechen. Also rief er im Carinthia um Punkt 8.31 Uhr den Nummernspeicher seines Smartphones auf, tippte in der Buchstabenleiste auf „F" und scrollte zum Eintrag „Fröhlich, Josef". „Hallo Pepi", sagte er, als der Vorstandsvorsitzende von „Kaufgesund", kurz „Kage", schon nach kurzem Läuten abhob. Kaiser wusste, dass Fröhlich um Punkt 8.30 Uhr mit dem Workout an seinem Rudergerät fertig war, nun mit einem weißen Handtuch um den Hals keuchend in seinem Fitnessraum stand und für die Außenwelt wieder erreichbar war. Nachdem beide Seiten den Smalltalk – Frau, Kinder, Hund, wirtschaftliche Lage – pflichtschuldig erledigt hatten und Fröhlich wieder einigermaßen bei Atem war, kam Kaiser Franz Joseph auf das eigentliche Thema des Telefonates zu sprechen. Dazu muss man wissen, dass „Kaufgesund" keine so putzige Firma war, wie das der Name vielleicht vermuten lassen könnte. Unter der Dachmarke versammelten sich über ganz Österreich verstreut Supermärkte zu Hunderten, das Unternehmen war zudem an Sportgeschäften, Modeläden, Papierwarenketten und an vielem mehr beteiligt und saß, hier wird es für diese Geschichte interessant, auf einem Geldsack für Werbung, der mit 130 Millionen Euro prall gefüllt war. „Kaufgesund" investierte ins Fernsehen, ins Radio, ins Internet und in Zeitungen sowie Magazine, und das so viel wie keiner im Land auch nur annähernd. Möglicherweise war Josef „Pepi" Fröhlich auch deshalb ein gern gesehener Gast auf Empfängen, Opernpremieren oder heiteren Umtrunken, es kann aber auch sein, dass viele seinen Wortwitz, sein ansehnliches Äußeres und seine guten Manieren schätzten, auch wenn keines der drei tatsächlich zu ihm gefunden hatte, zumindest bisher nicht.

„Also", hob Kaiser Franz Joseph an, „du hast vermutlich von der Geschichte rund um ‚Nijo' gehört. Üble Sache."

Fröhlich wusste selbstverständlich Bescheid, aber er schwieg, denn er erriet nicht, worauf Kaiser Franz Joseph hinauswollte, und als Geschäftsmann von Format sagt man in einer solchen Situation am besten nichts.

„Ich habe dir ja unlängst erzählt, dass wir mit dem ‚Minister für dies und das' einen großen Aktionismus vorbereiten, um die Elektromobilität zu pushen. Dein Unternehmen hat in den Plänen eine große Rolle gespielt. Wir wollten dich als Premium Partner haben und auf allen deinen Parkplätzen jeweils ein, zwei Zapfstationen für E-Mobile einrichten, auf Kosten des Ministeriums natürlich. Jetzt verrate ich dir ein Geheimnis. Dafür, dass du uns den Platz zur Verfügung stellst, hatten wir im Budget 10 Millionen Euro eingeplant. Dazu wäre der Minister für Fototermine zur Verfügung gestanden, das heißt, du hättest Gratiswerbung in den Medien bekommen."

„Du sprichst im Konjunktiv, weil …?", fragte Fröhlich.

„Ja, das Projekt steht auf der Kippe. Die Medien haben den Minister und die Elektromobilität unter Beschuss genommen."

„Und?"

„Kein Minister, keine Elektromobilität, keine E-Zapfsäulen auf deinen Parkplätzen, keine 10 Millionen."

„Gründe?"

„Eitelkeiten, Kleinigkeiten, das Übliche in Österreich."

Josef „Pepi" Fröhlich konnte man allerlei vorwerfen, nicht aber, dass er eine träge Auffassungsgabe besaß. Er war knallhart, wendig, schlau. Wer einmal live erlebte hatte, wie er mit Milchbauern über den Preis feilschte, wartete jede Minute darauf, dass nach den Landwirten die Kühe in Tränen ausbrachen. „Ich mache einmal ein paar Telefonate, in Ordnung", fragte er, ohne tatsächlich an einer Antwort interessiert zu sein, verabschiedete sich kurz und legte auf.

Kaiser Franz Joseph, der die Beteiligung von „Kaufgesund" am Elektromobilitätsprojekt spontan am Abend davor erfunden hatte, den Minister aber aus verschiedenen Gründen damit nicht behelligen wollte, war klar, was nun passieren würde, denn das stand schwarz auf weiß unter Position 1 seiner „Operation Emma". Fröhlich holte tatsächlich seine Vorstandskollegen und seine Geschäftsleiter zu sich, ein paar schalteten sich per Telefonkonferenz zu. Er machte ihnen knapp die Lage klar, verteilte die Aufgaben, nach 15 Minuten war das Meeting vorbei. Weitere 30 Minuten und ein Diktat später erging eine Textmeldung an die einzige Nachrichtenagentur des Landes, deren Inhalt sich in einem Satz zusammenfassen ließ. Die „Kaufgesund"-Gruppe denke die Prioritätensetzung ihrer Werbespendings neu an, wolle diese in Zukunft vor allem an ökologischen Kriterien ausrichten und setze bis dahin ihr Engagement im werblichen Bereich aus. In die Umgangssprache übersetzt hieß das: Geldhahn zu, die Medien können die fix eingeplanten 130 Millionen Euro in den Wind schießen. Manche Bomben detonieren beinahe im Verborgenen.

Emma kam fast auf die Minute pünktlich, und sie sah genauso aus, wie sie ihm beschrieben worden war. Kaiser Franz Joseph liebte Präzision und schätzte Höflichkeit noch mehr, auch weil für ihn beides eins war. Er saß in einer der Kojen am Fenster, in denen Beinen unter den Marmortischen ähnlich wenig Platz eingeräumt wird wie in Sitzreihen der meisten Ringstraßentheater.

„Servus, küss die Hand, schön, dass Sie Zeit gefunden haben." Er erhob sich von seiner Sitzbank, hielt sich die linke Hand vor den Bauch, damit seine Krawatte nicht den Kaffee aufzutunken begann, und streckte Emma die rechte Hand entgegen. Er mühte sich um eine halbwegs aufrechte Position, blieb aber mit dem Oberschenkel zwischen Sitzbank und der Kante der Tischplatte hängen. Halb stehend, halb sitzend wartete er geduldig und zunehmend seine Oberschenkelmuskulatur spürend, bis Emma sich niedergesetzt hatte, und ließ sich dann auf die Bank plumpsen.

„Für eine Operation habe ich immer Zeit", lächelte sie.

Kaiser Franz Joseph schaute verdutzt, in seinem Kopf wurden Schubladen auf- und wieder zugemacht, in einer wurde er schließlich fündig. „Ah, Operation Emma, verstehe, Hans hat Sie unterrichtet."

Das stimmte, stimmte aber auch wieder nicht. Zunächst hatte sie nämlich auf eigene Faust Google ausführlich nach Kaiser Franz Joseph befragt und war aus dem Staunen kaum mehr herausgekommen. Mit einem Packen Fragen im Kopf hatte sie sich zu Hans auf die Wohnzimmercouch gesetzt, der CEO „Greenfuck" für DACH war ihr umfangreich Rede und Antwort gestanden, seine Fußballer im Fernsehen hatten offenbar einen freien Tag. Die langfristig angesetzte gemeinsame Arbeit an „Operation Emma" wurde lediglich einmal unterbrochen durch eine kurzfristig angesetzte gemeinsame Arbeit am sexuellen Teil ihrer Beziehung. Dass Kaiser Franz Joseph Menschen manipulierte, benutzte, sie gegeneinander ausspielte und vor allem auf seinen eigenen Vorteil aus war, nahm Emma nach Recherche und Gespräch als gegeben hin, und es machte ihr erstaunlicherweise weniger aus, als sie gedachte hatte, wie sie es sich eingestehen musste. Sie hatte es in ihrem Leben bei vielen anderen auch so erlebt.

Sie war also ganz gut im Bilde, als sie ins Carinthia kam. „Arge Geschichte mit ‚Nijo'", sagte sie zu Kaiser Franz Joseph und versuchte ihre Beine so unter dem Tisch zu platzieren, dass sie nicht an jene des Lobbyisten stoßen konnten und für ihn damit allenfalls Anstoß gegeben wäre, in eine erotische Richtung zu denken, in die er sich – bei aller Sympathie – definitiv allein hätte aufmachen müssen.

„Na ja, komplett aufgebauscht", erwiderte Kaiser Franz Joseph.

„An der ganzen Sache ist nichts dran, aber das wissen Sie ja."

„Natürlich, aber ein Körnchen Wahrheit ist schon da, aber egal", erwiderte Emma.

Kaiser Franz Joseph zog die rechte Augenbraue hoch. „Wahrheit? So etwas wie Wahrheit interessiert mich in Wahrheit nicht. Wahrheit, was soll das überhaupt sein?"

Nun war Emma erstaunt. „Nun, das, was passiert. Die Wahrheit über die Ereignisse halt."

„Aber welche Version davon? Ihre? Meine? Die von ‚Nijo'? Die von ‚Juni'? Die von den Medien? Die von den Leuten auf der Straße? Eine beliebige Mischung daraus, frei gemixt wie ein Cocktail in einer Bar eines thailändischen Drei-Sterne-Hotels? Nein, mag sein, dass es so etwas wie Wahrheit gibt, vielleicht aber auch nicht. Für mich ist das eine wie das andere vollkommen irrelevant. In Diktaturen ja, da kann die Wahrheit amtlich festgelegt werden, damit kann man arbeiten, aber in einer Demokratie ist die Wahrheit nur ein wertloses Konstrukt."

„Das ist aber nicht Ihr Ernst, oder? Nichts ist wahr, alles ist eine Sache der Interpretation? Was für ein Unsinn." Emma erschrak kurz über die Forschheit ihrer eigenen Formulierung, blickte Kaiser Franz Joseph an, aber der schien nicht im Mindesten beeindruckt und schon gar nicht beleidigt.

„Schauen Sie", sagte er. „Ich nehme jetzt einen Schluck von meinem Großen Braunen. Wie viele Möglichkeiten gibt es denn für Sie, diesen simplen Vorgang zu beschreiben? Dutzende, Hunderte! Kaiser Franz Joseph trinkt seinen Kaffee nervös, entnervt, hastig, gierig, mit stoischem Gesichtsausdruck, entspannt, in aller Ruhe, in einem Zug, schlürfend, elegant, mit abgespreiztem Finger. Indem Sie ein einziges Wort verändern, präsentieren Sie allen ein vollkommen anderes Bild der Situation. Einmal bin ich in Panik, dann merkwürdig ruhig, einmal ein Snob, dann ein Tölpel. Dann fügen Sie hinzu, wie Sie die Umgebung wahrnehmen, nett, mondän, abgewohnt, renovierungsbedürftig, in die Jahre gekommen, angesagt, anheimelnd, cool, selbst das Rot der Polstermöbel können Sie auf Hunderte verschiedene Arten schildern. Merken Sie das? Wir reden über denselben Vorgang im selben Raum, und trotzdem erlebt ihn jeder als seine eigene, individuelle Wahrheit, weil jeder sie anders deutet. Ständig entstehen neue Bilder, aber es kann ja nur eines dieser Bilder richtig sein. Oder gibt es die Wahrheit in mehreren Versionen? Wohl kaum. Aber welches Bild ist dann korrekt? Welches bildet die Realität genauso ab, wie sie tatsächlich ist? Eines davon? Keines? Alle ein bisschen?"

„Aber es gibt doch die Wissenschaft, die ganz klar messen kann, ob etwas stimmt. Mathematik, Chemie, Physik, das ist doch nicht nichts. Die Forscher stellen sich doch nicht jeden Tag hin und erzählen eine neue Version der Wahrheit. Formeln sind Fakten, und Fakten sind unumstößlich wahr."

Kaiser Franz Joseph rutschte mit dem Oberkörper nach vorn, nahm das Wasserglas, das neben seinem Kaffee stand, in die rechte Hand und trank es langsam zur Hälfte leer. „Gut", sagte er, „gehen wir davon aus, dass nun exakt 0,2 Liter im Glas sind, physikalisch gesehen kann man das exakt messen. Die Wahrheit sind also diese 200 Milliliter."

„Sehen Sie, es gibt also doch eine unumstößliche Wahrheit."

Kaiser Franz Joseph ging nicht auf den Einwand ein. „Wie viele Menschen sitzen hier im Lokal? Sagen wir einmal 20. Fragen Sie jeden Einzelnen, was er sieht, und Sie werden die Wahrheit in unterschiedlichsten Formen serviert bekommen. Für den einen ist das Glas halb voll, für den anderen halb leer. Für den einen sind geschätzt 110 Milliliter drin, für den anderen 90 Milliliter. Für den einen ist das Glas fast ausgetrunken, für den anderen kaum angerührt. Für den einen ist der Inhalt Wasser, für den anderen Gin oder Wodka, und die Schlussfolgerung daraus vielleicht, dass ich schon morgens trinke. Woran machen Sie fest, was die Wahrheit ist? Ob Ihnen jemand vertrauenswürdig vorkommt? Oder sympathisch? Oder ob Sie ihn kennen und bisher von ihm nicht belogen wurden?"

„Sie machen es sich zu einfach", erwiderte Emma. „Natürlich sieht jeder etwas anderes, schmeckt etwas anderes, fühlt sich zu etwas anderem hingezogen oder abgestoßen. Aber das kann ja nicht bedeuten, dass es nun keinen Unterschied mehr macht, ob etwas wahr ist oder gelogen."

„Natürlich macht das einen Unterschied, aber es spielt keine Rolle."

„Spielt keine Rolle?"

„Ja, es spielt keine Rolle, ob etwas wahr ist oder nicht. Das einzig und allein Wichtige ist, ob jemand glaubt, dass etwas wahr ist."

„Die Wahrheit kann man glauben?"

„Nicht kann, muss."

„Das verstehe ich nicht." Emma trank einen Schluck Orangensaft, den ihr der Kellner professionell missmutig hingestellt hatte, und löffelte dann in ihrem Früchtemüsli, aus dessen Rahm Apfelspalten und Bananenstücke herausragten wie Felsen aus dem Meer.

„Das ist einfach", sagte Kaiser, der bei seinem Kaffee geblieben war. „Sie werden nie mit Sicherheit wissen, ob etwas wahr ist, aber Sie werden häufig glauben, dass etwas wahr ist. Und genau das zu vermitteln, meine Wahrheit, ist mein Job und jetzt auch der von ihnen."

Darauf fiel Emma nichts mehr ein, und Kaiser Franz Joseph fand das wunderbar, denn nun konnten sie „Operation Emma" besprechen, und das taten sie in aller Ausführlichkeit. Wer den beiden in der nächsten halben Stunde zugesehen und zugehört hätte, der hätte verschiedene Mutmaßungen über das Paar am Tisch vor dem Fenster anstellen können. Etwa, dass sich hier ein Firmenchef mit einer jungen, ambitionierten Mitarbeiterin zum Frühstück getroffen hat, wobei einer am Tisch die Hoffnung hegte, es könnte mehr daraus werden, der andere, es könnte zumindest der Karriere dienlich sein. Oder ein Lehrer hat seine frühere Schülerin wiedergetroffen, ein verschollener Verwandter seine Enkelin, ein älterer Herr seine Jugend. Oder aber hier kamen sich zwei Menschen näher, die sich nichts aus dem Altersunterschied machten, außer ihn vielleicht prickelnd zu finden. Dieses Bild wurde unterstützt durch das Faktum, dass Emma und Kaiser Franz Joseph mit der Zeit ins Du wechselten, ohne dass einer der beiden den anderen dafür um Erlaubnis gefragt hätte. Kaiser fand Emma zauberhaft, ihr Lachen, ihre Energie, ihre Entschlossenheit. Es entstand im Nu eine Seelenverwandtschaft, meist musste er eine Idee nur andeuten, sie sah sofort das Gesamtbild dahinter. Schnell war vereinbart, wie es die nächsten Tage weitergehen sollte, wer was dazu beitragen musste, wie die Rollen zu verteilen waren. Emma und Kaiser waren ein Herz und eine Seele, ihre Gedanken ineinander fast so verschlungen wie ein Brautpaar im Ehebett der Hochzeitnacht.

„Dann sind wir uns also einig", sagte Kaiser Franz Joseph schließlich, und Emma nickte heftig. „Ich rufe gleich Frau Beitler an und stimme mich mit ihr ab", sagte sie. „Woher kennst du eigentlich Hans?"

„Er hat für mich gearbeitet."

Nun war Emma verblüfft. „Hans war früher Lobbyist?"

„Hans ist auch heute noch Lobbyist, wenn man es genau nimmt", antwortete Kaiser Franz Joseph. „Ich habe ihn frisch von der Uni geholt. Er war mir bei einem Vortrag aufgefallen, den ich im Rahmen eines Seminars hielt. Er stellte die mit Abstand blödesten Fragen, es kümmerte ihn nicht, was die anderen von ihm dachten. Die meisten versuchten, mit ihrem Halbwissen Eindruck zu schinden, Hans nicht. Er wollte von mir wissen, was ich verdiene, ob man in meinem Job viele Frauen knallt, ob ich daheim einen Sky-Anschluss habe, und wenn ja, wie viele europäische Fußballligen ich empfangen kann. Ich habe ihn dann beobachten lassen."

„Beobachten?"

„Ja, ich habe meine Leute darauf angesetzt, alles über ihn herauszufinden, zu schauen, in welche Lokale er geht, welche Kurse er belegt hat, was er isst, ob er Auto oder Straßenbahn fährt, wie oft er seine Eltern besucht, welchen Sport er macht, was seine liebste Stellung beim Sex ist, alles, einfach alles."

„Das ist ein Spaß, oder?"

„Ich bin privat vielleicht eine heitere Seele", antwortete Kaiser Franz Joseph belustigt, „aber im Job mache ich keine Witze. Bei mir gibt es nur 120 Prozent, wer mit mir arbeitet, merkt das schnell, oder er ist rasch wieder weg. Ich sehe vielleicht aus wie ein Lebemann, aber niemand in diesem Land arbeitet härter als ich, 24 Stunden am Tag, und das erwarte ich mir auch von meinem Team. Genau genommen bin ich nie privat, ich plane alles, ich sitze nie in Diskussionen, in denen ich nicht alles über meine Gegenüber weiß. Ach ja, du hättest die Kühe im Stall damals übrigens nicht alle zur selben Zeit freilassen sollen. Es war klar, dass die nicht gleichzeitig durch die Tür passen."

Emma wurde im selben Moment heiß und kalt. Sie hoffte, dass man ihr nicht ansah, wie sie rot anlief, gleichzeitig war ihr klar, dass Kaiser Franz Joseph solche Situationen gewohnt war und jeden Menschen deshalb sofort durchschaute. Er wusste, wie sie sich jetzt fühlte, vielleicht sogar besser als sie selbst. „Woher", stotterte sie, „woher weißt du das? Keiner hat eine Ahnung davon, nicht einmal meine Eltern."

Und dann breitete Kaiser Franz Joseph Emma ihr komplettes Leben aus. Er blätterte durch ihre Biographie, als würde er ein Fotoalbum vor sich auf dem Tisch liegen haben und sagen, „hey, schau einmal, da bist du mit dem Zug heimgefahren nach St. Nepomuk an der Gülsen und hast Bullshitbingo gespielt". Emma verkrampfte sich, aber nach einer Weile ließ sie schließlich los. Sie wusste instinktiv, dass es nutzlos war, gegen diesen Mann anzukämpfen, der mehr wusste über sie als sie selbst. Am sichersten konnte man sich wohl als seine Verbündete fühlen. Aber sie merkte noch etwas an sich, das neu war und das ihr gleichzeitig Angst und Mut machte. Sie fühlte sich angezogen von Kaiser Franz Joseph, nicht von ihm als Person, sondern von dem, was er darstellte. Sie wollte in dieser Sekunde nichts mehr als so sein wie er. Sie hatte ihre Bestimmung gefunden.

„Was hast du über Hans entdeckt", fragte sie.

„Er war der schlimmste Spießbürger, den ich je getroffen hatte. Er lebte nach einem Stundenplan, als Student, auf der Uni, stell dir das vor. Er stand immer um dieselbe Zeit auf, aß um dieselbe Zeit, machte an immer demselben Tag der Woche Sport, fuhr einmal in der Woche zu seinen Eltern, immer samstags. Er sortierte seine Wäsche im Schrank nach Farben, wusste immer auf den Euro genau, wie viel Geld er in der Brieftasche hatte, er trug sich Sexpartnerinnen sogar auf seinem Computer in Excel-Sheets ein."

„Mit Bewertung?"

„Ein Punktesystem, aber ich will hier nicht ins Detail gehen."

Emma war fassungslos, gleichzeitig, so verrückt sie das auch fand, gab sie sich selbst in Gedanken Noten für den Sex mit Hans. „Warum hast du einen solchen Spinner dann engagiert?", fragte sie.

„Weil er der Beste war. Hochintelligent, bieder im Leben, frech im Job. Ehrgeizig bis unter die Haarwurzeln, ein Arbeitstier, präzise bis pedantisch. Wenn man ihn fragte, was ein Klient zu Mittag gegessen hatte, dann sagte er nicht Fleisch mit Gemüse, sondern Schnitzel, 20 Zentimeter lang, zehn Zentimeter breit, dazu 17 Erbsen."

„Dann hättest du ihn ja nie gehen lassen dürfen."

„Habe ich nicht."

„Aber er ist ja zu ‚Greenfuck' gewechselt."

„Und?"

„Und was?"

„Das habe ich doch alles mit ihm und den Svensons ausgemacht."

„Mit den schwedischen Zwillingen, die früher Investmentbanker waren, die ‚Greenfuck' gegründet haben?"

„Ah du hast den Onlineartikel gelesen. Das haben wir also offenbar gut hinbekommen."

„Was hinbekommen?"

„Der Artikel kommt von uns, den hat einer meiner Mitarbeiter geschrieben."

„Du machst Witze."

„Wie gesagt, im Job nie. Und da ich kein Privatleben habe …"

„Dann gibt es keine Svensons?"

„Doch, doch."

„Aber?"

„Es sind keine Zwillinge."

„Also nur ein Schwede?"

„Genau genommen ist Patrick Svenson Deutscher. Er hat aber schwedische Vorfahren. Also frühe Vorfahren. Sehr frühe."

„Dann war er früher auch mutmaßlich kein Investmentbanker."

„Nein, aber mit Geld hatte er zu tun, das stimmt. Er war Geldbote."

„Geldbote?"

„Ja, Geldbote. Er holte Geld von Banken ab."

„Was hat das mit ‚Greenfuck' zu tun?"

„Nichts."

„Aber es gehört ihm doch."

„Nur in der Geschichte, die wir den Teufelsreporter haben erzählen lassen. In Wahrheit gehört ‚Greenfuck' einem amerikanischen Hedgefonds, Svenson ist die bürgerliche Fassade. Er bekommt etwas Geld dafür, hat sich ein Eigenheim gekauft, einen Mittelklasse-SUV, hat zwei Kinder, geht jeden Tag in der Früh zur Arbeit in ein Büro, das der Hedgefonds bezahlt, liest dort Zeitung, spielt am Computer, packt um 17 Uhr seine Aktentasche, küsst daheim seine Frau und seine Kinder, schneidet einmal in der Woche den Rasen, winkt dabei den Nachbarn und hat keine Ahnung, worum es in seinem Leben geht."

„Wow! Und Hans?"

„Dein Hans managt den gesamten deutschsprachigen Raum, das stimmt alles. Ich habe Svenson, also dem Hedgefonds, damals geholfen, das Büro für Deutschland, Österreich und die Schweiz aufzubauen. Wir haben dann Hans als Chef hingesetzt, eine geniale Idee, seither arbeiten wir bei fast allen Projekten zusammen."

„Wozu brauchst du ‚Greenfuck‘, du weißt doch ohnehin alles selbst?" Emma probierte es mit einem Schuss Sarkasmus, Kaiser Franz Joseph gefiel das.

„Weil Menschen in einem 5000-Euro-Anzug nicht auf der Straße stehen und Demoschilder hochhalten, Menschen in Holzhacker-hemden aber schon. Weil wir in die Bank gehen, wenn wir Geld brauchen, es aber heute schick ist, sich Bares über Crowdfunding zu besorgen. Weil wir das Establishment sind, ‚Greenfuck‘ aber von unten kommt, aus dem Volk. Weil Aktionismus peinlich wirkt, wenn ihn Leute wie ich machen, aber cool, wenn er von verkappten Spießern wie Hans durchgeführt wird. Wir ergänzen uns perfekt, er drückt von oben und unten auf die Zitrone, wir von der Seite, den Saft teilen wir, einiges fließt an uns, das meiste an den Hedgefonds, ein bisschen an Svenson."

Als Emma aus dem Fenster sah, bemerkte sie eine Frau in einer schwarzen Burka, die Richtung Kärntner Straße unterwegs war, in einigem Abstand dahinter folgte ihr ein Mann, die beiden schienen zusammenzugehören, aber auch wieder nicht. Der Anblick ver-wirrte sie. „Was hast du gesagt", wandte sie sich wieder Kaiser Franz Joseph zu, der lächelte. „Nichts Wichtiges." Emma schaute erneut aus dem Fenster, und nun marschierten drei Frauen in schwarzen Burkas über den Platz vor dem Kaffeehaus, und auch sie waren unterwegs Richtung Fußgängerzone, und auch ihnen folgten Män-ner, die zu ihnen zu gehören schienen, aber auch wieder nicht. „Ein seltsames Bild", sagte sie, trank den letzten Schluck Orangensaft aus ihrem Glas und winkte dem Kellner. „Wenn du erlaubst, überneh-me ich das", sagte Kaiser Franz Joseph, „schließlich sind wir nun doch ein Team." Er zog sein schwarzes Lederportemonnaie von Tom Ford aus der linken Sakkotasche, zahlte und gab dem Kellner ein fürstliches Trinkgeld, ohne diesem damit erkennbar eine Freu-de zu machen. Dann stand Kaiser Franz Joseph auf, beugte sich zu Emma, die immer noch saß, aus dem Fenster schaute und nun sieben Frauen in schwarzen Burkas sah, die unterwegs Richtung

Fußgängerzone waren, und denen Männer folgten, die zu ihnen zu gehören schienen, aber auch wieder nicht. Sie sah kurz zu ihm, er fing ihren Blick auf, schaute auch nach draußen und sagte: „Ich habe mir erlaubt, mit unserer gemeinsamen Arbeit schon allein anzufangen."

Die Wahrheit, die reine Wahrheit und nichts als die Wahrheit

A ls Hartmuth Borno („wie der Sex, nur mit weichem B") auf den Blattspiegel blickte, sah er ins Nichts, und der Grund lag nicht darin, dass er seine Chefredakteursbrillen verlegt hatte. Der Produktionsplan für die Zeitung des nächsten Tages bestand tatsächlich aus lauter leeren Seiten, kein auch noch so kleines Futzerl schimmerte gelb, wohin immer er auch sah, überall war Weiß, eine Schneelandschaft. Kein Inserat in der Politik, keines in der Wirtschaft, keines in der Chronik, keines im Sport. Herbert Gstöttner saß neben ihm wie ein besorgter Sanitäter, jederzeit auf dem Sprung, den Blutdruck zu messen oder den Defibrillator zu holen.

„Waren da gestern nicht noch ein paar Inserate eingeplant?", fragte Borno ungläubig seinen Chef vom Dienst.

„Ja, aber die wurden alle in den letzten beiden Stunden storniert", antwortete Gstöttner. „Sie haben die Aussendung der „Kage" nicht gelesen, oder?"

„Doch, aber was hat das damit zu tun? Die übliche Beweihräucherung, super Bilanz, noch superere Pläne fürs nächste Jahr, am supersten das Management."

„Schon, aber haben Sie das bis zum Ende gelesen?"

„Nein, was stand da, so reden Sie doch, Himmel!"

„‚Kaufgesund' hat die gesamten Werbeausgaben für das ganze restliche Jahr gestoppt, für alle. 130 Millionen Euro waren für heuer verplant. Von einer Minute auf die andere alles futsch. An sich schon ein Desaster, aber das war nicht alles."

„Was noch?"

„Rätselhafterweise haben auch ein paar weitere Unternehmen storniert, die mit ‚Kaufgesund' eigentlich gar nichts zu tun haben. Ich kann mir das nicht erklären."

„Hat ‚Kaufgesund' eine Begründung angegeben?"

„Ja und nein. In ihrer Presseaussendung schreiben sie davon, dass sie ihre Werbeausgaben überdenken wollen, dass sie sich neu orientieren möchten, in Richtung Ökologie und lauter so Geschwurbel. Aber jedenfalls steht da auch, und das ist der springende Punkt, dass kein Geld fließt, bis sie zu einem Entschluss gekommen sind."

„Scheiße."

Borno war kein Mann der Kraftausdrücke, wie er auch überhaupt kein Mann war, den ein anderer als er selbst auf irgendeine erdenkliche Weise mit dem Begriff Kraft in Verbindung hätte bringen können. Gstöttner konnte sich nicht erinnern, ihn jemals fluchen gehört zu haben. „Was passiert hier?", fragte der Chefredakteur des „Alltags" mehr sich selbst als seinen Chef vom Dienst.

„Irgendwas läuft da im Hintergrund, ich vermute eine Absprache", antwortete Gstöttner.

Borno stand aus seiner Chefredakteurscouch auf, ging um seine Chefredakteurssitzgruppe herum zum Chefredakteursschreibtisch und drückte auf die oberste Speichertaste seines Chefredakteurstelefons. Es knackte ein paar Mal, dann meldete sich eine seiner Assistentinnen. „Ja, bitte, Herr Doktor."

„Verbinden Sie mich mit Josef Fröhlich von ‚Kaufgesund'. Wenn jemand fragt, worum es geht, dann sagen Sie einfach, es brennt der Hut."

Fünf Minuten später hatte Hartmuth Borno einen tiefenentspannten Josef „Pepi" Fröhlich am Apparat, der wirkte, als käme er gerade vom Golfplatz, was daran liegen könnte, dass er tatsächlich gerade vom Golfplatz kam. „Was kann ich für dich tun", fragte er. Fröhlich und Borno kannten sich, der eine wie der andere wurde gerne zu Empfängen, Opernpremieren oder heiteren Umtrunken eingeladen, jeder für sich vermutete, weil er charmant, witzig und gutaussehend war. „Ich höre, ihr habt eure Werbeausgaben gestoppt."

„Ja", sagte Fröhlich fröhlich, „das stimmt. Du bist wie immer bestens informiert, gratuliere. Du, wir haben uns nach einem monatelangen Nachdenkprozess dazu entschlossen, das Geld nicht mehr einfach so beim Fenster rauszublasen. Wir sind eines der größten Unternehmen des Landes, wir haben eine Verantwortung den Österreicherinnen und Österreichern gegenüber, und wir werden uns dieser Aufgabe jetzt neu stellen."

„Das klingt phantastisch, großartig, ich freue mich für euch und ganz besonders für dich. Worin werdet ihr denn investieren?"

„In nichts."

„Wie, in nichts?"

„Zunächst einmal werden wir so gut wie gar kein Geld ausgeben. Wir wollen nachhaltiger werden, ökologischer. Die Erde heizt sich auf, wir erleben einen Hitzetag nach dem anderen, die Klimaanlagen laufen rund um die Uhr. Unser Energieverbrauch in den Filialen steigt jedes Jahr um 20 Prozent. Aber das ist nicht alles. Ich habe Kinder, ich habe Enkel, ich werde bald 60. Ich will meinen Nachkommen keine Welt hinterlassen, die krank und kaputt ist, sondern eine, auf die man mit reinem Gewissen frischen Samen ausbringen kann, weil man weiß, dass etwas Gutes daraus entsteht."

Borno wurde heißer und heißer, und daran war in diesem Fall nicht der Klimawandel schuld. Er sah, wie Geld durch Fensterfugen und Türspalten hinausgesaugt wurde, sein Geld, und es waren nicht ein paar Scheine, sondern Millionen, und es war kein Geld, das obendrauf lag auf den Geldbündeln, die im Tresorraum gelagert wurden, sondern es war Geld, das man nirgendwo draufpacken konnte, denn es war sonst keines da. Borno hörte Kürzungen in allen Ressorts, er schmeckte Entlassungen und roch, wie sein ansehnlicher Jahresbonus dabei war, ebenfalls durch die Fensterfugen und Türspalten zu entweichen, dorthin, wo er eventuell mehr gebraucht wurde.

„Das kommt etwas plötzlich", mehr brachte er nicht heraus.

„Ich weiß, das tut mir auch leid für euch, aber ihr werdet das auch ohne uns stemmen. Ich glaube, wenn man wirklich etwas ändern will, dann muss man radikal denken, disruptiv, sagt man heute dazu, das kennst du doch. Nicht sagen, ich fange morgen an, oder übermorgen, sondern heute, jetzt. Ich fühle mich so frei, seit ich diese Entscheidung getroffen habe, wie schon lange nicht."

„Aber ..."

„Du glaubst nicht, was bei uns los ist, seit wir die Presseaussendung gemacht haben. Mails kommen, die Leute rufen an, in den sozialen Medien, die uns sonst immer beschimpfen, werden wir gefeiert wie Helden. Sogar meine Exfrau hat mich angerufen und mir gratuliert, das tut sie nicht einmal mehr zum Geburtstag. Es ist einfach unglaublich. Und du wirst nicht erraten, was noch passiert ist."

„Sag!"

„Mich haben ein paar Mitbewerber angerufen und mich ebenfalls beglückwünscht. Kannst du dir das vorstellen? Wir streiten um jeden Quadratmeter Grund für Filialen, wir wetteifern, wer die Lieferanten am weitesten nach unten drücken kann, wer die günstigsten Angebote hat, den höchsten Umsatz und die tiefsten Kosten. Und dann meldet sich die Konkurrenz bei mir und sagt, das sei eine grandiose Idee, die wir hier gehabt hätten, und sie wollen gleich mitmachen. Die werden alle ihre Werbung stoppen und nachdenken, bis ihnen eingefallen ist, wie sie die Welt besser machen könnten mit ihrem Geld. Da kommen ein paar hundert Millionen Euro zusammen, damit kann man schon was anfangen."

„Ja, wir könnten auch was damit anfangen."

„Ihr? Ihr geht ja in eine komplett andere Richtung, habe ich gehört."

„So, in welche denn?"

„Na, ihr findet ja Umweltschutz jetzt nicht mehr so wichtig. Kein Problem, jeder wie er mag, Österreich ist ein freies Land, Gott sei Dank, da kann jeder tun und lassen, was er will."

„Aber Umweltschutz ist uns extrem wichtig, wir berichten regelmäßig darüber, wir haben erst heuer mehrere Serien dazu gebracht. Ich weiß nicht, woher du deine Informationen über uns hast." Hartmuth Borno („wie der Sex, nur mit weichem B") war jetzt aufgebracht, wütend genug, um Fröhlich gegenüber grob zu werden, aber er fürchtete sich gleichzeitig auch, denn am anderen Ende der Leitung saß der wichtigste Inserent des „Alltags", Ex-Inserent müsste man jetzt vielleicht präziser sagen.

„Ich brauche keine Informationen, ich lese Zeitung, du wirst es nicht glauben, es gibt noch Menschen, die deine Zeitung lesen." Fröhlich lachte erneut fröhlich. „Obwohl, ich muss dir sagen, da erlegst du mir manchmal eine ziemliche Prüfung auf. Zum Beispiel heute." Borno hörte durch das Telefon Geraschel. Er vermutete, dass Fröhlich jetzt fröhlich durch den „Alltag" blätterte. Es raschelte und raschelte und raschelte, der Vorstandsvorsitzende von „Kaufgesund" nahm sich Zeit, viel Zeit. Borno fühlte sich, als würde er vor Gericht stehen, die Verurteilung schon fix in der Tasche, der Richter durchforstete das Gesetzbuch lediglich noch auf der Suche nach dem Delikt, das er passend fand. „Da, seitenweise Berichte über einen Fahrradunfall", sagte Fröhlich nach einer Weile, „einen Fahrradunfall, einen Fahrradunfall, man glaubt es kaum."

„Aber darin war der Sohn des Ministers ..."

„Die Welt steht kurz vor der Explosion, die Polkappen schmelzen, die Felder trocknen aus, die Menschen flüchten aus Afrika zu uns, weil es dort so heiß ist, dass es keiner mehr aushält, aber ihr erregt euch über einen Radunfall?"

„Na ja, es war der Sohn vom Minister darin ..."

„Und wenn der Sohn vom Minister ein Umweltprojekt startet, Plastik aus dem Meer fischt oder eine Idee hat, wie man die Treibhausemissionen reduziert, dann schreibt ihr auch seitenweise darüber? Wo sind denn die Berichte über Umweltschutz heute in deiner Zeitung? Die muss ich eben überblättert haben."

„Heute haben wir ... also wir machen nicht jeden Tag ... aber erst gestern, oder vorgestern ... ich muss ... ich kann dir das heraussuchen ... wir haben ... es ist uns wie gesagt enorm wichtig ..."

„Sage ich ja, andere Prioritäten. ,Kaufgesund' rettet den Planeten, ihr rettet eine Fußgängerin, der ein Radfahrer über die Füße fährt, jeder, was er kann und will. Ich darf dir was verraten: Wir werden mit Minister Niederjobststreibitzer ein Projekt für Elektromobilität aufsetzen, in das wir ein paar der Millionen stecken werden, die wir uns bei der Werbung ersparen. Das ist alles schon auf Schiene, die Finanzierung steht, wir starten in wenigen Wochen."

Hartmuth Borno („wie der Sex, nur mit weichem B") hätte gerne etwas erwidert, aber es fiel ihm nichts ein, gar nichts. Er kam sich klein vor, mickrig, wie ein Wurm, er wand sich, aber so sehr er sich auch anstrengte, er schaffte es nicht, sich auch nur einen Zentimeter zu bewegen, weder vor noch zurück, er steckte fest. Er schwitzte das Hemd durch und dann auch den dunkelgrauen Anzug, der plötzlich zu eng saß und überall zwickte und juckte.

„Du, ich muss jetzt auflegen, ein paar Anrufer warten", hörte er von weit, weit entfernt Josef „Pepi" Fröhlich sagen, und ehe er sich versah, hielt er einen Hörer in der Hand, aus dem keine „kaufgesunde" Stimme mehr zu hören war, sondern es machte nur noch „tut tut tut".

Nachdem Josef „Pepi" Fröhlich aufgelegt hatte, verband ihn seine Assistentin mit Gott, der in der Leitung gewartet hatte.

„Pepi, Superstar, du bist der Held der Stunde, ein Geniestreich, Gratulation." Gott wäre dem Vorstandsvorsitzenden von „Kaufgesund" mutmaßlich um den Hals gefallen und hätte ihn von Kopf bis Fuß abgebusselt, wenn er die Möglichkeit dazu gehabt hätte, so aber musste verbale Schmuserei reichen, von der allerdings gab es reichlich. „Ich habe gedacht, ich brunze mich an vor lauter Glück, als ich von deinen Plänen gehört habe. Was für eine geile Idee. In drei Wochen wähle ich den Manager des Jahres. Du hättest sowieso gewonnen, aber jetzt hat überhaupt keiner mehr eine Chance. Du hast es wieder einmal allen gezeigt, vor allem den jungen Hupfern. Du bist ein echter Visionär, ein Leader, ja, Leadership, das ist es, was dich auszeichnet, das ist so selten geworden in dieser Zeit."

„Du weißt, dass ich die Werbegelder eingefroren habe", fragte Fröhlich zaghaft nach.

„Ach was, Geld. Es geht um unsere Zukunft, um die Zukunft unseres Planeten, um die Zukunft unserer Kinder und Enkelkinder. Da denke ich nicht an mich. Ich finde es voll okay, dass du das ganze Geld in diese Umweltprojekte stecken willst. Wenn ich dir ein Geheimnis verraten will, ich arbeite mit meinem Team schon seit ein paar Wochen an genau denselben Ideen. Ist das nicht irre: Der weltbeste Manager und ich kleines Würstchen haben denselben Gedanken. Verrückt, oder?"

„Schon, aber ..."

„Nein, echt, ich schwöre. Ich kann dir das zeigen. Wir planen eine ganz große Umweltschutzkampagne, eine Mega-Serie mit allen wichtigen Playern des Landes, Arbeitstitel: ‚Wir machen Österreich umweltfit'. Nicht schlecht, oder?"

„Aber wenn ich mir deine Zeitung anschaue, der läppische Radlunfall, aufgeblasen, als hätten uns Aliens aus dem Weltall überfallen ..."

„Ganz meine Rede, ich habe getobt. Ich war jetzt ein paar Tage nicht da, Recherchen für unser Umweltprojekt. Ich war im Amazonasgebiet, erschütternd, sage ich dir, bei Gelegenheit erzähle ich dir mehr. Jedenfalls sehe ich das, als ich zurückkomme, und ich habe noch auf dem Flughafen einen Anfall bekommen. Da ist man ein paar Tage nicht da, und die Bande zieht die Zeitung runter, unglaublich, aber da werden die Fetzen fliegen, das kannst du mir glauben."

„Vor allem attackiert ihr genau den Minister, der am meisten für Umweltschutz tut. Das ist ..."

„Saudeppert ist das, saudeppert, ich kann dir gar nicht sagen, wie wütend ich bin. Vor allem, weil ich mit dem Minister ja dieses Projekt für Elektromobilität starten will. Wir sind ja praktisch schon fertig mit den Verhandlungen."

„Aber du hast doch in der Zeitung ..."

„Wie gesagt, ich war nicht da. Die Redaktion hat das nicht gewusst, blöd, aber so ist es nun einmal. Aber wir werden das starten, das wird groß."

„Wir arbeiten ja auch an dem Projekt."

„Echt, das wusste ich nicht. Wahnsinn, schon wieder. Wir denken gleich, wir sollten unsere Firmen zusammenlegen, wir wären unschlagbar." Gott lachte laut. Und ausführlich. Und allein. „Aber wenn das so ist, wie du sagst, dann könnten wir ja tatsächlich unsere Kräfte bündeln."

„Aber das Werbegeld habe ich eingefroren, und dabei bleibt es."

„Geld, wen kümmert das jetzt? Du beschämst mich, dass du glaubst, ich denke in einer solchen Situation auch nur eine Sekunde an Geld. Ich schau gleich, dass ich einen Termin für dich und mich beim Minister bekomme, damit wir Nägel mit Köpfen machen. Meine Assistentin meldet sich heute noch bei dir."

Nachdem er das Telefon mit Gott beendet hatte, sprach Josef „Pepi" Fröhlich noch mit fast allen Herausgebern, Chefredakteuren und Geschäftsführern der wichtigsten Medienhäuser des Landes. Allesamt zeigten sie sich besorgt über den Zustand der Erde, die Klimaerwärmung, und sie lobten Fröhlich für seinen Mut und sein Engagement. Allesamt boten sie auch an, ihn bei seinen Aktivitäten zu unterstützen, pro bono natürlich, es sei nun wirklich nicht der richtige Zeitpunkt, um über Geld zu sprechen. Am Ende rief Fröhlich bei Kaiser Franz Joseph an und informiert ihn über die Telefonate. Beide lachten laut. Und ausführlich.

Und keiner für sich allein.

Als Hartmuth Borno („wie der Sex, nur mit weichem B") an diesem Tag in die Redaktionskonferenz kam, wurde er erwartet wie ein Unterstufenlehrer, der mit seiner Klasse den Jahresausflug besprechen will. Die Ressortleiter wetzten aufgeregt auf ihren Sesseln hin und her und platzten fast vor Erregung, weil sie so lange darauf hatten warten müssen, um ihre Neuigkeiten erzählen zu können. Borno grüßte kurz in die Runde, nahm neben Herbert Gstöttner Platz und ermunterte den Chef der Außenpolitik, mit seinem Vortrag zu beginnen. Wie immer saß Jenny Hart auf einem einsamen Sessel in der zweiten Reihe, und wie immer wirkte sie so verträumt in das Display ihres Smartphones abgetaucht wie Mädchen früher in die Seiten ihres Poesiealbums. Borno war erstaunt, dass er an Jenny so gar keinen Funken der Aufregung erkennen konnte, in die der Raum getaucht zu sein schien, was schon allein deshalb seltsam war, da die Volontärin doch die Einzige war, die den gesamten „Vorfall" live miterlebt hatte. In Gedanken versunken, verpasste der Chefredakteur die ersten Themenvorschläge des Ressortleiters Außenpolitik, was recht wenig ausmachte, denn sowohl er als auch die Chefs von Politik und Wirtschaft hielten sich so knapp, wie es ging. Sie wollten den eigentlichen Stars des Tages nicht im Weg stehen, der Chronik, die mit Sicherheit Neues zu berichten hatte über die „Amokfahrt" des „Bonzensohnes des Bonzenministers".

Als Hartmuth Welzig, wie immer bekleidet mit bequemen und strapazfähigen Hosen, umschmeichelt von einem bequemen und strapazfähigen Hemd und ausgestattet mit bequemem und strapazfähigem Schuhwerk, an die Reihe kam, machte er zunächst eine bedeutungsvolle Pause, so als würde er aus seinem Rauschebart mit den Silberfäden darin erst einzeln die richtigen Worte für seinen Vortrag herausklauben müssen. „Nun", sagte er schließlich, „ich nehme an, dass wir wieder zwei Seiten zur causa prima machen werden. Wir hätten ja noch die Fotos von unserer neuen Heldin Jenny, die wir noch nicht alle verwendet haben. Live-Bilder vom Unfallort. Sie könnte auch noch einmal in aller Präzision schildern, was vor sich gegangen ist, anonym natürlich, so wie sie es haben wollte. Es hat sich außerdem noch eine Augenzeugin gemeldet, die alles genau gesehen haben will. Einer aus meinem Team versucht sie gerade zu erreichen. Wir könnten uns auch mit dem blauen Mercedes beschäftigen, der in der Berggasse abgestellt war, der gehört nämlich Adi Waller, dem ehemaligen Kicker von ‚Haudrauf Wien'. Der arbeitet zwar inzwischen für das Käseblatt von Gott, aber das muss man den Leuten nicht auf die Nase binden. Ich nehme an, die Politik wird auch noch einiges beisteuern wollen, wie das Geld für die Bewerbung der Elektromobilität beim Fenster hinausgeblasen wurde. Also ich denke, wir bekommen da ein starkes Paket hin." Er blickte auf, direkt ins Gesicht von Hartmuth Borno, und wartete auf Lob und Zuspruch und auf ein „Haudrauf" oder ein „dann legt einmal los", aber nichts dergleichen kam.

„Ich glaube, die Sache ist gegessen", sagte der Chefredakteur.

Stille breitete sich im Raum aus, das Schweigen geriet fast andachtsvoll. Wer in diesem Moment gezwungen gewesen wäre, den Gesichtsausdruck aller am Tisch Anwesenden mit nur einem einzigen Wort zu beschreiben, die Entscheidung für „Fassungslosigkeit" wäre nicht verkehrt gewesen. Dann tobte der Sturm los.

„Was?"

„Wie?"

„Warum?"

„Die Klickzahlen sind immer noch ein Wahnsinn."

„Das war unsere Geschichte, und jetzt steigen wir aus?"

„Mich reden alle Leute darauf an."

„Es gibt nirgendwo ein anderes Thema."

Alle rund um den lang gestreckten, weißen, viereckigen Reso-paltisch im Konferenzzimmer redeten nun wild durcheinander, es herrschte ein Leben wie schon lange nicht beim „Alltag", vielleicht wie noch nie.

„Ist das Ihr Ernst, oder wollen Sie uns nur auf den Arm nehmen", fragte schließlich Hartmuth Welzig, wohl stellvertretend für viele. „Nachdem wir zwei Tage lang die Konkurrenz vor uns hergetrieben haben, ziehen wir den Schwanz ein und geben klein bei?"

„Niemand zieht den Schwanz ein", erwiderte Borno. „Wir haben das zwei Tage lang großartig gemacht, und allen hier am Tisch und in den Redaktionen sei herzlich und aufrichtig dafür gedankt. Aber wir haben Trump, die Bomben in Syrien, vielleicht die nächste Wel-le an Migration, draußen ist es heiß wie in einem Backofen, und niemand weiß, wie das mit dem Klima weitergeht, und wir beschäf-tigen uns mit einem Fahrradunfall? Das ist euer Ernst? Das ist es, weswegen ihr Journalisten geworden seid? Das ist, wofür der ‚All-tag' steht? Ein Tag Fahrradunfall ist toll, zwei Tage sind grandios, aber dann muss man sich doch wieder den wirklichen Problemen der Welt stellen. Der ‚Alltag' ist ein renommiertes Blatt, er hat Re-putation, Wertigkeit, Relevanz. Das will ich nicht aufs Spiel setzen."

Es war eine kurze, aber keine üble Rede, die Hartmuth Borno („wie der Sex, nur mit weichem B") gehalten hatte, wie er befand, aber sie schaffte eines nicht – die Fassungslosigkeit aus den Gesich-tern fortzutreiben. Es war, als hätte der Lehrer zu seinen Schülern gesagt, es gehe nicht auf Klassenfahrt nach Paris, sondern in den angrenzenden Wald, das sei doch auch schön und sicherer und billiger und garantiert besser für alle. Wie in der Schule gab es am Tisch welche, die resignativ in sich selbst versanken, es gab die Zyniker und die Stänkerer und ein paar, die wütend wurden und protestierten. Jenny gehörte zu keiner dieser Kategorien, sie hatte nicht einmal aufgeblickt, als Hartmuth Borno seine kleine Rede zur Lage des „Alltags" gehalten hatte. „Wie sehen Sie das, Jenny?", fragte Borno deshalb die Volontärin nun, „Sie waren ja direkt betroffen?"

Jenny Hart hob den Kopf, ihre Sonnenbrille, die wie immer im Haar steckte, hüpfte kurz in die Höhe wie Kinder auf einer Geburtstagsparty, wenn sie nach Ballons springen. Weil es draußen recht warm war, hatte sich Jenny in der Früh für ein leichtes Sommerkleid mit Rundhalsausschnitt, Rüschen, Trompetenärmeln und floralem All-over-Muster entschieden, dessen Länge man, wenn man es Außenstehenden hätte beschreiben müssen, eher mit „beginnt knapp unter der Hüfte" als „endet knapp über dem Knie" besser getroffen hätte, und es war so leuchtend rot, dass sie aussah wie eine einsame Blume voller Leben, die es neben eine verdorrte Wiese verschlagen hatte, und das beschrieb auch die Situation hier im Raum ganz gut. „Nun", sagte sie, „ich denke, wir sollten in Print mit der Story aufhören, die alten Leute haben kapiert, worum es geht. Online sollten wir voll draufbleiben und die User anheizen, Kommentare zu schreiben."

Hartmuth Borno war selig. Genau das war es, ein Rückzug ohne Verwundete nach einer erfolgreich geführten Schlacht. Morgen würde Josef „Pepi" Fröhlich keine Zeile mehr über den Fahrradunfall in der Printausgabe lesen müssen, der „Alltag" würde wieder zur Relevanz zurückgeführt. Sollte sich jemand darüber aufregen und der Zeitung gar Feigheit vorwerfen, was natürlich eine bodenlose Frechheit wäre, dann könnte man auf Online verweisen, wo die Geschichte doch weitererzählt wurde und wo sie, das muss man ja auch einmal sagen, besser hinpasste. Vor allem auch weil Josef „Pepi" Fröhlich nach dem Grundsatz lebte: „Digital ist mir egal."

„Also", sagte Borno, „Vorschläge für die morgige Zeitung?" Wer jetzt erwartet hatte, dass sich nun Langeweile im Raum ausbreiten würde, der wurde grob enttäuscht. Dieses Österreich, an dem das richtige Leben üblicherweise so unaufgeregt und gleichförmig vorbeischwappt wie Meereswellen an einem Kreuzfahrtschiff auf ruhiger See, schien plötzlich wie von einem wilden, unbändigen Sturm erfasst. An allen Ecken und Enden passierte etwas, es toste und brauste auf. Das Weltressort berichtete, dass eine geheime Quelle „ganz oben in der Regierung" der Zeitung erzählt habe, Donald Trump käme nach Österreich und würde hier Kim Jong-un treffen, die „Cobra" arbeite schon an Einsatzplänen. Man habe außerdem geheime Geheimdienstunterlagen über neue Fluchtrouten nach Europa „gesteckt" bekommen. Mit diesen beiden Geschichten könnte man eine spannende „Welt"-Doppelseite bestreiten.

Die Politik erzählte, dass der „Minister für all jenes" überraschend für 11 Uhr zu einer Pressekonferenz geladen hatte, man wisse aber natürlich schon jetzt, was er dabei sagen würde, nämlich dass er energisch dementiere, zurücktreten zu wollen. Er sei keineswegs amtsmüde, habe noch große Pläne für dieses Land, seinen Kritikern und Am-Sessel-Sägern richte er aus, dass er vor Kraft nur so strotze und sich nun sein Zorn über sie entladen würde. „Ich wusste gar nicht, dass über den Rücktritt des ‚Ministers für all jenes' debattiert worden war", sagte Borno. „Doch, doch", erwiderte der Ressortleiter Politik, „das läuft seit einigen Tagen. Wir haben nur darüber nicht berichtet, weil unsere Quellen nicht wasserdicht waren und wir nicht alle Rechecks und Doublechecks machen konnten." Ehe alle am Tisch zu Ende denken konnten, was es mit diesen Rechecks und Doublechecks auf sich haben könnte, ließ der Politikchef die nächste Bombe platzen. Ihm seien überdies geheime Geheimunterlagen über einen ehemaligen Topmanager eines staatsnahen Unternehmens zugespielt worden, der monatlich 16.733,04 Euro Pension erhalte. Ein Redakteur vom „Alltag" habe den zuständigen „Minister für genau das" bereits kontaktiert. „Der ist in die Luft gegangen", sagte der Politikchef, „er will nun diese Sümpfe trockenlegen und wird noch heute einen Gesetzesentwurf vorlegen, damit dem ehemaligen Manager die Pension halbiert wird." Borno schielte auf die Unterlagen, die der Politikchef doch recht theatralisch vor sich auf den Tisch geknallt hatte, wunderte sich über den Ministeriumsstempel auf der ersten Seite, sagte aber nichts. Man stoppt ein Kreuzfahrtschiff auf hoher See nicht, wenn es unterwegs zur wunderschönsten Insel der Welt ist – auch wenn die gar nicht zum ursprünglichen Routenplan gehört hatte.

Der Wirtschaftschef wirkte verärgert, als er mit seinem Vortrag begann. Er habe die Unterlagen über den ehemaligen Topmanager natürlich auch erhalten, aber wenn die Politik darüber berichten wolle, gerne, er habe genug andere gute Geschichten. Alle lächelten, aber nicht lange, denn was der Ressortleiter zu berichten hatte, brachte die Anwesenden tatsächlich dazu, zum ersten Mal in ihrem Leben auch den Themenvorschlägen der Wirtschaft zuzuhören. Deren Ressortleiter berichtete, dass ein Multimilliardär beabsichtigte, Wiens teuerste Wohnung zu kaufen, selbstverständlich habe man „bereits geheime Fotos des Dachgeschoßtraums in der City besorgt". Über die Quelle könne er leider nichts sagen. Dass niemand danach gefragt hatte, hielt ihn nicht auf, im Gegenteil. Er erzählte, dass es Pläne einer Bürgerbewegung gebe, das Rauchen auch in den eigenen vier Wänden komplett zu verbieten. „Es soll in den nächsten Tagen mit einer Unterschriftenaktion gestartet werden, am Ende könnte es zu einer Volksabstimmung kommen." Man habe den zuständigen „Minister für was auch immer" gefragt, was er davon halte, und er habe sich gegenüber dem „Alltag" empört gezeigt über die Verbotskultur, die dieses Land erfasst habe. Natürlich stehe es jedem Bürger, jeder Bürgerin frei, mit demokratischen Mitteln für ein bestimmtes Ziel zu kämpfen, aber man müsse schon einmal genauer hinsehen, wer hinter solchen abstrusen Bewegungen stecke und wer sie finanziere. Dazu, ergänzte der Wirtschaftschef, gebe es natürlich noch eine Reihe weiterer „höchst attraktiver" Geschichten, es wimmelte in seiner Aufzählung nur so von Börsengängen, Plänen von Unternehmen, neuen Produkten, Klagen und über allem schwebten zwei Worte: „geheim" und „exklusiv".

Dann kam Hartmuth Welzig ans Wort, und jeder konnte sehen, dass er sich, sein Bart, seine bequeme und strapazfähige Hose, sein bequemes und strapazfähiges Schuhwerk und sein bequemes und strapazfähiges Hemd vollends vom Schock erholt hatten, die vermeintlich beste Story des Tages zu Grabe haben tragen zu müssen.

Welzig fing klein an, er war, was die Inszenierung betraf, sicher der Großmeister an diesem Tisch. Er erzählte, einen geheimen Vorbericht über die Kriminalitätsstatistik in den Händen zu halten („es schaut furchtbar aus in einzelnen Bereichen"). Hartmuth Borno („wie der Sex, nur mit weichem B") hörte, dass irgendetwas irgendeinen Krebs auslöste und eine Studie („geheim", „exklusiv") das beweise und dass einem Reporter ein Polizeibericht über eine „blutige Messerattacke" zugetragen worden sei („es wird in Richtung Terroranschlag ermittelt"), die „unter den Teppich gekehrt werden sollte". Aber der „Minister für alles und jeden" habe davon erfahren und „lückenlose Aufklärung" versprochen. Natürlich exklusiv gegenüber dem „Alltag".

„Und dann haben wir noch dieses Bumszelt", sagte Welzig und blickte erwartungsvoll in die Runde. Er musste sich nicht lange gedulden.

„Bumszelt", fragte Borno staunend.

„Ja, irgendwer will Am Hof in der City ein Zelt aufstellen, in dem jeder an einer Orgie teilnehmen kann. Ein Kunstprojekt."

„Sie scherzen?"

„Selten."

„Mitten in der Innenstadt, ein Fickzelt?" Borno wurde schon wieder ordinär, aber besondere Zeiten erfordern eben eine besondere Sprache, wenn es sein musste, auch mehrmals am Tag.

„Ja, 100 Euro Eintritt, Alterslimit 16 Jahre ..."

„16 Jahre?"

„Also Alterslimit 16 Jahre, AIDS-Test nicht älter als eine Woche, jeder kann, wie gesagt, mitmachen. Man kauft sich Karten wie beim Zirkus, die gelten zwei Stunden. Es gibt beim Eingang Garderoben und Augenmasken, damit alles diskret bleibt. Dann geht man ins Zeltinnere, da sind Betten und Bänke und Sessel und Turngeräte aufgestellt, und am Boden liegen Matten, und dann kann jeder mit jedem bumsen. Der Veranstalter stellt fünf Männer und fünf Frauen zur Verfügung, der Rest muss sich finden, also ineinander, zweinander."

„Wahnsinn. Und das stimmt? Das können wir belegen?"

„Wir haben den Zeltplan und die Einreichungsunterlagen für die Genehmigung. Der ‚Minister für genau solche Sachen' ..."

„... will sich darüber empören", warf Borno lächelnd ein. „Stimmt doch, oder?"

„Ja, und?"

„Nix und, schon okay."

Am Tisch surrte und flirrte es nun. Die Stimmung war aufgekratzt, niemand erinnerte sich mehr an diesen läppischen Radunfall des armen Buben dieses Ministers, denn die Geschichten, die hier am Tisch angesagt worden waren, hörten sich allesamt spannender an, und sie waren selbstredend relevanter. Darauf komme es bei einer Zeitung wie dem „Alltag" doch an, und aus genau diesem Grund seien doch alle Journalisten geworden und zum „Alltag" gegangen, nicht zu einem der Revolverblätter.

Der Rest der Ressortleiter am Tisch hatte nach diesen Höhepunkten keinen leichten Stand, schlug sich aber wacker. Der Chef des Wien-Ressorts berichtete, dass es eine Demo von 50 Frauen in Burkas in der Innenstadt gegeben habe. „Wir haben einen anonymen Hinweis erhalten und waren deshalb rechtzeitig vor Ort", sagte er. „Es war eine gespenstische Szene. Die Frauen sind komplett verhüllt durch die Kärntner Straße gegangen und haben Parolen gebrüllt, etwa ‚Unser Körper, unsere Burka', und in einigem Abstand dahinter sind die Männer gegangen, wie Aufpasser. Die Fotos sind ein Wahnsinn." Das Kreuzfahrtschiff, das sich eben noch dem Vergnügen hingegeben hatte, nahm Kurs Richtung Empörung, und das mit voller Kraft.

Das Societyressort, das sich in den letzten Wochen auf die Berichterstattung darüber beschränkt hatte, wer zu welcher Party gekommen war, trumpfte nun plötzlich mit natürlich „geheimen" und „exklusiven" Enthüllungen auf, wer sich scheiden lassen wollte, ein Baby bekomme, sich verliebt oder getrennt habe. Der Sport fügte an, dass man bei „Haudrauf Wien" dabei sei, einen Star der letzten Fußball-WM zu verpflichten. Ein ehemaliger Weltklasse-Skifahrer gehe in einem selbstredend „exklusiven" Interview mit dem „Alltag" auf Funktionäre los, der „Minister für interne Externa" kündigte an, ein neues Nationalstadion bauen zu wollen.

Hartmuth Borno („wie der Sex, nur mit weichem B") saß da wie ein Lottosieger, der gar keinen Gewinnschein abgegeben hatte. Er lächelte und strahlte und klopfte sich insgeheim auf die Schulter, wie souverän er die Krise gemeistert hatte und welch tolles Blatt der „Alltag", sein „Alltag", doch sei, jedenfalls weit unter seinem Wert geschlagen. „Wunderbar", sagte er, „meine einzige Bitte geht an alle Ressorts, den Umweltschutz in der Berichterstattung nicht zu vergessen, der ist mir besonders wichtig."

Dann stand er auf und wünschte allen „ein gutes Gelingen".

„Könnte klappen, wenn er sich nicht einmischt", murmelte Hartmuth Welzig in seinem Bart. Er war wie immer sein bester Gesprächspartner.

Gott machte kurzen Prozess. Es war mucksmäuschenstill, als er in den Konferenzraum kam, wie an jedem Tag hatte man seine Schritte gehört, ehe Gott die Tür mehr aufriss als aufmachte, und spätestens jetzt endeten alle Gespräche über „Juni" und „Nijo" und den „Vorfall", manche mitten im Satz, einige sogar mitten in einem Wort.

„Also", sagte Gott, nachdem er sich gesetzt, sich zurückgelehnt und die Beine übereinandergeschlagen hatte, „Scheißgeschichte heute, scheiße recherchiert, scheiße layoutiert, scheiße geschrieben, scheiße gecovert, scheiße alles zusammen, ich möchte wissen, wer für diese ganze Scheiße verantwortlich ist." Ehe jemand „du" sagen konnte, hatte er den üblichen Verdächtigen die Scheiße schon in die Schuhe geschoben, die anderen am Tisch waren froh, dass die Scheiße sie diesmal nicht getroffen hatte.

„Ich halte also fest", fuhr Gott fort, „dass wir nicht in der Lage sind, eine Scheißgeschichte so zu machen, dass es nicht in einer

Scheiße endet, also machen wir diese ganze Scheiße nicht mehr." Alle am Tisch fanden das grundvernünftig argumentiert, wussten aber nicht, was diese Scheiße zu bedeuten hatte. Heißt „wir machen diese Scheiße nicht mehr", dass „Immer Alles" vom Markt verschwindet, also genau genommen von diesem Scheißmarkt? Oder bezieht sich das nur auf einen bestimmten Teil der Scheiße? Bedeutet es, dass man nun eine andere Scheiße macht, weil man die eine Scheiße nicht so zustande gebracht hat, wie es der Scheiße angemessen gewesen wäre? Es war eine Scheißsituation, und sie war allen scheißunangenehm, außer Gott, der fühlte sich in jeder Scheiße wohler als in einem Kaschmirmantel.

„Damit das jeder Scheißer an diesem Scheißtisch kapiert, noch einmal zum Mitschreiben: Wir steigen aus dieser Scheiße aus, und zwar komplett, Ende, aus, Scheiße noch einmal."

Jeder Scheißer an diesem Scheißtisch hatte das verstanden, und so konnte man dazu übergehen, den nächsten Tag zu planen. Keiner stellte Fragen, keiner wollte wissen, warum und weshalb, keiner fand das gut oder schlecht, jeder nahm es so hin, wie es nun einmal war, weil jeder an diesem Scheißtisch eine Scheißangst hatte vor Gott.

Wie beim „Alltag" war auch der Blattspiegel von „Immer Alles" leergefegt von Inseraten, aber Gott tat, als wäre das die normalste Sache der Welt. Er erhöhte sogar den Umfang der Zeitung noch einmal um vier Seiten, um ein Zeichen zu setzen, gleichzeitig verschenkte er Inseratenplatz an Kunden, mit denen er besonders gut war und die nicht darüber reden würden. So entstand ein Grundgerüst einer Zeitung, die nicht übermäßig gut gebucht war, aber auch nicht ganz leer. Für all diese Maßnahmen benötigte Gott keinen Chef vom Dienst, er machte alles selbst, in einem Handstreich.

Auf dem neu geschaffenen Platz plante Gott auf einer Doppelseite den Start einer Serie ein, deren Titel klar die Stoßrichtung vorgab: „Wir machen Österreich umweltfit". Ein kleines Team wurde gebildet, Gott vergab Aufträge für Geschichten, Elektromobilität war darunter und auch ein viertelseitiges Porträt von Josef „Pepi" Fröhlich, den Gott als neuen „Umweltgott" bezeichnete, wohl auch, um sich auf eine Stufe mit ihm zu stellen. Es war ein schönes Bild. Der Zeitungsgott und der Umweltgott vereint, auserkoren, um nur Gutes zu tun und die Welt zu befreien von dieser ganzen Scheiße.

Niemand fragte nach, warum man Josef „Pepi" Fröhlich den Hof machte, obwohl er „Immer Alles" ja gerade sämtliche Werbegelder gestrichen hatte und die Zeitung sonst allen, die nur mit ein paar Euros knauserten, sofort den Krebs an den Hals wünschte. Keinen wunderte es, dass die Elektromobilität plötzlich wieder so hoch im Kurs stand, wo sie doch in der gestrigen Ausgabe erst in die Kategorien „nutzlos", „sinnlos", „hirnlos" verortet worden war. Nicht einer erkundigte sich, wie es der „fast zu Tode gekommenen Studentin", wie es „Nijo" und „Juni" ging, vor allem ob das Sex-Paar, das doch alles „aus nächster Nähe gesehen hatte", weiter unter posttraumatischen Störungen litt oder nicht. In Wien-Alsergrund hatte sich die Erde aufgetan und die Berggasse und alle an dem „Vorfall" Beteiligten verschluckt, jedenfalls waren keine Spuren mehr da, und wo es keine Spuren gibt, kann nicht berichtet werden, das muss jedem Scheißkerl doch klar sein.

Auch bei „Immer Alles" war der Tisch mit Angeboten für den nächsten Tag reichlich gedeckt. Auch hier wusste man, ebenfalls „geheim" und „exklusiv", über Trump und Kim und das geplante Gipfeltreffen in Österreich Bescheid. Weil aber Gott wusste, dass der „Alltag" ebenso von diesen „geheimen" und „exklusiven", wenn auch reichlich spekulativen Plänen wusste, ergänzte er, dass sogar Putin zu dem Termin anreisen wolle, das wisse er „exklusiv." Wenn Gott etwas exklusiv wusste, dann hatte das natürlich schon eine bestimmte Wertigkeit, und man fragte nicht weiter nach, schon gar nicht, ob sich das in irgendeiner Form belegen lasse.

Die Enthüllung („über die natürlich die ganze Welt sprechen wird") wurde als Aufmacher der Welt neben eine weitere Enthüllung (selbstredend „geheim" und „exklusiv") über neue Fluchtrouten nach Europa eingeplant.

In der Politik wollte man sich über einen „Pensions-Bonzen" hermachen, der eine „Wahnsinns-Pension" kassiere und „aus dem Amt gejagt gehört". Dass der „Minister für all jenes" zurücktreten wolle, war „Immer Alles" natürlich schon seit Tagen bekannt. Gott bestand darauf, dass in der Zeitung erwähnt wurde, dass „Immer Alles" den geplanten Rücktritt aufgedeckt habe (obwohl keine Zeile darüber erschienen war) und nun „exklusiv" (wie alle anderen) darüber berichten könne, dass der „Minister für all jenes" es sich nach ausführlichen Konsultationen mit Gott überlegt habe und nun nicht gehen, sondern sich mit ganzer Kraft seinem Amt widmen wolle. „Dazu schreibe ich einen Kommentar", fügte Gott an, als müsste er sich einen Platz dafür reservieren, obwohl niemand außer ihm in diesem Blatt zu einer Meinung fähig war, jedenfalls war keiner tollkühn genug, eine solche nach innen oder nach außen artikulieren zu wollen.

Als die Wirtschaft und der Sport und die Society und die Kultur ihre Themen ansagten, lächelte Gott vor sich hin. Er wusste natürlich, dass alle diese Geschichten nicht vom Himmel gefallen waren, sondern dass Kaiser Franz Joseph dahintersteckte. Aber das machte nichts aus, denn der Lobbyist war der Schlüssel zu „Nijo", zu Josef „Pepi" Fröhlich, zu Geld.

Natürlich wusste auch „Immer Alles" von der Burka-Demo, klarerweise hatte derselbe anonyme Anrufer sich bei der Boulevardzeitung gemeldet, der auch den „Alltag" informiert hatte. Jetzt lag ein Stoß Bilder auf dem Tisch, der wütende Frauen zeigte und eine Gruppe Männer dahinter, und man hätte die Fotos auch ohne Text in der Zeitung abdrucken können, so eindeutig war ihre Botschaft. Selbstverständlich kannte „Immer Alles" auch das „Orgienzelt". Für solche Ideen bewunderte Gott Kaiser Franz Joseph ganz besonders.

„Wer geht hin", schnitt Gott dem Chronikchef, der mitten im Vortrag war, das Wort ab."

„Wohin?"

„Na ins Bumszelt?"

„Ich habe noch gar nicht angefragt ... ich weiß nicht, wann die Begehung ... vielleicht wollen die das gar nicht ... da muss man abwarten, bis das offiziell eröff ..."

„Ich scheiß auf den offiziellen Termin", brauste Gott auf. „Ich will einen verfickten Redakteur haben, der sich vorab ins Zelt schmuggelt und mitbumst."

„Äh."

„Was seid ihr alle für Scheißmemmen. Soll ich selber dorthin gehen?"

Die Vorstellung von Gott im „Orgienzelt" schickte die Phantasie der Anwesenden für kurze Zeit auf eine wilde Reise. Ihr Chef, nackt, im Zelt, schwitzend, sein dicker Bauch, schwabbelnd, die Goldkette um den Hals hüpfend, diverse Ahs, Ohs und wieder Ahs stöhnend.

„Was ist jetzt?" Die Frage von Gott ließ alle abrupt landen.

„Ich mach's, scheiße noch einmal", meldete sich ein blasses Bürscherl, das Gott ohne Zögern der Gruppe der Nichtwahrgenommenen zuordnete.

„Na bitte, endlich ein Reporter. Komm nachher zu mir ins Büro, dann bereden wir die Details."

Ins Gesicht des Bürscherls war etwas Farbe gekommen. „Scheiße, das wird geil", rief er. Er stand bei „Immer Alles" vor einer großen Karriere.

Als Kaiser Franz Joseph sich um Mittag herum per Telefon bei einigen Herausgebern und Chefredakteuren nach dem werten Wohlbefinden erkundigte, begann er das österreichische Medienwesen noch mehr zu schätzen, als er es sonst schon tat. Er erlebte charakterfeste Männer und Frauen, die einen klaren Blick auf das Wesentliche hatten, und dazu gehörte der „Vorfall" in der Berggasse nun wirklich nicht mehr. Die meisten zeigten sich empört darüber, wie fahrlässig die Mitbewerber in der Sache vorgegangen waren, fassungslos, dass hier ganz klar journalistische Grundsätze über Bord geworfen worden waren, und überzeugt, dass wohl einiges davon ein Fall für den Presserat werden musste, in dessen Vorstand sie schließlich säßen. „Der Alltag" echauffierte sich über den Boulevard, dem offenbar alle Sicherungen durchgebrannt waren, selber habe man ja nur seine Pflicht zur Berichterstattung erfüllt, und da man eine Augenzeugin gehabt hatte, wäre alles, was geschrieben worden war, wahrheitsgetreu gewesen, auf Punkt und Beistrich, da habe man ein vollkommen reines Gewissen. Nun ginge es um Einordnung und um Relevanz, und deshalb räume man dem „Vorfall" am kommenden Tag nur noch jenen Platz ein, der angemessen sei, so wie man es auch schon in den Tagen davor gehalten hatte, wohlgemerkt. „Immer Alles" nannte die Vorwürfe, man habe übers Ziel hinausgeschossen, eine „Sauerei", die man nicht werde auf sich sitzen lassen. Man habe wahrhaftig und ohne jede überschießende Sensationslust berichtet, immer alle Seiten beleuchtet, mehrere Augenzeugen beigesteuert, nichts sei übertrieben worden oder gar zugespitzt. Wer die freie Berichterstattung einschränken wolle, der solle sich in ein anderes Land aufmachen, dort, wo Diktatoren vorschreiben, was erscheinen dürfe und was nicht, in Österreich gäbe es das gottlob nicht, keinen Diktator, nicht außerhalb und schon gar nicht innerhalb der Zeitung. Da aber nun schon alles gesagt worden sei, was gesagt werden musste, werde sich „Immer Alles" in der Ausgabe des nächsten Tages den nun relevanten Themen widmen, das sei doch jedem klar, der nicht Scheiße im Hirn habe.

Kaiser Franz Joseph war mehr als zufrieden, vor allem mit sich selbst.

Wahre
Tränen

Um 11 Uhr hielt der „Minister für all jenes" eine Pressekonferenz ab, die später von vielen als legendär bezeichnet werden sollte, auch wenn anfangs nichts darauf hindeutete. Gerade aus diesem Grund hatten sich bei den Zeitungen und den Internetportalen, beim Fernsehen und beim Radio vorab Informanten gemeldet und den Tipp gegeben, zum angesetzten Termin mit Filmkamera zu erscheinen oder zumindest das Handy im Videomodus bereitzuhalten. Auf Nachfrage blieben die Informanten vage, aber was die Informanten mit Sicherheit sagen konnten, war, dass sich der Aufwand lohnen würde.

Also war der kleine Raum in dem Jahrhundertwendegebäude in der Wiener Innenstadt schon um 10.30 Uhr voll wie ein Waggon der U6 in der Stoßzeit. Es hätte nebenan zwar einen Saal gegeben, in den locker die doppelte oder gar dreifache Menge Journalisten gepasst hätte, aber Kaiser Franz Joseph bestand auf ebenjenes Zimmer, es sollte dampfen und ein Gedränge geben und laut sein und schrill und aufgeheizt, das echte Leben war von der Atmosphäre her ja auch dem Fußball näher als dem Schachspiel. Vorne saßen nun die Fotografen in Jeans und Jacken mit unzähligen, kleinen Taschen für Objektive, Linsen und Krimskrams am Boden im Schneidersitz, die Kameras zwischen den Beinen, ganz hinten hatten sich die Kameramänner postiert, und dazwischen flitzten die Videoreporter hin und her, die Handys auf Selfiesticks gesteckt wie Japaner im Louvre auf der Suche nach der „Mona Lisa".

Um 10.45 Uhr starteten die ersten Live-Videos auf Facebook, sie zeigten einen Raum, der tatsächlich so trostlos wirkte wie Kaiser Franz Joseph ihn gestaltet haben wollte. Die Reporter der TV-Sender, meist Frauen, meist Mitte 20, auffallend auffällig zurechtgemacht, stellten sich so in Positur, dass man im Fernsehen nicht nur sie sehen konnte, sondern im Hintergrund auch gut den Tisch, an dem „in wenigen Minuten" der „Minister für all jenes" Platz nehmen würde, um seinen Rücktritt zu verkünden oder eben nicht. Weil Zeit war und nichts passierte, erzählten sie, was ihnen gerade in den Sinn kam und was sie anderswo gelesen oder erfahren hatten. So also schilderte die eine die Erlebnisse der anderen, und die andere die Erlebnisse der einen, vertauschte Rollen wie am Theater. Die Zeitungsreporter saßen so erschöpft auf den Sesseln, als hätten sie eine weite Anreise zu Fuß hinter sich und plauderten miteinander über „Nijo" und „Juni" und den „Vorfall", alle teilten die Einschätzung, dass nichts passiert war, man aber unter diesen Umständen das Beste aus der Situation herausgeholt habe.

Um 11 Uhr war das Podium immer noch leer, von hinten drängten mehr und mehr Leute in den Raum, wer genau hingesehen hätte, der hätte bemerkt, dass es nicht nur Journalisten zu der Pressekonferenz zog, sondern auch Menschen, die dafür ein kleines Entgelt erhielten, die meisten waren Studenten. Kaiser Franz Joseph hatte die Choreografie schon genau im Kopf, als er sein Team zum Briefing versammelt hatte, und zu dieser Choreografie gehörte es eben auch, dass das Podium um 11.05 Uhr leer blieb, ebenso um 11.10 Uhr und auch um 11.15 Uhr. Als sich unter den Journalisten Unruhe breit machte, schickte er einen Mitarbeiter in den Raum, der einigen Reportern zuraunte, dass es „in wenigen Minuten losgeht, der Minister ist schon im Haus". Die Reporter twitterten das in der Sekunde, wodurch die anderen im Raum davon erfuhren und sich der gemeinsame Pulsschlag ein weiteres Mal erhöhte. Die TV-Reporter machten einen neuerlichen Einstieg, neuerlich mit dem weiterhin leeren Tisch im Hintergrund, und sie erzählten, dass der Minister schon im Haus sei, auf Facebook kletterten die Zuschauerzahlen dank des Live-Berichts, dass der Minister schon im Haus sei, wieder in die Höhe, auch die Live-Ticker der Webseiten erfreuten sich angesichts der neuen Informationen, dass der Minister schon im Haus sei, über regen Zuspruch, wenn auch nicht lange.

Als um 11.25 Uhr die ersten TV-Teams beginnen wollten, die Kameras abzubauen und die Zahl der Zuschauer bei den Live-Videos auf Facebook unter 100 gefallen war, gab Kaiser Franz Joseph, der in einem Nebenraum mit Sichtkontakt zu den Journalisten saß, ein Handzeichen, und der „Minister für all jenes" betrat dynamischen Schritts den Raum, gefolgt von seinem Pressesprecher und einem Referenten, vermuteten zumindest die Reporter, in Wahrheit war es ein Mitarbeiter von Kaiser Franz Joseph.

„Schönen guten Tag, meine Damen und Herren", sagte der Pressesprecher ins einzige Mikrofon, mehr hatte Kaiser Franz Joseph nicht zugelassen, weil die Logos der TV-Sender auf den Mikros nicht vom eigentlichen Ereignis ablenken sollten, „ich darf mich für die kleine Verspätung entschuldigen. Wir kommen direkt vom Kanzler, den der Minister ausführlich über die Lage informiert hat. Ich darf nun direkt das Mikrofon an den Herrn Minister übergeben."

Er schob den Ständer nach rechts, der Minister justierte nach, schwenkte und drehte das Mikro und begann dann zu reden. „Ja, schönen guten Tag auch von meiner Seite, danke für Ihr Kommen und Ihre Geduld. Wie Sie sicherlich wissen, hat es in den letzten Tagen viele Gerüchte über mich und mein Amt gegeben, zu denen ich mich nun erklären möchte. Als ich den Posten des ‚Ministers für all jenes' übernommen hatte, da war mir klar, dass dies keine leichte Aufgabe sein würde. Ich bin ein Mann der Reformen, ein Mann, der gewohnt ist, dicke Bretter zu bohren, ich habe einen Sturschädel." Er klopfte sich mit den Fingerknöcheln aufs Schläfenbein, lächelte, es blitzte dutzendfach, von den Kameras war metallisches Geklicke zu hören, so als würden Hunderte kleine Eisenstücke auf den Boden fallen, die Videoreporter schoben sich nach vorne, worauf die Zeitungsreporter und die Tickerreporter schimpften und ebenfalls nachrückten, weil sie nichts mehr sahen, und als sie aufstanden, meldeten sich von hinten die Kameramänner und protestierten lautstark, denn statt des Gesichts des Ministers hatten sie so manchen Hintern eines Reporters im Bild, und nicht jeder war eine schöne Ansicht. Kaiser Franz Joseph jubilierte.

„Dieser Sturschädel", redete der „Minister für all jenes" weiter, hält viel aus, aber nicht alles. Was in den letzten Tagen über mich gesagt wurde. Was meine Familie und meine Angehörigen aushalten mussten. Was meine Mitarbeiterinnen und Mitarbeiter ertragen mussten, das überstieg jedes Maß, und ich kann nur an alle Kräfte dieses Landes appellieren: ‚Denkt bei dem, was ihr tut, auch daran, wen ihr mit eurem Hass trefft. Ich kann gut damit umgehen (er klopfte sich wieder auf den Sturschädel, möglicherweise hatte nicht jeder Fotograf beim ersten Mal ein gutes Bild erwischt), andere weniger. Ich fand manche Wortmeldungen, vor allem der politischen Mitbewerber, niederträchtig, ja, ich kann es nicht anders sagen, es sollte sich jeder an der eigenen Nasenspitze nehmen und vor seiner eigenen Tür kehren. Und deshalb sage ich hier und jetzt ganz klar und deutlich: Ich. Lasse. Mir. Das. Nicht. Mehr. Gefallen." Er schlug mit der Faust auf den Tisch, das Wasserglas vor ihm hüpfte unangemessen heiter hoch, der Pressesprecher und der vermeintliche Referent taten erschrocken, aber natürlich waren sie vorab informiert. Der vermeintliche Referent hatte sogar eine Stunde vor der Pressekonferenz in ebendiesem Raum selber mehrfach zur Probe mit der Faust auf den Tisch geschlagen, um sicherzugehen, dass das Wasserglas im Ernstfall nicht umfällt. Es wurde auf seine Anweisung hin auch nur zur Hälfte befüllt.

Die Fotografen und die Filmer hatten das zweite gute Motiv im Kasten, da war die Pressekonferenz noch keine fünf Minuten alt.

„Ich habe eben mit dem Kanzler ausführlich über die letzten

Tage debattiert. Wir sind in der Einschätzung einer Meinung, auch er ist empört, er wird das Gespräch mit den politischen Mitbewerbern suchen und dringend auf eine Abrüstung der Worte drängen. Es kann nicht sein, dass Politiker andere Politiker, Minister, Amtsträger in aller Öffentlichkeit in ein derart schlechtes Licht rücken. Das schadet allen und jedem und jeder." Er machte ein kleine Pause, trank einen Schluck Wasser, fuhr dann fort, und jeder im Raum wusste instinktiv, dass diese Inszenierung hier ihrem Höhepunkt entgegenlief.

„Ich habe in den letzten Tagen auch lange und ausführlich mit meiner Familie geredet, meiner Frau, meinen Kindern. Ich wollte wissen, wie sie diese Situation erleben, ob sie darunter leiden, und ich möchte in aller Klarheit sagen: Wenn ich in diesen Gesprächen auch nur den Anflug eines Eindrucks gehabt hätte, dass meine Frau oder meine Kinder Schaden nehmen könnten, dann wäre ich in der Sekunde zurückgetreten, sofort, ohne Wenn und Aber." Der „Minister für all jenes" machte erneut eine gedankenvolle Pause. Er sah sich in den Abendnachrichten, Hunderttausende Österreicher vor dem Bildschirm, Männer, Frauen, Kinder, die nicht wussten, worüber zum Teufel der Mann im Fernsehen eigentlich redete, aber der das Herz am rechten Fleck zu haben schien, denn er würde seine Karriere seiner Familie opfern, was Edleres hatten sie von einem Mann noch nie gehört. Auch Tränen würden fließen, da war der „Minister für all jenes" sicher.

„Und in all den Gesprächen", setzte er fort, „in den Gesprächen mit meiner Familie, dem Kanzler, meinen Mitarbeitern, meinem engsten Umfeld, bin ich zur Überzeugung gekommen, zur felsenfesten Überzeugung, dass es für mich nur eine Entscheidung geben kann: Ich weiche nicht." Zum zweiten Mal an diesem Tag schlug er mit der Faust auf den Tisch, wieder wackelte alles, aber erneut fiel nichts um, kein Tropfen Wasser wurde vergossen.

„Ich werde", fuhr der „Minister für all jenes" fort, „weiterhin diesem Land, diesen Menschen, die ich so liebe, mit aller Kraft dienen, und ich darf mich auf diesem Weg auch bei allen bedanken, die mir in den letzten Tagen Mut zugesprochen haben und mich ermuntert haben, meinen Weg weiterzugehen. Danke dafür."

Der Pressesprecher zog das Mikro an sich. „Es besteht nun die Möglichkeit, Fragen an den Minister zu stellen. Ich darf um Verständnis bitten, dass wir nicht im Übermaß Zeit haben, da die nächsten Termine drängen. Also, ich möchte Sie bitten, sich kurz vorzustellen und Ihre Fragen an den Minister zu richten."

Es blieb für eine Ewigkeit stumm, zumindest empfanden es die Reporter im Saal so. Sie hatten erst eine Stunde vor dem Termin von der Pressekonferenz erfahren und keine Zeit gehabt, sich vorzubereiten. Den meisten war entgangen, was die letzten Tage passiert war, genau genommen ja nichts, keiner im Raum hatte die Debatte um den „Minister für all jenes" mitbekommen, weil es diese auch, um der Wahrheit die Ehre zu geben, gar nicht gegeben hatte. Aber jeder für sich nahm an, dass der jeweilig andere genau Bescheid wusste und man sich bis auf die Knochen blamieren würde, wenn man seine Unwissenheit nun zur Schau trüge. Tatsächlich wusste niemand, dass der „Minister für all jenes" mit dem Rücktritt spekulierte, was er auch nicht tat, und schon gar keiner konnte einen Grund nennen, warum, auch weil ein solcher gar nicht existierte. Genau genommen war der „Minister für all jenes" all jenen, die nun über ihn berichten sollten, über die Jahre vollkommen egal gewesen. Er verwaltete ein Ressort, das niemanden interessierte, er war eine jener Figuren der Zeitgeschichte, die recht schnell Zeitgeschichte sind. Die Reporter, die Fotografen, die Kameraleute hatten sich überdies die vergangenen Tage allein und ausschließlich dem „Vorfall" in der Berggasse gewidmet und damit dem „Minister für dies und das" und nicht dem „Minister für all jenes", der nun vor ihnen saß und über etwas redete, wovon sie nicht den Anflug einer Ahnung hatten.

Es war eine paradoxe Situation, denn auch der „Minister für all jenes" wusste nicht, worüber er hier eigentlich sprach. Er war am Vorabend vom Kanzler höchstpersönlich gebeten worden, sich im Verein mit seinen Kollegen aus der Koalition um die momentan nötige „mediale Breite der Regierung" zu bemühen. Was das hieß, wurde ihm wenig später von Kaiser Franz Joseph erläutert. Es gäbe „vollkommen ungerechtfertigte Angriffe" auf den „Minister für dies und das", und jetzt sei es „die heilige Pflicht" seiner Regierungskollegen, dem „von der Sudelpresse in die Mangel Genommenen" zur Seite zu springen. Dabei habe jeder einen Auftrag zu übernehmen und ihm, dem „Minister für all jenes", falle es zu, von einem Rücktritt abzurücken, dem er nie nähergetreten war. Er solle also eine Pressekonferenz geben („um die Organisation kümmere ich mich"), dort energisch auftreten („hau ruhig mit der Faust auf den Tisch"), die Gerüchte um einen Rücktritt als Nonsens brandmarken und Kampfwillen signalisieren. „Sag einfach ein paar Sätze ohne konkreten Bezug auf irgendetwas", schärfte ihm Kaiser Franz Joseph ein, „aber zeige dich stark und doch gleichzeitig emotional bewegt."

Der „Minister für all jenes" war besser, als es das Drehbuch vorgesehen hatte. Er saß also jetzt auf diesem Podium und redete über nichts. Vor ihm lauerten Reporter und Fotografen und Kameramänner, verstanden nichts und übertrugen dieses Nichts in die Welt. Keiner log, denn es war ja nichts richtig falsch an dem, was der Minister sagte und die Reporter aufschrieben, wenn auch nicht alles richtig richtig war. Der „Minister für all jenes" hatte tatsächlich mit dem Kanzler gesprochen, zwar nicht an diesem Vormittag, sondern diese Woche sogar schon mehrmals. Es ging dabei auch zu keinem Zeitpunkt um den Rücktritt, denn weder Kanzler noch der Minister selber wussten davon, dass der Minister einen solchen plante, aber manchmal schlummern solche Gedanken ja ganz tief in einem drinnen, und man erfährt selbst erst davon, wenn ebendiese Gedanken herausdrängen. Es gab auch Gespräche mit der Familie, allerdings nicht mit der Ehefrau, denn der „Minister für all jenes" war geschieden, und das nicht in aller Freundschaft, und die

Ehe war auch kinderlos geblieben, sondern mit den Eltern, die in solchen Situationen ohnehin immer die besten Ratgeber sind, weil sie allein das Kindeswohl im Blick haben und sonst nichts.

Nach ein paar Augenblicken meldete sich eine junge Reporterin, sagte ihren Namen und nannte das Medium, für das sie schrieb, es war ausschließlich online verfügbar, genau genommen gab es dieses Medium erst seit gestern, als sich Kaiser Franz Joseph die Internetdomain gesichert hatte. „Bitte sehr", meldete sich der Pressesprecher, der natürlich wusste, wen er als Erstes an die Reihe zu nehmen hatte, deutete auf die junge Reporterin und sagte, „die junge Dame hier in der dritten Reihe". Die „junge Dame in der dritten Reihe" stand auf, wartete einen Moment und legte dann mit fester Stimme los. „Herr Minister, verzeihen Sie, dass ich Sie so etwas Intimes frage, aber die ganze Nation bewegt ja seit Tagen die Frage Ihres Rücktritts, und da ist es meiner Ansicht nach legitim, wenn ich Sie bitte, den Augenblick zu beschreiben, als Sie mit Ihrer Frau und Ihren kleinen Kindern am Küchentisch gesessen sind, zumindest stelle ich mir die Situation so vor, und Ihre Frau und Ihre Kinder, die ja tagelang nichts anderes in den Medien mitbekommen haben als die Debatte über Ihren Rücktritt, also als Sie im engsten Kreis der Familie saßen und die Frage stellten: ‚Soll ich alles hinschmeißen?' Das muss doch ungeheuer emotional gewesen sein?"

Der „Minister für all jenes" zuckte zusammen, griff ein weiteres Mal zum Wasserglas, seine Hände zitterten jetzt, er nahm einen Schluck, stellte das Glas zurück und schwieg. Er schaute geradeaus, ziellos, aber doch zielgerade in die Kameras der TV-Stationen, die eben jetzt das Feld für die Abendnachrichten aufbereiteten. „Ich", sagte er und verstummte erneut, blickte seinen Pressesprecher an, der ihm die Hand auf den Unterarm legte und die Augen senkte wie ein Priester, der nach einem Todesfall kondolieren will. „Ich ... wir waren ... die Sonne war gerade untergegangen ... das Gesicht meiner Kinder werde ich nie vergessen ... meine Frau." Er schluckte, und es hatte den Anschein, als wäre das Wasser aus dem Glas über den Daumen, in den Arm geflossen und über die Schulter hinein in den Kopf und würde nun, genau in diesem Moment die Augen erreichen und ins Freie fließen wollen, jedenfalls wurden sie wässrig. Es war kein Mucks im Raum zu hören, nur das Geklicke der Fotoapparate durchschnitt die Stille. Die Kameramänner der Fernsehsender zoomten das Gesicht des Ministers ein, es war jetzt flächendeckend im Bild, seine Lippen zitterten, immer mehr Wasser floss nach in die Augen und drängte die Tränen, sich endlich hinabzustürzen über die Wangen, am besten gleich in einem Sturzbach. „Wir ..." Und in diesem Moment sprang der Minister auf, sein Sessel kippte nach hinten, das Wasserglas fiel um, der Minister lief aus dem Raum, die Reporter wussten nicht, was tun. Sie schauten sich gegenseitig verständnislos an, die Fotografen liefen dem „Minister für all jenes" nach und knipsten Bilder von seinem Hintern, der es als Letztes durch die Tür schaffte, dann meldete sich der Pressesprecher zu Wort. „Meine Damen und Herren." In diesem Moment sprangen die meisten wie auf ein geheimes Zeichen auf und wollten aus dem Raum laufen, aber es ging ihnen wie den Kühen damals in Emmas Heimatdorf, die Tür war zu schmal, um alle gleichzeitig durchzulassen. Also nestelten die Reporter ihre Smartphones aus der Tasche, riefen in der Redaktion wen auch immer an und redeten nun wild durcheinander. „Meine Damen und Herren", versuchte es der Pressesprecher noch einmal, aber er war wie ausgeblendet aus diesem Bild. Vier, fünf junge Reporterinnen waren sitzengeblieben und hämmerten wie vom Teufel besessen auf die Tastaturen der Notebooks ein, die sie sich auf den Schoß gestellt hatten. Die Ticker der Webseiten füllten sich auf wie die Tränensäcke des „Ministers für all jenes" gerade eben, und weil jeder praller sein wollte als der andere, wurden aus den wässrigen Augen bald Tränen, aus den Tränen bald ein Nervenzusammenbruch, aus dem Nervenzusammenbruch bald ein emotionaler Kollaps, am Ende fiel das Wort „emotional" der Pein der Kürzung zum Opfer und die Geschichten ließen sich in folgender Titelzeile zusammenfassen:

„Rücktritts-Minister erleidet Tränen-Kollaps". Kaiser Franz Joseph und sein Team, die im Nebenraum alle Ticker mitlasen, gerieten in Euphorie. Der „Minister für all jenes" lag ein Zimmer weiter auf einer Couch, hatte das Sakko abgelegt und spielte auf seinem Smartphone „Candy Crush", als Kaiser Franz Joseph eintrat, ihn zu seinem Auftritt beglückwünschte und sich bei ihm überschwänglich und in aller Herzlichkeit bedankte. In diesem Moment war der „Minister für all jenes" zum ersten Mal an diesem Tag tatsächlich den Tränen nahe.

Emma wusste, was um 11 Uhr passieren würde. Sie hatte am Vorabend mehrmals mit Kaiser Franz Joseph telefoniert und sich mit ihm abgesprochen. Der Tränenauftritt des Ministers war ihre Idee, wie sie ohnehin mehr und mehr den Taktstock in die Hand nahm und das Orchester durch dieses heikle Stück dirigierte. Kaiser Franz Joseph ließ sie gewähren, seit Hans war ihm niemand untergekommen, der ähnlich viel Talent besaß, vermutlich war sie sogar wesentlich begabter als er. Natürlich fand Emma die Inszenierung geschmacklos, aber heiligt der Zweck, nicht immer zwar, aber häufig, die Mittel? Als sie daheim die Tiere befreite, an wen, so viel Ehrlichkeit musste sein, dachte sie da zuallererst? An die Kühe, die Schweine, die Hühner, oder doch eher an ihr eigenes Gewissen? Eben! Zudem verfolgte sie in dieser Staatsoperette hier in Wien ein höchstpersönliches Ziel, von dem niemand wusste, und ordnete ebendiesem alles unter. Der Krieg stellte nie auf Einzelschicksale ab.

Um 10 Uhr verschickte Emma über die Nachrichtenagentur die Einladung zu ihrer Pressekonferenz, die zwei Stunden später beginnen sollte. Sie trug den nüchternen Titel „Neue Energie für Österreich" und wäre von den meisten Medien recht schnell in den elektronischen Papierkorb befördert worden, wenn sie jemand überhaupt zur Kenntnis genommen hätte. In der Unterzeile allerdings stand etwas von „Millionen Euro", und wenn es um Geld geht, vor allem jenes, das potentiell einem selber zufließen könnte, dann riskieren Medien gern einen zweiten Blick. „Greenfuck" und „die wichtigsten Handelsunternehmen des Landes" luden zu der Pressekonferenz ein, und spätestens da gingen alle Signallampen an, denn hier ging es nun nicht mehr nur um kleine Beträge.

Als Emma sich die Pressekonferenz des „Ministers für all jenes" anschaute und sich weniger wunderte als alle anderen, trommelten die Chefredakteure und Chefs vom Dienst gerade alle Reporter und Fotografen und Kameraleute zusammen, die nicht live dabei waren, als ein Jahrhundertwendegebäude Gefahr lief, von einem Tränenmeer fortgespült zu werden, und schubsten sie telefonisch zum Termin mit „Greenfuck" weiter.

Pünktlich um 12 Uhr saß Emma in einem noblen Innenstadt-Palais in der Mitte eines Podiums, das es in dieser Form in Österreich noch nie gegeben hatte. Links von ihr thronte Josef „Pepi" Fröhlich von „Kaufgesund", rechts Kaiser Franz Joseph, auf den übrigen Sesseln links und rechts die CEOs der wichtigsten heimischen Handelsunternehmen. Die Pressekonferenz war ausnehmend gut besucht, der Saal, in dem sie stattfand, nicht nur ausnehmend einladend hergerichtet, sondern auch ausnehmend groß genug, dass alle gut Platz fanden. An der Hinterseite war ein üppiges Buffet aufgebaut, mit „dem Besten, was Österreichs Handelsunternehmen zu bieten haben", wie auf kleinen Schildern, alle in Rot-Weiß-Rot gehalten, zu lesen war. Als die Reporter und Fotografen und Kameraleute in den Saal kamen, wurden sie von Hostessen im Dirndl empfangen, die so breit lächelten, als würden sie über Ohrknöpfe unaufhörlich mit lustigen Witzen beschallt werden. Sie trugen Tabletts mit Getränken und „dem Besten, was Österreichs Handelsunternehmen zu bieten haben", Kostproben, die Journalisten zum Buffet locken sollten, was aber üblicherweise keine schwierige Aufgabe darstellt, und so war es auch hier. Es gab Käse und Wurst und Gurken und Radieschen und Brot und Gebäck und Butter und Paradeiser und Aufstriche, und alles war natürlich nachhaltig und biologisch, man hörte fast noch die Salatherzen pochen, und in jedem Fall das „Beste, was Österreichs Handelsunternehmen zu bieten haben".

Als sich alle ausreichend gestärkt und noch ausreichender angepatzt hatten, lächelten sich die Dirndlfrauen durch die Reihen und baten die Journalisten, Platz zu nehmen, denn es ginge in Kürze los. Die Reporter packten sich schnell noch möglichst so viele Brötchen auf einen Teller, als würden sie das letzte Containerschiff beladen, das sich vor Weihnachten von Asien auf den Weg nach Europa macht. Die Fotografen, die beide Hände fürs Arbeiten freihalten mussten, hatten ohnehin noch Essensreste im Vollbart kleben und würden die nächste Stunde vermutlich allein dank dieser vorsorglichen Vorratshaltung überleben. Nach fünf Minuten saßen alle artig auf den goldgestrichenen, antiken Sesseln, die Reporter hatten ihre Containerteller auf die samtrote Bepolsterung der Sessel neben sich gestellt. „Einen wunderschönen guten Tag", wünschte Emma vom Podium herab, ihr zitronenfalterfarbenes Haar strahlte die Sommersprossen an, die fröhlich in ihrem Gesicht herumhüpften. „Mein Name ist Emma Lämmer, und ich darf Sie im Namen von ‚Greenfuck' zu einer Pressekonferenz begrüßen, die Österreich nachhaltig verändern wird. Ich habe das Wort nachhaltig bewusst gewählt, denn hier geht es nicht um den Augenblick, den nächsten Moment, nicht ums Geschäft, nicht um den Blick bis zum Tellerrand, aber um Gottes willen keinesfalls darüber hinaus. Hier geht es schlicht und ergreifend um die Zukunft des Landes, um die Zukunft unserer Kinder und unserer Enkel. So ein Podium, wie Sie es hier sehen, hat es in Österreich noch nie gegeben." Emma streckte den rechten Arm zur Seite und schwenkte ihn, als würde sie zu einer ausladenden Verbeugung ansetzen, dann folgte der linke Arm, wieder dieselbe Bewegung. „Hier neben mir sitzen die Top-Manager der wichtigsten Handelsunternehmen des Landes, sonst beinharte Konkurrenten, aber sie eint heute ein Ziel: Sie wollen Österreich zu einem Umwelt-Musterland machen, sie sind bereit, dafür Millionen zu investieren und wirtschaftliches Risiko einzugehen, wie es

311

eben große Männer und Frauen machen. ‚Greenfuck' und meine Wenigkeit wurden von den Managern gebeten, diese einmalige Aktion zu begleiten, und ich habe diese Aufgabe mit großer Dankbarkeit und Herzenswärme übernommen."

Während die Reporter begannen, die Ladung der Containerteller in ihrem Mund zu entladen, stellte Emma das Podium einzeln vor, am Ende Kaiser Franz Joseph, dem sie dann das Wort überließ.

„Danke, Emma", sagte der Lobbyist. „Als ich erfahren habe, welche aufsehenerregenden Pläne Herr Fröhlich von ‚Kaufgesund' hat, und als ich darüber informiert wurde, dass die wichtigsten Handelsketten, die das Beste erzeugen, was Österreichs Handelsunternehmen zu bieten haben, sich an dieser für Österreich wichtigsten Weichenstellung für viele Jahre beteiligen wollen, da war mir sofort klar, dass ich hier mithelfen möchte. Es freut mich, dass Sie am Buffet das eine oder andere gefunden haben, das Ihnen mundet." Die Reporter, die ihre Containerladungen schon zur Hälfte gelöscht hatten, stoppten den Transport zum Mund abrupt, aber nur kurz, denn Kaiser Franz Joseph hielt ihnen nichts vor, sondern fügte lediglich an, dass bereits dieses Buffet anders, nämlich total bio und nachhaltig sei. Den Reportern schmeckte es von nun an nachhaltig doppelt so gut.

„Wie Sie sicherlich wissen", fuhr Kaiser Franz Joseph fort, der natürlich wusste, dass keiner hier im Saal irgendwas wusste, „geben die Unternehmen, deren Manager Sie hier auf dem Podium versammelt sehen, im Jahr fast eine Milliarde Euro für Werbung aus. Alle haben gemeinsam beschlossen, vorerst keinen Cent mehr zu investieren, sondern Geld nur noch in Projekte zu stecken, die bio, nachhaltig, sauber und umweltgerecht sind."

Danach meldeten sich die Manager aller auf dem Podium vertretenen Unternehmen, einer nach dem anderen, zu Wort, Josef „Pepi" Fröhlich natürlich als Erster. In allen Ansprachen kamen Worte wie nachhaltig, biologisch, umweltbewusst, zukunftsfit, sauber, ökologisch, klimagerecht, naturbewusst, umweltschützend vor, man tue alles für die Kinder und die Enkelkinder. Wer jetzt ohne Vorwissen in den Saal gekommen wäre, hätte den Eindruck gehabt, hier würden Manager über eine gemeinschaftliche Wanderung auf dem Jakobsweg Bilanz ziehen.

„Wir werden", übernahm Kaiser Franz Joseph wieder das Wort, „gemeinsam in den nächsten Wochen einen Kriterienkatalog erarbeiten, den alle unterschreiben werden und an den sich in Hinkunft alle Unternehmen, deren Vertreter hier auf dem Podium sitzen, halten werden. Aber natürlich sind alle im Land eingeladen, an dieser großen Sache mitzuwirken. Unternehmen, Privatpersonen, Politiker, Prominente, auch die Medien. Die Umweltmilliarde, oder Nachhaltigkeitsmilliarde, welche die hier auf dem Podium Anwesenden investieren wollen, ist nur der Anfang. Diese Bewegung", er hielt kurz inne, „diese Bewegung wird Österreich nachhaltig verändern, stärker und größer machen. Diese Bewegung kommt nicht aus der Politik oder aus den Medien, sondern aus der Mitte der Gesellschaft. Und deshalb habe ich Emma von ‚Greenfuck' gebeten, das Gesicht dieser Bewegung zu werden." In diesem Moment erhob sich „das Beste, was Österreichs Handelsunternehmen zu bieten hat" von den Sesseln auf dem Podium und begann zu applaudieren. Emma, und nicht mehr allein ihr Haar, sondern sie als Ganzes, strahlte zitronenfalterfarben.

Die Reporter wussten nicht, was tun. Auch aufstehen? Auch mitapplaudieren? Die meisten entschieden sich, ihre Containerteller weiter zu entladen, immerhin tat man ja damit etwas Nachhaltiges und handle mutmaßlich im Sinne der neuen Bewegung.

„Wie wird denn das heißen, was Sie hier machen?", fragte ein Reporter, den Mund noch halb voll, auf seinen Zähnen hatten ein paar Kümmelsamen beschlossen, eine kleine Rast einzulegen.

„Emma", antwortete Kaiser Franz Joseph.

„Wie Emma?"

„Sie wird Emma heißen."

„Was wird Emma heißen?"

„Die Bewegung", mengte sich Josef „Pepi" Fröhlich ein. „Wir werden Emma als Begriff in die Landschaft säen wie Samen für Weizen, Mais oder Raps auf unsere Felder. Wir werden mit dem Namen alles in diesem Land durchpflügen. Sie werden Emma überall sehen, in allen Märkten, auf Logos, als Gütesiegel. Sie wird der neue Standard für Nachhaltigkeit. In einem Jahr werden Sie im Supermarkt nicht mehr fragen, ob das bio oder umweltgerecht, sondern ob das emma ist. Sie werden nicht sagen, dass Sie einkaufen, sondern dass Sie emma gehen. Es wird zwei Arten von Produkten geben, Produkte, die nachhaltig und bio und gut, also emma sind, und Produkte, die Schund sind. Es werden Geschäfte aufmachen, die emmafit sind, und solche, in denen es Junkfood gibt. Aber Sie müssen das viel breiter sehen. Da geht es nicht nur um Lebensmittel, da geht es um alles, um alle Produkte, um unser komplettes Leben."

„Was wird das erste Projekt sein, das begonnen wird, Herr Fröhlich", fragte eine Reporterin.

„Elektromobilität", antwortete der CEO von „Kaufgesund". „Hier gibt es bereits interessante Gespräche mit dem ‚Minister für dies und das' und Projektpartnern, Sie werden bald davon erfahren."

Der Zug war dabei, auf die Schienen zurückzufinden, und das nachhaltig.

Die Wahrheit kommt ans Scheinwerfer-licht

„Vielleicht noch etwas da oben", sagte „Nijo" und deutete mit dem Finger auf seine Stirn. Die Maskenbildnerin tupfte mit dem Make-up-Schwamm ein paar Mal auf die glänzende Fläche. „Verbindlichsten Dank", grinste „Nijo". Susi, Mitte 20, quälte sich ein Lächeln ab. Auf ihrem Kopf gebärdeten sich die Haare so unbändig wie eine Herde Fohlen, in den rechten Nasenflügel hatte sich ein Piercing verbissen, von ihrem Unterarm nahm ein kleines Sonne-Mond-Yin-Yang-Tattoo Besitz. Sie konnte Leute wie „Nijo" im Grunde genommen nicht ausstehen, dieses Gegelte und Abgeschleckte, diese Borniertheit, weggeknöpft hinter dem Stoffpanzer des Slim-fit-Anzugs, so überschießend liebenswürdig wie ein Bankbeamter am Weltspartag, all das war ihr aus tiefstem Herzen zuwider. Aber Job ist Job. Make-up-Schwamm drüber.

In 20 Minuten sollte die Sendung losgehen, es war eine Aufzeichnung, die Ausstrahlung war für den Abend angesetzt. Jetzt, knapp vor 16 Uhr, waren schon alle fünf Diskutanten da. „Nijo" saß im Schminkraum, einer der Gäste begutachtete das Studio, ein weiterer unterzog im Aufenthaltsraum die Schinkenbrötchen mit Mayonnaisetopping einem Praxistest. Die restlichen beiden unterhielten sich mit Moderatorin Beatrice Schwertmüller, die aber immer auch ein Auge auf „Nijo" hatte, denn er war das Filetstück der Show. Niemals hätte sie damit gerechnet, dass er zur Debatte kommen würde, denn es ging um ihn, diesen Bonzen und seine Schweinerei, die er angerichtet hatte, genauer gesagt sein Bonzensohn, der ein Mädchen fast totgefahren hatte. So lautete natürlich nicht der Titel der Talkshow, sondern geladen war zum Thema „Politiker und Verantwortung, wo sie beginnt und wo sie endet". Aber mutmaßlich würde es von der ersten Minute an tatsächlich zugehen wie im Saustall eines Bauernbonzen, überall Gegrunze und Gequieke. Sie, Beatrice Schwertmüller, werde alle Hände voll zu tun haben, um einigermaßen für Ordnung zu sorgen, aber auch wieder nicht, denn der Reiz der Sendung und ihr Quotenerfolg lagen ja eindeutig an diesem Gegrunze und Gequieke. Es war ihre Sendung, ihre Show, ihr Stall.

Kaiser Franz Joseph hatte eingefädelt, dass der „Minister für dies und das" ins Fernsehstudio kam. Jetzt stand er da, in einer Ecke des Raumes lässig an eine Säule gelehnt, und blickte auf sein Smartphone, las ein paar Happen, lächelte und hielt den Gesichtsausdruck, während er weiterscrollte. Er strahlte eine unangemessene Gelassenheit aus, was insofern verwunderte, da er doch der Berater des Bonzenfilets war, das in Kürze auf den Grill gelegt werden sollte. Aber es gab feste Gründe für seine Lockerheit: Alles lief für ihn wie am Schnürchen, alles lief wie geplant.

Vor zwei Tagen hatte Kaiser alle wichtigen Player seiner Agentur zum Meeting versammelt. Allein die Anzahl der Leute, die er in den Besprechungsraum – weiße Wände, weißer Tisch, weiße Sessel – geladen hatte, sollte ausdrücken, dass jetzt Weisheit gefragt war. Als schließlich alle saßen, Wasser mit viel Kohlensäure, wenig Kohlensäure, kaum Kohlensäure und gar keiner Kohlensäure vor sich, und als der Smalltalk seine präzise für ihn vorgesehene Zeitspanne ausgeschöpft hatte, startete Kaiser Franz Joseph wie üblich mit einem Knalleffekt in die Sitzung. Er klopfte mit den Fingerknöcheln auf den Tisch, bat um Ruhe, hielt dann mit beiden Händen eine Ausgabe von „Immer Alles" in die Luft und fuchtelte damit herum, die Doppelseite über den „Vorfall" war aufgeschlagen. „Was seht ihr hier?", fragte er in die Runde.

„Scheiße", antwortete einer, und alle lachten, auch Kaiser.

„Ja, okay, aber was noch?", fragte er.

„Die Doppelseite einer Zeitung", riefen mehrere aus der Runde gleichzeitig.

„Und was ist da drauf?"

„Scheiße." Wieder Gelächter, diesmal lachte Kaiser nicht mit.

„Nein, im Ernst, was seht ihr?"

„Lügen."

„Mag sein, aber ich wollte keine qualitative Einschätzung, sondern ich wollte wissen, was ihr seht, nichts anderes, sagt mir nur was ihr seht."

„Die Doppelseite einer Tageszeitung mit Geschichten", antwortete schließlich eine junge Frau in weißer Bluse, grauem Rock und mit akkurat hochgestecktem Haar, sie sah aus, als wäre sie auf dem Weg zum Bewerbungsgespräch bei einem Erzbischof falsch abgebogen, und das vor einem halben Jahr, denn erst seit so kurzer Zeit arbeitete sie in der Agentur. Zu kurz für Kaiser, denn ihm wollte in diesem Moment nicht und nicht ihr Name einfallen.

„Genau", jubelte er und ließ „Immer Alles" sinken. „Die Doppelseite einer Zeitung mit geschätzt sechs, sieben, acht Geschichten. Niemand von uns weiß, wie diese Geschichten dort hingekommen sind. Niemand von uns ahnt, wer sie geschrieben, wer sie redigiert, wer sie freigegeben hat. Niemand von uns kennt die Gründe, warum es gerade diese Geschichten in die Zeitung geschafft haben und keine anderen. Die Redaktion entscheidet das, und wir haben keine Kontrolle darüber. Was ist schlimmer als keine Kontrolle?"

„Gar keine Kontrolle." Wieder diese junge Mitarbeiterin. Kaiser nahm sich fest vor, sich später nach ihrem Namen zu erkundigen.

„Präzise", sagte er. „In der Regel ist mir vollkommen egal, was in der Zeitung steht. Nun aber handeln diese Berichte von einem Klienten von uns, dem ‚Minister für dies und das', und deshalb müssen wir die Kontrolle darüber bekommen, was hier steht, und vor allem, was hier nicht zu stehen hat."

„Aber wir können ja den Journalisten nicht vorschreiben, was sie zu schreiben haben", warf einer aus dem Team ein.

„Nein, natürlich nicht", antwortete Kaiser, der klarerweise mit diesem Einwand gerechnet hatte. „Aber was ist der Feind der guten Geschichte?"

„Die bessere Geschichte", kam es wie aus der Pistole geschossen zurück. Er musste den Namen dieser jungen Frau unbedingt erfragen.

Dann erläuterte Kaiser seinen Mitarbeitern eine gute halbe Stunde lang sein Konzept. Er erklärte, wie er den „Minister für dies und das" aus den Schlagzeilen bringen wollte, dass er die Medien mit Geschichten – seinen Geschichten – fluten wollte, die allesamt besser sein müssten als der Mumpitz über den „Vorfall". Er erzählte, dass er gleichzeitig wirtschaftlichen Druck aufbauen werde, nicht direkt natürlich, auf so etwas würden Medien allergisch reagieren, aber er habe da Pläne mit „Kaufgesund", ohne dass er hier weiter ins Detail ging. Ein Brainstorming erbrachte erstaunlich schnell viele Geschichten, die Zeitungen interessieren könnten, aber auch die sozialen Medien, Fernsehen und Radio. Allesamt waren sie nicht richtig wahr, aber auch nicht wirklich gelogen, jedenfalls nicht weit genug von der Wahrheit entfernt, um vollkommen unglaubwürdig zu sein. Kaiser sortierte die Vorschläge nach Themengebieten, schaute darauf, dass ausreichend Stoff für alle Ressorts, von Politik bis Chronik, von Wirtschaft bis Sport und Society, da war und freute sich darüber, dass ihnen die Ideen mit dem Burkaumzug und der Orgie im Zelt gekommen waren. Dann stellte er Teams auf, die sich um die Umsetzung in den einzelnen Mediengattungen kümmern sollten. „Der Höhepunkt wird die Fernsehshow", sagte Kaiser am Ende, „darum kümmere ich mich selbst." Er griff sich eine Mineralwasserflasche, drehte den Verschluss auf, die Gase entwichen, als würde sie einen tiefen Seufzer ausstoßen. Pfffff. Die Krisensitzung ging sanft sprudelnd zu Ende.

Ehe Kaiser als Letzter das Licht in der Agentur löschte, führte er noch ein Telefonat, das keine Zuhörer duldete. Er rief eine Schauspielerin an – ihr Name tut hier nichts zur Sache – mit der er seit Jahren eng befreundet war, ohne dass er viel Aufhebens darum machte. Das war für beide Seiten besser so, denn Kaiser wollte diesen Teil seines Lebens aus seinem übrigen Leben heraushalten, auch um nicht Gerüchten Vorschub zu leisten, die beiden verbinde mehr als Freundschaft und Zuneigung. Tatsächlich hatte die Beziehung bisher zu keiner Zeit den Höhepunkt des Sexuellen erklommen. Man schätzte sich als Gesprächspartner ohne Hintergedanken, die erotischen Gefühle füreinander schafften es im Gipfelsturm nie höher als ins Basislager, und so sollte es auch bis in alle Ewigkeit bleiben, beiden war das so recht. Trotzdem oder gerade deshalb konnte er der Schauspielerin, als Gegenleistung für ihre oft offenen Worte, diskret immer wieder zu Diensten sein, ihr honorige Rollen auf der Bühne, vor allem aber im Fernsehen verschaffen. Es gab keine Serie von zumindest Landesgeltung, in der sie nicht mitspielte. Das führte dazu, dass die Schauspielerin berühmter und berühmter wurde, bis schließlich jeder ihren Namen kannte, der hier nichts zur Sache tut. Kaiser war auch der Beste, wenn es einmal um Geschäfte ging, deren Grundlage einmal nicht Geld war.

Die Schauspielerin – ihr Name tut hier nichts zur Sache – hob nach dem zweiten Läuten ab, und sie war, weil sie Kaiser gut kannte, über die Frage, die er ihr ohne langes Vorspiel stellte, weder überrascht noch verärgert oder schockiert, sondern vielmehr zeigte sie sich amüsiert.

„Kannst du sterben?"

„Wie bitte?"

„Kannst du bitte für mich sterben", fragte Kaiser erneut.

„Nun, mein Lieber, ist das nicht reichlich viel Theatralik für diese fortgeschrittene Tageszeit?", gluckste sie.

Dann erzählte er ihr vom Minister, dem „Vorfall", seiner Rolle, sie hörte mit immer größerem Vergnügen zu, denn alle Schilderungen, die dem Treiben auf einer Theaterbühne nahekamen, nahm sie mit Entzücken auf, und Österreich hat in diesem Bereich wahrlich viel zu bieten.

„Ich habe die Tageszeitungen im Griff, Fernsehen und die sozialen Medien auch", sagte Kaiser, „ich brauche nun noch etwas für die Wochenmagazine, eine große Geschichte, die alles überstrahlt. Da dachte ich, wenn du stirbst, und das spektakulär, dann haben die bunten Blätter ein buntes Cover ohne Minister drauf. Was meinst du?"

„Welcher Tod schwebt dir denn vor?", fragte die Schauspielerin – ihr Name tut hier nichts zur Sache – immer noch belustigt.

„Du verschwindest an Bord eines Kreuzfahrtschiffes. Ein geplanter Auftritt am Abend, du erscheinst nicht, auch am nächsten Morgen ist deine Kabine leer. Man findet keinen Abschiedsbrief, niemand hat dich gesehen, du bist einfach weg. Vielleicht taucht irgendwo auf dem Schiff ein Taschentuch von dir auf, oder ein Jäckchen, oder ein Buch, in dem du die letzten Tage vor deinem Verschwinden, gut beobachtet von den anderen Passagieren, gelesen hast, ich kann das alles arrangieren. Vielleicht kannst du morgen ein paar Bilder auf Instagram posten und einigen Leuten WhatsApp schicken."

„Du solltest Romane schreiben."

„Dauert zu lange, bringt zu wenig Geld", antwortete Kaiser trocken. „Bist du an Bord?"

„Schöne Metapher."

„Also?"

„Natürlich, mein Lieber, wäre dir die Karibik recht?"

Tags darauf stellte die Schauspielerin – ihr Name tut hier nichts zur Sache – tatsächlich ein Foto von sich auf Instagram. Es zeigte sie am großzügigen Balkon ihrer großzügigen Innenstadt-Wohnung, sie hatte einen Strohhut auf und warf die Arme seitlich so euphorisch von sich, als würde sie in der Rolle der Maria Trapp über eine Salzburger Alm laufen. Wer ihr Bild ansah, musste zu dem Schluss kommen, dass in einer etwaigen Neuverfilmung von „The Sound of

Music" eine andere Besetzung als die Schauspielerin, deren Name hier nichts zur Sachte tut, bestenfalls eine zweite Wahl wäre. „Zeit für eine Auszeit", schrieb sie auf Instagram zum Bild, und dann folgten ein paar Hashtags, in denen die Worte „Kreuzfahrt" und „Karibik" und „Meer" vorkamen.

Als Kaiser das Posting las, rief die Schauspielerin, deren Name hier nichts zur Sache tut, gerade bei ihrer Mutter an. „Kann ich ein paar Tage bei dir unterschlüpfen, ich muss in aller Ruhe eine neue Rolle lernen." Und während in der Karibik ein Kreuzfahrtschiff darauf vorbereitet wurde, die Anker zu lichten und ein Mitarbeiter von Kaiser eilig unterwegs war, damit er es noch rechtzeitig erreicht, um ein Taschentuch, ein Jäckchen und ein Buch an genau festgelegten Orten zu platzieren, schob im südlichen Niederösterreich eine gut 70 Jahre alte gute Seele eine Biskuitroulade in den Ofen, die Lieblingsmehlspeise ihrer Tochter, die sie in letzter Zeit häufiger in der Zeitung oder im Fernsehen gesehen hatte als von Angesicht zu Angesicht.

Es gab also tatsächlich gute Gründe, warum Kaiser Franz Joseph jetzt hier im Fernsehsender so entspannt vor sich hinlächeln konnte und auch „Nijo" die Ruhe selbst sein durfte. Er lehnte im Schminkstuhl wie Elwood Blues im Fahrersessel seines Dodge Monaco, umgeben nicht von den Hebeln des Bluesmobils, sondern von Dutzenden Tuben und Döschen in den unterschiedlichsten Hauttönen, von sehr dunklem bis sehr hellem Braun. Ein bläulicher Schminkumhang umwehte ihn. Er hielt die Augen geschlossen, damit ihm das Pulver, das in sein Gesicht gewedelt wurde, nicht die Kontaktlinsen verkleben konnte. Sein Pressesprecher Hans Haberleitner, im Ministerium kurz HaHa genannt, stand achtsam wie ein Leibwächter neben ihm. Wer die beiden betrachtete, konnte den Eindruck haben, HaHa beschütze seinen Chef vor den Pulverdöschen in den unterschiedlichsten Hauttönen, von sehr dunklem bis sehr hellem Braun, oder er andererseits die Pulverdöschen in den unterschiedlichsten Hauttönen, von sehr dunklem bis sehr hellem

Braun vor seinem Chef. Der Schminkdosenleibwächter hielt einen Packen Zettel in der Hand, Unterlagen mit Argumenten, gedacht für die Verteidigung des „Ministers für dies und das" in der folgenden Debatte. Es war mit an Sicherheit grenzender Wahrscheinlichkeit davon auszugehen, dass „Nijo" kein einziges Papierstück verwenden würde, nicht einmal einen Blick würde er darauf verschwenden. Er war ein Meister der Improvisation, seine Vorbereitung bestand darin, sich nicht vorzubereiten.

Als HaHa ein Zettel auf den Boden fiel, und er sich flink danach bückte, nutzte Beatrice Schwertmüller die Gunst der Sekunde, stob heran und sprach den Minister an. „Danke fürs Kommen, Herr Niederjobststreibitzer", sagte sie und ließ ein Lächeln so geschickt über ihr Gesicht fließen wie ein Konditor einen Zuckerguss über eine Torte. „Ich freue mich auf die Sendung."

„Ich auch", antwortete „Nijo", ohne die Augen zu öffnen, „ich hoffe, dass alles fair ablaufen wird. Sie haben ja vor allem Leute eingeladen, die meine Art der Politik für verwerflich halten."

„Aber nicht doch", wehrte Beatrice Schwertmüller entschieden ab, obwohl sie entschieden wusste, dass es natürlich genauso war. Selbstredend hatte sie Gäste in die Sendung gebeten, von denen sie sich die größtmögliche Streitlust versprach. Ihr Team führte eine eigene Rabaukenkartei, die es offiziell natürlich nicht gab und deren Existenz im Gegenteil sogar stets wütend bestritten wurde. Ein paar Handvoll Personen standen in diesem nicht verzeichneten Verzeichnis. Mindestens eine aus der Gruppe musste in jeder Diskussion sitzen, als Pulverfass, jederzeit bereit zu explodieren und die Zuschauerquoten in die Höhe zu schießen. In dem nicht verzeichneten Verzeichnis fanden sich vornehmlich die Namen ehemaliger Politiker, die sich mit ihrer Partei überworfen hatten, und nun Gram und Grant auf offener Bühne ausleben wollten, dazu Lobbyisten, Aktivisten, Utopisten, Hedonisten, Populisten, Anarchisten, Extremisten, Separatisten und Antichristen, bereit, für ihr Anliegen den Bühnentod zu sterben, wenn es sein musste auch wiederholte

Male, und das für ein nur geringfügiges Honorar. Da die Aufnahme in dieses nicht verzeichnete Verzeichnis das Vorhandensein einer Häufung von bestimmten Charaktermerkmalen erforderlich machte, war die Zahl der möglichen Teilnehmer gering, und deshalb zog eine kleine Gruppe von Menschen wie ein Wanderzirkus von Sender zu Sender und von Sendung zu Sendung und trat hier wie dort auf alles hin, was vor die Stiefel kam oder gestellt wurde.

Stundenlang hatte das Team von „Beatrice am Punkt", kurz „BaP", daran getüftelt, welche fünf Diskutanten die reizgasartigste Mischung ergeben würden. Schließlich sagte erst „Nijo" zu, dann ein Raubauke aus dem nicht verzeichneten Verzeichnis. Beatrice Schwertmüller wusste ihr Glück nicht in Worte zu fassen und ließ es dann tatsächlich bleiben, sondern lachte übers ganze Gesicht, und diesmal war der Zuckerguss echt. Sie ahnte, dass die Sendung auf dem besten Weg war, einmal eine Perle der Fernsehgeschichte genannt zu werden. Die Historie lehrt freilich auch, dass es oft anders kommt, als man denkt, und so war es dann auch hier.

Die weißen, drehbaren Plastiksessel, absichtlich unbequem, damit ja keiner sich zu wohl fühlt und vergisst, warum er hier ist, zum Streiten nämlich, waren im Studio im Halbkreis angeordnet. In der Mitte dieses Halbmondes saß die Moderatorin, ihr Stuhl war leicht erhöht, aber mit Augenmaß, so dass die anderen davon nichts mitbekamen. Auf einem Plan war aufgezeichnet, wer wo sitzen sollte. Jetzt, als die Gäste fünf Minuten vor Beginn der Show ihre Plätze einnehmen mussten, stand eine Regieassistentin in schwarzen Lederhosen mitten im Studio und hielt ein Klemmbrett in der Hand. Mehrere Kabel zogen sich über ihren Oberkörper, vorne und hinten, am Gürtel waren vier zigarettenpackungsgroße Kästchen befestigt, dazu trug sie ein Headset so am Kopf, als würde sie ferngesteuert werden, was der Wahrheit näherkam als so manches, das in der Talkshow später gesagt werden sollte. Die Kabelfrau wies allen ihre Plätze zu, „Nijo" setzte sich links von der Moderatorin hin, artig wie der Lieblingsneffe an der Tafel zum 70. Geburtstag des Erbonkels. Ihm gegenüber wurde Hans von „Greenfuck" platziert. Von ihm erwartete sich Beatrice Schwertmüller die heftigsten Angriffe, schließlich stand er nicht ohne Grund in dem nicht verzeichneten Verzeichnis des Senders. Links neben „Nijo" ließ sich Gott so ungebremst in den Studiosessel plumpsen, dass dieser kurz mit sich rang, ob er besser nicht auf der Stelle zusammenbrechen sollte. Er entschied sich dagegen, was Gott die Gelegenheit einräumte, Blicke voller Verachtung in Richtung der jungen Frau gegenüber auszusenden, Jenny Hart vom „Alltag". Sie trug ein rotes Blazerkleid mit breitem Gürtel, viel zu kurz natürlich für diesen Anlass, dazu hatte sie High Heels kombiniert, wovon alle Modeexperten dringend abgeraten hätten, außer all jene, die Jenny jetzt in diesem TV-Studio gesehen hätten, denn an ihr sah das atemberaubend aus. Auch nun, vier Minuten bevor es losgehen sollte, saß sie vornübergebeugt über ihr Handy und wirkte, als hätte sie alles ausgeblendet, was rund um sie gerade passierte. Der Mann rechts neben ihr unternahm gar keinen Versuch, ein Gespräch zu beginnen, er hätte Jenny aber jederzeit anrufen oder ihr eine WhatsApp schreiben können, um sie zu erreichen, sie hätte ihn freundlich zurückgerufen oder ihm eine WhatsApp zurückgeschickt. Aber Adolf „Adi" Waller hatte es auch an diesem Nachmittag nicht so mit dem Schreiben, es interessierte ihn so wenig, wie wenn in China ein Sack Reis umfällt.

„Noch drei Minuten", war über einen Studiolautsprecher zu hören. Viele im Publikum nahmen das als Aufforderung zur Kenntnis, sich manierlicher und mit geradem Rücken hinzusetzen. Es waren etwa 50 bis 60 Zuschauer gekommen, alte wie junge, viele bunt gekleidet, nicht alles, was sie trugen, passte modisch und farblich zueinander, ein Publikum wie ein Strauß Frühlingsblumen, achtlos an einer Tankstelle gekauft. Erwartungsvoll schauten alle auf die Bühne, die grell angestrahlt wurde von drei Scheinwerfern, die von der Decke hingen. Zwei Kameraleute schoben ihre Gerätschaften auf und ab, auch sie trugen Headsets. „Noch zwei Minuten bis zur Sendung." Beatrice Schwertmüller blickte ins Publikum. Irgendetwas war anders als sonst, das spürte sie, aber sie wusste nicht, was.

„Am Anfang hören Sie die Signation der Sendung", wandte sie sich nun an das Publikum. „Danach werde ich Sie begrüßen und ein paar Einleitungsworte sagen. Davor bitte ich Sie, möglichst laut zu klatschen. Vielleicht können wir das einmal probieren. Jetzt bitte klatschen."

Zögerlich applaudierten die ersten Zuschauer, dann ein paar mehr, aber alles in allem geriet die Vorstellung kümmerlich.

„Das können wir besser", lächelte Beatrice Schwertmüller und legte etwas Zuckerguss auf, „also bitte jetzt." Nun fiel der Applaus deutlich kräftiger aus. „Danke", sagte sie, „genau so bitte, wenn ich Ihnen ein Zeichen gebe."

„Noch 30 Sekunden bis zur Sendung."

Es wurde langsam dunkel im Publikum. Und still.

Beatrice Schwertmüller strich sich die Haare aus dem Gesicht, die Maskenbildnerin huschte ein letztes Mal zu ihr, wedelte mit dem Pinsel im Gesicht herum, 10, 9, 8 ...

Aus der Stille heraus war plötzlich die Signation von „BaP" zu hören. Auf den Fernsehern, die überall im Studio ohne sichtliche Ordnung herumstanden oder von Metallgerüsten hingen, sah man nun in einer schnellen Abfolge eine Gruppe aus Menschen dynamischen Schritts auf ein Ziel zugehen, das offenbar unerkannt bleiben wollte, was die Gruppe aus Menschen aber nicht weiter irritierte, alle schauten sehr entschlossen drein. Das Sendungslogo flog hin und her wie Kugeln in einem Lottoautomaten, und wurde scharf, dann wieder unscharf gestellt, die Musik wummerte, wurde lauter und lauter. Dann tauchte der Name der Talkshow auf, „BaP", ein letzter Tusch, die Kamera schwenkte ins Gesicht von Beatrice Schwertmüller, nur kurz, aber lange genug, um ihr Zuckergusslächeln so zum Leuchten zu bringen, als hätte jemand ein Blitzlicht gezündet. Schnitt, dann sah man die Moderatorin nun von hinten auf dem Weg ins Studio, die Scheinwerfer waren grell von vorne auf sie ausgerichtet, so dass man nur ihre Konturen erkennen konnte. Sie hatte eine makellose Figur, die sie gern mit Hosenanzügen, immer in Schwarz, gut zur Geltung brachte. Ein Sprecher aus dem Nirgendwo sagte: „Willkommen bei ‚Beatrice am Punkt‘, der wöchentlichen Talkshow, in der sich niemand ein Blatt vor den Mund nimmt. Und hier ist Ihre Gastgeberin, Beatrice Schwertmüller.“

Schwenk auf die Moderatorin, Applaus, Beatrice Schwertmüller betrat das Podium, verneigte sich, setzte sich, wartete ein paar Augenblicke, bedankte sich, begrüßte, bedankte sich, begrüßte, bedankte sich, begrüßte. „Danke. Guten Abend.“ „Danke. Guten Abend.“ „Danke, vielen Dank. Guten Abend.“ Als sie merkte, dass der Applaus schwächer wurde, begann sie zu reden, glucksend vor Freude, so als wäre sie überrascht, hier im Studio auf so viele Menschen zu treffen. „Willkommen im Studio, an den Flatscreens daheim, im Internet, auf Facebook und auf Twitter“, sagte sie. Die Begrüßungsformel war erst vor Kurzem erneuert worden. Jünger sollte die Sendung werden, nicht mehr allein Menschen ansprechen, die allein Alter, Bequemlichkeit und Immobilität daran hinderte, zu einem anderen TV-Sender umzuschalten.

„Herzlich willkommen“, hob Beatrice Schwertmüller erneut an, als auch der Letzte das Klatschen eingestellt hatte. „Wir debattieren heute ein brisantes Thema: Politische Verantwortung. Sie haben es vermutlich in den letzten Tagen in den Zeitungen gelesen, im Fernsehen gesehen oder im Internet verfolgt: Der Sohn des ‚Ministers für dies und das‘ soll mit seinem Fahrrad einen Unfall verursacht haben und dann, ohne sich um die Verletzte zu kümmern, einfach weitergefahren sein. Viele Fragen sind zu dem Vorfall noch offen, wir werden sie heute alle ansprechen und hoffentlich klären. Ich freue mich auf eine Stunde lebendige Diskussion.“

Kurzer Applaus, dann konnte Beatrice Schwertmüller beginnen. „Lassen Sie mich mit einem Augenzeugen des Dramas beginnen. Herr Waller, Sie waren früher ein berühmter Fußballer bei ‚Haudrauf Wien‘, und Sie haben dieses schwere Unglück in der Berggasse ja quasi live miterlebt …“

„Eigentlich war mein Auto …"

„Sie haben also mitbekommen, wie der Sohn vom ‚Minister für dies und das' die Berggasse hinuntergerast ist und eine junge Frau schwer verletzt wurde. Können Sie unseren Zuschauern nun schildern, was genau passiert ist, bitte."

„Also, Sie haben zu Recht, ich war früher eine Berühmtheit in Lokalen. Im Fußball konnte mir keiner ein L für ein W vormachen. Ich habe Tore wie am Fliesenband geschossen, und mit dem Kopf war ich eine Konifere. Egal, in welchem Stadium ich eingelaufen bin, alle haben vor mir gezetert wie Erbsenlaub."

„Vor zwei Jahren haben Sie dann Ihre Karriere beenden müssen."

„Müssen ist der falsche Wert, aber nach so langer Zeit im Spritzensport bin ich meinem Körper auf den Leim gegangen. Der Verein hat alles probiert, ich bekam Passagen mit esoterischen Ölen, Physiktherapie, Heilgymnasien, aber dann dachte ich mir, besser ein Schrecken ohne Ende als ein Ende ohne Schrecken."

„Das muss hart gewesen sein."

„Ja, es war eine Zensur in meinem Leben, und ein Kapital in meinem neuen Buch geht dazu." Waller hielt seine Biografie in die Kamera, schwenkte das fast druckfrische Exemplar, so dass es auch das Publikum gut sehen konnte und grinste. „Es heißt ‚Reis drauf' und ist ab morgen in allen Buchlagen zu kaufen und bei Amazonas zu bestellen. Ich hoffe auf guteste Rezessionen."

„Gut, dann hätten wir die Werbung auch untergebracht", sagte Beatrice Schwertmüller und goss neuen Zuckerguss über ihr Gesicht, „aber nun zurück zu vorgestern, in die Berggasse."

Adi Waller war keine Ikone der Allgemeinbildung. Literarisch betrachtet war er über Karl May (Bildband) und „Fix und Foxi" nicht hinausgekommen, Theater machte er lieber selber als dorthin zu gehen, aber er war kein Idiot. Wie viele Sportler hatte er einen Manager und Berater auch über das Karriereende hinaus, und seiner hieß, wenig überraschend, Franz Joseph Kaiser. Die Biografie war seine Idee gewesen. Bei Gelegenheit, dachte sich Adi Waller, als er das Werk zum ersten Mal in den Händen hielt, werde ich es lesen.

Es war auch Kaisers Vorschlag, in die Talkshow von Beatrice Schwertmüller zu gehen, Waller äußerte anfangs Bedenken, schließlich hatte er von dem „Vorfall" in der Berggasse nicht mehr mitbekommen als das, was darüber in den Medien zu verfolgen gewesen war. „Das macht nichts", hatte Kaiser geantwortet, „du erzählst einfach, was dir in den Sinn kommt. Wahr, falsch, erfunden, erlogen, wer soll dir erzählen, dass es anders war? Du warst schließlich dabei."

„Eigentlich nicht."

„Dein Auto war dort, das reicht als Beleg." Dann riet er ihm, in der Phase der Talkshow, in der es um seine Biografie gehen sollte, möglichst viele Worte falsch zu benutzen, „da haben die Leute morgen dann etwas, was ihnen von dir im Gedächtnis bleibt und worüber sie sich das Maul zerreißen können, und sie kaufen dein Buch ..."

„In dem aber dann alle Begriffe korrekt verwendet werden, oder?"

„Na und? Da haben sie das Geld schon ausgegeben, oder glaubst du, dass die Leute dann in die Läden kommen und deine Bio zurückgeben, weil zu viele richtige Worte drinnen stehen?"

Bevor Waller antworten konnte, sagte Kaiser: „Eher nicht."

Als Adi Waller begann, nicht mehr über seine Bio, sondern über den „Vorfall" zu reden, ereignete sich also tatsächlich ein kleines Wunder, aber keiner bemerkte es, so ist es ja oft mit und in der Kunst. Plötzlich saßen seine Sätze, er verwendete keine Redewendungen mehr falsch, er schilderte alles, was er nicht gesehen hatte, in einfachen Worten, und jeder konnte ihm folgen. Er war ein wunderbarer Augenzeuge. Er erzählte - ein kleines Stück zu lang - wie er seinen Mercedes - ein Abschiedsgeschenk von „Haudrauf Wien" - in der Berggasse eingeparkt hatte und alles über seinen Wunderbaum - Duftnote „Maj Taj". Ohne das Wort „ich" zu verwenden, schilderte er, wie der Radfahrer - viel zu schnell - durch die Berggasse gerast war, er redete über den Zitronenfalter und das Nachtpfauenauge und dass er nachher nicht mehr mitbekommen hatte, dass die junge Frau offenbar schwer verletzt worden war. Erstaunlicherweise berichtete er dann trotzdem, dass er seither jede Nacht munter werde, schweißgebadet, weil er das Bild der blutenden jungen Frau, die da „vor seinen Augen" auf der Straße gelegen sei, nicht mehr aus dem Kopf bekommen könne. „Das ist ja nicht so, wie wenn in China ein Reissack umfällt." Beatrice Schwertmüller war hingerissen, Kaiser Franz Joseph beschloss, gleich morgen die zweite Auflage der Waller-Bio in Auftrag zu geben, die ersten 10.000 Stück würden wohl recht schnell vergriffen sein.

„Herr Niederjobststreibitzer", wandte sich die Moderatorin nun an den „Minister für dies und das". „Wir haben eben mehr über die dramatischen Szenen in der Berggasse erfahren. Ihr Sohn wird schwer belastet. Sie haben eine doppelte Verantwortung für diesen Skandal, eine Verantwortung als Vater und eine Verantwortung als Politiker. Wie nehmen Sie diese Verantwortung wahr?"

„Nijo" war auf alles wie immer unvorbereitet vorbereitet. Hätte sich jetzt die Studiodecke geöffnet und ein Quetzalcoatlus wäre hereingeflogen gekommen, um sich ein paar Studiogäste zu schnappen, die seinen Mittagshunger stillen sollten, er hätte sicher auch dafür die passenden Worte gefunden. Zehn Minuten lang hatte er sich mit Kaiser Franz Joseph vor der Talkshow beraten, mehr war nicht nötig, denn beide waren Profis, auch und vor allem was den kreativen Umgang mit Wahrheit und Lüge betraf. „Du gibst am besten nichts zu und streitest nichts ab", riet ihm Kaiser. „Wenn du den Vorfall leugnest, wird dir keiner glauben. Alle werden denken, klar, Politiker, der muss ja lügen, um seinen Hals zu retten. Wenn du alles bestätigst, dann wird dein ganzes Leben lang an dir kleben bleiben, dass dein Sohn eine junge Frau so gut wie zu Tode gefahren hat."

Also begann „Nijo" nun zu reden, sagte aber nichts und blieb dabei. „Ich darf mich zunächst einmal ganz herzlich für die Einladung bedanken. In den letzten Tagen wurde sehr viel über mich geschrieben und gesagt, und ich freue mich, dass ich nun Gelegenheit bekomme, die Wahrheit zu berichten und alles geraderücken darf, was windschief dargestellt wurde. Ich ..."

„Herr Niederjobststreibitzer", fiel ihm Beatrice Schwertmüller ins Wort, und ihre Stimme gewann an Schärfe. Die Moderatorin wusste, dass nun ein entscheidender Teil der Sendung begann. Die nächsten paar Sätze mussten sitzen, sonst würden sich viele Seher verabschieden und weiterzappen zu Sendungen, die weniger gehaltvoll waren als ihre, zumindest war es ihrer Empfindung nach so. Also formulierte sie Fragen, die eigentlich Vorwürfe waren, und stellte Behauptungen als Fakten dar. „Der Unfall (den es nicht gab) Ihres Sohnes hat für viel Aufregung (besonders unter Journalisten) gesorgt. Das Unglück (Steigerung, klug gemacht) wurde unter den Teppich gekehrt (eigentlich war eher das Gegenteil passiert). Finden Sie es richtig (natürlich nicht), dass man eine Schwerverletzte (niemand wurde verletzt) einfach liegen lässt (muss man dafür nicht erst niederfallen?), nur weil man ein Prominenter ist (Neidfaktor, gut platziert)?"

„Nijo" sah Beatrice Schwertmüller ungerührt an. „Wissen Sie", sagte er nach einer kleinen Gedankenpause, „ich liebe dieses Land (weil es für sein Auskommen sorgte), die Menschen (weil sie ihn in die Position brachten, die für sein Auskommen sorgte), ihre Herzenswärme (die ihm herzlich egal war). Ich liebe meine Familie (die ihm ebenso einerlei war), meine Frau (die er nicht hatte) und meinen Sohn (mit dem er bekanntermaßen einmal im Monat ins Kino ging). Ich bekomme so viel Zuneigung zurück, so viel Liebe, dass es in meinem Leben ganz, ganz viel Sonne gibt und nur ganz, ganz wenig Schatten. Diese Woche, ich will ehrlich und offen zu Ihnen sein, war nicht leicht für mich, für meine Familie, meine Frau, meinen Sohn, da haben Sie vollkommen recht (womit auch immer), aber für mich ist es wichtig, jetzt nach vorne zu schauen, ins Licht, und nicht in den Schatten zurück."

„Aber mit Verlaub, Herr Minister, Ihr Sohn (stark betont), fährt eine unschuldige Frau (die selbst auf die Straße getreten war), fast zu Tode (es wird viel fast gestorben in Österreich), keiner weiß, ob das Opfer überlebt (nun ja, es befindet sich jedenfalls hier in der Talkshow), und Sie setzen sich her und erzählen was über die Liebe. Müssten Sie nicht auf der Stelle zurücktreten?"

„Liebe ist das Wichtigste, was wir haben. Liebe und die Fähigkeit zu vergeben. Schauen Sie ins Publikum, da sitzen sicher auch Menschen, die Sünder sind, die für etwas verantwortlich sind, das sie lieber heute als morgen ungeschehen machen möchten." Er schaute in die Reihen, keiner der Männer und Frauen konnte seinen Blick halten. Die Kameras fuhren ganz nah an einzelne Gesichter heran. Abends, wenn die Sendung zu sehen sein wird, da war sich Kaiser Franz Joseph (die Kameraeinstellung war natürlich seine Idee gewesen, die paar Euros Trinkgeld für die Regie waren gut investiertes Geld) sicher, werden die Österreicher rätseln, was der eine oder andere wohl angestellt hat. Ehebruch? Bankraub? Die beste Freundin hintergangen? Die Berggasse, plötzlich war sie ganz, ganz weit weg und das Schicksal der Menschen in diesem Studio ganz, ganz nah. Kaiser Franz Joseph musste grinsen. Dieser „Minister für dies und das", sein „Minister für dies und das", war ein Genie. Er würde es noch weit bringen. Mit ihm an der Seite natürlich.

„Ich halte also fest", rief Beatrice Schwertmüller. „Sie weigern sich, Verantwortung zu übernehmen."

„Natürlich übernehme ich die Verantwortung."

„Wofür?"

„Für alles."

„Für was alles?"

„Für alles, was passiert ist und für alles, was nicht passiert ist."

„Was ist denn passiert. Oder nicht?"

„Wer weiß das schon? Es passiert so vieles. Das Leben rauscht an uns vorbei. Wir haben leider nicht mehr die Zeit, innezuhalten."

„Das Leben rauscht so rasant vorbei wie Ihr Sohn, meinen Sie?" Die Moderatorin versuchte es nun mit Spott.

„Mein Sohn ist im Moment auf einer Alm", antwortete „Nijo", die

Gelassenheit in Person. „Er hilft einer armen Bergbauernfamilie bei ihrer harten Arbeit. Er macht das schon seit mehreren Jahren immer wieder, das sind grandiose Menschen, deren Alltag Sie sich, so wie Sie hier sitzen, gar nicht vorstellen können, die aber voller Herzenswärme sind, voller Liebe."

„Vielleicht hätte Ihr Sohn auch etwas Liebe für das Opfer des Unglücks aufbringen sollen." Wieder dieser Spott.

„Sie wirken verbittert", ging „Nijo" nicht auf den Vorwurf ein, sondern er wechselte geschickt auf die persönliche Ebene. „Vielleicht haben Sie nach der Sendung noch ein paar Minuten Zeit. Ich würde mich gerne mit Ihnen darüber unterhalten."

Beatrice Schwertmüller wusste, was in diesem Moment passierte, sie war lange genug im Geschäft. Alle Augen, die aus dem Publikum, und später dann am Abend die Augen der Zuschauer daheim vor den TV-Schirmen, den Flatscreens, vor Facebook und YouTube blickten nun allein sie an, versuchten aus ihrem Gesicht diese Verbitterung abzulesen, von der dieser „Minister für dies und das" eben berichtet hatte. Sie zählten die Falten um die Nase, den Mund und die Augen und spekulierten über die Gründe, warum eine Frau, die doch noch nicht so alt war, so alt aussah. Sie riefen sich ins Gedächtnis, was sie zuletzt in den Fernsehzeitschriften und im Internet gelesen hatten. War da nicht etwas mit einer Scheidung bei Beatrice Schwertmüller? Einem Erbstreit? Mit Krebs, Gicht, Herzrasen? Ein Konflikt mit einem Nachbarn? Trunkenheit am Steuer? Es war das zweite Mal in der Sendung, dass die Berggasse ganz, ganz weit wegrückte, und Beatrice Schwertmüller musste erneut den Versuch unternehmen, sie wieder heranzuzoomen. „Wir geben nun kurz ab an die Werbung und sind gleich wieder da", sagte sie. „Dann spricht Gott zu Ihnen."

Weil „BaP" diesmal eine Aufzeichnung war, dauerte die Werbung nicht fünf oder sechs Minuten, sondern nur so lange, bis die Maskenbildnerin damit fertig war, die Gesichter der Gäste wieder von glänzend in satiniert zu verwandeln. „Wir starten in 10, 9, 8 ...

Sekunden", meldete sich die Stimme aus dem Off, dann schaute Beatrice Schwertmüller von ihren Spickzetteln auf, mittenhinein in die Kamera und sagte: „Willkommen zurück bei dieser lebhaften Debatte." Sie drehte sich Richtung Gott. „Herr Fischnaller, Ihre Zeitung hat in einer besonders brutalen Art und Weise über den Vorfall (plötzlich wurde das Unglück wieder rückgestuft) berichtet. Darf ich fragen ..."

„Also wir haben niemals brutal über den Vorfall geschrieben, das weise ich mit Entschiedenheit zurück, liebe Beatrice, sondern zu jeder Zeit sehr behutsam", fiel ihr Gott ins Wort, und er lächelte dabei unschuldig, wie nur ein Gott es kann, der mit den Vorgängen auf der Erde ja oft gar nichts zu tun hat, sondern nur später mit den Sündern, denen er vergibt oder nicht. Es funktionierte, denn die gespielte Freundlichkeit nahm die Schärfe aus dem Gesagten. „Es ist die Pflicht von Medien, über Vorgänge in der Politik lückenlos und schonungslos zu berichten, aber brutal sind wir nie, und wir waren es auch in diesem Fall nicht. Wir formulieren sehr behutsam und wägen alles genau ab. Da gibt es bei uns in der Redaktion lange und sehr offene Diskussionen darüber."

„Ich zitiere: ‚Terroranschlag'. ‚Bestie'. ‚Monster'. ‚Chaos'. ‚Mörderisch'. ‚Irre'. ‚Wahnsinn'. Das nennen Sie behutsam?"

„Das darf man alles nicht aus dem Zusammenhang reißen, es zählt ja das Gesamtbild, und da waren wir von allen Zeitungen die ausgewogenste und rücksichtsvollste. Wir haben sogar Material zurückgehalten, weil es zu tief in die Privatsphäre der Menschen eingegriffen hätte, und wir haben Bilder nicht veröffentlicht, weil sie zu brutal waren, das ganze Blut ..."

„Aber mit Verlaub, Herr Fischnaller, ‚Immer Alles' ist zwei Tage lang in einem Meer aus Blut, Tränen und Sex gewatet." Nun mengte sich auch Hans von „Greenfuck" in das Gespräch ein. „Das war eine abstoßende Berichterstattung, die nichts mit Journalismus zu tun hatte und schon gar nichts mit der Wahrheit." Das nicht verzeichnete Verzeichnis war geöffnet worden.

„Das mit dem Sex habe ich gar nicht gelesen", warf Adi Waller ein und erhoffte sich Erörterung, aber weiter kam er nicht, denn Gott war dabei, in Rage zu geraten. „Wenn man über Politiker nichts mehr schreiben darf, dann können wir ja gleich den Kommunismus einführen", rief er. „Das würde euch dann gefallen, nur noch Verlautbarungen, nur noch Lobbyinggruppen, wie ihr eine seid, mit dubiosen Hintermännern und Financiers. Dafür stehe ich nicht zur Verfügung. ,Immer Alles' fühlt sich dem journalistischen Ehrenkodex verpflichtet, ja, wir berichten hart, aber immer fair, wir sind mit Abstand die fairste Zeitung im ganzen Land, wir haben Untersuchungen, die das belegen, und deshalb haben wir auch immer mehr Leser, weil den Leuten Objektivität und Wahrheit wichtig sind."

„In Ihrer Zeitung muss man die Wahrheit mit Lupe und Pinzette suchen", konterte Hans, aber statt zu Lupe und Pinzette griffen er und Gott in der Folge lieber zu Werkzeug, das sich auch mit gröberen Händen leicht anpacken lässt, und droschen damit minutenlang aufeinander ein. Beleidigungen, Schmähungen, Kränkungen, Herabsetzungen, Ehrabschneidungen, Beschimpfungen wechselten hin und her, keiner ließ den anderen ausreden, keiner steckte zurück, Beatrice Schwertmüller war begeistert. Da war es, dieses Gegrunze und Gequieke, ihr Gegrunze und Gequieke, ihr Stall.

„Sagen Sie, Herr Fischnaller", meldete sich schließlich Jenny Hart, die bisher keine Silbe gesagt hatte, das „Hallo" bei der Begrüßung einmal ausgenommen. „Sagen Sie, haben Sie einen Vogel?"

Gott war kurz baff, dann spekulierte er kurz damit, sich auf die Zukunftshoffnung vom „Alltag" zu stürzen, die ihn vom Sessel gegenüber provokant ansah und aus deren Gesicht er vielerlei ablesen konnte, Verachtung etwa, nur eines nicht: Angst. Das verwirrte ihn. Die Sicherheitsleute hinter der Bühne, die bemerkt hatten, dass sich die Körperhaltung von Gott verändert hatte, setzten sich selbst in Alarmbereitschaft, Hans grinste, Adi Waller schlichtete in Gedanken Reissäcke um, „Nijo" murmelte etwas von „Liebe" und „Herzensgüte". Und Beatrice Schwertmüller? Die Moderatorin schaute ins Publikum, viele blickten ratlos drein, einige erschrocken, manche auch amüsiert, eine Hand ging hoch. „Vielleicht", sagte sie, „ist das ein guter Zeitpunkt, um das Publikum in unsere Debatte einzubeziehen. Die junge Dame in der zweiten Reihe, bitte."

Während „die junge Dame in der zweiten Reihe" aufstand, gab Kaiser Franz Joseph zwei Mitarbeitern ein Handzeichen. Die beiden zückten ihre Smartphones, Beatrice Schwertmüller konnte sich keinen Reim darauf machen, aber in diesem Moment begann „die junge Dame in der zweiten Reihe" nicht zu reden, sondern zu singen.

„Dei hohe Zeit ist lang vorüber und auch die Höll hast hinter dir."

Wer sich im Publikum bisher hatte treiben lassen von der hin und her wogenden Debatte auf dem Podium, war nun so putzmunter, als hätte man ihm Wasser ins Gesicht gespritzt. Alle blickten auf „die junge Dame in der zweiten Reihe", die beiden Mitarbeiter, denen Kaiser Franz Joseph ein Zeichen gegeben hatte, hielten ihre Smartphones hoch und filmten von einer Ecke des Studios aus.

Nun stand eine zweite Frau im Publikum auf, drei Reihen weiter hinten, im rechten Zuschauerblock diesmal.

„Vom Ruhm und Glanz ist wenig über, sag mir, wer zieht noch den Hut vor dir, außer mir?"

Als alle ihre Augen auf die Frau im rechten Zuschauerblock gerichtet hatten, sprang ein Bursche in der Mitte auf und begann ebenfalls zu singen, dreistimmig war der Chor nun.

„I kenn die Leut' i kenn die Ratten, die Dummheit, die zum Himmel schreit."

Ein zweiter Bursche: „I steh zu dir bei Licht und Schatten, jederzeit."

Wie auf Kommando erhoben sich nun an die 20 Menschen im Publikum, vorne, hinten, links, rechts, in der Mitte, Männer, Frauen, alle jung, und alle trugen sie weiße T-Shirts, auf denen in grüner

Schrift ein Wort stand: „Greenfuck". Beatrice Schwertmüller fühlte sich an eine Szene aus „Sister Act" erinnert, nur Whoopi Goldberg fehlte vorne als Einpeitscherin, aber der Chor war auch so, wie er war, stimmlich präzise, laut und imposant. Der erste Flashmob in einem österreichischen Fernsehstudio, vielleicht sogar in ganz Europa, die Sendung war tatsächlich auf dem besten Weg zur Fernsehperle.

„Da kann ma machen was ma will,
da bin i her, da ghör i hin,
da schmilzt das Eis von meiner Seel
wie von an Gletscher im April.
Auch wenn wir's schon vergessen habn,
i bin dei Apfel, du mein Stamm.
So wie dein Wasser talwärts rinnt,
unwiderstehlich und so hell,
fast wie die Tränen von an Kind,
wird auch mein Blut auf einmal schnell,
sag ich am End der Welt voll Stolz,
und wenn ihr a wollts
auch ganz alla –
I am from Austria
I am from Austria."

Stille! Beatrice Schwertmüller ließ den Moment kurz wirken, dann flüsterte sie, so als würde sie gemeinsam mit ihrem Publikum hinter einem Hausvorsprung stehen und zusehen, was da im Studio passierte. „Wir sind in ein paar Augenblicken wieder für Sie da."

Wieder Gewedel mit dem Schminkpinsel, alle zupften an ihren Kleidern und Sakkos und Hemden herum, überprüften, ob die Mikros gut saßen, keiner schaute den anderen an, die Debatte strebte ihrem Höhepunkt entgegen. „10, 9, 8 ...", dann war Beatrice Schwertmüller wieder da, mit noch mehr Zuckerguss im Gesicht als eben schon. „Willkommen zurück nach dieser eindrucksvollen musikalischen Darbietung von ,Greenfuck', wie ich annehmen darf.

Herr Fischnaller, Ihre Kollegin vom ‚Alltag' hat Sie eben schwer attackiert. Ich nehme fest an, das werden Sie nicht auf sich sitzen lassen wollen."

Gott hatte in der Werbepause seine innere Mitte wiedergewonnen, zumindest das, was er darunter verstand. Eben noch hatte er gewirkt wie ein Satz Feuerwerkskörper, an deren Lunten Feuerzeuge gehalten wurden, nun hatte er ein spöttisches Grinsen aufgesetzt und dutzte Beatrice Schwertmüller weiterhin so unbeirrt, wie sie ihn unbeirrt per Sie anredete. „Liebe Beatrice, das ist dieser übliche Konkurrenzneid, den kenne ich. Wenn man selber nichts zusammenbringt, dann geht man halt auf andere los. Wir haben blitzsauber über das Unglück berichtet, wir hatten alles als Erster, alles exklusiv ..."

„Den Sex habt ihr sogar allein exklusiv dazuerfunden", warf Hans ein, Gott ignorierte ihn.

„Das war alles fast pulitzerpreisverdächtig, was wir hier abgeliefert haben, das hat mir sogar der geschätzte Herr Minister in einem Telefonat bestätigt."

„Ich ..." Beatrice Schwertmüller kam nicht weit.

„Also, ich kann diesen Druck ja verstehen. Die Leser wollen Informationen, und dann bekommen sie bei den Konkurrenzblättern nur Lulu-Geschichten serviert. Natürlich laufen denen die Leute in Scharen davon und kommen zu uns, weil wir auch alles belegen können, was wir schreiben." Er wuchtete seinen Körper nach vorne, griff mit beiden Händen nach unten. Unterm Tisch, etwas verborgen von einem Tischbein, stand eine kleine, schwarze Tasche, die bisher niemand bemerkt hatte. Der Reißverschluss war offen, Gott griff ins Innere, als wäre er auf der Suche nach einem verlorenen Schatz und holte ein Metallteil hervor, im ersten Moment konnte man nicht erkennen, was das war.

„Bitte sehr", sagte er triumphierend. „Da ist nichts passiert in der Berggasse? Das ist alles erfunden? Keiner ist zu Schaden gekommen? Und was ist dann das?"

Er zeigte auf das Metallteil, es war der Rückspiegel eines Fahrrades, den er nun auf dem Tisch ablegte wie ein Jäger einen Hasen, den er geschossen hatte. Ein paar tote Fliegen waren am Chrom zu erkennen, viel deutlicher aber Blutspritzer. In diesem Augenblick bekam der „Vorfall" so etwas wie ein Gesicht. Nun gab es nicht mehr nur Erzählungen von Augenzeugen, Mutmaßungen und Schlussfolgerungen, nun gab es den ersten Beleg, und der musste eine Kettenreaktion auslösen, weil er alles zu Beweisen machte, was vorher bestenfalls eine Behauptung gewesen war.

„Diesen Rückspiegel", Gott sprach nun betont langsam, im Studio hingen alle an seinen Lippen, „haben meine Reporter in der Berggasse gefunden, ganz in der Nähe des Unglücksortes. Er stammt mutmaßlich vom Fahrrad des Ministersohns, wurde bei der hinterfotzigen Attacke abgerissen und lag auf der Straße. Wie man sieht, ist Blut mutmaßlich des Opfers drauf, wenn man genauer hinschaut, dann entdeckt man sogar ein paar Kleidungsfetzen, die auch von der Frau stammen müssen, die im Spital um ihr Leben ringt. Und jetzt frage ich, angesichts dieser erdrückenden Beweise, wie es sein kann, dass ich als Einziger hier im Studio sitze und die Wahrheit in die Welt hinaustrage. Wie bitte kann das sein?"

Es blieb nicht lange ruhig.

„Weil Sie der Einzige hier sind, der einen Vogel hat." Jenny Hart blickte Gott erneut direkt ins Gesicht, der dadurch irritiert war, aber nicht einmal ansatzweise so stark wie Beatrice Schwertmüller, wie „Nijo", wie Hans, von Adi Waller erst gar nicht zu reden.

„Mir kommt das schon sehr wie ein Beweis vor", sagte die Moderatorin nach einigen Schrecksekunden.

„Ein Beweis? Wofür?", erwiderte Jenny Hart, „dass ‚Immer Alles' immer alles erfindet? Das schon. Das ist eine glatte Lügengeschichte."

„Ein harter Vorwurf, den können Sie belegen?"

„Natürlich."

„Womit?"

„Am Fahrrad des Ministersohns war gar kein Rückspiegel drauf."

„Woher wissen Sie das?"

„Ich bin das Opfer. Ich bin das Nachtpfauenauge."

Stille! Alle schauten auf Jenny, dann auf Gott, auf den Fahrradspiegel, auf Beatrice, wieder auf Jenny, die Kameraleute wussten nicht, wen zuerst filmen, im Regieraum kam man mit dem Hin- und Herschalten gar nicht mehr nach.

„Wie bitte? Sie waren das Opfer? Sie waren die junge Frau mit den nachtpfauenbraunen Haaren, die angeblich schwer verletzt wurde, fast zu Tode gefahren von einem Radfahrer, dem Sohn des Ministers?"

„Ja, das war ich. Ich habe bisher nicht darüber gesprochen und meine Zeitung gebeten, dieses Faktum in ihren Geschichten nicht zu erwähnen. Ich hatte mit der Berichterstattung nichts zu tun, aber nun wird es mir zu bunt, jetzt muss die Wahrheit auf den Tisch, und das ist die beste Gelegenheit dafür."

Es gibt Investitionen, die werfen eine besonders hohe Rendite ab, und das recht flott. Als die ersten Berichte aufgetaucht waren und sich jeder schnell sicher sein wollte, was passiert war, als es Tatort und Täter gab, Tatzeitpunkt und offenbar Augenzeugen in nicht geringer Zahl, da fiel Kaiser Franz Joseph als offenbar Einzigem auf, dass eines fehlte – das Opfer. Also setzte er drei Mitarbeiter darauf an, die junge Frau zu finden, die angeblich im Spital mit dem Tod rang. In den Krankenhäusern aber fand sich keine Spur von ihr, auch die mutmaßlichen Augenzeugen, mit denen das Team von Kaiser sprach, wussten weit weniger, als sie in der Zeitung zu erzählen hatten. Der Zufall wollte es, dass einer der Rechercheure einen Bekannten hatte, der wiederum einen Termin bei Dr. Hartinger – keine Kassen – hatte, und als er sich in der Ordination, eher beiläufig und aus Höflichkeit heraus, nach der Tochter erkundigte, antwortete der Internist: „Danke gut, sie hat sich vom Schock in der Berggasse gut erholt."

Leider aber wollte Jenny Hart mit ihrer Erzählung nicht an die Öffentlichkeit gehen, sie mochte nicht als Opfer bekannt werden, sagte sie. Dann aber rief Kaiser Franz Joseph höchstpersönlich bei ihr an, überbrachte Grüße vom Vater, „mit dem ich ja schon seit Jahrzehnten eng befreundet bin", und er tat das, was er am besten konnte: Er bot Jenny einen Deal an. Sie trete mit ihrer Schilderung in einer Talkshow auf, und er helfe ihr bei einer bestimmten Sache, die noch unter ihnen beiden bleiben müsse. Jenny war nicht nur stets flott angezogen, sondern auch ziemlich flink im Kopf, das half hier, ihre Bedenkzeit, falls es eine solche überhaupt gegeben hatte, fiel denkbar kurz aus.

Nun saß sie im Studio und berichtete in aller epischen Breite, was eigentlich tatsächlich passiert war in der Berggasse. Sie schilderte dieses Nichts so nüchtern, dass alle schnell berauscht wurden von dieser 23-Jährigen, die noch dazu so hübsch aussah in ihrem roten Blazerkleid mit dem breiten Gürtel, auch die High Heels passten perfekt dazu, das musste man einfach so sehen. Jenny schilderte, wie sie ein Selfie vor dem Freud-Museum machen wollte, kurz auf die Straße trat, den Radfahrer bemerkte, der eine schnelle Lenkbewegung machte und durch diese rasche Reaktion einen Unfall verhinderte. Als sie erzählte, dass sie sich kurz geschreckt hatte, ihr aber nichts, rein gar nichts passiert war, da nahm Gott, als die Kameras ihn nicht im Blickfeld hatten, den Fahrradspiegel vom Tisch und steckte ihn zurück in die schwarze Tasche. Er war nun kein Schatz mehr.

Als Jenny mit ihrer Schilderung fertig war, gab Beatrice Schwertmüller zum letzten Mal an die Werbung ab.

„Nun, Herr Fischnaller", wandte sie sich nach der kurzen Pause an den Eigentümer von „Immer Alles", „wie ist das denn nun mit Ihren Beweisen, Ihre Geschichte hat ja offenbar von vorne bis hinten nicht gestimmt?"

„Ich darf", antwortete Gott, „zunächst einmal der jungen Kollegin dazu gratulieren, dass sie dieses Unglück unversehrt überstanden hat. Ich glaube, dass sich alle freuen, wenn so ein dramatischer Zwischenfall mit einem rücksichtslosen Radfahrer glimpflich ausgeht, aber man sieht auch, wie wichtig es ist, darüber zu berichten, denn die Fußgänger in der Stadt, das wissen wir aus exklusiven Untersuchungen, die uns vorliegen, fühlen sich in dieser Stadt einfach nicht mehr sicher."

„Aber es hat ja nicht einmal einen Unfall gegeben."

„Das ist doch gut, Beatrice, das ist großartig. Das ist für mich auch der Beweis, dass wir mit unserer Berichterstattung genau richtig gelegen sind. Ich habe darauf gedrungen, dass wir in den Tatsachenberichten möglichst häufig im Konjunktiv bleiben und die Unschuldsvermutung nicht verletzen. Bei solch komplexen Vorgängen weiß man ja im Detail nie, was vorgefallen ist, und deshalb muss man in der Schilderung immer vorsichtig bleiben und nicht behaupten, was man nicht weiß, so wie es andere Zeitungen häufig machen."

„Aber ..."

„Aber ich möchte auf ganz etwas anderes hinaus. Wir haben hier einen Minister in der Runde sitzen, über den wir in den letzten Tagen hart, aber immer fair berichtet haben, sehr zum Unterschied von anderen Medien, die den ‚Nijo' ja vernichtet haben, wir nicht. Dieser Minister muss aber auch einmal gelobt werden, und ich bin jetzt der Erste, der das tut. ‚Immer Alles' wird ja stets vorgeworfen, zu negativ zu sein, aber das stimmt natürlich ebenfalls nicht. Was dieser Minister, der ja von manchen Zeitungen mit dieser offenbar falschen Geschichte tagelang regelrecht verfolgt wurde, was dieser Minister im Moment für den Umweltschutz leistet, das ist reif für den Nobelpreis. Diese Initiative mit ‚Kaufgesund', mit dem besten Manager des Landes an der Spitze, ist eine Sensation. Ich verliere dadurch viel Geld, weil die Handelsunternehmen ihre Inserate in allen Medien gestrichen haben, mich trifft das aber nicht so hart, weil wir viele andere Inserenten haben, jedenfalls aber schaue ich nicht auf die Euros, sondern denke an die Kinder und Enkelkinder, die diesem Minister einmal dankbar sein werden für das, was er für sie macht."

Die Berggasse war zum dritten Mal an diesem Nachmittag ganz, ganz weit weg, aber diesmal zoomte sie keiner mehr heran.

„Ich darf vielleicht dazu etwas anmerken", meldete sich „Nijo". „Wenn man jung ist, dann ist man ungestüm, ich war das auch. Da will man den schnellen Erfolg, sich ein Leben aufbauen, Karriere machen, eine Familie gründen, vielleicht ein Haus bauen. Wenn man dann etwas älter ist, beginnt man nachzudenken. Warum bin ich auf der Welt? Was ist mir wirklich wichtig? Ist die Welt tatsächlich in einem Zustand, in dem ich sie an meine Nachkommen übergeben will? Als Politiker hat man die Möglichkeit, zu gestalten, und nun will ich meine ganze Energie dafür aufwenden, Österreich nachhaltiger, sauberer, umweltgerechter und vor allem klimafitter zu machen."

„Mit diesen, wie ich meine, sehr schönen Schlusssätzen möchte ich langsam zum Ende kommen", sagte Beatrice Schwertmüller, „eventuell noch eine letzte Frage aus dem Publikum, diese junge Dame in der ersten Reihe mit den zitronenfalterfarbenen Haaren vielleicht?"

Als Emma aufstand, regte sich in Gott etwas. Sie trug ein weißes Leibchen, auf dem in schwarzer Schreibschrift groß „Emma" stand, sonst nichts. Das gesamte Studiopublikum und auch die Gäste vom Podium blickten in ihre Richtung, einige erkannten sie als Testimonial des Lebensmittelhandels wieder, ihr Gesicht war auf vielen Plakaten, Etiketten, Drucksorten. Natürlich wusste auch Gott, wen er hier so vor sich hatte, aber irgendetwas in ihm signalisierte ihm, dass er Emma schon einmal anderswo begegnet sein musste, aber es fiel ihm nicht ein, wo das gewesen sein könnte.

„Herr Gott", sprach ihn Emma nun an. Das Publikum verstand „Herrgott", wunderte sich über die Anrede und blickte verständnislos drein. Da Gott nicht reagierte, begann Emma noch einmal.

„Herr Gott, gehen Sie gerne in die Sauna?"

In diesem Moment schoss es Gott ein. Tirol, das Luxushotel, der Wellnessbereich, die kleine Kammer, lange her, aber nicht lange genug, um vollständig aus dem Gedächtnis gelöscht worden zu sein. Wieder erfasste ihn ein Schweißausbruch, erneut war er so stark wie damals, als er in der Sauna auf der Pritsche saß und sich von einer jungen Frau erotisch herausgefordert sah. Es war nichts passiert, wofür er sich schämen musste, so hatte er das schon immer gesehen, und so sah er das auch jetzt, trotzdem ahnte er, dass hier etwas passierte, das sehr unangenehm für ihn werden könnte. „Die jungen Leute sehen das Sexuelle ja heute mitunter ganz verklemmt", sagte er zu sich, und sie könnten auf die Idee kommen, dass etwas Unangemessenes passiert sei in Tirol. In der Zeitung lese man dauernd von Bewegungen wie „#MeToo", uralte Fälle würden da ausgegraben, Männer an den Pranger gestellt für vermeintliche Übergriffe, die meisten Jahrzehnte her. Persönlichkeiten wie er, wie Gott, die sich engagieren für Land und Leute, werden in ihrer Ehre beschmutzt, ohne Beweise passiere das alles, vielleicht jetzt auch ihm.

„Herr Gott, ich habe sie gerade gefragt, ob Sie gerne in die Sauna gehen?"

„Ich, äh, ich weiß nicht, was das jetzt hier verloren hat. Wir reden über die Zukunft Österreichs und nicht über private Vorlieben." Gott versuchte seiner Stimme Sicherheit zu geben, aber wer einigermaßen genau hinhörte, der merkte, dass mehr Panik darin lag als Courage.

„Herr Gott, ich frage Sie deshalb, ob Sie gerne in die Sauna gehen, weil ich wissen will, ob es noch mehr Opfer gibt."

Nun kam Unruhe ins Publikum, es wurde getuschelt, aber diese Unruhe war nichts im Vergleich zur Unruhe, die das Podium erfasste, vielleicht mit Ausnahme von „Nijo", der nicht wusste, was vor sich ging, aber da es offenbar nicht ihn betraf, war er noch mehr die Ruhe selbst, als er schon vorher die Ruhe selbst gewesen war. Adi Waller schätzte, dass hier und jetzt und nicht in China eben mehrere Reissäcke dabei waren umzufallen. Jenny Hart fühlte, dass sich das echte Leben jenem Leben, wie sie es auf ihrem Smartphone erlebte, anzunähern begann, und fand das schick. Hans wunderte sich über den Auftritt, denn Emma, seine Emma, hatte ihm nicht Bescheid gegeben, Beatrice Schwertmüller blickte abwechselnd auf die Uhr, die anzeigte, dass die Sendezeit längst überschritten war, und auf Emma, die es wert schien, die Dauer der Show noch viel weiter auszudehnen.

„Darf ich fragen, wovon Sie sprechen?", fragte die Moderatorin nun, und Emma begann zu erzählen. Sie redete zehn Minuten lang. Zehn Minuten, in denen niemand im Publikum es wagte, sich auch nur Bluse oder Hemd glatt zu streichen oder sich zu räuspern. Sie erzählte von ihrem Ferialjob in einem Tiroler Fünf-Stern-Hotel, ihrem freien Tag, an dem sie in die Sauna gehen wollte. Sie schilderte, wie sie der ihr damals unbekannte Gott mit den Augen nackt auszog, wie er sie sexuell anzüglich ansprach, wie er ihr in das Kämmerchen neben der Sauna nachlief und sie bedrängte. „Gott hat versucht, mich zu vergewaltigen", sagte sie am Ende, und es war ein Satz, der nicht allein ausgesprochen wurde und verpuffte, sondern der ins Studio ausgestoßen wurde, aufstieg zur Decke wie ein schwerer Parfumduft, langsam wieder zu Boden sank, dabei zerstob, eingeatmet wurde und so in alle Körper eindrang und sich dort ausbreitete, in alle Glieder, in den Kopf, in die Seele, ins Herz. „Gott hat versucht, mich zu vergewaltigen." Die Ersten sprangen von ihren Sitzen auf, einige applaudierten Emma zu ihrem Mut, bei manchen wurden die Augen glasig, anderen aber, und es wurden immer mehr, kamen Tränen der Wut. Emma aber stand einfach da, ungerührt, sagte nichts, fixierte mit ihren Augen allein Gott, der regungslos auf dem Podium verharrte, nicht weil er gerne dort war, sondern weil er nicht wusste, wohin. Sicherheitsleute stürmten in das Studio und stellten sich wie eine Wand zwischen Gäste und Publikum, weil das nicht reichte, kamen aus der Regie und aus den übrigen Räumen des Senders immer mehr Leute und bildeten nun eine lange Kette als Schutz, ohne dass klar war, wer hier eigentlich geschützt werden sollte und wer geschützt werden musste.

Beatrice Schwertmüller schoss aufgeregt im Studio hin und her, ohne ein klares Ziel zu haben. Ihre Emotionen zwangen sie einfach dazu, sich zu bewegen. Der Platz des „Ministers für dies und das" war längst leer, Kaiser Franz Joseph hatte ihn aus dem Studio gelotst, ehe „Nijo" noch weitere Fehler machte. Denn als er kurz der Kontrolle entglitten war, hatte der „Minister für dies und das" Gott zum Abschied umarmt, die beiden standen da wie zwei Angeklagte, was sie eigentlich auch waren, es entstanden Bilder, die Lobbyisten so überhaupt nicht brauchen können. Denn Kaiser blickte sich um, bemerkte, dass auf einer der Kameras noch das Rotlicht an war, sie also noch filmte, stellte sich zwischen Kamera und „seinen" Minister und bugsierte ihn aus dem Studio.

Jetzt saß „Nijo" in der Dienstlimo, beruhigt von den Worten des Lobbyisten, die er ihm mit auf den Weg gegeben hatte: „Da kommt nichts heraus." Was er damit meinte, blieb unklar, zunächst zumindest.

Hans hatte sich außen herum zu Emma durchgeschlagen und wollte sie aus dem Studio führen. Er hatte ihr eine Jacke übergelegt, obwohl ihr nicht kalt war, er sprach mit gütlichen Worten auf sie ein, obwohl sie nicht aufgewühlt war, sondern glücklich und zufrieden in sich ruhte. Aus ihr war herausgebrochen, was jahrelang festsaß in ihrem Körper, ein Wackerstein, der sie nach unten zog. Als sie durch die Reihen ging, riefen die Menschen Emma aufmunternde Worte zu, versuchten nach ihrer Hand zu greifen, die anderen schrien wütende Sätze Richtung Bühne, hindurch durch die Wand, hinter der Gott stand mit hochrotem Kopf und nun Beatrice Schwertmüller, die sich zu ihm gestellt hatte, leise anbrüllte, auch das konnte er. „Wie kannst du so eine Scheiße zulassen? Ich schreibe dich in Grund und Boden. Du wirst in keinem vernünftigen Sender mehr in diesem Land auch nur noch den Wetterbericht ansagen, dafür werde ich höchstpersönlich sorgen. So ging das eine Zeitlang dahin, ein Wortschwall, üppig angereichert von allerlei Schimpfworten. Dann stand Kaiser Franz Joseph neben den beiden. Beatrice Schwertmüller, blass, als hätte sie sich eine Gesichtscreme mit Zinnoxid ins Gesicht geschmiert, daneben der immer noch tobende Gott, die Wangen so rot wie bei kleinen Kindern, die zum ersten Mal den Weihnachtsbaum sehen.

„Es ist ja nicht viel passiert", sagte Kaiser amüsiert.

„Nichts passiert, du Idiot, ich bin in einer Fernsehsendung eben als Vergewaltiger beschuldigt worden." Wenn Gott in Rage war, machten seine Schimpfworte vor nichts und niemandem halt.

„Na und, fünf Leute auf dem Podium haben das gesehen, vielleicht 60 im Studio, das war's."

„Und am Abend? Wenn sich herumspricht, was passiert ist? Wenn dann 500.000 oder eine Million zuschauen? Dann kann ich morgen meinen Laden zusperren. Dann sitze ich in Haft wegen Vergewaltigung."

„Was ist der Unterschied zwischen Aufzeichnung und live?", fragte Kaiser, der seine gute Laune nicht verloren hatte, eher war das Gegenteil der Fall.

„Was soll der Blödsinn nun wieder? Glaubst du, ich habe jetzt Lust auf eine Quizshow?"

„Was ist der Unterschied?"

Keine Ahnung, nerve mich jetzt nicht mit so einem Scheißdreck."

„Vielleicht können Sie die Frage beantworten, Frau Schwertmüller."

Und mit einem Mal verstand sie, worauf der Lobbyist hinauswollte. „In einer Livesendung", sagte sie, „haftet der Gast für das, was er sagt. Bei einer Aufzeichnung ist der Sender rechtlich für alles verantwortlich, denn er hätte ja in der verbleibenden Zeit bis zur Ausstrahlung eine etwaige Gesetzesverletzung aus der Sendung schneiden können."

„Also", sagte Kaiser Franz Joseph, „in einer Stunde wird euch Gott ein Schreiben seines Rechtsanwalts schicken, in dem ihr aufgefordert werdet, die entsprechende Passage aus der Sendung zu schneiden. Ihr werdet am Abend also eine lebhafte Diskussion ausstrahlen, die mit diesem wunderbaren Satz des ‚Ministers für dies und das' zur Zukunft Österreichs zu Ende gehen wird, sonst würde euch das ein paar hunderttausend Euro kosten."

Beatrice Schwertmüller sah Kaiser an und wusste nicht, ob sie ihn hassen oder abbusseln sollte. Er hatte ihre Sendung kaputt gemacht, gleichzeitig aber wohl ihre Karriere gerettet. Als sie noch darüber nachdachte, sprang Gott auf und umarmte Kaiser Franz Joseph. „Du bist ein Arschloch, aber ich liebe dich dafür, dass du ein Arschloch bist."

Kaiser befreite sich, stieg vom Podium, ging durch die Wand hindurch, die schon Risse aufwies, an den wütenden Leuten, deren Zahl nun schon verschwindend gering war, und an den Kameraleuten und Regieassistenten vorbei aus dem Studio. Vor der Tür traf er Emma, die Hans weggeschickt hatte, und das dauerhaft. Er drückte ihr einen Umschlag in die Hand, sagte, „man weiß ja nie", und war schon weg, als Emma das Kuvert öffnete, in dem ein Speicherstick steckte. „Nicole am Punkt" hatte jemand mit Filzstift auf das Cover geschrieben, dazu „uncut".

„Man weiß wirklich nie", sagte Emma zu sich selbst, lächelte und ließ den Speicherstick in ihre Handtasche fallen.

Ein
Albtraum
wird wahr

„W enn du alles besser weißt, dann mach den Job doch gleich selbst." Hartmuth Borno („wie der Sex, nur mit weichem B") saß wie immer am Kopf des lang gestreckten, weißen, viereckigen Resopaltisches im Konferenzzimmer des „Alltag", aber nun nicht mehr wie sonst entspannt zurückgelehnt, so als würde er verträumt den Schnee vor dem Fenster beim Fallen beobachten, sondern nach vorne gebeugt, ein Stück noch, dann hätte er ausgesehen wie ein Skispringer in der Anlaufspur. Seine Stimme klang jetzt auch nicht mehr so samtig wie jene von Plácido Domingo, im Radio würde er sich jetzt nicht gut machen, vom Fernsehen gar nicht zu reden. Er jaulte eher, die Augen weit aufgerissen, um seine Worte zu unterstreichen, schlug er einmal sogar mit der Faust auf den Tisch. Das Lämmchen entpuppte sich als Wolf, wie die Mitarbeiterinnen und Mitarbeiter des „Alltags" mit Erstaunen feststellten, in einigen Gesichtern lag auch Furcht. Wie immer in solchen Situationen, wenn man nicht weiß, wohin mit seinen überschießenden Emotionen, tut man etwas, das offenbar so gar keinen Sinn ergeben mag. Übersprungshandlung nennt das die Biologie. Hühner, die vor einem Kampf stehen, picken dann Körner vom Boden auf, obwohl sie sich doch eigentlich auf die bevorstehende Auseinandersetzung konzentrieren sollten. Die Redakteurinnen und Redakteure griffen also, weil sie keine Körner zur Verfügung hatten, zu Heftklammern, aßen sie aber gottlob nicht auf, sondern sie begannen sie aufzubiegen und Giraffen daraus zu formen, oder sie schuppten mit der scharfen Kante hinter den Fingernägeln hervor, was sich dort angesammelt hatte. Wer keiner Heftklammer habhaft werden konnte, blätterte in noch ungeschrieben Notizen oder notiert sich Unbedeutendes bedeutsam langsam, einige nahmen auch ihr Smartphone zur Hand, während vorne, am Kopf des lang gestreckten, weißen, viereckigen Resopaltisches ihrem Chefredakteur der Kamm schwoll wie einem Hahn.

Vor wenigen Minuten hatte er die Konferenz mit dem üblichen Ritual eröffnet. Er fragte in die Runde, ob jemand etwas zur aktuellen Ausgabe des „Alltags" zu bemerken hätte. Nie sonst meldete sich jemand, weil keiner ein Besserwisser sein wollte, die anderen nicht schlecht aussehen lassen mochte oder auch nicht verstand, was falsch sein könnte an einer Zeitung, die schon richtig lange so war, wie sie eben war. Das Ansagen der Themen konnte also beginnen.

Heute nicht. Heute hörten sie eine Stimme, die vom Besuchersessel her kam und die Jennifer Navratil-Hartinger gehörte. „Ich hätte ja gerne etwas zur Zeitung gesagt", war sie in die Stille hinein laut und deutlich zu vernehmen, „aber ich bin nach dem Lesen der ersten paar Seiten leider eingeschlafen."

Zunächst fand niemand Worte der Erwiderung, was keine Überraschung war, weil niemand nach ihnen suchte. Die meisten hielten Ausschau nach einer passenden Übersprungshandlung für die Übersprungshandlung, Herbert Gstöttner, Chef vom Dienst, war dabei, jedes Mittelmaß zu verlieren, sein Chefredakteur neben ihm hoffte, sich verhört zu haben.

„Du (auf das professionelle Sie verzichtete er aus Gründen der Erregung unbewusst) findest, dass die Kolleginnen und Kollegen, die sich hier Tag für Tag abrackern, eine langweilige Zeitung gemacht haben?", fragte er mit gespieltem Erstaunen. Natürlich kannte er die Antwort schon, aber er wollte sich etwas Zeit zum Nachdenken verschaffen. Er musste überlegen.

Jenny Hart aber räumte ihm keine Sekunde ein. Sie hätte jetzt zurückziehen können, ein Satz hätte genügt. Ausatmen, entspannen, alle hätten sich einreden können, nicht richtig gehört zu haben, was da von außerhalb der Runde gekommen war. Stattdessen sagte sie: „Vielleicht sollten wir die Zeitung in Zukunft über Apotheken vertreiben, als Schlafmittel ohne Rezeptpflicht. Das könnte ein Renner werden."

Hartmuth Borno („wie der Sex, nur mit weichem B") wollte etwas anmerken, aber er kam nicht dazu. „Die Kolleginnen und Kollegen können da natürlich nichts dafür", sagte Jenny, „der Fisch stinkt wie immer vom Kopf."

„Wenn du alles besser weißt, dann mach den Job doch gleich selbst", entfuhr es dem Chefredakteur, und alle dachten, der Satz markiere das Ende der Debatte. Aber Erstaunliches passierte. „Okay", sagte Jenny, stand vom Besuchersessel auf, ging, ihr iPhone in der einen, den Coffee to go in der anderen Hand, die paar Meter halb um den lang gestreckten, weißen, viereckigen Resopaltisch herum und setzte sich auf den Sessel neben Hartmuth Borno, der für den Stellvertretenden Chefredakteur freigehalten wurde, den es schon seit Jahren nicht mehr gab.

Einem Besucher auf dem Besuchersessel, der nach der Abreise von Jenny in die andere Welt nun natürlich leer stand, hätte sich jetzt ein seltsames Bild geboten. Der Chefredakteur saß entsetzt und versteinert da, so als hätte neben ihm ein Pinguin Platz genommen, der aus dem Zoo entkommen war, der Rest des Teams wusste nicht, auf wen man nun schauen sollte, auf den Hahn oder auf den Pinguin. Nur Jenny Hart wirkte, als hätte sie eigenhändig die Sonne in den Raum getragen. Sie war wie stets perfekt gekleidet, trug eine winterweiße Volantbluse zu hellgrau karierten Marlenehosen, dazu pinke High Heels, die Sonnenbrille steckte wie immer in den nachtpfauenaugenfarbigen Haaren, andernfalls hätte man nicht gesehen, dass sie einen Blick aufgesetzt hatte, so kühl, als passiere hier das Normalste der Welt.

Noch ehe Hartmuth Borno reagieren konnte, ihr etwa den Sessel unter dem Hintern wegziehen oder sie des Raumes zu verweisen, sagte Jenny: „So, dann lasst uns einmal anfangen." Der Ressortleiter Welt blickte sie an, dann den Chefredakteur, konnte aus dessen Gesicht keine Empfehlung herauslesen, wie er sich verhalten sollte, sah wieder zu Jenny, merkte, dass es ihr ernst war, und legte los. Sein Vortrag geriet aufregender als sonst, obwohl er dieselben Schauspieler verwendete, kann Zufall sein, muss aber nicht. Er ließ erst Putin auftreten, holte dann Merkel auf die Bühne und führte schließlich Trump in die Szene ein, die er vor einer Kulisse spielen ließ, die aussah wie die Verbotene Stadt. Jenny Hart hörte ihm ungerührt zu. Sie hatte ihren Coffee to go rechts, ihr iPhone, das immer wieder fiepste, links, und die aktuelle Ausgabe des „Alltags" in der Mitte vor sich auf dem Tisch platziert und saß da wie eine Souffleuse, die als Einzige auf dieser Bühne im Besitz des Drehbuches war.

„Ich maile Ihnen nach der Konferenz ein paar Instagramfotos mit lustigen Hündchen", sagte Jenny, als der Weltchef mit seinem Vortrag ans Ende gekommen schien. Fragezeichen tauchten über seinem Kopf auf.

„Hundefotos", lispelte er.

„Ja, wird Ihren Seiten guttun. Damit die Leute was zum Schmunzeln haben. Internethinweis nicht vergessen, online machen wir doch eine Diashow dazu, nehme ich an?" Sie sah in die Runde, ihr Blick traf die Onlinechefin, die so heftig nickte, dass man Angst haben musste, die Augen könnten sich bemüßigt fühlen, zur Bestätigung des Trägheitsgesetzes anzutreten und aus dem Kopf zu fliegen.

Der Mund des Weltchefs klappte auf und zu wie bei einem Aquarienfisch, Jenny kümmerte das nicht.

„Wie viele Seiten hat denn die Welt morgen?", wandte sie sich an den Chef vom Dienst.

„Drei."

„Zwei reichen."

Der Weltchef protestierte nicht, obwohl es mit der Analyse diesmal noch knapper werden könnte als sonst.

Der Politikchef fand seine Zeit gekommen und begann zu reden. Doch Jenny schnitt ihm das Wort ab. „Machen Sie, was Sie wollen, Politik interessiert ohnehin keinen", sagte sie.

„Da möchte ich energisch protestieren", plusterte sich der Politikchef auf. „Die Menschen interessieren sich sehr wohl für Politik, und zwar so viel wie schon lange nicht. Sie wollen wissen, ob das Krankenhaus in ihrer Nähe geschlossen wird, ob sie bald weniger Steuern zahlen, wie es genau mit der Mindestsicherung weitergeht, ob es genug Plätze in den Kindergärten für ihre Kinder gibt."

„Schön", antwortete Jenny, „aber warum schreiben Sie dann nicht genau darüber? Lassen Sie mich einmal nachdenken, was Sie heute in der Zeitung hatten. Ach ja, ich erinnere mich. Der eine Politiker hat über den anderen etwas Böses gesagt, worauf die Partei des anderen Politikers etwas Böses über den einen Politiker und seine Partei gesagt hat. Dann hat eine andere Partei gesagt, dass die Vorschläge einer Partei Unsinn seien, worauf die eine Partei zur Kritik der anderen Partei gesagt hat, dass die Kritik Unsinn wäre. Dazu hatten Sie ein Bild, auf dem eine Gruppe von Menschen zu sehen ist, die kein Mensch in diesem Land kennt, ein paar Kurznotizen, hingeworfen Richtung Publikum wie Hundekekse. Das alles war geschrieben wie ein Aufruf an alle, unmittelbar in Depression zu verfallen, und da rede ich noch nicht vom Kommentar, bei dem man schon bei der Überschrift wusste, was die Schlussfolgerung sein wird. Schauen Sie sich auf Netflix einen Thriller zu Ende an, in dem in den ersten fünf Minuten der Täter entlarvt wird? Ich nicht."

Es war, als hätte jemand ein Blatt Papier genommen, es so lange gefaltet, bis ein Flieger daraus entstanden wäre, den man nun in den Raum schießen konnte. Dieser Papierflieger hatte nur einen Passagier – den Leiter des Politikressorts des „Alltags", der vor dem Abflug nur noch ein Wort herausbrachte: „Okay."

Der Wirtschaftschef wollte sich diese Demütigung ersparen. „Sagen Sie mir einfach, was Sie in der Zeitung lesen wollen", sagte er freundlich. Jenny ließ sich nicht lumpen. „Zunächst einmal: Cool, dass alle Firmen mindestens einmal im Halbjahr Bilanzen präsentieren. Aber dafür gibt es Webseiten. Wenn ich Leser aus einer Zeitung vertreiben will, finde ich andere Methoden. Facebook, Instagram, Twitter, Snapchat haben Milliarden Nutzer, aber wir schreiben darüber, wie es einer Firma geht, deren imposanteste Leistung es im abgelaufenen Jahr war, etwa im hintersten Winkel des Landes ein Eisenbahngleis auszutauschen. Waren Sie schon einmal bei der Onlinechefin, um zu fragen, welche Geschichten angeklickt werden? Sehen Sie! Nicht die Bilanzen, nicht die salbungsvollen Interviews mit Banken- und Versicherungschefs. Nein, die Menschen wollen Nachrichten, die sie betreffen. Und ja, der ‚Alltag' hat auch Leser unter 60. Wenn nicht, dann hoffentlich bald."

„In Ordnung", antwortete der Wirtschaftschef, „Instagram hat ein neues Service, das könnten wir vorstellen, bei Facebook wurde die Postingfunktion verbessert. Und ich habe von einem Wiener Start-up gehört, das nun alle Verkehrsmittel Österreichs in einer App zusammenführen will."

Jenny sagte nichts, aber ihr Lächeln sprach für sie.

Hartmuth Welzig, wie immer bequem und strapazfähig gewandet, von der Oberbekleidung bis zum Schuhwerk, versuchte zu verstehen, was hier vor sich ging. So wie er jeden Dienstag in der Kantine Wiener Schnitzel aß und am Freitag Fisch, so gehörten die Scharmützel mit dem Chefredakteur in der Konferenz zu seiner immer wiederkehrenden Routine. Er hielt Hartmuth Borno („wie der Sex, nur mit weichem B") für ahnungslos, sowohl was das Alltagsleben der Menschen im Land betraf, als auch was das Zeitungsmachen an sich anlangte. Gerne streut der Chef der Chronik in die Auseinandersetzung mit ihm Fachbegriffe, vor allem aus dem Druckereibereich, ein, die der Chefredakteur nicht kennen konnte. Er war von den Eigentümern, die Welzig übrigens für ebenso ahnungslos hielt, zum Kapitän eines Jumbojets gemacht worden, obwohl er bisher höchstens ein Buch überflogen hatte. Er sprach also von Konsultationsgrößen und Majuskelhöhen, Perl und Nonpareille, thematisierte die Umrechnung von Punkt in Cicero und umgekehrt und genoss dann zurückgelehnt, wie der Chefredakteur abstürzte. Aber er mochte ihn irgendwie in seiner Unbedarftheit.

Nun aber saß Hartmuth Borno fassungslos im Cockpit auf dem Kapitänsplatz, daneben eine junge Frau, die ihm das Kommando abgenommen hatte und die sowohl der Chefredakteur des „Alltags" als auch sein Chronikchef eines hatten – grob unterschätzt. Welzig ging es wie einmal in seiner Kindheit, als er sich mit einem Buben zu einer Rauferei verabredet hatte, aber dann kam ein anderer Bub vorbei, nicht viel größer und stärker, aber er wusste nicht, wo dessen Stärken lagen, und unterlag.

Alle am lang gestreckten, weißen, viereckigen Resopaltisch blickten nun gebannt auf Hartmuth Welzig, den Letzten, von dem man sich Widerstand erwarten konnte, gegen jemanden, von dem man nicht wusste, ob er, oder besser sie, überhaupt ein Feind war. Der Chronikchef entschied sich für eine besonders heimtückische Taktik, er machte es einfach so wie immer. Also trug er vor, was sich in den Straßen der Stadt und des Landes an Kriminalität zugetragen hatte, und wieder spritzte das Blut und erneut schauderte es alle, aber sie blickten auch auf Jenny, so weit hatte sie es schon gebracht, und fieberten ihrem Urteil entgegen.

„Spannend", sagte Jenny nach einer kurzen Pause, „wirklich spannend. Aber haben Sie auch etwas Gesellschaftspolitisches, etwas, wozu man Soziologen fragen kann und Psychologen? Schule? Gesundheit? Lifestyle? Das reale Leben bietet mehr als nur Grauslichkeiten."

Alle schauten Hartmuth Welzig an, der schaute seinen Chef an, der schaute Jenny Hart an. Das, was sie eben gesagt hatte, war wortgleich mit dem, was der Chefredakteur des „Alltags" vor Kurzem den Chef der Chronik gefragt hatte, genau genommen am ersten Tag des Volontariates von Jennifer Navratil-Hartinger. Nun aber kam aus Welzigs Mund kein Gegenangriff wie „veganes Zeug", „blutleer", „Sache des Feuilletons" oder „das ist eben das ‚richtige Leben'", sondern er lächelte freundlich. „Gute Idee", sagte er, und er spürte bis zu den bequemen und strapazfähigen Gesundheitsschuhen hinunter, dass seine Taktik voll aufging, wenn auch als Einziger. „Ich denke schon länger, dass wir positiver sein müssen, Schicksale erzählen, aber auch Lösungen dafür präsentieren. „Ich glaube, das wollen die Leute lesen."

Jenny nickte und Hartmuth Welzig hatte den Eindruck, als überlege sie kurz, zu ihm herüberzukommen und ihn abzubusseln oder zumindest an seinem Bart zu zupfen. Sie war eine adrette Person, befand er, schlau auch, aber vor allem adrett. Er fühlte, dass er sich ihr gegenüber sehr gut geschlagen hatte.

Was dann noch kam, war nur noch Schlagobers auf dem Bananensplit. Der Lokalchef war gewappnet und vergaß nicht zu erwähnen, dass ein paar dieser „positiven Schicksalsgeschichten" bereits „anrecherchiert" würden, was bedeutete, dass er unmittelbar nach der Konferenz den Auftrag erteilen würde, danach einmal zu suchen. Dem Sportchef empfahl Jenny, weniger auf die Veröffentlichung von Ergebnissen („wer die Resultate am nächsten Tag noch nicht weiß, interessiert sich nicht wirklich für Sport") und auf Spielberichte („liest ohnehin jeder im Netz") zu setzen, sondern auf Menschen, solche seien nämlich Sportler auch. Dem Societychef trug Jenny auf, sich von der Partyberichterstattung zu lösen und die „wahren, echten Geschichten" zu finden. „Hochzeiten, Scheidungen, Schwangerschaften, neue Lieben, das brauchen wir." Dem Kulturchef erklärte sie in alle Ruhe und Beharrlichkeit, dass es „in diesem schönen Land" auch Kino und Popkonzerte gebe, und wenn mehr darüber berichtet würde, was sie sehr hoffe, dann sollte das nicht von oben herab sein, sondern daherkommen, als wären wir, der „Alltag", ein Teil des Publikums. Der Kulturchef versuchte zu verstehen, was sie meinte, und beschloss für sich, seinem jüngsten Redakteur ehebaldigst und möglichst wortgetreu zu berichten, was er hier gehört hatte, und um Erläuterung zu bitten.

„So", sagte Jenny Hart schließlich, „dann gehen wir das an. Ich werde mir das Ergebnis morgen in aller Ruhe ansehen. Heute ist mein letzter Tag im ‚Alltag'." Sie griff nach ihrem Smartphone und hielt es plötzlich hoch wie eine Lanze. „Ich wollte mich bei allen hier bedanken, ich habe die Zeit genossen und wirklich viel profitiert." Dann drehte sie sich zu Hartmuth Borno („wie der Sex, nur mit weichem B"). „Und von Ihnen, hochverehrter Chefredakteur, habe ich am meisten gelernt. Sie waren mir ein echtes Vorbild, Ihre Leitartikel sind eine Wonne und Ihre Zeitung ist echt toll." Dann stand sie auf, nahm den Becher Coffee to go in die linke Hand und ihr Smartphone in die rechte, nickte allen noch einmal zu, dann verschwanden ihre Marlenehosen als Erste aus dem Raum.

„Sie hat das auf Facebook live übertragen", sagte einer aus der Runde fassungslos und zeigte auf sein Handy. „Ihr Statement am Ende, live im Internet."

Niemand schob einen Sessel zurück. Keiner sagte ein Wort. Alle schienen zu überlegen, ob das, was sich vor ihren Augen eben zugetragen hatte, wirklich passiert, ein Produkt ihrer Phantasie war, oder ob im nächsten Moment ein junger Mann mit Wuschelfrisur, aufgeknöpftem Hemd und weißem Leiberl darunter und in Jeans bei der Tür hereinkommt und sagt: „Versteckte, Kamera, danke für Ihre Mitarbeit, das strahlen wir am nächsten Samstag im Hauptabendprogramm aus, Sie haben doch nichts dagegen, oder?"

„Dann schaffen wir einmal", sagte Hartmuth Borno und lächelte. Die Abschiedsworte von Jenny Hart hatten ihn gerührt. Er überlegte, wann er zuletzt von jemandem gelobt worden war, vor allem für seine Kommentare, aber es wollte ihm partout nicht einfallen.

Jenny zeigt ihr wahres Gesicht

A ls das Telefon läutete, saß Jenny Hart in ihrem Chefredakteursbüro hinter dem Chefredakteurstisch auf
ihrer Chefredakteurscouch und hatte einen Chefredakteursblick aufgesetzt. Sie blättert in der „Vogue",
befand, dass ihr Kleiderschrank daheim auf der Höhe der Zeit war,
und legte das Magazin beiseite, aber nicht ehe es zum dritten Mal
geklingelt hatte. „Ja, bitte", sagte sie, nachdem sie in ihren High
Heels um das Chefredakteursdreiersofa herum zum Chefredakteursschreibtisch gegangen war. „Herr Franz Joseph Kaiser ist
dran", sagte eine ihrer Vorzimmerdamen. Deren Zahl hatte Jenny
Hart nach ihrem Amtsantritt bewusst nicht verringert, wie zuvor
gemutmaßt worden war, sondern diesbezüglich war alles beim Alten geblieben, schließlich war sie sich den einschlägigen Traditio-
nen des Hauses durchaus bewusst.

„Franz Joseph, mein Lieber", lächelte sie in den Hörer, nachdem
sie mit dem Lobbyisten verbunden worden war, „alles cremig bei
dir?"

Kaiser Franz Joseph kannte Jenny inzwischen lange genug. Er
wusste, dass sie gerne Jugendsprache benutzte und ahnte, was sie
meinte. „Alles bestens, mein Herz. Ich wollte dir nur mitteilen, dass
ich eben deine Zeitung durchgeblättert und auch deine App angeschaut habe, und ich muss dir sagen, du machst das wirklich großartig. Aber das habe ich auch nicht anders erwartet."

Es war nun fast auf den Tag genau ein Jahr her, seit Jenny Hart mit Gott und „Nijo" und Hans von „Greenfuck" und Adi „Reissack" Waller im Fernsehstudio jene legendären Momente erlebt hatte, von denen bis heute die wenigsten wussten. Denn natürlich hatte der Sender alle Passagen aus der aufgezeichneten Sendung geschnitten, die rechtlich heikel gewesen waren. Selbstverständlich hatte der Anwalt von Gott den Verantwortlichen per Eilboten ein ausführliches Schreiben überbringen lassen, das vor Drohungen nur so strotzte, sich aber in einem Satz ganz gut zusammenfassen ließ: Wenn ihr das sendet, nagle ich euch an die Wand. Juristisch klang das natürlich anders, aber all jene, die für den TV-Sender verantwortlich waren, benötigten keinen Anwalt und auch keinen Dolmetscher, um zu verstehen, was gemeint war, und auch nicht lange, um zum Telefon zu greifen und Beatrice Schwertmüller den Auftrag, den dienstlichen Auftrag, wie sie betonten, zu erteilen, die Sendung mit den salbungsvollen Schlussworten des „Ministers für dies und das" zu beenden. Das wäre ohnehin schöner so.

Also sah Österreich am Abend keine Emma, die sich von ihrem Sessel erhob. Keine Emma, die Gott fragte, ob er gerne in die Sauna gehe. Keine Emma, die ihm vorwarf, dass er versucht habe, sie in einem Tiroler Luxushotel zu vergewaltigen. Keinen Tumult im Publikum, keine Securitys, die aufmarschierten, keinen Gott mit hochrotem Kopf. Die Sendung schaukelte gemütlich in das Programm des restlichen Abends hinüber, auch in den Zeitungen, im Internet oder im Radio fand sich nichts, auch nicht in den darauffolgenden Tagen. Der Anwalt von Gott hatte seinen Brief so gut gefunden, dass er ihn breit streute und allen klarmachte, dass auch sie an die Wand genagelt würden, wenn sie die Vorwürfe auch nur in Andeutungen schrieben, sendeten, twitterten, facebookten oder lediglich im Bekanntenkreis weitererzählten.

Nachdem Jenny sich nach der Fernsehsendung wieder ihrem Studium zugewandt hatte, das Volontariat beim „Alltag" war ja vorbei, rief sie Kaiser Franz Joseph an, so wie er ihr versprochen hatte.

Er redete nicht lange um den heißen Brei herum. Er wusste natürlich von der Konferenz, die sie Hartmuth Borno („wie der Sex, nur mit weichem B") aus der Hand genommen hatte, genau genommen hatte er sie ja zu diesem Schritt ermuntert. Kaiser erzählte ihr, dass er ein paar Telefonate geführt hatte und sich mit den Eigentümern des „Alltags" schnell einig gewesen sei, dass die Zeitung eine Blutauffrischung dringend nötig hätte, die Zahlen an Lesern und Werbeeinnahmen würden dies auch überdeutlich zeigen. Den Besitzern war der „Alltag" im Grunde genommen herzlich egal, mit der Einschränkung, dass in dem Blatt nichts zu stehen hatte, was sich mit der wirtschaftlichen Gebarung ebendieser Eigentümer und ihres Zirkels negativ auseinandersetzte. Als Kaiser also gefragt wurde, ob er jemanden wüsste, der diese von ihm diagnostizierte „Blutauffrischung" pfleglich durchführen könnte, brachte er Jenny Hart rasch und geschickt ins Spiel, vergaß nicht zu erwähnen, dass sie die Tochter des renommierten Arztes Dr. Hartinger sei, der schon halb Wien zu Diensten gewesen war, auch am Abend oder am Wochenende, gegen Barkasse und ohne Rechnung natürlich. Innerhalb von ein paar Tagen hatte er alle Eigentümer überzeugt, dass Jenny die richtige Wahl sei.

Der Rest war eine reine Formalität. Kaiser ließ bei Medienvertretern durchsickern, dass es in der Führungsspitze des „Alltags" Veränderungen geben könnte. Als die Reporter diese Information bei Hartmuth Borno gegencheckten, reagierte der Chefredakteur des „Alltags" überrascht, bekundete viel Freude an seiner Arbeit zu haben und keinerlei Absichten zu hegen, sich einer anderen Betätigung zuwenden zu wollen. Als sich Borno recht rasch danach bei den Besitzern der Zeitungen erkundigte, ob sie Planungen hätten, ihn von seiner Funktion abzuberufen, was er „sehr schade" fände und auch „kein gutes Bild nach außen" mache, dementierten die Eigentümer dies vehement. Im Gegenteil, sie seien hochzufrieden mit seiner Arbeit, die Zahlen deswegen unter Plan, weil er – „richtigerweise" – auf Qualität setze und die Leute – „leider" – zu ungebildet seien, dies – „noch" – zu honorieren. Der „Alltag" befände sich auf einem sehr guten Weg, und sie hätten sich deshalb überlegt, ob es in dieser Phase nicht besser wäre, wenn sich Borno, noch intensiver als jetzt schon, um die Qualität und die Weiterentwicklung des Produkts kümmern sollte, und deswegen wollten sie in den nächsten Tagen ohnehin auf ihn zukommen und ihm einen Vorschlag unterbreiten, der die ganze Hochachtung ausdrücken würde, die das Unternehmen seiner „wichtigsten Führungskraft" gegenüber hege. Die Stärken des Chefredakteurs lägen eindeutig im Visionären und in der Kommentierung, die Menschen würden seine Kolumnen „lieben". Deshalb würde man ihm gerne das Angebot machen, ihn zum „Berater der Chefredaktion" zu „befördern". Er bekäme einen Vertrag auf zwei Jahre mit gegenseitigem Kündigungsverzicht, danach würde man weitersehen, aber die Eigentümer – „alle" – seien der festen Überzeugung, dass dies „eine langfristige Perspektive ist." Borno werde aber nicht nur „Berater der Chefredaktion", sondern bekomme auch einen Vertrag über mindestens drei Kolumnen pro Woche, die bezahlt würden, auch wenn sie – „etwa aus reinen Platzgründen, denn was sollte es sonst für Gründe geben" – nicht erscheinen würden. Weil sie seine bisherigen Leistungen so schätzen würden, bekäme er einen frischen Dienstwagen, seine Abfertigung vorab ausbezahlt, seine weitere Honorierung würde sich an dem orientieren, was er jetzt verdiene. Alles in allem, so der Vertreter der Eigentümer, sei es „das beste Angebot, das er je einem führenden Mitarbeiter" gemacht hatte. In diesem Fall war es gut, dass sich die Videotelefonie doch nicht so durchgesetzt hatte, wie es viele Fachleute zunächst prophezeit hatten, denn dann hätte Hartmuth Borno („wie der Sex, nur mit weichem B") gesehen, dass der honorige Vertreter der Eigentümer vom Blatt ablas, was er ihm gerade erzählte, und er hätte mutmaßlich auch bemerkt, dass am Kopf des Schriftstückes das Logo von Kaiser Franz Joseph prangte. Der Lobbyist hatte für die Eigentümer aufgesetzt, was zu sagen war.

So aber fühlte sich Hartmuth Borno wie Kolumbus, ausgestattet mit den besten Wünschen seiner Auftraggeber, beseelt, Neues zu erforschen. Er sah sich in der Rolle des Entdeckers, befreit von den Lasten des Alltages, das Ziel immer im Feldstecher anvisiert. Er erwartete hoffnungsfroh Mannschaft wie Publikum raunend den Inhalt seiner Kolumne verbreiten hinaus in die Welt, am Ende des Tages werde das Fernsehen doch nicht an ihm vorübergehen können.

Er sagte also zu, diese Entscheidung mitzutragen, was insofern generös war, als ihn die Eigentümer gar nicht nach seiner Meinung gefragt hatten. Genau genommen überlegte er noch, was er von der Entwicklung halten sollte, als diese schon in Bewegung gekommen war. Denn am Ende des dritten Tages musste er sein Büro räumen, weil Jenny einziehen wollte. Die Eigentümerin hatte sie als neue Chefredakteurin „gewinnen können", wie der Verlag in einer Aussendung bekanntgab. Borno kam darin nicht vor, man habe das unterlassen, weil es dann so ausgesehen hätte, als würde Jenny seinen Job übernehmen, begründeten die Manager das Versäumnis. Die Arbeit der neuen Chefredakteurin habe aber mit der Arbeit des alten Chefredakteurs wenig zu tun, denn der „Alltag" arbeite nun konvergent, unterscheide nicht mehr zwischen einer Internet- und einer Printredaktion, deswegen sei Jenny ihm nicht nachgefolgt, sondern mit ihr sei etwas Neues gestartet worden. Natürlich, sagten sie, wäre es ihnen ein Anliegen, wenn Borno weiter seine „Erfahrung einbringen könnte", auch um „der jungen Kollegin" unterstützend zur Seite zu stehen. Dafür, befanden jedenfalls offenbar alle Verantwortlichen, reiche auch ein kleines Büro, ein paar Stockwerke tiefer, dunkler, abgelegener.

Hartmuth Borno mochte kein Spielverderber sein. „Ich wollte dir das Büro ohnehin schon anbieten", sagte er zu Jenny, als sie mit einem Vertreter der Gebäudeverwaltung in sein – noch sein – Zimmer kam, um die Farbe fürs Ausmalen zu bestimmen. „Dafür bin ich Ihnen sehr verbunden", lächelte Jenny. Borno nahm zur Kenntnis, dass auch das Du-Wort übermalt werden sollte wie sein Büro, und fügte sich.

Seine Kolumnen erschienen anfangs wie vereinbart, dreimal die Woche, nicht mehr, aber auch nicht weniger. Sie waren kraftvoll, visionär, nach vorne gerichtet, wie Borno befand. Er erhielt weniger Resonanz, als er erwartet hatte, aber er schrieb das dem Umstand zu, dass die Leserinnen und Leser mit der gewohnten Qualität seiner Elaborate so hochzufrieden waren wie immer schon, andernfalls hätten sie sich ja darüber erregt.

In seinem kleineren, dunkleren, ein paar Stockwerke tiefer gelegenen Büro fand Borno viel Ruhe. Er hatte mit großer Geste auf ein Sekretariat verzichtet, was er manchmal bedauerte, wenn er jetzt selber den Hörer abnehmen musste, meistens weil sich jemand in der Klappe geirrt hatte. Anfangs bekam er Besuch von den älteren Kollegen im Haus, auch von Hartmuth Welzig in seiner gewohnt strapazfähigen Kleidung und seinen strapazfähigen Schuhen, und alle beglückwünschten ihn zu seiner neuen Aufgabe, vor allem zum Zeitgewinn und Stressverlust, die diese mit sich brachte. Aus dem Strom aber wurde recht rasch ein Rinnsal, es gab Tage, da begegnete Borno keiner Menschenseele in seinem Trakt der Redaktion.

Dann fiel seine Kolumne das erste Mal aus. Es hatte sich irgendwo eine Katastrophe ereignet, und da fand es die neue Chefredakteurin besser, wenn jemand den Leitartikel verfasse, der sich in der Gegend gut auskenne, Borno hatte natürlich Verständnis dafür.

Dann aber gab es keinen Platz für seine Kolumne, ohne dass eine Katastrophe passiert war. Borno bekam gar keine Gelegenheit, sein Verständnis für die Umstände zu artikulieren, denn er erfuhr erst aus der Zeitung des nächsten Tages, dass er sich seine Meinung umsonst abgemüht hatte. Es traf ihn mehr, als er es sich eingestehen wollte, vor allem aber bekümmerte ihn, dass die Kolumne niemandem abzugehen schien. Früher war er in Anrufen von Politikern, ihren Sprechern und Lobbyisten fast erstickt, jetzt nahm ihm keiner die Luft, aber das ließ ihn nicht freier atmen, im Gegenteil. Nachdem seine Kolumne in den folgenden Wochen ein paar Mal erschienen war und wieder auch nicht, musste er sich eingestehen, dass er sich grob verschätzt hatte. Auf seine Meinung, die früher Weltgeltung hatte, legte niemand mehr Wert. Das tat sehr weh, aber er konnte seinen Schmerz niemandem mitteilen, denn wenn er jetzt Politiker, ihre Sprecher oder Lobbyisten anrief, drang er selten zu ihnen durch. Es wurden ihm Rückrufe in Aussicht gestellt, die aber nie stattfanden. Auch die Einladungen zu gemeinsamen Mittagessen, Vorträgen, Diskussionsrunden, Abendveranstaltungen, zu gesellschaftlichen Ereignissen blieben nun aus. Früher musste er seine Zeit gut einteilen, um überall dabei sein zu können, wo er mochte, und um ja niemanden, der Wert auf ihn legte, vor den Kopf zu stoßen. Jetzt hätte er alle Zeit der Welt gehabt, aber die Welt hatte keine Zeit mehr für ihn.

Nach einem halben Jahr bat ihn Jenny Hart zu einem Gespräch, nicht zum Mittagessen, so viel Zeit wollte sie nicht aufwenden, oder sie hatte vielleicht nicht ausreichend viel Appetit, sondern sie lud ihn in ihr Büro, das vor nicht allzu langer Zeit einmal seines gewesen war. Er erkannte es kaum wieder. Die Wände waren neu gestrichen, ein heller Ton, sicher gab es dafür einen schicken Namen. Rechts vom Eingang stand eine weiße Ledergarnitur, wohl von Rolf Benz, der Schreibtisch war nun aus einem speziellen Glas, alles atmete Modernität, alles war irgendwie so Jenny.

Ihr sei zu Ohren gekommen, dass er mit seiner Arbeitssituation nicht zufrieden sei, lächelte sie ihn an, nachdem beide Platz genommen und einen Kaffee – er einen Verlängerten, sie einen Ristretto – bestellt hatten. Borno wusste nicht, wie er beginnen sollte. Er fühlte sich in diesen Räumen, in denen er viele Jahre zugebracht hatte, vollkommen fremd und klein und alt. Jenny strahlte eine Energiemenge aus, groß genug, um den Bedarf einer Kleinstadt zu decken, in ihm blieb es finster. „Ich mache Ihnen ein Angebot", sagte sie, aber es klang eher wie eine letzte Chance. „Ihre Kolumne ist ja in den letzten Wochen ein paar Mal aus Platzgründen ausgefallen. Das finde ich schade, denn ich denke, dass unsere Leser durchaus auch ein Interesse an der Meinung eines alten, vielleicht besser eines verdienten Mannes haben. Das erinnert sie an früher, das ist so eine traditionelle Sache."

„Ja, ich glaube auch, dass ..."

„Deswegen habe ich mir gedacht, wir machen eine Art Wochenkommentar aus Ihrer Kolumne. Eine Zusammenfassung. Ihre Einschätzung. Am wichtigsten Zeitungstag, dem Samstag, an dem die Leute Zeit haben. Was sagen Sie dazu?"

„Ich ..."

„Natürlich bekommen Sie Ihr Geld weiter wie bisher, keine Sorge."

„Ich ..."

„Fein, freut mich, dann machen wir das so."

Hartmuth Borno („wie der Sex, den er schon lange nicht mehr hatte, nur mit weichen B"), war so schnell wieder bei der Tür hinauskomplimentiert, dass sein Verlängerter gar nicht die Chance dazu bekommen hatte, zu erkalten.

Sein Samstagkommentar erschien viermal, dann bekam Borno die Grippe. Da, wo bisher seine Meinung stand, fanden sich in der Zeitung deshalb die „Instagrambilder der Woche". Die Leser waren begeistert, zumindest wurde ihm das in sein kleines, dunkles, abgelegenes Büro hinterbracht, als er wieder gesundet war, nicht von Jenny, die war „zu busy" dafür. Von Borno erschien fortan keine Zeile mehr im „Alltag". Anfangs ging er ins Büro, als würde er weiterhin der Welt die Welt erklären, dann blieb er daheim. Keinem ging er ab.

Ein paar Monate später war er tot. Jenny schickte zur Beerdigung Blumen. Sie hatte leider keine Zeit, selber zu kommen, denn Borno wurde justament zur Stunde eingescharrt, an der nun im „Alltag" die Redaktionskonferenz stattfand. Sogar im Tod war Borno dem neuen „Alltag" im Weg.

Jenny hatte da aus der verstaubten Zeitung schon ein, nach dem Empfinden vieler, modernes Medium gemacht, oberflächlich, aber zeitgeistig. Der „Alltag" hatte zwar nun auch nicht mehr Leser als vorher, aber das Publikum fühlte sich beim Durchblättern besser.

Printredaktion und Onlineredaktion wurden zusammengelegt, jeder war alles, die Älteren kamen besser damit zurecht als die Jungen, denn ihnen gab die neue Ordnung das Gefühl, wieder eine Zukunft zu haben. Die Jungen fanden die Alten eher als Ballast, den sie in die neuen Zeiten hinüberschleppen mussten.

Über allem aber thronte Jenny, das Angebot war vollkommen auf sie zugeschnitten. Sie war nicht nur Chefredakteurin, sondern auch Werbegesicht des „Alltags". Sie lachte von Plakaten und aus Fernsehspots. Sie nahm an Diskussionen teil und hielt Vorträge, sie saß in der Oper in der ersten Reihe, und keine wichtige Abendveranstaltung begann, ehe sie eingetroffen war. In der Zeitung und im Digitalangebot des Hauses tauchte sie an allen Ecken und Enden auf, auf den Societyseiten sowieso, aber sie machte auch Interviews (und platzierte ihr Foto groß dazu), testete Mode, Lippenstifte, neue Autos (und stellte mehr sich als das Produkt in den Vordergrund), ging mit Politikern auf Reisen (und erweckte bei der Fotoauswahl den Eindruck, die Politiker wären mit ihr auf Reisen gegangen). Der „Alltag" war Jennys Alltag, aber kaum einer nahm daran Anstoß.

Schon gar nicht der neue Kanzler der Republik, mit dem Jenny auf Bussi-Bussi war. Für Julius Niederjobststreibitzer hatte sich alles zufällig zum Guten gefügt. Diesen Eindruck musste zumindest jemand haben, der nur sehr oberflächlich hinsah. Wer tiefer blickte, bemerkte rasch, dass „Nijo" Fügungen zu keiner Zeit seines Lebens dem Zufall überlassen hatte, auch nicht solche zum Guten, sondern dass er stets einen klaren Plan verfolgte. Was einige also als Fügungen deuteten, waren häufig eher Verfügungen.

Nachdem sich der aufgewirbelte Staub rund um den „Vorfall" mit seinem Sohn gelegt hatte, begann „Nijo" diese Fügungen Wirklichkeit werden zu lassen. Es war noch eine Zeitlang hin bis zu den nächsten Nationalratswahlen, aber in Österreich weiß man ja nie. Wahlen finden nicht statt wie Weihnachten oder Ostern, zu festgelegten Terminen also, sondern sie ergeben sich aus den Umständen, etwa weil einem Anführer mit Speeren ins Herz gestoßen worden war, ob von Freund oder Feind, war nicht immer klar erkennbar. So also war „Nijo" allzeit bereit, den Ruf nach Höherem zu erhören. Er hatte mit Geschick dafür gesorgt, dass die Bevölkerung mit seiner Arbeit als „Minister für dies und das" hochzufrieden war, ohne dass sie wusste, worin diese Arbeit eigentlich genau bestand. Aber „Nijo" machte was her, er war immer adrett angezogen, ohne prahlerischen Luxus zu verströmen. Er war höflicher als ein Hotelportier, im Paktieren verbindlich unverbindlich, der Wortgewandtheit eher zugewandt als Inhaltlichem, schlau wie ein ganzes Rudel Füchse. Er war jemand, den man gerne zur Kaffeejause bittet, weil man wusste, er würde die Sachertorte auch essen und hochloben, selbst wenn er Allergien gegen Schokolade entwickelt hätte. Man würde ihm blind seine Kinder anvertrauen, ihn auf sein Haus aufpassen lassen, ihm im Achter die Rolle des Steuermannes überlassen. Man wusste über „Nijo" ausreichend wenig genug, um ihn zu mögen.

Der Kanzler konnte ihn trotzdem, oder vielleicht gerade auch deswegen, weniger gut leiden, und er trug das immer häufiger vor sich her. Bei Veranstaltungen mit ihm sorgte er dafür, dass er nicht in der ersten Reihe stand. Wenn er seine Regierung lobte, dann wollte ihm partout allein der Name von „Nijo" nicht einfallen. Wenn es ums Geld ging, musste „Nijo" immer am härtesten kämpfen, um für „dies und das" ausreichend viel zu bekommen. Menschen leiden darunter, anderen gibt das Kraft, in „Nijo" brannte sich das Erlebte ein. Er wehrte sich nicht, er protestierte nicht, er attackierte nicht. Gemeinsam mit Kaiser Franz Joseph, der natürlich auch dem Kanzler zu Diensten war, aber nicht so sehr wie dem „Minister für dies und das", fand er schnell einen Weg außen herum um die Mauer, die der Kanzler hatte errichten lassen zwischen sich und dem aufstrebenden jungen Kerl, und die aussah, als könnte sie ewig halten. Am Ende aber genügte ein kleiner Stupser, und sie fiel.

Als der Kanzler eines Tages aus dem Kanzleramt trat und in seine Dienstlimousine steigen wollte, wunderte er sich. Aus seinem schwarzen BMW war plötzlich ein roter Bentley geworden. Da er in Eile war, stieg er ein und kam erst nach seiner Rückkehr dazu, nach den Gründen zu fragen. Es dauerte ein paar Tage, ehe geklärt werden konnte, was passiert war. Das „Ministerium für dies und das", zuständig auch für den Fuhrpark der Regierung, hatte festgestellt, dass der BMW des Kanzlers einige grobe Mängel aufwies. Zwar war man in der Werkstatt erst dazu bereit, diese groben Mängel als grobe Mängel anzuerkennen, als der „Minister für dies und das" höchstpersönlich damit drohte, diese groben Mängel öffentlich zu machen, was für das Unternehmen einen herben Imageschaden hätte bedeuten können, aber dieses Details ersparte man dem Kanzler. Weil es keinen geeigneten Ersatzwagen gab, wofür der „Minister für dies und das" ebenfalls höchstpersönlich gesorgt hatte, kam der „Minister für dies und das" höchstpersönlich auf die Idee, dem Kanzler doch einen repräsentativen Wagen als Ersatz zur Verfügung zu stellen. Deshalb also fuhr der rote Bentley vor.

Wie durch Zufall stand ein Fotograf von „Immer Alles" vor der Tür des Kanzleramtes, als der Kanzler das nächste Mal zu einem Termin aufbrach, und fotografierte den Kanzler beim Einsteigen in die Luxuslimousine. Dem war das nicht recht, deshalb hielt er die Hand möglichst beiläufig schützend vor sein Gesicht. Auf den Bildern schaute das aus, als würde sich der Kanzler gegen die Aufnahmen wehren, was er irgendwie ja auch tat.

„Immer Alles" hatte tags darauf ein Foto mit dem Kanzler und dem Bentley am Cover und innen in der Zeitung eine ganze Bilderserie. „Österreichs Bentley-Kanzler", lautete die Titelzeile, und weil das so schön passte, wiederholte man das innen mit den Worten: „Hier steigt der Bentley-Kanzler in seine neue Luxuslimo." Neid bespielen, das können die meisten Medien, das muss einem der Neid lassen.

Der „Bentley-Kanzler" wurde zum Tagesgespräch. Alle Medien berichteten darüber, fertigten eigene Fotos vom Auto an oder kauften „Immer Alles" die Bilder ab. Es gab kein politisches Thema im

Land mehr, das nennenswert Beachtung fand. Der Kanzler wurde, egal, wo er hinkam, nach seinem Luxusdienstwagen gefragt, in den er aus Angst vor den Folgen längst nicht mehr einstieg. Die Zeitungen schrieben von der Wut der Bevölkerung über den Kanzler, der „jedes Maß und Ziel verloren" zu haben schien. Die sozialen Medien gingen über, die Fernsehsender berichteten in ihren Nachrichtensendungen über den „Skandal", die Magazine brachten Fotostrecken vom Bentley und schrieben den Preis des „Luxusschlittens" groß dazu, die Opposition kletterte auf die Barrikaden und schimpfte von oben herab, aber selbst die Partei des Kanzlers schüttelte den Kopf. Für die Kabarettisten war der rote Bentley ein Gottesgeschenk. Am zurückhaltendsten reagierte der „Minister für dies und das". Als „Nijo" gefragt wurde, was er zum „Bentley-Kanzler" zu sagen habe, zeigte er Verständnis dafür, dass ja auch ein Regierungschef das Recht haben müsse, sich einmal etwas Luxus zu gönnen. Der Bentley sei zwar ein Auto, das gut und gerne 250.000 Euro koste, was etwa dem Monatseinkommen von 100 Arbeitnehmern entspreche, wie er gehört habe, aber vielleicht sei das dem Kanzler gar nicht so bewusst, er komme ja doch nur noch recht selten unter einfache Leute. Er, betonte der „Minister für dies und das", fahre lieber mit dem Fahrrad oder gehe zu Fuß.

Kurze Zeit später war die Regierung des „Bentley-Kanzlers" ein Totalschaden.

Als klar war, dass es bald Wahlen geben werde, stieg „Nijo" vom Fahrrad ins Raumschiff um, sein eigenes wohlgemerkt. Er ließ die Regierung, der er als „Minister für dies und das" angehört hatte, allein am Boden zurück und scholt sie für alles, was in letzter Zeit vorgefallen war, den „Bentley-Kanzler" griff er am meisten an. Er gab eine Pressekonferenz und verkündete, mit einer eigenen „Bewegung" in den Kampf um Stimmen ziehen zu wollen, der „Bewegung für dies und das". In den darauffolgenden Tagen wurde recht schnell deutlich, dass dies keine spontane Entscheidung gewesen sein dürfte, sondern dass „Nijo" mit vielen für ihn wichtigen Entscheidungsträgern vorab geredet und sie zu seinen Verbündeten gemacht hatte. Er tat dies mit Versprechungen, wo es nötig war, auch mit Zuwendungen, wahlweise Liebe oder Geld. Vor allem engagierte er sich stark in Sachen Elektromobilität. Das verschaffte ihm das Image, ein Mann der Zukunft zu sein, einer, dem Klimaschutz wichtig sei, einer, dem das Wohl unserer Kinder und Enkelkinder am Herzen liege. Für die Medien des Landes war mindestens so bedeutsam, dass die Förderung der Elektromobilität zunächst einmal vor allem die Bewerbung derselben bedeutete, und so fanden sich in den Zeitungen, den Radiosendern, den Fernsehkanälen, aber auch in den digitalen Erzeugnissen Inserate, Einschaltungen, Spots und Banner, die im wahrsten Sinne des Wortes bares Geld wert waren. Weil „Nijo" alle einigermaßen gerecht behandelte, wurde nicht viel darüber geredet, als die Summen in der offiziellen Transparenzdatenbank der Republik auftauchten, schaute keiner so genau hin, Zeit ist ja auch im Journalismus inzwischen ein recht knappes Gut.

Als „Nijo" also seine „Bewegung für dies und das" präsentierte, fanden vor allem die Chefredakteure und Herausgeber und die Eigentümer der Medien das vorteilhaft, nicht nur für das Land (was sie betonten), sondern auch für sie, denn sie mutmaßten, ein „Minister für dies und das" könnte als „Kanzler für dies und das" für noch mehr Bewegung sorgen, vor allem für die Bewegung von Geld in ihre Richtung.

„Nijo" erhielt folgerichtig viel Resonanzraum zur Verfügung gestellt, und er nutzte ihn weidlich. Er bekam Interviews und Titelseiten und Fernsehtalks zur weitgehend freien Verfügung gestellt, alles war natürlich journalistisch begründbar, und selbstredend war auch vieles kritisch angelegt, aber ausgewogen genug, um keinen groben Schaden anzurichten. Im Gegenteil, oft blies vermeintlicher Gegenwind die Segel erst so richtig auf. In Interviews sagte „Nijo" viel, aber meinte wenig. Er wolle immer nach vorne schauen, denn er sei ja als Förderer der Elektromobilität ein Mann der Zukunft. Natürlich seien Fehler passiert, gestand er ein, schob diese „Patzer" aber vollinhaltlich dem „alten" Kanzler unter, dies allerdings sehr höflich („glaubte nicht anders handeln zu können, heute tut es ihm leid"), denn seine Erziehung ließ nichts anderes zu. Wo das nicht reichte, definierte er Außen- und Innenfeinde, die als Schuldige herhalten mussten, die EU, Trump, die Türkei, Menschen, die von woanders gekommen waren, um unser Sozialsystem auszunutzen, es gab diesbezüglich keinen Mangel an Ideen. Es traf sich gut, dass die Außenfeinde in dieser Zeit allerlei Blödsinn anstellten, zumindest wurde das Feld medial so bestellt. Die EU etwa wollte wieder einmal das Wasser privatisieren und gab Verordnungen heraus, um die Krümmung von verschiedenen Lebensmitteln zu standardisieren. Trump rasselte mit Säbeln gegen die halbe Welt. Erdoğan stand knapp davor, einer weiteren Türkenbelagerung das Wort zu reden. Man las von Asylberechtigten, die für eine Vielzahl von Kindern Beihilfen und Zuschüsse erhielten, und es wurde im Zweifel offengelassen, ob es diese Buben und Mädchen überhaupt gab.

„Nijo" positionierte sich als Bollwerk gegen alles, was Österreich von Schaden sein könnte. Er war klar in der Sprache, aber so ausreichend unklar in Fragen der Durchführung und Durchführbarkeit, sodass sich keiner bedrängt fühlte, außer den Innen- und Außenfeinden natürlich, aber mit denen wollte ohnehin niemand Mitleid haben. So geschah es, dass die „Bewegung für dies und das" wuchs wie ein Schneeball, der ganz oben, klein noch, angestoßen worden war und nun zu Tal raste, dabei immer größer und größer und größer wurde. Immer mehr Menschen sahen den Schneeball, und sie waren fasziniert und erregt, abgestoßen und angezogen zugleich. Sie schauten schnell, dass sie Teil des Schneeballes werden konnten, denn alles andere wurde ja von ihm niedergewalzt und hörte auf zu existieren. All jene, die den Schneeball bremsen wollten, zeigten mit dem Finger auf ihn und schimpften und zeterten, aber sie machten ihn dadurch nicht kleiner, sondern noch mächtiger und größer und schneller. „Sie sind gegen den Schneeball, weil er für euch ist", schrieb die „Bewegung für dies und das" eines Tages auf Facebook, und der Slogan verbreitete sich nach dem Schneeballsystem. Am Ende waren alle anderen Parteien im Vergleich zur „Bewegung für dies und das" nur noch Schnee von gestern.

„Nijo" war nicht nur medial bestens vernetzt und hatte mit Kaiser Franz Joseph den einzigen Lobbyisten des Landes von Rang an Bord seines Schneeballraumschiffs, er war auch finanziell für alle Wetterlagen gerüstet. Das lag auch an dem Umstand, dass Josef „Pepi" Fröhlich zu seinem väterlichen Freund geworden war. Der Eigentümer von „Kaufgesund" hatte sich in schweren Zeiten an seine Seite gestellt, und so war es wohl auch ein bisschen umgekehrt, das verband mehr als eine Blutsbrüderschaft. Als die Zeitungen sich gegen „Nijo" wandten, der Kanzler zweifelte, das Engagement für die Elektromobilität auf der Kippe stand, der Gegenwind in der Öffentlichkeit zum Orkan geworden war, der „Vorfall" um seinen Sohn vielen den ohnehin knappen Atem raubte, da zog Josef „Pepi" Fröhlich nicht den Kopf ein, duckte sich oder machte sich klein, sondern er stellte sich auf die Zehenspitzen, ballte die Fäuste und drohte allen, die ihm und „Nijo" Angst machen wollten. Er verfügte über ausreichend finanzielle Mittel dazu.

Nachdem „Kaufgesund" alle Werbemittel gestoppt hatte und die anderen Lebensmittelketten dem Beispiel gefolgt waren, ereignete sich Wunderliches. Die Elektromobilität, die zuvor als teuer, zu wenig erforscht und bedingt zukunftsträchtig gegolten hatte, wurde plötzlich hip. In allen Medien des Landes erschienen lange Artikel und Bildbeiträge, Reporter traten mit glühenden Augen vor die Kamera und schwärmten von den Chancen, die diese neue Technologie biete. „Nijo", der eben noch dargestellt worden war, als hätte er seinen Sohn als terroristischen Totraser durch die Berggasse geschickt, um unschuldige Mädchen zu ermorden, wurde nun in den Farben des Visionärs gemalt. Es gab allerorten Fotos mit ihm vor E-Autos, E-Motorrädern, Windrädern oder einfach so in der grünen Wiese, auf allen blickte er sehr dynamisch drein, freundlich und positiv. Schließlich sah der „Minister für dies und das" es als geboten an, der Elektromobilität zusätzlichen Schub zu verleihen, und er gab Werbegelder frei. „Immer Alles" erhielt 300.000 Euro, viel mehr als Gott sich erwartet hatte, aber das sagte er nicht, sondern er ließ „Nijo" in seinem Blatt anbeten, als sei die Ankunft eines neuen Messias erfolgt. In Geschichten, Fotos, Kommentaren wurde „Nijo" als „Genie", „Polit-Mozart", „Phänomen", „Gottesgeschenk" bezeichnet. Er bekam Covers und wohlmeinende, von der Redaktion der Einfachheit halber selber verfasste Leserbriefe, natürlich einen Sonderteil mit vielen Fotos, aber immerhin bezahlte er den selber, wenn auch über Umwege, die Steuerberater gerne als „abenteuerlich" bezeichnen.

Auch der Rest der Branche musste nicht darben. Geld floss als wären alle Schleusen gleichzeitig geöffnet worden. Weil vorher alle auf dem Trockenen gesessen waren, fragte keiner nach, woher das Wasser kam, es war einfach da und tat gut. Das Flussbett füllte sich wieder mit Wasser.

Was für die Medien aber viel wichtiger war: „Kaufgesund" und die anderen Handelsunternehmen fanden viel schneller zu einer „biologischen und nachhaltigen Strategie", als sie es gedacht hatten, und deshalb gab es für sie keinen Grund mehr für Zurückhaltung, und auch aus dieser Quelle sprudelte das Geld wieder, nun eben aber biologisch und nachhaltig. Die Zeitungen sahen aus wie früher, die Werbeblöcke waren so lange wie zuvor, und auf den Webseiten tauchten plötzlich wieder Banner auf.

Die Dankbarkeit der Medien machte den Schneeball von „Nijo" so kolossal, dass er bald größer war als die Landschaft um ihn herum. Es kam, wie es kommen musste. Am Wahltag fuhr er einen Triumph ein, wie es keinen in der jüngeren Geschichte von Österreich zuvor gegeben hatte. Schon als die ersten Hochrechnungen kamen, war klar, dass die „Bewegung für dies und das" fast zehn Prozentpunkte vor allen anderen lag, seine frühere Partei musste darum zittern, überhaupt noch ins Parlament zu kommen, schaffte es dann doch, aber es blieben Wunden, die nie mehr heilten. „Nijo" wurde von zwei Mitstreitern im Festzelt der „Bewegung für dies und das" auf dem Wiener Rathausplatz auf die Schultern gehoben, er reckte beide Arme in die Luft, hob den Kopf himmelwärts, schloss die Augen und wusste, dass dieses Bild morgen Cover aller Zeitungen des Landes sein würde. Es war ein Glück, dass ein Fotograf der „Bewegung für dies und das" genau vor der Bühne stand.

Wahre Freundschaft währt ewig

O ben machte es „Trüdüdüpp", unten „tschtschumm." Oben im Baum, da saßen mehrere Amseln, kohlschwarz bis auf den gelblichen Ring um die Augen, aus denen sie nach unten lugten. Dort wurden auf langen Tischen mit weißen Decken Dutzende Speisebehälter aus Edelstahl aneinandergereiht wie Waggons der Transsibirischen Eisenbahn. Immer wenn einer dieser Edelstahlwaggons auf den vor ihm stehenden Edelstahlwaggon krachte, machte es „tschtschumm", und es klang, als hätte der Dirigent des Bordorchesters dem Schlagzeuger ein Zeichen gegeben, die Becken zusammenzuschlagen. Überall im Garten standen Vans und Mini-Transporter und Pritschenwagen, aus denen Bänke und Stühle und Tische und noch mehr Speisebehälter ausgeladen wurden. Dazwischen wuselten Männer in verschwitzten, ausgegilbten und durch unzählige Waschgänge verzerrten T-Shirts und kurzen Hosen mit riesigen Seitentaschen umher. „Trüdüdüpp", dachten sich die Amseln oben auf dem Baum, „ungewöhnlich viel los in diesem Garten an diesem Dienstagnachmittag".

Neben den Amseln schaute auch die Sonne diesem bunten Treiben interessiert zu, und weil es Sommer war, brachte das mit sich, dass es schnell drückend heiß wurde und die Männer in ihren ausgegilbten und durch unzählige Waschgänge verzerrten T-Shirts noch mehr schwitzten. Nahe bei den Fahrzeugen standen ein paar weitere Männer, die keine ausgegilbten und durch unzählige Waschgänge verzerrten T-Shirts anhatten, sondern Kurzarmhemden, und sie trugen lange Hosen, zumindest die meisten. Diese Männer hatten Klemmbretter in der Hand, und sie hakten auf Listen ab, was ausgeladen wurde, zuweilen rieten sie den Männern in den ausgegilbten und durch unzählige Waschgänge verzerrten T-Shirts zur Eile, weil sich dies angeblich auf ihren Verdienst positiv auswirken würde. Aber so genau verstanden die Amseln das nicht, es ist ja auch kein Bereich, in dem sie sich ausreichend gut auskennen.

In der Nähe der Transsibirischen Eisenbahn mühte sich eine Gruppe damit ab, Eisenstangen ineinanderzustecken. Die Amseln ärgerte das, denn sie vermuteten ebendort in der Erde unter der Wiese die fettesten Würmer, weil es hier am feuchtesten war. Die Gruppe mit den Eisenstangen wusste das nicht, aber hätte sie es gewusst, es hätte nichts daran geändert, dass sie ungerührt daran arbeiteten, aus den Stäben nach und nach ein Metallskelett zu formen. Auf dieses Metallskelett zogen sie Zeltplanen auf, und im Nu war die Transsibirische Eisenbahn abgedeckt und gegen Regen geschützt. Es war zwar für den Abend keiner angesagt, aber das Wetter ist ja oft ein recht unzuverlässiger Weggefährte.

Als die Zeltstadt fertig gebaut war, fuhren weitere zwei Pritschenwagen um das Palais herum, das dem Anwesen hier seinen Namen lieh. Aus der Fahrerkabine schälten sich ein paar muskulöse Herren in ärmellosen Shirts, sprangen auf die Ladefläche und trugen von dort, einzeln oder zu zweit, Palmen in doch nennenswerter Wuchsgröße in den Garten. Mit der Zeltstadt und der Transsibirischen Eisenbahn und den Bänken und den Stühlen und der Sitzgruppe, die in den hinteren Teil des Gartens geschleppt worden war, mit den Stehtischen und dem Blumenschmuck, den Gläsern und dem Besteck, sah das inzwischen recht manierlich aus. Jetzt waren die Köche am Zug. Sechs Stunden Zeit, dann begann das Kanzlerfest. Da sollten die Männer in ihren verschwitzten, ausgegilbten und durch unzählige Waschgänge verzerrten T-Shirts längst daheim sein und womöglich „Big Bang Theory" schauen oder Halma spielen.

Um 19 Uhr stand „Nijo" auf dem Schotterweg, der vom schmiedeeisernen Tor zum Palais führte, den Oberkörper leicht nach vorne gebeugt und den Kopf etwas schief, so als würde er einem leicht schwerhörigen Hoftratsehepaar zur eisernen Hochzeit gratulieren. Immer wieder kamen Menschen, einzeln, zu zweit oder in Gruppen zu ihm herauf und wurden allesamt so gegrüßt, als würden sie an diesem Tag tatsächlich die eiserne Hochzeit feiern, auch Männer und Frauen, bei denen sich das allein schon altersmäßig kaum ausgehen konnte. 20 Meter vor „Nijo", etwa in der Hälfte des Weges vom Tor bis zum Palais, standen fünf Studentinnen in schwarzen Röcken, schwarzen Oberteilen, schwarzen, blickdichten Strumpfhosen und schwarzen Schuhen, alle hatten schwarze iPads in der Hand. Jeder Besucher wurde von diesem schwarzen Block mit einem aberwitzig freundlichen Lächeln begrüßt, sagte seinen Namen und wurde von einer der Studentinnen auf der Gästeliste elektronisch abgehakt. „Viel Vergnügen" bedeutete, dass Zutritt gewährt wurde. Daraufhin schenkten viele der Besucher, die Männer häufiger als die Frauen, der jeweiligen Studentin ein aberwitzig freundliches Lächeln zurück, einige, die sich ihrer großen Bedeutung eher bewusst waren, nickten auch bloß und gingen weiter.

Neben „Nijo" stand eine sechste Studentin, ebenfalls in einem schwarzen Rock, schwarzen Oberteil, schwarzen, blickdichten Strumpfhosen und schwarzen Schuhen, auch sie hatte ein schwarzes iPad in der Hand. Sobald vom schwarzen Block einer der Besucher abgehakt worden war, bekam „Nijos" Assistentin einen Hinweis auf ihr iPad geschickt. Sie sah Namen, den akademischen Grad, vor allem aber etwaige Ehrenbezeichnungen jedes einzelnen geladenen Gastes und zischte die Informationen „Nijo" zu. Der Kanzler begrüßte also nicht Herrn oder Frau Sowieso, Nichtsnutz, Adabei, Schnittlauch, Werhatsiedenneingeladen oder Keineahnungwiesieheißen, sondern Personen, denen das Leben bisher auch oder vor allem Titel geschenkt hatte, etwa „Herr Kommerzialrat, Frau Direktor, Herr Gouverneur, Frau Senatsrat, Herr Sektionschef, Frau Ministerialrat, Herr Präsident, Frau Nationalrat, Herr Minister, Frau Verwaltungshofsvizepräsidentin, Herr Professor, Frau Doktor, Herr Magister, Frau Landeshauptmann, Herr Primarius, Frau Hofrat, Herr Botschafter, Herr Ökonomierat, Frau Senatsrätin, Herr Diplomkaufmann, Frau Ingenieur, Herr Diplomingenieur, Frau Kammersängerin, Herr Kammerschauspieler, Herr Generalmusikdirektor, Herr oder Frau Obermedizinalrat, Baurat, Forstrat, Schulrat, Studienrat, Oberstudienrat, Regierungsrat, Kanzleirat, Veterinärrat, Bergrat, Eminenz, Exzellenz, Herr Abt, Apostolischer Protonotar, Auxiliarbischof, Vikar, Diakon, Nuntius, Prälat, Prior, Probst, Superintendent." Alle, auch jene, die dem schwarzen Block lediglich zugenickt hatten, waren hingerissen. Der Kanzler kannte nicht nur ihren Namen, sondern er wusste über jede einzelne Lebensleistung Bescheid, und über die gibt ein Ehrentitel schließlich Auskunft. Nach einer Stunde flog eine der Amseln, die von einer Buche aus dem Treiben zugesehen hatte, zurück hinter das Palais und erzählte den anderen Vögeln hinten von den Vögeln vorne. Noch den ganzen Abend lang, als der Tross der Besucher längst um das Palais herum auf die Wiese mit den Zelten und den Waggons der Transsibirischen Eisenbahn weitergezogen war, blieb der Kanzler mit dem phänomenalen Gedächtnis das wichtigste Gesprächsthema, auch wenn alle betonten, dass das Erkennen des eigenen Namens, vor allem des Ehrentitels, für sie persönlich keine besondere Bedeutung gehabt hätte. Da war auch längst vergessen, dass es zu einer kleinen Peinlichkeit gekommen war. Als nämlich ein Amtsrat auf der Gästeliste abgehakt und die Information vom iPad des schwarzen Blocks auf dem iPad der Assistentin neben „Nijo" gelandet war und sie ihm den Titel zuzischte, verstand der Kanzler etwas falsch, und als er den Gast begrüßte, sagte er nicht „Grüß Gott, Herr Amtsrat", sondern „Grüß Gott, Herr Arschloch." Das Arschloch schaute auf, verstand nicht, „Nijo" auch nicht, aber er war ein Meister der Improvisation, besserte sich also nicht aus, weil er ja dann eingestehen musste, einen Fehler gemacht zu haben und dies alles noch schlimmer gemacht hätte, sondern er fügte an, dass er aus dem Amt des Herrn Amtsrates nur das Beste über ihn gehört und man mit ihm, dem Herrn Amtsrat, Höheres im Sinn habe. Also löste sich alles in Wohlgefallen auf, der Amtsrat dachte, sich verhört zu haben und zog glücklich weiter, da er nun seiner Einschätzung nach angemessen einordnet worden war. Es spielte auch keine Rolle, dass seine Mitarbeiter im Amt das durchaus anders sahen, für sie war er nämlich wirklich ein Arschloch.

Als der Strom an Besuchern langsam ausdünnte, ging auch der Kanzler ums Palais herum und schüttelte weiter Hände, einige zum wiederholten Mal am Tag, denn recht vielen Menschen war er schon vorm Frühstück oder nach dem Frühstück oder vor und nach dem Mittagessen und allen natürlich bei der Begrüßung eben begegnet. Das machte nichts, denn es kann in Österreich gar nicht genug gegrüßt und Hände geschüttelt werden.

1000 Besucher hatten zum Kanzlerfest zugesagt, 800 waren gekommen, 1200 sollte am nächsten Tag als Besucherzahl in den Zeitungen stehen und im Rundfunk verlautbart werden, so war es ausgemacht. Wer sich traf, sagte „Grüß Gott" oder „Guten Abend" oder „Servus", man schüttelte einander die Hände und fragte „Wie geht's?" Immer wieder, tausendfach „Wie geht's?". Viele antworteten „gut" oder „sehr gut" oder „bestens", die meisten logen, alle wussten es. Einige wenige dachten nach und grübelten eine Zeitlang darüber, wie es ihnen denn nun ginge, anderen fiel überhaupt keine Antwort ein. Aber keiner brach in Tränen aus, keiner schüttete dem anderen sein Herz aus, keiner sagte „scheiße", obwohl dies der Wahrheit nähergekommen wäre als vieles andere. Die Lüge passte zur Unterhaltung an diesem Abend viel besser, meistens ist es ja auch untertags so.

Unter den Zelten gegen den Regen, der nicht angesagt war, und hinter den Waggons der Transsibirischen Eisenbahn standen nun

Köche mit hohen Mützen, die Hände artig am Rücken verschränkt, eng nebeneinander aufgestellt wie Soldaten bei der Maiparade auf dem Roten Platz, und sie sagten „Grüß Gott" oder „Guten Abend" und nickten kurz mit den Köpfen, die Mützen gerieten zuweilen gefährlich ins Kippen. Vor ihnen, unter den Dächern der Waggons der Transsibischen Eisenbahn grollte, dampfte und zischte es nun. Das Buffet war natürlich rechtzeitig fertig geworden, es gab Wiener Schnitzel und Schweinsbraten, Gemüse und Nudeln, Knödel und Erdäpfel, Kaiserschmarren und Sachertorte, und die Köstlichkeiten drängten nun heraus und klopften und hämmerten deshalb an die Edelstahlverschalung der Waggons der Transsibirischen Eisenbahn. Alles war üppiger und größer und fetter und verschwenderischer als im Vorjahr, als der Kanzler noch nicht „Nijo" hieß, aber die Pressesprecher und Lobbyisten und Berater verbreiteten unter den Gästen, dass es diesmal ein ökologischeres und bescheideneres Buffett gäbe, dass vor allem bei den Kosten eisern gespart worden sei, und so stand es am nächsten Tag auch in den Zeitungen, und so wurde es im Rundfunk verlautbart. Es lag so nahe an der Wahrheit wie die tatsächliche Zahl der Gäste.

Als es dunkel zu werden begann und die Sonne ein mystisches Licht zustande brachte, gut geeignet als Hintergrund, damit Fotos so aussehen wie die Gemälde damals vom Heiland in den Schulreligionsbüchern, nahm der Kanzler das schwarze Mikrofon in die Hand und hielt eine Ansprache, vor der sich der Länge wegen viele Hungrige fürchteten, die aber an diesem Abend erstaunlich kurz ausfiel. „Sehr geehrte Damen und Herren, liebe Freunde", sagte er und stellte sich mitten hinein in dieses mystische Licht. „Ich freue mich, dass so viele die Zeit gefunden haben, mit mir einen Abend zu verbringen. Das zeigt mir, dass in diesem Land eine positive Stimmung entstanden ist, dass Menschen wieder an dieses Land glauben, und ich darf mich bei allen, bei Ihnen besonders, dafür bedanken, dass Sie das möglich gemacht haben. Auch bei den Journalistinnen und den Journalisten des Landes, die täglich einer besonderen Aufgabe nachgehen. Mir ist die Pressefreiheit, die Freiheit, dass jeder schreiben kann, was er für richtig hält, ganz wichtig. Als wir unsere Bewegung gegründet haben, da gab es viele Skeptiker, die gesagt haben, ‚das wird nix, das brauchen wir nicht.' Aber durch harte, wirklich harte Arbeit ist es uns gelungen, viele zu ermuntern, mit uns ein Stück Weg gemeinsam zu gehen, und deshalb stehen wir heute da, wo wir heute stehen. Wie Sie wissen, komme ich aus einfachen Verhältnissen. Meine Eltern konnten es sich nicht einmal leisten, mich mit der Schule auf Skikurs mitzuschicken. Ich bin dann von Haus zu Haus gegangen und habe den Leuten ‚In die Berg bin i gern' vorgesungen, um das Geld für den Skikurs zu sammeln. Ich erspare Ihnen jetzt, dass ich das noch einmal singe (Gelächter), aber diese bittere Armut hat mich gelehrt, dass es wichtig ist zu kämpfen, nicht aufzugeben, sich zu engagieren, sein Schicksal in die eigene Hand zu nehmen, und ich bin froh über diese Erfahrung, denn sie hat mich, wie ich glaube, zu einem besseren Menschen gemacht. Es ist mir, denke ich, gut gelungen, diese Werte auch meinem geliebten Sohn zu vermitteln, der seit jeher, auch als es noch keine Klimakrise gab, lieber mit dem Fahrrad als mit dem Auto fährt, und der sich seit Jahren in der Bergbauernhilfe in Tirol engagiert. Ich möchte nicht vergessen, der Frau zu danken, die mir diesen wundervollen Buben geschenkt hat, ein Wunschkind wohlgemerkt, und ich will mich bei meiner Familie bedanken, die mir all das möglich gemacht hat, obwohl es für sie nicht immer einfach war. Danke, ‚Juni' danke, Bärbel, danke, Mama, danke, Papa." Die Kamera, die das Kanzlerfest für den Webchannel des Kanzlers filmte, drehte sich, wie vereinbart, samt Scheinwerfer ins Publikum und leuchtete ein älteres Ehepaar an, von dem nun alle annahmen, es seien die Eltern von „Nijo". Die beiden Schauspieler lächelten verlegen, wie es vorab ausgemacht worden war, dann schwenkten die Scheinwerfer wieder weg. Als später ein paar Reporter die vermeintlichen Eltern von „Nijo" zu suchen begannen, fanden sie weder Papa noch Mama, was daran gelegen sein könnte, dass die beiden unmittelbar nach dem Kameraschwenk von einem Mitarbeiter des Kanzleramts aus dem Garten geleitet wurden, die vereinbarten je 200 Euro Gage kassierten und sich auf den Heimweg machten, vielleicht auch um „Big Bang Theory" zu schauen oder Halma zu spielen.

Im Garten des Palais bildeten sich immer mehr kleine Gruppen, Kellnerinnen und Kellner liefen vorsichtig um diese einzelnen Blasen herum und achteten darauf, keine zum Platzen zu bringen. Auf Silbertabletts balancierten sie Bier, Weißwein, Rotwein, Orangensaft und Mineral. Weil man sich in der Blase am besten kennt und sich am meisten zu erzählen hat, fanden recht rasch die Industriellen, die Kleingewerbetreibenden, die Mitarbeiter der einzelnen Ministerien, ehemalige und aktuelle Politiker, die Künstler aus dem Sprachfach und die Künstler aus dem Gesangsfach, die Fernsehschauspieler, die Sommersportler und die Wintersportler und die Journalisten zu eigenen Blasen zusammen, dazwischen versuchten Prominente, von deren eigentlicher Tätigkeit man wenig wusste, in die einzelnen Blasen einzudringen, was einigen gut, anderen weniger gut gelang. Am besten schaffte das natürlich „Nijo", denn sobald er in die Nähe einer Blase kam, öffnete sich ihm diese jeweils wie durch einen unsichtbaren Mechanismus gesteuert, er schlüpfte hinein, versank darin, sagte „Grüß Gott" oder „Guten Abend" oder „Servus" und fragte „Wie geht's", bis er wieder hinauswollte, auch das gelang ihm leicht. In den Blasen gab es nun reichlich Gelegenheit für viele, den neuen Kanzler auf allerlei anzusprechen, das meiste hat mit dem eigenen Fortkommen zu tun. „Nijo" wurde also mit Projekten konfrontiert, die in Schwebe waren, von irgendjemandem blockiert wurden, denen ausreichende Finanzierung fehlte oder noch etwas Vision. Er wurde auf Beförderungen angesprochen, ob er dem einen oder der anderen etwas Schub verleihen könnte, zuweilen ging es schlicht auch darum, dass etwas oder jemand verhindert werden sollte. An diesem Abend wurden Karrieren zum Glimmen gebracht oder abgetötet, dazwischen wurde politisiert, auch das selten ohne Hintergedanken. „Nijo" hörte sich alles freundlich an, fragte hin und wieder nach, beugte dann den Oberkörper wieder etwas nach vorne und hielt den Kopf schief, als ginge es erneut darum, Oma und Opa zur eisernen Hochzeit zu gratulieren. Dann sagte er „aha, interessant", was bedeutete, dass ihm das eben Gesagte vollkommen einerlei war. Oder er erwiderte „das schaue ich mir an", was zur Folge hatte, dass er sich dies oder das niemals anschauen würde. Wenn er allerdings behauptete, „darum kümmere ich mich", dann hieß das zwar, dass er sich persönlich niemals darum kümmern werde, aber immerhin daran dachte, einen Untergebenen damit zu beauftragen, einen Blick darauf zu werfen, eventuell einen mit Amtstitel. Allen drei Antworten war gemein, dass der Zeitraum der Prüfung eine Ewigkeit oder alle Ewigkeit dauern konnte. Wenn „Nijo" freilich sagte, „mach ich", dann war er bereit, sich tatsächlich um etwas zu kümmern, allerdings natürlich nicht gleich, sondern wenn vom Schreibtisch war, was wirklich pressierte.

Es gab auch Menschen, denen Schlimmes widerfahren war und die „Nijo" davon erzählten, ohne dass klar war, was sie sich davon erhofften. Sie wurden weniger getröstet, als sie es sich vielleicht gedacht hatten, sondern lernten eine der größten Stärken des „Kanzlers für dies und das" kennen: Er konnte wahnsinnig gut vertrösten.

So raste der Abend dahin, den alle Anwesenden als großen Erfolg erlebten. Sie fühlten sich nun als Teil der Bewegung, die sie mitnahm und mitriss, es passierte nicht zum ersten Mal. Es gab viele, die schon auf Festen waren, als der Kanzler noch dieser oder jener Partei angehörte. Die schon damals Schnitzel aßen und nachher Kaiserschmarren, die Rotwein tranken, in ihrer Blase mitredeten und sich berieseln ließen von einer Band, die beim Song Contest des Jahres Österreich mit mehr oder weniger Erfolg vertreten hatte. Die Politik, sagten sie in ihre Blase hinein, sei ein seelenloses Geschöpf geworden, die Politiker austauschbar, keiner mehr da, der begeistere, bis auf den aktuellen Veranstalter des Kanzlerfestes natürlich. Man glaube, dass es nun besser werde, der Vorgänger habe ja alles in Schutt und Asche gelegt, auf dem Fest des Vorgängers hatten sie über den Vorvorgänger schon das Gleiche gesagt.

In der Mitte aller dieser Blasen schwebte Kaiser Franz Joseph in einer Art Masterblase. Im Laufe des Abends dockten alle anderen Blasen bei ihm an, sagten „Grüß Gott" oder „Guten Abend" oder „Servus" und fragten „Wie geht's", ohne sich eine Antwort zu erwarten. Folgerichtig erhielten sie auch keine. Nach einiger Zeit schwebten die Besucherblasen wieder weg und machten anderen Blasen Platz, Kaiser traf alle und musste sich hierfür keinen Meter bewegen. Kundschaft kam, Kundschaft ging. Seit „Nijo" Kanzler geworden war, hatte das Geschäft des Lobbyisten noch einmal einen ordentlichen Schub bekommen, seine Seifenblase wuchs und wuchs, manchmal dachten sich ahnungslose Leute, sie würde gleich platzen, aber dann kamen sie drauf, dass nicht die Blase von Kaiser Franz Joseph am Platzen war, sondern ihre eigene, und sie schreckten sich und schauten, dass sie schnell wegkamen, raus aus der für sie hochgefährlichen Zone.

Kaiser Franz Joseph beriet weiter Unternehmen und Prominente und Sportler und Künstler, aber natürlich war die „Bewegung für dies und das" sein Hauptkunde. Er blieb es auch, als die „Bewegung für dies und das" den Wahlsieg holte und zur „Regierung für dies und das" wurde, mit dem „Kanzler für dies und das" an der Spitze. Kaiser erhielt einen hochlukrativen Generalberatungsvertrag, eine zentrale Zugangskarte zu allen Ministerien und weitreichende Vollmachten. Die komplette Kommunikation aller Ministerien lief über ihn, kein Gesetzesvorschlag verließ eines der Häuser ohne seinen Segen. Alle wesentlichen Dokumente und Unterlagen mussten ihm zur Verfügung gestellt werden. Pressesprecher mussten die Interviewtermine ihrer Minister mit Kaiser akkordieren, auch welche Botschaften darin vermittelt werden sollten. So kam es, dass Kaiser unangemeldet bei Ministern auftauchte, sich ungebeten niedersetzte und unaufgefordert Fragen stellte. Er saß bei Interviews am Tisch oder rief in Redaktionen an, wenn ihn etwas störte oder etwas aus seiner Sicht nicht ausreichend beleuchtet worden war oder von der falschen Seite aus. Die Redakteure, ihre Vorgesetzten und die Vorgesetzten der Vorgesetzten stießen sich nicht daran, sondern fanden diese Anrufe bereichernd, selbstverständlich natürlich nicht weil Kaiser auch die Vergabe aller öffentlichen Inserate aus Politik, Ministerien und Unternehmen mit staatlicher Beteiligung managte, und das war kein kleiner Brocken. Er kümmerte sich auch aufopferungsvoll um den öffentlich-rechtlichen Rundfunk, stellte ihm die Erfüllung des nicht geäußerten Wunsches nach einer Gesetzesänderung in Aussicht. Er sorgte dafür, dass frisches Blut in den Sender kam, was zur Folge hatte, dass dem nicht mehr so frischen Blut ein Gewinn an Freizeit beschieden war, den die Betroffenen größtenteils oder ausschließlich außerhalb des öffentlich-rechtlichen Senders konsumieren konnten.

Offiziell trug Kaiser weder in der „Bewegung für dies und das" noch in der „Regierung für dies und das" einen Titel, nicht einmal einen Amtstitel, wenn man davon absieht, dass ihm nach einem Jahr der Großstern des Ehrenzeichens für Verdienste um die Republik Österreich verliehen worden war. Die höchste Auszeichnung des Landes ist üblicherweise zwar Staatsoberhäuptern vorbehalten, aber weil Kaiser von der Art seiner Tätigkeit ja so etwas war, nahm niemand daran Anstoß, im Gegenteil, zur Verleihung kam die halbe Republik, und die andere Hälfte, die verhindert war, entschuldigte sich vorab ausdrücklich dafür.

Kaiser beriet aber nicht nur den „Kanzler für dies und das", sondern auch die „Ministerin für alles, was Recht ist", den „Minister für ein gutes Klima", den „Minister für innere Äußerlichkeiten", die „Ministerin für äußere Verinnerlichung", den „Minister für Kultur und Volksmusik", den „Minister für die Verteidigung der eigenen Interessen", die „Ministerin für die gegenwärtige Zukunft", die „Ministerin für fortschrittlichen Fortschritt", den „Minister für Wissenschaft, Energetik und Astrologie" und die „Ministerin für Medizin und Homöopathie". Als die Ministerien besetzt worden waren und die neuen Namen bekannt wurden, machten sich ein paar darüber lustig, aber die Regierung, also Kaiser, rührte das nicht. Man habe bei der Zahl der Ministerien gespart, sagte der „Kanzler für dies und das", also Kaiser, außerdem gäbe es erstmals genauso viele Männer wie Frauen in der Regierung, und wer jetzt dagegen eintrete, der sei ein Chauvinist und Frauenfeind und überhaupt das Letzte. Da keiner ein Chauvinist und ein Frauenfeind und überhaupt das Letzte sein wollte, nahm der Sturm im Wasserglas, wie ihn der „Kanzler für dies und das", also Kaiser, genannt hatte, tatsächlich eine Entwicklung wie ein Sturm im Wasserglas. Die wenigen Rebellen, an denen der „Regierung für dies und das" etwas lag, wurden zum „Kanzler für dies und das" gebeten und von ihm bei Kaffee, Tee und Sachertorte eingeladen, in seinem neu geschaffenen „Think Tank für dies und das" eine führende Rolle zu übernehmen. Das wäre ihm eine Ehre, sagte der „Kanzler für dies und das", aber er meinte eigentlich, dass es eine Ehre für die Gefragten sei, gefragt worden zu sein. Weil die Eitelkeit nach der Liebe das zweitwirksamste Gift für den Verstand ist, merkte das keiner. Alle schlugen ein, und Österreich verfügte plötzlich über einen „Think Tank für dies und das", von dem keiner wusste, wofür er gut sein sollte, der „Kanzler für dies und das" am wenigsten.

Das irritierte niemanden, schon gar nicht an diesem Abend, natürlich waren auch die Mitglieder des „Think Tanks für dies und das" geladen und dachten viel nach, zumindest ließen sie es so aussehen.

Als der Garten des Palais schon in vollkommene Dunkelheit getaucht war, ging die Sonne wieder auf. Sie erschien in Form von Jenny Hart, die plötzlich an einem Ende der Wiese stand und den „Kanzler für dies und das" sah, der sich etwa in der Mitte der Rasenfläche befand, direkt an der Hauptdurchzugsstraße der Blasen. Jenny reckte die Arme in die Höhe und lief auf „Nijo" zu, als käme sie gerade von einer langen Schiffsreise zurück. Sie fiel ihm um den Hals, was die Umstehenden dachten, war ihr nicht nur egal, sondern sogar sehr recht, und weil das beim ersten Mal so gut klappte, wiederholte sich das Schauspiel, als sie Kaiser Franz Joseph ansichtig wurde. Ihre Umarmungen und Küsse waren ummantelt von allerlei quietschenden Lauten, die nicht klar zuordenbar waren, jedenfalls aber in die Kategorie Ektase fielen. Weder „Nijo" noch Kaiser zeigten sich erstaunt oder fühlten sich brüskiert, nein, sie waren eher geschmeichelt, aber alle anderen Umstehenden benahmen sich, als wären sie beim Konsum eines Pornofilmes ertappt worden. Alle Gespräche verstummten schlagartig, alle schämten sich wortlos fremd, allerdings nicht dauerhaft, denn Jenny füllte diese Lücke, mehr noch, sie stopfte sie mit einem Buchstabenschwall zu. „Nijo" und Kaiser lachten und flirteten mit der Chefredakteurin des „Alltags", die so erfrischend anders war als dieser Hartmuth Borno („wie der Sex, nur mit weichem B"), der den Laden vor ihr geschupft hatte. Jenny trug ein durchsichtiges Oberteil aus Chiffon, ihr BH blitzte nicht durch, sondern er stellte die Bluse in den Schatten, dazu hatte sie gelbe Trackpants an, die bis hinunter ins Regierungsviertel leuchteten. Kaiser Franz Joseph prostete ihr mit einem Glas Champagner zu, aber ein bisschen auch sich selbst, schließlich war Jenny seine Wahl gewesen. Sie hatte aus dem „Alltag" etwas gemacht, ihn entstaubt, was weniger die Leser, deren Zahl trotzdem immer geringer wurde, als die Mitarbeiter spürten, die zum Staub gehörten, der weggekehrt wurde. Kaum einer aus der „alten Garde", wie Jenny sie nannte, war mehr da, allesamt frühpensioniert oder gefeuert, die wenigen, die überlebt hatten, dachten sich an manchen Tagen, dass es die Gekündigten besser getroffen hatten als sie. Der Alltag beim „Alltag" bestand nun darin, Alarmmeldungen zu verschicken, wenn irgendwo wieder ein Sack Reis umgefallen war, Artikel mit Locktiteln zu verfassen, damit die User darauf hereinfielen und die Links anklickten, Instagramfotos in die Zeitung zu rücken, Twitter nach aufregenden Botschaften zu durchstöbern und jeden Unsinn in eine vermeintlich sinnstiftende Nachricht zu verwandeln.

Gott stand in der Nähe der Transsibirischen Eisenbahn, und das nicht aus einer Laune heraus, sondern weil er nahe am Buffet sein wollte. Auch was das betraf, war er ein Stratege. Er hatte sich schon mit Schnitzel und Erdäpfelsalat gestärkt, der Suppe keine weitere Beachtung geschenkt, dem Gemüse gegenüber seine ganze Verachtung ausgedrückt und den Fisch aufs nächste Mal vertröstet, jetzt stand ihm der Sinn nach Kaiserschmarren, eine Speise, die er allein des Namens wegen angemessen fand. Er unterhielt sich mit Adi Waller, der das Gleiche gegessen hatte wie Gott, allerdings in doppelten Portionen, was viermal so viel wie eine Normalportion war, denn auch Gott hatte sich schon Hauptgang und Nachschlag gemeinsam auf einen Teller legen lassen. Waller hatte nach dem Wechsel der Regierung eine erstaunliche Karriere hingelegt. Eines Tages, als die Verhandlungen über eine neue Koalition im Endspurt lagen, hatte ihn der damals zukünftige „Kanzler für dies und das" angerufen. Er sei ein großer Fan seiner Kolumnen, schmeichelte ihm „Nijo", und obwohl er im folgenden Gespräch mit großen Wissenslücken bei den diesbezüglichen Inhalten auffiel, glaubte ihm der ehemalige Kicker von „Haudrauf Wien" das ausdrücklich. Er sei auf der Suche nach einem fähigen Mann für ein neues Ministerium, und da sei ihm – aber natürlich auch vielen anderen – der beste Schreiber von „Immer Alles" in den Sinn gekommen. Waller musste kurz nachdenken, wen er meinen könnte, aber da der damals zukünftige „Kanzler für dies und das" in der Folge ausschließlich über ihn sprach, mutmaßte er, dass tatsächlich er sich damit angesprochen fühlen sollte und behielt recht. „Nijo" bat ihn für den nächsten Tag in sein Büro und bot dem Kolumnisten von „Immer Alles" in diesem Gespräch den Posten als „Minister für Sport, Leibesübung, Körperertüchtigung und Reis" an. Waller erbat sich Bedenkzeit für etwas, was keiner weiteren Erörterung mehr bedurft hätte, aber er fürchtete sich vor dem Wutausbruch von Gott, der ja nun in Zukunft wohl auf seinen besten Schreiber werde verzichten müssen.

Nachdem er aber dann tags darauf bei der Bürotür von Gott hineingeschlichen war, erlebte er das genaue Gegenteil. Gott war hocherfreut über das Angebot, bedauerte zwar, dass er nun seinen besten Schreiber verlieren würde, aber man müsse das ja auch als Dienst am Staat sehen, und wenn die Republik rufe, wäre er der Letzte, der jemandem Steine in den Weg legen würde. Waller hatte kurz den Eindruck, als hätte Gott von den Plänen gewusst, aber er verwarf den Gedanken wieder, denn der damals zukünftige „Kanzler für dies und das" hatte ihm gegenüber ja versichert und mehrmals betont, dass dieses Gespräch mit ihm „unter uns" bleiben müsse, weil noch niemand von dem Angebot wisse. „Noch niemand." Er ahnte natürlich nicht, dass „Nijo" und Gott miteinander telefoniert hatten und dass der damals zukünftige „Kanzler für dies und das" dabei Gott gefragt hatte, ob er nicht einen damals zukünftigen „Minister für Sport, Leibesübung, Körperertüchtigung und Reis" wisse. „Natürlich" wisse er jemanden, hatte Gott geantwortet, „ich kann dir nur den Adi Waller empfehlen, früher der beste Spieler von ‚Haudrauf Wien' jetzt mein bester Schreiber." Das sei eine „brillante Idee", hatte „Nijo" erwidert. Er suchte zwar in Wahrheit keinen damals zukünftigen „Minister für Sport, Leibesübung, Körperertüchtigung und Reis", weil es für einen solchen Posten in Wahrheit keine nutzbringende Aufgabe gab, aber er wollte Gott einen Gefallen tun, so wie Gott ihm im Wahlkampf viele Gefallen getan hatte. Er wusste natürlich, dass der „beste Schreiber von ‚Immer Alles' sich tatsächlich als komplette Niete entpuppt hatte, keine Zeile selbst verfasste, meist in der Redaktion herumlungerte, weil er sonst nichts zu tun hatte und sich auch für nichts interessierte, jedem auf die Nerven ging mit seinen Erzählungen von früher und seine Kolumnen, die, obwohl abgefasst vom tatsächlich besten Schreiber von „Immer Alles", von niemandem gelesen wurden. Sie interessierten die Leute so wie wenn in China ein Sack Reis umfällt. Aber das störte „Nijo" nicht. Tatsächlich ist es ja so, dass man in vielen Jobs allerlei Unsinn anrichten kann, als Minister allerdings am wenigsten. Insofern war das spätere „Ministerium für Sport, Leibesübung, Körperertüchtigung und Reis" bei Waller in guten Händen.

Im Rücken von Gott stand beim Kanzlerfest Sabrina Beitler in einem knallroten, enganliegenden Etuikleid. Sie war auffallend stark geschminkt, hatte die Haare auffallend hochtoupiert und trug auffallend großen Schmuck. Wem das dünne Goldkettchen mit dem kleinen Kreuz als Anhänger entgangen war, der konnte sich leicht beim Erraten vertun, wen er hier vor sich stehen hatte. Sabrina Beitler hatte sich entpuppt, aus der beigen Raupe von einst war ein bunter Schmetterling geworden. Sie hatte Farbe nicht nur angenommen, sondern richtiggehend in ihr Leben hineingezwängt, auch dorthin, wo es die wenigsten sehen konnten. Selbst ihre Unterwäsche war nun nicht mehr nude oder fleischfarben, sondern pink oder in Candy Colours. Sie war in eine neue Wohnung gezogen, hatte alles modern eingerichtet, Beige war verpönt. Sie legte sich ein neues Smartphone zu, war nun auf Instagram und Twitter, ging am Wochenende in Clubs und fuhr im Sommer nicht mehr nach Kroatien oder in die Berge, sondern campen nach Norwegen oder hiken nach Australien. Auch einen Mann in ihrem Leben gab es, genau genommen den dritten neben „Nijo", den sie nach wie vor verehrte wie ein Idol und verteidigte wie eine Löwin, und Gott, den echten natürlich. Denn bei aller neuen Beschwingtheit und Farbenfröhlichkeit ging sie trotzdem noch jeden Sonntag in die Kirche, regelmäßig zur Beichte und ehrte die heiligen Feiertage. Als „Nijo" zum „Kanzler für dies und das" wurde, hatte er Sabrina zur „Staatssekretärin für dies und das" gemacht. Sie hatte nun ein eigenes Büro in der Nähe ihres früheren Chefs und eine eigene Assistentin, die sie verehrte und verteidigte wie sie „Nijo" und die vor allem eines war – beige.

Die frischgebackene „Staatssekretärin für dies und das" stand mit der Schauspielerin – deren Name hier nichts zur Sache tut – zusammen, und die beiden lachten viel. Sie redeten über das südliche Niederösterreich, wo die Mutter der Schauspielerin lebte – deren Name hier nichts zur Sache tut –, und über Biskuitrouladen und Kreuzfahrtschiffe, auf denen Rätselhaftes passierte. Tatsächlich hatte der Trick von Kaiser Franz Joseph prachtvoll funktioniert, und die Magazine brachten lange Geschichten über das Verschwinden der Schauspielerin – deren Name hier nichts zur Sache tut –, zeigten bunte Bilder von einem Buch und einem Taschentuch und einem Jäckchen, das an Bord gefunden worden war und erzählten in den buntesten Farben, was alles hätte passiert sein können. Als die Schauspielerin – deren Name hier nichts zur Sache tut – nach einigen Wochen wieder auftauchte, wurde das groß als „Wunder der Karibik" gefeiert. Weil die Schauspielerin – deren Name hier nichts zur Sache tut – nicht über die Zeit reden wollte, ließen die bunten Zeitschriften die Zeit für sie reden. Sie spekulierten über einen Piratenangriff, der vertuscht werden sollte, ein Burn-out, eine Liebeskrise, Alkohol oder andere Drogen, eine Entführung, bei der eine hohe Summe im Spiel gewesen war, eine schwere Krankheit, die eine Behandlung im Ausland notwendig gemacht hätte, beginnende geistige Desorientiertheit. Als die Schauspielerin – deren Name hier nichts zur Sache tut – bei einem Interview gefragt wurde, welche Geschichte denn nun stimme, antwortete sie mit „von jeder stimme ein bisschen". Das stellte die Reporter vor neue Rätsel und stieß eine weitere Achterbahnfahrt an Mutmaßungen an, auch diese führte ins Nichts, so wie dieser laue Abend im Garten des Palais ebenso ins Nichts führte. Nach und nach leerte sich die Wiese, immer mehr Amtsträger trugen ihre Amtstitel heim, Blasen platzten hinein in die Dunkelheit, am Ende dampften die Waggons der Transsibirischen Eisenbahn allein vor sich hin, selbst die Amseln waren schon schlafen gegangen.

„Nijo" ging als einer der Letzten. Am Eingangstor, dort, wo vor wenigen Stunden noch der schwarze Block gestanden war, blieb er stehen und sah auf die Uhr. Er hatte sie sich zur Angelobung geschenkt, 30.000 Euro dafür bezahlt, die Medien fanden dies den Umständen angemessen. Dann drehte sich „Nijo" um und sah zurück auf den Garten, das Palais. „Zeit für Veränderung", sagte er zu sich und lächelte, aber dann merkte er, dass er allein war. Er dachte zurück an die letzten Monate. Schnell hatten er und seine „Bewegung für dies und das" es geschafft, eine neue Regierung zu bilden, er nannte sie die „Koalition des Aufbruchs", ohne näher zu erläutern, wohin seine Koalition im Begriff war aufzubrechen. Es gab natürlich ein Regierungsprogramm, es war 180 Seiten stark und voll mit guten Absichten, über die ein paar Wochen lang beraten worden war. Am Ende ging es wie immer ums Personal, und es wurde wie immer wilder darüber gestritten, wer etwas machen soll, als was derjenige oder diejenige eigentlich tun sollte. Weil die Bewegung von „Nijo" eine Bewegung sein wollte und keine Partei, holte er einige Quereinsteiger ins Team, die eher das Verlangen befriedigten, einen Querschnitt der Bevölkerung abzubilden als ein Längsschnitt der Kompetenz zu sein, aber da alle lachten und fröhlich waren und jung wie alt und gleich viel Männer wie Frauen vertreten waren und man neue Gesichter sah, es also etwas zu entdecken gab, wurde vieles mit Wohlwollen aufgenommen, was man mit einigem guten Willen vielleicht hätte hinterfragen sollen. „Nijo" nahm es in Kauf. Er stieg in seinen Dienstwagen, einen roten Bentley, den er von seinem Vorgänger übernommen hatte, gebraucht und kostengünstig, wie er stets betonte, die Medien wertschätzten das.

Am Tag, als „Nijo" sein erstes Kanzlerfest feierte, war Emma in London. Sie lag ausgestreckt und voll bekleidet im Bett des Hotelzimmers und klickte sich durch die Diashows der Party, die nach und nach auf den Webseiten auftauchten. Emma war inzwischen zur Europachefin von „Greenfuck" aufgestiegen, sie lebte aus dem Koffer, blieb in keiner Stadt länger als zwei Tage. Als Protagonistin für gesunde Lebensmittel hatte sie es in Österreich zu großer Bekanntheit gebracht. Ihr Gesicht war überall, Hans nirgends mehr, nicht mehr in ihrem Leben, nicht mehr in ihrer Welt, sie hatte ihn aus den Augen verloren. Vor einigen Monaten war ihr zu Ohren gekommen, dass er jetzt in Südostasien sei und sich um die nachhaltigere Erzeugung von Holzhackerhemden bemühe. Ob die Information stimmte, wusste sie nicht, aber sie hatte weder Zeit noch Lust, den Wahrheitsgehalt zu überprüfen.

Emma musste lauthals lachen, als sie die Bilder vom Kanzlerfest durchsah. „Wie damals die Kühe und die Hühner, die ich daheim freigelassen habe, stehen die Leute da auf der Weide", sagte sie zu sich. Sie erkannte die meisten, auf fast jedem Foto war der „Kanzler für dies und das" zu sehen, immer lächelte er mit dem fast gleichen Gesichtsausdruck in die Kamera. Natürlich hätte er auch sie gerne in seinem Kabinett gehabt. Sie hatte ihm abgesagt, obwohl er ihr freie Wahl beim Ministerium gelassen hätte, sie fast jeden Tag anrief, sogar Blumen schickte. Emma interessierte das nicht, Österreich widerte sie an, die Flucht erschien als einzige Lösung tauglich. Aus der Ferne begann sie das Land zu amüsieren, eine Bühne, aber nicht für großes Schauspiel, sondern für Laientheater. Jede Handlung absehbar, jeder Charakter durchsichtig wie Glas, jede Rolle doppelt und dreifach besetzt. Ein kleiner Klüngel, der alle Fäden in der Hand hielt, Personen wie Marionetten bewegte. Hin und wieder wurde eine dieser Puppen ausgetauscht, weil frischer Wind gefragt war in diesem Marionettentheater, das sich „Bewegung" nannte, aber es wurde nur ein Windhauch daraus, bestenfalls.

Auf einem der Bilder war Gott zu sehen, ein kleines Stück Erdäpfelsalat klebte an seinem Kinn, er hatte gut fünf Kilo zugenommen, seit Emma ihn das letzte Mal gesehen hatte, der rundliche Bauch war der Hauptprofiteur der Erweiterung. Im Kleinen zu groß, im Großen zu klein. Er stand für dieses Land wie kaum jemand, ein Gott, der in die Jahre gekommen war, satt und behäbig, aber immer noch in der Lage, über Wahrheit und Lüge zu befinden. Regeln aufzustellen und sie selber zu brechen. Zu sündigen und anderen die Beichte dafür abzunehmen. Nach Geboten zu leben, die er selbst erlassen hatte und die er nach Gutdünken abänderte, zuweilen auch nur für sich allein. Ein Gott, gütig zu sich selbst, gnadenlos zu anderen. Barmherzig seiner eigenen Seele gegenüber. Der Götzendienst einforderte und in die Verdammnis schickte, wer ihm

Untertänigkeit oder Gaben verweigerte. Ein Gott, den alle anbeteten, auch jene, die ihn verachteten, die nicht an ihn glaubten und denen er Böses getan hatte.

Plötzlich läutete ihr Handy.

„Hallo."

„Spreche ich mit Emma?"

„Wer ist dran?"

„Entschuldigung, Frida. Ich bin die Ex-Frau von Gott."

„Ich wusste gar nicht, dass er geschieden ist."

„Seit ein paar Wochen." Kurze Pause.

„Was kann ich für Sie tun?"

„Es ist eher umgekehrt. Ich kann etwas für Sie tun, oder besser, wir können etwas füreinander tun. Ich weiß von Gott und Ihnen und von Tirol und was dort passiert ist. Sie sind nicht das einzige Opfer."

Emma erstarrte.

„Haben Sie, darf ich du sagen, hast du den Speicherstick noch?"

„Natürlich. Ja, natürlich habe ich den Speicherstick noch, und natürlich darfst du zu mir du sagen."

Emma griff nach ihrer Handtasche und kramte die Aufzeichnung von „Beatrice am Punkt" heraus, die ihr Kaiser Franz Joseph nach der Sendung in die Hand gedrückt hatte. Sie führte den Stick immer bei sich, warum, wusste sie nicht, oder sie wollte den Grund dafür gar nicht so genau wissen.

„Alles da, alles zu sehen. Wie ich Gott mit der versuchten Vergewaltigung in Tirol konfrontiere, wie er kreidebleich wird, der Tumult, wie ‚Nijo' schließlich, in einem unbeobachteten Moment, Gott umarmt."

„Das muss ein Ende haben", sagte Frida.

„Das muss ein Ende haben", wiederholte Emma.

Dann wurde es still, nur der Atem der beiden war zu hören. Minutenlang ging das so, weder Emma noch Frida sagten ein Wort, ihr Atem sprach.

„Ich kenne jemanden, der das Video öffentlich machen könnte, ohne dass irgendjemand erfährt, woher es kommt", sagte Frida schließlich. „Gott und ‚Nijo‘, wir könnten zwei Fliegen mit einer Klappe schlagen."

„Besser erschlagen."

„Bereit?"

„Klingt nach einer interessanten Zwischenlösung."